OCEANUS
AT
LAN
TICUS
MAR
DEL
NORT
Acores Insulæ
Flandricæ
I. de C. Verde
AFRICÆ PARS
NOVA
TERRA CORTEREALIS
Canadesca
BRASI
AMERICA
noviter delineata
Amstelodami, Excudit Ioannes Ianssonius.
Patagones
Caribana
GUIANA
DION
LIS
CHICA

DIE SCHÖNSTEN SEEFAHRERGESCHICHTEN

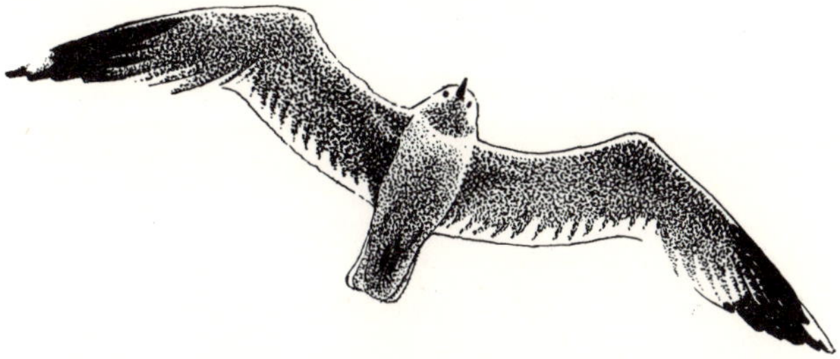

DIE SCHÖNSTEN SEEFAHRER GESCHICHTEN

Herausgegeben
von
Hans Jürgen Hansen

SÜDWEST VERLAG MÜNCHEN

Die schönsten Seefahrergeschichten

Illustrationen von Ervín Urban
Graphische Gestaltung von Pavel Hrach

Printed in Czechoslovakia
1 08 12-52/01

ISBN 3 517 00475 8

INHALT

VORWORT

Schon ehe die Menschen lernten, Reittiere zuzurichten oder ehe sie gar das Rad und den Wagen erfunden hatten, als sie auf festem Land noch völlig auf die eigenen Beine angewiesen waren, verstanden sie bereits, sich – auf Baumstämmen oder Zweigbündeln paddelnd – über das Wasser zu bewegen. Später höhlten sie Baumstämme aus und wagten sich in diesen »Einbäumen« bereits aufs offene Meer. Und dann bauten sie hölzerne Boote und Schiffe, die im Lauf der Jahrhunderte immer größer wurden. Sie spannten Segel, mit denen der Wind sie vorwärtstrieb – bis schließlich die ersten Dampfer kamen. Seitdem beherrscht das eiserne, vom Wind unabhängige, von Maschinen fortbewegte Schiff die Meere.

Seit frühester Zeit sind die Menschen der See verbunden, treiben sie Seefahrt, und seit je haben sie von ihren Erlebnissen und Abenteuern erzählt, wenn sie wieder gelandet waren. Schon die ältesten überlieferten Werke der Weltliteratur enthalten Berichte von solchen Seefahrererlebnissen, von Entdeckungen, Stürmen und Schiffbruch: die Odyssee sowohl wie die Bibel und die alten Märchen des Orients.

Dieses Buch bringt Beispiele solcher Geschichten von der Seefahrt, von den Reisen des Odysseus bis zu Hemingways Schilderung vom alten Kubafischer, den die Haie um den besten Fang seines Lebens bringen. Wir begegnen Sindbad dem Seefahrer in den Geschichten aus 1001 Nacht, Grimmelshausens Simplicissimus und Defoes Robinson Crusoe auf einsamen Inseln im Ozean, dem Lügenbaron Münchhausen auf seinen phantastischen Seereisen. Und es gibt sachliche Aufzeichnungen von Kapitänen aus alter Zeit wie dem Walfänger und Westindienfahrer Jens Jacob Eschels und dem Kapitän der berühmten *Bounty*, William Bligh, oder dem Südseekapitän Alfred Tetens, der später Chef der Hamburger Seefahrtsbehörde wird. Wilhelm Hauffs »Gespensterschiff«, Edgar Allan Poes »Schiff im Malstrom«, Charles Seafields Erzählung aus Havanna und Gerstäckers »Dschunke« veranschaulichen die Vorliebe der Romantik für packende und zuweilen unheimliche Seegeschichten. Moby Dick, der legendäre weiße Wal, erscheint in Melvilles

Erzählung und die Schatzinsel in Stevensons bekannter Novelle. Auch die Schöpfer der großen klassischen Seefahrtsromane kommen mit spannenden Episoden aus ihren Hauptwerken zu Wort: Joseph Conrad, Jack London, James Masefield und B. Traven. Auszüge aus dem Tagebuch des Schiffsjungen Joachim Ringelnatz, seine Skizze vom Untergang eines Vorpostenbootes im Ersten Weltkrieg, Egon Erwin Kischs Reportage von den Heizern des Luxusdampfers *Vaterland* und schließlich Nicolas Monsarrats Schilderung von der Jagd auf ein deutsches U-Boot gewinnen durch ihren nüchternen Realismus besondere Dramatik. Am eindrucksvollsten vielleicht ist die bewegende Schlußszene aus Gorch Focks Roman »Seefahrt ist not«.
Alle diese Geschichten und Berichte, ob sie von bedeutenden Schriftstellern oder in einfacher Sprache von Kapitänen und Seeleuten geschrieben sind, wurden ausgewählt in dem Bestreben, dem jugendlichen Leser, der sich für das Meer und die Seefahrt begeistert, eine getreue Vorstellung zu geben von dem, was dieses Element, was das harte, abenteuerliche und auch schöne Leben auf See, was die Verbundenheit und Auseinandersetzung mit ihr zu allen Zeiten bedeutet hat.

Hans Jürgen Hansen

ODYSSEUS ERZÄHLT

Odysseus, der griechische Kriegsheld und Seefahrer, befindet sich auf der Heimreise von der siegreich eroberten und zerstörten Stadt Troja – auch Ilion genannt – an der kleinasiatischen Küste des Ägäischen Meeres. Doch bevor er die heimatliche Insel Ithaka erreicht, muß er mit seinen Gefährten mancherlei aufregende und gefährliche Abenteuer überstehen. Erst nach zehnjähriger Irrfahrt durchs Mittelmeer kommt er nach Hause. Aufgeschrieben hat seine Erzählungen wahrscheinlich ein Dichter namens Homer, der vor rund zweitausendsiebenhundert Jahren gelebt haben muß. Damals glaubten die Griechen, daß ihre Götter (wie etwa der Meeresgott Poseidon und vor allem ihr höchster Gott Zeus) persönlich in das Schicksal der Menschen eingriffen.

Von Ilion weg trug mich der Wind westwärts, der lieben Heimat zu. Unsere Schiffe machten gute Fahrt, und die Genossen sehnten gleich mir voll Ungeduld den Augenblick herbei, da Ithaka vor uns aus den Fluten tauchen würde. Aber Zeus schickte uns einen plötzlichen Orkan aus Norden. Meer und Erde hüllten sich in Wolken und Nacht. Mit gebeugten Masten flogen wir dahin, und ehe wir die Segel einziehen konnten, barsten die Stangen und zerriß das Tuch. Neun Tage lang wurden wir vom Sturm hilf- und wehrlos umhergeschleudert, bis wir endlich ans Gestade der Lotophagen gelangten, die sich von nichts anderem als von Lotosfrüchten nähren.

Hier landeten wir und nahmen frisches Wasser ein. Dann sandten wir einen Herold und zwei Mann auf Kundschaft aus. Sie gelangten in die Volksversammlung der Lotophagen und wurden von den gutmütigen Leuten sehr freundlich aufgenommen. Aber die Lotosfrucht, die man ihnen anbot, hatte eine eigentümliche Wirkung. Sie schmeckt süßer als Honig, und wer von ihr kostet, der will nichts mehr von Heimkehr wissen, sondern immer in diesem Lande bleiben. So mußten wir denn die Gefährten, während sie weinten und sich mit Händen und Füßen sträubten, gewaltsam zu den Schiffen zurückführen.

Wir fuhren weiter und kamen zu dem wilden Volk der Kyklopen. Diese Riesen bebauen ihr Land nicht, sondern überlassen alles Gedeihen den Göttern.

Ohne Zutun des Menschen wachsen dort Weizen und Gerste, die edelsten Reben voll großbeeriger Trauben, und Zeus spendete in mildem Regen seinen Segen dazu. Sie leben ohne alle Gesetze, hausen mit Weib und Kind in Höhlen rings auf den felsigen Gebirgshöhen, wie ein jeder will, und keiner kümmert sich um den andern.

Außerhalb der Bucht, in mäßiger Entfernung, erstreckt sich eine bewaldete Insel voll wilder Ziegen, die, von keinem Jäger geängstigt, hier sorglos grasen. Die Kyklopen kommen nicht hinüber, sie kennen keinen Schiffsbau, uns aber lenkte eines Gottes schirmende Hand in dunkler Nacht an dieses friedliche Eiland. Als der Morgen anbrach, erlegten wir viele Ziegen auf fröhlicher Jagd, setzten uns sodann ans Feuer und taten uns gütlich am frischen Fleisch und am Wein, den wir noch in unseren Schläuchen hatten. Bis zum Abend schmausten wir.

Am anderen Tage packte mich die Lust, das gegenüberliegende Festland mit seiner Felsenküste zu erforschen. Ich fuhr mit meiner Mannschaft auf einem Schiff hinüber. Wir landeten und spähten umher. Da entdeckten wir hoch über uns eine mächtige Felsenkluft, die von Lorbeergesträuch dicht umschattet war. Davor lag ein Gehege aus eingerammten Steinen, hohen Fichten und Eichen. Hinter dieser ungeschlachten Umzäunung hauste ein Mann von riesiger Gestalt, der seine Herde einsam auf entlegene Weiden trieb, nie mit anderen umging, auch mit seinesgleichen nicht, und stets nur Bosheit und Frevel im Sinn hatte.

Ich wählte mir zwölf meiner tapfersten Männer aus, hieß die übrigen an Bord bleiben, und nahm einen Schlauch vom besten Weine mit. So gerüstet, stiegen wir auf einem wilden Pfade zur Felsenkluft empor. Wir trafen den Bewohner nicht an; er war gerade mit den Herden unterwegs. Furchtlos traten wir in die Höhle ein und wunderten uns über deren Einrichtung. Da standen Körbe umher, angefüllt mit mächtigen Käselaiben, daneben riesige Kübel voll frischer Molken, und die roh gezimmerten Ställe wimmelten von jungen Lämmern und Ziegen. Die Genossen drangen sogleich in mich, von dem Käse zu nehmen, soviel ihre Schultern tragen könnten, und damit zu den Freunden auf die Insel zurückzukehren. O hätte ich doch auf sie gehört! Aber ich war zu begierig, den Höhlenmenschen kennenzulernen. Also befahl ich, ein Feuer anzuzünden und zu opfern. Dann aßen wir ein wenig von dem Käse und warteten geduldig auf die Heimkehr des Hausherrn.

Endlich nahte er. Auf seinen Riesenschultern trug er eine ungeheure Last trockenen Holzes. Er warf das Bündel krachend zu Boden. Wir versteckten uns angstbebend im äußersten Winkel der Höhle und sahen von dort aus zu, wie er seine Herde eintrieb. Die weiblichen Tiere ließ er alle in den Stall, Widder und Böcke aber mußten draußen im Gehege bleiben. Dann rollte er

ein Felsstück vor den Eingang, das war so groß, daß es zwanzig vierrädrige Wagen nicht von der Stelle gebracht hätten, setzte sich gemächlich hin und begann seine Schafe und Ziegen zu melken. Die eine Hälfte der Milch versetzte er sogleich mit Lab; sie gerann, und er formte Käse daraus. Die andere Hälfte goß er in große Geschirre, das war sein tägliches Getränk.
Nun zündete er ein Feuer an, und in seinem Schein entdeckte er uns in unserem Winkel. Auch wir konnten jetzt seine Gestalt zum erstenmal genau sehen. Er trug, wie alle Kyklopen, ein einziges funkelndes Auge an der Stirn, hatte Beine wie tausendjährige Eichenstämme und Arme und Hände, groß und stark genug, um mit Granitblöcken Ball zu spielen.
»Wer seid ihr, Fremdlinge?« fuhr er uns mit rauher Stimme an, die wie Donner im Gebirge klang. »Woher kommt ihr über das Meer gefahren? Seid ihr Seeräuber, oder was treibt ihr sonst?«
Bei dem Gebrüll bebte uns das Herz im Leibe. Doch nahm ich mich zusammen und erwiderte: »Ach nein, wir sind Griechen, kommen von der Zerstörung Trojas zurück und haben uns auf der Heimfahrt verirrt. Kniefällig bit-

ten wir dich, lieber Mann, um Schutz und um eine Gabe. Scheue die Götter und erhöre uns! Zeus beschirmt die Schutzflehenden und rächt die Mißhandlung.«

Gräßlich lachte der Kyklop auf: »Was kümmern mich Zeus und alle Götter miteinander? Glaubst du, wir Kyklopen fürchten ihre Rache? Du bist ein rechter Tor, Fremdling! Sage mir lieber sogleich, wo du dein Schiff verborgen hältst! Liegt es nahe vor Anker oder fern?«

Ich durchschaute seine Arglist und antwortete ihm: »Mein Schiff, guter Mann, hat Poseidon unweit von hier an die Klippen geworfen und zertrümmert. Ich und diese zwölf Gesellen sind die einzigen, die dem Untergang entrannen.«

Auf diese Rede erwiderte das Ungeheuer nichts mehr, sondern streckte nur seine Riesenhände aus und packte mit ihnen zwei meiner lieben Gefährten. Er schlug sie wie junge Hunde zu Boden, daß Blut und Hirn umherspritzten, zerhackte sie Glied für Glied und fraß sie zum Abendbrot. Wir aber streckten die Hände zu Zeus empor und jammerten laut über solchen Frevel.

Nachdem sich der Unhold den Wanst gefüllt und den Durst mit Milch gelöscht hatte, warf er sich der Länge nach auf den Boden der Höhle und schlief. Ich überlegte, ob ich ihm nicht das Schwert zwischen Zwerchfell und Leber in den Leib stoßen sollte, aber ich besann mich eines Besseren. Denn was hätte uns sein Tod genützt? Wir hätten den unermeßlich schweren Stein niemals vom Eingang der Höhle hinwegschaffen können und in der Finsternis eines elenden Todes sterben müssen. So ließen wir unseren Kerkermeister schnarchen und erwarteten in dumpfer Bangigkeit den Morgen.

Als es dämmerte, stand der Kyklop auf, entfachte Feuer und molk seine Tiere. Dann ergriff er wiederum zwei aus meiner treuen Schar, verspeiste sie zum Frühstück und trieb hierauf seine feiste Herde aus der Höhle, nachdem er zuerst den Fels zur Seite geschoben hatte. Als alle Schafe und Ziegen im Freien waren, wälzte er den Stein wieder vor das Loch, wie man den Deckel auf einen Köcher setzt.

Wir hörten die gellenden Pfiffe, mit denen er seine Herde ins Gebirge trieb, und fragten uns voll Todesangst, an wen nun die Reihe kommen mochte, von dem Scheusal gefressen zu werden. Ich heckte allerlei Listen aus, wie man dem Einaug beikommen und die getöteten Freunde rächen könnte; ich entwarf manchen Plan und verwarf ihn wieder, bis mir endlich ein brauchbarer Gedanke aufblitzte. Ich hatte im Stall eine mächtige Keule aus grünem Olivenholz entdeckt, die hatte sich der Kyklop abgehauen und wollte sie tragen, wenn sie getrocknet war; sie war so lang und so dick wie der Mast eines großen Schiffes. Aus dieser Keule hieb ich mir einen Pfahl heraus, nicht stärker, als ihn ein Männerarm umspannen kann, den mußten die Freunde glattscha-

ben. Dann spitzte ich das eine Ende zu, glühte es im Feuer hart und verbarg diese Waffe unter dem Mist, der in der Höhle haufenweise umherlag.
Am Abend kam der gräßliche Hirt mit seiner Herde zurück, und diesmal – ich weiß nicht, tat er es aus irgendeinem Argwohn oder fügte es ein Gott zu unseren Gunsten so, ihr werdet gleich hören! –, diesmal ließ er die Böcke nicht im Gehege über Nacht, sondern trieb alle Tiere in die Höhle herein. Er fügte den Stein wieder in die Öffnung, molk seine Eimer voll Milch und fraß zwei meiner liebsten Genossen. Ich aber hatte inzwischen eine hölzerne Kanne mit dunklem Wein aus meinem Schlauche gefüllt, ging auf das Ungeheuer zu und sprach: »Da trink, Kyklop! Auf Menschenfleisch schmeckt der Wein vorzüglich. Solch köstliches Getränk führten wir auf unserem Schiff, und wir gedachten, mit dieser Spende dein Erbarmen und die Hilfe zu belohnen. Du aber gehst böse mit uns um!«
Der Kyklop griff wortlos nach der Kanne und leerte sie mit gierigen Zügen. Man sah es ihm an, wie ihn die Süßigkeit und die Kraft des Trankes entzückten. Als er fertig war, hielt er mir das leere Gefäß hin und sprach zum erstenmal in freundlichem Ton: »Fremdling, gib mir noch eins zu trinken und dann sage mir, wie du heißest, ich will dich auf der Stelle mit einem Gastgeschenk erfreuen. Ich selber heiße Polyphemos.«
Dreimal noch schenkte ich ihm die Kanne voll, und der Dummkopf leerte sie dreimal. Als ihm der Wein den Sinn zu umnebeln begann, sagte ich schlau: »Du willst meinen Namen wissen, Kyklop? Ich habe einen gar seltsamen, ich heiße Niemand. Niemand, so hießen mich die Eltern, Niemand rufen mich die Freunde, Niemand nennt mich alle Welt.«
Lallend entgegnete der Kyklop: »So will ich dich, Niemand, als letzten nach allen deinen Schiffsgenossen verspeisen, das ist mein Gastgeschenk. Bist du damit zufrieden?« Dann lehnte er sich nach hinten und sank um. Laut schnarchend lag er da, vom Rausch überwältigt, den feisten Nacken zur Seite gebeugt. Ich aber sprang auf, holte den spitzen Pfahl aus dem Mist, hielt ihn in die noch glimmende Asche, bis er rot aufglühte und beinahe Feuer fing, und stieß ihn sodann mit aller Kraft dem Riesen ins schlafende Auge. Wie ein Zimmermann, der einen Schiffsbalken durchbohrt, so drehte ich den Pfahl. Die Glut versengte Wimpern und Brauen bis an die Wurzeln, daß es prasselte, und das erlöschende Auge zischte, wie wenn man heißes Eisen ins Wasser taucht. Grauenvoll heulte der Geblendete auf, die Höhle widerhallte schaurig von seinem Gebrüll. Wir flüchteten in den äußersten Winkel der Grotte und verkrochen uns dort, bebend vor Angst.
Polyphemos riß sich den bluttriefenden Pfahl aus der Augenhöhle, schleuderte ihn weit von sich und tobte unsinnig. Laut schreiend rief er seine Stammesbrüder herbei, die ringsumher im Gebirge wohnten. Sie kamen von allen

Seiten heran, umstellten die Höhle und fragten: »Wer tut dir etwas zuleide? Greift dich jemand an? Bringt dich jemand um?«
Polyphemos aber brüllte aus der Höhle heraus: »Niemand tut mir etwas zuleide! Niemand greift mich arglistig an! Niemand bringt mich um!«
Als die Kyklopen das hörten, schüttelten sie die Köpfe und schrien zurück: »Nun, wenn niemand dir etwas tut, was schreist du dann so? Du bist wohl krank, aber gegen Krankheit haben wir Kyklopen keine Mittel, das weißt du doch selber, also gib Ruhe!« Und sie trollten sich. Mir aber lachte das Herz im Leibe.
Der blinde Kyklop tappte vor Schmerzen winselnd in seiner Höhle umher, bis er den Eingang fand. Er rückte den Felsblock beiseite, setzte sich unter die Pforte und tastete mit den Händen beständig umher, um jeden von uns zu fangen, der etwa mit den Schafen entwischen wollte. Er hielt mich nämlich für so einfältig, daß ich versuchen würde, auf diese Weise zu entfliehen. Ich aber hatte meinen Plan längst gefaßt und führte ihn aus. Mit Ruten aus dem Weidengeflecht, auf welchem der Kyklop schlief, band ich die fettesten Widder mit dem dichtesten Fell je drei und drei heimlich zusammen und flüsterte dann meinen Freunden zu: »Kriecht, jeder einzeln, unter einen der mittleren Widder, klammert euch an der Bauchwolle fest, und laßt euch so ins Freie schleifen. Der Riese wird nur die Rücken der Tiere betappen, ob auch kein Reiter darauf sitzt, nicht aber ihren Bauch, und außerdem beschützen euch die beiden Widder links und rechts.« Schweigend gehorchten sie. Ich wählte zuletzt für mich selber den stattlichsten Bock, der alle anderen hoch überragte, faßte ihn am Rücken und wälzte mich unter seinen Bauch. Tief wühlte ich die Hände in die krause Wolle hinein.
Die männliche Herde sprang aus der Höhle hinaus. Die Weibchen blökten noch mit strotzenden Eutern im Pferch, indes ihr geplagter Herr jedem Widder sorgfältig den Rücken betastete. Daß man auch auf dem Bauch eines Tieres reiten könne, darauf verfiel er in seiner Dummheit nicht, so daß meine Gefährten bald gerettet waren. Zuletzt trottete auch mein Bock, schwer mit Wolle beladen, aber noch schwerer mit mir, durch die Felsenpforte. Auch ihn streichelte Polyphemos, hielt ihn an und sprach betrübt: »Mein gutes Widderchen, was trabst du heute so langsam daher? Warum als letzter hinter der Herde? Warst doch sonst immer der erste bei den Wiesenblumen und am Bach und abends der erste im Stall, Trauerst auch du um deines Herrn ausgebranntes Auge? Oh, hättest du Gedanken und Sprache wie ich, du verrietest mir gewiß, in welchem Winkel sich der Frevler mit seinem Gesindel verbirgt. Dann würde ich seinen Schädel an der Höhlenwand zerschmettern, und mein Herz würde wieder froh werden nach all dem Leid, das dieser Niemand über mich gebracht hat!«

In die Wolle verkrampft, harrte ich zitternd auf das Ende seiner Rede. Endlich ließ er den Widder los, und nun waren wir alle draußen. Als uns die Tiere weit genug von der Höhle fortgeschleppt hatten, ließen wir uns zu Boden gleiten. Dann erhoben wir uns und umarmten einander, weinend vor Freude und zugleich vor Schmerz um die Verlorenen; wir waren unser nur noch sieben. »Jammert mir nicht zu laut«, bat ich die Gefährten, »sondern laßt uns so schnell wie möglich zum Strand hinabeilen, ehe der Kyklop bemerkt, daß wir ihm entwischt sind. Die Widder aber, die uns gerettet haben, nehmen wir als Beute mit!«

Als wir bald nachher wieder auf unseren Ruderbänken saßen und, auf Rufweite vom Ufer entfernt, die Wogen durchkielten, erhob ich meine Stimme und schrie dem Kyklopen, der gerade mit seiner Herde mühsam bergwärts klomm, meinen Spott zu: »Nun, Einaug, merkst du, welch wackerem Manne du die Begleiter wegfraßest? Hier bin ich, sieh her, wenn du mich sehen kannst! Endlich sind dir deine Verbrechen heimgezahlt worden, Zeus hat dich durch mich bestraft!«

Als der Wüterich dies hörte, richtete er sich auf, drohend ragte seine rauhe Gestalt in den Himmel. Dann, als er die Richtung abgeschätzt hatte, in der wir uns befanden, riß er einen ganzen Felsblock aus dem Gebirge und schleuderte ihn nach unserem Schiff. Nur um Haaresbreite verfehlte sein Wurf das Ende unseres Steuerruders, aber der ungeheure Block erregte durch seinen Sturz ins Wasser eine so heftige Brandung, daß uns die Wellen beinahe ans Gestade zurückgerissen hätten.

Wir mußten uns mit aller Kraft in die Riemen legen, um nicht von neuem in die Gewalt des Ungeheuers zu geraten.

Als wir der Gefahr glücklich entronnen waren, schrie ich aufs neue: »Höre, Polyphemos, höre mich! Wenn dich jemals eines Menschen Kind fragt, wer dir das Augenlicht nahm, so antworte ihm: Das tat Odysseus, der Troja zerstörte, des Laertes Sohn, der auf Ithaka wohnt!«

Da heulte der Riese auf. Schreckliche Klage rief er über das Meer: »Weh mir! So hat sich die alte Weissagung an mir erfüllt! Der Seher Telemos, der hier im Lande der Kyklopen alt wurde, prophezeite mir, ich würde einst durch Odysseus mein Gesicht verlieren. Da meinte ich immer, es werde ein Riese kommen und mit mir kämpfen, ein Riese wie ich! Und nun hat dieser Knirps, dieser windige Wicht, mich mit Wein überwältigt und mit Menschenkraft mich des Lichtes beraubt! Aber warte nur, ich will dir vom Meergott sicheres Geleit erbitten, denn wisse, ich bin ein Sohn Poseidons!« Damit erhob er seine gewaltigen Hände zum Himmel und flehte seinen göttlichen Vater an, er möchte mir die Heimkehr nach Ithaka verwehren. »Und soll er dennoch zurückkehren«, so schloß er, »dann sei es spät und elend! Ohne Gefährten und wie ein Bettler lande er auf fremdem Schiff und treffe daheim nichts als Jammer an!« Ich fürchte, Poseidon hat sein Gebet erhört.

Abermals riß er einen Felsblock aus dem Berg und schleuderte ihn uns nach, und wieder entrannen wir dem Tode nur um ein Haar.

Endlich landeten wir auf der Insel, wo uns die Freunde jubelnd empfingen; sie hatten uns schon aufgegeben. Wir verteilten die erbeuteten Widder unter sie, nur den Bock, der mich aus der Höhle gerettet, den opferten wir dem Zeus. Daß der Göttervater unser Opfer jedoch verschmähte, weil nach seinem Willen alle unsere Schiffe und alle meine guten Gefährten zugrunde gehen sollten, das ahnten wir freilich nicht. Wir saßen vergnügt beieinander, schmausten und tranken, bis die Sonne ins Meer sank, dann legten wir uns am

Strande nieder und schliefen beim Wogenrauschen ein. Mit dem ersten Morgenrot saßen wir jedoch alle wieder in unseren Schiffen und ruderten weiter, der Heimat entgegen.

Bald darauf gelangten wir an die schwimmende Insel des Königs Aiolos, eines vertrauten Freundes der Götter. Eherne Mauern und glattes Felsgestade umgeben das Eiland. Der Fürst ist von Zeus dazu bestellt, allen Winden zu gebieten, die über die Erde wehen. Er beherbergte und bewirtete uns einen ganzen Monat lang, ließ sich alles berichten, was sich vor Troja begab, und schenkte mir zum Abschied einen dick aufgeblähten Schlauch aus der Haut eines neunjährigen Stieres. In diesem Schlauch waren Nord- und Süd-, Ost- und Westwind eingeschlossen und noch einige andere dazu, die der Seefahrer wohl brauchen kann. Der König band ihn selbst mit glänzenden Seilen aus Silberfäden an meinem Schiffe fest. Es war ein gar kostbares Gastgeschenk und hätte uns gewiß eines Tages gute Dienste geleistet, wären meine Begleiter nicht so goldgierige Toren gewesen; das brachte uns viel Unglück.

Als wir nämlich schon neun Tage und neun Nächte unterwegs waren und in der Ferne bereits meine Heimatinsel Ithaka aus den Fluten tauchen und die Wachfeuer am Ufer brennen sahen, beschlich mich auf einmal lähmender Schlummer: Ich war ja seit der Abreise von König Aiolos unaufhörlich damit beschäftigt gewesen, die Segel zu stellen, und hatte kein Auge geschlossen. Nun überwältigte mich die Müdigkeit, und während ich so schlief, öffneten die Gierigsten unter meinen Schiffsgesellen mit unkundigen Händen den Schlauch, in welchem sie Schätze aus Silber und Gold vermuteten. Mit gräßlichem Geheul entfuhren ihm alle Winde zugleich; haushoch bäumten die Wogen sich auf, und die Windsbraut riß unsere Schiffe meilenweit in die offene See hinaus.

Sieben Tage irrten wir auf der Wasserwüste umher, bis wir endlich wieder festes Land erblickten. An der Küste erhob sich eine Stadt mit vielen breiten Türmen, das war der Sitz der Laistrygonen. Diese Riesen und Menschenfresser liefen aus der Stadt heraus und schleuderten große Felsbrocken nach uns, so daß man auf den Schiffen bald nichts mehr hörte als das Röcheln der Sterbenden und das Krachen getroffener Balken und Bretter. Alle Fahrzeuge gingen unter bis auf eines, das ich hinter einen Vorsprung der Küste gesteuert und dort angebunden hatte. Ich nahm die Überlebenden, die verzweifelt in den Wellen umherschwammen, an Bord und segelte eilig davon, tiefe Trauer im Herzen.

Auf dem einzigen Schiffe zusammengedrängt, fuhren wir weiter und kamen wieder an eine Insel, Aiaia genannt, auf welcher eine wunderschöne Halbgöttin und Zauberin wohnte. Sie hieß Kirke und war eine Tochter des Sonnengottes. Auf der Insel hatte sie einen herrlichen Palast; aber wir wußten nichts von ihr. Wir gingen in einer Bucht vor Anker und lagerten uns traurig im Ufergras. Am anderen Morgen machte ich mich, mit Schwert und Lanze bewaffnet, auf den Weg, um die Insel zu erkunden. Über den Bäumen sah ich Rauch aufsteigen, der kam aus Kirkes Palast. Ich ging aber, durch die überstandenen Gefahren gewitzigt, nicht sogleich darauf zu, sondern kehrte zum Lager zurück und sandte zwanzig Gefährten unter der Führung des erprobten Eurylochos als Späher voraus.

Die mutige Schar fand bald, in einem anmutigen Tale versteckt, den Palast der Göttin und Zauberin; er war aus herrlichen behauenen Steinen aufgeführt. Wie staunten die Genossen, als sie in der Umzäunung des Hofes und vor dem Tor des Wohnhauses Bergwölfe mit spitzem Gebiß und Löwen mit zottigen Mähnen umherstreichen sahen. Angstvoll blickten sie auf die gräßlichen Tiere und wollten sogleich von dem unheimlichen Orte fliehen. Aber ehe sie sich retten konnten, waren sie bereits von den Bestien umringt; freundlich und schmeichelnd wie Hunde, die ihrem Herrn entgegenkommen, der ihnen einen guten Bissen mitbringt, so nahten sie den Männern, wedelten auch mit den Schweifen und taten ihnen nichts zuleide. Es waren, wie wir später erfuhren, lauter von Kirke in Tiere verwandelte Menschen. Nun faßten sich die Freunde ein Herz und näherten sich der Pforte. Da hörten sie aus dem Inneren des Hauses einen wundervollen Gesang an ihr Ohr dringen, und als der Held Polites, der meinem Herzen besonders nahestand, als erster die Schwelle überschritt und in den Saal spähte, sah er die Zauberin am Webstuhl sitzen. Sie hatte ein kunstreiches Gewebe vor sich, wie es nur Göttinnen zu wirken verstehen, und sang zu ihrer Arbeit.

Nun riefen die Gefährten die schöne Bewohnerin heraus, und Kirke erschien sogleich an der Pforte und nötigte alle Ankömmlinge herein. Die Freunde folgten ihrer Einladung, nur Eurylochos, der ein besonnener Mann war und hinter der holdseligen Erscheinung irgendeinen Betrug witterte, blieb vor dem Palast zurück. Die anderen aber nahmen in Kirkes Haus auf hohen, verzierten Sesseln Platz und wurden mit dem köstlichen Kuchen bewirtet, den die Zauberin aus Käse, Mehl, Honig und starkem pramnischen Wein, dessen schwere Trauben auf den Hängen des Berges Pramne auf der Insel Ikaria gediehen, vor ihren Augen knetete. Sie mischte aber während dieser Arbeit unheilbringende Säfte heimlich in den Teig, und als die Männer von der verführerischen Speise gekostet hatten, verwandelten sie sich in borstige Schweine, verloren die Gabe menschlicher Rede, fingen an zu grunzen und wurden von Kirke samt und sonders in den Koben hinter dem Hause getrieben. Dort fütterte sie die Armen – statt mit leckeren Bissen – mit Schweinefutter wie Steineicheln und herben Kornelkirschen.

All das hatte Eurylochos von weitem mit angesehen. Entsetzt kam er zu unserem Schiffe zurückgelaufen und berichtete, was den Freunden Schreckliches widerfahren war. Augenblicks erhob ich mich, warf mein Schwert um die Schulter, hängte den Bogen darüber und eilte auf wilden Wegen zum Palaste der Kirke. Da trat mir plötzlich ein blühender Jüngling entgegen, mit dem holdesten Reiz der Jugend geschmückt. An dem goldenen Stab, den seine Hände trugen, erkannte ich, daß es Hermes war, der Bote der Götter. Ich hemmte den Schritt, er aber faßte mich freundlich an der Hand und sprach: »Armer Odysseus, was rennst du so hastig und der Gegend unkundig durchs Waldgebirg? Du kannst die Freunde nicht aus dem Schweinestall erlösen, solange du dich nicht selber vor Kirkes Zauber zu schützen vermagst. Denn wisse, eher sperrt sie auch dich zu den anderen, als daß du ohne Hilfe der Götter ihren Künsten widerstehst. Siehe, hier wächst ein Heilkraut, das nimm, und du bist dagegen gefeit, in ein Tier verwandelt zu werden. Kirke wird dich mit einem süßen Weinmus bewirten und ihre Zaubersäfte darein mengen, du aber wirst ohne Gefahr trinken können. Sobald die Verführerin ihren Zauberstab gegen dich hebt, reiße dein Schwert von der Hüfte und tue, als wolltest du sie ermorden. Da wird sie dich um Gnade bitten, und du forderst ihr einen heiligen Eid ab, keinerlei Tücke an dir zu üben. Hat sie diesen Schwur geleistet, so magst du ohne Gefahr bei ihr wohnen. Bist du einmal ihr Vertrauter geworden, kann sie es dir nicht mehr abschlagen, deine Freunde zu entzaubern und sie dir zurückzugeben.«

So sprach der Gott und entschwand im gleißenden Tageslicht. Ich eilte, unruhig und nachdenklich zugleich, vor Kirkes Palast, dessen Tor sich auf meinen Ruf hin öffnete, und überschritt voll Ingrimm die Schwelle der schönen Zauberin, die mich freudestrahlend empfing und zu einem herrlichen Thronsessel geleitete. Alles kam, wie Hermes vorausgesagt hatte: Sie mengte das Weinmus in goldener Schale und konnte es kaum erwarten, daß ich das Gefäß an die Lippen setzte und bis auf den letzten Tropfen leerte. Dann hob sie ihren Stab und rief: »Fort mit dir in den Schweinestall!« Ich aber drang sogleich mordgierig mit dem Schwerte auf sie ein, daß sie sich schreiend zu Boden warf und flehentlich meine Knie umschlang. »Wehe mir!« rief sie jammernd, »Wer bist du, Gewaltiger, dem mein Trank nichts anhaben kann? Bist du am Ende Odysseus, der von Troja heimkehrt? Hermes kündigte mir seinen Besuch an. Oh, wenn du es bist, so verwahre dein furchtbares Schwert und laß uns Freunde sein!«

Ich aber bedrohte sie weiter mit der blanken Klinge, bis sie schwur, mir nicht mehr schaden zu wollen. Dann erst stieß ich die Waffe in die Scheide und ließ mich von Kirke bewirten. Schöne, edelgeborene Nymphen bedienten uns; sie bedeckten die Sessel mit purpurnen Kissen, rückten silberne Tische herbei und setzten goldene Körbe mit den köstlichsten Speisen darauf; sie trugen in silbernen Krügen Wein herbei, verteilten für Kirke und mich und sich selber goldene Becher ringsum auf den Tischen; zuletzt brachten sie einen Kessel voll frischen Quellwassers herein, setzten ihn auf einen erzenen Dreifuß und fachten darunter ein loderndes Feuer an. Das erwärmte Wasser gossen sie in ein marmornes Becken, darin badete ich, ließ mich hernach salben und ankleiden und sollte mich nun mit Kirke zum Mahl setzen.

Doch wie herrlich auch alles bereitet war, ich fand keine Freude daran. Schweigend und kummervoll saß ich neben meiner schönen Wirtin, die Speisen und den dunklen Wein ließ ich unberührt. Endlich fragte sie mich, was mir denn fehle, und ich antwortete: »Welcher Mann, dem noch ein fühlendes Herz in der Brust schlägt, könnte sich an Speise und Trank erfreuen, solange er seine lieben Freunde im Elend weiß? Willst du, daß ich mit Lust irgend etwas bei dir genieße, so laß mich meine Gefährten sehn, die du verzaubert hast. Gib ihnen ihre menschliche Gestalt wieder!«

Sogleich erhob sich Kirke, ergriff ihren Zauberstab und verließ mit diesem das Gemach. Draußen schloß sie die Türe des Kobens auf und trieb alle meine Freunde heraus. Ich war ihr erwartungsvoll nachgegangen, und als mich die armen Genossen erblickten, liefen sie auf mich zu und umwimmelten mich grunzend; voll Schmerz blickte ich auf sie nieder. Da bestrich Kirke jeden von ihnen mit einem anderen Saft, und auf einmal schälten sie sich aus ihren borstigen Hüllen heraus und wurden wieder zu Männern. Doch, o Wunder, sie waren alle viel jünger und schöner als vor ihrer Verwandlung.

Freudig begrüßten sie mich, ich aber überließ sie der Obhut Kirkes und eilte zum Gestade, um die anderen zu beruhigen, die uns alle schon für tot gehalten hatten. Nun folgten sie mir gerne in den Palast, wo die schönen Dienerinnen die erlösten Gefährten inzwischen gebadet und mit Öl gesalbt hatten. Sie trugen sämtlich prächtige Gewänder und schmausten vergnügt an Kirkes reichbestellter Tafel. War das ein Begrüßen, ein Weinen und Umarmen! Die Göttin sprach ihnen allen Mut zu und tat uns so viel Liebes, daß wir von Tag zu Tag fröhlicher wurden und ein ganzes, langes Jahr auf der Insel Aiaia zubrachten.

Endlich aber übermannte uns das Heimweh. Da trat ich vor Kirke hin, beugte mein Knie und umfaßte ihre Füße. »Göttliche, nun halte dein Wort und gib uns Abschied«, bat ich, »wir wollen heim!«

Sie antwortete: »Ich weiß, ich darf euch nicht länger mehr zurückhalten, darum wandle hinab zum Strand, setze das Schiff aufs Wasser, richte getrost den Mast auf und entfalte die Segel; für günstigen Wind will ich sorgen. Doch hoffe nicht, daß er dich heimbringt nach Ithaka! Viele Abenteuer mußt du vorher noch bestehen.

Sie eilte uns zum Strande voraus und ermahnte uns, rasch abzusegeln. Als wir

beim Schiffe ankamen, schlüpfte sie an uns vorüber, grüßte uns stumm zum Abschied und entschwand. Wir aber zogen das Schiff ins Meer, hißten die Segel und setzten uns auf die Ruderbänke. Uns zu Häupten füllte Kirkes Abschiedsgeschenk die Segel: ein frischer, günstiger Wind, der uns im Nu auf die hohe See entführte.

Das erste Abenteuer, von dem mir Kirke geweissagt hatte, erwartete uns am Eiland der Sirenen, sangesreicher Nymphen, die jeden umgarnen, der ihrem Liede lauscht. Am grünen Gestade sitzen sie und singen ihre Zauberlieder den vorüberfahrenden Schiffern zu. Wer sich von ihnen hinüberlocken läßt, ist des Todes; moderndes Gebein liegt in Mengen zu ihren Füßen am Ufer umher. »Wenn du an die Insel der Sirenen kommst«, hatte mir Kirke gesagt, »so verklebe die Ohren deiner Freunde mit Wachs, auf daß sie nichts von dem Gesange hören. Doch willst du selbst das gefährliche Lied vernehmen, so laß dich an Händen und Füßen fesseln und so an den Mast binden. Den Freunden aber befiehl, die Stricke ja nicht zu lösen, und wenn du sie noch so flehentlich darum bätest. Im Gegenteil, nur immer fester sollen sie die Fesseln anziehen, damit du nicht etwa ins Wasser springst und zu den Nymphen hinüberschwimmst.«

Als nun in der Ferne das grünende Eiland aus den Fluten tauchte, zerschnitt ich eine große Scheibe Wachs, knetete die Stücke weich und verklebte damit meinen Reisegenossen die Ohren. Dann ließ ich mich von ihnen fesseln und aufrecht an den Mast binden; sie aber setzten sich wieder an die Ruder und trieben das Fahrzeug getrost vorwärts. Immer näher kamen wir der Insel, und da standen auch schon die reizenden Mägdlein am Ufer und sangen mit wundersüßen, hellen Stimmen.
Mir schwoll das Herz in der Brust vor Begierde, dem Gesange länger zuzuhören, und ich winkte meinen Freunden verzweifelt mit dem Kopf, mich doch loszubinden. Sie aber mit ihren tauben Ohren, die nicht wußten, welch namenloser Verzückung und Versuchung ich ausgesetzt war, sie stürzten sich auf mich und zogen die starken Stricke so fest, daß sie mir ins Fleisch schnitten. Dann legten sie sich mit aller Kraft in die Ruder und trieben das Schiff eilig aus dem Bereich der tödlich verlockenden Stimmen hinaus. Als wir endlich so weit von dem Eiland entfernt waren, daß kein Gesang mehr zu hören war, nahmen sich meine Freunde das Wachs aus den Ohren und lösten mir die Fesseln. Ich dankte ihnen von Herzen dafür, daß sie so beharrlich gewesen.
Wir waren noch nicht lange weitergerudert, als wir in der Ferne den Wasserstaub einer mächtigen Brandung sahen und bald darauf auch deren Tosen vernahmen. Es war die Charybdis, ein Strudel, der dreimal des Tages unter einem riesigen Felsen hervorquillt und wieder zurückwallt, alles verschlingend, was in seinen Rachen gerät. Meine Begleiter ließen vor Schreck die Ruder fahren, platschend fielen sie ins Wasser, und unser Fehrzeug stand still. Da sprang ich von meinem Sitz auf, durcheilte das Schiff und sprach den Freunden, von Mann zu Mann gehend, Mut zu. »Bleibt fest auf euren Bänken sitzen«, sagte ich, »schlagt tapfer mit den Rudern in die Brandung, Zeus wird unsere Flucht aus dieser Not gewiß unterstützen. Du aber, Steuermann, schärfe alle deine Sinne und lenke das Schiff, so gut du kannst! Arbeite dich geschickt am Felsen vorbei, damit du nicht in den Strudel gerätst!« So stärkte ich die Freunde für die bevorstehende Gefahr; von dem Ungeheuer Skylla, das gegenüber der Charybdis die vorbeifahrenden Schiffe bedrohte, schwieg ich wohlweislich, denn ich befürchtete, die Genossen möchten vor Schreck ein zweites Mal die Ruder fahrenlassen und uns damit in die größte Gefahr bringen.
Die Skylla, die mir Kirke genau geschildert hatte, hauste gegenüber der Charybdis auf einem Felsen aus dunklem, glattem Gestein. Wie ein Turm ragte er in den Himmel, und sein spitziges Haupt, das noch nie ein Sonnenstrahl traf, wird ewig von schwarzem Nachtgewölk umfangen. Dort oben ist die Höhle der Skylla, und fürchterlich tönt ihr Bellen über die Flut. Sie hat zwölf un-

förmige Füße und sechs Schlangenhälse, deren jeder einen scheußlichen Kopf trägt. Jedes der sechs Mäuler ist mit drei dichten Reihen von Zähnen bewehrt, mit denen sie ihre Opfer zermalmt. Der Hinterleib des Ungeheuers steckt in der Höhle, die Häupter aber streckt sie weit hervor und schnappt mit ihnen nach Seehunden oder Delphinen. Kein Schiff noch durfte sich rühmen, ohne Verluste an der Skylla vorbeigefahren zu sein; meist hat sie, ehe sich's einer versieht, in jedem Rachen einen Mann zwischen den Zähnen, den sie von den Ruderbänken blitzschnell geraubt hat.
Dieses gräßliche Bild vor der Seele, spähte ich vergebens umher; ich konnte die Skylla nicht entdecken. Inzwischen waren wir ganz nahe an die Charybdis geraten, deren gieriger Rachen die Meeresflut einschlürfte und wieder ausspie. Wenn sie das Wasser herausbrach, flog weißer Schaum empor, schluckte sie es aber wieder hinunter, so senkten sich die finsteren Wogen tief hinab, und indes der Fels donnerte, konnte man die schwarzen Kieselsteine auf dem Grunde erblicken. Entsetzt starrten wir auf dieses Schauspiel. Wir wichen dem Strudel zur Linken aus, kamen dabei jedoch der Skylla zu nahe, deren Fels ich zu spät entdeckte, und schon hatten ihre fletschenden Rachen sechs meiner tapfersten Genossen auf einmal vom Bord hinweggeschnappt. Ich sah sie mit zappelnden Händen und Füßen zwischen den Zähnen des Ungeheuers hoch in die Lüfte schweben; hilfeflehend riefen sie mich beim Namen, einen Augenblick später waren sie zermalmt.
Viel Schreckliches habe ich auf meiner Irrfahrt erdulden und mit ansehen müssen, ein jammervollerer Anblick ist mir nicht geworden.
Nun aber waren wir glücklich zwischen dem Strudel der Charybdis und dem Felsen der Skylla hindurchgelangt, die sonnenbeglänzte Insel Thrinakia lag vor uns, die dem Sonnengotte geweiht ist, und schon von weitem hörten wir das Brüllen der heiligen Rinder. In diesem Augenblick fiel mir ein, daß Kirke mich davor gewarnt hatte, die Insel des Helios zu betreten, weil uns dort das jämmerlichste Schicksal bevorstünde. Ich sagte es den Gefährten, die darüber sehr betrübt waren und mich inständig baten: »Laß uns doch wenigstens eine einzige Nacht dort am Ufer verbringen, das uns so gastlich entgegenwinkt!« Ich gab nach, ließ sie aber einen heiligen Eid schwören, kein Rind aus der Herde des Sonnengottes zu schlachten, auch wenn der Hunger noch so groß sein sollte. Sie alle schwuren willig, und so ließen wir unser Fahrzeug in eine Bucht einlaufen, aus der sich süßes Wasser ins Salzmeer ergoß. »Ich warne euch nochmals, liebe Gefährten«, rief ich, ehe wir landeten, »mordet mir keines der heiligen Rinder, und sollten wir gleich widriger Winde wegen länger hier verweilen müssen, als uns lieb ist!«
In der Tat hielten uns beständige Oststürme vier Wochen auf Thrinakia fest. Solange wir von dem Vorrat zehrten, mit dem uns die Zauberin versorgt hat-

te, dachte niemand daran, sich an Helios' Herde zu vergreifen. Als aber Speise und Trank zu Ende waren und der Hunger sich einstellte, da riet Eurylochos, während ich selbst gerade abwesend war, dem Gott die schönsten Rinder seiner Herde zu opfern und an dem übriggebliebenen Fleisch den quälenden Hunger zu stillen; ein verderblicher Rat! Die Genossen trieben auch sogleich die allerbesten Rinder herbei, schlachteten sie und brachten die Eingeweide mit den in Fett eingewickelten Lenden auf einem rasch errichteten Altare zum Opfer dar. Die reichlichen Überreste steckten sie an Spieße, brieten sie über dem Feuer und setzten sich eben zum Mahle, als ich, dem der Opferduft schon von weitem entgegengedampft war, herankam und sah, daß das Unglück nicht mehr abgewendet werden konnte.
Zur selben Stunde erschien der Sonnengott, dessen klares Auge alles mit angesehen hatte, vor Zeus und den übrigen Göttern und klagte ihnen den Frevel an seinem Eigentum. »Werden die Verbrecher nicht bestraft, wie sie es verdienen«, rief Helios, »so lenke ich den goldenen Sonnenwagen hinab zum Hades und entziehe der Erde für immer mein Licht!« – Da erhob sich Zeus von seinem Throne und sprach: »Leuchte du getrost auch weiterhin den Göttern wie den Menschen – ich will den verfluchten Räubern ihr Schiff bald zerschmettern, daß sie alle in den Abgrund versinken. Laß sie nur erst wieder auf die offene See hinausfahren!«
Diese himmlischen Vorgänge erzählte mir später der göttliche Mund der Nymphe Kalypso, doch konnte ich den Zorn der Götter schon jetzt an schauerlichen Wunderzeichen erkennen. Denn während ich in tiefem Unmut die Genossen anfuhr und mit harten Worten schalt, krochen auf einmal die abgezogenen Häute der Rinder umher, als ob sie lebendig wären; das rohe Fleisch und die Braten am Spieß brüllten, wie Rinder brüllen. Meine hungrigen Begleiter störte das freilich nicht, sie schmausten sechs Tage lang in einem fort, und erst am siebenten, als sich die Stürme legten, stiegen wir wieder zu Schiff und lösten uns vom Lande ab.
Wir steuerten bei gutem Winde dahin. Längst hatten wir die Insel aus unseren Augen verloren, nur Himmel und Wasser umgaben uns. Da ballte Zeus über unseren Häuptern schwarzblaues Gewölk zusammen, und das Meer unter uns wurde immer dunkler. Plötzlich begannen alle Höhen und Tiefen zu grollen, und ein wütender Orkan brach, aus Westen kommend, über uns herein. Er zerriß die Haltetaue des Mastbaums und schleuderte die schwere Stange samt dem Segel krachend rückwärts in das Schiff. Die ganze Last stürzte dem am Heck sitzenden Steuermann auf den Kopf und zerbrach ihm den Schädel; wie ein Taucher sank er ins Meer hinab, und die Wellen verschluckten den Leichnam.
Jetzt erschütterte ein Blitz das Schiff und füllte es mit Schwefeldampf; Zeus'

Donnerkeil hatte uns getroffen. Meine Freunde stürzten aus dem Fahrzeug, zappelten noch eine Weile wie schwimmende Krähen in den Wellen umher und versanken endlich alle bis zum letzten Mann.
Ich irrte allein durch das Schiff. Bald löste sich die Wandung von den Rippen. Da ergriff ich ein Lederseil, das am Maste hing, und verband diesen mit dem Kiel. Hierauf schwang ich mich rittlings auf die Stange und trieb so, den Tod vor Augen, durch den Sturm und die tobenden Fluten dahin.
Endlich legte sich der Orkan. Doch nun erhob sich heftiger Südwind, der trieb mich wieder der Charybdis zu. Immer näher hörte ich ihr drohendes Brausen und Gurgeln, und im Morgendämmern erblickte ich auch den düsteren, spitzen Felsen der Skylla gegenüber dem gräßlichen Strudel. Der verschlang gar bald mein armseliges Gefährt. Im letzten Augenblick packte ich die Äste eines Feigenbaumes, der vom steilen Ufer über das gischtende Wasser ragte, und hing nun zwischen Himmel und Meer wie eine Fledermaus schwebend in der Luft. Mit aller Kraft hielt ich mich im schwankenden Gezweige, bis die Charybdis Mast und Kiel endlich wieder ausspie. Da ließ ich die rettenden Äste fahren und war mit einem Sprung wieder auf meinem alten Sitz. Mit den bloßen Händen ruderte ich aus dem Wirbel hinaus und wäre dennoch verloren gewesen, hätte mich Zeus, den meine Leiden rührten, nicht vor den Augen der Skylla verborgen.
Neun Tage trieb ich auf dem schmalen Kiele in der See umher, ehe mich gnädige Götter in der zehnten Nacht endlich an Kalypsos Inseln gelangen ließen. Die Göttin nahm mich liebreich auf, pflegte und erquickte mich, und ich genoß, wenn auch von Heimweh bedrückt, lange Zeit ihre Wohltaten und die Wunder ihres prangenden Eilandes.

SINDBAD DER SEEFAHRER

Zu den berühmten arabischen Märchen, mit denen des Großwesirs Tochter Scheherezade 1001 Nächte lang ihrem König die Zeit vertreibt, gehören auch die Geschichten des Überseekaufmanns Sindbad, genannt der Seefahrer. Er stammt aus Bagdad, der Hauptstadt des heutigen Irak am Tigris, der zusammen mit dem Euphrat, dem anderen großen Strom Mesopotamiens, bei der Hafenstadt Basra zum Schatt-el-Arab vereint, in den Persischen Golf fließt. Die großen Erdölvorkommen, die heute in diesem Gebiet gefördert und mit Riesentankern in alle Welt verfrachtet werden, waren zu Sindbads Zeiten noch nicht bekannt. Aber das alte Basra, von wo aus er seine Schiffsreisen unternahm, war damals, ehe der Seeweg um Afrika herum entdeckt war, der bedeutendste arabische Hafen und Hauptumschlagplatz im Handel mit Indien und Ostasien.

Das Essen ward gebracht, und als man gegessen und getrunken hatte und guter Dinge war, hub Sindbad der Seefahrer an und erzählte:

Ihr wisset, meine Brüder, als ich nach der Stadt Bagdad zurückgekehrt war, blieb ich bei den Meinen und bei meinen Freunden und Genossen und lebte in der größten Wonne und Freude und Behaglichkeit und vergaß, was ich durchgemacht hatte, weil es mir so gut ging. Ich gab mich ganz den Freuden des Spiels und Gesanges hin und dem Zusammensein mit den Gefährten und Freunden und führte das schönste Leben, das man sich denken kann. Und dennoch, von neuem versuchte mich meine Seele zum Bösen und flüsterte mir ein, in die weite Welt hinauszueilen, und ich begehrte wieder, bei all den fremden Völkern zu weilen, Handel zu treiben und Gewinn zu machen. Sowie mein Entschluß feststand, kaufte ich mir kostbare Waren, die sich für eine Seereise eigneten, ließ sie in viele Ballen verschnüren, und das waren mehr als gewöhnlich. Dann zog ich von Bagdad nach Basra, brachte meine Ballen auf ein Schiff und traf dort mit Leuten zusammen, die zu den Vornehmsten der Stadt gehörten.

Wir traten unsere Fahrt an, und unser Schiff fuhr mit dem Segen Allahs des Erhabenen dahin über das tosende Meer mit den brandenden Wogen ringsumher. Da der Wind uns günstig war, so segelten wir eine lange Zeit hindurch Tag und Nacht weiter, von Insel zu Insel und von Meer zu Meer, bis sich plötzlich eines Tages ein widriger Wind über uns erhob. Da ließ der Kapitän die Anker auswerfen und hielt das Schiff mitten im Fahren an, aus Furcht, wir könnten auf hoher See untergehen. Und wie wir nun in unserer Not beteten und demütig zu Allah dem Erhabenen flehten, kam plötzlich ein gewaltiger Orkan über uns, zerriß die Segel in lauter Fetzen und warf die Menschen samt ihren Waren, samt all ihren Gütern und Sachen, die sie besaßen, in die See. So sank auch ich mit den anderen ins Meer; aber ich schwamm auf dem Wasser einen halben Tag lang umher, und als ich mich schon verloren gab, sandte Allah der Erhabene mir eine von den Planken des Schiffes; auf die kletterte ich hinauf, und ebenso taten einige von den Kaufleuten.

Wir blieben beieinander und trieben auf jenem Brette weiter, indem wir mit unseren Beinen im Meere ruderten; und Wind und Wellen waren uns günstig. Einen Tag und eine Nacht hindurch verbrachten wir in solcher Lage; am nächsten Tage aber in der Frühe erhob sich ein Sturm wider uns, das Meer begann zu toben. Wind und Wellen gingen hoch, und da warf uns die See auf eine Insel. Wir waren fast tot vor Aufregung und Anstrengung, vor Kälte und Hunger, vor Schrecken und Durst. Dennoch gingen wir auf der Insel weiter, und da fanden wir auf ihr allerlei Kräuter, von denen aßen wir, um unser Leben zu fristen und uns bei Kräften zu erhalten. Die Nacht über verbrachten wir am Strande der Insel.

Als aber der Morgen sich einstellte und die Welt mit seinem Glanz und Licht erhellte, erhoben wir uns und wanderten auf der Insel nach allen Seiten umher. Da leuchtete uns plötzlich in der Ferne ein Gebäude. Und wir gingen auf diesen Bau zu, den wir so von ferne erblickten, und machten nicht eher halt, als bis wir vor seiner Tür standen. Doch kaum waren wir dort, so kam aus jener Tür eine Schar nackter Männer zu uns heraus. Die sagten kein Wort zu uns, sondern ergriffen uns und schleppten uns vor ihren König. Der gab uns ein Zeichen, daß wir uns setzen sollten; und als wir das getan hatten, brachte man uns eine Speise, die wir nicht kannten und derengleichen wir noch nie gesehen hatten. Meine Seele warnte mich davor, und so aß ich nichts von ihr, obgleich meine Gefährten es taten. Daß ich mich des Essens enthielt, geschah durch die Gnade Allahs des Erhabenen, und dies ist der Grund, daß ich heute noch am Leben bin.

Als nämlich meine Gefährten von jener Speise gegessen hatten, entfloh ihnen der Verstand, und sie begannen wie die Wahnsinnigen zu schlingen, und ihr ganzes Aussehen veränderte sich. Danach brachten die Wilden ihnen Kokosnußöl, gaben es ihnen zu trinken und rieben sie damit ein. Kaum hatten meine Gefährten von jenem Öl getrunken, so verdrehten sie die Augen im Kopf und begannen von neuem jene Speise zu verschlingen, ganz anders, als

sie sonst zu essen pflegten. Da machte ich mir große Sorgen um ihren Zustand, und sie taten mir leid. Zugleich machte ich mir schwere Gedanken, weil ich wegen jener nackten Leute sehr für mein eigenes Leben fürchten mußte. Doch sah ich mir die Menschen etwas näher an; sie waren ein heidnisch Volk, und der König ihrer Stadt war ein Ghûl. Jeden, der in ihr Land kam, oder den sie im Tale oder auf den Wegen sahen oder trafen, den führten sie zu ihrem König, gaben ihm von jener Speise zu essen und salbten ihn mit jenem Öl; dann erweiterte sich sein Magen, so daß er viel verschlingen konnte, sein Verstand umnebelte sich, seine Gedanken wurden völlig verwirrt, und er ward wie ein blöder Narr. Darauf gaben sie ihm noch mehr von jener Speise zu essen und von jenem Öl zu trinken, bis er dick und feist war und sie ihn schlachteten und für ihren König zubereiteten; die Leute des Königs aber fraßen das Menschenfleisch, ohne es zu rösten oder zu kochen.
Als mir solches bei den Leuten kund ward, graute mir fürchterlich um meinetwillen und auch um meiner Gefährten willen; die wußten jetzt, da ihre Sinne ganz umnebelt waren, schon gar nicht mehr, was mit ihnen geschah, und sie wurden einem Burschen übergeben, der sie jeden Tag auf jener Insel zur Weide brachte, wie man Vieh weidet. Ich war jedoch durch Furcht und Hunger schwach und siech geworden, und mein Fleisch war auf den Knochen eingeschrumpft. Als die Wilden mich in diesem Zustande sahen, ließen sie mich in Ruhe und vergaßen mich ganz; keiner von ihnen dachte mehr an mich, und ich kam ihnen gar nicht mehr in den Sinn, so daß ich eines Tages durch eine List jener Stätte entschlüpfen konnte. Und ich lief auf der Insel weiter, weit weg von jenem Schreckensort. Da erblickte ich einen Hirten, der auf einem hohen Felsen mitten im Meere saß; wie ich genauer hinschaute, erkannte ich in ihm den Burschen, dem sie meine Gefährten zum Weiden übergeben hatten, und bei ihm waren noch viele andere, denen es ebenso erging. Als jener Bursche mich sah, wußte er, daß ich noch im Besitze meines Verstandes war und nicht besessen wie meine Gefährten; und so machte er mir von ferne ein Zeichen, das besagen sollte: »Kehr um und geh dann den Weg zu deiner Rechten, so kommst du auf die große Landstraße!«
Ich kehrte also um, wie er mir geraten hatte, fand den Weg zu meiner Rechten und ging auf ihm weiter. Eine ganze Weile zog ich auf ihm dahin; bald lief ich vor Angst, bald ging ich langsam, um mich zu erholen, und das tat ich so lange, bis ich dem Menschen, der mich auf den Weg gewiesen hatte, aus den Augen entschwunden war: Ich sah ihn nicht mehr, und er konnte mich auch nicht mehr erkennen.
Nun aber ging die Sonne vor mir unter, und die Dunkelheit kam; da setzte ich mich nieder, um auszuruhen; gern hätte ich geschlafen, aber der Schlummer kam in jener Nacht nicht zu mir, vor lauter Angst, Hunger und Übermü-

dung. Als die halbe Nacht vergangen war, stand ich auf und ging auf der Insel weiter, bis es Tag ward. Und wie nun der Morgen sich erhob und die Welt mit seinem leuchtenden Lichte durchwob und als der Sonne Strahl aufging über Berg und Tal, da begann ich, weil mich hungerte und dürstete, von den Kräutern und Gräsern der Insel zu essen. Ich aß so lange davon, bis ich satt war und ich so mein Leben gefristet hatte. Dann brach ich von neuem auf und wanderte weiter auf der Insel; das tat ich den ganzen Tag und die ganze Nacht hindurch, indem ich jedesmal, wenn ich Hunger verspürte, von den Kräutern aß. Und dabei blieb es sieben Tage und sieben Nächte.
Als aber der Morgen des achten Tages anbrach, fiel mein Blick auf ein unbestimmtes Etwas in der Ferne. Darauf ging ich los, bis ich nach Sonnenuntergang in seine Nähe kam; und während ich noch ein wenig entfernt war und mir das Herz erbebte wegen all der Schrecken, die ich zum ersten und zum andern Male erduldet hatte, sah ich genauer hin, und da erkannte ich eine Schar von Leuten, die Pfefferkörner sammelten. Nun ging ich nahe an sie heran, und als sie mich erblickten, eilten sie auf mich zu und umringten mich von allen Seiten und fragten mich: »Wer bist du, und woher kommst du?« Ich antwortete ihnen: »Wisset, ihr Leute, ich bin ein armer Fremdling«, und dann erzählte ich ihnen alles, wie es um mich stand und was für Schrecknisse

und Gefahren ich durchgemacht hatte. Da sagten sie: »Das ist alles wunderbar! Aber wie bist du den Schwarzen entronnen und ihnen auf dieser Insel entschlüpft, wo sie doch so viele sind, diese Menschenfresser, denen keiner entgeht und niemand entrinnen kann?«

Nun erzählte ich ihnen, wie es mir bei jenen ergangen war, wie die Wilden meine Gefährten ergriffen und ihnen die Speise zu essen gegeben hatten, während ich nicht davon aß. Sie beglückwünschten mich zu meiner Errettung und wunderten sich von neuem über meine Abenteuer. Dann baten sie mich, bei ihnen zu bleiben; und als sie mit ihrer Arbeit fertig waren, brachten sie mir etwas gute Speise; und ich aß davon, weil ich hungrig war. Nachdem ich mich so eine Weile bei ihnen erholt hatte, nahmen sie mich mit sich in ein Boot und fuhren mich zu ihrer Insel, auf der sie wohnten. Dort führten sie mich alsbald vor ihren König. Nachdem ich den Gruß vor ihm gesprochen hatte, hieß er mich ehrenvoll willkommen und fragte mich, wie es um mich stehe. Da gab ich ihm Auskunft über mich und über meine Erlebnisse und Abenteuer von dem Tage meiner Abfahrt von Basra an bis zur Zeit meiner Ankunft bei ihm.

Mit hoher Verwunderung hörte er der Erzählung meiner Abenteuer zu, und desgleichen taten alle, die in seinem Saale anwesend waren. Dann befahl er mir, mich an seine Seite zu setzen, und nachdem ich das getan hatte, ließ er die Speisen bringen. Als die nun vor mir standen, aß ich, bis ich satt war; darauf wusch ich meine Hände und sagte Allah dem Erhabenen Lob und Preis und Dank für Seine Güte.

Schließlich verließ ich den König wieder, um mich in der Stadt umzuschauen; da sah ich, daß sie wohlgebaut und volkreich war und viele Nahrungsmittel, Märkte und Waren, Käufer und Verkäufer hatte. So freute ich mich denn, daß ich zu dieser Stadt gekommen war, und ich ließ es mir dort wohl sein; ich schloß auch Freundschaft mit den Einwohnern und stand bei ihnen und bei ihrem König in höheren Ehren als die Großen des Reiches aus dem Volke der Stadt.

Nun sah ich, daß alle Leute, groß und klein, auf edlen, schönen Pferden ritten, aber ohne Sättel. Darüber wunderte ich mich, und so fragte ich den König: »Hoher Herr, warum reitest du nicht auf einem Sattel? Dadurch hat der Reiter doch mehr Ruhe und behält mehr Kraft.« Der König fragte mich: »Was ist denn ein Sattel? Solch ein Ding haben wir in unserem ganzen Leben noch nie gesehen, und darauf sind wir noch nie geritten.« Ich antworte ihm: »Wenn du mir erlaubst, dir einen Sattel zu machen, so kannst du darauf reiten und seinen Wert erkennen.« »Tu das!« erwiderte er; und dann bat ich ihn, mir etwas Holz holen zu lassen.

Er befahl sogleich, mir alles zu bringen, was ich haben wollte. Da ließ ich einen geschickten Zimmermann kommen, setzte mich neben ihn und lehrte ihn die Kunst, ein Sattelgestell zu machen. Darauf nahm ich Wolle, krempelte sie und machte eine Filzdecke daraus; ferner ließ ich mir Leder bringen und überzog das Gestell damit; nachdem ich es auch noch geglättet hatte, versah ich es mit Riemen und Gurt. Zuletzt ließ ich einen Schmied kommen und beschrieb ihm die Steigbügel; er schmiedete ein Paar großer Bügel, und ich feilte sie glatt und verzinnte sie. Ferner befestigte ich auch noch seidene Fransen an dem Sattel. Und schließlich holte ich eins der besten Rosse des Königs herbei, legte ihm den Sattel auf, band die Steigbügel daran und zäumte es auf; dann brachte ich es dem König. Der Anblick bereitete ihm ein großes Wohlgefallen, und er dankte mir. Als er aber darauf ritt, kannte seine Freude über den Sattel keine Grenzen mehr, und er machte mir ein großes Geschenk als Entgelt für meine Mühe.

Als sein Wesir sah, daß ich jenen Sattel gemacht hatte, bat er mich um einen gleichen; und so machte ich ihm denn einen gleichen Sattel. Nun kamen auch die Großen des Reiches und die Würdenträger und wollten alle einen Sattel von mir haben; und ich erfüllte ihnen den Wunsch. Ich hatte ja den Zimmermann die Kunst gelehrt, Sattelgestelle zu machen und den Schmied die Kunst, Steigbügel zu schmieden, und so verfertigten wir denn gemeinsam Sättel mit Steigbügeln und verkauften sie an die Großen und Vornehmen. Dadurch verdiente ich viel Geld, und ich stand bei ihnen hoch in Ehren, so daß sie mich immer lieber gewannen; ja, ich hatte eine hohe Stellung beim König und seinen Leuten, bei den Vornehmen der Stadt und den Großen des Reiches.

Eines Tages nun saß ich beim König, in aller Freude und hochgeehrt; und während ich so dasaß, sprach er plötzlich zu mir: »Wisse, Mann, du stehst jetzt in hohen Ehren bei uns und bist einer der Unsrigen geworden. Wir können uns nicht mehr von dir trennen und würden es nicht ertragen, wenn du unsere Stadt verließest; deshalb verlange ich etwas von dir, in dem du mir ohne Widerspruch gehorchen mußt.« Ich gab ihm zur Antwort: »Was ist das, was du von mir verlangst, o König? Ich werde deinen Worten nie widersprechen, denn du bist gütig und freundlich und wohltätig gegen mich. Preis sei Allah, daß ich einer von deinen Dienern geworden bin!« Da fuhr er fort: »Ich möchte dich bei uns mit einer schönen, klugen und anmutigen Frau vermählen, reich an Geld, die allen gefällt, auf daß du ganz bei uns heimisch wirst; und dann will ich dich bei mir in meinem Schlosse wohnen lassen. Widersprich mir nicht und handle meinem Worte nicht zuwider!« Wie ich das von dem König gehört hatte, schwieg ich beschämt und gab ihm keine Antwort, da ich so verlegen vor ihm war. Er aber fragte: »Warum gibst du mir keine Antwort, mein Sohn?«

Da erwiderte ich: »Mein Gebieter, du hast zu befehlen, o größter König unserer Zeit.«
Zur selbigen Stunde ließ er den Kadi und die Zeugen kommen und vermählte mich sogleich mit einer Frau aus vornehmen Stande und von hoher Herkunft, die viel Geld und Gut ihr eigen nannte, eines edlen Stammes Anverwandte, von wunderbarer Anmut und Schönheit, einer Herrin von Häusern, Höfen und Gütern.
Als nun der König unseren Ehebund geschlossen hatte, gab er mir ein großes und schönes Haus, das für sich allein stand; auch schenkte er mir Eunuchen und Diener und wies mir Gehalt und Einkünfte an. So lebte ich dort in aller Behaglichkeit, Zufriedenheit und Freude und vergaß, was ich vorher an Mühsal, Qual und Not erlitten hatte; und ich sagte mir: »Wenn ich heimreise, will ich sie mit mir nehmen. Alles, was dem Menschen vorherbestimmt ist, muß ihm zuteil werden; und niemand weiß, was ihm bevorsteht.« Ich liebte sie von ganzem Herzen, und wir waren einander zugetan. Wir lebten herrlich und in Freuden immerdar, eine lange Zeit, bis Allah der Erhabene einst die Frau meines Nachbarn zu sich nahm. Der war mein Freund, und so ging ich zu ihm, um ihn über den Verlust seiner Gattin zu trösten.
Ich fand ihn im tiefsten Elend; Herz und Sinn waren ihm voll Qual. Da sprach ich ihm mein Mitgefühl aus und suchte ihn zu trösten, indem ich sagte: »Traure nicht so sehr um deine Gattin! Allah der Erhabene wird dir an ihrer Statt wohl noch eine bessere geben, und du wirst lange leben, so Allah der Erhabene will.« Aber er brach in heftiges Weinen aus und sprach zu mir: »Mein Freund, wie kann ich mich denn mit einer anderen vermählen, wie kann Allah mir eine bessere als sie geben, wo ich doch nur noch einen einzigen Tag zu leben habe?« Ich fuhr fort: »Mein Bruder, sei vernünftig und berufe nicht deinen eigenen Tod; du bist doch wohl und gesund!« Doch er entgegnete: »Mein Freund, bei deinem Leben! Morgen wirst du mich verlieren, und du wirst mich nie in deinem Leben wiedersehen.« »Wie ist das möglich?« fragte ich ihn, und er antwortete mir: »Heute noch wird man meine Frau begraben, und man wird mich mit ihr in derselben Grube begraben; denn es ist die Sitte in unserem Lande, wenn die Frau zuerst stirbt, ihren Mann mit ihr lebendig zu begraben, und ebenso, wenn der Mann stirbt, die Frau mit ihm lebendig ins Grab zu bringen, damit nicht der eine nach dem Hinscheiden des andern sich noch des Lebens erfreue.« »Bei Allah«, rief ich aus, »das ist eine sehr schlechte Sitte; die kann niemand ertragen.«
Und während wir noch so miteinander sprachen, kamen die meisten Leute der Stadt und begannen dem Manne ihr Beileid auszusprechen, um seiner Gattin und um seiner selbst willen. Dann richteten sie die Leiche her, wie es ihre Sitte war, und brachten eine Bahre und trugen sie darauf fort, indem sie

ihren Mann mit sich nahmen. Sie führten die beiden zur Stadt hinaus, bis sie zum Fuß eines Berges an der Meeresküste kamen. Dort traten sie näher und hoben einen großen Stein vom Felsboden auf, und unter diesem Stein zeigte sich eine große Öffnung, die wie ein Brunnenloch aussah. Hier nun warfen sie die Frau hinab, denn dort unten befand sich eine große Höhle. Dann holten sie den Mann herbei, banden ihm ein Seil um die Brust und senkten ihn in jene Höhle hinab, und mit ihm einen großen Krug frischen Wassers und sieben Brote als Zehrung.

Nachdem sie ihn hinabgelassen hatten, machte er sich von dem Seile los, und sie zogen es wieder hoch; dann deckten sie den großen Stein über die Öffnung der Höhle, wie er vorher gewesen war, gingen ihrer Wege und ließen meinen Freund dort unten bei seiner toten Frau. Da sagte ich mir: Bei Allah, diese

Todesart ist noch schlimmer als die früheren. Und sofort ging ich zum König und sprach zu ihm: »Mein Gebieter, wie kommt es, daß man in eurem Lande die Lebendigen mit den Toten begräbt?« Er antwortete: »Es ist eine Sitte in unserem Lande, die Frau mit dem Manne zu begraben, wenn er zuerst stirbt, und ebenso den Mann mit seiner Frau, auf daß sie im Leben und im Tode vereint sind. Diese Sitte kommt von unseren Vorvätern her.« Weiter fragte ich: »O größter König unserer Zeit, wenn einem fremden Manne, wie zum Beispiel mir, seine Frau bei euch stirbt, tut ihr dann ebenso mit ihm, wie ihr mit jenem getan habt?« »Jawohl«, erwiderte der König, »wir begraben ihn mit ihr; es ergeht ihm, wie du gesehen hat.« Als ich diese Worte aus seinem Munde hören mußte, barst mir die Galle vor lauter Schrecken und Angst um mein Leben; mein Sinn war verstört, und ich lebte immer in der Furcht, meine Frau könnte vor mir sterben, und dann würden die Leute mich lebendig begraben. Aber zuletzt tröstete ich mich doch wieder, indem ich mir sagte: »Vielleicht sterbe ich vor ihr; niemand weiß, wer als erster dahingeht und wer als letzter.« Und ich begann meine Gedanken durch allerlei Geschäfte abzulenken.

Allein es dauerte nicht lange, da ward meine Frau krank, und nachdem sie nur wenige Tage hingesiecht hatte, starb sie. Die meisten Leute der Stadt versammelten sich bei mir, um mich und die Ihren über ihren Verlust zu trösten; ja, sogar der König selber kam zu mir, um mir seine Trauer über ihr Hinscheiden auszusprechen, so wie es bei ihnen Sitte war. Dann holte man eine Leichenwäscherin für sie; und nachdem sie gewaschen war, legte man ihr die schönsten Dinge an, die sie besaß, Kleider und Schmuck, Halsbänder und kostbare Edelsteine. Und als sie dann angekleidet und auf die Bahre gelegt und zu jenem Felsen hinausgetragen war, und als man ferner den Stein von der Öffnung der Höhle genommen und sie selbst hineingesenkt hatte, da traten alle meine Freunde und die Anverwandten meiner Frau auf mich zu, um von mir Abschied zu nehmen, während ich noch lebte. Ich aber schrie: »Ich bin ein fremder Mann; ich brauche mich nicht eurer Sitte zu fügen!« Sie hörten meine Worte wohl, doch sie kümmerten sich nicht darum, sondern ergriffen mich und fesselten mich wider meinen Willen; auch banden sie sieben Laibe Brotes und einen Krug frischen Wassers an mich fest, wie sie es gewohnt waren, und senkten mich in die Gruft hinab, zu jener großen Höhle unter dem Felsen. Dabei riefen sie mir zu: »Mach dich von den Seilen los!« Aber ich wollte es nicht tun, und so warfen sie die Seile zu mir herunter. Dann legten sie jenen großen Stein, der zu der Gruft gehörte, wieder über die Öffnung und gingen ihrer Wege.

Als sie fort waren, entdeckte ich in der Gruft viele Leichen, von denen ein ekelhafter Geruch ausströmte. Nun machte ich mir selbst Vorwürfe über das,

was ich getan hatte, und rief: »Bei Allah, ich verdiene alles das, was mir begegnet und was mir zustößt!«
Ich konnte aber von nun an Tag und Nacht nicht mehr unterscheiden, und ich nahm nur wenig Nahrung zu mir; ich aß immer nur dann, wenn der Hunger an mir nagte, und trank nur dann, wenn der Durst mich allzusehr quälte, aus Furcht, daß mein Vorrat an Brot und an Wasser aufgebraucht würde. Und ich sagte mir: Es gibt keine Macht und es gibt keine Majestät außer bei Allah, dem Erhabenen und Allmächtigen! Was für ein Fluch lag denn auf mir, daß ich mich in dieser Stadt vermählte! Jedesmal, wenn ich denke, ich sei einem Unheil entronnen, gerate ich in ein noch schlimmeres. Bei Allah, mein Tod hier ist ein ganz abscheulicher Tod! Wäre ich doch im Meer ertrunken oder in den Bergen umgekommen! Das wäre besser gewesen, als hier so elend zu verrotten.
In solcher Weise fuhr ich fort, mich zu schelten; und dabei lag ich auf den Gebeinen der Toten, und ich flehte zu Allah dem Erhabenen und begann den Tod herbeizusehnen, ohne ihn doch in meiner Verzweiflung zu finden. Und so ging es weiter, bis der Hunger wieder an mir nagte und der Durst mich verbrannte; dann richtete ich mich auf und tastete nach dem Brot und aß etwas davon und schlürfte ein klein wenig Wasser dazu. Schließlich aber stand ich ganz auf und begann in der Höhle umherzugehen. Da sah ich, daß sie sich weithin erstreckte und leere Ausbauchungen hatte; doch auf dem Boden lagen überall die Leichen und die modernden Knochen aus alter Zeit.
Darauf machte ich mir auf der einen Seite der Höhle, fern von den frischen Leichen, ein Lager zurecht, und dort pflegte ich zu schlafen. Aber allmählich ging mein Vorrat auf die Neige, und ich hatte nur noch ganz wenig übrig, obwohl ich nur einmal an jedem Tage oder gar an jedem zweiten Tage einen Bissen aß und einen Schluck trank, aus Furcht, Wasser und Brot möchten mir ausgehen, ehe ich stürbe.
In solcher Not blieb ich, bis eines Tages, als ich dasaß und nachdachte, was ich tun sollte, wenn mein Vorrat aufgebraucht wäre, plötzlich der Stein über der Öffnung weggeschoben wurde und das Tageslicht auf mich herabfiel. Ich sagte mir: Was hat das wohl zu bedeuten? und sah nun alsbald, wie die Leute oben um den Eingang zur Höhle herumstanden. Dann senkten sie einen toten Mann herunter und mit ihm eine lebendige Frau, die laut weinte und über ihr Los jammerte; der Frau aber hatten sie einen großen Vorrat an Brot und Wasser mitgegeben. Ich konnte sie sehen, aber sie sah mich nicht. Als nun die Leute den Stein wieder über die Öffnung der Gruft gewälzt hatten und ihrer Wege gegangen waren, sprang ich auf, in der Hand den Schenkelknochen eines toten Mannes, stürzte mich auf die Frau und schlug sie mitten auf den Kopf. Sie sank ohnmächtig zu Boden; dann schlug ich noch ein zweites und

ein drittes Mal auf sie los, bis sie tot war. Und nun nahm ich ihr Brot und alles, was sie bei sich trug; denn ich sah an ihr viel Schmuck und kostbare Gewänder, Halsbänder, Juwelen und Edelsteine. Ich trug das Wasser und das Brot von der Frau fort und setzte mich an den Platz, den ich mir auf der einen Seite der Höhle zurechtgemacht hatte, um dort zu schlafen.
Und nun begann ich ein wenig von diesem Vorrat zu essen, nur so viel, daß ich gerade mein Leben fristen konnte; denn ich wollte es nicht zu rasch aufbrauchen und dann vor Hunger und Durst umkommen. Eine lange Zeit lebte ich so in jener Gruft; und jedesmal, wenn jemand lebendig mit einem Toten begraben wurde, schlug ich ihn tot und nahm ihm Speise und Trank ab, um mich damit am Leben zu erhalten.
Schließlich aber, als ich eines Tages im Schlafe dalag, wachte ich plötzlich auf, da ich an einer Ecke der Höhle etwas kratzen hörte. Ich wollte erfahren, was das sei, und so erhob ich mich und schlich auf das Geräusch zu, in der Hand den Schenkelknochen eines toten Mannes. Sobald aber das Wesen mich bemerkte, lief es eiligst vor mir davon. Es war nämlich ein wildes Tier; ich ging ihm bis zum andern Ende der Höhle nach, und da entdeckte ich plötzlich einen ganz kleinen Lichtschein, der so groß war wie ein Stern und bald auftauchte, bald verschwand. Sowie ich den erblickte, ging ich auf ihn zu, und je näher ich kam, desto heller und größer wurde der Schein. So war ich denn sicher, daß dort ein Spalt im Felsen sein müsse, der ins Freie führte; und ich sagte mir: Dieser Spalt da muß doch irgendeinen Grund haben; entweder ist es ein zweiter Zugang wie jene Öffnung, durch die man mich heruntergelassen hat, oder es ist ein Riß im Felsen. So dachte ich eine Weile darüber nach, und als ich immer weiter in der Richtung des Lichtscheines ging, zeigte sich mir ein Loch auf der anderen Seite jenes Felsens, das die wilden Tiere ausgehöhlt hatten und durch das sie an diese Stätte zu kommen pflegten, um die Leichen zu fressen, und, wenn sie satt waren, wieder hinausschlüpften. Als ich das sah, kam Ruhe und Frieden über mein ganzes Inneres, mein Herz war erlöst, und nun war nach des Todes Banden der Glaube an das Leben wieder erstanden. Doch ich ging dahin wie im Traum.
Als es mir dann gelungen war, durch den Spalt hinauszukriechen, sah ich mich auf einem hohen Felsen an der Küste des Salzmeeres, der zwischen den beiden Meeren lag und das Meer auf jener Seite der Insel von dem auf der anderen Seite und von der Stadt trennte, so daß niemand von ihr dorthin gelangen konnte. Da pries ich Allah den Erhabenen und dankte ihm; ich freute mich gewaltig, und mein Herz schöpfte neuen Mut. Darauf kehrte ich durch den Spalt wieder in die Höhle zurück und holte mir all das Brot und Wasser, das ich mir dort aufgespart hatte. Auch holte ich mir ein paar Kleider von den Toten und legte sie an, um andere zu haben, als die ich bisher getragen hatte.

Ferner nahm ich ihnen vieles ab von dem, was sie trugen, Ketten, Edelsteine, Perlenhalsbänder, Schmuckstücke aus Silber und Gold, in die allerlei Juwelen eingelegt waren, und andere Kleinodien; die schnürte ich in meine Kleider und in Kleider der Toten ein und brachte sie so durch den Spalt hinaus auf den Felsrücken. Und ich blieb an der Meeresküste; aber jeden Tag ging ich in der Höhle aus und ein, und jedesmal, wenn man einen Lebendigen begrub, schlug ich ihn tot, ob Mann oder Weib, nahm seinen Vorrat an Speise und Trank und kroch wieder durch den Spalt hinaus. Dann saß ich wieder an der Küste des Meeres und wartete auf Rettung von Allah dem Erhabenen durch ein Schiff, das an mir vorbeifahren würde. Alles, was ich in jener Höhle an Schmuckstücken fand, das schnürte ich in die Kleider der Toten und schaffte es hinaus. Auf diese Weise lebte ich eine lange Zeit dahin.

Doch eines Tages, als ich wieder dort saß und über mein Schicksal nachdachte, entdeckte ich ein vorbeifahrendes Schiff, mitten in dem tosenden Meer mit den brandenden Wogen ringsumher. Da nahm ich ein weißes Tuch, eins von den Kleidern der Toten, und band es an einen Stab. Dann lief ich an der Küste hin und her, indem ich den Leuten auf dem Schiffe mit jenem Tuche winkte, bis ihr Auge auf mich gelenkt ward und sie mich dort oben auf dem Felsen erkannten. Sie kamen näher, und als sie meine Stimme hörten, schickten sie ein Boot, das mit einigen Seeleuten bemannt war, zu mir herüber.

Wie die nun nahe bei mir waren, riefen sie mir zu: »Wer bist du, und wie bist du auf diesen Felsen gekommen, auf dem wir in unserem ganzen Leben noch nie einen Menschen gesehen haben?« Ich antwortete ihnen: »Ich bin ein Kaufmann; das Schiff, auf dem ich fuhr, ist untergegangen, und ich habe mich mit meinen Sachen auf einer Planke gerettet. Allah der Erhabene half mir, daß ich hier landen konnte, und meine Sachen habe ich durch eigene Kraft und Geschicklichkeit behalten, nachdem ich mich schwer gemüht habe.«

Da nahmen sie mich in ihr Boot auf und verluden auch alles das, was ich aus der Höhle geholt und in Kleider und Leichentücher verschnürt hatte. Dann ruderten sie mit mir zurück, bis sie mich auf das Schiff hinauf zu ihrem Kapitän führen konnten, während ich alle meine Sachen bei mir hatte. Der Kapitän fragte mich: »Mann, wie bist du an diese Stätte gekommen? Das ist ja ein hoher Berg, und hinter ihm liegt eine große Stadt; ich bin mein ganzes Leben lang in diesem Meere gefahren und immer bei diesem Berge vorbeigekommen, aber ich habe nie auf ihm etwas anderes als wilde Tiere und Vögel gesehen.« Darauf erwiderte ich ihm: »Ich bin ein Kaufmann; ich fuhr auf einem großen Schiffe, aber es litt Schiffbruch, und da fiel ich mit all meinen Sachen ins Meer, mit all diesen Stoffen und Kleidern, wie du sie hier siehst. Ich konnte sie jedoch auf eine von den Schiffsplanken packen, und dann halfen mir Glück und Geschick, daß ich auf den Felsen dort klettern konnte, ich habe immer gewartet, ob jemand vorbeikäme und mich mit sich nähme.« Allein, ich erzählte ihm nicht, wie es mir in der Stadt ergangen war: denn ich fürchtete, es könnte einer von den Einwohnern jener Stadt auf dem Schiffe sein. Darauf holte ich für den Schiffsherrn vielerlei aus meinem Schatze heraus und sprach zu ihm: »Mein Gebieter, du bist die Ursache meiner Rettung von diesem Berge; so nimm denn dies als Entgelt für die Wohltat, die du mir erwiesen hast!« Er wollte es aber nicht nehmen, sondern er sprach zu mir: »Wir nehmen nichts an. Wenn wir einen Schiffsbrüchigen an der Meeresküste oder auf einer Insel sehen, so retten wir ihn und geben ihm zu essen und zu trinken; und wenn er nackt ist, so kleiden wir ihn. Und wenn wir schließlich zum sicheren Hafen gelangen, so geben wir ihm von uns aus ein Geschenk und handeln gütig und freundlich an ihm um Allah des Erhabenen willen.« Da betete ich um langes Leben für ihn; und wir fuhren weiter von Insel zu Insel und von Meer zu Meer.

In jener Zeit hoffte ich, daß ich nun von allem Leid befreit sei, und ich freute mich, daß ich mit dem Leben davongekommen war. Sooft ich aber daran dachte, wie ich in der Gruft bei meiner toten Frau gesessen hatte, schwanden mir die Sinne. Durch die Allmacht Allahs kamen wir denn unversehrt nach der Stadt Basra; dort ging ich an Land, und nachdem ich mich einige Tage lang aufgehalten hatte, kam ich endlich wieder nach der Stadt Bagdad. Ich begab mich sofort in mein Stadtviertel und trat in mein Haus ein. Dann begrüßte ich die Meinen und meine Freunde und fragte sie, wie es ihnen ginge, und alle freuten sich über meine glückliche Heimkehr und beglückwünschten mich. Dann speicherte ich alle Güter, die ich mitgebracht hatte, in meinen Warenhäusern auf, verteilte Geschenke und Gaben und kleidete die Witwen und Waisen. Ich lebte so herrlich und schön, wie man es sich nur denken kann, indem ich mich auch wieder wie früher in fröhlichem Verein zu den Genossen gesellte, bei Scherz und Gesang.

HANS JACOB CHRISTOPH VON GRIMMELSHAUSEN

SCHIFFBRUCH BEI MADAGASKAR

Hans Jacob Christoph von Grimmelshausen war der bedeutendste deutsche Schriftsteller des 17. Jahrhunderts. Schon als Junge hatte er am Dreißigjährigen Krieg teilgenommen, in dem Mitteleuropa schwer verwüstet wurde. Später hat er seine Kriegserlebnisse in mehreren Romanen verarbeitet, der umfangreichste und bekannteste erzählt die Abenteuer des Simplizius Simplizissimus. Nach ereignisreichen Feldzügen und Reisen in Europa gelangt dieser schließlich im Roten Meer auf ein portugiesisches Schiff. Grimmelshausens Sprache, in der er auch Simplizius von seiner Seereise berichten läßt, ist das kraftvoll anschauliche Deutsch der Barockzeit.

Als wir nun zu Schiff gangen, vom Sinu Arabico oder Roten Meer auf den Oceanum kommen und erwünschten Wind hatten, nahmen wir unsern Lauf das Caput bonae Speranzae zu passiren, segelten auch etliche Wochen so glücklich dahin, daß wir uns kein ander Wetter hätten wünschen können. Da wir aber vermeinten, nunmehr bald gegen der Insul Madagascar über zu sein, erhub sich gähling solch ein Ungestüm, daß wir kaum Zeit hatten, die Segel einzunehmen. Solches vermehrete sich je länger je mehr, also daß wir auch die Mast abhauen und das Schiff dem Willen und Gewalt der Wellen lassen mußten. Dieselben führten uns in die Höhe gleichsam an die Wolken, und im Augenblick senkten sie uns wiederum bis auf den Abgrund hinunter, welches bei einer halben Stunde währete und uns trefflich andächtig beten lernete. Endlich warfen sie uns auf eine verborgene Stein-Klippe mit solcher Stärke, daß das Schiff mit grausamem Krachen zu Stücken zerbrach, wovon sich ein jämmerliches und elendes Geschrei erhub. Da ward dieselbe Gegend gleichsam in einem Augenblick mit Kisten Ballen und Trümmern vom Schiff überstreuet; da sahe und hörte man hie und dort, oben auf den Wellen und unten in der Tiefe die unglückseligen Leute an denjenigen Sachen hangen, die ihnen in solcher Not am allerersten in die Hände geraten waren, welche mit elen-

dem Geheul ihren Untergang bejammerten und ihre Seelen Gott befahlen. Ich und ein Zimmermann lagen auf einem großen Stück vom Schiff, welches etliche Zwerchhölzer behalten hatte, daran wir uns fest hielten und einander zusprachen. Mithin legten sich die grausamen Winde allgemach, davon die wütenden Wellen des zornigen Meers sich nach und nach besänftigten und geringer wurden; hingegen aber folgte die stickfinstere Nacht mit einem schröcklichen Platz-Regen, daß es das Ansehen hatte, als hätten wir mitten im Meer von oben herab ersauft werden sollen. Das währete bis um Mitternacht, in welcher Zeit wir große Not erlitten hatten; darauf ward der Himmel wieder klar, also daß wir das Gestirn sehen konnten, an welchem wir vermerkten, daß uns der Wind je länger je mehr von der Seiten Afrikas in das weite Meer gegen Terram Australem incognitam hinein triebe, welches uns beide sehr bestürzt machte. Gegen Tag wurd es abermal so dunkel, daß wir einander nicht sehen konnten, wiewohl wir nahe bei einander lagen. In dieser Finsternus und erbärmlichem Zustand trieben wir immer fort, bis wir unversehens inwurden, daß wir auf dem Grund sitzen blieben und still hielten. Der Zimmermann hatte eine Axt in seinem Gürtel stecken, damit visitirte er die Tiefe des Wassers und fand auf der einen Seite nicht wohl Schuhtief Wassers: welches uns herzlich erfreuete und unzweifelige Hoffnung gab, Gott hätte uns irgends hin an Land geholfen, das uns auch ein lieblicher Geruch zu verstehen gab, den wir empfanden, als wir wieder ein wenig zu uns selbst kamen. Weil es aber so finster und wir beide ganz abgemattet, zumalen des Tags ehistes gewärtig waren, hatten wir nicht das Herz uns ins Wasser zu legen und solches Land zu suchen, unangesehen wir allbereit weit von uns etliche Vögel singen zu hören vermeineten, wie es denn auch nicht anders war. Sobald sich aber der liebe Tag im Osten ein wenig erzeigte, sahen wir durch die Düstere ein wenig Land, mit Büschen bewachsen, allernächst vor uns liegen; derowegen begaben wir uns alsobald gegen demselbigen ins Wasser, welches je länger je seichter ward, bis wir endlich mit großen Freuden auf das trukkene Land kamen. Da fielen wir nieder auf die Knie, küßten den Erdboden und danketen Gott im Himmel, daß er uns so väterlich erhalten und ans Land gebracht hatte. Und solchergestalt bin ich in diese Insul kommen.

Wir konnten noch nicht wissen, ob wir auf einem bewohnten oder unbewohnten, auf einem festen Land oder nur auf einer Insul waren; aber das merkten wir gleich, daß es ein trefflicher fruchtbarer Erdboden sein müßte, weil alles vor uns gleichsam so dick wie ein Hanf-Acker mit Büschen und Bäumen bewachsen war, also daß wir kaum dadurch kommen konnten. Als es aber völlig Tag worden und wir etwan eine Viertel-Stunde Wegs vom Gestad an durch die Büsche geschloffen waren und der Orten nicht allein keine einzige Anzeigung menschlicher Wohnung verspüren konnten, sondern

noch dazu hin und wieder viel fremde Vögel, die sich gar nichts vor uns scheueten, ja mit den Händen fangen ließen, antrafen: konnten wir unschwer erachten, daß wir auf einer zwar unbekannten jedoch aber sehr fruchtbarn Insul sein müßten. Wir fanden Citronen, Pomeranzen und Coquos, mit welchen Früchten wir uns trefflich wohl erquickten; und als die Sonne aufging, kamen wir auf eine Ebne, welche überall mit Palmen (davon man den Vin de Palme hat) bewachsen war, welches mein Camerad, der denselbigen nur viel zu gern trank, auch mehr als zuviel erfreuete. Daselbst hin satzten wir uns nieder an die Sonne, unsere Kleider zu trücknen, welche wir auszogen und zu solchem Ende an die Bäume aufhängten, vor uns selbst aber in Hemdern herum spazierten. Mein Zimmermann hieb mit seiner Axt in einen Palmiten-Baum und befand, daß sie reich von Wein waren; wir hatten aber darum kein Geschirr solchen aufzufangen, wie wir denn auch beide unsere Hüte im Schiffbruch verloren.
Als die liebe Sonne nun unsere Kleider wieder getrücknet, zogen wir selbige an und stiegen auf das felsichte hohe Gebürge, so auf der rechten Hand gegen Mitternacht zwischen dieser Ebne und dem Meer lieget, und sahen uns um; befanden auch gleich, daß wir auf keinem festen Land, sondern nur in dieser Insul waren, welche im Umkreis über anderthalb Stund Gehens nicht begriff; und weil wir weder nahe noch fern keine Landschaft, sondern nur Wasser und Himmel sahen, wurden wir beide betrübt und verloren alle Hoffnung, inskünftig wiederum Menschen zu sehen. Doch tröstete uns hinwiederum, daß uns die Güte Gottes an diesen gleichsam sichern und allerfruchtbarsten, und nicht an einen solchen Ort gesendet hatte, der etwan unfruchtbar oder mit Menschen-Fressern bewohnet gewesen wäre. Darauf fingen wir an zu gedenken, was uns zu tun oder zu lassen sein möchte, und weil wir gleichsam wie Gefangene in dieser Insul bei einander leben mußten, schwuren wir einander beständige Treue.
Das besagte Gebürge saß und flog nicht allein voller Vögel von unterschiedlichen Geschlechten, sondern es lag auch so voll Nester mit Eiern, daß wir uns nicht genugsam darüber verwundern konnten; wir tranken deren Eier etliche aus und nahmen noch mehr mit uns das Gebürge herunter, an welchem wir die Quelle des süßen Wassers fanden, welches sich gegen Osten so stark, daß es wohl ein geringes Mühl-Rad treiben könnte, in das Meer ergeußt, darüber wir abermal eine neue Freude empfingen und miteinander beschlossen, bei derselbigen Quell unsre Wohnung anzustellen.
Zu solcher neuen Haushaltung hatten wir beide keinen anderen Hausrat als eine Axt, einen Löffel, drei Messer, eine Piron oder Gabel und eine Scheer, sonst war nichts vorhanden. Mein Camerad hatte zwar ein Ducaten oder dreißig bei sich, welche wir gern vor ein Feuerzeug gegeben, wann wir nur

eins darvor zu kaufen gewußt hätten; aber sie waren uns nirgends zu nichts nütz, ja weniger wert als mein Pulver-Horn, welches noch mit Zündkraut gefüllet; dasselbe dürrete ich (weil es so weich als ein Brei war) an der Sonne, zettelte davon auf einen Stein, belege es mit leichtbrennender Materia, deren es von Moos und Baumwolle von den Coquos-Bäumen gnugsam gab, strich darauf mit einem Messer durch das Pulver und fing also Feur, welches uns so hoch erfreuete als die Erlösung aus dem Meer. Und wann wir nur Salz, Brot und Geschirr gehabt hätten, unser Getränke hinein zu fassen, so hätten wir uns vor die allerglückseligsten Kerl in der Welt geschätzet, obwohl wir vor vierundzwanzig Stunden unter die unglücklichsten gerechnet werden mögen: so gut getreu und barmherzig ist GOTT, dem sei Ehre in Ewigkeit, Amen.

Wir fingen gleich etwas Geflügel, dessen die Menge bei uns ohne Scheu herum ging, rupften's, wuschen's und steckten's an ein hölzernen Spieß; da fing ich an, Braten zu wenden, mein Camerad aber schaffte mir indessen Holz herbei und verfertigte eine Hütte, uns, wann es vielleicht wieder regnen würde, vor demselben zu beschirmen, weil der indianische Regen gegen Africa sehr ungesund zu sein pfleget; und was uns an Salz abging, ersatzten wir mit Citronen-Saft, unsere Speisen geschmacksam zu machen.

ROBINSONS STRANDUNG

Der Londoner Journalist Daniel Defoe hat im Jahr 1719 eines der noch heute bekanntesten Bücher der Welt geschrieben. Es ist der Bericht des Robinson Crusoe, der als einziger einen Schiffbruch an der Küste einer einsamen südamerikanischen Atlantikinsel überlebt und dort achtundzwanzig Jahre lang fern von aller Zivilisation sein abenteuerliches Leben meistert.

Am gleichen Tag, da ich an Bord ging, setzten wir noch die Segel und steuerten die Küste entlang in nördlicher Richtung, mit der Absicht, bei 10 oder 12 Grad nördlicher Breite Afrika anzupeilen, damals wohl der übliche Kurs. Das Wetter war sehr gut, nur ungewöhnlich heiß, solange wir unserer Küste entlang fuhren, bis wir schließlich auf die Höhe von Kap St. Augustino kamen, von wo wir Kurs aufs offene Meer nahmen und das Land aus den Augen verloren. Wir hielten zuerst auf die Insel Fernando de Noronha zu, Kurs Nordost zu Ost, und ließen diese östlich liegen. Auf diesem Kurs passierten wir nach etwa zwölf Tagen den Äquator; unsere letzte Standortberechnung zeigte uns auf 7 Grad 22 Minuten nördlicher Breite, als uns plötzlich ein heftiger Tornado oder Hurrikan völlig aus der Richtung brachte. Er begann aus Südosten, sprang um nach Nordwesten und setzte sich dann in Nordost fest, von wo er mit so furchtbarer Wut blies, daß wir zwölf Tage lang nichts anderes tun konnten, als uns, immer vor ihm weglaufend, treiben zu lassen, wohin es dem Schicksal und der Wut der Winde beliebte; ich brauche wohl nicht zu sagen, daß ich in diesen Tagen stündlich damit rechnete, von der See verschlungen zu werden; und es hoffte auch kein anderer auf dem Schiff, mit dem Leben davonzukommen.

In dieser Not starb zu all dem Schrecken des Sturms noch einer von unseren Leuten am hitzigen Fieber, und einen anderen samt dem Jungen spülten die Wellen über Bord. Gegen den zwölften Tag wurde das Wetter ein wenig ruhiger; der Kapitän machte, so gut es ging, eine Berechnung und fand, daß wir auf etwa 11 Grad nördlicher Breite, aber 22 Längengrade weiter westlich vom Kap St. Augustino standen. Seiner Rechnung nach waren wir also auf die Küste von Guayana oder Nordbrasilien zugetrieben, über den Amazonenfluß hinaus gegen den Orinoko, der gemeinhin nur der Große Strom genannt wird. Der Kapitän beriet nun mit mir, welchen Kurs wir nehmen sollten, denn das Schiff war leck und übel zugerichtet, und er wollte geradewegs zurück nach Brasilien segeln. Ich war durchaus dagegen; wir studierten zusammen die Karten der amerikanischen Küste und kamen zu dem Schluß, es sei hier kein bewohntes Land vorhanden, zu dem wir Zuflucht nehmen könnten, ehe wir in den Kreis der Karibischen Inseln kämen. Also hielten wir Kurs auf Barbados, was wir, wenn wir in die offene See hinaussteuerten und die Enge der Bay oder des Golfs von Mexiko vermieden, in fünfzehn Tagen, so hofften wir, leicht erreichen konnten; hingegen war es weder uns noch dem Schiff möglich, ohne einigen Beistand uns direkt auf den Weg nach Afrika zu machen. Wir änderten also unseren Kurs und steuerten Nordwest zu West, um so eine unserer englischen Inseln zu erreichen und dort Hilfe zu finden. Aber es war uns anders bestimmt; denn unter 12 Grad 18 Minuten nördlicher Breite überfiel uns ein neuer Sturm, der uns mit solcher Gewalt westwärts jagte und uns von allen gewohnten Handelswegen der Menschen so weit abtrieb, daß wir im Falle unserer Rettung aus der Seenot eher Aussicht gehabt hätten, von den Wilden gefressen zu werden, als jemals wieder in unser eigenes Land zurückzugelangen.

In dieser Not, der Wind blies immer mit unverminderter Heftigkeit, rief am frühen Morgen einer unserer Männer plötzlich: »Land!« Kaum waren wir alle, in der Hoffnung zu sehen, wo wir denn in Gottes Namen wären, aus den Kajüten gestürzt, da fuhr das Schiff auf eine Sandbank auf, und weil seine Fahrt so jählings gehemmt wurde, stürzte die See mit einer Gewalt darüber her, daß wir meinten, es sei um uns geschehen, und uns augenblicklich unter Deck verkrochen, um nur vor dem Schaum und der Gischt Schutz zu suchen. Wer niemals selber in Seenot gewesen ist, kann die Bestürzung der Menschen in einer solchen Lage weder beschreiben noch sich vorstellen. Wir wußten nicht, wo wir uns befanden, auf welches Land es uns verschlagen hatte, ob es eine Insel oder das Festland war, bewohnt oder unbewohnt. Da die Wut des Sturmes immer noch anhielt, wenn auch nun ein wenig verringert, konnten wir nicht hoffen, daß das Schiff, ohne in Stücke zu bersten, sich länger als ein paar Minuten halten würde, wofern nicht der Wind durch ein Wunder noch umgesprungen wäre. Wir saßen also da, sahen einander an und warteten jeden Augenblick auf den Tod, ein jeder bereitete sich auf seine Art auf die andere Welt vor; denn mehr konnten wir in unserer Lage nicht mehr tun, wo es unser einziger Trost blieb, daß gegen alle Erwartung das Schiff noch nicht geborsten war und daß, wie der Kapitän sagte, der Wind nachzulassen begann. Obschon wir zu bemerken meinten, daß der Wind ein wenig abzuflauen be-

ginne, schwebten wir doch, weil das Schiff in den Sand gestoßen war und so fest darin saß, daß wir es nicht wieder flottmachen konnten, in einer erbärmlichen Lage. Wir konnten nichts anderes tun, als unser Leben zu retten versuchen, so gut es ging. Gerade vor dem Sturm hatten wir ein Boot am Heck ausgesetzt, aber das war erst durch häufiges Stoßen gegen das Steuerruder leck geworden. Dann hatte es sich losgerissen und war entweder gesunken oder aufs offene Meer getrieben, so daß wir nicht mehr darauf zählen konnten. Wir hatten wohl noch ein anderes Boot an Bord, aber wie konnte man es ins Wasser bringen? Allein, da half kein Disputieren, das Schiff mußte jeden Augenblick in Stücke gehen, ja einige behaupteten, es sei schon geborsten.
In dieser Not packte unser Steuermann das Boot, mit Hilfe der andern Männer brachte er es über Bord, wir fielen alle hinein, elf Mann im ganzen, und gaben uns in Gottes Hand und in die Gewalt der wilden See. Der Sturm hatte zwar ziemlich nachgelassen, aber die See brandete furchtbar hoch über das Ufer und machte dem Beinamen »De wilde Zee«, wie die Holländer sagen, alle Ehre.
Unsere Lage war jetzt völlig verzweifelt, denn wir alle sahen, daß die See zu hoch ging, als daß unser Boot standhalten konnte, und daß wir daher unfehlbar ertrinken müßten. Segel konnten wir nicht setzen, denn wir hatten keine, und selbst wenn wir welche gehabt hätten, so hätten wir doch nichts damit anfangen können. So ruderten wir auf das Land zu, schweren Herzens, als ginge es zu unserer Hinrichtung; wußten wir doch alle, daß das Boot, sobald es sich dem Ufer näherte, von der Brandung in tausend Stücke zerschmettert würde. Wir empfahlen unsere Seelen inbrünstig dem gnädigen Gott, und als der Wind uns zum Ufer trieb, beschleunigten wir mit eigenen Händen unseren Untergang, indem wir aus Leibeskräften ruderten.
Wir wußten nicht, war das Ufer felsig oder sandig, steil oder flach. Der einzige Schatten von Hoffnung, den wir vernünftigerweise noch haben konnten, war, daß wir vielleicht in eine Bucht oder Flußmündung geraten und unser Boot mit viel Glück da hineintreiben könnten, so daß wir unter dem Wind an Land und vielleicht in ruhiges Wasser kämen. Aber als wir näher und näher ruderten, kam nichts dergleichen zum Vorschein, sondern was wir vom Land erblickten, war noch fürchterlicher als das Meer.
Nachdem wir unserer Berechnung nach etwa eineinhalb Seemeilen gerudert oder vielmehr getrieben waren, kam eine rasende, berghohe Welle von hinten über uns her und verhieß uns nichts Besseres als den sicheren Gnadenstoß. Mit einem Wort, sie erfaßte uns mit solcher Gewalt, daß das Boot sofort umschlug, und ließ uns, die wir gleichzeitig vom Boot und auch voneinander getrennt wurden, kaum genug Atem, »O Gott!« zu rufen, sondern in einem Augenblick wurden wir alle vom Meer verschlungen.

Nichts kann die Verwirrung meiner Gedanken in dem Augenblick beschreiben, als ich fühlte, daß ich unterging. Obgleich ich ein guter Schwimmer war, konnte ich mich doch nicht genügend lange aus dem Wasserschwall befreien, um Atem zu holen, bis die Welle, die mich eine gute Strecke ans Ufer getrieben oder eher geworfen hatte, sich verzehrt hatte und zurückflutete. Fast trocken, dazu aber halbtot wegen des vielen Meerwassers, das ich geschluckt hatte, lag ich am Strand. Immerhin hatte ich noch genug Geistesgegenwart und auch Atem, daß ich, nun dem Festland näher als erwartet, rasch auf die Beine kam und mich bemühte, so schnell als möglich ans Land zu gelangen, bevor die nächste Welle kam und mich zurückriß. Aber ich erkannte bald, daß ich dem nicht entgehen konnte, denn hoch wie ein großer Hügel sah ich die See hinter mir herkommen, ein wütender Feind, dem zu wehren ich weder Mittel noch Kräfte hatte. Ich konnte nur den Atem anhalten, nach Möglichkeit obenauf bleiben und, so gut es ging, dem Land zustreben. Meine größte Sorge war, daß die See, die mich beim Anlaufen weit auf das Ufer zu trüge, zum Zurücklaufen wieder mit sich fortriß.
Die Welle, die jetzt über mich kam, begrub mich sofort 20 bis 30 Fuß tief in sich, und ich fühlte, daß ich mit großer Kraft und Geschwindigkeit eine sehr weite Strecke landeinwärts getrieben wurde; ich hielt den Atem an und bemühte mich nach besten Kräften, noch weiter vorwärts zu kommen. Eben, als ich vor Atemhalten am Bersten war, fühlte ich zu meiner großen Erleichterung, daß ich in die Höhe kam und Kopf und Hände schon aus dem Wasser waren; und ob ich mich gleich kaum zwei Sekunden so halten konnte, half es mir doch sehr und gab mir Atem und neuen Mut. Wieder wurde ich eine gute Weile im Wasser begraben, aber nicht allzu lange, so daß ich's aushielt; und sobald ich spürte, daß die Wasser sich verlaufen hatten und zurückzufluten begannen, stemmte ich mich mit aller Macht gegen die rückflutende Woge und fühlte wieder Grund unter den Füßen. Ich blieb ein paar Augenblicke reglos, um Luft zu schnappen und das Wasser von mir ablaufen zu lassen; dann gab ich Fersengeld und lief mit aller Kraft, die ich noch hatte, weiter landeinwärts. Allein, auch dies rettete mich nicht vor dem Grimm der rasenden See, die sich von neuem auf mich stürzte und mich noch zweimal erfaßte und mit sich riß wie vorher, da der Strand an dieser Stelle sehr flach war.
Beim letzten Mal wäre es beinahe um mich geschehen gewesen; denn die See, die mich herumwirbelte wie zuvor, trieb oder vielmehr schleuderte mich mit solcher Gewalt gegen eine Klippe, daß ich bewußt- und hilflos liegenblieb. Ich hatte einen so heftigen Stoß gegen Brust und Seite erhalten, daß mir der Atem gleichsam zum Hals herausfuhr. Wäre die Flut gleich wiedergekommen, ich wäre unfehlbar im Wasser erstickt. Aber kurz vor der Rückkehr der Wellen kam ich ein wenig zu mir, und als ich sah, daß ich wieder überrollt

werden sollte, beschloß ich, mich an ein Stück des Felsens ganz fest anzuklammern und wenn möglich meinen Atem anzuhalten, bis die Welle wieder zurückging. Da aber die Wellen, hier in der Nähe des Ufers, nicht mehr gar so hoch waren wie zuerst, konnte ich meinen Halt bewahren, bis der erste Anprall vorbei war, und wagte dann den nächsten Lauf, der mich so nah ans Ufer brachte, daß die nächste Welle, ob sie gleich über mir zusammenschlug, mich doch nicht fortzuspülen vermochte. Der nächste Lauf brachte mich endlich ans feste Land, wo ich mit großer Freude die Strandhügel hinaufkletterte und mich ins Gras setzte, endlich der Gefahr und dem Zugriff des Wassers entzogen.

So war ich jetzt wohlbehalten und sicher an Land und blickte zum Himmel empor und dankte Gott, daß er mein Leben, das noch vor wenigen Minuten verloren schien, gerettet hatte. Ich glaube, es ist unmöglich, getreu nach dem Leben Entzücken und Jubel der Seele zu beschreiben, wenn sie, so kann ich wohl sagen, aus dem Grab zurückgeholt worden ist. Ich wundere mich heute nicht mehr über den Brauch, einem armen Sünder, der mit dem Strick um den Hals schon auf der Leiter steht und eben hinuntergestoßen werden soll, aber plötzlich begnadigt wird – ich sage, ich wundere mich nicht, daß man ihm alsdann durch einen Barbier im gleichen Augenblick, da er die Nachricht erfährt, die Adern öffnen läßt, damit der Schreck ihm nicht die Lebensgeister aus dem Herz treibt und ihn überwältigt. Denn wie das Sprichwort sagt: »Jähe Freude trifft zuerst, als wärs ein Schmerz.« Ich ging am Strand auf und ab, meine Hände und, ich kann wohl sagen, mein ganzes Selbst emporgehoben, gänzlich aufgegangen in der Betrachtung meiner Errettung. Ich machte tausenderlei Gebärden und Bewegungen, die ich nicht beschreiben kann. Ich betrachtete das Los meiner Kameraden, die alle ertrunken waren, und wie außer mir keine lebende Seele gerettet war. Denn was meine Kameraden anbelangt, so sah ich auch später keine Spur mehr von ihnen, ausgenommen drei Hüte, eine Mütze und zwei ungleiche Schuhe.

Als ich meine Augen auf das gestrandete Schiff richtete, gingen Gischt und Brandung so hoch, daß ich es kaum sehen konnte, es war so weit weg, daß ich dachte: O Gott, wie bin ich nur glücklich hierhergekommen?

Nachdem ich mein Gemüt so durch Betrachtung der annehmlichen Seite meines Zustandes getröstet hatte, blickte ich in die Runde, um zu sehen, wie der Ort beschaffen war, an den ich verschlagen worden, und was ich als nächstes anfangen sollte. Aber da schwand mein Mut gleich wieder, und ich bemerkte wohl, daß dies, mit einem Wort, eine furchtbare Errettung sei; denn ich war naß, hatte keine trockenen Kleider, nichts zu essen oder zu trinken, um mich daran zu laben, noch hatte ich andere und bessere Aussichten als Hungers zu sterben oder von wilden Tieren verschlungen zu werden. Besonders beunruhigte mich, daß ich keinerlei Waffe hatte, weder um Wildbret für meine Notdurft zu jagen und zu erlegen, noch um mich gegen andere Tiere zu verteidigen, die mich vielleicht ihrerseits zur Stillung ihrer Notdurft töten wollten. Mit einem Wort, ich hatte nichts als ein Messer, eine Tabakspfeife und etwas Tabak in meiner Dose; das war mein ganzer Vorrat. Darüber geriet ich in solche Verzweiflung, daß ich eine Weile lang herumlief wie ein Wahnsinniger. Als die Nacht einbrach, wurde mir das Herz vollends schwer bei der Vorstellung, wie mir's wohl gehen würde, wenn etwa Raubtiere hier heimisch wären, die ja immer des Nachts auf Beute auszugehen pflegen.

Mir fiel nichts Besseres ein, als auf einen dicht bewachsenen, tannenähnlichen aber dornigen Baum zu kletten, der nicht weit von mir entfernt stand. Ich beschloß, die Nacht da oben zu verbringen und erst am Morgen mir weiter auszumalen, was für eines Todes ich wohl sterben würde, denn am Leben zu bleiben, hatte ich keine Hoffnung. Vorher ging ich noch etwa eine Achtelmeile landeinwärts und suchte nach frischem Wasser. Zu meiner großen Freude fand ich auch welches, und nachdem ich getrunken und gegen den Hunger etwas Tabak in den Mund gesteckt hatte, kehrte ich zum Baum zu-

rück, stieg hinauf und versuchte, mich oben so einzurichten, daß ich im Schlaf nicht herunterfallen würde. Dann schnitt ich mir noch einen kurzen Stock, wie ein Prügel, zu meiner Verteidigung ab, bezog mein Nest und fiel, da ich sehr müde war, sofort in tiefen Schlaf. Ich schlief so gut, wie schwerlich ein anderer in meiner Lage hätte schlafen können, und war am nächsten Morgen so erquickt, wie ich meiner Erinnerung nach nur jemals bei einer solchen Gelegenheit gewesen war.

Als ich erwachte, war es heller Tag, das Wetter schön, der Sturm beruhigt, so daß die See nicht mehr tobte und brauste wie gestern. Was mich aber am meisten wunderte, war, daß das Schiff in der Nacht von seinem vorigen Platz im Sand von der Flut aufgehoben und fast bis an den schon erwähnten Felsen, an dem ich mich beim Aufprall zu sehr zerschunden hatte, heraufgetrieben worden war. Da es nun nurmehr etwa eine englische Meile von meinem Ufer entfernt war und noch immer aufrecht zu liegen schien, wäre ich gern an Bord gegangen, damit ich wenigstens etliche für mich nötige Dinge daraus bergen könnte.

Als ich von meiner Schlafstelle auf dem Baum heruntergeklettert war, blickte ich wieder um mich, und das erste, was mir auffiel, war das Boot, das so lag, wie Wind und See es an Land geworfen hatten, und zwar etwa zwei Meilen zur rechten Hand. Ich ging den Strand entlang, so weit ich konnte, auf das Boot zu, stieß aber auf einen Wasserarm oder eine Wasserzunge, die, etwa eine halbe Meile breit, zwischen mir und dem Boot lag. Ich kehrte also für diesmal wieder um, da mir mehr daran lag, auf das Schiff zu kommen und dort etwas für meinen Unterhalt zu finden.

Am frühen Nachmittag war die See ganz ruhig und Ebbe bis weit hinaus, so daß ich bis auf eine Viertelmeile an das Schiff herankommen konnte; und hier ergriff mich der Schmerz von neuem, denn ich sah deutlich, daß wir, wären wir nur an Bord geblieben, alle geborgen gewesen, das heißt alle sicher an Land gekommen wären, und daß ich dann nicht so unglücklich geworden wäre, abgeschnitten von allen Hilfsmitteln und allem menschlichen Umgang, wie ich es jetzt war. Darüber kamen mir wieder die Tränen in die Augen, aber weil mir damit wenig geholfen war, beschloß ich, wenn irgend möglich auf das Schiff zu gelangen. Ich zog also meine Kleider aus, zumal das Wetter entsetzlich heiß war, und ging ins Wasser. Als ich endlich bei dem Schiff angekommen war, ergab sich die noch größere Schwierigkeit, wie ich an Bord kommen sollte, denn das Schiff lag fest auf Grund und ragte hoch aus dem Wasser, und ich fand in Reichweite nirgends einen Halt. Ich schwamm zweimal rund herum, und beim zweitenmal gewahrte ich ein dünnes Ende Tau, von dem es mich wunderte, daß ich es nicht schon zu Anfang entdeckt hatte, so tief von den Bugketten herunterhängen, daß ich es, wenn auch mit großer Mühe, zu fassen bekam und mit seiner Hilfe auf die Vorderback hinaufgelangte. Hier fand ich, daß das Schiff leck war. Es hatte eine Menge Wasser unten im Laderaum und lag an einer Bank von hartem Sand oder vielmehr von hartem Erdreich, so daß das Heck hoch über das Wasser ragte, der Bug aber fast im Wasser lag. Daher war das Achterdeck frei und trocken mit allem, was darauf war. Man kann sich denken, daß ich als erstes forschte und nachsah, was verdorben und was noch gut war. Ich fand gleich, daß der ganze Vorrat des Schiffes trocken und vom Wasser unberührt geblieben war, und da es mir an Appetit nicht fehlte, ging ich in die Brotkammer, stopfte meine Taschen voll Zwieback und aß im Weiterstöbern, denn ich durfte keine Zeit verlieren. Außerdem fand ich in der großen Kabine noch etwas Rum, und ich tat einen guten Zug, hatte auch wirklich eine Stärkung nötig für das, was mir noch bevorstand. Jetzt fehlte mir nichts mehr als ein Boot, um mich mit allerhand Sachen auszurüsten, die ich, meiner Voraussicht nach, notwendig brauchen würde.

Nun, es nutzte nichts, einfach stillzusitzen und sich etwas zu wünschen. Aber Not macht erfinderisch. Wir hatten einige Segelstangen auf Vorrat, dazu zwei oder drei dicke hölzerne Sparren sowie ein oder zwei Ersatztopmasten. Diese beschloß ich jetzt zu verwenden, warf so viele über Bord, als ich bei ihrem Gewicht nur heben konnte, und band sie, jedes einzeln, mit Tauen fest, damit sie mir nicht wegtrieben. Danach kletterte ich von Bord, zog sie zu mir her, band dann vier davon an beiden Enden in der Form eines Floßes so fest aneinander, als ich nur konnte, und legte zwei oder drei kurze Planken kreuzweise darüber. Nun konnte ich zwar bequem darauf gehen, doch war das Floß noch zu leicht, um auch größere Gewichte zu tragen. Also machte ich mich abermals ans Werk, sägte mit der Zimmermannssäge einen Topmast in drei gleiche Teile und befestigte diese an dem Floß. Das kostete mich freilich viel Schweiß und harte Arbeit; allein die Hoffnung, mich mit dem nötigsten Bedarf ausrüsten zu können, verlieh mir eine Kraft und eine Stärke, wie ich sie sonst nicht gehabt hätte.

Mein Floß war schließlich stark genug, um jede vernünftige Last aushalten zu können. So war es meine nächste Sorge, was ich als Nutzlast verladen sollte und wie ich meine Ladung davor bewahren konnte, ins Salzwasser getaucht zu werden. Ich zerbrach mir nicht lange den Kopf und schichtete zuerst einmal alle Planken und Bretter, deren ich habhaft werden konnte, auf mein Floß. Dann nahm ich die drei Matrosenkisten, die ich erbrochen und ausgeleert hatte, und ließ sie auf das Floß hinunter. In sie wollte ich alles stecken, was nach meiner Überlegung mir am nötigsten war. Die erste füllte ich mit Proviant, und zwar mit Brot, Reis, drei Stücken holländischem Käse, fünf Stücken von getrocknetem Ziegenfleisch, von dem wir oftmals gegessen hat-

ten, und schließlich auch mit einem Rest von europäischem Getreide, das wir als Futter für unsere jetzt umgekommenen Hühner mitgenommen hatten. Es war ein Gemisch von Gerste und Weizen, und später an Land entdeckte ich zu meiner großen Enttäuschung, daß die Ratten alles gefressen oder verdorben hatten. An Getränken fand ich einige Kisten mit Flaschen aus dem Besitz unseres Kapitäns, und darin ein wenig Likör und, alles in allem, fünf oder sechs Gallonen Arrak; diese stellte ich einfach für sich aufs Floß, es war weder nötig, sie in die Kisten zu geben, noch gab es Platz genug dafür. Während ich so beschäftigt war, begann die Flut zu steigen, wenn auch nur langsam, und ich mußte zu meinem großen Ärger mit ansehen, wie Rock, Hemd und Weste, die ich im Sand am Ufer zurückgelassen hatte, davonschwammen. Ich war nur in meinen kurzen, über dem Knie offenen Leinenhosen und in Strümpfen an Bord geschwommen. Diese Entdeckung brachte mich darauf, nach Kleidern zu suchen, ich fand auch genug, nahm aber nur, was ich jetzt brauchen konnte, denn ich hatte noch andere, wichtigere Dinge im Auge: vor allem Werkzeug für die Arbeit an Land. Nach langem Suchen fand ich die Kiste des Schiffszimmermanns, damals in der Tat eine nützliche Beute und für mich wertvoller als eine ganze Schiffsladung voll Gold. Ich senkte sie, wie sie war, auf das Floß hinab und verlor keine Zeit damit, sie zu öffnen, denn ich wußte ungefähr, was sie enthielt.
Als nächstes kümmerte ich mich um Waffen und Munition. In der großen Kabine hingen zwei sehr gute Vogelflinten und zwei Pistolen. Diese sicherte ich mir zuerst, samt einigen Pulverhörnern, einem kleinen Sack mit Bleikugeln und zwei alten rostigen Schwertern. Ich wußte, daß drei Fässer mit Pulver auf dem Schiff waren, aber nicht, wo unser Stückmeister sie untergebracht hatte. Nach längerem Suchen fanden jedoch auch sie sich, zwei waren trocken und gut, das dritte war naß geworden. Die beiden guten ließ ich samt den Waffen aufs Floß hinunter. Nun schien mir, ich hätte genug geladen, und ich überlegte, wie ich ohne Segel, Ruder oder Steuer an die Küste käme, wo doch eine Handvoll Wind meine ganze Steuerkunst umblasen mußte.
Dreierlei gab mir Mut: erstens eine glatte, ruhige See; zweitens die nach dem Ufer auflaufende Flut und drittens, daß der schwache Wind mich zum Strand hin wehte. So stach ich, nachdem ich noch zwei oder drei zerbrochene Ruder gefunden hatte, die zu dem Boot gehörten, und außer den Werkzeugen in der Kiste noch zwei Sägen, eine Axt und einen Hammer, mit meiner Fracht in See. Etwa eine halbe Meile weit schwamm mein Floß vortrefflich, nur daß es nicht gerade auf die Stelle zuhielt, wo ich zuvor gelandet war, so daß ich eine Strömung vermutete und folglich hoffte, eine Bucht oder einen Fluß hier zu finden, den ich als Hafen benutzen könnte, um dort mit meiner Ladung an Land zu gehen.

Es war, wie ich dachte; eine kleine Bucht tauchte vor mir auf. Ich merkte, daß eine kräftige Strömung mit der Flut hineindrängte, und so steuerte ich mein Floß so gut als möglich in die Mitte der Strömung. Allein hier hätte ich fast einen zweiten Schiffbruch erlitten, worüber mir das Herz wohl gebrochen wäre. Denn da ich die Küste gar nicht kannte, lief mein Floß mit einem Ende auf eine Sandbank auf, und weil das andere Ende keinen Grund hatte, fehlte nicht viel, und meine ganze Fracht wäre auf das Ende, das noch flott war, hingerutscht und ins Wasser gefallen. Ich tat mein Äußerstes, die Kisten festzuhalten, indem ich mich mit dem Rücken gegen sie stemmte, konnte aber mit meiner ganzen Kraft das Floß nicht flottmachen, noch durfte ich es wagen, meine Stellung zu verändern. Also hielt ich die Kisten mit aller Macht und stand auf diese Art fast eine halbe Stunde, bis langsam die Flut immer höher stieg und die beiden Enden meines Floßes auf gleiche Höhe brachte. Ein wenig später, das Wasser stieg noch immer, war mein Floß wieder flott. Ich stieß es mit dem Ruder in die schiffbare Flußmitte, trieb weiter hinauf und fand mich schließlich in der Mündung eines kleinen Flusses, mit Land zu beiden Seiten, und einer starken, flußaufwärtstreibenden Strömung. Ich suchte die beiden Ufer nach einem geeigneten Landeplatz ab, denn ich wollte nicht zu weit den Fluß hinauffahren, hoffte ich doch, mit der Zeit ein Schiff auf dem Meer zu entdecken, und wollte deshalb lieber möglichst nahe an der Küste bleiben.

Endlich erspähte ich eine kleine Bucht, am rechten Ufer des Flusses, wo ich mein Floß mit großer Mühe und Beschwerlichkeit hinleitete und der ich schließlich so nahe kam, daß ich mit meinem Ruder den Grund erreichen und das Floß gerade hineinstoßen konnte. Allein, hier wäre meine ganze Ladung fast wieder ins Wasser gefallen, denn da das Ufer steil, das heißt abschüssig war, sah ich keine Stelle, wo ich hätte landen können, ohne daß das Floß mit dem vorderen Ende aufgelaufen und mit dem anderen so tief ins Wasser gesunken wäre, daß meine Fracht wieder in Gefahr gekommen wäre. Ich konnte also nichts tun als abwarten, bis die Flut am höchsten stand, und inzwischen das Floß mit dem Ruder als Anker nahe am Ufer halten, nahe bei einer flachen Stelle, von der ich hoffte, daß das Wasser sie bald überschwemmen würde; und das tat es auch. Sobald das Wasser hoch genug gestiegen war (denn mein Floß hatte etwa einen Fuß Tiefgang), stieß ich es auf diese flache Stelle und machte es dort fest, indem ich meine beiden zerbrochenen Ruder in den Grund bohrte, und zwar das eine an dem einen Ende, das andere am anderen Ende. So blieb ich liegen, bis das Wasser wieder ablief und das Floß samt Ladung wohlbehalten an Land zurückließ.

Meine nächste Aufgabe war, das Land auszukundschaften und einen geeigneten Platz für meine Wohnung zu finden, wo ich auch mein Hab und Gut verstauen und vor allen erdenklichen Zufällen in Sicherheit bringen konnte. Noch wußte ich nicht, wo ich war – ob auf dem Kontinent oder auf einer Insel, ob die Gegend bewohnt oder unbewohnt war, ob Gefahr von wilden Tieren drohte oder nicht. In einer Entfernung von nicht mehr als einer Meile erhob sich ein steiler und hoher Hügel, der einige andere Hügel, die nördlich von ihm in einer Reihe standen, zu überragen schien. Ich nahm also eine von den Vogelflinten, dazu eine Pistole und ein Pulverhorn. So bewaffnet machte ich mich auf, den Gipfel des Hügels zu erforschen, wo ich, nachdem ich mühsam und beschwerlich den Gipfel erklommen hatte, zu meiner großen Bestürzung mein Schicksal als endgültig erkannte: daß ich nämlich auf einer Insel gestrandet war, die rundherum vom Meer umgeben war, kein Land in Sicht, mit Ausnahme einiger Klippen in weiter Entfernung und zweier Inseln, die noch kleiner waren als diese und etwa drei Seemeilen gegen Westen lagen.

MÜNCHHAUSENS ABENTEUERLICHE BEGEGNUNGEN MIT WALFISCHEN

Die Geschichten, die der berühmte Lügenbaron Münchhausen von seinen Reisen erzählt hat, sind 1786 von dem hannoverschen Dichter Gottfried August Bürger aufgezeichnet worden. Er macht sich mit diesen erfundenen Geschichten lustig über die zu jener Zeit sehr beliebten Schilderungen von Abenteuern in fernen Ländern, in die damals nur die wenigsten Menschen selbst fahren konnten, und es soll Leute gegeben haben, die ihm alles glaubten.

I

Im Jahre 1776 schiffte ich mich zu Portsmouth auf einem englischen Kriegsschiffe erster Ordnung mit hundert Kanonen und vierzehnhundert Mann nach Nordamerika ein. Ich könnte hier zwar erst noch allerlei, was mir in England begegnet ist, erzählen, aber ich erspare es auf ein anderes Mal. Eins jedoch, welches mir überaus artig vorkam, will ich doch im Vorbeigehen mitnehmen. Ich hatte das Vergnügen, den König mit großem Pompe in seinem Staatswagen nach dem Parlamente fahren zu sehen. Ein Kutscher mit einem ungemein respektablen Barte, worein das englische Wappen sehr sauber geschnitten war, saß gravitätisch auf dem Bocke und klatschte mit seiner Peitsche. Anlangend unsere Seereise, so begegnete uns nichts Merkwürdiges, bis wir ungefähr noch dreihundert Meilen von dem St. Lorenzflusse entfernt waren. Hier stieß das Schiff mit erstaunlicher Gewalt gegen etwas an, das uns wie ein Fels vorkam. Gleichwohl konnten wir, als wir das Senkblei auswarfen, mit fünfhundert Klaftern noch keinen Grund finden. Was diesen Vorfall noch wunderbarer und beinahe unbegreiflich machte, war, daß wir unsere Steuerruder verloren, das Bugspriet mitten entzweibrach und alle unsere Masten von oben bis untenaus zersplitterten, wovon auch zwei über Bord stoben. Ein armer Teufel, welcher gerade oben das Hauptsegel beilegte, flog wenigstens drei Meilen weit vom Schiff weg, ehe er ins Wasser fiel. Allein er rettete doch dadurch glücklich sein Leben, daß er, während er in der Luft flog, den Schwanz einer Rotgans ergriff, welches nicht nur seinen Sturz in das Wasser milderte, sondern ihm auch Gelegenheit gab, auf ihrem Rücken oder vielmehr zwischen Hals und Fittichen so lange nachzuschwimmen, bis er endlich an Bord genommen werden konnte.

Ein anderer Beweis von der Gewalt des Stoßes war, daß alles Volk zwischen den Verdecken empor gegen die Kopfdecke geschnellt ward. Mein Kopf war dadurch ganz in den Magen hinabgepufft, und es dauerte wohl einige Monate, ehe er seine natürliche Stellung wieder bekam. Noch befanden wir uns insgesamt in einem Zustande des Erstaunens und einer allgemeinen unbeschreiblichen Verwirrung, als sich auf einmal alles durch Erscheinung eines großen Walfisches aufklärte, welcher an der Oberfläche des Wassers, sich sömmernd, eingeschlafen war. Dies Ungeheuer war so übel damit zufrieden, daß wir es mit unserm Schiffe gestört hatten, daß es nicht nur mit seinem Schwanze die Galerie und einen Teil des Oberlofs einschlug, sondern auch zu gleicher Zeit den Hauptanker, welcher wie gewöhnlich am Steuer aufgewunden war, zwischen seine Zähne packte und wenigstens sechzig Meilen weit, sechs Meilen auf eine Stunde gerechnet, mit unserm Schiffe davoneilte.

Gott weiß, wohin wir gezogen worden sein würden, wenn nicht noch glücklicherweise das Ankertau zerrissen wäre, wodurch der Walfisch unser Schiff, wir aber auch zugleich unsern Anker verloren. Als wir aber sechs Monate hierauf wieder nach Europa zurücksegelten, so fanden wir eben denselben Walfisch, in einer Entfernung weniger Meilen von eben der Stelle, tot auf dem Wasser schwimmen, und er maß ungelogen der Länge nach wenigstens eine halbe Meile. Da wir nun von einem so ungeheueren Tiere nur wenig an Bord nehmen konnten, so setzten wir unsere Boote aus, schnitten ihm mit großer Mühe den Kopf ab und fanden zu unserer großen Freude nicht nur unsern Anker, sondern auch über vierzig Klafter Tau, welches auf der linken Seite seines Rachens in einem hohlen Zahne steckte. Dies war der einzige besondere Umstand, der sich auf dieser Reise zutrug.

Doch halt! Eine Fatalität hätte ich beinahe vergessen. Als nämlich das erstemal der Walfisch mit dem Schiffe davonschwamm, so bekam das Schiff ein Leck, und das Wasser drang so heftig hinein, daß alle unsere Pumpen uns keine halbe Stunde vor dem Sinken hätten bewahren können. Zum guten Glücke entdeckte ich das Unheil zuerst. Es war ein großes Loch, ungefähr einen Fuß im Durchmesser. Auf allerlei Weise versuchte ich es, das Loch zu verstopfen, allein umsonst. Endlich rettete ich dies schöne Schiff und alle seine zahlreiche Mannschaft durch den glücklichsten Einfall von der Welt. Ob das Loch gleich so groß war, so füllte ich's dennoch mit meinem Liebwertesten aus, ohne meine Beinkleider abzuziehen, und ich würde ausgelangt haben, wenn auch die Öffnung noch viel größer gewesen wäre. Sie werden sich darüber nicht wundern, meine Herren, wenn ich Ihnen sage, daß ich auf beiden Seiten von holländischen, wenigstens westfälischen Vorfahren abstamme. Meine Situation, solange ich auf der Brille saß, war zwar ein wenig kühl, indessen ward ich doch bald durch die Kunst des Zimmermanns erlöst.

II

Brydones Reisen nach Sizilien, die ich mit ungemeinem Vergnügen durchlesen habe, machten mir Lust, den Berg Ätna zu besuchen.

Eines Morgens reisete ich früh aus einer am Fuße des Berges gelegenen Hütte ab, fest entschlossen, auch wenn es auf Kosten meines Lebens geschehen sollte, die innere Einrichtung dieser berühmten Feuerpfanne zu untersuchen und auszuforschen. Nach einem mühseligen Wege von drei Stunden befand ich mich auf der Spitze des Berges. Er tobte damals gerade und hatte schon drei Wochen getobt.

Ich ging dreimal um den Krater herum – den Sie sich als einen ungeheuren Trichter vorstellen können – und da ich sah, daß ich dadurch wenig oder nichts klüger wurde, so faßte ich kurz und gut den Entschluß hineinzuspringen. Kaum hatte ich dies getan, so befand ich mich auch in einem verzweifelt warmen Schwitzkasten, und mein armer Leichnam wurde durch die rotglühenden Kohlen, die beständig heraufschlugen, an mehreren Teilen, edeln und unedeln, jämmerlich gequetscht und verbrannt.

So stark übrigens die Gewalt war, mit der die Kohlen heraufgeschmissen wurden, so war doch die Schwere, mit der mein Körper hinuntersank, ein Beträchtliches größer.

Ich fiel und fiel mit immer zunehmender Geschwindigkeit, bis die Angst meiner Seele mir endlich alle Besinnung nahm. Plötzlich aber wurde ich aus meiner Ohnmacht aufgeweckt, indem ich auf einmal in eine ungeheure See von Wasser kam, die durch die Strahlen der Sonne erleuchtet wurde. Ich konnte von meiner Jugend auf gut schwimmen und alle mögliche Wasserkünste machen. Daher war ich gleich wie zu Hause, und in Vergleichung mit der fürchterlichen Lage, aus der ich eben befreit war, kam mir meine gegenwärtige wie ein Paradies vor.

Ich sah mich nach allen Seiten um, sah aber leider auf allen Seiten nichts als Wasser. Endlich entdeckte ich in einiger Entfernung etwas, das wie ein erstaunlich großer Felsen aussah und auf mich zuzukommen schien. Bald zeigte sich's, daß es eins der schwimmenden Eisgebirge war. Nach langem Suchen fand ich endliche eine Stelle, an der ich auf dasselbe hinauf und bis zur obersten Spitze kommen könnte. Allein zu meiner größten Verzweiflung war es mir auch von hier aus noch unmöglich, Land zu entdecken. Endlich, kurz vor Dunkelwerden, sah ich ein Schiff, das gegen mich zufuhr. Sobald ich nahe genug war, rief ich; man antwortete mir holländisch. Ich sprang in die See, schwamm zu dem Schiffe hin und wurde an Bord gezogen. Ich erkundigte mich, wo wir wären, und erhielt die Antwort: im Südmeer. Diese Entdeckung löste auf einmal das ganze Rätsel. Es war nun ausgemacht, daß ich von dem Berge Ätna durch den Mittelpunkt der Erde in die Südsee gefallen war; ein Weg, der auf alle Fälle kürzer ist als der um die Welt. Noch hatte ihn niemand versucht als ich, und mache ich ihn wieder, so werde ich gewiß sorgfältigere Beobachtungen anstellen.

Ich ließ mir einige Erfrischungen geben und ging zu Bette. Ein grobes Volk aber ist es um die Holländer. Ich erzählte meine Abenteuer den Offizieren ebenso aufrichtig und simpel als Ihnen, meine Herren, und einige davon, vorzüglich der Kapitän, machten Miene, als zweifelten sie an meiner Wahrhaftigkeit. Indes sie hatten mich freundschaftlich in ihr Schiff genommen, ich mußte durchaus von ihrer Gnade leben und folglich wohl oder übel, den Schimpf in die Tasche stecken.

Ich erdkundigte mich nun, wohin ihre Reise ginge. Sie antworteten mir, sie wären auf neue Entdeckungen ausgefahren, und wenn meine Erzählung wahr wäre, so sei ihre Absicht auf alle Fälle erreicht. Wir waren nun gerade auf dem Wege, den Kapitän Cook gemacht hatte, und kamen den andern Morgen nach der Botany-Bay – einem Ort, nach dem die englische Regierung wahrhaftig nicht Spitzbuben schicken sollte, um sie zu strafen, sondern verdiente Männer, um sie zu belohnen, so reichlich hat hier die Natur ihre besten Geschenke ausgeschüttet.

Wir blieben hier nur drei Tage; den vierten nach unserer Abreise entstand ein fürchterlicher Sturm, der in wenig Stunden alle unsere Segel zerriß, unser Bugspriet zersplitterte und die große Bramstenge umlegte, die gerade auf das Behältnis fiel, in dem unser Kompaß verschlossen war, und das Kästchen und den Kompaß in Stücken schlug. Jedermann, der zur See gewesen ist, weiß, von welchen traurigen Folgen ein solcher Verlust ist. Wir wußten nun weder aus noch ein. Endlich legte sich der Sturm, und es folgte ein anhaltender munterer Wind. Drei Monate waren wir gefahren, und notwendig mußten wir eine ungeheure Strecke Weges zurückgelegt haben, als wir auf einmal an allem, was um uns war, eine erstaunliche Veränderung bemerkten. Wir wurden so leicht und froh, unsere Nasen wurden mit den angenehmsten Balsamdüften erfüllt; auch die See hatte ihre Farbe verändert und war nicht mehr grün, sondern weiß.

Bald nach dieser wundervollen Veränderung sahen wir Land und nicht weit

von uns einen Hafen, auf den wir zusegelten und den wir sehr geräumig und tief fanden. Statt des Wassers war er mit vortrefflich schmeckender Milch angefüllt. Wir landeten, und – die ganze Insel bestand aus einem großen Käse. Wir hätten dies vielleicht gar nicht entdeckt, wenn uns nicht ein besonderer Umstand auf die Spur geholfen hätte. Es war nämlich auf unserem Schiffe ein Matrose, der eine natürliche Antipathie gegen den Käse hatte. Sobald dieser ans Land trat, fiel er in Ohnmacht. Als er wieder zu sich selbst kam, bat er, man möchte doch den Käse unter seinen Füßen wegnehmen, und als man zusah, fand sich's, daß er vollkommen recht hatte: die ganze Insel war, wie gesagt, nichts als ein ungeheurer Käse. Von dem lebten auch die Einwohner größtenteils, und so viel bei Tage verzehrt wurde, wuchs immer des Nachts wieder zu. Wir sahen eine Menge Weinstöcke mit schönen großen Trauben, die, wenn sie gepreßt wurden, nichts als Milch gaben. Die Einwohner waren aufrecht gehende, hübsche Geschöpfe, meistens neun Fuß hoch, hatten drei Beine und einen Arm, und wenn sie erwachsen waren, auf der Stirn ein Horn, das sie mit vieler Geschicklichkeit brauchten. Sie hielten auf der Oberfläche der Milch Wettläufe und spazierten, ohne zu sinken, mit so vielem Anstande darauf herum als wir auf einer Wiese.
Auch wuchs auf dieser Insel oder diesem Käse eine Menge Korn, mit Ähren, die wie Erdschwämme aussahen, in denen Brote lagen, die vollkommen gar waren und sogleich gegessen werden konnten. Auf unseren Streifereien über diesen Käse entdeckten wir sieben Flüsse von Milch und zwei von Wein. Nach einer sechzehntägigen Reise kamen wir an das Ufer, das dem, an welchem wir gelandet hatten, gegenüber lag. Hier fanden wir eine ganze Strecke des angegangenen blauen Käse, aus dem die wahren Käseesser soviel Wesens zu machen pflegen. Anstatt daß aber Milben darin gewesen wären, wuchsen die vortrefflichsten Obstbäume darauf, als Pfirsiche, Aprikosen und tausend andere Arten, die wir gar nicht kannten. Auf diesen Bäumen, die erstaunlich groß sind, waren eine Menge Vogelnester. Unter anderm fiel uns ein Eisvogelnest in die Augen, das im Umkreise fünfmal so groß war als das Dach der St.-Pauls-Kirche in London. Es war künstlich aus ungeheuren Bäumen zusammengeflochten, und es lagen wenigstens – warten Sie, denn ich mag gern alles genau bestimmen – wenigstens fünfhundert Eier darin, und jedes war ungefähr so groß als ein Oxhoft. Die Jungen darin konnten wir nicht nur sehen, sondern auch pfeifen hören. Als wir mit vieler Mühe ein solches Ei aufgemacht hatten, kam ein junges, unbefiedertes Vögelchen heraus, das ein gut Teil größer war als zwanzig ausgewachsene Geier. Wir hatten kaum das junge Tier in Freiheit gesetzt, so ließ sich der alte Eisvogel herunter, packte in eine seiner Klauen unsern Kapitän, flog eine Meile weit mit ihm in die Höhe, schlug heftig mit den Flügeln und ließ ihn dann in die See fallen.

Die Holländer schwimmen alle wie die Ratten; er war bald wieder bei uns, und wir kehrten nach unserem Schiffe zurück. Wir nahmen aber nicht den alten Weg und fanden daher auch noch viele ganz neue und sonderbare Dinge. Unter anderm schossen wir zwei wilde Ochsen, die nur ein Horn haben, das ihnen zwischen den beiden Augen herauswächst. Es tat uns nachher leid, daß wir sie erlegt hatten, da wir erfuhren, daß die Einwohner sie zahm machten und, wie wir die Pferde, zum Reiten und Fahren gebrauchen. Ihr Fleisch soll, wie man uns sagte, vortrefflich schmecken, ist aber einem Volke, das bloß von Milch und Käse lebt, gänzlich überflüssig.
Als wir noch zwei Tagereisen von unserem Schiffe entfernt waren, sahen wir drei Leute, die an hohen Bäumen bei den Beinen aufgehängt waren. Ich erkundigte mich, was sie begangen hätten, um eine so harte Strafe zu verdienen, und hörte, sie wären in der Fremde gewesen und hätten bei ihrer Zurückkunft nach Hause ihre Freunde belogen und ihnen Plätze beschrieben, die sie nie gesehen, und Dinge erzählt, die sich nie zugetragen hätten. Ich fand die Strafe sehr gerecht, denn nichts ist mehr eines Reisenden Schuldigkeit, als strenge der Wahrheit anzuhängen.
Sobald wir bei unserem Schiffe angelangt waren, lichteten wir die Anker und segelten von diesem außerordentlichen Lande ab. Alle Bäume am Ufer, unter denen einige sehr große und hohe waren, neigten sich zweimal vor uns, genau in einem Tempo, und nahmen dann wieder ihre vorige gerade Stellung an. Als wir drei Tage umhergesegelt waren, der Himmel weiß wo – denn wir hatten noch immer keinen Kompaß – kamen wir in eine See, welche ganz schwarz aussah. Wir kosteten das vermeinte schwarze Wasser, und siehe! es war der vortrefflichste Wein. Nun hatten wir genug zu hüten, daß nicht alle Matrosen sich darin berauschten. Allein die Freude dauerte nicht lange. Wenige Stunden nachher fanden wir uns von Walfischen und anderen unermeßlich großen Tieren umgeben, unter denen eins war, dessen Größe wir selbst mit allen Fernrohren, die wir zu Hilfe nahmen, nicht übersehen konnten. Leider wurden wir das Ungeheuer nicht eher gewahr, als bis wir ihm ziemlich nahe waren, und auf einmal zog es unser Schiff mit stehenden Masten und vollen Segeln in seinen Rachen zwischen die Zähne, gegen die der Mast des größten Kriegsschiffes ein kleines Stöckchen ist.
Nachdem wir einige Zeit in seinem Rachen gelegen hatten, öffnete es denselben ziemlich weit, schluckte eine unermeßliche Menge Wasser ein und schwemmte unser Schiff, das, wie Sie sich leicht denken können, kein kleiner Bissen war, in den Magen hinunter, und hier lagen wir nun so ruhig, als wenn wir bei einer toten Windstille vor Anker lägen. Die Luft war, das ist nicht zu leugnen, etwas warm und unbehaglich. – Wir fanden Anker, Taue, Boote, Barken und eine beträchtliche Anzahl Schiffe, teils beladene, teils unbelade-

ne, die dieses Geschöpf verschlungen hatte. Alles, was wir taten, mußte bei Fackeln geschehen. Für uns war keine Sonne, kein Mond und keine Planeten mehr. Gewöhnlich befanden wir uns zweimal des Tages auf hohem Wasser und zweimal auf dem Grunde. Wenn das Tier trank, so hatten wir Flut, und wenn es sein Wasser ließ, so waren wir auf dem Grunde. Nach einer mäßigen Berechnung nahm es gemeiniglich mehr Wasser zu sich, als der Genfer See hält, der doch einen Umfang von dreißig Meilen hat.

Am zweiten Tage unserer Gefangenschaft in diesem Reiche der Nacht wagte ich es bei der Ebbe, wie wir die Zeit nannten, wenn das Schiff auf dem Grunde saß, nebst dem Kapitän und einigen Offizieren, eine kleine Streiferei zu tun. Wir hatten uns natürlich alle mit Fackeln versehen und trafen nun gegen zehntausend Menschen aus allen Nationen an. Sie wollten gerade eine Beratschlagung halten, wie sie wohl ihre Freiheit wiedererlangen könnten. Einige von ihnen hatten schon mehrere Jahre in dem Magen des Tieres zugebracht. Eben als der Präsident uns über die Sache unterrichten wollte, wegen der wir versammelt waren, wurde unser verfluchter Fisch durstig und fing an zu trinken; das Wasser strömte mit solcher Heftigkeit herein, daß wir alle uns augenblicklich nach unsern Schiffen retirierten, oder riskieren mußten zu ertrinken. Verschiedene von uns retteten sich nur mit genauer Not durch Schwimmen.

Einige Stunden nachher waren wir glücklicher. Sobald sich das Ungeheuer ausgeleert hatte, versammelten wir uns wieder. Ich wurde zum Präsidenten gewählt und tat den Vorschlag, zwei der größten Mastbäume zusammenzufügen, diese, wenn das Ungeheuer den Rachen öffnete, dazwischen zu sperren und so das Zuschließen ihm zu verwehren. Dieser Vorschlag wurde allgemein angenommen und hundert starke Männer zu der Ausführung desselben ausgesucht. Kaum hatten wir unsere zwei Mastbäume zurechtgemacht, so bot sich auch eine Gelegenheit an, sie zu gebrauchen. Das Ungeheuer gähnte, und sogleich keilten wir unsere zusammengesetzten Mastbäume dazwischen, so daß das eine Ende durch die Zunge durch, gegen den untern Gaumen, das andere gegen den oberen stand; wodurch denn wirklich das Zumachen des Rachens ganz unmöglich gemacht war, selbst wenn unsere Masten noch viel schwächer gewesen wären.

Sobald nun alles in dem Magen flott war, bemannten wir einige Boote, die sich und uns in die Welt ruderten. Das Licht des Tages bekam uns nach einer, soviel wir beiläufig rechnen konnten, vierzehntägigen Gefangenschaft unaussprechlich wohl. – Als wir uns sämtlich aus diesem geräumigen Fischmagen beurlaubt hatten, machten wir gerade eine Flotte von fünfunddreißig Schiffen aus, von allen Nationen. Unsere Mastbäume ließen wir in dem Rachen des Ungeheuers stecken, um andere vor dem schrecklichen Unglück zu

sichern, in diesen fürchterlichen Abgrund von Nacht und Kot eingesperrt zu werden.
Unser erster Wunsch war nun zu erfahren, in welchem Teile der Welt wir uns befänden, und anfänglich konnten wir darüber gar nicht zur Gewißheit kommen. Endlich fand ich nach vormaligen Beobachtungen, daß wir in der Kaspischen See wären. Da diese See ganz mit Land umgeben ist und keine Verbindung mit andern Gewässern hat, so war es uns ganz unbegreiflich, wie wir dahin gekommen wären. Doch einer von den Eingebornen der Käseinsel, den ich mit mir gebracht hatte, gab uns einen sehr vernünftigen Aufschluß darüber. Nach seiner Meinung hatte uns nämlich das Ungeheuer, in dessen Magen wir so lange eingesperrt waren, durch irgendeinen unterirdischen Weg hierher gebracht. – Genug, wir waren nun einmal da und freueten uns, daß wir da waren, und machten, daß wir sobald als möglich ans Ufer kamen. Ich war der erste, der landete.

ALS ICH KAPITÄN WURDE

Jens Jacob Eschels stammte aus einer alten Seefahrerfamilie von der nordfriesischen Insel Föhr. Wie er schon in jungen Jahren Kapitän wurde (im Jahr 1782, als es noch keine maschinengetriebenen Dampfer oder Motorfahrzeuge gab), hat er später in seinen Erinnerungen beschrieben.

Als ich des Nachmittags meine verdiente Gage empfing, so musterte ich noch denselben Abend unter meinem holländischen Namen Jan Jacobs mit Kapitän Christian Roosen als Obersteuermann für 19 Reichstaler Kurant pro Monat. Das Schiff war eine derzeit sogenannte Bark, ein Jahr alt und über zweihundert Kaufmannslasten groß, sollte nach St. Thomas und hieß *Henricus de Vierde*. Noch ehe ich mich mit Kapitän Roosen verheuerte, waren mir zwei Obersteuermanns-Heuern nach Westindien angeboten, denn mein Kapitän Warden hatte mich gegen andere Kapitäne sehr gerühmt als einen fähigen Steuermann; da mir aber Kapitän Roosens Schiff am besten gefiel, so verheuerte ich mich mit ihm. Und wie muß ich dem lieben Gott danken, daß er es so fügte, daß ich mit diesem Schiffe zu fahren kam; denn auf demselben habe ich nachher siebzehn Jahre glücklich gefahren und mein Geld damit verdient.

Dieses Schiff war ausgangs Oktober 1781 von Altona abgesegelt und sollte nach St. Thomas; während wir, wie oben gesagt, in Ostende den heftigen Nordnordweststurm hatten, lag es bei Cuxhaven, woselbst es auf einen Steinwall lief, weil sein neues Ankertau mit dem Durchgieren des Schiffes gebrochen war; es wurde vorne unter Wasser beschädigt, und da mit dem Abkommen von dem Grunde noch zwei neue Anker und Taue weggekappt werden mußten, so sah der Kapitän sich genötigt, mit dem Schiffe wieder nach Altona zu segeln, daselbst zu löschen, zu reparieren und wieder zu laden. Die Matrosen bekamen Streit mit dem Obersteuermann und wollten nicht wieder mit dem Schiffe ausfahren, wenn der Steuermann nicht abgedankt würde; da es nun derzeit schwerhielt, Matrosen zu bekommen, weil es an Seeleuten fehlte, so mußte der Steuermann abgedankt werden, und ich

wurde an seiner Stelle geheuert. Hätte dieses Schiff den Sturm bei Cuxhaven nicht gehabt, so wäre es unbeschädigt geblieben und eher in See gewesen, als ich in Altona ankam; folglich wäre ich nicht mit ihm ausgekommen und hätte mein Glück mit demselben nicht gemacht. Wie ich noch auf dem Hamburger Schiffe beim Löschen war, lag ich auf dem Hamburgerberge (das heutige St. Pauli) bei Herrn Hans Bruhns, einem geborenen Jütländer und allbekannt braven Manne, in Schlafstelle; diesem trug ich auf, mir eine Taschenuhr zu kaufen, weil ich wußte, daß ich nun als Obersteuermann zu fahren kommen konnte. Die Taschenuhr wollte ich deswegen kaufen, damit, wenn mein Kapitän außer Land zu mir sagte: »Um die und die Zeit sende die Schaluppe ans Land, um mich zu holen«, ich doch selbst eine Uhr hätte, um danach zu sehen. Dies war die erste Uhr, die ich mir anschaffte; denn vorher hatte ich kein Geld dazu übrig, weil ich das, was ich verdiente, stets meiner Mutter zum Unterhalt sandte, auch nie etwas unnütz ausgab. Herr Hans Bruhns kaufte mir also eine Uhr und, ohne daß ich es ihm gesagt, auch ein silbernes Petschaft dazu, in welches er die Buchstaben J. J. E. hatte eingravieren lassen, weil er von einem Föhringer Landsmann von mir, der auch bei ihm in Schlafstelle lag und den er, während ich an Bord meines Schiffes war, darum befragt, erfahren hatte, daß ich Jens Jacob Eschels heiße; denn er kannte mich nur unter dem Namen Steuermann Jan. Als nun Herr Bruhns mir die Uhr übergab und ich das Petschaft mit meinem Föhringer Namen erblickte, fiel mir dies zwar auf, allein es war mir doch lieb; dachte aber bei weitem nicht daran, daß dieses mir nützlich werden würde, wie es doch nachher geschah und ihr weiter unten hören werdet.
Ich fuhr am anderen Morgen, nachdem ich am vorigen Abend gemustert hatte, an Bord. Wir nahmen in Altona so viel von unserer Ladung ein, als wir laden konnten, um über den Sand bei Blankenese (12 Fuß tief) zu kommen; der Rest der Ladung sollte uns in drei Leichter-Fahrzeugen nach Twielenfleth gebracht werden. Wir trieben am 18. November mit stillem Wetter und westlichem Winde von der Stadt Altona bis Neumühlen; den 19. November des Nachts warpten wir über den Blankeneser Sand und kamen bei Twielenfleth vor Anker. Hier kamen unsere Leichter mit dem Rest der Ladung an Bord, welche ich ins Schiff einnehmen ließ.
Den 22. November sandte der Kapitän Roosen seine Kleider, Bettzeug usw. und ließ mich fragen, wann das Schiff zum Segeln fertig sein würde; ich ließ ihm sagen, daß, wenn der Kapitän morgen abend (als den 23. November) an Bord kommen wollte, dann sollte das Schiff zum Segeln fertig sein. Der Kapitän kam den 24. des Vormittags an Bord, er hatte dem Lotsen Order gegeben, an Bord zu fahren, um mit dem östlichen Wind, den wir hatten, mit dem Schiff nach Glückstadt zu segeln. Der Lotse aber hatte die Zeit versäumt und

kam nicht zehn Minuten früher als der Kapitän mit seiner Jolle an Bord. Da ich den Kapitän erwartete, so hielt ich mit dem Fernglase ein Auge nach seiner Jolle, ob ich selbe sehen konnte; nun sah ich zwei Jollen ankommen, und ich vermutete, daß mein Kapitän in einer derselben wäre. Da diese Jollen nur langsam gegen die Flut (die nun lief) ansegelten und ich wußte, daß wir mit dem hohen Wasser über den Stader Sand segeln mußten, so war keine Zeit zu verlieren, um unter Segel zu kommen; ich ließ gleich die Segel aufziehen, das Ankertau einwinden, und sobald ich nun durch mein Fernrohr sah, daß mein Kapitän in der einen Jolle war, ließ ich den Anker lichten und ließ das Schiff quer treiben, bis der Kapitän und Lotse an Bord waren, und so durfte nur gerufen werden: »Braßt voll!«, da segelte das Schiff. Die Leesegel hatte ich anschlagen und die Leesegelspieren ausstecken lassen; jetzt hieß es nur: »Zieht die Leesegel auf«, und so war das Schiff in einigen Minuten, nachdem der Kapitän und Lotse an Bord waren, unter vollen Segeln; dies stand dem Kapitän Roosen sehr gut an, und wie mir Herr Sottmann, Schwager des Kapitäns, nachher, wie ich mit dem Schiffe wieder nach Hause kam, gesagt hat, so hatte Kapitän Roosen ihm geschrieben: »Ich glaube, ich habe einen tüchtigen Obersteuermann bekommen, denn wie ich an Bord kam, fand ich alles fix und fertig und in der besten Ordnung.« Auch war es mir nützlich, daß ich bei dem Überwarpen über den Sand allenthalben aufpaßte und die Warptrossen auf jeder Seite des Schiffes so reguliert hatte, daß, wenn ein Warpanker ein war, gleich an der anderen Seite der andere mit einem Hurrarufen eingelaufen wurde, denn wir hatten einen Bugsier-Ewer mit Mannschaft zu Hilfe. Wie nun die Lotsen und Ewerleute auf das Kontor kamen, um ihr Geld dafür zu holen, fragte Kapitän Roosen dieselben: »Was habe ich für einen Obersteuermann an Bord, ich kenne ihn noch zu wenig, um zu beurteilen, ob er in seinem Fache gut ist?« Da sagten diese Leute ihm: »Er ist ein flinker Kerl und weiß gut mit den Leuten umzuspringen und sie in Arbeit zu setzen.« Also bekam Kapitän Roosen auch durch ihr Zeugnis eine gute Meinung von mir. Wir gingen, wie oben erzählt, unter Segel und kamen noch mit der Flut über den Stader Sand und segelten nach Glückstadt, wo wir vor Anker gingen. Den 25. November segelten wir nach Cuxhaven und den 26. in See. Auf dieser Reise nach St. Thomas hatten wir nur einen kleinen Sturm, außerhalb des Englischen Kanals und in der Ostpassat kamen zwei Kopenhagener Schiffe zu uns, die auch nach St. Thomas wollten. Da diese beiden Schiffe mit unserem Schiffe im Segeln gleich waren, so blieben wir beieinander, um, wenn kleine Kaper zu uns kämen, wir ihnen desto besseren Widerstand leisten könnten. Wir hatten auf unserem Schiffe zehn Kanonen und die Kopenhagener Schiffe noch mehrere.

Unsere Gissung kam gut aus, denn nach derselben sollten wir Antigua des

Morgens um acht Uhr senen, und um elf Uhr vormittags sahen wir es. Wir segelten zwischen Antigua und Guadeloupe durch; des Abends passierten wir die hohe Klippe Rodondo. Wie wir des Nachts in die Gegend von St. Christoph kamen, gerieten wir in eine Kriegsflotte. Das erste Linienschiff, welches wir passierten, schoß drei Raketen in die Luft und gab fünf Kanonenschüsse als Signal, daß drei fremde Schiffe bei der Flotte seien, und gleich darauf kam eine Fregatte bei uns, rief uns zu, beizudrehen, und Kapitän Roosen mußte bei ihm an Bord kommen, woselbst er die Nacht über blieb und morgens an Bord des Admiralschiffes gebracht wurde. Ich hielt unser Schiff in der Flotte, und zwar nahe bei dem Admiralschiffe auf, weil, ehe wir bei demselben waren, immer Linienschiffe bei mir ankamen und riefen, ich solle an Bord kommen; ich konnte dieselben nicht gut verstehen und rief nur immer, auch wenn sie pochten und auf ihre Kanonen zeigten: »Mein Kapitän ist mit den Schiffsdokumenten bei dem Admiral an Bord.« Ich ward dieses Anrufens und Pochens aber müde und segelte dicht an Lee des Admiralschiffes hin; kam aber näher zu diesem Schiffe, als ihnen lieb war, und so rief ein dänischer Seeoffizier, der bei dem Admiral an Bord war: »Hvad gjör du saa tett under vores Lee?« (Was tust du so nahe an unserer Lee). Ich rief: »Ich werde eurem Schiff nicht zu nahe kommen, denn es liegt fester im Wasser als das unsrige, auch treibt unser Schiff stärker ab als das eurige und kann euch nicht an Bord treiben.« Der Offizier rief: »Mach, daß du von unserer Seite wegkommst.« Ich ließ also vollbrassen und segelte nicht weiter, als daß er uns kranbalksweise voraushatte, dann ließ ich das Schiff wieder beilegen, und hier nahe bei dem Admiralschiffe hatte ich Frieden vor den anderen Kriegsschiffen. Es war dieses die aus 34 Linienschiffen und noch einer Anzahl Fregatten bestehende französische Flotte unter Kommando des Admirals Comte de la Grace, welche das vorige Jahr bei uns zu Granada gelegen, und blockierte die englische Instel St. Christoph, allwo die französischen Truppen gelandet waren und die ganze Insel schon im Besitz hatten, ausgenommen ein Kastell, welches auf einer hohen Klippe lag und für uneinnehmbar gehalten wurde, und unter dem Schutz dieses Kastells lag eine englische Kriegsflotte von 25 Linienschiffen und einer Anzahl Fregatten, ebenfalls von den Franzosen blockiert. Damals war es also eine andere Zeit als jetzt, denn nun und im französischen Revolutionskriege sind die Engländer ganz Meister zur See geworden, denn fast alle Schiffe fast aller Nationen haben sie teils genommen, teils in Verwahrung behalten, und teils sind sie ihnen ohne Schlag und Schuß übergeben.

Des Mittags brachten die Franzosen meinen Kapitän Roosen wieder an Bord, und er sagte mir: »Die Franzosen wollen uns aufbringen, eine französische Fregatte wird uns nach Martinique begleiten.« Kapitän Koch erging es auch

so; nur den Kapitän Cappel ließen sie nach St. Thomas segeln, weil er für die Compagnie in Kopenhagen fuhr. Wir sowie Kapitän Koch segelten also unter Konvoi der französischen Fregatte nach Martinique, kamen in drei Tagen daselbst an und ankerten vor Portroyal. Allein die Richter fanden es nicht für gut, unsere Ladung wegzunehmen, weil Kapitän Roosen seiner Pflicht gemäß gegen die Kaptur protestierte. Wir lagen hier vier Tage, dann wurden wir freigegeben, segelten nun nach St. Thomas und kamen daselbst den 5. Februar 1782 gottlob glücklich an. Hier löschten wir einen Teil unserer mitgebrachten Waren, nahmen andere wieder ein und erhielten Order, mit dem Konvoi nach St. Domingo zu segeln. Den 1. März segelten wir mit einem dänischen Konvoi nach Cap Français (jetzt Haiti genannt) von der Insel St. Thomas ab. Es war die königliche dänische Fregatte, genannt *St. Thomas,* die uns konvoiierte; wir kamen den 5. März glücklich zu Cap Français an. Hier lag eine spanische Kriegsflotte, auch waren viele tausend (wenn ich mich nicht irre, 15000 Mann) spanische Soldaten ausgeschifft, die am Lande logierten; diese spanische Flotte wartete hier auf den französischen Admiral Comte de la Grace, indem sie dann nach Jamaika wollten, um gemeinschaftlich die Insel zu erobern; welches aber nicht dazu kam, indem der französische Admiral anfangs April von dem englischen Admiral Rodney mit einem Teil seiner Flotte genommen wurde.
Als wir hier eine Woche gelegen, fingen einige von unseren Leuten an krank zu werden, denn es war hier damals eine ungesunde Zeit mit dem Klimafieber; ein Kopenhagener Schiff verlor 16 Mann durch diese Krankheit, ungefähr die Hälfte seiner Mannschaft; als wir hier 14 Tage gelegen, ward auch mein Kapitän Roosen krank, jedoch nicht so gefährlich, wie es schien; allein da es sich doch nicht bessern wollte (wir hatten in St. Thomas einen Doktor geheuert, der für eine bestimmte Monatsgage mit unserem Schiffe fuhr, weil er einen Matrosen kurieren sollte, der beim Abschießen der Kanonen bei unserer Ankunft in St. Thomas sich beide Hände blessiert hatte, welches auch geschah), so rieten die dänischen Kapitäne, die hier waren, meinem Kapitän, an Land zu fahren, sich dort einzulogieren und die dortigen Doktoren zu gebrauchen. Mein Kapitän fuhr also an Land, wurde in ein gutes Haus einlogiert und gut gepflegt; ich fuhr täglich mit dem Löschen fort; und jedesmal, wenn ein Boot voll Güter, das ich an Land brachte (denn ich fuhr immer selbst als Aufseher mit dem Boote), gelöscht war, so lief ich zu meinem Kapitän, dessen Wohnung nahe beim Löschplatz war, um zu sehen, was er machte und ob es ihm auch an irgend etwas fehle. Einer unserer Matrosen mußte beständig bei ihm bleiben und ihn bedienen. Da ich noch so jung war (vierundzwanzig Jahre) und durch eine blühende Gesichtsfarbe noch jünger aussah, als ich war, so hatte Kapitän Heysel, der des Kapitäns Roosen vertrauter

Freund war, ihm eines Tages gesagt: »Dein Steuermann ist noch sehr jung, kannst du ihm dein Schiff auch wohl anvertrauen?« So hatte Kapitän Roosen ihm geantwortet (dieses sagte mir hernach ein anderer Kapitän, der bei dieser Unterredung gegenwärtig gewesen): »Deshalb bin ich ganz ohne Sorge, denn ich habe nie, seit ich fahre, einen so guten Steuermann gehabt.«
Dem Kapitän Heysel muß ich es nächst Gott danken, daß ich so früh Kapitän geworden bin; er war das Werkzeug in Gottes Hand. Der Kapitän Heysel war ein Mann vom ersten Rang; er war verständig, hatte Lebensart und Menschenkenntnis, sprach gut französisch und war bei unserem gemeinschaftlichen Korrespondenten hoch angesehen. Dieser, als Freund von Kapitän Roosen, kam oft zu mir an Bord (während der Krankheit meines Kapitäns) und sah nach, wie es ging. Eines Nachmittags, als er bei mir an Bord war, fragte er mich: »Was für ein Landsmann seid Ihr?« Ich sagte: »Ich bin auf der Insel Föhr geboren.« Und so fragte er: »Kennen Sie einen Kapitän Rörd Eschels?« Ich sagte: »Ja, denn er ist meines Vaters Bruder.« Da erwiderte Kapitän Heysel: »Das freut mich, so bist du von einer guten Familie, und deswegen habe ich ein gutes Zutrauen zu dir, denn dein Onkel ist mein langjähriger Freund und ist ein braver Mann.« Er hieß mich nun von dieser Zeit an Steuermann Eschels; ich durfte ihm nicht sagen, daß ich auf holländisch mich Jan Jacobs nannte, denn er war den Holländern nicht gut und würde mich als ein geborener Däne ausgelacht haben, daß ich mich auf einem dänischen Schiffe noch eines holländischen Namens bediente. Von dieser Zeit an ließ ich mich immer bei meinem Taufnamen Jens und mit meines Vaters Zunamen Jens Jacob Eschels nennen, und nun kam mir mein Petschaft, worin J. J. E. eingraviert war, gut zustatten; denn nun stimmte mein Petschaft, womit ich meine Briefe versiegelte, mit der Namensunterschrift im Briefe überein.
Mein Kapitän Roosen wurde alle Tage kränker; drei Tage vor seinem Tode sagte er mir, als ich wie gewöhnlich bei ihm kam: »Steuermann, ich wünschte, daß du bei mir bleiben wolltest; ich bin sehr krank, und du pflegst mich doch besser als die anderen.« Ich sagte: »Von Herzen gerne, Sie haben ja nur über mich zu befehlen, ich will nur an Bord fahren und dem Untersteuermann und Bootsmann sagen, was gemacht werden soll an Bord, und werde gleich wiederkommen.« Welches auch geschah. Ich blieb also die letzten drei Tage und Nächte bei meinem Kapitän Roosen, nur morgens kam unsere Schaluppe an Land, um mich an Bord zu bringen, wo ich bestellte, was den Tag über getan werden sollte, und abends fuhr ich wieder an Bord, zu sehen, ob alles getan sei, also daß ich sonst immer beständig bei meinem Kapitän am Bette saß und ihn pflegte. In der dritten Nacht, als ich bei ihm war, starb er; seine letzten Worte an mich waren: »Wenn du nach Hause kommst, dann

grüße meine Frau und Kinder.« Kurz darauf betete er: »Vater, ich befehle meinen...« Weiter konnte er nicht sprechen, dann holte er nochmals einen tiefen Atem, strengte sich sichtbar an, und so brachte er die Worte des sterbenden Erlösers vollends heraus: «Vater, ich befehle meinen Geist in deine Hände.« Er tat nach diesen Worten keinen Atemzug mehr, sein Leib war tot, die Seele aber in Gottes Händen. Wie es Tag wurde, kam unsere Schaluppe wie gewöhnlich an Land, um mich an Bord zu holen; wie ich an Bord kam, ließ ich gleich unsere Flagge zur Trauer halbstock aufziehen, sandte die Schaluppe nach Kapitän Heysel und den andern hier liegenden dänischen Schiffen und ließ selben den Tod meines Kapitäns melden, worauf alle diese Schiffe ihre Flaggen zur Trauer halbstock aufzogen. Kapitän Heysel kam gleich bei mir an Bord; ich sagte ihm, daß ich doch nicht gerne wolle, daß nun ein fremder Mann als Kapitän auf unser Schiff gesetzt würde, und bat ihn, sein Bestes für mich zu tun, daß ich als Kapitän auf unserem Schiff angestellt würde, um es nach Hause zu führen. Er sagte mir: »Ich will für dein Bestes sorgen, und du kannst dich darauf verlassen, es soll niemand das Schiff haben als du.« Hierauf sagte er zu meinen Leuten (die ich alle zusammenrief): »Euer Kapitän ist gestorben, und müßt ihr euren Obersteuermann als euren Kapitän betrachten, ihm gehorchen und ihn als solchen respektieren, da ihr dann auch gut von ihm werdet behandelt werden, wie es sich gebührt.« Meine Leute sagten alle: »Ja.« Sie waren alle mit mir zufrieden, indem ich immer vernünftig mit ihnen umgegangen. Nun fuhr ich mit Kapitän Heysel an Land zu unseren gemeinschaftlichen Korrespondenten, und Kapitän Heysel, der gut französisch sprach, sagte zu ihnen: »Kapitän Roosen ist gestorben«. Sie erwiderten: »Wer soll nun das Schiff führen?« Kapitän Heysel wies auf mich und sagte: »Der ist Obersteuermann auf dem Schiffe.« Sie sagten: »Er ist noch sehr jung, ist er fähig dazu?« Kapitän Heysel sagte: »Ich kenne ihn, denn ich habe ihn während der Krankheit seines Kapitäns beobachtet; er hat das Schiff in guter Ordnung gehalten, auch hielt sein Kapitän, mit dem ich von ihm geredet, viel auf ihn als einen tüchtigen Steuermann; auch wißt ihr es ja selbst, daß er euch eure Waren gut und wohl und ohne Verzögerung an Land gebracht hat.« Da sagten sie: »Ja, das ist auch wahr.« Und gratulierten mir zum Schiffe. Nun fuhr ich wieder an Bord, holte meine Leute an Land (nur einige ließ ich an Bord, um das Schiff zu bewachen), und so folgten und begleiteten wir unseren Kapitän Roosen bis ans Grab. Die Ärzte hatten ihn, ohne daß ich es wußte und mich zu fragen (während ich meine Leute an Land holte), geöffnet und untersucht, was seine Krankheit gewesen. Des anderen Tages schickten meine Korrespondenten mich mit einem Makler, der holländisch sprach, nach der Admiralität, wo ich als Kapitän eingezeichnet wurde. Hier schrieb ich zum erstenmal meinen Namen in ein Buch: Jens Jacob Eschels, und nach dieser Zeit immer. Jetzt war ich freilich Kapitän, aber nun wurden auch meine Sorgen viel größer als vorher, und obgleich ich mich tüchtig genug fühlte, das Schiff zu regieren, so wurde ich doch so himmelangst, wenn ich bedachte, daß ich von einem Kaper aufgebracht werden könnte und was ich dann zu tun hätte; ich hatte wohl gehört, daß die Kapitäne dann dagegen protestieren müßten, wußte aber fast nicht, was ein Protest sei; wenigstens wußte ich kein Formular dazu; mit einem Worte, es ging mir fast so wie Gellerts jungem Drescher, der, wenn es ihm keine Schande gewesen, gerne als Drescher auf dem Lande gestorben wäre. Es ist sicher, hätte ich das Schiff an seine Eigentümer überliefern können, daß ich es mit Freuden getan hätte, aber mein Ehrgeiz konnte es doch nicht zugeben, daß ich einen Fremden als Kapitän über mich wollte setzen lassen.

Ich wurde indessen nachher über viele Punkte, welche ein Kapitän zu beobachten hat, beruhigt, denn ich sprach eines Tages mit einem alten erfahrenen Kopenhagener Kapitän Terkel Bentzen Rönne und klagte ihm, daß ich in großer Angst sei, wenn ein Kaper mich aufbringen sollte; ich wüßte keinen Bescheid, wie ich mich dabei zu verhalten hätte. Hierauf sagte Kapitän Rönne mir folgendes: »Wenn ein Kapitän aufgebracht wird oder um Fracht zu suchen an einen Ort kommt, dann nimmt er einen Korrespondenten an: dieser ist an seinem Ort bekannt und besorgt mit dem Kapitän alles, was nötig ist, nimmt einen Rechtsgelehrten an und läßt ihn gegen den Kaper protestieren und ganz des Kapitäns Sache führen. Der Korrespondent sucht, wenn man um eine Fracht an einen Ort kommt, selbige, falls er selbst keine annehmliche Fracht hat, und trägt es einem Makler, die an allen Orten sind, auf, um eine solche zu besorgen, das Schiff ein- und auszuklarieren usw. Kurz, ein Kapitän hat an allen Orten Hilfe, denn er bezahlt ja einen jeden für seine Mühe und Kommissionen usw.« Hierauf entgegnete ich: »Ist dem so, dann will ich mich auch nicht ängstigen, ich glaubte, ein Kapitän müsse dies alles selbst wissen und besorgen, und das vielleicht in Ländern, deren Sprache er nicht mächtig ist.« – »Ja«, sagte Kapitän Rönne, »wenn ein Kapitän, wie du meinst, alles selbst wissen und tun sollte, dann würde es beschwerlich, ja fast unmöglich sein, einen Kapitän zu bekommen, der alles wüßte, denn in allen Ländern und Städten sind Gesetze und Gebräuche verschieden, und die Korrespondenten und Makler wissen an ihrem Orte, was ein Kapitän zu beobachten hat, und helfen ihm überall zurecht.« Er fügte noch hinzu: »Es ist des Korrespondenten und Maklers Schuldigkeit, einem Kapitän zu dienen, denn sie werden ja von demselben für ihre Dienste und Mühe bezahlt.« Nun wurde ich durch diesen Unterricht sehr beruhigt und ängstigte mich nicht mehr, sondern dachte: Kommt Zeit, kommt Rat.

Wie ich nun Kapitän war, mußte ich auch Geld in Händen haben, um die Schiffsausgaben, die täglich wie in einem Hausstand vorfallen, zu bezahlen. Kapitän Heysel ging mit mir zu unseren Korrespondenten und sagte, ich müßte 200 spanische Taler haben (so viel hatte ich noch nie gehabt, denn das mehrste, was ich je gehabt, war etwas über 200 holländische Gulden gewesen); ich empfing selbe, und Kapitän Heysel schrieb eine Quittung in deutscher Sprache, die ich unterschrieb. (Ich hätte selbst kein Formular einer Quittung zu schreiben gewußt, denn nie hatte ich eine solche gesehen.) Die Quittung lautete wie folgt: »Empfangen von den Herren Fouche, Hellot & Co. zum Behuf meines Schiffes *Henricus de Vierde* 200 spanische Taler, schreibe: zweihundert spanische Taler, welches ich hiermit bescheinige. Cap Français, den 7. April 1782.«

Wir nahmen unsere Ladung hier ein, und da, als mein Kapitän gestorben war,

die anderen dänischen Kapitäne, vornehmlich Kapitän Heysel, den Gesetzen gemäß bei mir an Bord kamen, ein Inventarium von des verstorbenen Kapitäns Kleidern und Effekten zu machen, und diese an einem Sonntag, wo alle Leute von den dänischen Schiffen bei uns an Bord waren, verauktionieren ließen, so kaufte ich alle seine Seebücher und Seekarten sowie seine silbernen Schuhschnallen (diese waren die ersten silbernen Schnallen, die ich trug). Für das aus der Auktion gelöste Geld und was sonst dem seligen Kapitän gehörte, kaufte ich Kaffee für seine Witwe ein, etwa nach unserem Geld das Pfund zu 8 Schilling, und verkaufte selben hernach, als ich in Norwegen kam, für etwa zweiundzwanzig Schilling nach unserem Gelde das Pfund, so daß ich der Witwe einen hübschen Avance in Geld nach Hause brachte.
Die königliche dänische Fregatte *Kiel* kam anfangs Mai mit einigen Schiffen von St. Thomas hier an und segelte sodann nach Port-au-Prince und Leogana (auf der Westseite dieser Insel gelegen), um die Kapitäne Feddersen und Lorentzen hierher zu konvoiiren. Sie kamen Ende Maimonats an, und da alle hier liegenden dänischen Schiffe, die mit diesem Konvoi nach Europa segeln wollten, fertig waren, so fuhren wir den 31. Mai von hier ab. Kapitän Heysel und ich sollten in Fleckeröe in Norwegen einlaufen und in Christiansand Order holen, wo wir mit der Ladung hinsegeln sollten. Während der Zeit, als wir in Cap Français lagen, wurden immer zwei Schiffe, welche an die Adresse meines Korrespondenten waren, zugleich in Ladung gelegt; denn dieses Haus hatte alle Compagnie-Schiffe sowie auch die, welche vom Herrn Grafen von Schimmelmann befrachtet waren, an seine Adresse; ich mußte daher mit dem Laden warten, bis die Kapitäne Heysel und Rönne, beide hatten große Schiffe, fertig waren. Nun bin ich immer etwas ungeduldig, wenn die Arbeit nicht hurtig vonstatten gehen will; darum ging ich oft zu meinem Korrespondenten und bat, mir doch auch etwas zu laden zu geben, damit ich ebenfalls fertig würde und, wenn die anderen Schiffe mit dem Konvoi abführen, mitsegeln könnte. Der eine Korrespondent, Chef des Hauses, sagte mir dann immer mit lächelnder Miene: »Du sollst zuallererst fertig sein.« Ich hielt dieses für Spaß, allein er hielt Wort, denn da alle Schiffe, worunter auch ich, beladen waren und wir alle zugleich ausklariert wurden, packte der Korrespondent die Dokumente jedes Schiffes in ein Kuvert, gab mir die meinigen zuerst und sagte: »Ich habe dir ja gesagt, du solltest zuerst fertig sein; siehe, nun bist du es.« Und so gab er den anderen Kapitänen auch ihre Dokumente.
Mir hat es immer sehr wehe getan, wenn ich in Westindien sah, daß die schwarzen Menschen so barbarisch von den weißen behandelt wurden; ich habe auch erfahren, daß, wenn man die Neger mit Güte behandelt, selbe dankbar sind und treu arbeiten. Während dem Laden waren meine Leute

krank, so daß ich von zwanzig Mann oft nicht mehr als vier bis sechs gesund hatte, um zu arbeiten; den Kaffee mußten wir selbst mit unserem großen Boote vom Land an Bord holen. Unsere Ladung bestand in 261 großen Fässern weißen Zucker von 2000 bis 2200 Pfund schwer, in 208 Bonceau, 365 Oxhoften, 253 Quarten und 1000 Säcken Kaffee und einige Fastagen Indigo. Die Zuckerfässer wurden uns in Fahrzeugen an Bord gebracht, und kamen täglich zwei bis drei Fahrzeuge, die sechzehn bis zwanzig Fässer Zucker geladen hatten, und in jedem derselben waren sieben bis acht Neger; diesen ließ ich mittags an Bord Schiffskost zu essen geben, als: Erbsen, Speck, Fleisch und einen Schnaps, so wie meine eigenen Leute es aßen, und so hißten die Neger die Zuckerfässer hinüber ins Schiff, und meine Leute konnten selbe gleich im Raum wegstauen, welches für diese eine große Erleichterung war. Auch gab ich den Negern mitunter wohl einen spanischen Taler, weshalb sie so willig und froh waren, daß sie mit großem Vergnügen uns halfen, und wenn ein Fahrzeug für mich am Lande beladen werden sollte, so stritten die Neger untereinander darum, wer mitfahren sollte, denn alle wollten bei dem Schiffe *Henry Quatro (Henricus de Vierde)* an Bord, und ich bin überzeugt, daß, wenn ich während der Revolution, die einige Jahre nachher dort ausbrach, dagewesen wäre, und in welcher Zeit so viele weiße Menschen ermordet wurden, selbst diese Schwarzen mich beschützt haben würden, so liebten sie mich.

Wir segelten, wie gesagt, den 31. Mai von Cap Français in See; unsere Flotte bestand: erstens aus unserem Konvoischiffe, der königlichen dänischen Fregatte von 44 Kanonen, genannt *Kiel,* ferner aus sieben Kauffahrern, *Prindsen af Bevern, Greve E. von Schimmelmann, Tugendreich, Henricus de Vierde* und drei weiteren. Auf dieser Reise hatten wir durchgehend gutes Wetter, aber viel konträren Wind, so daß wir über acht Tage kreuzen mußten, ehe wir durch die Kaikes kommen konnten, woselbst wir eine königliche französische Fregatte, deren Kapitän mit der Schaluppe an Bord unseres Konvoischiffes kam, bei uns hatten. In der Gegend von Bermuda bekamen wir einen günstigen Wind, der frisch wehte, so daß wir schnell, und zwar in drei Wochen, von dort bis vor den Englischen Kanal segelten; hier aber bekamen wir Ostwind, womit wir beinahe drei Wochen kreuzten. Wir hatten in der Westpassat viel Nebel, wodurch ich und Kapitän Herlöfsen von dem Konvoi abkamen und selben erst nach drei Tagen, als wir in der Norderbreite des Kanals waren, wiederfanden. Dieses waren drei ängstliche Tage für mich, denn wäre uns in selber Zeit ein englischer Kaper begegnet, so würde ich sicher aufgebracht worden sein, weil ich von einer französischen Kolonie kam; doch der liebe Gott wendete dieses Unglück in Gnaden von mir ab. Wir segelten nun, als wir günstigen Westwind bekamen, in den Englischen Kanal ein und hatten neben Plymouth ein englisches Linienschiff und eine Fregatte bei uns, die an Bord unseres Konvoischiffes kamen. Es ist schön und angenehm, so unter Konvoi zu segeln; denn man braucht sich nicht zu fürchten, wenn Kriegs- oder Kaperschiffe kommen, weil der Kapitän des Konvois alles für einen abmacht. Derzeit war eine bewaffnete Neutralität zwischen Rußland, Dänemark und Schweden abgeschlossen; diese wurde von den Engländern respektiert, und wenn unser Fregattenkapitän nur sagte: »Diese Schiffe gehören unter meinen Schutz«, so war es genug, und kein Engländer tat ihnen dann etwas zuleide.

Seit dieser Zeit ist es aber anders geworden; denn im französischen Revolutionskriege griffen die Engländer die Schiffe, die unter Konvoi fuhren, an und brachten sie auf; ihre Alliierten erlaubten ihnen das, und nun wird es schwerhalten, ihnen dieses anmaßende Recht wieder zu nehmen.

In der Nordsee fanden wir ein neues Briggschiff, welches sein Ruder abgestoßen hatte und von der Mannschaft verlassen war; wir ließen es treiben. Den 10. August, morgens, kamen wir unter Norwegen; Kapitän Heysel und ich mußten uns nun von dem Konvoi trennen und in Fleckeröe einlaufen, um Order zu holen. Wir mußten beide an Bord unseres Konvoischiffes fahren, um ihm unser Signalbuch zurückzugeben; und wie wir wieder an Bord unserer Schiffe kamen, gaben Kapitän Heysel und ich jeder neun Kanonenschüsse zum Abschied von dem Konvoi, wofür wir von der Fregatte jeder drei Schüsse als Dank empfingen. Des Vormittags erhielten Kapitän Heysel und ich Lotsen an Bord. Unsere Flotte segelte mit günstigem Winde nach Kopenhagen, wo sie nach zwei Tagen ankam. Kapitän Heysel und ich segelten nach Norwegen und kamen gegen Abend in Fleckeröe (dem Außenhafen von Christiansand) vor Anker. Hier kamen Fischerleute mit schönen, selben Tag gefangenen Kabeljau an Bord, und ich kaufte Fische für meine Leute, die sich diese des Abends gut schmecken ließen. Kapitän Heysel aber ließ mich zu sich an Bord holen, und wir beide fuhren ans Land zu dem Lotsen-Ältermann Marcus Kielland, bei dem wir, nachdem wir unsere Lotsen abgelohnt hatten, abends schönen Kabeljau speisten. Den anderen Morgen fuhren wir beiden Kapitäne nach dem Kastell, um uns bei dem Kommandanten zu melden; dieses war ein sehr höflicher Mann und zeigte uns das ganze Kastell. Hierauf fuhren wir mit einer Lotsenjolle nach Christiansand, um Order zu holen, und erhielten selbe: beide nach Altona zu segeln. Der Orderbrief an Kapitän Christian Roosen (ich war nun an seiner Stelle) lautete wie folgt: »Mit diesem habe ich Ihnen nur anzeigen wollen, daß sie mit Ihrer Ladung nach Altona segeln müssen, und adressieren Sie sich an die Herren Baur & Rode.« (Der Brief war gezeichnet: Schimmelmann. Kopenhagen d. d. 1782.) Hier in Christiansand sagte Kapitän Heysel zu mir: »Du mußt dir nun auch

Kleider machen lassen, damit du dich als ein Kapitän sehen lassen kannst.« Er ging deshalb mit mir nach einem Schneider, und ich ließ mir einen Rock, Weste und Hose anfertigen, von feinem braunem Laken, mit weißen Knöpfen, nach englischem Schnitt und Fasson, so wie derzeit die norwegischen Kapitäne in Kleidung gingen. Vorher hatte ich nur einen blauen Oberrock, den ich mir, als ich Obersteuermann wurde, in Altona hatte machen lassen; nun hatte ich aber auch noch keine feine Wäsche, und da mein Doktor, der mit mir fuhr, nicht wollte, daß ich in Norwegen ohne feine Wäsche ans Land fahren sollte (denn in Westindien ging ich immer mit meiner Seekleidung, als: gestreifter leinener Hose, Jacke usw., an Land), so gab er mir eins von seinen Manschettenhemden anzuziehen, ein feines weißes Halstuch umzubinden und putzte mich überhaupt so heraus, daß ich doch einem Kapitän ähnlich sah.

Am 3. September wurde der Wind östlich, und Kapitän Heysel und ich segelten miteinander in See. Der Wind lief aber schon am Abend konträr, jedoch blieb immer gutes Wetter, und so lavierten wir meist den ganzen Weg, so daß wir erst den 14. September auf der Elbe binnen kamen.
In Altona ging ich in das Haus meiner Herren Patrone und blieb auf der Diele stehen, denn ich war noch nie in ihrem Hause gewesen und wußte also auch nicht, wo das Kontor war; auch hatte ich nie einen der Herren van der Smissen, ebensowenig wie sie mich, gesehen. Ein Mädchen kam und fragte mich, was mein Begehr sei. Ich sagte: »Ich verlange den Herrn zu sprechen.« Sie fragte mich: »Die alten oder die jungen Herren?« Ich antwortete: »Die alten.« Sie ging, und nun kam ein alter Mann, der Herr Gysbert van der Smissen, der, als er sah, daß ich nach englischer Art gekleidet war, glaubte, daß ich ein Engländer sei (und von den Engländern hielt er viel, denn er war in seinen jungen Jahren in England gewesen); er fing deshalb gleich an, in englischer Sprache mit mir zu reden und fragte, was mein Begehr sei. Ich antwortete ihm in derselben Sprache, daß ich der Obersteuermann auf ihrem Schiffe *Henricus de Vierde* sei und daß ich mit der Lotsenjolle von Twielenfleth nach Altona gekommen wäre, um mit den Herren zu sprechen und für meine Leute frisches Brot, Bier, Fleisch, Grünigkeiten usw. mit an Bord zu nehmen. Wie er hörte, daß ich Eschels war und ihr schönes Schiff *Henricus de Vierde* durch Gottes Güte nach Hause gebracht habe, wurde ich genötigt, in die Vorderstube zu treten, und unterhielt mich hier mit diesem alten Herrn in englischer Sprache. (Wie dieses Schiff gebaut wurde, durfte in Regenwetter nicht daran gebaut werden, und alles mußte von dem besten Holz sein, damit es ein dauerhaftes Schiff werden möchte. Es hielt sich auch immer gut, und es dauerte 47 bis 48 Jahre, ehe es Alters wegen auf dem Hamburgerberge abgehauen oder abgeschlachtet wurde. Auf Föhr wurde immer beim Graben eines Seemannsgrabes gesagt: Es ist ein glücklicher Seemann, der auf dem Kirchhofe begraben wird. Also kann man auch von einem Schiffe sagen: Es ist ein glückliches Schiff, das so lange auf der See herumfährt, bis es alt wird und Alters wegen am Lande geslopt oder abgeschlachtet wird, so wie dieses Schiff es wurde.) Wie nun die damals jungen Herren Hinrich und Jacob Gysbert van der Smissen geholt waren und auch sie in die Stube traten, so redete ich dieselben deutsch an, beantwortete alle ihre Fragen und erzählte alles, was auf der Reise passiert war, und übergab denselben meine Rechnungen. – Aus Cap Français hatte ich an die Herren Jacob Gysbert von der Smissen geschrieben, denn ich wußte nur, daß wir für die Herren van der Smissen fuhren, wie aber die Firma oder der Vorname der Herren war, wußte ich nicht, und keiner von meinen Leuten konnte mir es sagen (weil die Schiffsdokumente mitsamt dem Gute des verstorbenen Kapitäns versiegelt waren, so

konnte ich die Firma auch daraus nicht ersehen; hätte ich dieselben derzeit unter Händen gehabt, dann würde ich es gewußt haben); bloß ein Matrose, früher Bäckergesell, welcher bei dem Herrn Jacob Gysbert van der Smissen im Dienst gewesen war, sagte mir auf meine Frage, wie der Vorname der Herren van der Smissen sei: »Der Herr heißt Jacob Gysbert van der Smissen.« Ich schrieb also an diesen. In dem Briefe meldete ich bloß das Passierte, als: daß wir in Martinique aufgebracht gewesen, daß wir in St. Thomas etwas gelöscht und wieder geladen hatten, daß wir unter Konvoi von da nach Cap Français gesegelt, daß Kapitän Roosen d. d. gestorben und ich an seine Stelle gesetzt wäre, um mit Gottes Hilfe das Schiff nach Hause zu fahren, und daß sie sich darauf verlassen könnten, daß ich soviel als möglich für ihr Interesse sorgen, gut acht auf das Schiff geben und sie redlich behandeln würde. Am Schluß des Briefes fügte ich hinzu: »Wenn ich nun mit Gottes Hilfe das Schiff nach Hause gebracht und Sie dann finden, daß ich alles gut und wohl gemacht, dann ersuche ich Sie um ihre Gunst und Gewogenheit.« – Es war ein Glück für mich, daß ich den ersten Brief an Herrn Jacob Gysbert van der Smissen adressierte, weil er doch, im eigentlichen Sinne des Worts, die Hauptgeschäfte des Kontors führte, er sich auch darüber zufrieden zeigte und mir keinen Verweis gab. Die beiden alten Herren hatten es aber etwas übelgenommen und sagten mir es auch; sie meinten, sie wären eigentlich die Herren, solange als sie lebten, und ich sollte an sie und nicht an Herrn Jacob Gysbert van der Smissen geschrieben haben. Als ich ihnen aber erzählte, daß es, wie oben bemerkt, gekommen sei, so waren sie zufrieden. Wie ich nun von den Herren Abschied nahm, sagte ich: »Ich bitte um Ihre Gunst und Gewogenheit.« (Dies ist das einzige Mal, daß ich um das Schiff zu behalten gebeten, hier mündlich und in Cap Français schriftlich im Briefe.) Die Herren sagten mir hierauf, sie könnten mir noch nichts versprechen, aber ihr Freund solle ich bleiben, und sie wollten mich im Andenken behalten.

Ich fuhr nun wieder an Bord, und den 21. September kam ich bei Westwind mit dem Schiffe an die Stadt. Es war Abend, wie ich vor Altona ankerte; hierauf fuhr ich ans Land und ging aufs Kontor meiner Herren, um ihnen meine gottlob glückliche Ankunft zu melden. Die derzeit jungen Herren, Hinrich und Jacob Gysbert van der Smissen, sagten zu mir, daß sie morgen vormittag an Bord des Schiffes kommen wollten, und ich solle sie um zehn Uhr mit meiner Schaluppe abholen. Dies tat ich. Ich hatte Kaffee bereiten lassen, wovon sie eine Tasse tranken; hierauf besahen sie das Schiff, fanden alles in der besten Ordnung und blieben ein paar Stunden an Bord und sprachen mit mir. Auch sagten sie, daß es ihnen lieb sei, daß ich die ganze Kajüte voll Kaffee geladen habe. (Die Fracht war hoch: 1 Schilling pro Pfund, und also hatte ich etwa 3000 Pfund an Fracht in der Kajüte gehabt.) Ich antwortete ihnen, man müsse immer des Schiffes Bestes suchen; und ich für mich brauche keine Kajüte, denn Komodität wäre ich nicht gewohnt, und in See wäre ich die meiste Zeit auf dem Deck. Als die Herren nun ans Land fahren wollten, sagten sie zu mir: »Wir können dir nichts versprechen, denn es hängt noch alles von den lieben Alten ab, aber was wir für dich tun können, werden wir tun, darauf kannst du dich verlassen; lösche nur erst das Schiff leer, und so werden wir sehen, wie es wird.«

Nach ein paar Tagen hielten die sämtlichen Herren Reeder eine Versammlung, um sich zu beraten, wer das Schiff *Henricus de Vierde* als Kapitän führen solle. Sie hatten noch, schon eher als ich mit dem Schiffe nach Hause kam, einen alten Kapitän im Auge, der das Schiff führen sollte, aber fest bestimmt hatten sie nichts. In der Versammlung hatte keiner, außer den alten Herren (und diese hatten $^3/_4$ Part im Schiff, folglich die Oberhand), welche behaupteten, daß ich noch zu jung sei, etwas gegen mich einzuwenden; da traten aber die jungen Herren van der Smissen, von den Herren Linnich unterstützt, auf, und der alte Herr Linnich nahm das Wort und fragte: »Hat Eschels seine Sachen nicht gut gemacht?« – «Ja«, antworteten alle. »Nun denn«, fügte er hinzu, »so wird er sie auch fernerhin gut machen; auch scheint es, daß der liebe Gott es so gefügt hat, daß Eschels das Schiff haben soll; denn warum mußte das Schiff in Havarie von Cuxhaven wieder nach Altona zurückkommen, der Obersteuermann abgedankt und Eschels an seiner Stelle angenommen werden?« Die jungen Herren van der Smissen und die Herren Linnich sagten: »Wir stimmen für Eschels«, und weil die alten Herren van der Smissen gar nichts gegen mich zu sagen hatten, als daß ich noch zu jung sei, so traten sie ihnen auch bei, und so wurde in dieser Versammlung beschlossen, daß ich das Schiff *Henricus de Vierde* führen solle.

Den 27. September (wir waren noch nicht gelöscht), des Morgens, als ich wie gewöhnlich aufs Kontor kam, gingen die Herren van der Smissen mit mir in eine Stube und gratulierten mir zur Führung ihres Schiffes *Henricus de Vierde*; nun hielt der alte Herr Gysbert van der Smissen auch eine Ermahnungsrede an mich, in welcher er unter anderem sagte: »Wenn der liebe Gott dir ein Unglück zuschickt, so wird dies unsere Gunst zu dir nicht mindern, aber solltest du dich verführen lassen oder liederlich werden oder nicht auf deine Sachen achtgeben und saumselig in deinen Geschäften werden, dann bist du für immer unsere Freundschaft los; es hängt also nur von dir ab, ob wir Freunde bleiben sollen oder nicht; habe du aber immer Gott vor Augen und im Herzen, und hüte dich, daß du in keine Sünde willigest noch tust wider Gottes Gebot usw. usw.« Ich versprach, ihnen treu dienen zu wollen und mich immer gut aufzuführen. Gottlob! ich habe es auch treu gehalten, was ich versprochen, und bin, solange die alten Großväter lebten, ihr Freund ge-

blieben; ebenso wie ich der ihrer Söhne bis zu ihrem Tode war, und noch jetzt erfreue ich mich der Freundschaft ihrer Enkel, die nun auch schon bejahrte Männer sind.
Wie wir unsere Ladung in Altona gelöscht hatten, rechnete ich mit meines Kapitäns Roosen Frau Witwe ab und gab ihr alles Geld, was aus dem Nachlaß ihres seligen Mannes und für den gekauften und wieder verkauften Kaffee gelöst worden; sie war sehr damit zufrieden und konnte es auch sein, denn ich sagte zu den Herren van der Smissen, wie selbe mich fragten, was ich für Verdienst dafür verlange, daß ich das Schiff nach Hause gebracht habe, daß ich dafür nichts verlange, sondern die Herren der Witwe des seligen Kapitäns Roosen, was er auf dieser Reise hätte verdienen können, wenn er am Leben geblieben wäre, geben möchten; indem ich nichts weiter als meine Steuermannsgage, 19 Reichstaler pro Monat, haben wolle. Die Herren aber gaben mir vierhundert Mark Kurant und haben der Witwe Roosen das andere gegeben. Meine Korrespondenten in Cap Français hatten mich, ohne daß ich es wußte oder sie darum ersucht hatte, sehr bei meinem Befrachter, dem Herrn Grafen von Schimmelmann in Kopenhagen, empfohlen. Dieser alte Herr war aber, während ich auf der Reise war, gestorben, und so schrieb der Chef des Kontors an meine Herren van der Smissen, daß sie das Schiff *Henricus de Vierde,* Kapitän Eschels, wieder befrachten wollten, wenn sie dieses für gut fänden; die Fracht wurde angenommen, und so wurde ich nach St. Thomas befrachtet, für den Preis der vorigen Reise; ich mußte nach der Löschung mit dem Schiffe nach Hamburg fahren, um das Schiff dort zu kielholen, denn in Altona konnte man es derzeit nicht; erst Anno 1818 schaffte mein Sohn, Jens Jacobs Eschels jun., der hier Schiffsbaumeister war, einen Kiellichter an und war der erste, der das Kielholen in Altona in Gang brachte. So fand es sich denn, daß meine Spickerhaut von Würmern zerfressen worden, deshalb mußt ich eine neue Spickerhaut haben.
Es waren derzeit viele Schiffe in Hamburg, die zimmern mußten, so daß es an Schiffszimmerleuten fehlte und deshalb die Arbeit nur langsam vonstatten ging. Anfangs November fror es schon des Nachts; am Mittwoch, dem 13. November, fror es des Nachts so, daß am Morgen etwas junges Treibeis in der Elbe war, und wie ich des Morgens aufs Kontor kam, sagte Herr Jacob Gysbert van der Smissen mir: »Nun ist alles vorbei, denn der alte Herr (Hinrich van der Smissen) hat gesagt: Das Schiff soll nicht aus Hamburg herausfahren; ich will es nicht heraushaben und hier vom Eise entzweischneiden lassen.« Ich ging zu dem alten Herrn aufs Kontor (dieser war sehr taub, so daß man alles, was man ihm sagen wollte, auf eine Tafel, die bei ihm lag, aufschreiben mußte), und dieser fragte mich: »Wie geht's?« Ich nahm die Tafel und schrieb auf dieselbe: »Es geht gut; Sonnabend werde ich in Hamburg mit

dem Zimmern fertig und hole dann gleich das Schiff heraus nach Altona; Montag und Dienstag laden wir hier so viele Güter ein, als daß wir damit über den Blankeneser Sand segeln können; Mittwoch segele ich von der Stadt; die Waren, die noch an Bord gebracht werden sollen, werden in die Leichter eingeladen und bei Twielenfleth in das Schiff abgeliefert; dann segele ich mit dem ersten guten Wind in See.« Der alte Herr, wie er dieses gelesen, sah mich mit großen Augen scharf an und sagte: »Du hast große Lust; wohl, gehe deinen Gang fort.« (Herr Jacob Gysbert freute sich, daß ich Erlaubnis erhalten, das Schiff nach Altona zu holen, denn er war auch ein betriebsamer Mann und wollte das Schiff gerne vor dem Winter in See haben.)
So wie ich es dem alten Herrn auf die Tafel geschrieben, so ging es auch; denn am Sonnabend, dem 16. November, kam ich mit dem Schiff in Altona an (ich holte das Schiff bei hohem Wasser aus dem Baum, die Flotten auf der Seite des Schiffes, und die Zimmerleute waren noch darauf, denn das Schiff sollte so schnell wie möglich vor dem Winter fort).
Montag und Dienstag luden wir so schnell, als wir konnten, schlugen unsere Mars- und Focksegel unter, bekamen unseren Proviant an Bord und segelten am Mittwoch des Mittags von Altona mit Nordostwind. Er war aber nur schwach. Es lag hier in Altona ein ganz neues Schiff für Herrn Hinrich Dultzens Rechnung; es hieß *Ferdinand et Victoria* und sollte auch nach St. Thomas. Dieses Schiff sollte, obschon es drei Tage ganz fertig gelegen, nicht von der Stadt segeln, weil es so flaue Kühle oder wenig Wind war und sich schon Treibeis in der Elbe befand. Wie ich mit dem Schiff bei Neumühlen kam, so wurde es mehr Wind, so daß ich mit dieser Flutzeit glücklich über den Blankeneser Sand kam, und ankerte abends bei Twielenfleth. Wie Herr Dultz sah, daß wir so schön vorwärts kamen, so ließ er sein Schiff auch nachsegeln, es kam aber zu spät und nicht über den Sand.
Ich schickte zwei Leichter mit Gütern nach meinem Schiffe, und mit dem dritten wollte ich selbst an Bord fahren, zuvor aber meinen Herren Lebewohl sagen. Als ich nun von dem alten Herrn Hinrich van der Smissen Abschied nehmen wollte, war er in seinem Hause (welches mein Sohn Jacob jetzt bewohnt), und so fragte er mich: »Hast du nun alles in Ordnung und nichts vergessen?« Ich schrieb auf seine Tafel: »Ja, alles ist in Ordnung.« Hierauf fragte er mich: »Hast du auch geräuchertes Fleisch?« Ich schrieb: »Nein.« Er fragte: »Hast du auch geräucherte Schinken?« Ich schrieb: »Nein.« – »Siehe«, sagte er, »so muß ich dir doch bedenken helfen, was du vergessen; du bist in St. Thomas adressiert an den Gouverneur, und wenn dieser nun einmal an Bord des Schiffes kommen will, um Schinken und geräuchertes Fleisch (denn dieses ist in Westindien eine Delikatesse, obgleich es keine gesunde Speise dort ist) bei dir zu essen, dann hast du nichts.« Hierauf befahl er seiner Haus-

hälterin, mir von dem für seinen Hausstand angeschafften Rauchfleisch und Schinken, von jeder Sorte drei Stück, zu geben; sie sah dabei etwas sauer aus, mußte aber doch gehorchen. Nun fragte er mich noch: »Hast du auch Äpfel?« »Nein.« – »Siehe«, sagte er, indem er ein Kaffee-Quart voll seiner besten Äpfel für mich packen ließ. Ich bedankte mich beim Abschiede von diesem guten Alten, nahm Fleisch, Schinken und Äpfel mit in meinen Leichter und segelte nach Twielenfleth nach meinem Schiffe, wo ich nachts an Bord kam. Ich hatte einen Passagier mit, der mir 100 spanische Taler Reisegeld bezahlte.

Den 24. November wehte ein heftiger Ostwind, es fror stark und war schon viel Treibeis im Fahrwasser. Wir nahmen so geschwind als möglich die Waren aus dem Leichter hinüber ins Schiff; des Nachmittags kam ein Schneegestöber. Die Schiffe, die bei uns zu Twielenfleth lagen, fingen schon an, vor dem vielen Eise, welches im Fahrwasser trieb, zu Twielenfleth an den Strand zu holen. Diese Schiffe lagen den ganzen Winter da am Strande. Wie anfangs März 1783 von mir die Nachricht in Altona ankam, daß ich den 9. Januar glücklich in St. Thomas angekommen sei, lagen noch alle diese Schiffe zu Twielenfleth am Strande wegen Eis. Ich aber lichtete meine Anker und segelte mit meinem Leichter zur Seite nach Glückstadt. Hier war nicht soviel Eis als bei Twielenfleth, und um 8 Uhr abends waren alle Waren aus dem Leichter im Schiffe. Nun fingen wir an, die Waren wegzustauen und alles fest an seinen gehörigen Platz zu legen. Mein Obersteuermann kam um 9 Uhr zu mir und sagte: »Die Leute murren und wollen nicht in See.« Ich lief hinunter in das Zwischendeck, wo sie die Waren wegstauten, tat, als ob ich von dem Murren nichts wußte, und sagte: »Nun hurtig, Jungens! Flink gearbeitet, daß wir aus der Kälte in See und in ein warmes Klima kommen usw.« Nun nahm der Bootsmann das Wort und sagte: »Sollen wir mit einem so ungeretheten Schiffe in See gehen?« Ich sagte: »Nein, denn ehe wir nach Cuxhaven kommen, ist alles am gehörigen Platz und festgemacht; arbeitet nur lustig zu, nach geschehener Arbeit sollt ihr ruhen.« Der Bootsmann machte noch allerlei Einwendungen; die Leute waren alle auf seiner Seite. Da sagte ich: »Wie sehr habe ich mich in euch getäuscht; ich meinte, daß ich tüchtige Matrosen und fixe Offiziere geheuert hätte; ich habe euch zu Offizieren gemacht und muß nun sehen, daß ihr feige Memmen seid; gehe ich denn nicht mit euch? Muß ich nicht ebensogut wie ihr mit in See segeln? usw.« Nun bedachten diese Leute sich, und der Bootsmann sagte mit hängenden Lippen: »Wenn der Kapitän nicht bange ist, so sind wir es auch nicht.« Nun sagte ich: »Nur munter an die Arbeit« – welches denn nun auch geschah.

Den 25. November, morgens $1\frac{1}{2}$ Uhr, ging der Mond auf; es war eine helle Luft und ein frischer Ostwind. Wir gingen unter Segel; es fror stark und war schon vieles Eis im Fahrwasser. Mit vieler Mühe hatten wir den Anker aufgewunden, da das Ankertau steifgefroren war. Wir segelten bei dem Mondschein die Elbe hinunter, und als es Tag wurde, hatten wir die Ladung weggestaut. Nun gingen wir an die Takelage, denn die Stengen, Wanten und Stage hingen noch so lose, als wenn die Stengen erst aufgesetzt wären, und nur die Mars- und Focksegel waren allein untergeschlagen. Da wir mit dem Laden eilen mußten, so wurde an die Takelage nicht gedacht, und derzeit war es noch nicht Gebrauch, Schauerleute anzunehmen, weil alles sparsam behandelt werden mußte. Ich war überall gegenwärtig; die großen und Fock-Schoten sollten auch eingebunden werden, und bei jedem derselben konnte ein Matrose einige Stunden zubringen; ich machte deshalb selbe mit einigen Halbenstichen und einem Kabelgarn darauf in fünf Minuten fertig; ich sah nur danach, daß es halten konnte, und hernach, wenn mehr Zeit sei, konnten sie zierlicher und wie sich's gehört eingebunden werden. Die Stengen, Stage und Wanten wurden angesetzt, Klüver und Stagsegel angeschlagen. Als wir neben Cuxhaven waren, wurde das große Segel gleichfalls angeschlagen, und so segelten wir fix und fertig in See. In dem Augenblick, wie die Sonne unterging, sah ich noch im Schein die rote Tonne (der Lotse war schon bei Neuwerk von Bord gegangen), und so segelten wir in See; es war eine helle Luft und ein schöner Ostwind.

Wie mein Lotse nach Altona kam und meinen Seebrief an meine Herren brachte, waren selbe vergnügt, daß ich in See war und nicht, wie die anderen Schiffe, bei Twielenfleth des Eises wegen an Strand geholt, sondern in See gesegelt war; dieses sagten sie mir selbst, wie ich von St. Thomas wieder nach Altona zurückkam, daß ich meine Sachen brav gemacht, gleichsam wie ein Mann, der in Eile aus seinem Hause irgendwohin gehen muß und sich keine Zeit läßt, den Rock anzuziehen, sondern denselben im Herausgehen überwirft. Dieses setzte mich bei meinen Herren in guten Ruf, und da ich in der Folge mich immer als einen betriebsamen Mann gezeigt, so habe ich auch stets als solcher einen guten Namen behalten.

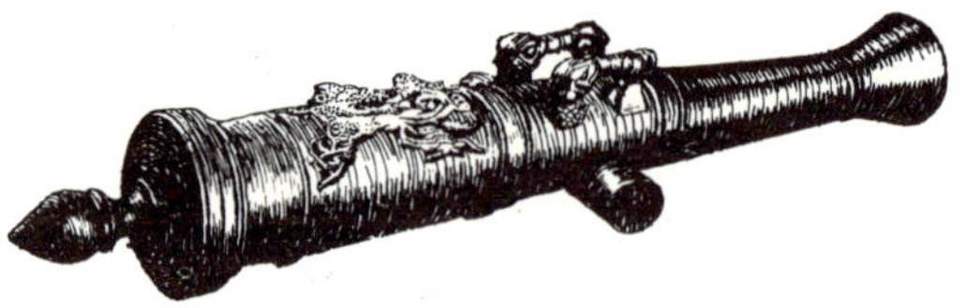

MEUTEREI AUF DER BOUNTY

Die Meuterei auf der *Bounty,* einem englischen Kriegsschiff, das mit Forschungsaufgaben im Pazifik betraut war, ist in Büchern und Filmen zuweilen wenig wahrheitsgetreu wiedergegeben worden. Nachlesen, was sich damals im Jahr 1789 wirklich abgespielt hat, läßt sich in dem eigenen Bericht, den der Kapitän der *Bounty,* William Bligh, nach der Rückkehr verfaßt hat.

Wir blieben den Nachmittag über in der Nähe der Insel Kotuh, in der Hoffnung, daß sich einige Kanots an das Schiff begeben würden; meine Erwartungen wurden aber nicht erfüllt. Der Wind kam von Norden her; ich mußte daher gegen Abend, um südlich unter Tofoa hin zu schiffen, westwärts steuern, und gab den Befehl, daß dieser Lauf über Nacht beibehalten werden sollte. Der Obersteuermann hatte die erste, der Konstabel die mittelste, und Herr Christian die Morgenwache. Dies war die Ordnung für den Dienst in dieser Nacht. Dienstags, den 28. April, kurz vor Sonnenaufgang kamen, als ich noch schlief, Herr Christian, der Exerziermeister, der Gehilfe des Konstabels, und Thomas Burket, ein Matrose, in meine Kajüte, ergriffen mich, banden mir die Hände mit einem Strick auf den Rücken, und drohten, mich augenblicklich zu töten, wenn ich spräche oder nur den mindesten Lärm machte. Ungeachtet dieser Drohung rief ich so laut, daß ich jedermann aufschreckte; allein die Empörer hatten sich der Offiziere, die nicht von ihrer Partei waren, dadurch, daß sie Schildwachen vor die Türen ihrer Kajüten gestellt, bereits versichert.

Vor meiner Kajüte standen drei Mann, und in derselben waren vier andere, von denen nur Christian einen Hirschfänger, die übrigen aber Flinten mit Bajonetten hatten. Ich wurde aus dem Bett gerissen und in bloßem Hemd mit Gewalt auf das Verdeck geführt, wobei ich große Schmerzen litt, weil mir die Hände zu fest gebunden waren. Als ich nach der Ursache einer solchen Gewalttätigkeit fragte, drohte man, statt aller Antwort, mich augenblicklich zu töten, wenn ich nicht schwiege. Der Steuermann, der Konstabel, Herr Elphinston, ein Steuermannsgehilfe und Nelson wurden unter dem Verdeck eingesperrt; und an das vordere Kapploch zum Matrosenraum waren Schildwachen gestellt. Der Bootsmann und der Zimmermann durften auf das Verdeck gehen, wo sie mich, die Hände noch auf den Rücken gebunden, hinter dem Besanmaste stehen und Herrn Christian an der Spitze derer sahen, die mich bewachten.

Der Bootsmann bekam nun Befehl, das große Boot auszusetzen, wobei man ihm drohte: Wenn er nicht augenblicklich gehorchte, so möchte er sich in acht nehmen. Sobald das Boot in der See war, befahl man den Midshipmen (Seekadetten) Herrn Hayward und Hallet, desgleichen Herrn Samuel, daß sie hineinsteigen sollten. Ich fragte wieder, weshalb man so verführe, und suchte zugleich, einige wieder zu ihrer Pflicht zurückzubringen. Aber es war alles vergeblich, und man sagte immer zu mir: Schweigt Herr, oder Ihr seid des Todes!

Während der Zeit hatte der Steuermann anhalten lassen, daß es ihm erlaubt sein möchte, auf das Verdeck zu kommen. Man bewilligte ihm sein Gesuch, aber bald ließ man ihn wieder nach der Kajüte zurückführen. Ich bemühte mich nun noch weiter, der Sache eine andere Wendung zu geben; aber jetzt nahm Christian anstatt des Hirschfängers, den er bisher in der Hand gehabt hatte, ein Bajonett, das man ihm brachte, hielt mich bei dem Strick fest, mit dem meine Hände gebunden waren, und drohte mir unter vielen Flüchen, daß er mich augenblicklich töten würde, wenn ich nicht ruhig wäre. Dabei hatten auch die Bösewichter um mich her die Hähne ihrer Flinten gespannt und die Bajonette aufgesteckt. Nun rief man verschiedene Leute auf und stieß sie in das Boot; daraus schloß ich, daß man mich mit ihnen aussetzen wolle. Ich machte jetzt einen neuen Versuch, die Aufrührer zu anderen Gesinnungen zu bringen. Aber er hatte weiter keine Wirkung, als daß man drohte, man würde mir den Kopf einschlagen.

Der Bootsmann und die Matrosen, die in das Boot gehen sollten, erhielten Erlaubnis, Bindfaden, Segeltuch, Stricke, Segel und Tauwerk zusammenzusuchen. Auch erlaubte man ihnen, eine Tonne Wasser von 28 Gallonen (ca. 125 Liter) und dem Zimmermann, seinen Kasten mit Handwerkszeug mitzunehmen. Herr Samuel bekam 150 Pfund Schiffszwieback nebst einer kleinen Quantität Rum und Wein. Er brachte auch einen Quadranten und einen Kompaß in das Boot, aber man untersagte es ihm bei Lebensstrafe, eine Karte, Seekalender, astronomische Beobachtungen, Sextanten, Längenuhr oder auch nur irgendeine von meinen Vermessungen und Zeichnungen anzurühren. Nun stießen die Aufrührer alle die, welche sie los sein wollten, in das Boot. Als die meisten darin waren, ließ Christian jedem von seiner Partei ei-

nen Schluck Branntwein geben. Ich sah jetzt leider, daß nichts weiter zu tun sei, um mich des Schiffes zu bemächtigen; denn es war niemand mehr da, der mir helfen konnte, und alle Bemühungen von meiner Seite nutzten weiter nichts, als daß man mir den Tod drohte.
Nun rief man die Offiziere und stieß sie mit Gewalt über Bord in das Boot, indes ich von allen anderen abgesondert hinter dem Besanmast stand, wo Christian, mit einem Bajonett in der Hand, mich noch immer an dem Strick festhielt, mit dem mir die Hände gebunden waren. Die Wachen um mich her hielten ihre Flinten auf mich angeschlagen; aber, als ich die undankbaren Elenden aufforderte zu feuern, brachten sie den Hahn wieder in Ruhe. Isaak Martin, einer von meinen Wächtern, war, wie ich sah, geneigt, mir beizustehen. Er gab mir etwas Pompelmusfrucht zu essen, weil mir über das Bestreben, die Empörer auf andre Gesinnungen zu bringen, die Lippen ganz trokken geworden waren; und dabei äußerten wir einander unsre Wünsche durch Blicke. Aber man bemerkte dies; und nun wurde Martin sogleich von mir entfernt. Er wünschte jetzt, das Schiff zu verlassen, und ging schon in das Boot; aber man nötigte ihn mit vielen Drohungen zurückzukehren. Der Büchsenmacher Joseph Coleman und die beiden Zimmerleute Mackintosh und Norman wurden ebenfalls gegen ihren Willen zurückbehalten, und sie baten mich noch, als ich schon hinter dem Schiff im Boot war, ich möchte nicht vergessen, daß sie keinen Anteil an dem Vorgang hätten. Auch Michael Byrne mußte, wie man mir gesagt hat, gegen seinen Willen im Schiffe bleiben.
Es wäre überflüssig, wenn ich erzählte, wie viele Mühe ich mir gab, die Pflichtvergessenen wieder zu ihrer Schuldigkeit zurückzubringen. Da ich festgebunden war und außer der Wache niemand zu mir herankommen durfte, so konnte ich sie nur allgemein anreden; und das war ganz vergeblich.
Herrn Samuel verdanke ich die Rettung meiner Tagebücher, meines Patents und verschiedener wichtiger, das Schiff betreffender Papiere. Ohne diese hätte ich nichts zum Zeugnis für meine Handlungen; meine Ehre und mein Charakter wären vielleicht verdächtig geworden, ohne daß ich sie durch gehörige Belege hätte verteidigen können. Herr Samuel rettete alle die erwähnten Papiere mit großer Fassung, obgleich man ihn bewachte und genau auf ihn achtgab. Er suchte auch die Längenuhr in Sicherheit zu bringen, ferner eine Kiste mit allen meinen zahlreichen Vermessungen, Zeichnungen und seit fünfzehn Jahren gesammelten Bemerkungen; man riß ihn aber fort und rief ihm mit einem Fluch zu, er solle zufrieden sein, daß er so viel weggebracht habe.
Wie es mir schien, war Christian eine Zeitlang im Zweifel, ob er den Zimmermann oder dessen beide Gehilfen behalten solle. Endlich entschied er sich für die letzteren, und jener mußte in das Boot steigen, wohin er auch, ob-

gleich nicht ohne einigen Widerspruch, seinen Kasten mit Handwerkszeug mitnehmen durfte. Während dieses ganzen Vorganges waren die Aufrührer unter sich selbst sehr uneins. Einige sagten: Ich will verdammt sein, wenn er (ich nämlich) nicht den Weg nach Hause findet, sobald er etwas mitbekommt. Andere riefen, als der Zimmermann seinen Kasten wegtrug: Verflucht! Er wird sich in einem Monat ein Schiff gebaut haben. Noch andere lachten aber über den hilflosen Zustand des Bootes, da es so tief im Wasser ging und wenig Raum für so viele Menschen hatte. Christian seinerseits schien zu überlegen, wie er sich selbst und alles um sich her sogleich vernichten könnte.

Ich verlangte Waffen; aber man lachte mich aus, und sagte: da ich mit dem Volk, zu dem ich hinführe, so gut bekannt sei, so würde ich wohl keine brauchen. Indes warf man uns, als das Boot schon nach dem Hinterteil des Schiffes getrieben war, doch vier Hirschfänger zu.

Jetzt waren die Offiziere und Seeleute, mit denen man mir bis jetzt gar keine Gemeinschaft erlaubt hatten, in das Boot gebracht, und sie warteten nur noch auf mich. Der Exerziermeister benachrichtigte Christian hiervon, und dieser sagte nun zu mir: »Kommt, Kapitän Bligh! Eure Offiziere und Matrosen sind jetzt im Boot, und Ihr müßt zu ihnen. Wenn Ihr nur den geringsten Widerstand versucht, so kostet es Euch augenblicklich das Leben!« Und nun wurde ich, indes er mich bei dem um meine Hände gebundenen Strick festhielt und eine Anzahl bewaffneter Bösewichter mich umringte, ohne weitere Umstände über die Schiffsseite in das Boot gedrängt, wo man meine Hände losband. Als ich in dem Boot war, ließ man uns an einem Tau bis hinter das Schiff treiben. Dann warf man uns einige Stücke gesalzenes Schweinefleisch, einige Kleidungsstücke und auch die schon erwähnten Hirschfänger in das Boot. Jetzt riefen mir, wie ich schon vorhin erwähnte, der Büchsenmeister und die Zimmerleute zu, ich solle nicht vergessen, daß sie bei dem Anschlag keine Hand im Spiel gehabt hätten. Wir mußten noch vielen Hohn erdulden und den gefühllosen Elenden eine Zeitlang zum Spott dienen; dann wurden wir endlich in den weiten Ozean fortgestoßen. Die Personen, die ich bei mir im Boot hatte, waren folgende: John Fryer, Schiffs- und Equipagenmeister; Thomas Ledward, stellvertretender Wundarzt; David Nelson, Botaniker; William Pekkover, Konstabel; William Cole, Bootsmann; William Purcell, Zimmermann; William Elphinston, Steuermannsgehilfe; Thomas Hayward und John Hallet, Seekadetten (Midshipmen); John Norton und Peter Linkletter, Quartiermeister; Lawrence Lebogue, Segelmacher; John Smith und Thomas Hall, Köche; Georg Simpson, Quartiermeisters-Gehilfe; Robert Tinkler, Schiffsjunge; Robert Lamb, Fleischer, und Herr Samuel, Schiffsschreiber; zusammen also, mit mir, 19 Personen.

An Bord der *Bounty* blieben als Seeräuber: Fletcher Christian, Steuermanns-Gehilfe; Peter Haywood, Edward Young und George Stewart, Seekadetten; Charles Churchill, Exerziermeister; John Mills, Konstabel-Gehilfe; James Morrison, Bootsmanns-Gehilfe; vierzehn Matrosen; ein Gärtner; der Büchsenmeister Joseph Coleman, der Zimmermanns-Gehilfe Charles Norman und der Zimmermanns-Handlanger Thomas Mackintosh; überhaupt 25, und die geschicktesten Leute der ganzen Mannschaft.
Da wir wenig oder gar keinen Wind hatten, so ruderten wir ziemlich schnell auf Tofoa zu, das uns nordöstlich ungefähr zehn Seemeilen entfernt lag. Solange das Schiff noch in Sichtweite war, steuerte es Westnordwest. Das halte ich aber nur für eine List; denn als wir weggestoßen wurden, hörten wir die Aufrührer öfters ausrufen: »Hussa! nach O-Taheiti!«
Christian, der Rädelsführer dieser Rotte, ist aus einer achtungswürdigen Familie im nördlichen England und machte jetzt die dritte Reise mit mir. Da ich es nötig fand, meine Mannschaft in drei Wachen zu teilen, so vertraute ich ihm die dritte an, weil er dazu völlig hinreichende Geschicklichkeit hatte. Auf diese Art lösten der Schiffsmeister und der Konstabel einander nicht unmittelbar ab. – Haywood war wie Christian ebenfalls ein geschickter junger Mann aus einer guten Familie in Nordengland. Ich hatte für beide besondre Achtung und Zuneigung und gab mir viel Mühe, sie zu unterrichten, weil es in der Tat schien, als würden sie einmal in ihrem Fach dem Vaterlande vorzüglich nützlich sein. – Young war mir empfohlen und schien ein tüchtiger, braver Seemann; aber er erfüllte meine Erwartungen nicht. – Stewart war ein junger Mann von angesehenen Eltern auf den Orkney-Inseln. Wir genossen dort bei der Rückkehr der *Resolution* im Jahr 1780 so viele Höflichkeiten, daß ich ihn schon aus dieser Ursache sehr gern mit mir genommen hätte, aber er war außerdem ein guter Seemann und hatte immer den besten Ruf.
So hart Christian auch mit mir verfuhr, so erregte doch die Erinnerung an meine vorige Güte einige Anwandlungen von Reue bei ihm. Als man mich aus dem Schiff stieß, fragte ich ihn: ob diese Behandlung der Dank für so viele Beweise von Freundschaft sei, die ich ihm gegeben hätte. Er schien bei meiner Frage betroffen, und antwortete mir in großer Bewegung, »Das, Kapitain Bligh, das ist es eben! Ich leide wie in der Hölle! Ich bin in der Hölle!«
Sobald ich zum Nachdenken kommen konnte, fühlte ich eine innere Beruhigung, die meinen Geist aufrechterhielt. Durch das Bewußtsein meiner Rechtschaffenheit und der angelegentlichen Sorgfalt für den mir anvertrauten Dienst, fand ich mich wunderbar gestärkt und fing, unsres schweren Elendes ungeachtet, an zu hoffen, daß ich eines Tages im Stande sein würde, dem König und dem Vaterland von meinem Unglück Rechenschaft zu geben.
Noch wenige Stunden vorher hatte ich mich in der angenehmsten Lage be-

funden. Mein Schiff war in dem besten Zustand und mit allem, was der Dienst und die Gesundheit der Mannschaft erforderten, wohl versorgt. Durch frühzeitige Aufmerksamkeit hierauf hatte ich mich, soviel es in meinen Kräften stand, gegen jeden Unfall vorgesehen, der mir, falls ich nicht durch die Endeauvour-Straße ginge, oder auch in derselben, zustoßen könnte. Außerdem hielten die jungen Bäume sich sehr gut und waren in dem besten Zustande, so daß ich im ganzen die Reise so ansehen konnte, als wären schon zwei Drittel davon zurückgelegt und der Überrest nur eine leichte Fahrt. Jedermann an Bord war vollkommen gesund; denn dies zu bewirken, ließ ich immer einen von den Hauptgegenständen meiner Sorgfalt sein. Natürlicherweise wird man fragen, was eine solche Meuterei veranlaßt haben möge? Hierauf kann ich nur mit der Vermutung antworten, daß die Anführer sich unter den Einwohnern von O-Taheiti ein glücklicheres Leben versprachen, als sie wahrscheinlich in England zu erwarten hätten. Dies und einige Verbindungen mit dortigen Frauenzimmern waren allem Vermuten nach die Hauptursachen des ganzen Vorganges. Die O-Taheitischen Weiber sind wohlgebildet, sanft, in ihrem Umgang und ihrem Gespräch fröhlich, sehr gefühlvoll und dabei fein genug, sich bewundert und beliebt zu machen. Die Vornehmen auf O-Taheiti hatten viel Zuneigung zu unseren Leuten und munterten sie sogar auf, bei ihnen zu bleiben, anstatt sie davon abzuhalten; ja, sie versprachen ihnen, wenn sie blieben, ansehnliche Besitzungen auf der Insel. Unter diesen und noch manchen andren ebenso wünschenswerten Umständen ist es jetzt, ob es gleich fast unmöglich vorauszusehen war, kaum zu verwundern, daß eine Anzahl Seeleute, von denen die meisten gar keine Verbindungen hatten, sich verführen ließen; zumal da sie bei allen jenen mächtigen Anlockungen noch überdies der Meinung waren, es hinge nur von ihnen ab, sich mitten in Überfluß auf der schönsten Insel der Welt niederzulassen, wo sie nicht zu arbeiten brauchten, und wo die Reize zu Ausschweifungen größer sind als man es sich denken kann. Das Äußerste aber, was ein Befehlshaber erwarten könnte, war nur, daß einige von seinen Leuten in Versuchung kommen würden, zu desertieren. Wollte man aber behaupten, ein Befehlshaber müsse gegen Aufruhr und Seeräuberei in seinem eigenen Schiff mehr auf seiner Hut sein als die gewöhnliche Ordnung des Dienstes es erfordert, so könnte man ebensogut verlangen, er solle nachts bei verschlossener Tür schlafen und am Tage Pistolen bei sich tragen. Desertionen sind, mehr oder weniger, auf verschiedenen Schiffen vorgefallen, welche die Sozietäts-Inseln besucht haben; aber immer stand es in der Macht der Befehlshaber, die Rückgabe ihrer Leute zu bewirken. Und vielleicht gerieten die meinigen gerade deshalb, weil sie wußten, wie unsicher das Desertieren sei, zuerst auf den Gedanken, daß man sich ja eines so kleinen Schiffes sehr leicht bemächtigen könnte und daß ihnen eine so günstige Gelegenheit wohl nie wieder vorkommen würde. Übrigens ist es ganz unbegreiflich, wie die Meuterei hat so geheim bleiben können. Dreizehn von denen, die mit mir im Boot waren, hatten immer unter dem Schiffsvolk gelebt; aber weder sie noch Christians, Stewarts, Haywoods und Youngs Tischgenossen haben je etwas wahrgenommen, was ihnen Verdacht von dem, was vorging, hätte beibringen können. Bei einer so geheim angelegten, planmäßigen Bosheit und bei meinem völlig argwohnlosen Herzen ist es wohl kein Wunder, daß ich überlistet worden bin. Hätte ich Seesoldaten gehabt, so würde vielleicht eine Wache vor meiner Kajüte den Ausbruch verhindert haben; ich schlief nämlich immer bei offener Tür, damit der wachthabende Offizier bei allen Gelegenheiten freien Zutritt zu mir hätte, weil mir auch nur die Möglichkeit einer solchen Verschwörung gar nicht in den Sinn kam. Wäre sie durch irgendeine wirkliche oder eingebildete Beschwerde entstanden, so müßte ich Spuren von dem Mißvergnügen der Leute bemerkt haben und würde dann auf der Hut gewesen sein. Aber der Fall war ganz und gar anders; mit Christian besonders stand ich im besten Einvernehmen: Ich hatte ihn auf eben den Tag, an welchem die Meuterei ausbrach, zum Mittagsessen eingeladen, und am vorhergehenden Abend lehnte er es ab, mit mir zu essen, und zwar unter dem Vorwand, daß er sich nicht wohlfühle, was mir sehr leid tat, da ich keinen Verdacht gegen seine Rechtschaffenheit und Ehre hatte.

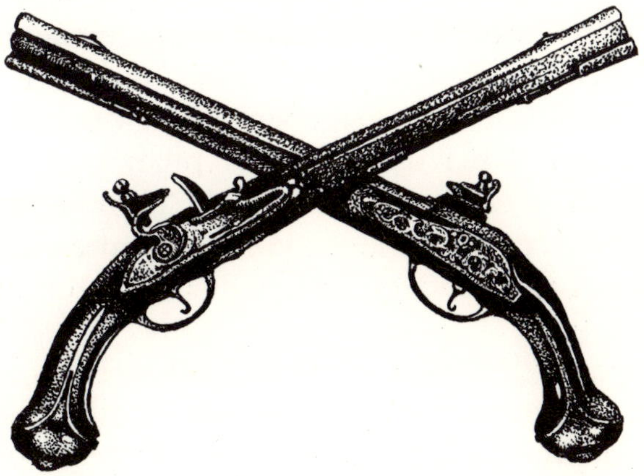

DIE GESCHICHTE VON DEM GESPENSTERSCHIFF

Im Alter von nur dreiundzwanzig Jahren schrieb 1825 der Stuttgarter Schriftsteller Wilhelm Hauff seinen ersten Märchenalmanach mit dem Titel »Die Karawane«. Bis zu seinem frühen Tod zwei Jahre später gab er noch zwei weitere Alamanache heraus, der letzte enthält seine bekannteste Märchensammlung »Das Wirtshaus im Spessart«. In der Rahmenerzählung der »Karawane« ziehen Kaufleute in gemeinsamer Reise durch die Wüste, und Abend für Abend erzählen sie einander Geschichten. Die unheimlichste von diesen ist diejenige von dem Gespensterschiff.

Mein Vater hatte einen kleinen Laden in Balsora. Er war weder arm noch reich und einer von jenen Leuten, die nicht gerne etwas wagen, aus Furcht, das wenige zu verlieren, das sie haben. Er erzog mich schlicht und recht und brachte es bald so weit, daß ich ihm an die Hand gehen konnte. Gerade als ich achtzehn Jahre alt war und er eben die erste größere Spekulation machte, starb er, wahrscheinlich aus Gram, tausend Goldstücke dem Meere anvertraut zu haben. Ich mußte ihn bald nachher wegen seines Todes glücklich preisen; denn wenige Wochen hernach lief die Nachricht ein, daß das Schiff, dem mein Vater seine Güter mitgegeben hatte, versunken sei. Meinen jugendlichen Mut konnte aber dieser Unfall nicht beugen. Ich machte alles vollends zu Geld, was mein Vater hinterlassen hatte, und zog aus, um in der Fremde mein Glück zu probieren, nur von einem alten Diener meines Vaters begleitet, der sich aus alter Anhänglichkeit nicht von mir und meinem Schicksal trennen wollte.

Im Hafen von Balsora schifften wir uns mit günstigem Winde ein. Das Schiff, auf dem ich mich eingemietet hatte, war nach Indien bestimmt. Wir waren schon fünfzehn Tage auf der gewöhnlichen Straße gefahren, als uns der Kapitän einen Sturm verkündete. Er machte ein bedenkliches Gesicht; denn es schien, er kenne in dieser Gegend das Fahrwasser nicht genug, um einem Sturme mit Ruhe begegnen zu können. Er ließ alle Segel einziehen, und wir trieben ganz langsam hin. Die Nacht war angebrochen, war hell und kalt, und der Kapitän glaubte schon, sich in den Anzeichen des Sturmes getäuscht zu haben. Auf einmal schwebte ein Schiff, das wir vorher nicht gesehen hatten, dicht an dem unsrigen vorbei. Wildes Jauchzen und Geschrei erscholl von dem Verdeck herauf, worüber ich mich, zu dieser angstvollen Stunde vor einem Sturm, nicht wenig wunderte. Aber der Kapitän an meiner Seite wurde blaß wie der Tod. »Mein Schiff ist verloren«, rief er, »dort segelt der Tod!« Ehe ich ihn noch über diesen sonderbaren Ausruf befragen konnte, stürzten schon heulend und schreiend die Matrosen herbei. »Habt ihr ihn gesehen?« schrien sie. »Jetzt ist's mit uns vorbei!«

Der Kapitän aber ließ Trostsprüche aus dem Koran vorlesen und setzte sich selbst ans Steuerruder. Aber vergebens! Zusehends brauste der Sturm auf, und ehe eine Stunde verging, krachte das Schiff und blieb stehen. Die Boote wurden ausgesetzt, und kaum hatten sich die letzten Matrosen gerettet, so versank das Schiff vor unseren Augen, und als ein Bettler fuhr ich in die See hinaus. Aber der Jammer hatte noch kein Ende. Fürchterlicher tobte der Sturm; das Boot war nicht mehr zu regieren. Ich hatte meinen alten Diener fest umschlungen, und wir versprachen uns, nie voneinander zu weichen. Endlich brach der Tag an. Aber mit dem ersten Anblick der Morgenröte faßte der Wind das Boot, in welchem wir saßen, und stürzte es um. Ich habe keinen meiner Schiffsleute mehr gesehen. Der Sturz hatte mich betäubt, und als ich aufwachte, befand ich mich in den Armen meines alten treuen Dieners, der sich auf das umgeschlagene Boot gerettet und mich nachgezogen hatte. Der Sturm hatte sich gelegt. Von unserem Schiff war nichts mehr zu sehen; wohl aber entdeckten wir nicht weit von uns ein anderes Schiff, auf das die Wellen uns hintrieben. Als wir näher hinzukamen, erkannte ich das Schiff als dasselbe, das in der Nacht an uns vorbeigefahren und welches den Kapitän so in Schrecken gesetzt hatte. Ich empfand ein sonderbares Grauen vor diesem Schiffe. Die Äußerung des Kapitäns, die sich so furchtbar bestätigt hatte, das öde Aussehen des Schiffes, auf dem sich, so nahe wir auch herankamen, so laut wir schrien, niemand zeigte, erschreckte mich. Doch es war unser einziges Rettungsmittel; darum priesen wir den Propheten, der uns so wundervoll erhalten hatte.

Am Vorderteil des Schiffes hing ein langes Tau herab. Mit Händen und Füßen ruderten wir darauf zu, um es zu erfassen. Endlich glückte es. Laut erhob ich meine Stimme, aber immer blieb es still auf dem Schiffe. Da klimmten wir an den Tau hinauf, ich als der jüngste voran. Aber Entsetzen! Welches Schauspiel stellte sich meinem Auge dar, als ich das Verdeck betrat! Der Boden war mit Blut gerötet, zwanzig bis dreißig Leichname in türkischen Kleidern lagen auf dem Boden, am mittleren Mastbaum stand ein Mann, reich gekleidet, den Säbel in der Hand, aber das Gesicht war blaß und verzerrt, durch die Stirn ging ein großer Nagel, der ihn an den Mastbaum heftete; auch er war tot. Schrecken fesselte meine Schritte; ich wagte kaum zu atmen. Endlich war auch mein Begleiter heraufgekommen. Auch ihn überraschte der Anblick des Verdeckes, das gar nichts Lebendiges, sondern nur so viele schreckliche Leichname zeigte. Wir wagten es endlich, nachdem wir in der Seelenangst zum Propheten gefleht hatten, weiter vorzuschreiten. Bei jedem Schritt sahen wir uns um, ob nicht etwas Neues, noch Schrecklicheres sich darbiete. Aber alles blieb, wie es war. Weit und breit nichts Lebendiges als wir und das Weltmeer. Nicht einmal laut zu sprechen wagten wir, aus Furcht, der tote, am Mast angespießte Kapitano möchte seine starren Augen nach uns hindrehen, oder einer der Getöteten möchte seinen Kopf umwenden. Endlich waren wir bis an eine Treppe gekommen, die in den Schiffsraum führte. Unwillkürlich machten wir dort halt und sahen einander an; denn keiner wagte es recht, seine Gedanken zu äußern.

»O Herr«, sprach mein treuer Diener, »hier ist etwas Schreckliches geschehen. Doch wenn auch das Schiff da unten voll Mörder steckt, so will ich mich ihnen doch lieber auf Gnade und Ungnade ergeben, als längere Zeit unter diesen Toten zubringen.« Ich dachte wie er; wir faßten ein Herz und stiegen voll Erwartung hinunter. Totenstille war aber auch hier, und nur unsere Schritte hallten auf der Treppe. Wir standen an der Tür der Kajüte. Ich legte mein Ohr an die Tür und lauschte; es war nichts zu hören. Ich machte auf. Das Gemach bot einen unordentlichen Anblick dar. Kleider, Waffen und anderes Gerät lagen untereinander. Nichts in Ordnung. Die Mannschaft oder wenigstens der Kapitano mußte vor kurzem gezecht haben; denn es lag alles noch umher. Wir gingen weiter von Raum zu Raum, von Gemach zu Gemach; überall fanden wir herrliche Vorräte in Seide, Perlen, Zucker usw. Ich war vor Freude über diesen Anblick außer mir; denn da niemand auf dem Schiff war, glaubte ich, alles mir zueignen zu dürfen; Ibrahim aber machte mich aufmerksam darauf, daß wir wahrscheinlich noch sehr weit vom Lande seien, wohin wir allein und ohne menschliche Hilfe nicht kommen könnten.

Wir labten uns an den Speisen und Getränken, die wir in reichlichem Maße vorfanden, und stiegen endlich wieder aufs Verdeck. Aber hier schauderte uns immer die Haut ob dem schrecklichen Anblick der Leichen. Wir beschlossen, uns davon zu befreien und sie über Bord zu werfen. Aber wie schauerlich ward uns zu Mut, als wir fanden, daß sich keiner aus seiner Lage bewegen ließ. Wie festgebannt lagen sie am Boden, und man hätte die Bretter des Verdecks ausheben müssen, um sie zu entfernen, und dazu gebrach es uns an Werkzeugen. Auch der Kapitano ließ sich nicht von seinem Mast losmachen; nicht einmal seinen Säbel konnten wir der starren Hand entwinden. Wir brachten den Tag in trauriger Betrachtung unserer Lage zu, und als es

Nacht zu werden anfing, erlaubte ich dem alten Ibrahim, sich schlafen zu legen; ich selbst aber wollte auf dem Verdeck wachen, um nach Rettung auszuspähen. Als aber der Mond heraufkam und ich nach den Gestirnen berechnete, daß es wohl um die elfte Stunde sei, überfiel mich ein so unwiderstehlicher Schlaf, daß ich unwillkürlich hinter ein Faß, das auf dem Verdeck stand, zurückfiel. Doch war es mehr Betäubung als Schlaf; denn ich hörte deutlich die See an der Seite des Schiffes anschlagen und die Segel im Winde knarren und pfeifen. Auf einmal glaubte ich Stimmen und Männertritte auf dem Verdeck zu hören. Ich wollte mich aufrichten, um danach zu schauen. Aber eine unsichtbare Gewalt hielt meine Glieder gefesselt; nicht einmal die Augen konnte ich aufschlagen. Aber immer deutlicher wurden die Stimmen; es war mir, als wenn ein fröhliches Schiffsvolk auf dem Verdeck umhertriebe. Mitunter glaubte ich, die kräftige Stimme eines Befehlenden zu hören; auch hörte ich Taue und Segel deutlich auf- und abziehen. Nach und nach aber schwanden mir die Sinne, ich verfiel in einen tieferen Schlaf, in dem ich nur noch ein Geräusch von Waffen zu hören glaubte, und erwachte erst, als die Sonne schon hoch stand und mir aufs Gesicht brannte. Verwundert schaute ich mich um; Sturm, Schiff, die Toten und was ich in dieser Nacht gehört hatte, kam mir wie ein Traum vor; aber als ich aufblickte, fand ich alles wie gestern. Unbeweglich lagen die Toten, unbeweglich war der Kapitano an den Mastbaum geheftet. Ich lachte über meinen Traum und stand auf, um meinen Alten zu suchen.

Dieser saß ganz nachdenklich in der Kajüte. »O Herr!« rief er aus, als ich zu ihm hereintrat, »ich wollte lieber im tiefsten Grunde des Meeres liegen, als in diesem verhexten Schiffe noch eine Nacht zubringen.« Ich fragte ihn nach der Ursache seines Kummers, und er antwortete mir: »Als ich einige Stunden geschlafen hatte, wachte ich auf und vernahm, wie man über meinem Haupt hin und her lief. Ich dachte zuerst, Ihr wäret es; aber es waren wenigstens zwanzig, die oben umherliefen; auch hörte ich rufen und schreien. Endlich kamen schwere Tritte die Treppe herab. Da wußte ich nichts mehr von mir, nur hier und da kehrte auf einige Augenblicke meine Besinnung zurück, und da sah ich dann denselben Mann, der oben am Mast angenagelt ist, an jenem Tisch dort sitzen, singend und trinkend; aber der, der in einem roten Scharlachkleid nicht weit von ihm am Boden liegt, saß neben ihm und half ihm trinken.« Also erzählte mir mein alter Diener.

Ihr könnt es mir glauben, meine Freunde, daß mir gar nicht wohl zumute war; denn es war keine Täuschung, ich hatte ja auch die Toten gar wohl gehört. In solcher Gesellschaft zu schiffen, war mir greulich. Mein Ibrahim versank wieder in tiefes Nachdenken. »Jetzt hab' ich's!« rief er endlich aus; es fiel ihm nämlich ein Sprüchlein ein, das ihn sein Großvater, ein erfahrener, weitgereister Mann, gelehrt hatte, und das gegen jeden Geister- und Zauberspuk helfen sollte; auch behauptete er, jenen unnatürlichen Schlaf, der uns befiel, in der nächsten Nacht verhindern zu können, wenn wir nämlich recht eifrig Sprüche aus dem Koran beteten. Der Vorschlag des alten Mannes gefiel mir wohl. In banger Erwartung sahen wir die Nacht herankommen. Neben der Kajüte war ein kleines Kämmerchen; dorthin beschlossen wir uns zurückzuziehen. Wir bohrten mehrere Löcher in die Tür, hinlänglich groß, um durch sie die ganze Kajüte zu überschauen; dann verschlossen wir die Tür, so gut es ging, von innen, und Ibrahim schrieb den Namen des Propheten in alle vier Ecken. So erwarteten wir die Schrecken der Nacht. Es mochte wieder ungefähr elf Uhr sein, als es mich gewaltig zu schläfern anfing. Mein Gefährte riet mir daher, einige Sprüche des Korans zu beten, was mir auch half. Mit einem Male schien es oben lebhaft zu werden; die Taue knarrten, Schritte gingen über das Verdeck, und mehrere Stimmen waren deutlich zu unterscheiden. Mehrere Minuten hatten wir so in gespannter Erwartung gesessen; da hörten wir etwas die Treppe der Kajüte herabkommen. Als dies der Alte hörte, fing er an, den Spruch, den ihn sein Großvater gegen Spuk und Zauberei gelehrt hatte, herzusagen:

»Kommt ihr herab aus der Luft,
Steigt ihr aus tiefem Meer,
Schlieft ihr in dunkler Gruft,
Stammt ihr vom Feuer her;
Allah ist euer Herr und Meister,
Ihm sind gehorsam alle Geister.«

Ich muß gestehen, ich glaubte gar nicht recht an diesen Spruch, und mir stieg das Haar zu Berg, als die Tür aufflog. Herein trat jener große stattliche Mann, den ich am Mastbaum angenagelt gesehen hatte. Der Nagel ging ihm auch jetzt mitten durchs Hirn; das Schwert aber hatte er in die Scheide gesteckt. Hinter ihm trat noch ein anderer herein, weniger kostbar gekleidet; auch ihn hatte ich oben liegen sehen. Der Kapitano, denn dies war er unverkennbar, hatte ein bleiches Gesicht, einen großen schwarzen Bart, wildrollende Augen, mit denen er sich im ganzen Gemach umsah. Ich konnte ihn ganz deutlich sehen, als er an unserer Tür vorüberging; er aber schien gar nicht auf die Tür zu achten die uns verbarg. Beide setzten sich an den Tisch, der in der Mitte der Kajüte stand, und sprachen laut und fast schreiend miteinander in einer unbekannten Sprache. Sie wurden immer lauter und eifriger, bis endlich der Kapitano mit geballter Faust auf den Tisch hineinschlug, daß das Zimmer dröhnte. Mit wildem Gelächter sprang der andere auf und winkte dem Kapitano, ihm zu folgen. Dieser stand auf, riß seinen Säbel aus der Scheide, und

beide verließen das Gemach. Wir atmeten freier, als sie weg waren; aber unsere Angst hatte noch lange kein Ende. Immer lauter und lauter ward es auf dem Verdeck. Man hörte eilends hin und her laufen und schreien, lachen und heulen. Endlich ging ein wahrhaft höllischer Lärm los, so daß wir glaubten, das Verdeck mit allen Segeln komme zu uns herab, Waffengeklirr und Geschrei – auf einmal aber tiefe Stille. Als wir es nach vielen Stunden wagten, hinaufzugehen, trafen wir alles wie sonst; nicht einer lag anders als früher. Alle waren steif wie Holz.

So waren wir mehrere Tage auf dem Schiffe; es ging immer nach Osten, wohin zu, nach meiner Berechnung, Land liegen mußte. Aber wenn es auch bei Tag viele Meilen zurückgelegt hatte, bei Nacht schien es immer wieder zurückzukehren; denn wir befanden uns immer wieder am nämlichen Fleck, wenn die Sonne aufging. Wir konnten uns dies nicht anders erklären, als daß die Toten jede Nacht mit vollem Winde zurücksegelten. Um nun dies zu verhüten, zogen wir, ehe es Nacht wurde, alle Segel ein und wandten dasselbe Mittel an, wie bei der Tür in der Kajüte; wir schrieben den Namen des Propheten auf Pergament, und auch das Sprüchlein des Großvaters dazu, und banden es um die eingezogenen Segel. Ängstlich warteten wir in unserem Kämmerchen den Erfolg ab. Der Spuk schien diesmal noch ärger zu toben; aber siehe, am andern Morgen waren die Segel noch aufgerollt, wie wir sie verlassen hatten. Wir spannten den Tag über nur so viele Segel auf, als nötig waren, das Schiff sanft fortzutreiben, und so legten wir in fünf Tagen eine gute Strecke zurück.

Endlich, am Morgen des sechsten Tages, entdeckten wir in geringer Ferne Land, und wir dankten Allah und seinem Propheten für unsere wunderbare Rettung. Diesen Tag und die folgende Nacht trieben wir an einer Küste hin, und am siebenten Morgen glaubten wir in geringer Entfernung eine Stadt zu entdecken. Wir ließen mit vieler Mühe einen Anker in die See, der alsobald Grund faßte, setzten ein kleines Boot, das auf dem Verdeck stand, aus und ruderten mit aller Macht der Stadt zu. Nach einer halben Stunde liefen wir in einen Fluß ein, der sich in die See ergoß, und stiegen ans Ufer. Im Stadttor erkundigten wir uns, wie die Stadt heiße, und erfuhren, daß es eine indische Stadt sei, nicht weit von der Gegend, wohin ich zuerst zu schiffen willens war. Wir begaben uns in eine Karawanserei und erfrischten uns von unserer abenteuerlichen Reise. Ich forschte daselbst auch nach einem weisen und verständigen Manne, indem ich dem Wirt zu verstehen gab, daß ich einen solchen haben möchte, der sich ein wenig auf Zauberei verstehe. Er führte mich in eine abgelegene Straße, an ein unscheinbares Haus, pochte an, und man ließ mich eintreten, mit der Weisung, ich solle nur nach Muley fragen.

In dem Hause kam mir ein altes Männlein mit grauem Bart und langer Nase entgegen und fragte nach meinem Begehr. Ich sagte ihm, ich suche den weisen Muley, und er antwortete mir, er sei es selbst. Ich fragte ihn nun um Rat, was ich mit den Toten machen solle und wie ich es angreifen müsse, um sie aus dem Schiff zu bringen. Er antwortete mir, die Leute des Schiffes seien wahrscheinlich wegen irgendeines Frevels auf das Meer verzaubert, er glaube, der Zauber werde sich lösen, wenn man sie ans Land bringe; dies könne aber nicht geschehen, als wenn man die Bretter, auf denen sie lägen, losmache. Mir gehöre, von Gottes und Rechts wegen, das Schiff samt allen Gütern, weil ich es gleichsam gefunden habe; doch solle ich alles sehr geheimhalten und ihm ein kleines Geschenk von meinem Überfluß machen; er wolle dafür mit seinen Sklaven mir behilflich sein, die Toten wegzuschaffen. Ich versprach, ihn reichlich zu belohnen, und wir machten uns mit fünf Sklaven, die mit Sägen und Beilen versehen waren, auf den Weg. Unterwegs konnte der Zauberer Muley unseren glücklichen Einfall, die Segel mit den Sprüchen des Korans zu umwinden, nicht genug loben. Er sagte, es sei dies das einzige Mittel gewesen, uns zu retten.

Es war noch ziemlich früh am Tage, als wir beim Schiff ankamen. Wir machten uns alle sogleich ans Werk, und in einer Stunde lagen schon vier in dem Nachen. Einige der Sklaven mußten sie ans Land rudern, um sie dort zu verscharren. Sie erzählten, als sie zurückkamen, die Toten haben ihnen die Mühe des Begrabens erspart, indem sie, sowie man sie auf die Erde gelegt habe, in Staub zerfallen seien. Wir fuhren fort, die Toten abzusägen, und vor Abend waren alle ans Land gebracht. Es war endlich keiner mehr an Bord als der, welcher am Mast angenagelt war. Umsonst suchten wir den Nagel aus dem Holz zu ziehen; keine Gewalt vermochte ihn auch nur ein Haar breit zu verrücken. Ich wußte nicht, was anzufangen war; man konnte doch nicht den Mastbaum abhauen, um ihn ans Land zu führen. Doch aus dieser Verlegenheit half Muley. Er ließ schnell einen Sklaven ans Land rudern, um einen Topf mit Erde zu bringen. Als dieser herbeigeholt war, sprach der Zauberer geheimnisvolle Worte darüber aus und schüttelte die Erde auf das Haupt des Toten. Sogleich schlug dieser die Augen auf, holte tief Atem, und die Wunde des Nagels in seiner Stirn fing an zu bluten. Wir zogen den Nagel jetzt leicht heraus, und der Verwundete fiel einem der Sklaven in die Arme.

»Wer hat mich hierher geführt?« sprach er, nachdem er sich ein wenig erholt zu haben schien. Muley zeigte auf mich, und ich trat zu ihm. »Dank dir, unbekannter Fremdling, du hast mich von langen Qualen errettet. Seit fünfzig Jahren schifft mein Leib durch diese Wogen, und mein Geist war verdammt, jede Nacht in ihn zurückzukehren. Aber jetzt hat mein Haupt die Erde berührt, und ich kann versöhnt zu meinen Vätern gehen.« Ich bat ihn, uns doch zu sagen, wie er zu diesem schrecklichen Zustand gekommen sei, und er sprach: »Vor fünfzig Jahren war ich ein mächtiger, angesehener Mann und wohnte in Algier; die Sucht nach Gewinn trieb mich, ein Schiff auszurüsten und Seeraub zu treiben. Ich hatte dieses Geschäft schon einige Zeit fortgeführt; da nahm ich einmal auf Zante einen Derwisch an Bord, der umsonst reisen wollte. Ich und meine Gesellen waren rohe Leute und achteten nicht auf die Heiligkeit des Mannes; vielmehr trieb ich mein Gespött mit ihm. Als er aber einst in heiligem Eifer mir meinen sündigen Lebenswandel verwiesen hatte, übermannte mich nachts in meiner Kajüte, als ich mit meinem Steuermann viel getrunken hatte, der Zorn. Wütend über das, was mir ein Derwisch gesagt hatte und was ich mir von keinem Sultan hätte sagen lassen, stürzte ich aufs Verdeck und stieß ihm meinen Dolch in die Brust. Sterbend verwünschte er mich und meine Mannschaft, nicht sterben und nicht leben zu können, bis wir unser Haupt auf die Erde legen. Der Derwisch starb, und wir warfen ihn in die See und verlachten seine Drohungen. Aber noch in derselben Nacht erfüllten sich seine Worte. Ein Teil meiner Mannschaft empörte sich gegen mich. Mit fürchterlicher Wut wurde gestritten, bis meine Anhänger unterlagen und ich an den Mast genagelt wurde. Aber auch die Empörer unterlagen ihren Wunden, und bald war mein Schiff nur ein großes Grab. Auch mir brachen die Augen, mein Atem hielt an, und ich meinte zu sterben. Aber es war nur eine Erstarrung, die mich gefesselt hielt; in der nächsten Nacht, zur nämlichen Stunde, da wir den Derwisch in die See geworfen, erwachten ich und alle meine Genossen. Das Leben war zurückgekehrt; aber wir konnten nichts tun und sprechen, als was wir in jener Nacht gesprochen und getan hatten. So segeln wir seit fünfzig Jahren, können nicht leben und nicht sterben; denn wie konnten wir das Land erreichen? Mit toller Freude segelten wir allemal mit vollen Segeln in den Sturm, weil wir hofften, endlich an einer Klippe zu zerschellen und das müde Haupt auf dem Grund des Meeres zur Ruhe zu legen. Es ist uns nicht gelungen. Jetzt aber werde ich sterben. Noch einmal meinen Dank, unbekannter Retter! Wenn Schätze dich lohnen können, so nimm mein Schiff als Zeichen meiner Dankbarkeit!«

Der Kapitano ließ sein Haupt sinken, als er so gesprochen hatte, und verschied. Sogleich zerfiel er auch, wie seine Gefährten, in Staub. Wir sammelten diesen in ein Kästchen und begruben ihn am Lande; aus der Stadt nahm ich aber Arbeiter, die mir mein Schiff in guten Zustand setzten. Nachdem ich die Waren, die ich an Bord hatte, gegen andere mit großem Gewinn eingetauscht hatte, mietete ich Matrosen, beschenkte meinen Freund Muley reichlich und schiffte mich nach meinem Vaterlande ein. Ich machte aber einen Umweg, indem ich an vielen Inseln und Ländern landete und meine Waren zu Markt brachte. Der Prophet segnete mein Unternehmen. Nach dreiviertel Jahren lief ich noch einmal so reich, als mich der sterbende Kapitän gemacht hatte, in Balsora ein. Meine Mitbürger waren erstaunt über meine Reichtümer und mein Glück und glaubten nicht anders, als ich habe das Diamantental des berühmten Reisenden Sindbad gefunden. Ich ließ sie auf ihrem Glauben; von nun an aber mußten die jungen Leute von Balsora, wenn sie kaum achtzehn Jahre alt waren, in die Welt hinaus, um gleich mir ihr Glück zu machen. Ich aber lebte ruhig und im Frieden, und alle fünf Jahre mache ich eine Reise nach Mekka, um dem Herrn an heiliger Stätte für seinen Segen zu danken und für den Kapitano und seine Leute zu bitten, daß er sie in sein Paradies aufnehme.

DAS SCHIFF IM MALSTROM

Der Malstrom bei den jenseits des Polarkreises gelegenen nordnorwegischen Lofoten ist eine gefährliche, von vielen Sagen umwobene Meeresströmung. Der 1809 in Boston geborene amerikanische Journalist Edgar Allan Poe, der der eigentliche Schöpfer der modernen Kurzgeschichte, der Kriminalstory sowie des Psycho-Thrillers wurde, hat das Malstrom-Thema um 1840 zu einer seiner berühmten phantastischen Erzählungen verarbeitet.

Wir waren auf dem Gipfel der höchsten Klippe angelangt. Einige Minuten schien der Alte zu erschöpft, um zu sprechen. »Vor drei Jahren noch«, sagte er schließlich, »hätte ich diesen Weg geradeso leicht und ohne Ermüdung gemacht wie der jüngste meiner Söhne; aber dann hatte ich ein Erlebnis, wie wohl kein Sterblicher vor mir – wenigstens wie keiner es überlebte, um davon zu berichten –, und die sechs Stunden tödlichen Entsetzens, die ich damals durchgemacht, haben mich an Leib und Seele gebrochen. Sie halten mich für einen sehr alten Mann – aber ich bin es nicht. Weniger als ein Tag reichte hin, um meine tiefschwarzen Haare weiß zu machen, meinen Gliedern die Kraft, meinen Nerven die Spannung zu nehmen, so daß ich bei der geringsten Anstrengung zittere und vor einem Schatten erschrecke. Können Sie sich denken, daß ich kaum über diese kleine Klippe zu schauen vermag, ohne schwindlig zu werden?«

Die »kleine Klippe«, an deren Rand er sich so sorglos niedergeworfen, daß der gewichtigere Teil seines Körpers darüber hinaushing, während allein der Halt, den ihm seine auf den schlüpfrigen Felsrand aufgestützten Ellbogen gewährten, ihn am Hinunterfallen hinderte, – diese »kleine Klippe« erhob sich als ein steiler wilder Berg schwarzglänzender Felsmassen etwa fünfzehn- bis sechzehnhundert Fuß hoch aus dem Meere empor. Nicht um alles in der Welt hätte ich mich näher als etwa sechs Meter an den Rand herangewagt. Ja wirklich, die gefährliche Stellung meines Begleiters entsetzte mich so sehr, daß ich mich der Länge nach zu Boden warf, mich ans Gestrüpp anklammerte und nicht einmal wagte, gen Himmel zu blicken – indes ich mich vergeblich mühte, den Gedanken los zu werden, daß der Berg bis in seine Grundfesten von den stürmenden Winden erschüttert werde. Es dauerte lange, ehe ich mich so weit zur Vernunft brachte, daß ich mich aufrichten und in die Ferne schauen konnte.

»Sie müssen Ihre Angstvorstellungen überwinden«, sagte der Führer, »habe ich Sie doch hierher gebracht, damit Sie die Szene des Ereignisses, das ich eben erwähnte, so gut als möglich vor Augen haben, denn ich will Ihnen hier angesichts des Ortes die ganze Geschichte berichten.«

»Wir befinden uns jetzt« – fuhr er mit jener eingehenden Sachlichkeit fort, die ihm eigentümlich war – »wir befinden uns jetzt an der norwegischen Küste – auf dem achtundsechzigsten Breitengrad, in der großen Provinz Nordland und im trübseligen Distrikt Lofoten. Der Berg, auf dessen Gipfel wir sitzen, ist Helseggen, der Bewölkte. Richten Sie sich jetzt ein wenig auf – halten Sie sich am Grase fest, wenn Sie sich schwindlig fühlen – so – und blicken Sie über den Nebelgürtel unter uns hinaus ins Meer.«

Ich schaute auf und gewahrte eine weite Meeresfläche, deren Wasser so tintenschwarz war, daß mir sofort des nubischen Geographen Bericht von dem Mare Tenebrarum in den Sinn kam. Selbst die kühnste Phantasie könnte sich kein Panorama von gleich trostloser Verlassenheit ausdenken. Rechts und links, so weit das Auge reichte, breiteten sich gleich Wällen, die die Welt abschlossen, Reihen schwarzer, drohend ragender Klippen, deren grausiges Dunkel noch schärfer hervortrat in der tosenden Brandung, die mit ewigem Heulen und Kreischen ihren gespenstischen weißen Schaum an ihnen emporwarf. Dem Vorgebirge, auf dessen Gipfel wir saßen, gerade gegenüber und etwa fünf, sechs Meilen weit ins Meer hinein, war eine schmale, schwärzliche Insel sichtbar – oder richtiger: man vermochte durch den Brandungsschaum, der sie umgab, ihre Umrisse zu erkennen. Etwa zwei Meilen näher an Land, erhob sich eine andere, kleinere, entsetzlich steinig und unfruchtbar, der hie und da schwarze Felsklippen vorgelagert waren.

Der Anblick des Meeres zwischen der entfernteren Insel und der Küste war ein sehr ungewöhnlicher. Obgleich ein so heftiger Wind landwärts blies, daß eine Brigg draußen in der offenen See unter doppelt gerafftem Schnausegel lag und beständig mit ihrem ganzen Rumpf in den Wogen versank, so war hier doch keine regelrechte Düning, sondern nur ein kurzes schnelles zorniges Aufklatschen des Wassers nach allen Richtungen – sowohl mit als gegen den Wind. Schaum gab es nur wenig, außer in der nächsten Umgebung der Felsen.

»Die ferne Insel«, fuhr der alte Mann fort, »wird von den Norwegern Vurrgh genannt. Die eine näher liegende heißt Moskoe. Jene dort eine Meile nordwärts ist Ambaaren. Dort drüben liegen Islesen, Hotholm, Keildhelm, Suarven und Buckholm. Weiter draußen, zwischen Moskoe und Vurrgh, liegen Otterholm, Flimen, Sandflesen und Stockholm. Das sind die Namen der Orte; warum man es aber überhaupt für nötig fand, ihnen Namen zu geben, das ist wohl Ihnen wie mir unbegreiflich. – Hören Sie etwas? Sehen Sie eine Veränderung im Wasser?«

Wir waren jetzt etwa zehn Minuten auf der Spitze des Helseggen, zu dem wir aus dem Innern von Lofoten aufgestiegen waren, so daß wir keinen Schimmer vom Meere erblickt hatten, bis es, als wir oben auf dem Gipfel angelangt waren, plötzlich in voller Weite vor uns lag. Während der Alte sprach, kam mir ein lautes, langsam zunehmendes Tosen zum Bewußtsein, ein Lärm wie das Brüllen einer ungeheuren Büffelherde auf einer amerikanischen Prärie. Und im selben Augenblick gewahrte ich, daß das »Hacken« des Meeres unter uns sich mit rasender Schnelligkeit in eine östliche Strömung verwandelte. Während ich hinsah, nahm diese Strömung noch mit unheimlicher Geschwindigkeit zu. Jeder Augenblick verzehnfachte ihre Hast, ihr maßloses Ungestüm. In fünf Minuten tobte der ganze Ozean bis nach Vurrgh hinaus in gewaltigem Sturm; aber zwischen Moskoe und der Küste toste der Aufruhr am tollsten. Hier stürmte die ungeheure Wasserflut in tausend einander entgegengesetzte Kanäle, brach sich plötzlich in wahnsinnigen Zuckungen, keuchte, kochte und zischte – kreiste in zahllosen riesenhaften Wirbeln, und alles stürmte heulend und sich überstürzend nach Osten, mit einer Geschwindigkeit, wie sie sich nur bei den rasendsten Wasserstürzen findet.

Einige Minuten später hatte sich die Szene wiederum völlig verändert. Die gesamte Oberfläche wurde ein wenig glatter, und die Strudel verschwanden einer nach dem andern, während mächtige Schaumstreifen sich überall da zeigten, wo vorher gar kein Schaum gewesen war. Diese Streifen, die sich immer weiter und weiter ausdehnten und miteinander verbanden, nahmen nun die drehende Bewegung der verschwundenen Strudel an und schienen den Rand eines neuen ganz gewaltigen Strudels zu bilden. Plötzlich – sehr plötzlich – nahm der Wirbel deutliche und bestimmte Form an und wurde zu einem Kreis von mehr als einer Meile Durchmesser. Umrandet war der Wirbel von einem breiten Gürtel schimmernden Schaums; doch nicht der kleinste Teil desselben glitt in den Schlund des schrecklichen Trichters, dessen Innenwand, soweit das Auge es ergründen konnte, von einer glatten, leuchtenden und kohlschwarzen Wassermauer gebildet wurde, die sich in einem Winkel von etwa fünfundvierzig Grad zum Horizont hinneigte und sich in schwingender schwindelnder Rastlosigkeit im Kreise drehte und dabei so eine fürchterliche, kreischende und heulende Stimme gen Himmel sandte, wie sie selbst der mächtige Niagarafall in seiner Todesangst nicht hervorbringt.

Der Berg erbebte in seinen Grundfesten, und der Fels schwankte. Ich warf mich zur Erde, verbarg mein Gesicht und klammerte mich in einem Anfall nervöser Aufregung an das spärliche Strauchwerk.

»Dies kann«, sagte ich endlich zu dem Alten, »dies *kann* nichts anderes sein als der große Strudel des Malstroms.«

»So wird er manchmal genannt«, sagte der Mann. »Wir Norweger nennen ihn Moskoeström, nach der Insel Moskoe in seiner Nähe.«

Die bekannten Berichte über diesen Strudel hatten mich in keiner Hinsicht auf das vorbereitet, was ich da sah. Die Beschreibung, die Jonas Ramus gibt und die vielleicht die umständlichste von allen ist, kann weder von der Großartigkeit noch von dem Grauen des Ganzen oder von dem seltsam verwirrenden Gefühl des »Neuartigen«, das den Beschauer befällt, auch nur die geringste Vorstellung erwecken. Ich bin nicht sicher, von welchem Punkt aus jener Schriftsteller das Naturschauspiel beobachtete, noch zu welcher Zeit; aber es konnte weder vom Gipfel des Helseggen noch während eines Sturmes gewesen sein. Immerhin hat seine Beschreibung einige Stellen, die erwähnenswert sind, obschon ihre Wirkung im Vergleich mit dem Schauspiel selbst nur eine sehr schwache sein kann.

»Zwischen Lofoten und Moskoe«, berichtete er, »schwankt die Tiefe des Wassers zwischen fünfunddreißig und vierzig Faden; nach der anderen Seite aber, in der Richtung von Ver (Vurrgh) nimmt diese Tiefe ab, so daß ein Schiff dort nicht passieren kann, ohne Gefahr zu laufen, an den Klippen zu zerschellen, was selbst bei ruhigem Wetter vorkommen kann. Wenn Flutzeit ist, so geht die Strömung landwärts zwischen Lofoten und Moskoe in lärmender Hast dahin, das Tosen ihrer Ebbe zum Meere hin aber wird selbst von den lautesten und fürchterlichsten Katarakten nicht erreicht – man hört das Getöse viele Meilen weit, und die Strudel oder Abgründe sind von solcher Tiefe und Ausdehnung, daß ein Schiff, das in ihren Kreislauf gerät, unvermeidlich angezogen und in den Abgrund hinabgerissen wird, wo es an den Felsen zerschellt und, wenn die Wasser sich beruhigen, in Trümmern wieder emporgetragen wird. Solche Ruhepausen gibt es aber nur beim Übergang von Ebbe zu Flut und von Flut zu Ebbe und nur bei ruhigem Wetter, auch dauern sie nur eine Viertelstunde, dann nimmt der Wirbel langsam wieder zu. Wenn die Strömung am heftigsten und ihre Wut durch einen Sturm gesteigert ist, ist es gefährlich, ihr auf eine norwegische Meile nahe zu kommen. Boote, Jachten und auch größere Schiffe wurden mit fortgerissen, weil sie sich dem Bereich des Strudels nicht fern genug hielten. Es kommt auch vor, daß Walfische der Strömung zu nahe kommen und in ihre Gewalt geraten, und es ist unmöglich, das Heulen und Bellen zu beschreiben, das sie bei ihren vergeblichen Anstrengungen ausstoßen. Einmal wurde ein Bär, der von Lofoten nach

Moskoe zu schwimmen versuchte, von der Strömung erfaßt und hinabgerissen, und sein entsetzliches Gebrüll wurde bis ans Ufer gehört. Große Vorräte von Fichten und Kiefern kamen, nachdem sie im Strudel gewesen, so zersplittert und zerfetzt an die Oberfläche, daß sie aussahen wie seltsame Borstentiere; und dies zeigt klar, daß im Abgrund des Strudels Felsgrate sind, zwischen denen sie hin und her geschleudert wurden. Die Strömung wird durch Ebbe und Flut reguliert – so daß alle sechs Stunden hohes und niederes Wasser miteinander wechseln. Im Jahre 1645 in der Frühe des Sonntags Sexagesima raste sie mit solchem Ungestüm und Getöse, daß die Häuser an der Küste zusammenstürzten.«
Was nun die Tiefe des Wassers anlangt, so begriff ich nicht, wie sie in der Nähe des Strudels überhaupt hatte gemessen werden können. Die vierzig Faden konnten sich nur auf Teile des Kanals nahe an der Küste von Moskoe oder Lofoten beziehen. Die Tiefe inmitten des Moskoeström muß unermeßlich viel größer sein, und man kann keinen besseren Beweis für diese Tatsache finden, als wenn man vom höchsten Grat des Helseggen seitwärts in den Abgrund hinabblickt. Ich, der ich vom Gipfel oben in den heulenden Phlegeton hinuntersah, konnte mich eines Lächelns nicht erwehren über die Einfalt, mit der der ehrenwerte Jonas Ramus die seiner Ansicht nach fast unglaubwürdigen Anekdoten von den Walfischen und den Bären berichtet; mir schien es tatsächlich ganz selbstverständlich, daß das größte Linienschiff, wenn es in jene tödliche Anziehungskraft geriet, ihr ebensowenig widerstehen konnte wie eine Feder dem Orkan, und sogleich und für immer verschwinden müsse. Die Erklärungsversuche für das Phänomen, deren einige mir beim Durchlesen ziemlich einleuchtend erschienen waren, sah ich jetzt in ganz anderem Lichte und mußte sie als völlig unzureichend verwerfen. Die Anschauung, der am meisten Glauben geschenkt wird, ist, daß dieser Strudel, gleich drei anderen kleineren in der Gegend der Ferroe-Inseln seinen Ursprung habe in dem Zusammenprall der Wogen an unterirdischen Felsenriffen, die das Wasser derart einengen, daß es zur Zeit der Flut gewaltig aufschäumen, zur Zeit der Ebbe aber in großen Tiefen zurückfallen muß. Die natürliche Folge des Ganzen ist ein Strudel, dessen wunderbare Einsaugekraft man schon an kleineren Versuchen erproben kann. So etwa sagt die »Encyclopaedia Britannica«. Kircher und andere nehmen an, daß in der Mitte des Malstrom-Kanals ein Abgrund sich befinde, der den Erdball durchbohre und in irgendeiner fernen Gegend endige – irgendwer bezeichnet übrigens mit ziemlicher Bestimmtheit den Bottnischen Meerbusen als Durchbruchstelle des Strudelkanals. Diese an sich recht törichte Annahme erschien mir jetzt beim Anblick des gewaltigen Naturereignisses gar nicht so unhaltbar; ich sprach davon zu meinem Führer, der mir zu meiner Verwunderung erwiderte, obgleich er

wisse, daß diese Auffassung der Sache von den meisten Norwegern geteilt werde, so könne er selbst ihr doch nicht beistimmen. Was die vorher erwähnte Annahme des Jonas Ramus betreffe, so müsse er gestehen, daß er sie nicht begreifen könne, und darin mußte ich ihm beipflichten, denn so glaubwürdig sie sich auch auf dem Papier ausgenommen, so unverständlich, ja geradezu absurd erschien sie hier inmitten des Sturmgetöses des Strudels selbst.
»Sie haben sich jetzt den Strudel gut betrachten können«, sagte der alte Mann. »Und wenn Sie sich nun hier auf die andere Seite des Felsvorsprungs niederlassen würden, wo wir vor dem Wind geschützt sind und das Brausen der Wellen weniger laut hören, so werde ich Ihnen eine Geschichte erzählen, die Sie davon überzeugen wird, daß ich wohl etwas vom Moskoeström wissen muß.«
Ich setzte mich so wie er es wünschte, und er fuhr fort:
»Meine beiden Brüder und ich besaßen eine schonerartig aufgetakelte Schmack von etwa siebzig Tonnen Tragfähigkeit, mit der wir zwischen den Inseln hinter Moskoe nahe bei Vurrgh zu fischen pflegten. Überall wo das Meer heftig brandet, ist zu geeigneten Zeiten der Fischfang gut, wenn man nur den Mut hat, ihn zu wagen; doch unter allen Küstenbewohnern der Lofoten waren wir drei die einzigen, die es sich regelrecht zum Beruf machten, nach jenen Inseln hinauszufahren. Die eigentlichen Fischgründe sind eine gute Strecke weiter nach Süden gelegen. Dort kann man zu allen Zeiten fangen, und es ist keine Gefahr dabei; darum werden jene Plätze bevorzugt. Die ertragreichen Fangplätze hier zwischen den Felsen aber liefern nicht nur die besten Sorten, sondern diese sogar in reichstem Maße, so daß wir oft in einem einzigen Tage so viel fingen, wie ängstlichere Fischer mühsam in einer Woche zusammenbrachten. Es war in der Tat ein verzweifeltes Unternehmen, bei dem das Wagnis die Arbeit ersetzte und Mut das Anlagekapital war.
Der Ankerplatz unseres Schiffes war in einer Bucht, die etwa fünf Meilen von dieser hier entfernt ist, und es war unsere Gewohnheit, bei schönem Wetter die Viertelstunde Totwasser zwischen Ebbe und Flut auszunutzen, um über den Hauptkanal des Moskoeström weit oberhalb des Strudels hinüber zu segeln und irgendwo in der Nähe von Otterholm oder Sandflesen, wo die Brandung nicht allzu heftig ist, vor Anker zu gehen. Hier pflegten wir zu bleiben, bis wiederum Totwasser einsetzte, worauf wir die Anker lichteten und uns auf den Heimweg machten. Wir unternahmen diese Fahrt nur dann, wenn wir für Hin- und Rückfahrt auf beständigen Wind rechnen konnten – einen Wind, von dem wir überzeugt waren, daß er uns bei der Rückfahrt nicht im Stich lassen werde – und in dieser Hinsicht war unsere Berechnung selten falsch. Zweimal in sechs Jahren waren wir genötigt, die ganze Nacht vor Anker zu liegen, infolge einer gerade hier äußerst seltenen völligen Wind-

stille, und einmal mußte wir fast eine Woche draußen bei den Fischplätzen ausharren und waren dem Hungertode nahe; aber wir konnten die Überfahrt nicht wagen, denn ein Sturmwind blies, der den Kanal allzu gefährlich machte. Bei dieser Gelegenheit wären wir trotz aller Anstrengungen in die See hinausgetrieben worden, denn die Strudel warfen uns so heftig herum, daß wir schließlich den Anker einzogen, wären wir nicht zufällig in eine der zahlreichen Gegenströmungen geraten, die heute da sind und morgen wieder fort. Diese Strömung trieb uns in die windgeschützte Gegend von Flimen, wo wir das Glück hatten, landen zu können.

Ich könnte Ihnen nicht den zwanzigsten Teil all der Schwierigkeiten aufzählen, mit denen wir an den Fangplätzen zu kämpfen hatten, denn selbst bei gutem Wetter ist es da draußen übel genug; dennoch gelang es uns immer, den Moskoeström selbst ohne Unfall zu passieren, obgleich mir oft genug das

Herz erschrak, wenn wir bisweilen ein oder zwei Minuten vor oder nach dem Totwasser dort waren. Der Wind war manchmal nicht so stark, als wir beim Ausfahren gedacht hatten, und dann kamen wir langsamer voran als wünschenswert war und verloren in der Strömung die Gewalt über das Schiff. Mein ältester Bruder hatte einen achtzehnjährigen Sohn, und ich selbst besaß zwei kräftige Buben. Diese wären zu solchen Zeiten beim Ein- und Ausziehen der Fischtaue wie auch beim Fischen selbst sehr brauchbar gewesen, aber trotzdem wir für uns die Gefahr nicht fürchteten, hatten wir doch nicht das Herz, die Jungen dem Wagnis auszusetzen – denn es ist schon so und muß gesagt werden: es war ein entsetzliches Wagnis.

Es sind jetzt in wenigen Tagen drei Jahre, seit sich das ereignete, was ich Ihnen nun erzählen will. Es war der zehnte Juli 18–, ein Tag, den man hierzulande nie vergessen wird, denn es blies der schrecklichste Orkan, der je aus den Himmeln niederstürzte; und doch hatte am Vormittag und sogar bis in den späten Nachmittag ein sanfter Südwest geweht, während die Sonne heiter strahlte, so daß die ältesten Seeleute unter uns nicht hätten voraussehen können, was sich später ereignete.

Wir drei – meine beiden Brüder und ich – waren gegen zwei Uhr nachmittags zu den Inseln hinübergekreuzt und hatten bald die Schmack mit edlen Fischen voll, die, wie wir alle bemerkten, an diesem Tage zahlreicher als je aufgetreten waren. Auf meiner Uhr war es gerade sieben, als wir lichteten und die Heimfahrt antraten, um den schlimmsten Teil des Ström bei Totwasser zurückzulegen, das nach unserer Erfahrung um acht einsetzen mußte.

Ein frischer Wind kam von Steuerbord her, und eine Zeitlang hatten wir eilige Fahrt und ließen uns keine Gefahr träumen, denn wir sahen nicht den geringsten Grund dazu. Ganz plötzlich aber wurden wir von einer Brise von Helseggen her rückwärts getrieben. Das war höchst seltsam – etwas, das sich noch nie ereignet hatte –, und ich begann unruhig zu werden, ohne recht zu wissen, weshalb. Wir stellten das Boot nach dem Winde, konnten aber infolge der starken Brandung nicht vorwärts kommen, und ich wollte gerade den Vorschlag machen, zum Ankerplatz zurückzukehren, als wir, rückwärts blickend, den ganzen Horizont von einer einzigen kupferfarbenen Wolke bedeckt sahen, die mit unheimlicher Schnelligkeit heraufzog.

Währenddessen hatte sich der Wind, der uns soeben zurückgeworfen, ganz plötzlich gelegt, und in der Totenstille trieb unser Schiff haltlos umher. Dieser Zustand dauerte jedoch nicht so lange, daß wir Zeit gehabt hätten, ihn zu bedenken. In kaum einer Minute war der Sturm über uns – in kaum zweien war der ganze Himmel schwarz, und es wurde so dunkel, daß wir im Schiff einander nicht mehr erkennen konnten.

Es wäre Wahnsinn, den Orkan, der nun einsetzte, beschreiben zu wollen.

Der älteste Seemann in ganz Norwegen hatte dergleichen nicht erlebt. Wir hatten unsere Segel dem Wind überlassen, ehe dieser uns richtig packte. Nun flogen beim ersten Stoß unsere beiden Maste über Bord, als seien sie abgemäht – und der Hauptmast nahm meinen jüngsten Bruder mit sich, der sich sicherheitshalber an ihn angebunden hatte.
Unser Boot war das federleichteste Ding, das je auf dem Wasser geschwommen. Es hatte ein vollkommen geschlossenes Verdeck mit nur einer Luke nahe am Bug, und diese Luke pflegten wir immer bei Annäherung an den Ström zu schließen, um uns gegen die Sturzseen zu sichern. Ohne diese gewohnte Vorsichtsmaßregel wären wir sofort zugrunde gegangen – denn wir waren minutenlang buchstäblich im Wasser begraben. Wie mein älterer Bruder der Vernichtung entrann, kann ich nicht sagen; ich hatte nie Gelegenheit, das festzustellen. Ich für mein Teil warf mich sofort flach zu Boden, nachdem ich das Vordersegel losgelassen, stemmte die Füße gegen das schmale Schandeck des Bugs und erfaßte mit den Händen einen Ringbolzen in der Nähe des Vormastes. Es war lediglich Instinkt, was mich zu solchem Handeln trieb, denn zum Denken war ich viel zu verwirrt – aber ich hätte jedenfalls gar nichts besseres tun können.
Minutenlang waren wir, wie ich schon sagte, vollkommen unter Wasser; und während dieser ganzen Zeit hielt ich den Atem an und klammerte mich an den Ring. Als ich es nicht mehr aushalten konnte, erhob ich mich auf die Knie und bekam so den Kopf frei; den Ring hielt ich noch immer fest. Da schüttelte sich unser kleines Boot, gerade wie ein Hund, wenn er aus dem Wasser kommt, und befreite sich dadurch ein wenig aus den Wellen. Ich versuchte nun, der Bestürzung, die mich überrumpelt hatte, Herr zu werden und meine Sinne zum Überlegen zu sammeln, als ich mich plötzlich am Arm erfaßt fühlte. Es war mein älterer Bruder, und mein Herz hüpfte vor Freude, denn ich war überzeugt gewesen, auch er sei über Bord geschwemmt. Im nächsten Augenblick aber wandelte sich all diese Freude in Entsetzen – er preßte seinen Mund an mein Ohr und gellte das Wort hinaus: ›Moskoeström!‹
Niemand wird je ermessen, was ich in jenem Augenblicke fühlte. Ich erbebte von Kopf bis Fuß, wie in einem heftigen Anfall von Schüttelfrost. Ich wußte gut, was er mit diesem einen Worte meinte – ich wußte, was er mir begreiflich machen wollte. Mit dem Wind, der uns jetzt vorwärts jagte, waren wir dem Strudel des Ström verfallen, und nichts konnte uns retten!
Sie müssen im Auge behalten, daß wir uns zur Überquerung des Kanals stets eine Stelle weit oberhalb des Strudels aussuchten; auch bei ruhigstem Wetter taten wir das und warteten sorgsam das Totwasser ab – nun aber trieben wir direkt auf den Wirbelstrom zu – und dabei in diesem Orkan! Sicherlich, dachte ich, kommen wir gerade bei Totwasser dort an – es ist wenigstens

Hoffnung dafür vorhanden. Im nächsten Augenblick aber verwünschte ich mich selbst, daß ich Narr genug war, überhaupt von Hoffnung zu träumen. Ich wußte recht gut, daß wir dem Untergang verfallen waren, und wären wir auch zehnmal ein großes festes Kriegsschiff gewesen.
Die erste Wut des Sturmes hatte sich gelegt, oder vielleicht fühlten wir ihn nur weniger, da er uns vor sich hertrieb, jedenfalls erhoben sich jetzt die Wogen, die der Wind bisher niedergehalten, zu wahren Bergen. Auch der Himmel hatte sich seltsam verändert. Nach allen Richtungen in der Runde war noch immer pechschwarze Nacht, doch beinahe uns zu Häupten brach ein kreisrundes Stück klaren Himmels durch – so klar, als ich ihn je gesehen, und von tiefem strahlendem Blau – und aus seiner Mitte leuchtete der volle Mond in nie geahntem Glanz! Er rückte unsere ganze Umgebung in hellstes Licht – o Gott, welch ein Schauspiel beleuchtete er!
Ich machte jetzt ein paar Versuche, mit meinem Bruder zu sprechen, aber das Getöse hatte unerklärlicherweise derart zugenommen, daß ich ihm nicht ein einziges Wort verständlich machen konnte, obgleich ich ihm mit aller Gewalt ins Ohr schrie. Er schüttelte den Kopf, sah totenbleich aus und erhob einen Finger, als wolle er sagen: »Horch!«
Zuerst begriff ich ihn nicht – bald aber überfiel mich ein entsetzliches Begreifen. Ich zog die Uhr aus der Tasche. Sie ging nicht mehr. Ich hielt das Zifferblatt ins Mondlicht und brach in Tränen aus, als ich sie nun weit ins Meer schleuderte. *Sie war um sieben Uhr stehen geblieben! Die Zeit des Totwassers war vorüber und der Strudeltrichter des Stroms in voller Wut!*
Ist ein Boot gut gebaut und richtig und nicht allzu schwer beladen, so scheinen in einem heftigen Sturm die Wellen unter dem Schiff hervorzukommen, was einem Unerfahrenen stets merkwürdig erscheint; in der Seemannssprache sagt man, das Schiff reitet. Bisher also waren wir auf den Wogen geritten, nun aber erfaßte uns eine riesenhafte Welle gerade unter der Gilling und hob uns mit sich empor – hinauf, hinauf – als ginge es in den Himmel. Ich hätte es gar nicht für möglich gehalten, daß eine Woge so hoch steigen könne. Und dann ging es wieder schleifend und gleitend und stürzend hinunter, daß mir ganz übel und schwindlig wurde, wie wenn man im Traum von einem Berggipfel herunterstürzt. Aber während wir oben waren, hatte ich schnell Umschau gehalten – und dieser eine Rundblick genügte. Ich erkannte im Augenblick unsere ganze Lage. Der Strudel des Moskoeström lag etwa eine Viertelmeile vor uns – aber er glich so wenig dem gewöhnlichen Moskoeström wie der Strudel da etwa der Welle eines Mühlbachs. Hätte ich nicht bereits gewußt, wo wir uns befanden und was uns bevorstand, so hätte ich den Ort überhaupt nicht erkannt. Ich schloß vor Entsetzen unwillkürlich die Augen. Die Lider krampften sich wie im Todeskampfe zusammen.

Es konnten kaum zwei Minuten vergangen sein, als wir plötzlich glatteres Wasser spürten und in Gischt eingehüllt waren. Das Boot machte eine kurze, halbe Drehung nach Backbord und schoß dann wie der Blitz in seiner neuen Richtung dahin. Im selben Augenblick ertrank das Brüllen der Wasser in einer Art schrillem Gekreisch – einem Ton, wie ihn etwa die Ventile mehrerer tausend Dampfschiffe beim Auslassen des Dampfes zusammen hervorbringen könnten. Wir befanden uns jetzt in dem Schaumgürtel, der stets den Strudel umringt, und ich dachte natürlich, daß der nächste Augenblick uns in den Abgrund schleudern werde, den wir infolge der Schnelligkeit, mit der wir dahinsausten, nur unklar erkennen konnten. Das Boot schien überhaupt nicht im Wasser zu liegen, sondern wie eine Luftblase über den Schaum dahinzutanzen. Seine Steuerbordseite war dem Strudel zugekehrt, und hinter Backbord dehnte sich das unendliche Meer, mit dem wir noch eben gekämpft. Wie ein mächtiger wandelnder Wall stand die Schiffswand zwischen uns und dem Horizont.

Es mag seltsam erscheinen – aber jetzt, wo wir uns im Rachen des Abgrunds befanden, fühlte ich mich ruhiger als während der Zeit, da wir uns ihm erst näherten. Nun ich mich damit vertraut gemacht, alle Hoffnung aufzugeben, verlor ich auch ein gut Teil des Schreckens, der mich zuerst gelähmt hatte. Ich glaube, es war Verzweiflung, die meine Nerven stählte.

Wie prahlerisch es auch klingt, es ist dennoch wahr: ich begann zu empfinden, welch herrliche Sache es sei, auf diese Weise zu sterben, und wie töricht es von mir war, beim Anblick solch großartigen Beweises von Gottes Herrlichkeit an mein eigenes erbärmliches Leben zu denken. Ich glaube, ich errötete vor Scham, als dieser Gedanke mir in den Sinn kam. Nach einiger Zeit erfaßte mich eine wilde Neugier bezüglich des Strudels selbst. Ich fühlte tatsächlich den Wunsch, seine Tiefen zu ergründen, obgleich ich mich selbst dabei opfern mußte, und mein hauptsächlicher Kummer war der, daß ich meinen alten Gefährten an Land niemals von den Wundern berichten sollte, die ich erschauen würde. Das waren gewiß sonderbare Betrachtungen für einen Mann in meiner Lage, und ich habe schon manchmal gedacht, daß die Drehungen des Bootes im Strudel mir ein wenig den Kopf verrückt hatten.

Noch ein anderer Umstand trug dazu bei, mir meine Selbstbeherrschung wiederzugeben, und das war das Aufhören des Windes, der uns in unserer gegenwärtigen Lage nicht erreichen konnte – denn wie Sie selbst gesehen, liegt der Schaumgürtel beträchtlich tiefer als der Ozean selbst, und dieser letztere türmte sich jetzt über uns auf, wie ein hoher schwarzer Bergrücken. Wenn Sie nie bei heftigem Sturm auf See gewesen sind, können Sie sich gar keinen Begriff machen von der allgemeinen Sinnesverwirrung, die Wind und Sturzsee verursachen. Man ist blind und taub und dem Ersticken nahe und verliert alle Kraft zum Denken oder Handeln. Jetzt aber waren wir diese Qualen los – gerade wie zum Tode verurteilte Verbrecher kleine Erleichterungen genießen, die ihnen versagt sind, solange ihr Schicksal noch nicht entschieden.

Wie oft wir den Schaumgürtel umkreisten, kann ich nicht sagen. Wir jagten wohl schon eine Stunde lang in der Runde und gelangten allmählich, mehr fliegend als schwimmend, in die Mitte des Gischtstreifens und näher und immer näher an seinen furchtbaren inneren Rand. In dieser ganzen Zeit hatte ich den Ringbolzen nicht losgelassen. Mein Bruder war am Heck und klammerte sich dort an ein kleines leeres Wasserfaß, das an der Gilling festgebunden und der einzige Gegenstand auf Deck war, den der Sturm nicht über Bord gefegt hatte. Als wir uns dem Rande des Trichters näherten, ließ er seinen Halt fahren und langte nach dem Ring, von dem er in seiner Todesangst meine Hände fortzureißen suchte, denn der Ring war nicht groß genug, uns beiden einen sicheren Griff zu bieten. Nie empfand ich tieferen Kummer, als da ich ihn diese Tat begehen sah – obschon ich wußte, daß er toll war, als er es tat – ein Wahnsinniger aus namenloser Angst. Es lag mir nichts daran, mit ihm um diesen Halt zu kämpfen. Ich wußte, daß es gleichgültig war, ob einer von uns sich anklammerte oder nicht; so überließ ich ihm den Ring und ging nach hinten zum Faß. Das war nicht schwierig zu bewerkstelligen, denn die Schmack flog in glatter Bahn vorwärts und schwang nur in dem ungeheuren Bogen des Strudels mit. Kaum hatte ich an dem neuen Ort Fuß gefaßt, als wir einen wilden Satz nach Steuerbord machten und in den inneren Trichter hineinjagten. Ich murmelte ein Stoßgebet und glaubte, alles sei vorüber.

In dem taumelnden Schwindelgefühl, das mich bei dem Hinabsausen erfaßte, preßte ich die Hände fester um das Faß und schloß die Augen. Sekundenlang wagte ich sie nicht zu öffnen, ich erwartete den sofortigen Tod und begriff nicht, daß ich nicht schon im Todeskampf mit dem Wasser rang. Doch Minute nach Minute verrann. Ich lebte noch immer. Das Gefühl des Hinabfallens hatte aufgehört, und die Bewegung des Schiffes schien ganz die gleiche wie vordem im Schaumgürtel, nur daß es jetzt mehr auf der Seite lag. Ich faßte Mut und warf von neuem einen Blick auf den Schauplatz.

Nie werde ich die Empfindung von Ehrfurcht, Entsetzen und staunender Bewunderung vergessen, mit der ich um mich schaute. Das Boot lag vollkommen auf der Seite, schien wie durch Zaubermacht an der inneren Oberfläche eines ungeheuer weiten Trichters von unerkennbarer Tiefe festzukleben, eines Trichters, dessen vollkommen glatte Wände man für Ebenholz hätte halten können, hätten sie sich nicht mit verwirrender Schnelligkeit im Kreise gedreht und ein seltsam gespenstisches Licht ausgestrahlt, als der Glanz des Vollmonds aus der kreisförmigen Wolkenöffnung in goldener Flut

die schwarzen Wälle herabströmte und tief in das Innere des Abgrunds hinableuchtete.
Zuerst war ich zu verwirrt, um irgend etwas deutlich wahrzunehmen. Ich hatte nur den Eindruck eines erhabenen, entsetzlichen Schauspiels. Als ich mich jedoch ein wenig erholt hatte, wandte sich mein Blick unwillkürlich in die Tiefe. In dieser Richtung konnte ich deutlich sehen, auf welche Weise die Schmack am steilen Hang des Abgrunds hinschwebte. Sie lag ganz gleichlastig, das heißt, ihr Deck lag in gleicher Höhe mit dem Wasserspiegel, der sich in einer Neigung von mehr als fünfundvierzig Grad in die Runde schwang, so daß die Deckbalken unmittelbar auf dem Wasser zu ruhen schienen. Ich bemerkte jedoch, daß es mir gegenwärtig kaum schwerer fiel, festen Halt und Fuß zu fassen, als da wir uns noch in normaler Schiffslage befunden hatten, und das war vermutlich auf die Geschwindigkeit zurückzuführen, mit der wir uns drehten.
Die Strahlen des Mondes schienen bis auf den Grund des ungeheuren Schlundes hinabtauchen zu wollen. Dennoch konnte ich dort nichts deutlich erkennen, infolge eines dichten Nebels, der alles umhüllte und über den sich ein prächtiger Regenbogen spannte gleich der schmalen und schwanken Brücke, von der die Moslim sagen, daß sie der einzige Pfad zwischen Zeit und Ewigkeit sei. Dieser Nebel oder Gischt wurde wahrscheinlich durch das Aufeinanderprallen der unten am Ende des Trichters zusammenstürzenden Wasserwälle verursacht – das Geheul aber, das aus dem Nebel zu den Himmeln aufgellte, wage ich nicht zu beschreiben.
Unser erstes Hinabgleiten aus dem Schaumgürtel oben in den Trichter selbst hatte uns ein beträchtliches Stück den Abhang hinuntergetragen, unser fernerer Abstieg aber stand in gar keinem Verhältnis zu diesem ersten Sturz. Um und um schwangen wir – nicht in gleichmäßigem Bogen – sondern in schwindelerregenden Schwüngen und Sprüngen, die uns manchmal nur ein paar hundert Meter vorwärts brachten, manchmal um die ganze Rundung des Strudels warfen. Unser Abwärtsgleiten bei jeder solchen Umdrehung war gering, doch immerhin merklich.
Als ich auf der ungeheuren Fläche flüssigen Ebenholzes, auf der wir so entlang getragen wurden, Umschau hielt, gewahrte ich, daß unser Boot nicht der einzige Gegenstand im Schlunde des Abgrunds war. Sowohl über als unter uns waren einzelne Schiffstrümmer erkennbar, mächtige Haufen Bauholz und Baumstämme nebst allerlei kleineren Gegenständen wie Hausrat, Kisten, Fässer und Dauben. Ich habe schon erwähnt, daß mein erstes Entsetzen einer fast unnatürlichen Neugier gewichen war. Sie schien mehr und mehr anzuwachsen, je näher ich meinem Untergang kam. Ich begann jetzt mit merkwürdigem Eifer alle die Dinge zu verfolgen, die mit uns dahinjagten. Ich

muß entschieden im Fieberwahnsinn gewesen sein, denn ich fand sogar *Freude* daran, die relative Geschwindigkeit, mit welcher die einzelnen Dinge dem Nebelstaub drunten zujagten, zu berechnen. Diese Fichte, überlegte ich einmal, wird gewiß das nächste sein, was den fürchterlichen Sprung ins Ungründliche tut – und ich war sehr enttäuscht, als das Wrack eines holländischen Handelsschiffes die Fichte überholte und vor ihr verschwand. Als ich schließlich mehrere solcher Mutmaßungen angestellt und in allen getäuscht worden war, gab mir diese Tatsache – die Tatsache, daß meine Berechnungen ausnahmslos falsch gewesen waren – einen Gedanken ein, bei dem meine Glieder von neuem erbebten und mein Herz in schweren Schlägen pulste. Es war nicht neues Entsetzen, das mich erfaßte, sondern die dämmernde Ahnung einer noch viel aufregenderen *Hoffnung*. Diese Hoffnung knüpfte sich sowohl an frühere Erfahrungen als an soeben gemachte Beobachtungen. Ich erinnerte mich des zahlreichen Strandgutes, das an die Küste der Lofoten angeschwemmt wurde – alles Dinge, die der Moskoeström an sich gerissen und wieder emporgeschleudert hatte. Die große Mehrzahl dieser Dinge war ganz außerordentlich zerfetzt und zerbrochen – so rauh und zersplittert war manches, daß es wie mit Stacheln besät aussah –, doch erinnerte ich mich bestimmt, daß einige dieser Dinge gänzlich unversehrt waren. Nun konnte ich mir diese Verschiedenheit nicht anders erklären, als daß die zerfetzten Trümmer die einzigen Dinge waren, die wirklich den Grund des Strudels erreicht hatten, und daß die andern erst gegen Ende einer Tätigkeitsperiode des Malstroms in den Trichter geraten oder darin so langsam hinabgeglitten waren, daß sie noch nicht unten angelangt waren, als schon die Flut oder Ebbe – je nachdem – einsetzte. In beiden Fällen hielt ich es für möglich, daß sie wieder an die Oberfläche des Meeres hinaufgewirbelt werden könnten, ohne das Schicksal jener Dinge zu teilen, die früher eingesogen oder schneller hinabgerissen worden waren. Ich machte ferner drei bedeutsame Beobachtungen. Die erste war die allgemeine Regel: je größer die Gegenstände, desto schneller ihre Abwärtsbewegung; die zweite: zwischen zwei Dingen gleicher Größe, von denen das eine sphärische (kugelige) und das andere irgendeine andere Gestalt hat, wird das sphärische die größte Schnelligkeit im Abwärtsgleiten aufweisen; die dritte: zwischen zwei Dingen gleicher Größe, von denen das eine zylindrische (längliche), das andere irgendeine andere Gestalt hat, wird das zylindrische langsamer eingesogen werden. Seit meiner Rettung habe ich mit einem alten Lehrer unserer Gegend mehrfach über diese Dinge gesprochen, und von ihm lernte ich die Anwendung der Bezeichnungen ›Zylinder‹ und ›Sphäre‹. Er erklärte mir – ich habe die Erklärung allerdings vergessen – wie das, was ich beobachtet hatte, in der Tat die natürliche Folgeerscheinung der jeweiligen Formen der schwimmenden Gegenstände sei, und zeigte mir, wie es komme, daß ein in einen Strudel geratener Zylinder der Einsaugekraft desselben mehr Widerstand entgegensetze und langsamer niedergezogen werde als irgendein anders geformter Körper gleicher Größe. Da war noch ein überraschender Umstand, der diesen Beobachtungen recht gab und mich begierig machte, sie zu verwerten, und das war, daß wir bei jeder Umdrehung an irgendeinem Faß oder einer Rahe oder einem Mast vorüberkamen, während viele solche Dinge, die auf gleicher Höhe mit uns gewesen, als ich die Augen zuerst den Wundern des Strudels zu öffnen wagte, jetzt hoch über uns dahinschwammen und ihren Ort nur wenig verändert hatten. Ich wußte nun, was ich zu tun hatte. Ich beschloß, mich an das Wasserfaß, an dem ich mich noch immer anklammerte, festzubinden, es von der Gilling loszuschneiden und mich mit demselben ins Wasser zu werfen. Ich machte meinen Bruder durch Zeichen aufmerksam, deutete auf die schwimmenden Fässer, an denen wir vorüberschwangen, und tat alles, was in meiner Macht stand, um ihm mein Vorhaben begreiflich zu machen. Ich glaubte schließlich, er habe meine Absicht begriffen, doch – mochte das nun der Fall sein oder nicht – er schüttelte verzweifelt den Kopf und weigerte sich, seinen Platz am Ringbolzen aufzugeben. Es war unmöglich, zu ihm hinzukommen, die schreckliche Lage gestattete keinen Aufschub, und so überließ ich ihn nach hartem Kampf seinem Schicksal, band mich mit den Stricken, die das Faß an der Gilling festgehalten, an ersteres fest und warf mich ohne weiteres Zögern ins Meer.

Der Erfolg war ganz so, wie ich ihn erhofft hatte. Da ich selbst es bin, der Ihnen diese Geschichte erzählt, da Sie sehen, daß ich tatsächlich das Leben rettete, und da Sie schon wissen, auf welche Weise diese Rettung bewerkstelligt wurde, will ich meine Geschichte schnell zu Ende bringen.

Es mochte etwa eine Stunde vergangen sein, seit ich die Schmack verlassen, als diese, die mich weit, weit überholt hatte, schnell hintereinander drei oder vier rasende Umdrehungen machte und – meinen geliebten Bruder mit sich führend – kopfüber und für immer in das Chaos von Gischt hinabstürzte. Das Faß, an dem ich mich festgebunden, hatte kaum die Hälfte des Zwischenraums durchlaufen, der damals, als ich den Sprung tat, das Schiff vom Abgrund trennte, da ging mit dem Strudel eine große Veränderung vor sich. Die Neigung der Seitenwände des ungeheuren Trichters wurde weniger und weniger steil. Die Umdrehungen des Wirbels wurden allmählich langsamer und langsamer. Der Gischt und der Regenbogen verschwanden nach und nach, und der Boden des Schlundes begann sich höher und höher zu heben. Der Himmel war klar, der Wind hatte sich gelegt, und der volle Mond ging strahlend im Westen unter, als ich mich auf der Oberfläche des Meeres fand, angesichts der Küste von Lofoten und über der Stelle, wo der Trichter des

Moskoeström gewesen war. Es war die Stunde des Totwassers – aber das Meer rollte infolge des vorangegangenen Sturms noch immer in haushohen Wogen. Ich wurde von der Strömung heftig mitgerissen und die Küste entlang zu den Fischplätzen der anderen getrieben. Ein Boot nahm mich auf. Ich war vor Müdigkeit völlig erschöpft und jetzt, da die Gefahr vorüber, sprachlos in der Erinnerung an ihre Schrecken. Die mich an Bord gezogen, waren meine alten Kameraden und täglichen Gefährten, aber sie kannten mich ebensowenig, als sie irgendeinen Wanderer aus dem Reich der Schatten gekannt haben würden. Mein Haar, das tags vorher rabenschwarz gewesen, war so weiß, wie Sie es jetzt erblicken. Man sagt auch, mein Gesichtsausdruck habe sich völlig verändert. Ich erzählte ihnen meine Geschichte – man glaubte sie mir nicht. Ich erzähle sie jetzt Ihnen, doch kann ich auch von Ihnen kaum erwarten, daß Sie ihr mehr Glauben schenken als die kühnen Fischer von Lofoten.«

HAVANNA 1816

Der in Österreich geborene Karl Anton Postl war katholischer Priester in Prag, ehe er 1823 mit dreißig Jahren aus dem Kloster nach Amerika flüchtete und dort ein abenteuerliches Reiseleben begann. Unter dem Namen Charles Sealsfield veröffentlichte er die Berichte und Erzählungen, in denen die Erlebnisse und Erfahrungen dieser Reisen ihren Niederschlag fanden. Die Geschichte aus dem Havanna des Jahres 1816 schildert eine anschauliche Episode aus der Zeit der Unabhängigkeitskämpfe der Kubaner gegen die spanische Kolonialregierung.

Tausendachthundertundsechzehn! – Tausendachthundertundsechzehn! – Ja, wohl wird Südamerika deiner gedenken in heiteren und trüben Tagen; denn du lehrtest es zu Gott beten, indem du das Jammermaß der Verzweiflung bis an den Rand fülltest! Aber sollten je unheilvolle Tage wieder hereinbrechen, so wirst du auch als zwar düster leuchtender, aber tröstender Pharus (Leuchtturm) vor ihm stehen, den Mutlosesten, den Verzweifelndsten aufrichtend; denn der Gott, der Südamerika auf diese lange Nacht Tag werden ließ, wahrlich, er kann es nimmermehr verlassen!

Es war aber im Spätjahr – am 19. November dieses für Südamerika so gräßlichen Jahres, mehrere Monate nach der unglückseligen Schlacht von Cachiri, die mit den vorhergegangenen gleich unglücklichen Puerta, Araguita, Alto de Tanumba so entsetzliches Elend über einen halben Weltteil gebracht –, daß ein junger, dürftig gekleideter Mann seine Wohnung in der Calle Agostino zu Havanna verließ und sich eiligen Schrittes dem Hafen zustahl.

Es war noch dunkel, die Sonne noch nicht aus dem Atlantischen Ozean heraufgestiegen, aber, obwohl der Calle mehrere Straßen von dem Hafen ablag, er auch fremd schien, schlüpfte er doch Gassen und Gäßchen mit jenem Instinkt hindurch, mit dem ein gejagtes Tier seinen Feinden zu entgehen sucht. Als er diesem endlich nahe gekommen, stahl sich ein zweiter gleich eilig hinter einem Lager von Kaffeesäcken und Rotholz hervor, fixierte ihn einen Augenblick scharf, und dann seine Hand ergreifend, zog er ihn dem soeben verlassenen Versteck wieder zu.

Hier hielten die beiden, in ängstlicher Erwartung leise einander zuflüsternd, mit den Augen in die trüben, dunklen Nebelschichten hineinbohrend, in denen Stadt und Hafen und die Tausende von Häusern und Schiffen gehüllt lagen.
Bei jedem Laute, der aus den Nebelschichten hervordrang, schraken sie zusammen – der erwachende Tag, wie er sich allmählich im lauter werdenden Leben verkündigte, schien sie mit Schrecken zu erfüllen, ihnen den Atem zu benehmen.
Etwa eine halbe Viertelstunde waren sie so gestanden, als regelmäßige Ruderschläge das Herannahen eines Bootes verkündeten, das auch wirklich bald darauf unter dem Nebelvorhang hervor- und dem Hafendamm zuschoß. Noch ehe es an der steinernen Treppe hielt, deutete der eine der Männer auf den am Bootsruder Sitzenden, drückte dem andern die Hand und verschwand hinter Kaffeesäcken und Rotholz.
Im Boot waren drei Männer, offenbar Seeleute, von denen zwei Matrosen, der dritte ihr Offizier schien. Er sprach, als das Boot an der Treppe des Hafendammes hielt, einige Worte zu den Bootsleuten und stieg dann die Treppe hinauf. Noch einen Blick warf er dem wieder unter der Nebelschicht verschwindenden Boote nach, und dann wandte er sich der Stadt zu.
Wenige Schritte brachten ihn dicht ans Rotholzlager, hinter welchem der Fremdling geborgen stand, der jetzt hastig hervor- und auf ihn zutrat. Die erste Bewegung des Seemannes war natürlich nach seiner Waffe; denn er war in Havanna, und der Tag noch nicht angebrochen. Ein zweiter Blick jedoch machte ihn den Dolch wieder ruhig in den Ärmel zurückschieben. Der junge Mensch schien nichts weniger als meuchelmörderisch gestimmt. Seine Kleidung war abgetragen, selbst geflickt, seine Miene verriet Trostlosigkeit, die Züge waren zwar jugendlich, selbst edel, aber gramerfüllt. – Kummer und Entbehrungen sprachen aus seinem ganzen gebeugten Wesen, das aber ursprünglich sehr viel Stolzes gehabt haben mochte. Mit bebender Stimme fragte er, ob er der Kapitän des Schoners von Philadelphia sei, der nächstens abzusegeln im Begriff stände.
Der Seemann schaute den jungen Menschen einen Augenblick forschend an und versetzte dann, er sei Kapitän eines Schoners, der auf dem Punkte stehe, die Anker zu lichten.
Des jungen Mannes Augen blitzten. Mit zwischen Furcht und Hoffnung schwankendem Tone fragte er wieder, ob er nicht Passage für sich, eine erwachsene Person und zwei Kinder finden könnte?
Abermals maß ihn der Seemann, und zwar schärfer. Der junge Mensch hatte ein Etwas, das Seekapitänen in der Regel nicht sehr zu gefallen pflegt, etwas abenteuerlich Zerstörtes, Zerrissenes, abgesehen von seiner Kleidung. Be-

scheiden, ja demütig, wie seine Worte klangen, hatten sie jenen gewissen gebieterischen Nachhall, der seltsam, ja grell mit seiner ärmlichen Kleidung, seiner Ängstlichkeit kontrastierte. Während ihm die Lippen zitterten, blitzte wieder aus den Augen ein Mut, eine Unbändigkeit, die etwas Gewalttätiges verrieten.
Der Seemann schüttelte den Kopf.
Der junge Mensch schnappte nach Atem, die Sprache schien ihm zu versagen; er zog einen ziemlich vollen Beutel aus seinem Busen.
Er wollte vorausbezahlen, alles vorausbezahlen.
Der Kapitän stutzte. Der Widerspruch zwischen dem vollen Beutel und dem kläglichen Äußeren war zu schreiend! Er schüttelte den Kopf stärker.
Jetzt starrte ihn der junge Mensch mit einem Ausdruck so düsterer Verzweiflung an, die Lippen zuckten ihm so krampfhaft, der Atem stockte so gänzlich!
Der Kapitän wurde augenscheinlich betroffen.
»Junger Mann!« fragte er spanisch, »was wollt Ihr eigentlich in Philadelphia, Ihr seid kein Handelsmann?«
»Ich will nach Philadelphia«, würgte dieser heraus; »will für die Passage bezahlen. Hier ist Geld, hier ist mein Paß; Ihr seid Kapitän, was wollt Ihr mehr?«
Die Worte waren so heftig gesprochen, die Züge des jungen Menschen hatten einen so verzweifelnden, schmerzhaften Ausdruck angenommen, daß der Kapitän immer mehr und mehr den Kopf schüttelte. Er schaute ihn mit einem langen durchbohrenden Blick an und war im Begriff zu gehen.
Der junge Mann schnappte nach Atem, hielt ihn mit krampfhaft zuckender Hand zurück.
»Nehmt mich um Gottes willen mit und meine arme Frau und meine armen Kinder, Kapitän!«
»Frau und Kinder?« sprach plötzlich mit weicherer Stimme der Kapitän; »habt Ihr Weib und Kinder?«
Weib und Kinder berühren die Eisenseele des Amerikaners immer an der tiefsten, zartesten Saite!
»Weib und Kinder!« stöhnte in Verzweiflung der junge Mensch.
»Ihr habt doch nichts verbrochen, wollt nicht etwa dem Gesetz entfliehen?« fragte wieder schärfer der Kapitän.
»So möge mir Gott helfen, ich habe nichts verbrochen!« versetzte, die Hand erhebend, der junge Mann.
Einen Augenblick stand der Kapitän sinnend, dann sprach er: »In diesem Falle will ich Euch als Passagier mitnehmen. Behaltet Euer Geld, bis Ihr an Bord seid. In einer Stunde längstens gehe ich.«

Der junge Mensch antwortete nicht, aber wie einer, der wieder Hoffnung schöpft, eine entsetzliche Angst überstanden hat, holte er tiefen Atem, schaute den Kapitän, dann den Himmel an und sprang davon.

Kapitän Ready, Meister des Schoners *The speedy Tom,* hatte seine Ladung gelöscht, seine Geschäfte abgetan und würde auch bereits Havanna verlassen haben, wenn nicht ein stürmischer Nordwest ihn zurückgehalten hätte. Dieser jedoch hatte sich an demselben Morgen gelegt, und er wollte bloß noch einmal nach seinem Gasthofe sehen, um auch die etwas stark angelaufene Rechnung zu löschen, noch ein und das andere Vergessene nachzuholen und dann zurückzukehren. Sein Schoner lag ganz segelfertig. Es war ein in Baltimore gebauter Schoner, womit ich alles gesagt zu haben glaube, eines jener Fahrzeuge, um die uns die Welt mit Recht beneidet und um die wir auch wirklich zu beneiden wären, wenn es keine Squalls gäbe, aber diese Squalls qualifizieren wieder die Baltimoretugenden, denn sie schlagen beinahe ebenso leicht während eines solchen Windstoßes um, wie eine lockere weibliche Tugend nur umschlagen kann. Aber flüchtig sind sie, das muß man gestehen; auch bieten die im geringstmöglichen Raum wohl die größtmögliche Bequemlichkeit sowie Leichtigkeit dar, vom Verdeck herab in die See zu kollern. Ich war einige Male nahe daran – und einmal auch darin; glücklicherweise war gerade Windstille, der Sturm vorüber. – Doch zu unserm *Speedy Tom* zurückzukehren, so konnten sich in seiner Nußschale von Kajüte vier bis fünf Personen so ziemlich behaglich einrichten, und daß sie gerade keine andern Passagiere hatte, schien den jungen Kapitän willfährig gestimmt zu haben, obwohl er sich zu seiner verdächtigen Akquisition eben nicht Glück wünschen mochte. Unterdessen war die Aufnahme auf alle Fälle so ziemlich durch den Paß gerechtfertigt; zwar konnte dieser auch falsch sein, aber das ging nicht ihn, das ging die Hafenpolizei an. Wollte er nach dem Lebenslauf jedes seiner Passagiere inquirieren, konnte er ebensowohl seine Kajüte vernageln. – Dieses mochten allenfalls die Gründe sein, die den jungen Seemann bewogen, obwohl ihm die Heimlichkeit, die Angst des Fremden offenbar nicht gefielen, er auch leicht in eine Kollision mit den Hafenbehörden kommen konnte, für die ihm seine Schiffseigentümer nur wenig danken würden. Doch er war jung, entschlossen, und obwohl seiner Pflicht als Kapitän haarscharf getreu, doch auch wieder Mensch. Der blasse Fremdling schien eine Saite in ihm berührt zu haben, die stark vibrierte. Etwas sprach zu seinen Gunsten; was es war, wußte er nicht, aber sein tiefstes Gemüt fühlte sich von dieser Stimme bewegt.
Ohne sich übrigens den Kopf zu zerbrechen, nahm er sein Frühstück ein, tat noch ab, was abzutun, und kehrte dann zu seinem Schoner zurück.

Wie er die Strickleiter hinauf, auf das Verdeck sich schwang, kam ihm bereits der Fremde entgegen. In die Kajüte eingetreten, führte er ihm eine junge Dame vor, deren blasse Schönheit, verbunden mit dem höchsten Adel in Blick, Wort und Bewegung, wohl den seltsamsten Kontrast gegenüber dem halbzerlumpten jungen Menschen darbot. Die Dame war mit ihren zwei seraphartigen Kindern zwar einfach, aber in sehr feine Stoffe gekleidet. Doch auch hier zeigten sich Widersprüche. Auf einem Koffer lag ein dürftiger Oberrock, den sie soeben abgelegt haben mußte; die zwei Kinder hatten gleichfalls zwei solche ärmliche Hülsen abgelegt. Unser Kapitän schüttelte etwas finster den Kopf; die Grazie der Dame jedoch, der Flötenton, der so zitternd, so duldsam ergeben aus der Brust heraufkam, durch die Perlenzähne, die schönen Lippen – so bittend klang, schien die Wolke, die sich auf der Stirn des jungen Seemannes niedergelassen, wieder zu verscheuchen.
Er lud sie artig ein, sich in der Kajüte zu Hause zu machen, und bestieg dann die Treppe zum Verdeck. Wenige Minuten darauf verriet das Heave-ho-yeo der Matrosen, daß der Anker aufgezogen, und darauf das stärkere Schwanken, daß dieser empor und der Schoner in Bewegung sei.
Die Sonne war aus dem Ozean heraufgestiegen, aus dem zerstiebenden Nebelschleier traten im Hintergrund die Häusermassen von Havanna, im Vordergrund die zahllosen Schiffe und rechts der düstere Koloß des Molo hervor, dessen drohenden Kanonenluken sich der Schoner nun mehr und mehr näherte. In atemloser Spannung, die starren Blicke auf das Fort gerichtet, standen die beiden Eheleute an der Kajütentreppe, mit der einen Hand das Seil der Treppe, mit dern andern sich umschlungen haltend.
Auf den Nordwest war, wie gewöhnlich, eine kurze Windstille mit leichten Windstößen aus Südwest eingetreten, die die Ausfahrt des Schoners bisher begünstigt. Er stand jetzt dem Fort gegenüber.
Starr und atemlos, Totenblässe auf den Gesichtern, hielten sich noch immer die beiden Eheleute, in sprachloser Angst den Molo anstarrend. Es war da keine Bewegung zu verspüren. Die Wachen gingen ihren Automatenschritt auf und ab. Alles schien wie ausgestorben.
Aber jetzt öffnete sich auf einmal ein Pförtchen zunächst dem Damme, ein Offizier trat eilig heraus, sechs Soldaten mit blitzenden Gewehren folgten. Vier Männer, die in einem Boot am Fuß der Dammtreppe lagen, sprangen auf – die Soldaten ein; zugleich wurde dem Schoner ein Signal, zu halten, gegeben. Das Boot flog wie von Fittichen getragen auf diesen zu.
»Jesus Maria y Jose!« stöhnte die Dame, »Madre de Dio!« der Mann.
Auf einen Wink des Kapitäns fiel das große Segel. Ruhig, unbewegt schaute er dem heraneilenden Boote entgegen, aus dem eine Minute darauf der Offizier samt den Soldaten an Bord stieg.

Der Offizier war jung, aber seine Miene charakteristisch spanisch, ernst und streng. Mit kurzen Worten befahl er dem Kapitän, seine Schiffspapiere vorzuweisen, seine Mannschaft sowie Passagiere vorzuführen.
Ehe der Kapitän ging, die ersten zu holen, befahl er seinem Leutnant, die andern vorzurufen. Zurückgekehrt überreichte er, ohne ein Wort zu sagen, dem Offizier die Papiere.
Dieser überflog sie, musterte einen der Matrosen nach dem andern, schaute dann erwartend in der Richtung hin, wo die Passagiere herkommen mußten. – Sie kamen, der junge Mensch ein Kind im Arm, die Frau das andere.
Ob er wisse, donnerte der Offizier plötzlich den Kapitän an, daß er einen Staatsverbrecher an Bord seines Schoners habe? Wie er sich so etwas unterfangen könne?
»Jesus Maria y Jose!« stöhnte abermals die Frau, und dann sank sie ohnmächtig zusammen.
Eine tiefe Stille, die nur durch das Geschrei der Kinder unterbrochen wurde, trat ein. Soldaten und Matrosen schlugen erschüttert die Augen zu Boden. – Der Offizier war vorgesprungen, um dem jungen Staatsverbrecher beizustehen, der, das eine Kind in seinem Arm, nur mit Mühe die sinkende Frau mit dem andern aufzufangen und zu halten imstande war. Nicht ohne Delikatesse nahm er ihm die Kinder ab, es so dem Manne möglich machend, die Frau auf das Verdeck niederzulassen.
»Ich bedauere, Señor, aber Sie müssen zurück.«
Die Worte waren in einem bewegten, ja ehrfurchtsvollen, aber bestimmten Ton gesprochen, der junge Mensch jedoch hörte sie nicht – wie ein Geistesabwesender kniete er neben der Frau, ihr die Schläfe reibend.
Der Kapitän nahm unterdessen ein Stück Kautabak, schnitt davon ein Stück ab, steckte ihn in den Mund, und ebenso mechanisch den Paß entfaltend, hielt er ihn dem Offizier hin, der aber unwillig den unempfindlichen Amerikaner zurückwinkte, selbst empört, wie es schien. Es war aber auch etwas Empörendes in dieser Gefühllosigkeit eines jungen, kaum fünfundzwanzigjährigen Mannes! Freilich war er Kapitän im Dienst eines Handelshauses, dem alles daran gelegen sein mußte, den Verdacht abzuwälzen, als stehe er im Einverständnis mit dem Flüchtling; der Schoner lag keine fünfhundert Fuß von dem Fort, ein bloßer Wink des Offiziers, und er mußte zurück, um vielleicht einer scharfen Untersuchung, einer schweren Strafe zu verfallen. Aber diese eisige Ruhe bei einer so erschütternden Szene, sie verriet doch ein gar zu fühlloses Herz, die impassablen Züge ein für jedes edlere Gefühl erstorbenes Gemüt! – Nicht doch! wir täuschen uns. So haarscharf sich die gewöhnliche Seele in ihrem äußeren Spiegel, dem Gesichte, abzeichnet, die kräftige, starke hat der Rinden, die den edlen Kern bedecken, viele und rauhe! – Ein leichtes,

wie konvulsivisches Zucken begann jetzt in dem eisernen Gesicht des Kapitäns zu spielen, das keiner bemerkte, als sein Leutnant, der an ihn herantrat und dem er einige Worte in die Ohren wisperte. Dann ging er abermals auf den Offizier und und lud ihn ein, einige Erfrischungen in der Kajüte zu nehmen.

Es ist dies, wie ihr wisset, die gewöhnliche Courtoisie, die Kapitäne visitierenden Hafenoffizieren stets erweisen, und die auch der Spanier annahm. In der Kajüte schien unser Kapitän mit einem Mal ein ganz veränderter Mann geworden zu sein. Mit einer Zuvorkommenheit, die niemand bei ihm gesucht hätte und die auch gewiß niemand so glücklich affichieren kann wie der Yankee, wenn es ihm darum zu tun ist, einem guten Freunde Sawder, wie er zu sagen pflegt, in die Augen zu streuen, war er auf einmal die Beweglichkeit, die Bonhomie selbst geworden. – Während der Steward den Tisch mit Boston Crackers, Mandeln und Oliven besetzte, entkorkte er eine Madeirabouteille und war dabei zugleich so sehr beflissen, dem Offizier seine Unschuld an dem ganzen Vorfall darzustellen, daß dieser, der den Madeira versucht, ihn tröstend versicherte, der Paß sei zwar falsch – für einen andern ausgestellt, aber er solle sich beruhigen, der Madeira sei echt, der Staatsgefangene aber ein Mann von größter Wichtigkeit, den noch erwischt zu haben, er sich Glück wünschen dürfe.

Die Spanier lieben ein Glas Madeira, besonders wenn reinölige Oliven die Grundlage bilden. Der Offizier schien sich ganz behaglich in der Kajüte zu fühlen. Unterdessen befahl er doch, das Gepäck des Staatsgefangenen, und zwar unverzüglich, in das Boot zu bringen.

Der Kapitän, nachdem er artig um Vergebung gebeten, ihn allein lassen zu müssen, eilte, dem Befehl Folge zu leisten.

Während er die Kajütentreppe hinaufstieg, schwankte ihm der unglückliche Staatsgefangene entgegen. – Seine Gesichtsfarbe war blau geworden, wie die eines Gehenkten, die Züge ins Gräßliche verzerrt; das eine Kind hielt sich an seinen rechten Schenkel geklammert, die Frau, mehr tot als lebendig, hing an seinem Nacken; die Dienerin, eine junge Indianerin, trug das zweite, noch säugende Kind. – Unser Kapitän mochte bereits solcher Szenen mehrere in seinem bewegten Seeleben gesehen haben, aber diese hatte doch etwas Eigentümliches, Erschütterndes. Der stille Adel der Frau, die verzweifelnde Zerrissenheit des Mannes führten eine eigene Sprache, die wohl die stärksten Nerven erschüttern konnte. Wie er jetzt heranschwankte, loderte ein so gräßliches Feuer in seinen Augen, die Gesichtsmuskeln, die Lippen zuckten so konvulsivisch, die Zähne klapperten ihm, als wäre er vom Fieberfrost befallen; dazu haschte und tappte er wie wahnsinnig unter seinen Rockärmel nach dem Griff eines Dolches!

Die Frau schien nicht mehr den Lebenden anzugehören, aber selbst in ihrer erstarrten Bewußtlosigkeit war sie unsäglich reizend!
Der Kapitän erfaßte die Hand des Unglücklichen und versuchte ihn zu trösten.
»Hättet Ihr mir doch nur einen Tag früher Eure Lage entdeckt, ich würde für Hilfe gesorgt haben; denn Tyrannei ist mir, sowie jedem Amerikaner, unter allen Umständen verhaßt; aber hier ist Hilfe beinahe unmöglich, die Order des Offiziers bestimmt; die Kanonen des Forts können uns in wenigen Sekunden in Grund bohren. Ich bedaure Euch, aber Hilfe, wie gesagt...«
Der Unglückliche ließ ihn nicht ausreden. Er faßte seine Hand, preßte sie wie ein Ertrinkender, stöhnte, versuchte zu reden, vermochte es aber nicht. Endlich brachte er schluchzend und gebrochen heraus: »Hört, Kapitän, ich bin geborener Kolumbier, Offizier in der Patriotenarmee, wurde kriegsgefangen in der unglücklichen Schlacht von Cachiri, von da mit meinen Unglücksgefährten nach Havanna abgeführt. Meiner Frau und Kindern wurde erlaubt, mir zu folgen, um – eine der ersten Familien Kolumbiens ganz in der Gewalt zu haben. Vier Monate lag ich in einem der entsetzlichsten Kerker, Seekrebse und Ratten und giftiges Ungeziefer aller Art waren meine einzigen Gesellschafter. Bloß meiner starken Konstitution verdanke ich es, daß ich noch lebe. Von siebenhundert meiner Unglücksgefährten sind alle, bis auf einige wenige, Opfer der spanischen Grausamkeit geworden. Ein vollständiges Gerippe, holte man mich vor vierzehn Tagen aus meinem Kerker hervor, quartierte mich in die Stadt ein, um mich wieder zu einigen Kräften zu bringen und dann – abermals lebendig einzumauern. Bereits ist der Befehl gegeben, mich in die vorige grausame Haft zurückzubringen. Daß ich in dieser keine acht Tage mehr aushalten kann, davon bin ich so gewiß, als daß ein Gott im Himmel ist. – Ein Freund, der ungeachtet der großen Gefahr sich unserer Lage erbarmte, hat uns einen Paß und Geld verschafft, mich an Euch angewiesen. Der Paß gehörte einem am gelben Fieber verstorbenen Spanier; mit ihm und durch Euch hoffte ich Rettung. In Euch beruht meine, meiner armen Frau, meiner Kinder einzige Hoffnung, Leben oder Tod! – Gebt Ihr mich auf, so ist mir dieser gewiß, aber ich schwöre es Euch: ehe ich mich zurückbringen und abermals einmauern lasse zu Leiden, deren Gräßlichkeit ich nicht beschreiben kann, bin ich fest entschlossen zu sterben. Nein, nun und nimmermehr lasse ich mich zurückliefern in die Hand des entsetzlichen Spaniers. – Armes Weib, arme Kinder, armes Vaterland!«
Der Kapitän, ohne eine Miene zu verziehen, stand, an seinem Kautabak schneidend, fuhr dann mit der Hand über die Stirn und trat rasch auf das Verdeck. Den Matrosen befahl er, die Koffer und Portmanteaus der Familie auf das Verdeck, aber nicht in das Boot zu bringen; dann prüfte er Himmel und

Wetter und wisperte angelegentlich mit dem Leutnant. – Noch raunte er dem Steward zu, den Soldaten und Bootsleuten ein paar Bouteillen Rum zu reichen, und stieg dann die Kajütentreppe hinab. Wie er diese betrat, murmelte er, ohne den Patrioten anzusehen, die Worte: »Vertraut auf ihn, der dann hilft, wenn die Not am größten ist!«

Kaum hatte er diese Worte gemurmelt, als der Spanier aus der Kajüte heraussprang und, wie er den Staatsgefangenen erblickte, diesem finster zurief, sogleich ins Boot hinabzusteigen. Aber der Kapitän trat vor und bat, doch zu erlauben, daß sein unglücklicher Passagier noch ein Glas – einen Valet-Trunk nähme. Er sei Soldat, und er als Kapitän auch ein halber, und er sei überzeugt, daß der tapfere und großmütige Spanier, und jeder Spanier sei tapfer und großmütig, ihn nicht zwingen werde, einen Unglücklichen ungastlich von seinem Verdeck zu lassen.

Der junge Offizier war kein harter Mann, er nickte beifällig, trat selbst zur Treppe, und die Hand bietend, geleitete er den Kolumbier diese herab in die Kajüte.

Die beiden nahmen am kleinen Kajütentisch Platz. Der Kapitän brachte eine frische Bouteille, und zwar Xeres, der denn so vortrefflich war, daß des Spaniers Augen beim ersten Glase bereits funkelten. Die Unterhaltung wurde trotz der tödlichen Spannung des Kolumbiers immer lebhafter. Der Kapitän sprach das Spanische geläufig und überließ sich einer Suada, die niemand in dem trockenen, düsteren jungen Manne gesucht hätte. So verging eine viertel, vielleicht eine halbe Stunde.

Auf einmal erhielt der Schoner einen Stoß, der die Gläser zum Schwanken und Fallen brachte.

Der Spanier sprang zornig auf.

»Kapitän, der Schoner segelt!«

»Ganz natürlich!« versetzte ruhig der Kapitän; »Ihr werdet doch nicht erwarten, Herr, daß wir bei der herrlichsten Brise, die je einem Schoner blies, ruhig liegenbleiben werden?«

Ohne ein Wort zu erwidern, sprang der Offizier der Kajütentür zu, die Treppe hinauf, warf einen Blick auf den Molo.

Das Fort lag gute zwei Meilen im Rücken.

Der Spanier wurde wütend.

»Soldaten!« schrie er, »sogleich ergreift den Staatsgefangenen und Kapitän. Verrat ist hier im Spiele. Ihr, Steuermann, wendet um!«

Und Verrat war wirklich im Spiele; denn so verräterisch waren die Segel angezogen worden, daß weder die ruhig forttrinkenden Soldaten noch Bootsleute es gemerkt hatten. – Erst die Ankunft des Offiziers hatte sie aufmerksam gemacht.

Der Kapitän blieb jedoch ganz ruhig.
»Verrat!« versetzte er ernst; »Gott sei dank, wir sind Amerikaner und haben also nichts zu verraten, keine Treue zu brechen; was aber diesen Staatsgefangenen betrifft, so bleibt er hier.«
»Hier?« schnaubte der Spanier. »Wir wollen Euch zeigen, Ihr verräterischer...«
»Hier!« versetzte ruhig der Kapitän. »Gebt Euch keine unnötige Mühe, Señor! Die Musketen Eurer Soldaten sind, wie Ihr seht, in unseren Händen, meine sechs Matrosen mit Fängern und Pistolen wohl versehen. Wir acht nehmen es sehr gut mit euch zehn auf. Bei der ersten Bewegung schießen wir euch nieder.«
Der Offizier ward sprachlos, wie er jetzt um sich schaute. – Die Musketen seiner Soldaten lagen in einem Haufen, von zwei bewaffneten Matrosen bewacht.
»Ihr würdet es wagen?« schrie er. – Der Zorn ließ ihn nicht ausreden.
»Ich würde ohne weiteres, hoffe aber, Ihr werdet mich nicht dazu zwingen; auch ist es ganz und gar nicht vonnöten. Ihr bleibt noch für wenige Stunden mein Gast, und dann fahrt Ihr in Eurem tüchtigen Boot zurück und habt gegen einen vielleicht monatigen Arrest das Bewußtsein, einen edlen Feind vor Tod und Verzweiflung gerettet zu haben.«
Alles das war ruhig, ernst, aber zugleich auch so scharf und bestimmt gesprochen, daß es den Spanier zucken machte.
»Maestro! Maestro!« sprach er, »ich hoffe, Ihr treibt Scherz!«
»Sind keine scherzhaften Leute, wir Amerikaner!« versetzte gelassen der Kapitän.
»Wißt Ihr, daß Ihr Euch eines todeswürdigen Verbrechens schuldig macht?« schrie wieder der Spanier.
»Wäre ich ein Spanier, ja, als Amerikaner nein«, versetzte wieder ruhig der Kapitän, den Finger mit einem eigentümlich launigen Rucke in einen Kübel Seewassers tunkend, den der Steward soeben an der Schiffswand heraufgezogen.
»Wir sind auf der See, auf amerikanischer See, und Ihr wisset wohl, daß wir Amerikaner auch auf dieser die Herren und zu stolz sind, uns von irgendeiner Nation, welche immer sie sei, Gesetze vorschreiben zu lassen. Nehmt Verstand an und seid menschlich!« fügte er freundlicher hinzu. »Dieser Patriot da hat nichts verbrochen, im Gegenteil seine Schuldigkeit getan – getan, was unsere Washingtons, Putnams, Greenes und Tausende unserer Revolutionshelden auch taten, für sein Vaterland, die Freiheit gefochten; und Ihr, statt ihn, den unglücklichen Gefangenen, menschlich zu behandeln, habt ihn zur Leiche gemartert! Seht ihn Euch an und sagt, ob ich nicht härter als Stein sein

müßte, wollte ich ihn abermals Euren Klauen überliefern. Er soll nicht zurück!«

Der Offizier knirschte mit den Zähnen, gab aber die Hoffnung offenbar noch nicht auf. Zwar war an Widerstand nicht zu denken, die Musketen seiner Leute waren in der Gewalt der Amerikaner, die, Pistolen in den Händen und Fänger in den Zähnen, davor standen. Die Soldaten selbst schien der Rum nichts weniger als zum Fechten begeistert zu haben; die Bootsleute waren Neger und also von Hause aus kampfunfähig; aber mehrere Regierungs- oder Revenuekutter waren in nicht sehr großer Entfernung zu sehen. Gelang es ihm, auch nur einem derselben ein Zeichen zu geben, so mußte der Schoner angehalten, aufgebracht werden. Er sah ängstlich in der Richtung hin, in der soeben eine bewaffnete Sloop dem Hafen zuschwankte.

Der Kapitän schien seine Gedanken zu erraten.

»Señor! Wie gesagt, Ihr müßt uns schon die Ehre antun, noch ein leichtes Gabelfrühstück mit uns zu nehmen. Das Mittagsmahl dürftet Ihr noch zur See zubringen, aber zum Souper mögt Ihr wieder zu Hause sein.«

Und mit diesen Worten reichte er ihm artig die Hand, die der Spanier, gute Miene zum bösen Spiel machend, wohl annehmen mußte, denn die Züge des Amerikaners hatten nun einen Ernst angenommen, der verriet, daß er in der Tat nichts weniger als scherzhaft aufgelegt sei. Die beiden Gatten aber stießen einen unartikulierten Schrei aus, und dann sanken sie einander in die Arme. Zu reden, zu danken vermochten sie nicht, das Herz war ihnen zu voll. Schluchzend hingen sie einander am Halse, sich so krampfhaft umschlingend, als wollten sie sich nimmermehr trennen lassen, dann lachten sie wieder wie wahnsinnig auf, murmelten wieder, stierten auf das gräßliche Havanna, den entsetzlichen Molo zurück!

Allmählich traten die endlosen Massen der Hafenstadt, das verworrene Chaos der Segel, Taue und Schiffe, der Molo selbst in den Hintergrund, ein glänzend lichter Streifen begann zwischen ihnen und der Stadt sich aufzurollen, anfangs nicht größer als ein lichtblaues Silberband, rasch jedoch in die Länge und Breite wachsend; Gatte und Gattin verfolgten in namenlosem Entzücken sein schnelles Wachstum. Wie ihr trunken verklärter Blick an dem zum Seespiegel gewordenen Streifen hing, schien es ihnen, als wüchse er vom Himmel herab, als sende ihn dieser, begünstige ihre Rettung! Er begünstigte sie auch sichtbar. Immer mehr schwanden Stadt und Hafen, bereits waren die Masten der Schiffe nicht mehr sichtbar, nur die Wimpel flatterten noch wie Seevögel am entfernten Horizont. Der Schoner flog vor der stärker werdenden südwestlichen Brise seine zehn Knoten dahin.

Oh, diese Empfindungen, diese Gefühle! Im Rausche empfanden sie keines der irdischen Bedürfnisse, nicht Hunger, nicht Durst. Erst als die Stimme des

Spaniers sich auf der Kajütentreppe hören ließ, kamen sie wieder zu sich. Das Gabelfrühstück mochte ihm wohl sehr gut gemundet haben, denn er war ungemein redselig geworden. Noch auf der Treppe versicherte er lachend dem Kapitän, daß ihn der Ausflug freue, und das Vergnügen, die Bekanntschaft eines Yankee-Amerikaners gemacht zu haben, ihm teuer bleiben werde, da er sie leicht mit ein paar Monaten Arrest im Staatsgefängnis, vielleicht noch schwerer büßen dürfte; dafür hoffe er jedoch, falls er einst im wechselnden Kriegsglück in eine ähnliche Lage geraten solle, auch einen Yankee zu finden, ihm aus der Klemme zu helfen.
Frank und offen entgegnete ihm wieder der Kapitän. Wer ihn jetzt sah, diesen Kapitän, würde ihn nicht mehr erkannt haben. Die finster impassablen, ja feindseligen Züge waren heiter geworden, hatten eine zuversichtlich klare Fassung angenommen, das Bewußtsein, die Welt mit einer edlen Tat bereichert zu haben, hatte ihn offenbar in seinen eigenen Augen gehoben. Wie er jetzt Arm in Arm mit dem Spanier auf das Verdeck herauftrat, erschien er dem Ehepaar mehr denn schön, ein Held, ein Gott! Der Schoner war gute zwanzig Meilen von Havanna, der Molo kaum mehr zu sehen. Es war Zeit zu scheiden, denn eingeholt zu werden durfte er nicht mehr befürchten; längeres Zurückhalten aber konnte dem Offizier und seinen Leuten gefahrbringend werden. Er eilte, ihn und die Soldaten ins Boot zu schaffen.
Ehe dieser den Schoner verließ, umarmte er nochmals den Kapitän. Eine Minute darauf flog das Boot dem Hafen zu. Der Schoner aber eilte auf den Fittichen der Windsbraut der Heimat zu, in der er nach elf Tagen anlangte. Die Gatten stiegen im Hause des Kapitäns ab, dessen liebliche junge Gattin – er war seit sieben Jahren verheiratet – sie wie alte Freunde aufnahm. Estoval – so hieß der Kolumbier nach seinem Paß – und seine Gattin nahmen die Einladung ihres Retters und Beschützers um so lieber an, als ihr Auftreten unter eigenem Namen für sie mit einiger Gefahr, für den Kapitän aber mit Unannehmlichkeiten verbunden sein konnte. Philadelphia, eine von ruhigen, ehrsamen Quäkern, Gelehrten und Handelsleuten bewohnte, kreuzbrave, aber etwas engherzige, spießbürgerliche Stadt, von jeher Revolten und Revolutionen abhold, war begreiflicherweise auch auf die Patrioten nie sehr gut zu sprechen gewesen; denn sie hatte durch die häufigen Wechsel des Kriegsglücks bedeutende Einbußen, und zwar gerade durch sie, erlitten. Nun sie auf allen Seiten unterlagen, kam auch die Verachtung hinzu, nicht zu erwähnen, daß die spanische Ambassade in der aristokratischen Clique der Stadt einen sehr starken Anhang hatte, der allerdings gefährlich werden konnte. Die Flüchtlinge hielten es daher geraten, sich um so mehr still und inkognito zu verhalten, als auch ihre Geldressourcen sehr beschränkt waren, der volle Beutel aufgespart werden mußte, um die Heimkehr möglich zu machen.

Diese erfolgte drei Monate darauf, wo ein Freund des Kapitäns es übernahm, die Familie nach Marguerite zu bringen, damals dem Vereinigungspunkt der Patrioten, von wo aus sie bekanntlich unter Bolivar abermals ihre Operationen gegen die Spanier, und zwar mit glücklicherem Erfolg, begannen. Erst auf der Heimreise fiel es den beiden Gatten bei, daß sie ja von ihrem Retter nicht einmal nach ihrem eigentlichen Namen befragt worden waren. In der Tat hatte dieser nie gefragt, und da sie sich immer nur bei ihrem Taufnamen genannt hatten, so waren sie wirklich inkognito geschieden. Dem Kapitän hatte unterdessen die gute Saat keine guten Früchte gebracht. Ja, wäre der Gerettete ein sogenannter Loyaler, gleichviel ob Brite, Franzose oder Spanier gewesen, die guten Philadelphier würden in Ekstase ausgebrochen sein über die edle, entschlossene, ritterliche Tat; aber einen Rebellen, einen Patrioten dem Gesetze, der wohlverdienten Strafe zu entziehen und zugleich Schiff, Kargo und, was mehr, die Respektabilität des Hauses, wie man es nannte, so bloßzugeben, das konnte nicht verziehen werden, verdiente Ahndung. Die Firma war zum Teil quäkerisch, und quäkerisch ahndete sie auch. Zwar unternahm sie nichts öffentlich, aber sie sorgte um so mehr dafür, es nachzutragen, da auch die Consignees in Havanna einige Unannehmlichkeiten von der Geschichte hatten. Der Kapitän wurde mit einem sehr zweideutigen Wohlverhaltenszeugnis entlassen und so ein Schatten auf seinen Charakter geworden, der ihm wohl für immer geblieben sein dürfte, wenn ihn nicht, wie gesagt, der Wechsel des Kriegsglücks wieder begünstig hätte. Aber doch hatte er lange zu kämpfen, ehe er den üblen Eindruck verwischte.

FLUCHT VON BORD

Der Amerikaner Herman Melville, der später einen der weltberühmtesten Seeromane schrieb, die Geschichte von Moby Dick, dem weißen Wal, war als junger Mann zur See gegangen. Während seiner ersten Reise 1841 benutzte er den Aufenthalt auf einer Südseeinsel, um mit einem Kameraden von Bord zu fliehen. In dem Roman »Taipi« hat er darüber berichtet.

Früh am nächsten Morgen trat die Steuerbordwache auf dem Quarterdeck an, und unser würdiger Kapitän, der auf dem Kajütengang stand, hielt ihr die folgende Rede:

»Also Leute, da wir gerade eine Fahrt von sechs Monaten hinter uns haben und der größte Teil unserer Arbeit im Hafen erledigt ist, werdet ihr wohl an Land gehen wollen. Nun, ich habe die Absicht, eurer Wache heute Urlaub zu geben, und ihr könnt euch, wenn ihr wollt, gleich fertig machen und gehen. Aber wohlverstanden, ich gebe euch nur deshalb Urlaub, weil ich denke, ihr flucht sonst wie die Landsknechte. Doch wenn ihr auf meinen Rat hört, dann bleibt ihr alle Mann hübsch an Bord und lauft nicht den verdammten Kannibalen in den Weg. Zehn zu eins, Männer, wenn ihr an Land geht, geratet ihr in irgendeinen höllischen Spektakel hinein, und das ist dann euer Ende; denn wenn euch diese tätowierten Schurken erst ein Stück in das Tal gelockt haben, schnappen sie euch, das könnt ihr mir glauben. Viele weiße Männer sind hier an Land gegangen und wurden nie wieder gesehen. Da war die alte *Dido,* sie ist vor ungefähr zwei Jahren hier eingelaufen und schickte eine Wache auf Urlaub; eine ganze Woche hat man nichts von den Leuten gehört, die Eingeborenen schworen, sie wüßten nicht, wo sie seien, und nur drei von ihnen sind wieder an Bord gekommen. Dem einen hatten sie das Gesicht für das ganze Leben ruiniert; denn die verfluchten Heiden tätowierten einen breiten Streifen gerade über seinen Bugschmuck. Aber es hat ja keinen Zweck, mit euch zu reden; denn gehen wollt ihr nun einmal, das ist mir klar. So will ich auch nichts weiter sagen, als daß ihr mir nichts vorzuwerfen braucht, wenn euch die Insulaner verspeisen. Immerhin habt ihr einige Aussichten, davonzukommen, wenn ihr euch in der Nähe des französischen Lagers aufhaltet und vor Sonnenuntergang auf dem Schiff zurück seid. Merkt euch das wenigstens, wenn ihr auch sonst alles vergeßt, was ich euch gesagt habe. Also dann geht, helft euch gegenseitig und takelt euch auf, und seid klar, wenn's losgeht. Um zwei Glasen ist das Boot bemannt, das euch überbringt, und Gott sei euch gnädig!«

Die Gefühle, die sich während dieser Rede auf den Gesichtern der Steuerbordwache spiegelten, waren verschiedenartig; aber am Schluß drängten alle nach der Back, und wir waren bald eifrig damit beschäftigt, uns für den freien Tag fertigzumachen, den der Kapitän so verheißungsvoll angekündigt hatte. Dabei wurde seine Ansprache in ziemlich drastischen Ausdrücken kritisiert, und einer von uns nannte ihn den verlogenen alten Balg eines Seekochs, der einem Mann nicht die paar Stunden Freizeit gönnt, fluchte und rief: »Aber mich bringst du nicht um meinen Urlaub, alter Freund, mit all deinem Garn; denn ich würde an Land gehen, selbst wenn jeder Kiesel am Strand eine brennende Kohle wäre und jeder Stock ein Bratspieß und die Kannibalen nur darauf warteten, mich bei der Landung zu schmoren.«

Das war allen aus der Seele gesprochen, und wir beschlossen, den Tag großartig zu begehen trotz dem Geunke des Kapitäns.

Aber Toby und ich spielten unser eigenes Spiel, und wir machten uns die Verwirrung zunutze, die stets vor dem Landgang bei der Mannschaft herrscht, um uns zu beraten und unsere Vorbereitungen zu beenden. Da es unser Ziel war, so schnell wie möglich ins Gebirge zu entkommen, wollten wir uns nicht mit überflüssiger Ausrüstung belasten, und während sich die anderen auftakelten, um Eindruck zu machen, begnügten wir uns damit, neue feste Segeltuchhosen und strapazierfähige Schuhe anzuziehen; schwere Havrejacken und Paitahüte vervollständigten unsere Ausrüstung.

Als sich unsere Kameraden darüber wunderten, rief Toby in seiner komisch ernsten Art, die anderen könnten ja tun, was sie wollten, er jedenfalls würde seinen Staat für das spanische Festland aufbewahren, wo es vielleicht auf den Knoten eines Seemannshalstuches ankäme, aber für einen Haufen unbehoster Heiden ginge er nicht bis auf den Boden seiner Kiste und wäre schon halb und halb entschlossen, selbst im Adamskostüm zu erscheinen. Die Männer lachten; denn sie glaubten, das sei einer seiner närrischen Einfälle, und so erregten wir keinen Argwohn.

Es mag merkwürdig erscheinen, daß wir vor unseren eigenen Schiffskameraden so auf der Hut waren; aber es waren ein paar Kerle darunter, die in der Hoffnung auf eine lumpige Belohnung sofort zum Kapitän gelaufen wären, wenn sie auch nur die geringste Ahnung von unserem Plan gehabt hätten.

Sobald es zwei Glasen geschlagen hatte, kam der Befehl, die Urlauber sollten ins Boot gehen. Ich blieb einen Moment in der Back zurück, um einen letzten Blick auf die vertrauten Dinge zu werfen, und gerade als ich an Deck steigen wollte, sah ich zufällig das Brotschiff und die Fleischschüssel mit den Resten unserer hastigen Mahlzeit. Wenn ich auch bis dahin nie daran gedacht hatte, mich für unser Unternehmen irgendwie mit Mundvorrat zu versehen, da ich mich völlig darauf verließ, daß wir überall von den Früchten der Insel leben könnten, folgte ich der Eingebung des Augenblicks und sorgte für ein Frühstück aus den Überbleibseln vor mir. Ich nahm zwei Hände voll von den kleinen, zerbröckelten, steinharten Zwiebackstücken, die allgemein nur »Seekadettennüsse« heißen, und steckte sie in die Brusttasche meines Rokkes; in demselben geräumigen Behältnis hatte ich vorher schon mehrere Pfund Tabak und ein paar Ellen Kattun verstaut – Dinge, mit denen ich das Wohlwollen der Eingeborenen erkaufen wollte, sobald wir uns nach dem Verschwinden des Schiffes unter sie begeben würden.

Der letzte Zuwachs zu meinem Vorrat verursachte vorn einen beachtlichen Auswuchs, den ich dadurch einigermaßen ausglich, daß ich die Brotstückchen schüttelte, bis sie sich um die Hüften verteilten, und die Tabakprieme in die Falten meiner Jacke steckte.

Kaum war ich damit zu Rande gekommen, als ein Dutzend Stimmen meinen Namen aussangen. Ich stürzte an Deck, wo sich die ganze Gesellschaft schon im Boot befand und ungeduldig darauf wartete, loszufahren. Ich sprang über die Reling und setzte mich zu meiner Wache auf die Achtersitze, während die armen Backbordleute die Riemen klarmachten und begannen, uns an Land zu pullen.

Auf den Inseln war gerade Regenzeit, und der Himmel hatte fast den ganzen Morgen mit einem der heftigen Schauer gedroht, wie sie in dieser Periode häufig sind. Kaum daß wir das Schiff verlassen hatten, fielen große Tropfen, Blasen werfend, ins Wasser, und nach der Landung goß es in Strömen. Wir suchten Zuflucht in einem riesigen Kanuhaus in der Nähe des Ufers und warteten darauf, daß sich die erste Wut des Unwetters legte.

Es ließ aber nicht nach, und das eintönige Klatschen des Regens über uns wirkte allmählich einschläfernd auf die Männer. Sie schwatzten noch eine Weile, dann warfen sie sich in die großen Kriegskanus, und bald war keiner mehr wach.

Das war die Gelegenheit, auf die wir gewartet hatten, und Toby und ich zögerten nun nicht länger. Wir stahlen uns aus dem Kanuhaus fort und tauchten in einem ausgedehnten Hain unter, der dahinter lag. Als wir zehn Minuten rasch gegangen waren, gelangten wir an eine Lichtung. Von dort konnten wir gerade noch den Kamm sehen, den wir besteigen wollten; verschwommen erhob er sich durch die Nebel des Tropenregens – etwas weiter als eine Meile

von uns aus, so schätzten wir. Der gerade Weg dahin führte durch einen ziemlich bevölkerten Teil der Insel; aber da wir den Eingeborenen nicht begegnen und auf unserem Fluchtweg ins Gebirge vor jeder Behinderung sicher sein wollten, entschlossen wir uns, ihre Nähe ganz zu meiden und einen Umweg durch ein großes Dickicht zu machen.

Der starke Regen, der immer noch ununterbrochen niederging, begünstigte unser Unternehmen, da er die Insulaner in ihre Häuser trieb und wir so nicht zufällig auf sie stoßen konnten. Unsere schweren Röcke waren bald völlig durchnäßt; ihr Gewicht und das der Gegenstände, die wir darin verborgen hatten, war uns auf unserem Marsch sehr lästig. Aber wir hatten keine Zeit zu verlieren, da wir jeden Augenblick von einem Haufen Wilder überrascht und gezwungen werden konnten, unser Vorhaben gleich zu Beginn aufzugeben.

Seit wir das Kanuhaus verlassen hatten, war noch kaum eine Silbe zwischen uns gewechselt worden. Aber als wir an eine zweite kleine Lichtung im Walde kamen und wieder den Kamm vor uns erblickten, faßte ich Toby am Arm, zeigte nach der abfallenden Linie am Rand der stattlichen Höhen und sagte leise: »Kein Wort, Toby, und keinen Blick zurück, bis wir auf dem Gipfel jenes Berges stehen – also nicht länger gezögert, wir wollen vorwärtskommen, solange es geht, und in ein paar Stunden können wir vielleicht laut lachen. Du bist am leichtesten und flinksten, also führe, und ich folge dir.«

»Gut, Bruder«, sprach Toby, »jetzt heißt es schnell sein, aber wir wollen dicht beieinander bleiben; darauf kommt's an«, und als er das gesagt hatte, setzte er wie ein junges Reh mit einem Sprung über einen Bach und lief mit raschen Schritten vorwärts.

Als wir nicht mehr weit von dem Kamm entfernt waren, versperrte uns eine Menge hohes gelbes Rohr den Weg. Es stand so dicht wie nur möglich, und fester und widerspenstiger hätten selbst Stahlstäbe nicht sein können. Zu unserem Kummer mußten wir feststellen, daß es sich bis zur halben Höhe des Hügels erstreckte, den wir besteigen wollten.

Einen Augenblick lang schauten wir uns nach einem gangbaren Weg um; es zeigte sich jedoch gleich, daß uns nichts weiter übrigblieb, als dieses Röhricht unter allen Umständen zu durchdringen. Wir änderten daher unsere Marschordnung, ich als der schwerere übernahm die Führung, um einen Pfad durch das Hindernis zu bahnen, während Toby die Nachhut bildete.

Zwei- oder dreimal versuchte ich, mich zwischen die Rohre zu schieben und ein Stück vorwärtszukommen, indem ich ihnen gut zuredete und sie zurückbog; aber genau so gut hätte ein Frosch versuchen können, sich zwischen den Zinken eines Kammes hindurchzuzwängen; und verzweifelt gab ich es auf. Halb rasend über das Hindernis, das so unvorhergesehen kam, warf ich mich mit voller Wucht dagegen und drückte so die Rohre, die das Gewicht meines

Körpers traf, zu Boden; dann stand ich auf und wiederholte das Verfahren. Die Wirkung war die gleiche. Als ich mich zwanzig Minuten derart heftig angestrengt hatte, war ich fast erschöpft; aber wir waren ein Stück in das Dikkicht eingedrungen. Dann erbot sich Toby, der aus meiner Plackerei Nutzen gezogen hatte und mir dicht auf den Fersen gefolgt war, den Pionier zu machen, und übernahm die Führung, um mich etwas verschnaufen zu lassen. Da er aber mit seinem leichten Gewicht nur schlechte Arbeit leistete, mußte ich bald wieder an meinen alten Platz.

Wir schufteten weiter, der Schweiß floß in Strömen, und unsere Glieder waren von den Splittern des zerbrochenen Rohrs zerschunden und zerkratzt. Als wir ungefähr bis zur Mitte des Dickichts vorgedrungen waren, hörte es plötzlich auf zu regnen, und die Luft um uns wurde unbeschreiblich schwül und drückend. Das Rohr war so elastisch, daß es, wenn der Druck unserer Körper verschwunden war, rasch wieder in die ursprüngliche Stellung zurücksprang und uns umgab und auch das bißchen Luftzug aussperrte, das uns sonst hätte erreichen können. Außerdem war es so hoch, daß wir nichts sehen konnten und nicht mit Sicherheit wußten, ob wir nicht die ganze Zeit in der falschen Richtung gegangen waren.

Erschöpft von der langen Anstrengung, rang ich nach Atem; ich fühlte mich völlig außerstande, noch mehr zu leisten. Ich rollte den Ärmel meiner Jacke hoch und drückte das Regenwasser, das er aufgesaugt hatte, in den ausgetrockneten Mund. Aber die paar Tropfen, die ich herauspreßte, erfrischten mich kaum. Ich sank für einen Augenblick in störrischer Teilnahmslosigkeit zu Boden. Toby riß mich wieder hoch. Er hatte einen Plan ersonnen, um uns aus dem Netz, in das wir geraten waren, zu befreien.

Er schlug munter mit seinem Messer um sich, haute das Rohr zur Rechten und zur Linken wie ein Mäher und schuf bald eine richtige Lichtung um uns herum. Der Anblick belebte mich, ich griff nach meinem eigenen Messer und hackte und hieb ohne Erbarmen drauflos. Aber ach! Je weiter wir vorankamen, desto dichter und höher und offenbar auch grenzenloser wurde das Röhricht.

Ich dachte schon, wir säßen in der Falle und könnten ohne ein Paar Flügel nicht entkommen; da sah ich plötzlich rechts vor mir durch das Rohr einen Lichtschimmer. Ich teilte Toby die frohe Botschaft mit, und nun stürzten wir uns beide mit frischem Mut in die Arbeit, bahnten uns rasch einen Weg dorthin und waren aus allen Schwierigkeiten heraus und ganz in der Nähe des Bergkammes.

Als wir uns ein paar Minuten ausgeruht hatten, begannen wir den Aufstieg und kletterten sehr lebhaft, so daß wir uns in kurzer Zeit fast am Gipfel befanden. Statt jedoch den Kamm entlang zu wandern, wo uns die Eingebore-

nen von den Tälern aus gut sehen und leicht abfangen konnten, wenn sie das wollten, krochen wir auf Händen und Füßen behutsam auf der einen Seite des Hanges vorwärts und wanden uns wie Schlangen durch das Gras, das uns vor dem Beobachtetwerden schützte. Als wir uns eine Stunde lang auf diese unerfreuliche Weise fortbewegt hatten, sprangen wir wieder hoch und setzten unseren Weg mutig den Grat entlang fort.
Dieser vorspringende Ausläufer der hohen Berge, die den Hafen einschlossen, stieg im scharfen Winkel von den Tälern empor, die zu seinem Fuß lagen, und von ein paar Steilhängen abgesehen, sah er wie eine riesige schiefe Ebene aus, die sich von den fernen Höhen zur See neigt. Wir hatten den Aufstieg fast am Ende und an der niedrigsten Stelle begonnen, und unser Weg ins Gebirge war jetzt deutlich durch einen schmalen Grat bezeichnet, der von einem weichen, grünen Teppich bedeckt wurde und an vielen Stellen nur ein paar Fuß breit war.

Ermutigt durch den Erfolg, der unser Unternehmen so weit begleitet hatte, und gestärkt von der erfrischenden Luft, die wir jetzt atmeten, wanderten Toby und ich in bester Stimmung rasch den Kamm entlang, als wir plötzlich aus den Tälern, die zu beiden Seiten lagen, das ferne Geschrei der Eingeborenen hörten, die uns gerade entdeckt hatten. Unsere Gestalten, die sich scharf vom Himmel abhoben, waren für sie deutlich sichtbar.

Wir blickten hinab und sahen die Wilden hin- und herlaufen. Offenbar war plötzlich Alarm gegeben worden. Sie schienen kaum größer als Zwerge zu sein, und ihre weißgedeckten Hütten, die in der Entfernung zusammenschrumpften, wirkten wie Puppenhäuser. Als wir von unserer Höhe auf die Insulaner hinabschauten, fühlten wir uns sicher; sollten sie die Verfolgung wirklich aufnehmen, so waren wir überzeugt, daß sie durch unseren Vorsprung ganz aussichtslos war, wenn sie uns nicht ins Gebirge nachkommen wollten, wo sie sich aber nicht gern hinwagten.

Dennoch glaubten wir, es könne nichts schaden, wenn wir unsere Zeit gut nützten. Wir liefen daher dort, wo es der Boden erlaubte, schnell den Kamm entlang, bis uns ein steiler Felsen aufhielt, der für unseren Weitermarsch zunächst eine unüberwindliche Schranke zu bilden schien. Durch langes, wagehalsiges Gekletter überwanden wir sie schließlich und setzten unsere Flucht mit unverminderter Schnelligkeit fort.

Wir waren am frühen Morgen vom Strand aufgebrochen, und nach einem ununterbrochenen, wenn auch bisweilen schwierigen und gefährlichen Aufstieg, bei dem wir den Blick nicht ein einziges Mal der See zuwandten, befanden wir uns etwa drei Stunden vor Sonnenuntergang auf dem Gipfel – anscheinend dem höchsten Punkt der Insel – einem ungeheuren überhängenden Basaltfelsen, der von schmarotzenden Pflanzen überwuchert war. Wir mußten mehr als dreitausend Fuß über dem Meeresspiegel sein, und die Landschaft war, von dieser Höhe betrachtet, großartig.

Die einsame Bucht von Nukuhiwa, hier und da mit den schwarzen Schiffsrümpfen des französischen Geschwaders betüpfelt, lag friedvoll im Kessel einer kreisförmigen Gebirgskette, und ihre grünen Wände, die tiefe Schluchten durchschnitten und heitere Täler belebten, boten den lieblichsten Anblick, den ich je gesehen habe. Und wenn ich hundert Jahre alt werde: Das Gefühl der Bewunderung, das mich damals ergriff, werde ich nie vergessen!

DIE GESCHICHTE DER »TOWN HO«

In seinem großen Roman »Moby Dick« erzählt Herman Melville auch die Geschichte des Walfängers *Town Ho,* der dem Schiff des Erzählers unterwegs auf hoher See begegnet.

Das Kap der Guten Hoffnung und alle Gewässer ringsum gleichen den berühmten Kreuzungspunkten großer Straßen, wo mehr Wanderer anzutreffen sind als irgendwo sonst.

Nicht lange, nachdem wir die *Albatros* getroffen hatten, begegnete uns abermals ein Walfänger auf der Heimreise, die *Town-Ho.* »Town-Ho!« ist der alte Ruf des Ausgucks beim ersten Sichten eines Wals und unter Walfischern noch heute bei der Jagd auf die berühmte Galapagos-Schildkröte im Gebrauch. Das Schiff war fast ausschließlich mit Polynesiern bemannt. Bei dem kurzen »Gam«, das sich zwischen uns entspann, erfuhren wir manches Neue über Moby Dick. Auf geheimnisvolle Weise wurde der Weiße Wal mit einem wunderbaren Eingriff der Vorsehung in Verbindung gebracht. Man könnte das und alles, was damit zusammenhing, als den geheimen Teil der Geschichte bezeichnen, von der hier zu berichten ist. Kapitän Ahab und seinen Steuerleuten ist es nie zu Ohren gekommen, nicht einmal der Kapitän der *Town-Ho* wußte davon. Drei miteinander verschworene weiße Matrosen des Schiffes betrachteten die Geschichte als ihr Geheimnis, und einer von ihnen vertraute sie Tashtego wie in der Beichte an. In der Nacht darauf träumte der Wilde und plauderte so viel davon aus, daß er, als man ihn weckte, den Rest nicht mehr gut verschweigen konnte. Was er aber erzählte, wirkte so mächtig auf seine Zuhörer unter der Mannschaft der *Pequod,* daß sie es aus einem ganz eigenen Feingefühl für sich behielten und achtern niemals verlauten ließen. Ich möchte nun die finstere Geschichte, wie sie an Bord der *Pequod* von Mund zu Mund ging, hier für alle Zeiten aufzeichnen.

Gut zwei Jahre vorher kreuzte die *Town-Ho,* ein Pottwalfänger aus Nantucket, nur einige Tagesreisen nordwestlich von Lima, nördlich des Äquators im Pazifik. Eines Morgens wurde beim täglichen Lenzen mehr Wasser im Raum festgestellt als gewöhnlich. Man meinte, ein Schwertfisch habe das Schiff angebohrt. Da sich jedoch der Kapitän aus besonderen Gründen reiche Beute in jenen Breiten versprach, hatte er nicht eben Neigung, sie zu verlassen. Man hielt damals das Leck auch nicht für gefährlich; allerdings hatte man es nicht gefunden, obwohl man trotz schwerem Wetter den Raum bis tief unten danach durchsuchte. Das Schiff kreuzte ruhig weiter, und die Matrosen ließen es mit dem Pumpen sacht angehen. Aber das Jagdglück blieb aus, die Tage vergingen, und das Leck war immer noch nicht entdeckt. Dabei wurde es merklich größer, so daß der Kapitän, nun doch besorgt, alle Segel setzte und Kurs auf den nächsten Inselhafen nahm, um dort das Schiff auf den Strand zu setzen und den Schaden auszubessern. Bis dahin war es noch weit. Trat indes nicht ein ungewöhnliches Mißgeschick ein, so brauchte er nicht zu befürchten, daß das Schiff unterwegs sinken werde, denn die Pumpen gingen vorzüglich. Seine sechsunddreißig Mann konnten in regelmäßigem Törn leicht das Schiff lenz halten, und sollte das Leck noch doppelt so groß werden. Die *Town-Ho* wurde auch wirklich fast immer von günstigen Brisen geleitet und hätte sicherlich ohne den mindesten Unfall heil den Hafen erreicht, wenn nicht der Steuermann Radney den Matrosen Steelkilt durch seine hochfahrende Roheit bis aufs Blut gereizt und zur Rache getrieben hätte.

Höchstens ein, zwei Tage war die *Town-Ho* nach ihrem Inselhafen unterwegs, da schien das Leck wieder größer zu werden, nicht viel, doch immerhin derart, daß täglich eine gute Stunde gepumpt werden mußte. Auf einem wohlgeordneten und gesitteten Ozean wie unserm Atlantik findet mancher Schiffer nichts dabei, sich von hüben nach drüben hinüberzulenzen. Sollte es freilich in einer stillen Nacht der Steuermann einmal verschlafen, dann hätte er's wohl überhaupt nicht mehr nötig, einfach weil alle miteinander sacht hinabgleiten würden auf den Meeresgrund. Auch weit westlich ist es in den wilden, einsamen Meeren durchaus nichts Ungewöhnliches, daß alle Mann hoch die ganze Zeit über die Pumpenschwengel in Gang halten, selbst auf größeren Reisen, solange die Fahrt an einer nicht ganz unzugänglichen Küste entlanggeht oder sonst ein leidlicher Zufluchtsort in der Nähe ist. Nur in den völlig abgelegenen Teilen jener Gewässer, wo wirklich weit und breit kein Land zu erreichen ist, mag es dem Kapitän auf einem lecken Schiff nicht allzu behaglich zumute sein.

So ungefähr erging es auch der *Town-Ho.* Als ihr Leck daher nochmals größer geworden war, zeigte mancher an Bord doch eine leise Besorgnis, vor allem der Steuermann Radney. Er hieß die Fallen gut durchholen, die Schoten neu belegen und alles Zeug vor den Wind setzen. Nun wird dieser Radney so wenig ein Feigling gewesen sein, der für seine eigene Person bangte, wie irgendeine andere furchtlos dumpfe Kreatur zu Wasser und zu Lande. Seine Sorge um die Sicherheit der *Town-Ho* konnten sich deshalb ein paar Matrosen nur dadurch erklären, daß er Miteigentümer des Schiffes war, und als ihnen an jenem Abend beim Lenzen das klare Wasser über die Füße rieselte – durchsichtig wie ein Bergquell, sprudelt es aus den Pumpen über Deck und ergießt sich zu Leeward durch die Speigatten – da lachten sie schadenfroh. In unserer rang- und standesbewußten Welt, der nassen wie der trocknen, ist manchem Vorgesetzten, wie Sie wissen, unter den Mitmenschen, die ihm zu gehorchen haben, von vornherein gerade derjenige ein Greuel, der ihn um ein Erkleckliches an Mannesstolz überragt, ein Stein beständigen Anstoßes, den er, sobald er irgend kann, niederreißen und zum bescheidenen Häuflein Staub zermalmen möchte. Mir will es jedenfalls so vorkommen. Steelkilt mit seinem Römerkopf war nun ein Bild von einem Mann, hochgewachsen und von natürlichem Adel. Radney, der Steuermann, aber war häßlich wie ein Maulesel und ebenso grobschlächtig, halsstarrig und bösartig. Er konnte Steelkilt nicht leiden, und Steelkilt wußte das.

Wie nun Steelkilt sich mit den andern an der Pumpe abrackert, sieht er den Steuermann herankommen, tut aber, als bemerke er ihn nicht, und läßt sich in seinen lustigen Neckereien nicht stören.

»Jawohl, Brüder, ein flottes Leck haben wir da. Was der Schwertfisch gemacht hat, war nämlich nur Vorarbeit, Kerls. Nun ist er wieder da mit einem ganzen Trupp Zimmerleuten: Sägefischen, Hornfischen und wer weiß was, und das ganze Gelichter schnitzt und hackt am Boden herum, was das Zeug hält; ist ihnen wohl nicht schön genug! Der gute Radney! Wär er hier, ich wollte ihm schon sagen, was er tun muß: Über Bord springen und das Pack auseinanderjagen, das ihm sein Hab und Gut vor die Hunde bringt. Ist doch eine Seele von Mensch, unser alter Radney, und eine Schönheit obendrein.«

»Verflucht noch mal, warum geht hier die Pumpe nicht?« schimpfte Radney dazwischen und tat, als hätte er das Gerede der Matrosen nicht gehört. »Wollt ihr wohl pumpen?«

»Jawohl, Sir«, sagte Steelkilt, lustig wie ein Stint im Wasser, »Flott, Jungens, nun aber fix!« Es gab ein Getöse wie von fünfzig Feuerspritzen. Die Matrosen warfen die Mützen ab und keuchten, daß man ihnen die Anspannung ihrer äußersten Kraft wohl anhörte.

Endlich waren sie fertig, und Steelkilt setzte sich ans Spill. Ganz außer Atem und feuerrot im Gesicht, die Augen blutunterlaufen, wischte er sich den strömenden Schweiß von der Stirn. Welch hinterhältiger Teufel den Steuermann ritt, weiß ich nicht: genug, er konnte den bis aufs letzte abgearbeiteten

Mann nicht in Frieden lassen. In all seiner Unausstehlichkeit kam er heranstolziert und wies ihn an, einen Besen zu holen und die Planken abzusetzen, auch eine Schaufel, um die Hinterlassenschaft eines Schweins wegzuräumen, das an Deck frei herumgelaufen war.

Nun ist auf See das Auffeudeln des Decks ein allabendliches Stück Hausarbeit, das außer bei schwerem Sturm regelmäßig getan wird. Man weiß von untergehenden Schiffen, auf denen noch geschrubbt worden ist; so weit geht an Bord die Steifheit der Ordnung und bei den Seeleuten der Reinlichkeitstrieb. Wahrhaftig, sie ertrinken nicht gern, ohne sich vorher das Gesicht gewaschen zu haben. Doch überall, wo ein Schiffsjunge an Bord ist, da ist das Pützenwesen sein Ressort. Auf der *Town-Ho* waren übrigens die stärksten Matrosen in Törns für die Pumpen eingeteilt und Steelkilt als der Muskelgewaltigste von allen zum Obmann seines Törns bestimmt worden. Daher hätte er von jedem untergeordneten Dienst befreit werden müssen, der mit Seemannschaft nichts zu tun hat, wie das bei seinen Kameraden auch geschehen war. Solche Einzelheiten erwähne ich nur, damit man ermessen kann, wie es fortan zwischen den beiden Männern stand.
Das war aber noch nicht alles. Der Befehl, die Schaufel zu holen, war verletzend, eine offenkundige Beleidigung, als hätte Radney dem Matrosen ins Gesicht gespuckt. Das wird jeder verstehen, der auf einem Walfänger gefahren ist, und auch der Betroffene verstand es, und noch manches obendrein. Er blieb ruhig sitzen, und als er dem Steuermann fest in die Augen sah, als er das Pulver wahrnahm, das sich da angesammelt hatte, und die lautlos heranschwelende Lunte, da wandelte ihn eine seltsame Gutmütigkeit an, eine Scheu, in dem Zornigen die Leidenschaft zu wecken – ein Widerwille, wie ihn wenige empfinden, der wirklich Tapfere aber am stärksten, auch seinem Beleidiger gegenüber; dies Unnennbare, das kaum deutlich ins Bewußtsein tritt, in jenem Augenblick überkam es Steelkilt.
Seine Stimme klang ganz wie immer, höchstens ein wenig matter vor Erschöpfung, als er dem Steuermann nun erwiderte, das Deck zu schrubben sei nicht seine Sache, und dabei auf drei Jungens wies, die das täglich zu besorgen pflegten und ohnehin den ganzen Tag nichts zu tun gehabt hatten, da sie nicht mit den andern an die Pumpen geschickt worden waren. Über die Schaufel verlor er kein Wort. Radney antwortete mit einem Fluch. Im schnödesten Ton bestand er auf seinem Befehl und ging auf den ruhig Dasitzenden zu, einen schweren Küperschlegel, der auf einem Faß neben ihm gelegen hatte, in der erhobenen Faust.
Reizbar und in Schweiß gebadet nach der krampfhaften Anstrengung an den Pumpen, mußte der erhitzte Steelkilt nach der ersten milderen Regung nun doch an sich halten. Aber immer noch bezwang er den auflodernden Zorn und blieb verbissen sitzen, bis schließlich der wütende Radney ein paar Zoll vor seinem Gesicht den Schläger schüttelte und den Matrosen anherrschte, er möge tun wie ihm geheißen.
Steelkilt stand auf. Schritt für Schritt, verfolgt von dem Steuermann mit sei-

nem Hammer, wich er langsam um das Spill zurück und wiederholte kaltblütig, daß er nicht gesonnen sei zu gehorchen. Als er sah, daß mit Geduld nichts auszurichten war, warnte er den Rasenden mit einer deutlichen Handbewegung – vergebens. So ging es einmal langsam um das Spill herum bis an die Luken. Da war das Maß voll. Steelkilt war die friedfertige Laune verflogen, er blieb stehen und sprach also zu dem Steuermann:
»Mr. Radney, ich gehorche Ihnen nicht. Nehmen Sie den Hammer weg, oder machen Sie sich auf was gefaßt.« Wie unter dem Zwange seines Schicksals aber trat der Steuermann noch einen Schritt auf Steelkilt zu, der nicht um ein Haarbreit wich, und unter Verwünschungen, wie sie kein Mensch über sich ergehen lassen kann, fuchtelte er mit dem schweren Hammer unmittelbar vor Steelkilts Zähnen. Eiskalt, ohne mit der Wimper zu zucken, starrte der Matrose ihn an, ballte die Fäuste hinterm Rücken, ließ sie langsam, langsam sinken und sagte zu seinem Verfolger, wenn der Hammer ihm auch nur die Backe streife, werde er ihn niederstrecken. In demselben Augenblick berührte der Schlegel die Backe, und schon stak dem Steuermann sein Unterkiefer tief im Schädel. Er stürzte aufs Luk und spritzte Blut wie ein Walfisch. Ehe ein Schrei nach achtern dringen konnte, hatte Steelkilt schon eine der Pardunen geschüttelt, die hoch hinaufführten zum Topp, wo zwei seiner Kameraden Ausguck hielten.
Im nächsten Augenblick war er auch schon umzingelt von den drei jüngeren Steuerleuten und den vier Harpunieren, die ihn aufs Deck drängten. Doch mitten in den Tumult hinein kamen wie zwei unheilverkündende Kometen die beiden Kameraden die steifen Hoftaue heruntergeschossen und suchten Steelkilt nach der Back herauszuzerren. Andere Matrosen sprangen ihnen bei, es entstand ein wirres Getümmel, und weit vom Schuß hopste der tapfere Kapitän mit einem Walspieß umher und beschwor seine Steuerleute, den Kerl festzunehmen und aufs Achterdeck zu bringen. Von Zeit zu Zeit wagte er sich auch einmal an den wogenden Menschenknäuel heran und stocherte mit dem Spieß mitten hinein, um sich den Gegenstand seines Zorns herauszupikken. Steelkilt mit seinen Banditen aber war allen über. Es gelang ihnen, sich nach dem Vordeck durchzuschlagen. Im Nu waren drei bis vier große Fässer neben das Spill gerollt, hinter welcher Barrikade sie sich verschanzten. »Raus da, ihr Piraten!« schrie der Kapitän und drohte ihnen, in jeder Hand eine Pistole, die der Steward ihm gerade gereicht hatte. »Raus da, ihr Halsabschneider!«
Steelkilt sprang auf die Barrikaden und schritt oben auf und ab, den Pistolen und allem, was sie anrichten konnten, zum Trotz. Allerdings ließ er den Kapitän nicht im umklaren darüber, daß sein, Steelkilts Tod zu einem blutigen Aufstand sämtlicher Matrosen das Signal geben würde, was den bänglichen

Herrn doch etwas bedenklich stimmte. Ein wenig kleinlaut, raffte er sich aber doch zu dem Befehl auf, die Meuterer hätten sofort ihre Arbeit wieder aufzunehmen.
»Gut, wenn Sie versprechen, uns nicht anzurühren«, sagte der Rädelsführer.
»An die Arbeit, sag ich, hier wird nichts versprochen. An die Pumpen! Jetzt wollt ihr ausscheiden? Wollt ihr vielleicht absaufen? Los, an die Pumpen!« Und noch einmal legte er an.
»Meinetwegen mag der ganze Pott absaufen«, rief Steelkilt dagegen. »Mir soll's gleich sein. Erst schwören Sie, keinen Tampen gegen uns aufzuheben, eher geht keiner wieder an die Arbeit.« Ein wildes Beifallsgeheul war die Antwort.
Steelkilt schritt auf der Barrikade auf und ab und ließ den Kapitän nicht aus den Augen. Von Zeit zu Zeit stieß er ein paar Worte hervor: »Unsere Schuld ist's nicht. – Wir haben es nicht gewollt. – Ich hab's ihm doch gesagt, er soll seinen Hammer wegnehmen. – Das ist Schiffsjungenarbeit, ist das! – Er hätte mich besser kennen sollen. – Hab ich ihm nicht gesagt, er soll mich nicht reizen? – Hab mir wohl gar den Finger gebrochen an seinem verfluchten Kiefer! – Wißt ihr was, Jungens? Unten im Logis liegen die Hackmesser. – Und hier die Handspaken! – Bei Gott, Kapitän, sehen Sie sich vor, sagen Sie ein gutes Wort! Nehmen Sie doch Vernunft an und lassen Sie die Geschichte begraben sein! – Wir wollen auch wieder arbeiten. Wenn Sie uns anständig behandeln, halten wir zu Ihnen, aber schinden lassen wir uns nicht.«
»An die Pumpen! Versprochen wird hier gar nichts. Pumpen sollt ihr!«
»Hören Sie doch zu« – der Mann reckte ihm den Arm entgegen. »Ein paar von uns – ich auch – haben nur für eine Reise angemustert, und Sie wissen sehr wohl, Kapitän, sobald der Anker gefallen ist, können wir abmustern. Wir wollen daher keinen Streit, sehen Sie, wir haben gar kein Interesse dran. Alles soll in Frieden abgemacht werden. Wir wollen auch gerne arbeiten, aber wir lassen uns nicht schinden.«
»An die Pumpen!« wiederholte der Kapitän.
Steelkilt warf einen Blick ringsum und sagte dann: »Kapitän, ich will Ihnen was sagen: Uns liegt gar nichts dran, Sie totzuschlagen und dann für so einen schäbigen Schuft gehängt zu werden. Wenn Sie uns nicht angreifen, soll Ihnen kein Haar gekrümmt werden. Aber erst geben Sie uns Ihr Wort, uns nicht zu schikanieren, vorher rühren wir keinen Finger.«
»Dann runter mit euch ins Logis! Euch soll der Spaß noch vergehen. Runter, wird's bald?«
»Sollen wir runter?« fragte der Rädelsführer seine Leute. Die meisten waren dagegen, gingen aber auf seine Weisung doch schließlich voran und verschwanden knurrend wie Bären in ihrer dunklen Höhle.

Als Steelkilt mit seinem bloßen Kopf in der Höhe der Planken angelangt war, sprangen der Kapitän und die seinen über die Barrikade und warfen die Luke dicht. Dann riefen sie laut nach dem Moses, er solle das schwere Messingschloß für den Niedergang holen. Der Kapitän lüftete noch einmal den Dekkel, flüsterte ein paar Worte durch den Spalt, schob wieder zu und schloß über ihnen ab. Zehn waren unten, an Deck blieben einige zwanzig oder noch mehr zurück, die sich bisher unschlüssig verhalten hatten.
Die ganze Nacht wurde von den Vorgesetzten emsig Wache gegangen, besonders unter der Back, aber auch an der Vorluke, wo die Meuterer herauskommen konnten, wenn sie, wie man fürchtete, unten das Schott durchbrachen. Doch die Nacht ging friedlich hin. Die Leute, die noch Dienst taten, arbeiteten im Schweiße ihres Angesichts an den Pumpen, deren Klappern und Rasseln immer von neuem eintönig durch die trübe Finsternis hallte.
Bei Sonnenaufgang ging der Kapitän nach vorn, klopfte aufs Deck und rief die Gefangenen zur Arbeit. Nein! gellte es herauf. Man ließ ihnen Wasser hinunter und warf ein paar Handvoll Schiffszwieback hinterdrein. Dann drehte der Kapitän den Schlüssel um, steckte ihn in die Tasche und kehrte auf sein Achterdeck zurück. Drei Tage hintereinander wiederholte sich das Spiel, morgens und abends. Als am vierten Morgen die gleiche Aufforderung erging, drang verworrener Streit von unten herauf, Tritte schlurften, und plötzlich brachen vier Mann aus dem Logis hervor und erklärten, sie wollten wieder arbeiten. Die stickige Luft und die schmale Kost, vielleicht auch die Angst vor der Strafe hatten sie auf Gnade oder Ungnade heraufgetrieben. Der Kapitän fühlte sich sicher. Er wiederholte seinen Befehl für die Untengebliebenen, bekam aber von Steelkilt den Rat, das Maul zu halten und sich dahin zu scheren, wo er hingehöre. Am fünften Morgen entwischten drei weitere Meuterer Steelkilt, der sie mit Gewalt unten festhalten wollte, und kamen an die frische Luft heraufgestürzt. Nun waren ihrer nur noch drei.
»Ist wohl besser, ihr kommt jetzt auch?« höhnte der Kapitän.
»Schließen Sie gefälligst zu!« rief Steelkilt herauf.
»Gewiß, gerne«, sagte der Kapitän, und der Schlüssel knackte im Schloß.
Soweit war die Sache gediehen, als Steelkilt, empört über die sieben, die ihn im Stich gelassen, gereizt durch den letzten spöttischen Zuruf von oben und zum Äußersten gebracht durch die höllische Finsternis da unten, in der sie wie im Grabe lagen – als Steelkilt, sag ich, den beiden Kameraden, die scheinbar noch zu ihm standen, vorschlug, sie wollten beim nächsten Anruf der Belagerer aus ihrem Loch ausbrechen, mit ihren scharfen Hackmessern bewaffnet (langen, schweren, halbkreisförmigen Werkzeugen, mit einem Griff an jedem Ende), vom Bugsprit bis zum Steven Amok laufen und sich, so ihnen in ihrer Verzweiflung der Teufel beistünde, des Schiffes bemächtigen. Er je-

denfalls werde das tun, einerlei, ob sie mitmachten oder nicht; dies sei die letzte Nacht, die er in dieser Höhle zugebracht habe. Die beiden andern waren es zufrieden und erklärten sich hoch und heilig zu allem bereit, zu jeder Tollkühnheit, nur nicht zur Übergabe; jeder von ihnen wollte, wenn es soweit sei, der erste an Deck sein. Das Vorrecht aber wollte sich der Anführer um keinen Preis nehmen lassen, zumal die beiden unter sich doch nicht einig wurden, beide zugleich aber unmöglich auf der schmalen Leiter die ersten sein konnten. Und jetzt kommt das falsche Spiel der beiden Halunken an den Tag.

Als sie von dem wahnwitzigen Vorhaben ihres Anführers hörten, war anscheinend ein jeder in seinem eigenen Hirn auf den Kniff verfallen, zuerst auszubrechen, um sich von den dreien als erster zu ergeben, wenn auch als der letzte von zehn, und an Gnade für sich zu erschleichen, was auf solchen Wegen noch zu erschleichen war. Da faßte Steelkilt den Entschluß, bis zuletzt voranzugehen. Als hätte die Schurkerei ihre eigene abgefeimte Chemie, entstand nun ein Gebräu von Verrat, ohne daß es dazu vieler Worte bedurft hätte. Steelkilt brauchte nur einzunicken, da fesselten ihn die beiden mit Tampen und schrien nach dem Kapitän. Das war um Mitternacht.

Der Kapitän witterte im Dunkeln Mord und Totschlag und stürzte mit seinen bewaffneten Steuerleuten und Harpunieren nach vorn. Ein paar Kolbenschläge, und die Luke war offen, und, an Händen und Füßen gefesselt, wurde der Rädelsführer, der sich immer noch zur Wehr setzte, von seinen verräterischen Spießgesellen ins Freie befördert. Die beiden nahmen auch auf der Stelle die Ehre für sich in Anspruch, einen Mann rechtzeitig unschädlich gemacht zu haben, der drauf und dran gewesen war, einen Mord zu begehen. Sie wurden jedoch allesamt in Eisen gelegt, übers Deck geschleift und an den Besanwanten wie drei geschlachtete Rinder nebeneinander festgelascht, wo sie bis zum nächsten Morgen hängenblieben. »Zur Hölle mit euch«, tobte der Kapitän, wie er vor ihnen auf- und abschritt, »kein Aasgeier rührt so ein Lumpengesindel wie euch an.«

Bei Sonnenaufgang rief er die Mannschaft zusammen, trennte die Matrosen, die gemeutert hatten, von denen, die am Aufruhr nicht beteiligt gewesen waren, und sagte zu den ersteren, er hätte nicht übel Lust, sie samt und sonders zu vertrimmen; er müsse es eigentlich, denn so erfordere es die Gerechtigkeit, und würde es am liebsten auch tun. Da sie aber beizeiten zu Kreuz gekrochen seien, sollten sie für diesmal noch so davonkommen mit einer Strafpredigt, die er ihnen dann auch unmißverständlich deutlich hielt.

»Und ihr Aaskerle da oben«, wandte er sich zu denen in den Wanten, »aus euch mach ich Hackfleisch für den Trankessel«, nahm einen Tampen und hieb aus Leibeskräften auf den Rücken der beiden Verräter ein.

»Die Hand hab ich mir lahmgehauen an euch!« schrie er. »Aber keine Angst, auch für dich gibt's noch Tampen genug, mein stolzer Hahn, dich wollen wir schon kleinkriegen. Raus mit dem Knebel, laß hören, was du zu sagen hast.«
Der Meuterer machte eine mühsame Bewegung mit den verkrampften Kiefern, dreht erschöpft den Kopf und zischte: »Was ich zu sagen habe? Merken Sie sich's: Wenn Sie mich schlagen, mach ich Sie kalt!«
»Ach wirklich? Wirst ja sehen, ob ich Angst vor dir habe.« Damit holte der Kapitän zum Schlag aus.
»Hüte dich!« zischte Steelkilt.
»Hilft dir nichts!« Und wieder holte er aus.
Was Steelkilt darauf als Antwort flüsterte, verstand niemand außer dem Kapitän. Der fuhr zusammen, ging ein paarmal hastig auf und ab, warf den Tampen hin und sagte zu den entgeisterten Matrosen: »Nein, das tu ich nicht – Laßt ihn laufen – losschneiden, könnt ihr nicht hören?«
Als aber die jüngeren Steuerleute eilig herbeikamen, um zu tun, wie befohlen, vertrat ein bleicher Mann mit verbundenem Kopf ihnen den Weg, Radney, ihr Rangältester. Seit der Schlägerei hatte er die ganze Zeit in der Koje gelegen. Als er am Morgen aber den Tumult an Deck gehört, war er hervorgekrochen und hatte alles mit angesehen. Sein Mund war in einem Zustand, daß er kaum sprechen konnte. Wenn der Kapitän sich nicht getraue, wolle er's erledigen, lallte er, hob den Tampen auf und trat zu seinem gefesselten Feind.
»Feigling!« zischte der Matrose.
»Gut. Da, das hast du dafür!« Er war im Begriff, loszuschlagen, da hörte er abermals die Stimme und stockte. Einen Augenblick verharrte Radney, ohne sich zu rühren, besann sich aber und tat, was er ihm verheißen hatte, Steelkilts geheimnisvoller Drohung zum Trotz. Dann wurden die drei abgeschnitten, alles ging wieder an die Arbeit, und die eisernen Pumpen rasselten wie zuvor. Die Matrosen arbeiteten verdrossen.
Es war gerade dunkel geworden, die Freiwache war schon wieder unten, da gab es Lärm im Logis. Zitternd kamen die beiden Verräter herauf, liefen in die Messe und behaupteten, sie trauten sich nicht zu den andern zurück. Zureden, Schläge, Fußtritte, nichts half. Sie ließen sich nicht abweisen und wurden auf ihre eigene Bitte schließlich achtern festgenommen. Die andern zeigten sich indessen gefügig. Sie schienen sogar auf Steelkilts Betreiben fest entschlossen zu sein, Frieden zu halten, allen Befehlen pünktlich zu gehorchen, und, sobald das Schiff einen Hafen anliefe, gemeinsam abzumustern. Um die Reise so schnell wie möglich zu Ende zu bringen, hatten sie ausgemacht, keine Wale mehr auszusingen. Denn trotz dem Leck und allen sonstigen Bedrängnissen waren auf der *Town-Ho* nach wie vor die Toppen bemannt: der

Kapitän war auf Fang und Beute versessen wie je zuvor, und auch Radney, der erste Steuermann, hätte gern die Koje mit dem Boot vertauscht und mit verbundenem Maul den Wal gejagt.
Steelkilt hatte sich damit begnügt, den Matrosen Verhaltungsmaßregeln zu geben. Über seine eigene Rache an dem, der ihn so tief verletzt hatte, schwieg er sich aus, bis alles vorüber war. Er gehörte zu der Mannschaft Radneys, der nach allem, was vorgefallen war, gegen den ausdrücklichen Rat des Kapitäns darauf bestand, in jener Nacht die Wache wieder zu übernehmen. In seiner Verblendung lief er dem Schicksal geradenwegs in die Arme, denn gerade darauf und noch auf einige andere Umstände baute Steelkilt seinen Racheplan.
Radney pflegte sich nachts auf die Schanzreling zu setzen und den Arm auf den Rand des Bootes zu stützen, das dort in den Davits über Bord hing. In dieser Stellung nickte er, wie man wußte, zuweilen ein. Zwischen Schiff und Boot klaffte eine beträchtliche Lücke, darunter war die See. Steelkilt dachte nach und rechnete sich aus, daß er am Morgen des dritten Tages nach dem Verrat früh um zwei Uhr seinen nächsten Rudertörn hatte. In seiner Freiwache saß er inzwischen und flocht.
»Was machst du da?« fragte ihn ein Kamerad.
»Na, was meinst wohl? Wonach sieht's denn aus?«
»Beinah wie ein Seesackbändsel, aber es kommt mir so sonderbar vor.«
»Richtig, ein bißchen sonderbar«, sagte Steelkilt. »Ach was, wird schon gehen. Du, ich hab nicht genug Garn. Hast was für mich?«
Im Logis war keins aufzutreiben.
»Dann muß unser guter Rad rausrücken.« Steelkilt stand auf und wollte nach achtern.
»Willst du den fragen?«
»Warum nicht? Glaubst du, daß er mir keinen Gefallen tut? Er soll selber den Nutzen davon haben.« Damit ging er zum ersten Steuermann, sah ihm ruhig ins Gesicht und bat ihm um Garn zum Flicken seiner Hängematte. Er bekam etwas – Garn und Bändsel sind nirgends wieder aufgetaucht. Am nächsten Abend aber schaute eine eiserne Kugel in einem Netz aus der Tasche seiner Jacke hervor, als er sie sich als Kissen in die Hängematte steckte. Vierundzwanzig Stunden später begann sein Rudertörn. Das war die verhängnisvolle, stille Stunde neben dem Manne, der so leicht über dem allezeit offenen Grab einschlief. Steelkilt sah seinen Feind schon mit zermalmter Stirn tot und starr vor sich liegen.
Ein einfältiger Tropf bewahrte ihn, der zum Mörder werden wollte, vor der Ausführung seiner blutigen Tat. Ohne daß er selber einen Finger zu rühren brauchte, vollzog sich seine Rache. Der Himmel selbst mischte sich ein mit

geheimnisvoller Macht und vollstreckte, was einen Sterblichen mit einer Todsünde beladen hätte.

Am zweiten Tage war es, kurz vor Sonnenaufgang. Der Morgen graute, die Decks wurden gerade gewaschen, da rief auf einmal ein Dummkopf aus Teneriffa, der eben eine Pütze Wasser aufschlug: »Da! Da schwimmt er! Mensch, was für ein Wal!« Es war Moby Dick.

Auf einmal hatte der Teneriffer fünfzig Meter vom Schiff ab den Weißen Wal vor sich und vergaß vor Schreck, was die Mannschaft unter sich ausgemacht hatte. Unwillkürlich schrie er auf, als er das Ungeheuer sah, das die drei trotzig schweigenden Ausguckleute im Topp schon lange zuvor gesichtet hatten. Alles ging drunter und drüber. »Der Weiße Wal! Der Weiße Wal!« Kapitän, Steuerleute, Harpuniere, alles schrie durcheinander. Sie dachten in diesem Augenblick nicht eine Sekunde an all die grauenhaften Untaten Moby Dicks, sondern hatten nur den einen Gedanken, den verrufenen königlichen Wal zu töten. Die störrische Mannschaft hatte indes nur Verwünschungen und kalte Blicke für die furchtbare Schönheit des weißen Riesenleibes, der, angefunkelt von den waagerechten Strahlen der aufgehenden Sonne, in der morgendlich blauen See glitzernd wie ein lebendiger Opal auftauchte. Von vornherein liegt hier in der Folge der Ereignisse etwas seltsam Unentrinnbares, als wären sie von Uranfang vorgezeichnet gewesen. Der Meuterer hatte beim ersten Steuermann im Boot den Bugriemen zu führen, und wenn der Wal harpuniert war, so hatte er seinen Platz neben Radney, der mit der Lanze ganz vorn stand; dort mußte er auf Befehl die Leine einholen oder stecken. Radneys Boot lag sofort an der Spitze, und keiner johlte beim Pullen so ingrimmig vor Freude wie Steelkilt. Nach heftiger Anstrengung war die Harpune fest; den Speer in der Hand, sprang Radney nach vorn. Im Boot soll er immer ein toller Bursche gewesen sein. Sie sollten ihn auf dem Wal absetzen, schrie er unter seinem Verband hervor. Der Mann im Bug ließ sich das nicht zweimal sagen und pullte mitten in den Schaum hinein, daß sie, geblendet, nur noch weißen Gischt sahen und nichts mehr unterscheiden konnten. Da lief das Boot auf wie auf eine unsichtbare Klippe und wäre um ein Haar gekentert. Der Steuermann, der vorn stand, ging über Bord und fiel auf den schlüpfrigen Rücken des Wals. In demselben Augenblick richtete das Boot sich wieder auf und wurde durch die Dünung beiseite geschleudert, während Radney über den Wal hinweg ins Wasser stürzte. Mit wuchtigen Stößen schwamm er durch den Gischt, eine Sekunde lang war im Sprühregen schwach zu erkennen, wie er mit aller Kraft verzweifelt Moby Dick zu entkommen suchte. Da fuhr der Wal jäh herum, packte den Schwimmer mit seinen Kiefern, bäumte sich auf und stieß dann kopfüber in die Tiefe.

Unterdessen hatte Steelkilt beim ersten Anprall der Leine Lose gegeben, um

rückwärts aus dem Strudel herauszutreiben, und dabei ruhig zugesehen und seine Gedanken gehabt. Dann erfolgte der fürchterliche Ruck der Leine nach unten. Sofort riß er sein Messer hervor, kappte die Leine, und das Boot war frei. Moby Dick tauchte in einiger Entfernung wieder auf, zwischen den Zähnen, die Radney zermalmt hatten, noch ein paar Fetzen seines roten Troyers. Wieder waren alle vier Boote hinter ihm her, aber der Wal entkam ihnen und verschwand dann gänzlich.

Die *Town-Ho* erreichte rechtzeitig den Hafen. Ein einsames Eingeborenennest ohne einen einzigen zivilisierten Menschen. Dort verließen unter Steelkilts Führung alle Matrosen bis auf fünf oder sechs das Schiff und gingen ihrer Wege. Wie sich später herausstellte, machten sie zwischen den Palmen zwei große Eingeborenenkanoes flott und setzten nach einem größeren Hafen über.

Da die Besatzung nur noch aus einer Handvoll Leuten bestand, holte sich der Kapitän für das mühselige Kielholen und Abdichten des Lecks Hilfe von den Eingeborenen. Die kleine Schar Weißer war daher Tag und Nacht gezwungen, ihre etwas fragwürdigen Hilfsmannschaften zu beaufsichtigen, und der harte Dienst zehrte dabei derart an ihren Kräften, daß der Kapitän, als das Schiff wieder seetüchtig war, nicht wagte, mit den geschwächten Männern auf seinem schweren Fahrzeug in See zu gehen. Nach einer Beratung mit seinen Steuerleuten zog er vor, so weit wie möglich von der Küste ab zu ankern, die beiden Geschütze geladen an die Stückpforten zu fahren, auf der Schanz die Musketen aufzustellen und die Eingeborenen wissen zu lassen, wer dem Schiff zu nahe komme, tue das auf eigene Gefahr. Dann segelte er mit einem Matrosen auf seinem besten Walboot vor dem Winde nach dem fünfhundert Meilen entfernten Tahiti, um für sein Schiff Verstärkung anzuheuern.

Am vierten Tage der Fahrt wurde ein großes Kanoe gesichtet, das dem Anschein nach eine flache Koralleninsel angelaufen hatte. Er wich aus, doch es hielt auf ihn zu, und es dauerte nicht lange, so wurde er von Steelkilt angerufen. Er solle beidrehen, sonst würde das Kanoe ihn rammen. Der Kapitän zog die Pistole. Steelkilt aber stand breitbeinig auf den Bugs der beiden gekaperten Eingeborenenfahrzeuge und lachte ihn aus: Er würde ihn einfach überlaufen, sowie auch nur der Hahn der Pistole knacke.

»Was willst du von mir?« rief der Kapitän ihm zu.

»Wo wollen Sie hin? Was haben Sie vor?« fragte Steelkilt zurück. »Sagen Sie die Wahrheit!«

»Nach Tahiti, Leute anheuern.«

»Gut, Nehmen Sie mich für einen Augenblick an Bord, ich komme unbewaffnet.« Er sprang ins Wasser und schwamm hinüber. Dann kletterte er ins Boot und stand dem Kapitän gegenüber.

»Arme kreuzen und Kopf zurück, Sir, und nun sprechen Sie mir nach: Ich schwöre mein Boot auf den Strand dieser Insel zu setzen, sobald Steelkilt von Bord geht, und sechs Tage dazubleiben. Wenn ich diesen Schwur breche, soll der Blitz mich erschlagen.«

»Gut hergesagt«, lachte Steelkilt, sprang ins Meer und schwamm zu den Seinen zurück.

Er behielt das Boot im Auge, bis es richtig auf Strand gesetzt und bis an die Kokospalmen hinaufgezogen war, dann segelte er weiter und kam auch richtig in seinem Bestimmungshafen Tahiti an. Dort hatte er Glück. Zwei Schiffe wollten eben nach Frankreich auslaufen und brauchten noch gerade soviel Mann, wie er bei sich hatte. Die Matrosen gingen an Bord, und nun konnte ihr früherer Kapitän sie nicht mehr einholen, auch wenn er gesonnen war, gerichtlich gegen sie vorzugehen.

Etwa zehn Tage nach der Ausfahrt der französischen Segler kam auch das Walboot an, und der Kapitän hatte das Nachsehen. Er mußte einige etwas zivilisiertere Tahitianer einstellen, die schon zur See gefahren waren, charterte von den Eingeborenen einen kleinen Schoner und kehrte mit der neuen Mannschaft zu seinem Schiff zurück. Dort fand er alles in bester Ordnung vor, so daß er seine Reise ungehindert fortsetzen konnte.

Wo Steelkilt geblieben ist, das weiß niemand. Auf der Insel Nantucket aber hadert immer noch Radneys Witwe mit der See, die ihr den Toten nicht wiedergibt, und schaut im Traume seinen Vertilger, den entsetzlichen Weißen Wal.

DIE DSCHUNKE

Friedrich Gerstäcker wurde 1816 in Hamburg geboren und hat nach einer Ausbildung zum Kaufmann sein ganzes Leben lang weite Reisen durch die Welt unternommen. In zahlreichen Erzählungen und Romanen hat er unterwegs gemachten Beobachtungen und Erlebnisse verarbeitet. Zunächst war er etliche Jahre in Nordamerika, später in Südamerika, Australien und in der Südsee unterwegs.
Eine Episode aus dem Hongkong der Mitte des 19. Jahrhunderts schildert seine Erzählung »Die Dschunke«.

Es ist nun schon eine Reihe von Jahren her, daß die Engländer Besitz von Hongkong an der chinesischen Küste ergriffen. Sie wollten durch die kleine Insel vor allen Dingen einen Schlüssel zum »himmlischen Reich« bekommen, wollten erst einen festen Fuß in seiner Nähe haben, um es dann später ihren Missionaren und Kaufleuten zu überlassen, den zweiten irgendwo auf dem chinesischen Kontinent anzubringen.
Zu jener Zeit schwärmte das dortige Meer noch von teils chinesischen, teils malaiischen Seeräubern, die, den Fremden wie ihren eigenen Landsleuten gleich gefährlich, selbst bis auf den heutigen Tag noch nicht haben können ausgerottet werden und nur höchstens gelichtet oder – vorsichtiger gemacht sind. Auf Dschunken – einem anscheinend sehr unbeholfenen, aber nichtdestoweniger sehr rasch segelnden Fahrzeug – gleiten sie an den Küsten Chinas, ja selbst in dessen Strömen hinauf und zwischen den Inseln des ostindischen Archipels fortwährend auf und ab, harmlosen Handelsfahrzeugen furchtbar und nur dem bewaffneten Kriegsschiff der Europäer ausweichend. Fühlen sie sich aber einem Gegner durch die Anzahl nur irgend gewachsen, dem zeigen sie auch rasch genug die Zähne. Haben doch die malaiischen Prauen, besonders die von Borneo und den Nachbarinseln – natürlich in großer Überzahl –, schon ein amerikanisches Kriegsschiff angefallen, dessen Kapitän alle Hände voll zu tun hatte, sich ihrer zu erwehren.
Es läßt sich denken, daß sowohl Holländer wie Engländer, die beide besonders an der Sicherheit dieser Gewässer interessiert sind, ihr möglichstes taten

und noch tun, solchem Unwesen ein Ende zu machen und den Räubern ihr oft blutiges Handwerk zu legen. Das Terrain dort begünstigt aber die Verbrecher nur zu sehr. Diese Tausende von Inseln mit ihren unzähligen kleinen versteckten Buchten, mit Klippen und Untiefen – nur denen bekannt, die dort ihre Heimat haben – lassen eine richtige und wirksame Verfolgung in vielen Fällen nicht einmal zu. Das ist denn auch die Ursache, daß selbst noch bis auf die neueste Zeit ganz in der Nähe europäischer mächtiger Kolonien diese Seeräuber ihr Wesen treiben, Handelsschiffe von Freund und Feind plündern und mit dem Raub in irgendeinen ihrer sicheren Schlupfwinkel flüchten.

In damaliger Zeit, während die holländischen Kriegsschiffe mit manchem Erfolg um Bali und Borneo und zwischen den Molukken herumkreuzten und besonders ihre Kriegsdampfschiffe die darauf nicht vorbereiteten Prauen zuzeiten überraschten und in Grund schossen, ärgerten sich die Engländer im Kantonfluß in der Nähe von Hongkong mit den räuberischen chinesischen Dschunken weidlich herum. Manche davon hatten sie schon zusammen- oder in Brand geschossen, einigemal schon ganze Flotten davon vernichtet, aber wie aus dem Meer selber heraus wuchsen neue und neue empor. Allerdings trugen sie an deren Unzahl selber mit die Schuld, denn durch den verbotenen Opiumhandel hatte sich eine große Anzahl von Dschunken auf solch gesetzwidriges Gewerbe geworfen. Nach China hinein schmuggelten sie dann den verbotenen narkotischen Stoff, und heraus raubten und stahlen sie, was sie bekommen konnten.

Vorzüglich waren die Räuber, wie schon früher erwähnt, Chinesen und Malaien; hier und da aber verschmähten auch selbst Araber – neben den Chinesen die bedeutendsten Handelsleute des ostindischen Archipels – ein solches Gewerbe nicht, dem sie ihren Koran eben anzupassen wußten. In einzelnen Fällen waren sogar Europäer dabei ertappt worden. Mit diesen letzteren machten die englischen Kriegsschiffe aber die wenigsten Umstände, und ein europäischer Pirat, in solcher Umgebung erwischt, konnte sich auch fest darauf verlassen, gleich auf frischer Tat die Rahnocke zu zieren.

Es war im November des Jahres 184–, und der Nordost-Monsun wehte mit voller Stärke. Die meisten Schiffe, besonders die kleineren Küstenfahrzeuge, suchten deshalb auch, wenn sie vor Hongkong ankern wollten, das südliche Ufer der Insel, wo sie vor dem gerade herrschenden Wind weit mehr geschützt und sicher lagen. Eine Menge Dschunken hatten sich solcherart hier zusammengefunden, die durch ihre Boote lebhaften Verkehr mit dem Land unterhielten, und Waren wurden aus- und eingeladen, teils für die südlicher gelegenen Inselgruppen, teils aber auch zum Schmuggelhandel für Kanton bestimmt, wo sich die Eigentümer oder Führer der verschiedenen Fahrzeuge auf ihnen selber am besten bekannte Weise Eingang zu verschaffen wußten. Unter diesen lag auch eine Dschunke, die sich fast in nichts von ihren Nachbarn unterschied, als daß ihr Bambusdeck vielleicht reinlicher gehalten war als das der chinesischen, daß die Teppiche, die vor den Kajütenfenstern hingen, neu und von feinem Stoff und selbst die Mattensegel fester, feiner gearbeitet und weißer schienen, als sie die gewöhnlichen Handelsdschunken trugen. Die Malerei an dem Fahrzeug war dieselbe, mit den beiden riesenhaften und unheimlichen Augen vorn am Bug. Hinten am Spiegel aber trug es, nach echt chinesischer Aufschneiderei, den malaiischen Namen *Orang Makan* – das ist »Menschenfresser«.

Eine Flagge zeigte es nicht, sondern war an dem Morgen noch vor Tagesanbruch zwischen die andere kleine Flotte der Küstenfahrer ruhig hineingeglitten und hatte seinen Anker vollkommen anspruchslos und in aller Stille fallen lassen, auch über Tag sein Boot noch nicht einmal an Land geschickt, bis in der Dämmerung einiger jener halb europäisch, halb indisch aussehenden Gestalten in die kleine, hinten am Spiegel hängende Jolle stiegen und an Land fuhren. Dort blieben sie bis spät in die Nacht und kehrten dann ebenso still, ja fast heimlich an Bord ihres eigenen Fahrzeugs zurück.

Hongkong ist ein Freihafen, und weder Gesundheitspolizei noch neugierige Steuerbeamte kümmern sich dort viel um anlegende Schiffe. Trotzdem schien diese Dschunke die Aufmerksamkeit der englischen Beamten erregt zu haben, denn am nächsten Nachmittag kam ein Boot vom Land ab, das einen Regierungsbeamten und neben den chinesischen Bootsleuten auch noch zwei vornehme Söhne des »himmlischen Reiches« mit sich führte, und der Beamte verlangte vor allen Dingen den Eigentümer des Fahrzeugs wie dessen Papiere zu sehen.

Der Beamte schien keineswegs überrascht, als sich ihm ein Landsmann als Führer und Eigentümer des chinesischen Fahrzeugs vorstellte. Mr. Moore – wie er hieß – legitimierte sich aber ohne weiteres auf das vollkommenste und äußerte nur sein Erstaunen, daß er dazu aufgefordert werde, da es, soviel er wisse, bei den übrigen Dschunken nicht Sitte sei. Die Mannschaft, die sämtlich auf Deck beordert wurde, bestand nur aus Chinesen und war vollzählig; der Gesundheitszustand der Leute ließ ebenfalls nichts zu wünschen übrig. Sie sahen dabei ordentlich und reinlich aus – etwas, was sich von solchen Burschen sonst nicht gerade immer sagen läßt – und gaben den beiden Chinesen, die wunderbarerweise der Visitation des Schiffes beiwohnten und sich bei ihnen näher nach dem Fahrzeug selber erkundigten, rasche und prompte Antworten.

Mr. Moore hatte seiner Aussage nach die Dschunke von einem chinesischen Kaufmann, der früher Opium geschmuggelt hatte, um einen ziemlich mäßigen Preis gekauft. Da er nicht reich genug sei, ein größeres Fahrzeug zu erstehen, habe er mit diesem hier begonnen, an den Küsten Chinas wie des ostindischen Archipels Rohprodukte aufzukaufen, um sie dann später an europäische Schiffe wieder abzusetzen oder dort gegen europäische Waren einzutauschen. Hier in Hongkong war er nur angelaufen, um frisches Wasser einzunehmen und für Bargeld vielleicht ein paar Kisten Opium zu erhandeln. Soweit war alles gut. Der Beamte gab die Papiere zurück, wechselte leise ein paar Worte mit den Chinesen und verließ dann, wie er gekommen war, die Dschunke. Eine Einladung des »Kapitäns«, in dessen kleiner Kajüte ein Glas Sherry zu trinken, lehnte er dankend ab.

Als die Herren von dem ziemlich hohen Deck die Fallreeptreppe in ihr Boot zurückstiegen, lehnte Kapitän Moore an der Schanzkleidung, und hätten sie hinaufgesehen, würde ihnen ein etwas höhnisches Lächeln, das um seine Lippen spielte, wohl kaum entgangen sein. So waren sie aber beschäftigt, bei dem Schwanken des Bootes ihre verschiedenen Sitze wieder einzunehmen, und gleich darauf verließ die Jolle, von den regelmäßigen Ruderschlägen der chinesischen Bootsleute getrieben, die Seite der Dschunke und glitt nach dem Ufer zurück.

Mr. Moore war ein Mann in den besten Jahren, etwa vierzig bis fünfundvierzig Jahre alt, mit vollem, lockigem Haar, aber ohne Bart, das Gesicht glatt und sorgfältig rasiert. Von kräftigem, untersetztem Körperbau, ging er in gewöhnlicher Matrosentracht mit blauer Jacke und weißen Hosen gekleidet. Nur auf dem Kopf trug er eine chinesische Korkmütze, mit roher Seide überzogen, und um den Leib einen der gewöhnlichen roten chinesischen Gürtel, in dem vorn statt jeder Waffe eine friedliche kurze, sehr hübsch gearbeitete Tabakspfeife stak.

Noch eine ganze Weile blieb er in der Stellung, in der wir ihn oben verlassen haben, bis das englische Boot außer Hörweite war. Dann drehte er sich, leise dabei zwischen den Zähnen durchpfeifend, auf dem Absatz herum, und zu der Kajütentreppe tretend, rief er lachend hinunter:

»Kommt herauf, Ben Ali, es war alles in Ordnung, und sie sind höchst zufrieden wieder abgegangen. Hahaha, was für ein verdammt gescheites Gesicht Ihrer Majestät Diener und was für ein verzweifelt dummes Gesicht die beiden Söhne des himmlischen Reiches machten, als sie mit meiner Physiognomie nicht so recht ins reine kommen konnten.«

Noch während er sprach, erschien der beturbante Kopf eines Arabers in der schmalen Treppenluke, und bald stand Ben Ali, vollständig in die reiche Tracht seines Heimatlandes gekleidet, auf dem Verdeck der Dschunke, während jedoch die gegen die Sonne ausgespannten Teppiche ihn dem Lande zu vollständig verdeckten.

»Und hatt' ich recht?« sagte der Araber mit einem schlauen Lächeln, als er zu seinem Gefährten aufsah. »Sind es nicht die beiden chinesischen Langzöpfe, denen wir im vorigen Monat nahe bei Amoy ihre Ladung Opium wegnahmen? Ich kannte sie, wie ich nur einen Blick aus dem Kajütenfenster warf.«

»Allerdings hattest du recht, Ben Ali, Perle deiner Wüste«, lachte der Seemann, »und ich selber kannte sie, sowie ich ihnen nur in die verdutzten Gesichter schaute. Was aber in des Bösen Namen die beiden Schlitzaugen auf meine Spur gebracht hat und wie sie dies Fahrzeug wiedererkannt haben, ist mir ein Rätsel. Wir haben Farbe und Kosten nicht gescheut, ihm ein anständiges und anderes Aussehen zu geben, und kaum ist der Anker unten, sind diese beiden Würdenträger der verkehrtesten Nation des Erdballs wie aus dem Boden gewachsen da. Ein Glück nur, daß ich meinem Kopf folgte und die ›Zierde des Mannes‹, wie du mich zu überreden beliebtest, meinen Bart, heruntergeschnitten habe. So fest war ihnen mein Gesicht doch nicht mehr im Gedächtnis, daß sie es wiedererkennen konnten; aber Verdacht hatten sie, und der kleine Schuft wollte keinen Blick von mir wegwenden. Schade nur, daß sie nicht mit in die Kajüte hinuntergingen, ich hätte ihnen dort einen Tee vorgesetzt, den sie im Leben nicht würden vergessen haben.«

»Es ist gut«, sagte Ben Ali, »wir sind diesmal, wenigstens für jetzt und soweit, durchgekommen. Aber ich dächte doch, wir gingen hier ganz still wieder unserer Wege, denn ich glaube kaum, daß sich diese beiden Chinesen mit der einen oberflächlichen Besichtigung beruhigen werden.«

»Was können sie tun?« lachte Moore. »Die Regierung ist durch ihren Beamten befriedigt worden, und China mag jetzt sehen, wie es sich selber hilft. Aber außerdem, Ben, glaubt Ihr, daß ich jetzt von hier fortginge und die Beute im Stich ließe, die hier rechts und links, fast in Reichweite von uns, vor Anker liegt? Die beiden kleinen Dschunken da drüben haben den Bauch so voll von Opium, wie sie ihn nur bekommen können, und sind dabei fertig zum Auslaufen; verlangt ihr mehr? Laßt die erst unterwegs sein, und dann auf mit dem Anker, so rasch Ihr wollt, aber eher wahrhaftig keines Kabels Länge von der Stelle. Hole die Zopfträger der Böse, wenn sie wüßten, wo es ihnen wohl ist, gäben sie wahrhaftig dem *Menschenfresser* etwas weiteren Seeraum, als sie vor kaum einer halben Stunde getan haben.«

»Laßt die doch zufrieden«, sagte lächelnd der Araber; »diese Art von Leuten weiß in der Regel recht gut, was sie tut, und sie fühlt sich hier, unter den Kanonen des kleinen Forts da drüben, gerade so sicher wie im Mittelpunkt ihres sogenannten himmlischen Reiches.«

»Sicher?« rief Moore und warf einen trotzigen, herausfordernden Blick nach dem Fort am Ufer hinüber. »Beim Teufel, Ben, wenn ich wüßte, daß unsere beiden Nachbarn nur zum Teil so gut segelten wie wir – weder das Fort noch die ganze Dschunkenflotte sollte mich abhalten, beide Fahrzeuge zugleich zu entern und mit in See zu nehmen. Das faule Ding von einer Kriegsbrigg, das dort vor Anker liegt wie eine flügellahme Ente, möchte dann wohl vergebens hinter uns dreinkriechen und Signale geben und Schüsse feuern. Mannschaft hätten wir überdies genug im Raum. Bequemer haben wir's aber immer, wenn wir's noch ein paar Tage abwarten. Das andere Dschunkengelichter hier würde außerdem einen Heidenlärm machen und uns gerade so umschwärmen wie der Rabe einen Habicht, der seine Beute gefaßt hält.«

»Toll genug wärt Ihr dazu«, sagte der Araber mit ruhiger Stimme, während sein blitzendes Auge jedoch verriet, daß er den kühnen Plan keineswegs für unausführbar hielt.

»Toll?« rief Moore. »War das etwa weniger toll, als Ihr den dänischen Kauffahrer bei mondheller Nacht mitten aus dem Hafen von Singapur herausnahmt und vor Tagesanbruch Eure Dschunke bis an den Rand beladen nach Malakka hinüberführtet?«

»Bah«, lachte Ben Ali, »damals war ich noch sechs Jahre jünger als jetzt, und Ihr – wart mein erster Steuermann.«

»Und jetzt, da ich Euer Kompagnon bin«, rief Moore, »dürfen wir keine schlechteren Geschäfte mitsammen machen.«

»Das schlechteste Geschäft ist, sich unnötigerweise in Gefahr zu begeben«, sagte der Araber achselzuckend. »Draußen im Archipel schwimmen eine Menge Fahrzeuge, die für den *Menschenfresser* geladen haben; wir brauchen uns nicht die stacheligsten Früchte herauszusuchen. Doch wie Ihr wollt – ein Spaß wäre allerdings dabei, gerade weil die Kriegsbrigg da so bequem bei der Hand liegt, ihnen einen so fetten Bissen aus den Zähnen herauszureißen. Jetzt ist's aber noch keinesfalls nötig. Folgt Ihr meinem Rat, so gehen wir heute abend mit Dunkelwerden in See, und zwar dicht am Wind, als ob wir die chinesische Küste anlaufen wollten, fallen aber in der Nacht ab und den Opiumdschunken ins Fahrwasser, die uns nacher kaum entgehen können.«

»Wir wollen's uns überlegen«, sagte Moore. »Indessen gebt den Leuten unten etwas Luft. Kommen sie vorsichtig auf Deck, ahnt kein Teufel hinter der hohen Schanzkleidung die wackere Schar. Da unten ist es zu heiß, und wir müssen sie bei guter Laune erhalten.«

Ben Ali stieg wieder hinunter, und es dauerte nicht lange, bis zwölf oder vierzehn wilde, braune Gestalten – lauter Malaien, mit Kopftüchern über und in die langen schwarzen Haare geflochten und Krise (Dolche) und Pistolen im Gürtel tragend – mehr auf Deck krochen als stiegen und fragende Blicke auf ihren weißen Führer warfen.

»Nur Geduld, meine Burschen«, lachte dieser, »nur Geduld, ihr sollt mir nicht lange da unten in dem heißen Raum Verstecken spielen, dafür laßt mich

sorgen. Aber vorsichtig müßt ihr mir jetzt sein, nur noch wenigstens zweimal vierundzwanzig Stunden lang; versprecht ihr mir das?«
Die Anrede war in der malaiischen Sprache gehalten, und einer der Leute, dem hellgraue Narben nach allen Seiten hin das braune Gesicht, die nackte Brust und die Arme durchfurchten, erwiderte:
»Alles in Ordnung, Kapitän, solange wir noch unsere Nachbarn im Auge haben. Den Weißen wird Master Moore schon eine Nase drehen – ist nicht die erste.«
Er lüftete dabei den einen Sonnenteppich ein wenig, um freiere Aussicht zu bekommen.
»Hallo«, sagte er da plötzlich, »die Brigg da drüben macht Anstalten zum Auslaufen? Desto besser, nachher haben wir ganz freie Hand, denn die zwei Jollen am Ufer kann man eben nicht rechnen.«
Moore hatte sein Fernrohr genommen und auf die Bemerkung des Malaien lange und aufmerksam nach dem bezeichneten Kriegsschiff hinübergesehen.
»Wahrhaftig, du hast recht«, sagte er jetzt, »an der Brigg lösen sie die Vormarssegel, und dort sind auch ein paar Hände an Bug- und Vorstengenstag beschäftigt. Ihren Anker müssen sie beinahe schon in der Höhe haben, die Kette geht gerade auf und nieder.«
»Die will sich vielleicht einen anderen Ankerplatz aussuchen«, meinte ein anderer der Malaien, der zu seinem Kameraden getreten war.
»So sieht's aus«, rief Moore. »Ich will nur nicht hoffen, daß der Besuch uns zugedacht ist.«
»Wäre nicht übel«, sagte Ben Ali, der wieder an Deck gekommen war und nach der Rüstung an Bord der Kriegsbrigg leicht erriet, wovon hier die Rede sei; »aber ich dächte, da hätte sie uns doch viel leichter ein Boot herübergeschickt.«
»Und unser Wasserboot kommt auch nicht«, brummte Moore vor sich hin.
»Nun, so bleibt es weg«, erwiderte der Araber, »wir haben noch genug im Raum, und es war ja doch nur eine Entschuldigung für unser Ankern.«
»Allerdings«, sagte Moore, »aber das wissen die an Land nicht, und ich glaube fast, das Boot ist von oben her verhindert worden, zu uns herauszukommen. Sie glauben am Ende, uns dadurch hier halten zu können.«
»Da wären sie im Irrtum«, lachte Ben Ali. »Fatal bliebe es übrigens, wenn sie uns mit dem kanonenbestückten Schiff bedeutend näher kämen. Doch was tät's im Grunde; wir könnten ja dann unseren Ankergrund ebenso leicht aus irgendeiner Ursache wechseln. Nun, wir werden sehen.«
Die Aufmerksamkeit der Dschunkenmannschaft blieb von da ab übrigens ausschließlich auf das Manövrieren des Kriegsschiffes gerichtet, das, ein ziemlich altes und dem Anschein nach schwerfälliges Fahrzeug, jetzt wirk-

lich seinen Anker aufnahm und mit dem wenigen Wind, der hier unter dem Schutz der Insel wehte, gerade die Richtung auf die Dschunke zu nahm. Etwa in einer Kabellänge von ihr drehte es ein klein wenig ab, als ob es vorbeipassieren wollte; in einer Höhe aber mit derselben und etwa auf Büchsenschußweite von ihr entfernt, ließ es den Anker plötzlich wieder niederrasseln, schwang dann vor demselben herum, den Bug dem Lande zu, und blieb, die rechte Breitseite der Dschunke drohend zugekehrt, liegen. Wenige Sekunden später waren die für das Manöver gehißten Segel wieder fest beschlagen, und keine weitere Bewegung an Bord verriet, daß sie dort für den Augenblick irgend etwas beabsichtigten als eben nur eine gleichgültige Veränderung des Ankerplatzes.

Nicht so gleichgültig war übrigens die Mannschaft der Dschunke Zeuge derselben gewesen.

»Zum Teufel auch«, sagte Moore jetzt, der mit dem Fernrohr am Auge dem allen auf das aufmerksamste gefolgt war und das Glas erst jetzt wieder zusammenschob, »ist ihnen das Wasser dort am Land in der Ebbe zu seicht geworden? Ich habe aber doch schon Dreidecker an der nämlichen Stelle ruhig liegen sehen – oder haben die Schufte etwas anderes im Schilde?«

»Das werden wir wohl gleich erfahren«, rief Ben Ali, und rascher, als sonst seine Art zu sprechen war. »Hinunter mit euch, ihr Burschen, wieder in euer Versteck, und rührt euch nicht, bis ich euch selber durch das Zeichen rufe. Dort drüben kommt eben ein Boot ab, und ich müßte mich sehr irren, wenn der Besuch nicht uns gelten würde.«

»Ihr habt recht, Ben«, rief Moore, sein Teleskop rasch wieder ausziehend und auf das eben sichtbar werdende Boot richtend, »drei Offiziere oder Beamte oder was sonst noch sitzen hinten im Spiegel.«

»Einer wird der Bootsmann sein, der steuert.«

»Nein, noch außerdem – Teufel noch einmal, ob sie uns nicht grad unter ihre Breitseite gebracht haben, daß sie mit uns machen können, was sie wollen. Eine Flankensalve aus der Entfernung schöss' uns in Grund und Boden zusammen.«

»Dann wär's freilich aus«, sagte Ben Ali ruhig; »aber so weit ist's noch nicht. Ob ich ebenfalls wieder hinuntergehe?«

»Ich glaube ja«, meinte Moore. »Es ist besser, Ihr laßt Euch nicht eher sehen, als es irgend nötig ist. Und gingen sie wirklich in die Kajüte hinunter und wollten dann wissen, wer Ihr wärt, ei, so seid Ihr ein Kaufmann von einer der Dschunken, von dem ich Opium gekauft habe, und wartet hier auf Euer Boot. Lange bleiben werden sie doch nicht; und verlangen sie den Raum zu visitieren, so mögen sie's tun – sie finden nichts.«

»Und im allerschlimmsten Fall?«

»Ei, zum Teufel, die Flut ist uns freilich jetzt entgangen, aber noch Wind genug, uns fortzubringen. Zwingen sie uns , so wagen wir das Äußerste und kommen am Ende vielleicht noch hinter ihr Schiff, ehe sie uns großen Schaden tun können. Lebendig fangen sollen sie uns nicht. Ist alles klar?«
»Wie immer«, erwiderte Ben Ali, »soweit wir es dürfen sichtbar werden lassen. Aber da sind unsere Gäste.«
»Hallo, die Dschunke!« tönte in dem Augenblick der seemännische Ruf vom Wasser herauf, und Moore trat auf sein spitz erhöhtes Hinterdeck, um dort zu antworten, während Ben Ali wieder in den unteren Raum verschwand.
»Hallo, das Boot!«
»Werft uns ein Tau über – wir wollen an Bord!«
»Gleich, Sir. Heda, ihr da vorn, werf einmal einer von euch ein Tau hinunter in das Boot; rasch da – hört ihr nicht?«
»Ay, ay, Sir«, lautete die den Engländern abgehörte Antwort der Chinesen, und im nächsten Augenblick flog ein zusammengerolltes dünnes Tau hinunter, das von einem der vorn im Boot sitzenden Matrosen geschickt gefangen und um die vordere Bank geschlungen wurde.
»Hol an Bord!«
Das Tau wurde wieder eingezogen und um einen der »Nägel« befestigt; gleich darauf lag das Boot unten fest längsseits, und die drei Offiziere, die, wie Moore ganz recht gesehen hatte, hinten im Spiegel des Bootes gesessen hatten, kamen aufs Deck und grüßten den Eigentümer der Dschunke höflich, aber ziemlich kalt.
»Und was verschafft mir die Ehre Ihres Besuchs, meine Herren?« fragte Moore endlich, mit einem flüchtigen Blick nach der Brigg hinüber. »Kann ich Ihnen in etwas zu Diensten sein?«
»Sie sind der Eigentümer oder Führer dieses Fahrzeugs?« fragte der Erste Offizier und Erste Leutnant, wie es seine Uniform zeigte, ohne auf die Frage direkt zu antworten.
»Allerdings«, lautete die ebenso kurze und etwas trotzige Antwort des Gefragten.
»Ihr Name?«
»James Moore; ich bin heute morgen schon einmal darum examiniert worden, und ich möchte wirklich wissen...«
»Mr. Moore«, unterbrach ihn aber der Offizier, »ich handle in höherem Auftrag und möchte sie ersuchen, Ihren Ankergrund hier nicht zu verlassen, bevor sie weitere Weisung bekommen.«
»Ich warte auf Wasser«, antwortete der Dschunkenführer finster, »und sobald ich das an Bord habe, sehe ich nicht ein, was mich hindern sollte, auszulaufen, wann es mir gerade beliebt.«

»Es tut mir leid, Ihnen darin widersprechen zu müssen«, erwiderte ihm mit kalter Höflichkeit der Offizier. »Aber ich habe gemessenen Befehl, Ihr Fahrzeug in Grund zu schießen, sobald es einen Versuch zur Flucht machen sollte.«

»Flucht?« rief Moore emporfahrend. »Sind meine Papiere nicht in Ordnung? Ist nicht erst ein Beamter hier gewesen, der mein Schiff untersucht hat, wenn ich auch nicht recht begreife, weshalb?«

»Ihr Fahrzeug ist, soviel ich weiß, noch nicht untersucht worden«, erwiderte der Offizier. »Der Tag auch dazu für heute zu weit vorgerückt. Ich werde Ihnen deshalb diese beiden Herren heute abend an Bord lassen. Möglich«, setzte er freundlich hinzu, »daß die ganze Sache auf einem Mißverständnis beruht, was sich dann jedenfalls bis morgen früh aufklären wird. Bis dahin ersuche ich sie freundlich, sich dem Unvermeidlichen in Geduld zu fügen.«

»Und die beiden Herren bleiben bei mir an Bord?«

So ist der Befehl meines Kapitäns. Sie selber werden jetzt – denn die Dämmerung beginnt schon – eine Laterne über Ihren Starbordbug hängen und diese, während die Flut wechselt, so verändern, daß sie uns fortwährend zugedreht bleibt; Leutnant Bolard wird schon darauf achten. Bei der geringsten Versäumnis dieser Maßregel und sowie das Licht verschwindet, haben unsere Boote Befehl, Sie augenblicklich zu entern. Welchen Unannehmlichkeiten Sie dabei ausgesetzt sind, wissen sie selber am besten.«

Moore zuckte die Achseln.

»Gegen Gewalt ist nichts auszurichten«, sagte er dabei. »Ich bin unbewaffnet und kann gegen Ihre Kanonen nicht ankämpfen. Morgen hoffe ich indes, daß ich eine Erklärung über ein so merkwürdiges Benehmen erhalten werde. Außerdem ist auch unser bestelltes Wasser heute nicht angekommen, und ich bin in der größten Verlegenheit. Wir haben keinen Tropfen mehr an Bord.«

Ich werde Ihnen in dem Fall noch ein Fäßchen heute abend herüberschicken. Mr. Bolard, Sie kennen Ihre Pflicht. Mr. Pawton, sorgt, daß die Laterne ohne Säumen an ihren Platz kommt. Ist sie schon aus dem Boot herausgeschafft?«

»Hier ist sie, Sir.«

»Gut denn. Guten Abend, meine Herren.«

Der Offizier verbeugte sich gegen Moore, nickte seinen beiden Untergebenen zu und stieg dann wieder in seine Jolle hinunter, die ihn rasch zu dem dicht dabeiliegenden Schiff brachte.

Eine Viertelstunde später kam das versprochene Fäßchen Wasser längsseits und wurde auf Deck gehoben, und die beiden Engländer gingen indessen auf und ab und schienen noch nicht recht zu wissen, wie sie sich eigentlich gegen ihre halben Arrestanten zu benehmen hätten.

Desto vollständiger war Moore selber mit sich im reinen, und sobald er – wie er sich den Fremden gegenüber entschuldigte – danach gesehen hatte, daß das Wasser gleichmäßig unter seine Leute verteilt war, kehrte er zu jenen zurück und lud sie jetzt auf das freundlichste ein, seine Kajüte näher in Augenschein zu nehmen.

Der Mastersmate Powton hatte indes danach gesehen, daß die Laterne nach vorgeschriebener Art aufgehängt war, wogegen die Brigg an ihrer Seite ein gleiches Signal aushing, und Mr. Bolard, der Dritte Leutnant der Kriegsbrigg, stieg mit dem Master der Dschunke in dessen kleine Kajüte hinunter. War er doch selber neugierig geworden, das Innere des Fahrzeugs in Augenschein zu nehmen, über das an Bord seines eigenen Schiffes, als dieses die drohende Stellung gegen die Dschunke einnahm, solche wunderlichen und unheimlichen Gerüchte im Umlauf waren.

Er selber hatte sich denn auch auf eigene Hand ein gar wildes Bild von dem kleinen Fahrzeug entworfen und seinem Mastersmate, ehe er hinabstieg, insgeheim die gemessensten Befehle erteilt, auf seiner Hut zu sein und auf alles ein wachsames Auge zu haben. Um so mehr war er überrascht, die kleine freundliche Kajüte wie ein Bild des Friedens zu finden.

Der Boden derselben war mit schneeweißen, fein geflochteten Binsenmatten belegt, die leichten Bambuswände waren mit buntfarbigen, wie es fast schien, kostbaren Teppichen behängt, und eine zierliche europäische Astrallampe, die von der Decke niederhing, verbreitete ein helles und doch mildes Licht in dem kleinen, gemütlichen Raum.

An dem in der Mitte befestigten Tisch saß Ben Ali in seiner morgenländischen Tracht, aus einer kurzen türkischen Pfeife rauchend und emsig mit Schreiben beschäftigt. Bücher und Papiere lagen um ihn her. So eifrig schien er dabei in seine Rechnungen vertieft, daß er die Kommenden nicht einmal gleich hörte und erst dann den Kopf hob, als Moore seinen Namen rief.

Nirgends war auch die Spur von Waffen zu erkennen – zwei langläufige Flinten ausgenommen, die über der Tür befestigt hingen und wohl überhaupt in keinem Fahrzeug fehlten, das den ostindischen Archipel befährt. Aber selbst diese schienen seit langer Zeit nicht gebraucht, denn Bolards prüfender und scharfer Blick, der darüber hinstreifte, erkannte trotz des Dämmerlichts doch leicht den Rost an den alten, noch mit Steinschlössern versehenen Läufen.

Bolard grüßte den Araber und sagte dann, sich in dem engen Raum umsehend: »Alle Wetter, Mr. Moore, ich hätte es Ihrer Dschunke gar nicht von außen angesehen, daß sie eine so allerliebste Kajüte aufzuweisen hat.«

»Das Schiff ist unsere Heimat, werter Herr«, erwiderte Moore, »und jeder schmückt sich die nach besten Kräften.«

»Aber mit Waffen scheinen sie nicht überflüssig versehen zu sein. Bei einer wertvollen Ladung möchte es kaum geraten sein, den malaiischen Piraten des Archipels mit den beiden alten Flinten in die Hände zu fallen.«

»Die würden auch das wenigste dabei ausrichten«, lachte Moore, indem er an einen kleinen Wandschrank ging und Flaschen und Gläser herausnahm. »Sie sind noch ein Inventar, das ich mit der Dschunke übernommen habe, und ich glaube sogar, daß sie noch von ihrem früheren Besitzer her geladen sind. Meine eigene Büchse und meine Pistolen habe ich über meinem Bett hängen, und unter dem Sofa dort steht eine Kiste mit Säbeln für meine Leute, falls wir wirklich einmal sollten angefallen werden. Sie wissen wohl aus eigener Erfahrung, daß die Chinesen mit Feuerwaffen nur höchst mittelmäßig umzugehen verstehen.«

»Das weiß Gott«, lachte Bolard, »so geschickt sie auch manchmal ihre Säbel handhaben.«

»Ein Glas Sherry verschmähen Sie doch nicht?«

»Ich danke wirklich.«

»Die Luft ist hier in der Nähe von Hongkong und gerade in diesem Monsun eben nicht so übermäßig gesund – Sie erlauben mir wenigstens, daß ich Ihnen vorher Bescheid tue. Nach dem, was die Herren Beamten an Land von uns zu denken scheinen, können Sie uns sonst am Ende gar für Giftmischer halten.«

»Mein bester Herr...«

»Sicher ist sicher«, lachte Moore, während er sich ein Glas bis zum Rand füllte und es auf einen Zug leerte.

»So«, sagte er dann, die Flasche dem Leutnant hinüberschiebend, »nun hoffe ich, daß Sie sich derselben nach besten Kräften bedienen werden, und wenn sie es erlauben, ruf' ich den anderen Gentleman ebenfalls herunter, uns wenigstens in einem Glas Bescheid zu tun.«

»Ich weiß nicht...–« sagte der Offizier zögernd.

»Sie haben nichts zu fürchten«, lächelte der Dschunkenführer, »von hier aus können Sie sogar durch unsere Bambuswände hindurch die dort aushängende Laterne, das befohlene Signal, erkennen. Außerdem seh' ich dem morgigen Tag mit großer Ruhe entgegen, denn irgendein wunderliches Mißverständnis muß jedenfalls den gegen mich oder mein Fahrzeug befohlenen Maßregeln zugrunde liegen. Also warten wir's ruhig ab. Fort kann ich ebenfalls nicht, bis ich nicht Wasser an Bord habe, und ich hoffe, daß wir den Abend auf angenehme Art verbringen werden.«

Ohne weiteres stieg er jetzt die wenigen Stufen hinan, den Mastersmate zu seinem Offizier hinabzurufen. Dieser verließ jedoch nur zögernd das Deck und konnte erst bewogen werden, ein Glas Wein anzunehmen, als sein Offizier ihn selber dazu einlud. Hierauf stiegen beide wieder auf das Deck und gingen dort wohl eine Stunde lang mit Moore auf und ab, der ihnen manches

aus seinem bewegten Leben und den interessanten Küstenfahrten des Archipels erzählte.
So war es neun Uhr geworden. Die Flut trieb schon seit vier Uhr mit voller Stärke gegen das Land zu, und der Wind war fast ganz eingeschlafen, während sich der Himmel mit Wolken dicht umzog. Die Dschunke hätte unter diesen Umständen ihren Ankerplatz gar nicht mehr verlassen können, ohne dem Land geradezu entgegenzutreiben. Außerdem herrschte an Bord völlige Ruhe. Die regelmäßige Wache ging allerdings an Deck auf und ab, die Rahen waren aber niedergelassen, im Kompaßhaus war kein Licht, das Steuer festgebunden, und das kleine Fahrzeug ruhte wie eine schlafende Möwe auf der stillen, fast spiegelglatten Flut.
Indessen nahte die Zeit des Abendbrots, und der kleine saubere Tisch in der Kajüte stand für vier Mann gedeckt. Leutnant Bolard führte allerdings seine Provisionen bei sich und wollte die Einladung ablehnen, Moore aber rief eifrig: »Ei wahrlich, Gentleman, Sie werden doch meinem Fahrzeug nicht die Schande antun wollen, seine Gäste nicht einmal bewirtet zu haben?«
»Ungebetene Gäste, wissen Sie, Mr. Moore«, lächelte der Offizier.
»Ei was«, rief der Seemann treuherzig, »im ersten Augenblick waren Sie mir allerdings ungebeten, und hätt' ich die Macht dazu besessen, verdammt will ich sein, wenn ich Sie gutwillig angenommen hätte. Wie aber die Sache jetzt steht und nach näherer Bekanntschaft, denk' ich, haben wir auf beiden Seiten gefunden, daß wir nicht so schlimm sind, als wir aussahen, und deshalb nicht die geringste Ursache vorhanden ist, das zu verschmähen, was uns unser chinesischer Koch bereitet haben wird.«
»Es liegt zu viel Logik in Ihrer freundlichen Einladung«, sagte der Offizier lachend, »um sie zurückzuweisen. Bis zum Einsetzen der Ebbe haben wir überdies noch eine volle Stunde Zeit und können diese allerdings nicht besser ausfüllen, als auf die von Ihnen so gastlich bezeichnete Weise. Mister Pawton, ich glaube, daß uns das Souper keinen Schaden tun wird.«
»Schaden?« schmunzelte der Mastersmate, den Moore durch sein derbes, seemännisches Wesen schon vollkommen gewonnen hatte. »Wohl keinen Schaden weiter, den ausgenommen, den es unter den aufgetragenen Speisen und Getränken anrichten wird. Ich glaube, wir sind beide schon an schlechteren Plätzen gewesen.«
»Je eher der Koch dann anrichtet«, rief Moore auf malaiisch seinem Steuermann zu, »desto besser. Ich selber habe heute abend einen schmählichen Hunger«, setzte er dann gegen die Fremden hinzu, »und hoffe dasselbe von meinen Gästen. Wollen Sie sich nach dem Souper dann in die Wache teilen, so steht einem der Herren da unten mein Sofa zu Diensten, oder ich schlinge Ihnen oben auf dem Verdeck, wenn Ihnen das lieber ist, eine Hängematte auf.

Das Wetter ist still und ruhig, und den Tau können wir schon durch ein darübergespanntes Tuch abhalten.«
»Vortrefflich«, rief Bolard, dessen letzter Verdacht durch dieses Anerbieten beseitigt wurde, »dann bitte ich Sie freundlichst um die Hängematte. Sie werden leicht begreifen, daß wir es unter den jetzigen Umständen vorziehen müssen, beisammen und an Deck zu bleiben.«
»Deshalb gerade machte ich Ihnen den Vorschlag. Aber jetzt zu Tisch; ich sehe eben, wie Tschung-Ih, unser würdiger Kochkünstler, seine gastronomischen Experimente dort hinunterspediert, und je eher wir ihm folgen, desto besser. Nur einen Augenblick müssen Sie mich entschuldigen, daß ich den Wein besorgen kann.« Die beiden Engländer stiegen, nachdem sie noch einen Blick über Deck geworfen und sich überzeugt hatten, daß alles in Ordnung sei, in die Kajüte hinab, wo Ben Ali seine Papiere fortgeräumt und dem Tischtuch Raum gegeben hatte. Moore stand indessen vorn an der Logistreppe, die in den vorderen Raum hinabführte, neben einer dunklen Gestalt, die mit halbem Leib daraus hervorschaute.
»Wie lange noch bis zur wiederkehrenden Ebbe, Rudah?« fragte er rasch mit unterdrückter Stimme.
»Voll eine Stunde, Toean (Herr)«, erwiderte der Malaie.
»Und was hältst du vom Wetter?«
»Gut – da drüben im Nordosten wird es hell. Noch vor der Zeit haben wir Brise genug.«
»Ist die Laterne in Ordnung?«
»Alles fix und fertig – wann lassen wir sie nieder?«
»Bei dem ersten Champagnerkorken, den ihr fliegen hört – Tschung-Ih mag an der Treppe bleiben.«
»Und wenn sie heraufkommen und etwas merken sollten?«
»Dann bleibt uns nichts anderes übrig als Gewalt!« sagte Moore finster. »Sobald das Zeichen gegeben ist, kommen sechs von euch leise nach hinten und stellten sich rechts und links an der Kajütentreppe auf. Den ersten, der nach oben will und dem ich nachrufe:
›Aber nur noch ein Glas!‹ faßt und knebelt. Verstanden?«
»Ay, ay«, lachte der Bursche mit blitzenden Augen. »Merken die dann auch etwas da drüben, können sie doch nicht auf das Fahrzeug schießen, in dem ihre eigenen Offiziere sind; und daß uns die Boote nicht einholen, dafür laßt uns sorgen.«
»Das sie es nur nicht hören, wenn ihr den Schäkel ausschlagt. Wenn es nicht vorsichtig geschieht, fühlt man die Erschütterung durchs ganze Schiff, und die beiden Burschen sind zuviel Seeleute, um nicht den Augenblick zu wissen, was das bedeutet.«

»Weiß schon«, lachte der Malaie, »sobald wir Stauwasser haben und das Schiff nicht mehr an der Kette hängt, ist das im Nu geschehen. Schade nur um den Anker – vorsichtigerweise habe ich eine Boje angeschlagen.«
»Recht so, wir werden ihn uns schon wieder holen, wenn ihn die Brigg da drüben nicht als Pfand behält«, lachte Moore. »Doch ich muß jetzt fort, daß meine beiden Herren keinen Verdacht schöpfen. Ich kann mich auf dich verlassen?«
»Saya, Toean«, sagte der Malaie lakonisch.
Moore erwiderte kein Wort weiter. Er kannte den Burschen und betrat wenige Minuten später mit den für ihn bereitstehenden Flaschen die Kajüte, wo er seine Gäste schon seiner harrend fand.
Das Essen wurde in diesem Augenblick vollständig aufgetragen und nahm vorderhand die Aufmerksamkeit sämtlicher dabei beteiligten Personen so vollständig in Anspruch, daß selbst nur abgebrochene Gespräche geführt werden konnten. Moore sprach zu gleicher Zeit der Flasche herzhaft zu, und selbst Ben Ali, Muselmann der er war, schien sich auf der See von den strengen Verboten seines Korans auf das liberalste dispensiert zu haben. Mit so gutem Beispiel vor sich, ließen sich die beiden Offiziere denn auch nicht lange nötigen, ohne jedoch den kräftigen Trank auch nur im entferntesten unmäßig zu genießen. Sie kannten die Verantwortung, die sie hier übernommen hatten, und wenn sie auch nicht den geringsten Verdacht gegen ihren jovialen halb Gefangenen, halb Gastgeber schöpften, waren sie doch viel zu gewissenhaft, sich nur das mindeste dabei zu vergeben oder irgendeine nötige Vorsicht außer acht zu lassen. Sie blieben daher beide still und schweigsam, und dann und wann, bei dem geringsten Geräusch an Deck, trat Bolard auf die kleine Treppe, wo er den ganzen oberen Teil der Dschunke übersehen konnte. Ihr Signal hing aber dort noch leuchtend aufgehängt, die Rahen lagen nieder, und nur der langsame, regelmäßige Schritt des wachthabenden Matrosen ließ sich hören.
Eine eigentümliche Veränderung war indessen mit dem vorher noch so ernsten und schweigsamen Ben Ali vorgegangen. Des Englischen vollkommen mächtig, wenn er es auch mit einem etwas fremdartigen Dialekt sprach, hatte ihn der Wein so beredt gemacht, daß er, nur erst einmal aufgetaut, das Wort allein führte und aus seinem an Taten und Vorfällen überreichen Leben besonders für die Seeleute höchst interessante und spannende Skizzen zum besten gab. Seit zwanzig Jahren fast an Bord eines oder des anderen Fahrzeugs im Archipel, kannte er die Küsten fast aller Inseln, vom Chinesischen Meer hinab bis zu der Torresstraße, war von den Piraten schon geplündert, von den australischen Wilden schon gespeert und gefangen worden, hatte auf holländischen Kriegsschiffen als Dolmetscher gedient und den Krieg gegen die

Engländer mitgemacht, war dann von diesen auf Java angestellt worden und erst, als diese jene Insel wieder an ihre früheren Besitzer abtraten, zu dem Entschluß gekommen, selber Handel zu treiben und sein eigener Herr zu werden.

Das Essen war ziemlich beendet und eine Stunde dabei im Flug hingegangen, als das Gespräch durch Moore auf ein vor längeren Jahren an der chinesischen Küste gesunkenes Dampfschiff kam. Es stieß damals mit reicher ostindischer Fracht beladen an eine Klippe, wurde leck und ging auch in der nämlichen Nacht zugrunde. Nur wenige Menschen waren imstande gewesen, sich zu retten, und Bolard selber hatte, wie er sagte, seinen Vater dabei verloren.

»Ihren Vater?« rief Ben Ali, der jetzt mit einer längeren Pfeife als vorher auf dem Sofa lehnte, indem er sich rasch emporrichtete. »Und der war mit unter jenen Unglücklichen, die der Tod selbst in der Kajüte ereilt hatte, ohne daß sie imstande gewesen wären, das Freie zu gewinnen?«

»Gott weiß es«, sagte Bolard seufzend, indem er von seinem Stuhl aufstand; »es ist auch eine zu traurige Geschichte, um ihrer lange zu gedenken. Aber ich glaube, die Ebbe wird bald eintreten, und es ist wohl Zeit, daß wir nach unserem Signal sehen.«

»Ich habe schon Befehl dafür gegeben«, erwiderte Moore, ebenfalls seinen Stuhl verlassend, »und will selber gleich nachschauen. Übrigens wird es uns hier unten gemeldet, sobald still Wasser eintritt. Apropos – jenes Schiff – wurde das an Bord befindliche bare Geld und was an Goldbarren vorrätig darin lag, nicht durch einen Taucher wieder heraufgeholt?«

»Ich glaube, ja«, sagte Bolard, »und der Mann soll über das Entsetzliche, das er da unten gesehen hat, wahnsinnig geworden sein.«

»Der Mann sitzt vor Euch!« sagte da der plötzlich ganz ernst gewordene Ben Ali mit hohler, fast geisterhafter Stimme. Der Arm, der die Pfeife hielt, war niedergesunken, sein Haupt hatte er gebeugt, und sein Blick haftete stier und unheimlich in der fernsten Ecke der Kajüte.

»Sie selber?« rief Bolard, der sich schon gewandt hatte, die Treppe hinaufzugehen, indem er sich überrascht nach dem Araber umdrehte.

»Ich selber«, sagte dieser, langsam mit dem Kopf nickend. »Und noch jetzt, wenn ich an jene Stunde zurückdenke, rieselt mir das Entsetzen durch Herz und Seele bis in die Fußzehen nieder.«

»Das müssen Sie uns erzählen«, rief Bolard. »Nur einen Augenblick geh' ich aufs Deck, ich bin gleich wieder unten.«

»Und ich werde indessen was besorgen«, setzte Moore, die beiden Fremden begleitend, hinzu, »das uns die Schauer wenigstens hier unten fernhalten soll. Nicht umsonst habe ich mir in Batavia einige Körbe Champagner gekauft, und heute können wir versuchen, ob er echt ist.«

Als die drei Männer das Deck erreichten, fanden sie noch alles, wie sie es vor dem Abendessen verlassen hatten. Noch kam die Flut ein, aber wie es schien, langsamer. Nur der Wind hatte sich wieder etwas erhoben und wehte, wie immer in dieser Jahreszeit, von Nordost her.
Moore öffnete die Mittelluke und stieg hinab, um den Champagner heraufzuholen, und Bollard ging indes mit dem Mastersmate nach vorn, sah nach der Kette, die noch straff gespannt hing, warf einen Blick auf die Signallaterne und einen anderen nach seiner Brigg hinüber, die ebenfalls nur durch ihre ausgehängten Lichtsignale sichtbar war, und schritt dann langsam wieder mit seinem Kameraden der Kajüte zu. Die Leute an Bord schienen zu schlafen; selbst der wachthabende Chinese hatte sich in Lee der etwas erhöhten Mittelluke lang aufs Deck ausgestreckt und schaute still und schweigend nach dem dunklen Himmel über sich hinauf. Das Licht der Laterne fiel voll auf sein Gesicht.
»Eine merkwürdig stille Nacht heute«, sagte Moore, als er mit einem Arm voll bleibehalster Flaschen wieder dahin zurückkam, wo die beiden Offiziere noch standen. »Aber ich denke, gegen Morgen bekommen wir mehr Wind. Der Himmel sieht dort drüben ganz danach aus.«
»Wohl möglich«, sagte Bolard, nach Nordost hinübersehend, »ich glaube sogar, daß er noch vor Morgen kommt. Aber der Ankergrund ist gut, und solange die Ketten halten, hat es nichts zu sagen.«
»Hier überhaupt nicht«, meinte Moore, »denn die Insel schützt uns hinlänglich und hält das Schlimmste ab. Aber kommen Sie, Sir, der Champagner hier ist überdies nicht sehr kühl, und je eher wir ihn trinken, desto besser. Außerdem bin ich selber auf des Arabers Erzählung gespannt. Er hatte sich schon ordentlich einen kleinen Rausch angetrunken, und nur die Erinnerung an jene Zeit machte ihn im Nu wieder nüchtern.«
Er stieg, ohne sich weiter an Deck umzusehen, in die Kajüte hinab, wohin ihm die beiden Offiziere folgten. Ben Ali saß noch dort, wie sie ihn verlassen hatten. Die Pfeife war ihm sogar ausgegangen, und er schien die Rückkunft der Männer gar nicht zu bemerken.
»Steward! He Steward, andere Gläser!« rief Moore aufs Deck zurück, als er seine Gäste eingeladen hatte, ihre Sitze wieder einzunehmen. »Und nun, Ben Ali, macht Euch Luft. Die Geschichte liegt Euch doch auf dem Herzen, und je eher Ihr sie herunterbringt, desto besser.«
Tschung-Ih selber brachte die Gläser und verließ augenblicklich die Kajüte wieder, während der Araber bei der Anrede rasch den Kopf erhob. Aber wie sich besinnend, hob er die Pfeife wieder zum Mund, sog daran, zündete sie dann langsam an einem auf dem Tisch stehenden Licht an und sagte: »Wohl habt Ihr recht, Freund. Auf dem Herzen liegt mir jener Tag – und ich glaube,

ich habe Ursache dazu. Doch die Erzählung ist kurz, und Euch die Zeit zu vertreiben, mögen die Bilder jener furchtbaren Stunden noch einmal an meinem inneren Blick vorübergleiten. Die Zeit, die alle Wunden heilt, hat sie überdies gemildert, und meine Worte werden die alte Kraft nicht mehr besitzen, sonst trieben sie Euch die Haare vor Entsetzen in die Höhe.«
»Alle Wetter«, meinte der Mastersmate, der neugierig in das bleiche Antlitz des Muselmanns schaute, »Ihr redet ja, als ob Ihr ein Gespenst gesehen hättet.«
»Ein Gespenst?« rief Ben Ali, ihn wild anstarrend. »Aber hört; hört und urteilt selbst.

Ich kam damals«, begann Ben Ali seine Erzählung, »gerade von Java zurück, und zwar als Superkargo und Miteigentümer eines kleinen Schoners, den ein Landsmann von mir alt in Batavia gekauft hatte. Der Gewinn, den wir aus der Reise bis Kanton machten, war nur ein geringer, denn von einem Taifun erfaßt, litten wir Havarie und mußten viel Geld bezahlen, um unser kleines Fahrzeug wieder seetüchtig zu bekommen. Da hörte ich von dem versunkenen Schiff, das große Reichtümer an Bord haben solle, und daß der englische Bevollmächtigte in Kanton dem eine große Belohnung ausgesetzt habe, der das Gold und das Silber aus der Kajüte des Schiffes wieder zutage fördere. Ich selber war von Jugend auf ein trefflicher Schwimmer und ein noch besserer Taucher. Länger als irgendeiner meiner Kameraden konnte ich unter Wasser aushalten, und oft zum Scherz hatte ich schon bei nicht allzu tiefem Wasser vom Grund des Meeres hineingeworfene Gegenstände wieder heraufgeholt. Die Belohnung lockte mich deshalb, ich meldete mich, und da das Schiff in verhältnismäßig seichtem Wasser lag, fühlte ich mich ziemlich sicher, das einmal Unternommene auch durchzuführen.«

Moore hatte, während Ben Ali sprach, eine Zigarre aus der auf dem Tisch stehenden offenen Kiste und das Licht vom Tisch genommen und trat damit in die Ecke, die Zigarre anzuzünden. Dort stand, von den übrigen nicht bemerkt oder beachtet, ein Kompaß, und ein einziger Blick darauf genügte dem Seemann, zu wissen, daß die Flut vorüber sei und die Ebbe beginne. Das Schiff fing an, sich zu drehen. Er setzte das Licht auf den Tisch zurück, nahm eine der Flaschen, löste den Kork und ließ ihn, ohne die Erzählung sonst zu unterbrechen, der Tür zu abknallen.

Während er die Gläser vollschenkte, fuhr Ben Ali fort: »Ein englisches Boot, mit allem Nötigen versehen, brachte mich zu der Stelle, wo wir noch die oberste Spiere des großen Mastes eben über die Oberfläche ragen sehen konnten. Es war ein wundervoller, windstiller Tag zwischen den beiden Monsunen und die See so klar, daß man deutlich aus dem Boot heraus die Lage des Schiffes erkennen konnte. Die Engländer hatten außerdem eine Taucherglocke herbeigeschafft, in der ich bis auf das Deck des gesunkenen Fahrzeugs niedergelassen werden sollte und in die ich zurückkehren konnte, um etwas Luft zu schöpfen. Unten vom Deck aus mußte ich mir freilich meine Bahn in die Kajüte selber suchen, und wenn ich auch, der genauesten Beschreibung nach, ziemlich deutlich wußte, wo ich das Gold finden würde, blieb es doch immer ein böses und gefährliches Unternehmen, in die jedenfalls dunkle Kajüte hineinzukriechen. Ging mir der Atem dort aus, konnte ich nicht schnell genug wieder zurück, so war ich verloren. Außerdem hatte man mir schon vorher gesagt, daß ich im Inneren wahrscheinlich noch einige Leichen finden würde, damit ich nicht, unten angelangt, erschrecken möge.

Ein starker Sack, den ich bei mir trug und der an einer besonderen Leine hing, sollte, was ich fand, aufnehmen, um allein nach oben gezogen zu werden. Mit einem Gewicht beschwert und voll guten Mutes glitt ich also in die Tiefe, denn Gold ist ein trefflicher Magnet und zieht die Menschen in der Erde Schluchten, in der Wasser Tiefen, übers Meer hinüber und durch Wüsteneien. Ich hatte vorher nicht gewußt, daß man auch in ein Grab danach steigen könne.«

»In ein Grab?« wiederholte Bolard.

»Hören Sie«, sagte der Araber mit leiser, fast flüsternder Stimme. »Mit der Glocke wurde ich leicht aufs Deck und dicht neben den Eingang niedergelassen, der in die Kajüte führte. Hier schon versperrte mir ein toter Körper den Weg, der sich mit den Kleidern irgendwo eingehängt hatte, leicht geworden, oben an der Treppe schwamm.

Ich überwand das Grausen, das mich beschlich, faßte und befreite ihn mit leichter Mühe, und die Leiche schoß, von dem Hindernis gelöst, wie ein Kork nach oben. Ich wandte den Kopf nicht danach um und stieg jetzt rasch die ziemlich breite, aber nicht tiefe Treppe nieder, um die mir kurz zugemessene Zeit nach Kräften zu benutzen. Nur mit großer Anstrengung öffnete ich hier gegen den Druck des darin liegenden Wassers die Tür und – stand zu Stein erstarrt, als mein Blick das düstere Zwielicht, das mich umgab, durchdrang und das Entsetzen faßte, das mir aus dem Winkel, aus allen Ecken, von der Decke, vom Boden, unter dem Tisch hervor und von den Fenstern her entgegengrinste.«

Er schwieg einen Augenblick und barg sein Antlitz in der rechten Hand, als ob er die Gedanken zurückdrängen wollte, die ihm aufs neue das Blut rascher durch die Adern jagten. Endlich sah er wieder auf, leerte das vor ihm stehende, frisch eingeschenkte Glas mit einem Zug und fuhr langsam fort: »Was ich sah, war furchtbar – die ganze Kajüte lebte von Leichen, die durch das Öffnen der Tür und die dadurch verursachte Strömung Bewegung erhalten hatten. Gleich vor mir unter dem Tisch, durch den Wasserdruck unter die Platte gedrückt, lag eine Frau, die wie hilfesuchend den Kopf zu mir emporhob und mich mit den weitgeöffneten, glanzlosen Augen anstierte. Andere, die sich im Todeskampf um die festgemachten Stühle klammerten, hatten noch jetzt ihren Griff nicht nachgelassen und bildeten wilde, furchtbare Gruppen, während das Gräßlichste von allem dicht über mir, mein Gesicht fast mit den kalten Gliedern berührend, festgepreßt unter der Decke hing. Eine Frau, ihr Kind an sich gedrückt, und zwei Männer, der eine in Uniform, der andere in einem leichten indischen Anzug, schwebten förmlich unter der Decke der Kajüte – Kopf, Arme und Beine niederhängend, den einen Arm der Frau mit dem Kind ausgenommen, und jetzt langsam im Schlag des Wassers mit angeschwollenen Gesichtern und stieren Augen auf mich nieder nickend. Mehr sah ich nicht – die Sinne schwanden mir, und ich weiß nur, daß ich im letzten Bewußtsein und mit der Kraft der Verzweiflung zurück durch die Tür, die Treppe hinauffuhr und mich nach oben, ans Licht – an die Luft arbeitete. Halb ohnmächtig und von den Leuten im Boot anfangs nur für eine zweite Leiche gehalten, kam ich dort an, und es bedurfte einiger Zeit, bis ich mich dazu entschließen konnte, wieder hinab zu jener furchtbaren Gesellschaft zu tauchen.

Das zweitemal wußte ich wenigstens, was mich erwartete, und als sich mir die geschwollenen Glieder dort entgegenschlenkerten, wandte ich nur schaudernd den Kopf ab und suchte nach dem Gold. Ich mußte hierzu eine Kiste erbrechen, die in der Hauptkajüte stand. Die Werkzeuge hatte ich bei mir, aber länger, als ich dazu brauchte, konnte ich auch die Luft nicht entbehren und kehrte diesmal in die Taucherglocke zurück. Siebenmal drang ich solcher Art in die Kajüte ein und füllte endlich die Säcke, die, an dünnen, aber starken Tauen befestigt, auf mein Zeichen in das Boot gezogen wurden und den versenkten Schatz zutage förderten.

Das achtemal war ich, nachdem ich vorher auf einige Stunden an Bord zurückgekehrt war und mich in der frischen Luft erholt und gestärkt hatte, wieder nach unten gegangen, um des Kapitäns Sekretär zu erbrechen, in dem sich noch eine Summe in spanischen Dollars befinden sollte. Wieder betrat ich, mit den Schrecken dort unten jetzt schon vollkommen vertraut, den düsteren Raum. Ein Stuhl stand hier zwischen dem Sofa und der Kapitänskajüte eingeklemmt, den ich erst lüften mußte. Ich tat das rasch, ohne mich weiter umzusehen, als plötzlich die eine auf dem Sofa liegende Frau, deren Kleider jenen Stuhl bis dahin wahrscheinlich festgehalten hatten, die Arme in die Höhe warf. Entsetzt drehte ich mich nach ihr um, da hob sie sich empor, und mit stier auf mich geheftetem Blick, die Arme vorgestreckt, als ob sie mich fassen und halten wollte, schoß sie auf mich zu.

Das war zuviel für menschliche Nerven – das Blut drängte sich mir wie mit einem Schlag zum Herzen zurück, und das Gewicht, das ich in der Hand hielt, im Schreck fallen lassend, wollte ich der Tür zu springen; dadurch aber leichter geworden, hob mich das Wasser unter die Decke zwischen die dort angepreßten Leichen – wohin ich griff, erfaßte ich tote, aufgeschwemmte Körper, die sich alle nach mir zu drehen, mich nun zu greifen schienen. Ich fühlte dabei, daß mir die Luft ausging – sah mich schon im Geist verloren – tot zwischen diesen Entsetzlichen, ein Genosse ihrer furchtbaren Sippschaft. Nur die Verzweiflung, die mich erfaßt hatte, stählte meine Nerven so weit, daß ich mit gewaltsamer Kraftanstrengung nach unten tauchen und die Tür gewinnen konnte.

Ich war gerettet, aber keine Macht der Erde, keine Aussicht auf goldene Schätze hätte mich verlocken können, aufs neue in das gräßliche Schiff hinabzusteigen. Die Engländer boten mir die Hälfte des Silbers, das ich noch zutage bringen würde – sie versprachen mir...«

»Was war das?« unterbrach da der Mastersmate, von seinem Sitz aufspringend, die Erzählung.

»Es klang wie ein Knarren einer Rahe«, sagte Bolard, rasch seinem Beispiel folgend, »das Schiff fängt an, stärker zu schwanken.«

»Sie werden noch ein paar Segel beisetzen«, meinte Moore ruhig, indem er die Gläser wieder füllte. »Keiner der Herren ist doch, wie ich hoffen will, den Unfällen der Seekrankheit ausgesetzt?«

Bolard erwiderte nichts darauf. Mit zwei Sätzen war er oben an der Kajütentreppe, ohne jedoch von dem dort stehenden Malaien im geringsten belästigt zu werden, und fand hier zu seinem Schrecken, daß die Dschunke, das große Mattensegel von dem Wind gebläht, in flüchtiger Schnelle durch die nur schwach gekräuselten Wogen glitt.

»Verrat!« schrie der junge Mann, indem er eine Pistole aus dem Gürtel riß und sie in die Luft feuerte. »Verrat, wo ist die Signallaterne?«

»Die schwimmt an unserem alten Ankerplatz ruhig an einer Boje«, erwiderte ihm Moore, der mit großer Kaltblütigkeit gefolgt war. »Ich fürchte fast, Sir, daß sie an Bord der Brigg Ihr Zeichen nicht mehr hören werden.«

»Herr«, rief der junge Offizier in blinder Wut, »das ist nichtswürdig, das ist...«

»Halt, junger Mann«, unterbrach ihn aber mit ernster, drohender Stimme der Dschunkenführer, »das wäre genug gesagt, wenn – Sie nicht eben mein Gefangener wären. Für jetzt verzeihe ich Ihnen diesen ersten Ausbruch getäuschter Erwartung und vielleicht auch unangenehmen Staunens und benachrichtigen Sie nur, daß Sie, sobald Sie sich ordentlich und ruhig verhalten, nebst Ihrem Mastersmate auf der *Orang Makan* nichts für Ihre eigene Person zu fürchten haben. Alles weitere hängt jedoch von Ihrem Verhalten ab.«

»Herr«, rief aber Bolard, durch die drohenden Worte nicht im geringsten eingeschüchtert, »Sie vergessen, daß auf mein gegebenes Signal die Boote uns zu Hilfe eilen werden. Sie sind verloren, sobald diese nur in Rufweite kommen.«

»Sie könnten recht haben«, lachte Moore still vor sich hin, »vorausgesetzt nämlich, daß der Fall wirklich einträte und Ihr Brigg Licht genug hätte, die Boote mit ihren Kanonen zu unterstützen. Für jetzt aber hat das wohl keine Gefahr. Sehen Sie die beiden Lichter dort in weiter Ferne? Das eine ist Ihre gedrohte Brigg, und das andere mit etwas rötlichem Schein, das rechts davon herüberblitzt, ist die Signallaterne, die wir so frei waren – etwas vorsichtig natürlich – auf das Wasser niederzulassen. Ha – jetzt verdunkelt es sich –, da kommt es wieder vor – ein Boot ist zwischen ihm und uns durchgeschwommen, und wie es scheint, haben Ihre Freunde schon unsere kleine, unschuldige List entdeckt. Sehen Sie, dort blitzt es auch schon an Bord. Es ist wirklich grausam, die sanft schlafenden Behörden von Hongkong so ganz unnötigerweise zu alarmieren.«

Der laut rollende Donner eines Kanonenschlages dröhnte, noch während er sprach, durch die Nacht – aber er kam aus weiter Ferne, während das mächtige Mattensegel, jetzt nicht mehr durch die Berge der windwärts gelegenen Inseln behindert, das kleine, schlanke Fahrzeug mit flüchtiger Eile über die schäumende Flut dahinführte.

Bolard war Seemann genug, um mit einem Blick zu sehen, daß die Dschunke ihre Flucht, für diese Nacht wenigstens, glücklich bewerkstelligt habe, denn eine Verfolgung in der Dunkelheit blieb immer ein entsetzlich zweifelhaftes Unternehmen. Lichtete die Brigg auch wirklich ihre Anker und setzte Segel bei, was sie zweifellos tat, so machte ein einziger Strich, den sie verschieden in der Richtung steuerte, so großen Unterschied, daß mit Tagesanbruch die beiden Fahrzeuge weit aus der Sicht und viele Meilen getrennt sein mußten. Alle Lichter an Bord der Dschunke waren sogleich gelöscht oder doch so verhangen worden, daß sie nach außen hin nicht sichtbar blieben, und jede Minute vergrößerte die Entfernung zwischen ihr und ihren Feinden.

»Und was denken Sie mit uns zu tun?« fragte Bolard endlich, die Zähne in maßlosem Grimm fest zusammengebissen. »Wir sind in Ihrer Gewalt.«

»Als meine Gäste, versteht sich«, lachte Moore. »Vor allen Dingen haben wir noch Wein unten stehen, und Ben Ali ist uns den Schluß seiner Erzählung schuldig.«

»Ist das wie ein Gentleman gehandelt«, fragte Bolard scharf zurück, »den gefangenen Feind noch zu verspotten?«

»Sie haben recht«, sagte Moore, plötzlich ernst werdend, »und ich bitte Sie deshalb um Verzeihung. Für jetzt«, fuhr er dann in ebendem Ton fort, »brauche ich Ihnen kaum auseinanderzusetzen, wie die Sachen stehen. Der Verdacht, den jene beiden chinesischen Herren gegen mich und mein wackeres Fahrzeug gefaßt hatten, war allerdings begründet, und eine Untersuchung wäre mir nichts weniger als erwünscht gewesen; sie würde die braven Burschen, die Sie dort bis an die Zähne bewaffnet können stehen sehen, vielleicht gar vor der Zeit zutage gefördert und den Behörden bewiesen haben, daß mein kleiner *Orang Makan* noch nicht ganz so harmlos sei, als er zu scheinen wünschte, und eher seinem Namen als seinem Äußeren entspreche. Dank dem gewöhnlich schleppenden Geschäftsgang Ihres hierher verpflanzten europäischen Polizeisystems habe ich Zeit gewonnen, mich allen unangenehmen Auseinandersetzungen zu entziehen. Leider blieb mir dabei nichts anderes übrig, als Sie mit mir zu nehmen. Fügen Sie sich in das Unvermeidliche ruhig, und ich gebe Ihnen mein Wort, daß Sie hier unbelästigt an Bord bleiben sollen, bis ich Gelegenheit finde, Sie auf irgendein friedliches Fahrzeug oder irgendwo an Land abzusetzen. Es ist das einzige, was Ihnen überhaupt zu tun übrigbleibt.«

»Die Brigg wird Sie verfolgen«, sagte Bolard rasch.

»Wohl möglich«, lachte Moore, »aber schwerlich finden. Lassen Sie das meine Sorge sein. Keinesfalls soll es mich in meinen Plänen hindern. Übrigens steht Ihnen wie früher die Kajüte zu Gebote, wenn Sie es nicht vorziehen sollten, für jetzt an Deck...«

»Wenn ich Ihnen hier nicht hinderlich bin«, unterbrach ihn Bolard, »so möchte ich Sie bitten, mich an Deck zu lassen.«

»Sie haben zu befehlen«, lautete die freundliche Antwort des Piraten. »Was wir hier tun und treiben, braucht Ihnen kein Geheimnis zu bleiben; im Gegenteil wird es mich freuen, wenn Sie Zeuge sind, Ihrem Befehlshaber, dem ich mich aufs herzlichste zu empfehlen bitte, später Bericht darüber abzustatten. Nur in dem Fall, daß wir wiklich in Sicht der Brigg kommen sollten, was ich übrigens nicht glaube, werde ich Sie ersuchen müssen, nach unten zu gehen. Sie werden einsehen, daß uns bei solcher Gelegenheit hier von Bord aus möglicherweise gegebene Signale eben nicht erfreulich sein dürften.«

Bolard verneigte sich kalt gegen den Piraten und überließ ihn jetzt sich selbst, nach seinem eigenen Fahrzeug zu sehen und dessen Leitung von da an zu übernehmen.

Die Dschunke hielt indessen noch mehrere Stunden die eingeschlagene Richtung, bis die fernen Lichter von Hongkong am Horizont schon lange verschwunden waren. Plötzlich sanken die Rahen nieder, das Fahrzeug fuhr herum und legte bei, und eine Masse geschäftiger Hände war im Nu bemüht, die neuen, durch ihre lichte Farbe auffälligen Mattensegel abzunehmen und andere, ältere – dafür anzulegen. Auch bunte Wimpel, wie sie gewöhnlich die chinesischen Dschunken führen, wurden aufgezogen und das ganze Schiff von allem befreit, was es in irgend etwas von einem der gewöhnlichen Kauffahrer dieser Art unterschied. Selbst aber als dies geschehen war, machte es nicht die geringste Anstalt, seine Flucht fortzusetzen, sondern trieb mit nackten Rahen und Spieren nur langsam vor Top und Takel mit dem Wind nach Lee zu. Alle Lichter waren dabei sorgfältig ausgelöscht.

Solange die Dunkelheit währte, schienen auch alle auf dem Schiff auszuruhen, wie das Fahrzeug selber. Zwei Wachen ausgenommen, die auf dem hohen Hinterdeck ihren Posten hatten, zog sich die sämtliche Mannschaft in ihre Kojen zurück. Kaum aber zeigte sich im fernen Osten das erste Zeichen

des dämmernden Tages, als reges, geschäftiges Leben in die wunderlich gemischte Bemannung der Dschunke kam.
Bolard, der die ganze Nacht kein Auge geschlossen und immer noch gehofft hatte, seine Brigg werde zufällig in ihre Nähe kommen und er könne ihr auch auf Gefahr seines Lebens hin ein Zeichen geben, sah jetzt zu seinem Erstaunen, wie braune bewaffnete Gestalten von allen Seiten her sichtbar wurden. Aus dem Raum herauf wurden zugleich lange, wenn auch nicht sehr starke Geschützstücke gebracht und auf bis dahin schlau versteckten Drehern befestigt. Der friedliche Kauffahrer verwandelte sich mit einem Wort in unglaublich kurzer Zeit in eine der gar nicht so seltenen Raubdschunken jener Seen, ohne jedoch im mindesten Anstalt zu machen, den einmal eingenommenen Platz weiter zu verlassen, als sie der Wind eben langsam vorwärts setzte. Nur die Ausgucks waren vermehrt und zwei der Leute oben in den kleinen Mast geschickt worden, um von dort einen besseren Überblick über das offene Meer zu erhalten.
Die letzten Bergspitzen von Hongkong waren lange am Horizont verschwunden. Trotzdem schien die Aufmerksamkeit der Wachen nach jener Richtung hin am meisten beschäftigt. Schauten sie nach der Brigg aus? Diese war selbst vom Masttop aus nirgends zu erkennen und lag entweder noch auf ihrem alten Ankerplatz auf der Reede oder mußte an ihnen in der Dunkelheit der Nacht, wie Moore das von Anfang an berechnet hatte, vorbeigesegelt sein. Für Bolard und seinen Mastersmate blieb deshalb keine andere Wahl, als sich dem Unvermeidlichen eben geduldig zu fügen.
»Zwei Dschunken von Nordost!« meldete da plötzlich etwa um elf Uhr morgens der ausgestellte Posten.
»Welche Richtung?«
»Mit halbem Wind nach Südost herunter.«
Moore stieg jetzt mit seinem Fernglas selber nach oben, um die beiden gemeldeten Fahrzeuge näher zu betrachten, und Ben Ali erschien zum erstenmal, seit die Engländer an Bord waren, wieder an Deck. Aber sein Aussehen hatte sich verändert. Das lange morgenländische Obergewand war abgeworfen, und mit kurzen Beinkleidern und ebensolcher Jacke, ein Stück bunten Kattun nur unter dem rechten Arm durch und über die linke Schulter geworfen, unter dem die Läufe von mehreren Pistolen und Krisen hervorsahen, in der rechten Hand noch eine Flinte haltend, kam er jetzt die Treppe herauf und nahm, ohne die Engländer weiter zu beachten, seinen Platz auf dem oberen Deck sein. Die beiden Dschunken waren indes so nahe gekommen, daß sie leicht schon von Bord aus mit bloßen Augen erkannt werden konnten. Immer aber noch bleib die *Orang Makan* untätig und jetzt nur mit kurzem Segel dicht am Wind liegend auf seiner Stelle.

»Mr. Bolard«, wandte sich Moore, der eben wieder an dem Offizier vorüberging, an diesen, »Sie sehen die beiden Fahrzeuge dort?«
»Allerdings, Sir.«
»Es sind mit Opium beladene chinesische Dschunken, die ihre wertvolle Fracht in Hongkong eingenommen haben, um das teure Gift ihren Landsleuten auf Sumatra und den anderen Inseln zu verkaufen. Ist dem nicht so?«
»Ich weiß es nicht«, antwortete der Seemann ausweichend. »Allerdings lagen Fahrzeuge zu dem Zweck in Hongkong, und wenn ich nicht ganz irre, hat die Vermutung, daß Sie denselben gefährlich werden könnten, gerade die gegen Sie genommenen Maßregeln veranlaßt.«
»Das etwa dachte ich mir«, lachte der Dschunkenführer. »Sie sehen leider, daß diese Vorsichtsmaßregeln vergebens genommen wurden.«
»Sie wollen –?«
»Die beiden Schiffe entern – eins wenigstens, da wir leider nicht Raum genug für beider Ladungen haben. Es ist das ein böser Übelstand meines kleinen Fahrzeugs, der mich nächstens veranlassen wird, mein Geschäft zu vergrößern. Vielleicht bietet sich heute eine Aussicht dazu.«
»Bedenken Sie«, rief Bolard erschreckt, »daß Sie damit den Seegesetzen aller zivilisierten Nationen völlig verfallen sind, und wenn man Sie einfängt...«
»Einfach gehängt werden«, erwiderte Moore gleichmütig. »Ich weiß das. Lassen Sie sich durch das aber nicht beunruhigen. Ihre Seegerichte nicht zu bemühen, ist meine einzige Sorge, und ich werde ihnen schon aus dem Weg gehen. Aber die Dschunken kommen näher – Mr. Bolard, Klugheit zwänge mich allerdings, Sie jetzt in den unteren Raum zu schicken, einesteils, um später keinen Zeugen gegen mich zu haben, andernteils, um Sie zu hindern, gegen mich Partei zu nehmen. Der erste Grund soll mich nicht abhalten, Sie wie Ihren Kameraden bei dem, was jetzt folgen wird, frei auf dem Deck zu lassen, wenn Sie beide mir Ihr Ehrenwort geben, daß sie sich an einem möglichen Kampf nicht beteiligen wollen. Überlegen Sie sich die Sache«, fuhr er fort, als Bolard mit der Antwort zögerte. »Noch haben wir etwa eine Viertelstunde Zeit; bis dahin bitte ich Sie aber, mir Ihren Entschluß mitzuteilen.«
Die Dschunken kamen indessen rasch heran, und auch auf der *Orang Makan* wurde das vordere Segel jetzt langsam aufgezogen. Bolard sah aber deutlich, daß sie die beiden Fahrzeuge nur in Lee bekommen wollten, um ihrer Beute dann um so rascher gewiß zu sein. Dies noch schneller zu erreichen, lagen sie dicht am Wind, ihren Kurs anscheinend auf Hongkong zu nehmen.
An Bord der anderen Dschunke war übrigens das mit kleinen Segeln beiliegende Fahrzeug ebenfalls bemerkt und wahrscheinlich auch für verdächtig gehalten worden, denn beide Dschunken hielten sich näher zusammen und fielen etwas mehr vor dem Wind ab.

Die *Orang Makan* nahm indessen nicht die geringste Notiz von ihnen, sondern hielt ihren Kurs und setzte ihre übrigen Segel bei. Die beiden Opiumfahrer sollten jedoch nicht lange über das, was er wirklich beabsichtigte, in Zweifel bleiben, denn kaum hatte er ihnen den Wind abgewonnen, als er ebenfalls vor dem Wind herumging und ohne weiteres Jagd auf sie machte. Die Chinesen schienen im Anfang unschlüssig, was sie tun sollten, und blieben beieinander. Bald aber mußten sie sich über ihren Schlachtplan verständigt haben, denn plötzlich trennten sie sich; während der eine den Wind noch voller faßte und zu entkommen suchte, luvte der andere mehr dagegen an und schien den Feind erwarten zu wollen.
»Merkst du die List, Ben Ali?« fragte Moore, ingrimmig vor sich hinlächelnd, indem er selber das Steuer ergriff und dem ersteren nachhielt.
»Wahrscheinlich hat die Brigg den Kurs genommen«, erwiderte der Araber ruhig, »und das langsamere Fahrzeug will derselben näher kommen, während das schnellere uns hier wohl aufhalten soll.«
»So wird's sein«, nickte Moore. »Aber sie haben sich in ihrer Rechnung geirrt. Erst die gewisse Beute sicher, mit dem anderen werden wir dann auch schon ferig.«
Es war eine kurze Jagd. Die Dschunke der Seeräuber zeigte sich dem schwerbeladenen Kauffahrer viel zu schnell, als daß dieser dem Verfolger hätte lange entgehen können. In kaum einer halben Stunde war die *Orang Makan* ohne einen Schuß zu feuern neben ihrem Opfer, und der Ruf des Piraten forderte die Mannschaft auf, sich zu ergeben.
Die andere Dschunke hatte allerdings einmal Miene gemacht, zu wenden und ihrem Kameraden zu Hilfe zu eilen, sich jedoch eines Besseren besinnend, schien deren Führer nur darauf zu denken, seine eigene Fracht in Sicherheit zu bringen, und floh jetzt, alle Segel beigesetzt, dem Süden zu. Natürlich hoffte er, daß das Fahrzeug durch die Plünderung der anderen Dschunke lange genug aufgehalten würde, um sein Entkommen möglich zu machen. Moore dachte aber anders. Er hatte Ben Ali das Steuer überlassen und ging zu seinen Leuten nach vorn, um das Entern zu leiten.
Als er zu dem Offizier kam, der mit verschränkten Armen an der Schanzkleidung lehnte, redete er diesen an: »Nun, Sir, es ist die höchste Zeit; Sie sehen, wir werden jenen Langzöpfen augenblicklich unseren Besuch abstatten; wollen Sie sich den Spaß mit hier oben ansehen, oder ziehen Sie es vor, nach unten zu gehen?«
»Ich sehe nicht das mindeste Zeichen«, erwiderte dieser, »daß die feigen Burschen da drüben an irgendeinen Widerstand denken. Sie laufen rat- und kopflos zwischeneinander herum. Unter diesen Umständen wird sich mir nicht die geringste Gelegenheit bieten, Ihnen feindlich entgegenzutreten.«

»Sie geben mir also Ihr Ehrenwort, daß Sie sich mit Ihrem Mastersmate ruhig und neutral verhalten wollen?«
»Ich gebe es für mich und ihn.«
»Desto besser, und nun an die Arbeit, Jungens!«
»Sie werden hoffentlich das Blut jener Unglücklichen nicht vergießen!« rief Bolard besorgt.
»Denke nicht daran«, lachte Moore, »solange sie mich nicht selber dazu zwingen.«
Ben Ali hatte indessen dem Führer der chinesischen Dschunke in dessen eigener Sprache seine Befehle hinübergerufen, und dieser, der wohl einsah, daß er rettungslos verloren sei, ließ seine Rahen rasselnd an Deck fallen. Die *Orang Makan* glitt längsseits, auch ihre Rahen fielen, und im nächsten Augenblick schwärmte das Deck des Chinesen von bewaffneten braunen Gestalten, die rasch an seinen Bord hinübersprangen. Diese aber, mit Äxten bewehrt, kümmerten sich gar nicht um die entsetzte Mannschaft, sondern griffen ohne weiteres die Masten selber an. Während einige von ihnen die Rahen wieder aufholten, so daß der Wind etwas in die Segel griff, brachen schon nach wenigen Minuten die Masten unter den kräftig geführten Streichen der übrigen prasselnd zusammen und ließen das Fahrzeug, ein Wrack, auf dem Wasser schwimmen.
Die gellende Pfeife Moores rief in dem nämlichen Augenblick seine eigenen Leute an Bord zurück. Im Nu gehorchten diese dem Befehl, die Taue, die bis jetzt das erbeutete Schiff gehalten hatten, wurden gekappt, die Rahen flogen wieder in die Höhe, und die Chinesen trauten ihren Sinnen kaum, als der gefürchtete Feind, der sie eben erst geentert hatte, sie schon wieder ihrem Schicksal überließ und mit geblähten Segeln der anderen Dschunke folgte. Aber gerettet waren sie darum nicht. Moore wußte recht gut, daß ihm das verkrüppelte Fahrzeug nicht mehr entgehen könne, und jetzt begann die Jagd, das andere einzuholen.
Die zweite Dschunke war etwas flüchtiger als die erste und hatte durch den Aufenthalt des Räubers einen größeren Spielraum gewonnen. Sie ging aber mit ihrer schweren Ladung ebenfalls zu tief im Wasser, und wenn sie auch das Endresultat verzögern mochte – verhindern konnte sie es nicht.
Nach zweistündiger Jagd war der Verfolger ihr in Rufnähe gekommen und forderte auch sie auf, die Segel zu streichen.
War hier die Dschunke besser bemannt oder bewaffnet oder der Kapitän mutiger – jedenfalls wurde dem Befehl keine Folge geleistet. Im Gegenteil antwortete eine Kugel dem Ruf des Räubers, die ein Stück von der Schanzkleidung wegriß und einen der Piraten verwundete.
»Der Bursche zeigt die Zähne«, lachte Ben Ali. »Gebt aber keinen Schuß zu-

rück; wir brauchen die Dschunke und wollen sie uns nicht selber verkrüppeln.«
»Du hast recht Ben Ali«, rief Moore, seine eigene Büchse aufgreifend, »aber den Burschen selber möchte eine Lektion gut sein. Haltet nur scharf hinan, daß ich den Steuermann in Schußnähe bekomme.«
Wieder blitzte es von Bord des Opiumfahrzeugs herüber, und die Kugel riß diesmal einen dünnen Span aus dem Mast des Räuberschiffs.
»Alle Teufel, sie zielen gut und werden uns durch ihr verdammtes Kanonieren am Ende noch den frühzeitigen Besuch verwehren wollen. Dichter hinan, Ben Ali, dichter hinan! Sobald wir ihnen den Wind nehmen können, sind sie ohnedies unser.«
Der Chinese war allem Anschein nach ein trefflicher Segler, aber, wie schon gesagt, so schwer beladen, daß er fast bis an die Schanzkleidung im Wasser ging. Die *Orang Makan* dagegen schäumte leicht durch die Wogen hinter ihm her und hatte sich an seine Beute schon bis auf kaum einen halben Büchsenschuß hingearbeitet.
»Streicht eure Segel«, donnerte da Ben Alis Ruf noch einmal über das Wasser, »oder wir morden alles, was wir lebendig an Bord finden!«
Ein dritter Schuß von Bord des zur Verzweiflung getriebenen Kauffahrers war die Antwort, aber der Schütze hatte nach dem Mast gezielt, als einzige Hoffnung, dem schnellen Räuber zu entgehen, und die Kugel riß nur eine der Leepardunen weg, ohne dem Fahrzeug weiteren Schaden zu tun.
In demselben Augenblick fast drückte Moore auf den am Steuer stehenden Matrosen ab und schoß den armen Teufel durch den Kopf, daß er lautlos zusammenbrach. Wie dieser das Steuer losließ, drehte es sich auf; das Segel fuhr in den Wind und schlug back, ehe der hinzuspringende Kapitän es verhindern konnte. Im nächsten Augenblick fast war der Räuber an seiner Seite, die Enterhaken flogen aus, und während das eigene Segel niederfiel und die vorderen ebenfalls back gebraßt wurden, sprangen die Enterer über Bord als Herren der Beute. Aber sie fanden keinen Feind, den sie bekämpfen konnten, denn wie Katzen liefen die erschreckten armen Teufel von Chinesen an ihren Wanten hinauf, dem ersten Anprall der gefürchteten Gegner zu entgehen, und der Kapitän, sich so von allen verlassen sehend, konnte natürlich allein keinen Widerstand leisten.
War es nun, daß Moore die Gegenwart der Engländer scheute, oder dachte er selber menschlich genug, Blutvergießen soviel als möglich zu verhindern – sein Befehl rief seine Schar von jeder weiteren Verfolgung ab.
Rasch wurde nun die Prise mit den bewaffneten Malaien bemannt, und während man die nach oben geflüchteten Chinesen zwang, herabzukommen und in den Raum niederzusteigen, über dem die Luken geschlossen wurden, be-

freiten andere das Fahrzeug von den angeschlagenen Tauen, richteten die Segel aufs neue und kehrten im Fahrwasser der ihnen vorangehenden *Orang Makan* dorthin zurück, wo sie das Wrack verlassen hatten.
An Bord der entmasteten Dschunke hatten die Leute indessen ihr Äußerstes getan, das Wrack von Holz und Tauen zu befreien und einen Notmast zu errichten, der sie außer Bereich ihres Feindes bringen könne – aber umsonst. Die *Orang Makan* kehrte schneller, als sie gehofft hatte, zurück, und die Mannschaft selber wurde gezwungen, den Teil ihrer Fracht, der irgend wertvoll war – besonders das Opium – in das Raubschiff überzuladen.
Dabei brach der Abend an, ohne daß sie ihre Arbeit hätten unterbrechen dürfen. Fortwährend wurden Ballen und Kisten aus dem unteren Raum des Chinesen heraufgeschafft, um auf den Räuber übergeladen zu werden, bis Ben Ali die Ladung für geschlossen erklärte und nichts weiter einnehmen wollte.
Die Mannschaft der letztgenommenen Dschunke wurde dann auf das entmastete Schiff beordert, und ebenso fragte Moore seine beiden Gefangenen, ob sie es vorzögen, bei ihm an Bord zu bleiben, oder ob sie lieber den Versuch machen wollten, mit dem verkrüppelten Fahrzeug Hongkong wieder zu erreichen.
Die beiden Offiziere entschieden sich augenblicklich für das letztere. Viel lieber wollten sie den Gefahren trotzen, die ihnen von den Elementen drohten, als noch länger die Gefangenen einer Bande von Räubern sein, die mordend und plündernd ihre gesetzlose Bahn zogen.
Den Piraten lag natürlich nichts daran, sie festzuhalten, wo jetzt nur ihr einziges Ziel darauf gerichtet war, die gemachte reiche Beute so rasch als möglich in den nächsten sicheren Hafen einzubringen und zu verwerten. Das Überschaffen der Mannschaft war bald geschehen, und noch vor Tag segelten jetzt die beiden Dschunken mit geblähten Segeln gen Süden, das Wrack gedrängt voll Menschen den Wellen und seinem guten Glück überlassend.
Moore führte dabei sein eigenes Fahrzeug, während Ben Ali den Befehl der erbeuteten Dschunke übenommen hatte.
Hier an Bord ließ er vor allen Dingen die Ladung nachsehen und davon über Bord werfen, was nicht irgend Wert besaß, um sein Fahrzeug dadurch soviel als möglich zu erleichtern. Als der Tag anbrach, liefen die Dschunken denselben Kurs, dem die eine derselben schon am vorigen Tag gefolgt war, der Nordküste von Manila zu.
»Segel in Sicht!« lautete da plötzlich der Ruf von Deck, und dicht am Wind, ihre Bahn kreuzend, entdeckten sie plötzlich ein amerikanisches Fahrzeug; wie sich bald auswies, eine Brigg, die von Süden heraufkommend gegen Hongkong anzusegeln schien. Ihre Gläser verrieten ihnen bald die Kriegsbrigg, und nach kaum einer halben Stunde blieb es keinem Zweifel mehr un-

terworfen, daß sie ihr böser Stern gerade ihrem gefährlichsten Feind und Gegner in den Weg geführt hatte.
Flucht war nicht mehr möglich, sie hätten den größten Teil ihrer wertvollen Fracht über Bord werfen müssen, ihre Fahrzeuge zu erleichtern, und selbst dazu blieb ihnen nicht einmal mehr die Zeit. Die Brigg kam immer näher, und jetzt dröhnte sogar ein Schuß übers Wasser herüber, ein Zeichen für sie zum Beilegen, wenn sie sich nicht als Feind wollten behandeln lassen.
Die beiden Dschunken segelten so dicht nebeneinander, als es die beiden breiten Rahen gestatteten, und an Bord der Brigg hatten sie allerdings nicht den geringsten Verdacht, daß die eine von ihnen das gefürchtete Raubschiff sein könne. Moore nämlich, durch manche ähnliche Gefahr gewitzt, war klug genug gewesen, seine Spieren zu kürzen und das hintere Deck mit Matten zu überhängen, so daß sein kleines Fahrzeug mit den älteren Segeln und bunten Wimpeln sich in nichts mehr von all den übrigen, nach einem Muster gebauten chinesischen Dschunken unterschied. Auch ging er heute viel tiefer im Wasser als damals bei Hongkong und hatte dadurch schon ein ganz anderes Aussehen gewonnen. Nur Erkundigungen wollte der Kapitän einziehen, ob niemand an Bord der Dschunken den flüchtigen Räuber gesehen hätte, um der Richtung dann zu folgen, und er fand auch nichts Auffälliges darin, daß nur der eine Kauffahrer seinem Befehl gehorchte und augenblicklich beidrehte, während der andere, wie um seinem Kameraden nicht weit vorauszulaufen, einige leichte Segel einzog und langsam seinen Kurs verfolgte.
Ben Ali mit dem erbeuteten Fahrzeug erwartete während der Zeit vollkommen ruhig das nach ihm ausgesandte Boot und empfing den Zweiten Leutnant, der ihm an Bord geschickt wurde, mit all der tiefen Demut und Förmlichkeit, die die Bewohner des indischen Archipels nur zu sehr dem Europäer gegenüber angenommen haben.
Moore indessen beobachtete mit ängstlichem Herzklopfen und einer jeden Augenblick peinlicher werdenden Spannung den Erfolg ihrer List, von der nicht allein die Sicherung ihrer Beute, von der ihrer aller Leben abhing.
Es gibt aber kaum einen schlaueren Volksstamm, als die Araber sind, und unter seinen Landsleuten war Ben Ali der Schlaueste. Nach etwa einer Viertelstunde, die der Offizier an Bord der Dschunke zubrachte, um dann gefüllt mit falschen Nachrichten zu seinem Oberen zurückzukehren, verließ das Boot wieder den Chinesen, der seine Segel setzte und, so rasch es ihm die schwere Fracht erlaubte, dem Gefährten folgte.
Die Brigg dagegen hatte kaum ihre Mannschaft an Bord und das Boot aufgehißt, als sie ihre Rahen umbraßte und einen Westkurs einschlug. Als ihre letzten Spieren am Horizont verschwunden waren, änderten auch die Dschunken ihren Kurs und steuerten mit ihrem Raub fröhlich dem Süden zu.

CHINESENREVOLTE AUF DER »PERSEVERANCIA«

Die Lebenserinnerungen des Kapitäns Alfred Tetens, der es nach dem unfallbedingten Ende seiner Seefahrerzeit zum »Wasserschout« brachte, dem damaligen Chef der Seefahrtsbehörde der Hansestadt Hamburg, gehören zu den anschaulichsten Schilderungen aus der Segelschiffszeit. Hier folgen drei Episoden aus seinen im Jahr 1889 erschienenen Aufzeichnungen. Die Art der seinerzeit als Jugendbuch viel gelesenen Erzählung ist typisch für die Jahre nach der Gründung des Deutschen Reiches 1871. Das damals allgemeine Gefühl des Stolzes auf die wiedergewonnene Einheit und die wachsende weltpolitische Bedeutung des Vaterlandes ist auch hier spürbar.

Ich erreichte Hongkong in der Absicht, von hier aus meine Rückreise nach Europa anzutreten. Der Zufall widersetzte sich diesem Beschluß. Statt als harmloser Passagier der Heimat zuzueilen und einmal die jahrelange berufliche Anstrengung auf angenehme Weise zu unterbrechen, sah ich mich zum verantwortungsvollen Führer eines großen amerikanischen Klipperschiffes, der *Perseverancia,* ernannt und sofort mit den mannigfachsten Arbeiten überhäuft. Mit der ganzen Kraft meiner wiedererwachten Energie ging ich an die zwar schwierige, aber auch lohnende Aufgabe.

Die unter peruanischer Flagge segelnde *Perseverancia* war zur Überführung von 600 chinesischen Auswanderern, sogenannten Kulis, von Makao, der portugiesischen Besitzung in China, nach Peru bestimmt.

Es gehörte zu jener Zeit durchaus nicht zu den seltenen Begebenheiten, daß chinesische Auswanderer die Besatzung des Schiffes meuchlings ermordeten oder im offenen, sehr ungleichen Kampfe über Bord warfen und sich dann des Schiffes bemächtigten. Äußerste Vorsicht war demnach geboten. Ein glücklicher Zufall kam mir zustatten. In Hongkong, wo ich meine Besatzung anmusterte, befanden sich zur Zeit eine außergewöhnlich große Anzahl dienstsuchender deutscher Seeleute. Da ich an eine bestimmte Anzahl nicht

gebunden war, überhaupt die freieste Verfügung besaß, so war es mir ungemein lieb, meine ganze erforderliche Mannschaft aus Landsleuten zu wählen. Meine doppelte Besatzung bestand außer dem holländischen Obersteuermann aus 42 handfesten, kernigen deutschen Matrosen, gewiß ein seltener Umstand, der meine Zuversicht noch mehr erhöhte. Meine Wahl war ja nicht ausschließlich mit Rücksicht auf meine persönliche Neigung, nur Landsleute an Bord zu haben, erfolgt, sie war auch nach gewissenhafter Erwägung für die Vorzüge des nüchternen, zuverlässigen und verträglichen deutschen Seemannes geschehen.
Fröhlichen Mutes begannen wir jetzt unsere Vorsichtsmaßregeln. Hinter dem großen Mast, quer über das Verdeck wurde eine starke Barrikade errichtet, die Luken mit eisernen Gittern versehen, um unsere bezopften Passagiere während der Nacht oder bei etwaigen Revolten im sicheren Gewahrsam halten zu können. Hinten auf dem Quarterdeck waren vier scharf geladene Kanonen aufgepflanzt und so gerichtet, daß sie das Verdeck nach vorne vollständig beherrschen konnten. Für die Mannschaft wurde das Hinterteil des Zwischendecks mit einer starken Bretterwand abgeschlossen und zum geschützten Aufenthaltsraum hergerichtet. Außerdem wurden die unteren Schiffsräume gegen das zu erwartende Einbringen der Chinesen so gut gesichert, daß wir nach menschlicher Voraussicht unsere Fahrt getrost beginnen durften.
Wie die Unterhaltung, so wurden auch die gewöhnlichen Kommandos in dem deutschen Seefahrern sehr gebräuchlichen niederdeutschen Dialekt geführt. Jedenfalls war es für mich, den dänisch geschulten, englisch erzogenen, auf amerikanischem Schiffe befindlichen, unter peruanischer Flagge segelnden, Chinesen befördernden Deutschen ein überaus anheimelnder Moment, ausschließlich die Sprache meiner engeren Heimat zu hören. Auf deutschen Schiffen dominiert naturgemäß das plattdeutsche Idiom; es sind ja vorzugsweise die Söhne unseres niederdeutschen Staatengebietes, welche unserer Marine bislang das stärkste Pflichtteil stellten und wegen ihrer angeborenen Neigung zum Wasser den guten, deutschen Seemannsruf erworben und erhalten haben. Wir können uns daher nur zu der im Volk herrschenden Ansicht bekennen, daß vorzugsweise der Niederdeutsche zur Seefahrt sich eignet. Die Söhne der mittel- und süddeutschen Stämme neigen ja selbstverständlich zum festländischen Beruf; entschließt sich aber der Binnenländer für die seemännische Laufbahn, dann wird er in manchen Fällen ein ganz vortrefflicher Seemann, der gegen seinen norddeutschen Bruder in nichts zurücksteht. Nur das herrschende Plattdeutsch macht dem »Hochdütschen« viel Schwierigkeiten und gibt dem »an de Waterkant« Geborenen vielfach Stoff zu belustigender Unterhaltung. Verdeckfähig ist allein die Mundart des

Holsteiners und Hamburgers; ihnen schließen sich an: die in Mecklenburg, Hannover, Schleswig, Oldenburg, Preußen, Bremen und Lübeck leicht hörbaren Abstufungen. Der Thüringer, Hesse, Württemberger, Bayer, Badenser beteiligt sich nur noch mit ganz bestimmten Wendungen an der Pflege des plattdeutschen Sprachgebrauchs. Sachsen aber wird von seinem im Inland sehr beliebten und verbreiteten Dialekt so in Anspruch genommen, daß es nur einige niederdeutsche Worte und diese auch nur mit recht sächsischem Tonfall zum Ausdruck bringt.

Meine fast alle Staaten Deutschlands repräsentierende Mannschaft gab mir schon am ersten Tag ihres Dienstantritts die Gelegenheit, interessante Beobachtungen auf sprachlichem Gebiet zu machen. Ich hielt eine von einem älteren Matrosen empfohlene Vorsichtsmaßregel für nutzlos und würde dieselbe abgelehnt haben, wenn mich nicht ein vollberechtigter Einwand des in Erregung geratenen Fürsprechers daran gehindert hätte. Als ich die ersten im unverfälschten Dialekt gesprochenen Worte meines vorsichtigen Bootsmannes vernommen hatte, war mir zumute, als befände ich mich auf der Brühlschen Terrasse und tränke in der Gesellschaft gemütlicher Dresdener »mei Deppche« Bier.

Nur mit der größten Anstrengung konnte ich meine Heiterkeit verbergen; ich blickte zu Boden, als habe ich mich von der Zweckmäßigkeit jener Einrichtung vollkommen überzeugt. In Wahrheit verharrte ich in dieser Stellung nur, um das Zartgefühl des redseligen Landsmannes nicht zu verletzen und seinen verführerischen Heimatlauten noch ferner lauschen zu können.

»Weeß Knebbchen, Herr Kapitän, Sie därfen sich druf verlassen, ich mache Sie keen Gefitze nich, aber die Chinesen – gehen Se mer weg, die Bridersch hab' ich Sie aber gründlich kennen gelernt. Damals, vor zwee Jahren hatten mer sone Schticker 700, die sollten mer ooch nach ›Calchao‹ bringen. Na, un uf'n Haar hätten se uns zu Appelmus gequetscht, ei ja! So lang die Chinesen noch Land wittern, sind se, weeß Gott, die reenen Ludersch.«

Meinem redegewandten Bootsmann in diesem Augenblick zu widersprechen, war mir unmöglich; ich willigte gern ein, noch eine weitere Sicherheitsmaßregel, die sich im Laufe unserer Reise auch wirklich sehr bewährte, anzuordnen. Manche Erfahrungen, die mein »heller Sachse« auf seinem früheren Chinesentransport gewonnen hatte, kamen jetzt unserer Einrichtung zur Beförderung der 600 Kulis ungemein zustatten. Die Vertreter der peruanischen Regierung hatten zu jener Zeit ihren Aufenthalt in Makao, dem zur Einschiffung der Chinesen am günstigsten gelegenen Hafen, genommen. In einem chinesischen Hafenplatz wäre die Anbordnahme zahlreicher Eingeborener, sobald sie zur Kenntnis der Behörde gekommen, mit dem Tode bestraft worden. Hatten die Söhne des himmlischen Reiches erst den Schlupf-

winkel Makao erreicht, dann waren sie geborgen und mit ihrem ferneren, traurigen Schicksale, wie es sich auch gestalten würde, sehr zufrieden.
Das kontraktliche Verhältnis der Kulis mit der peruanischen Regierung war auf acht Jahre geschlossen. Der für jede zu verrichtende Arbeit festgesetzte Preis war so gering, daß die peruanischen Vertreter sich wohl der festen Überzeugung hingeben durften, im Interesse ihres Landes gewirkt zu haben. Die Chinesen hatten noch niemals »solch fabelhafte« Summen für ihre Arbeit erhalten, weshalb ein erträgliches Verhältnis in Aussicht stand. Ursprünglich hatte der Chinese wohl kaum die Absicht verfolgt, für immer der Heimat fernzubleiben, er suchte ein bescheidenes Sümmchen im Ausland zu erwerben, um dann im »himmlischen Reich« den Rest seiner Tage als wohlhabender Mann zu verleben!
Während der Einschiffung drängte eine große Anzahl chinesischer Weiber, kleine Kinder tragend, nach der Schiffsbrücke. Hier in meiner unmittelbaren Nähe streckten mir die Mütter ihre schreienden Sprößlinge entgegen mit dem unaufhörlichen Ruf im sogenannten Pidgin-Englisch: »Want you buy, Mr. Captain? Three Dollars each.« Trotz des billigen Preises lehnte ich das »liebevolle« Angebot dankend ab. Ob nur der Mangel an Dollars oder der Überfluß an Nachkommen dieses unheimliche Geschäft in's Leben gerufen hatten, weiß ich nicht.
Je zehn Chinesen bildeten eine sogenannte Backgesellschaft, die in engerer Gemeinsamkeit ihre Speisen einnahm und alle erforderlichen Arbeiten wie eine Familie verrichtete. Das einmal festgesetzte Menü wurde niemals gestört, die Verpflegung während ihrer dreimonatigen Reise war am letzten Tage genau dieselbe wie am ersten, ohne daß der chinesische Magen auch nur die geringste Ermüdung verspürte.
Eine größere heroische Leistung habe ich nie von Chinesen gesehen. Am Morgen und Abend wurde ihnen heißer Tee verabreicht; das eigentliche Hauptmahl »Tschau-Tschau«, Reis mit getrocknetem Fisch und Pickles, wurde zur Mittagszeit in einem überaus lebhaften Tempo eingenommen.
Es gab aber auch unter den Chinesen einige »Feinschmecker«, die sich eine Abwechslung der Speisekarte dadurch verschafften, daß sie sich während der Nacht an Bord Ratten fingen, diese nach chinesischer Art zubereiteten und mit großem Behagen verspeisten. Ich habe niemals tüchtigere »Rattenfänger« an Bord gesehen. Auf Deck befanden sich mehrere oxhoftgroße, mit kaltem Tee gefüllte Fässer, welche den Chinesen vermittelst eines Saugrohres Gelegenheit gaben, ihre trockenen Kehlen während des Tages anzufeuchten. Auch nach dieser Richtung entwickelten die gelben Passagiere eine Rührigkeit, die unseren Schiffskoch samt seinen vier Assistenten fast zur Verzweiflung brachte.

Während der ersten Tage nach Beginn unserer Fahrt war nicht die geringste Veränderung im Wesen der Chinesen zu bemerken. Trotzdem hielten wir unausgesetzt unsere Augen offen und achteten auf die unwesentlichsten Vorkommnisse. Durch Vermittelung meines Dolmetschers wurden außerdem vier ältere Chinesen gegen eine geringfügige Vergütung als Spione angestellt. Diese »Bevorzugung« schmeichelte den Auserwählten ungemein; sie versicherten, jede unter ihren Genossen etwa verabredete Vereinbarung sofort zu melden. Ich versprach diesen wenig »gewissensängstlichen« Chinesen nach treuer Pflichterfüllung eine besondere Belohnung mit dem Hinzufügen, daß Verrat und Nachlässigkeit mit dem Tod bestraft würden.
Diese Bedingung erwies sich; wie die späteren Ereignisse ergeben werden, als durchaus praktisch. Ein überaus günstiger Wind schwellte unausgesetzt unsere Segel, wir machten eine so vorzügliche Fahrt, daß wir schon am neunten

Tag nach unserem Auslaufen von Makao die Banka-Straße passierten. Hier aber schlug plötzlich das Wetter um, dem sicheren Anzeichen des Sturmes folgte auch sofort der Beginn. Schaumspritzende, windgepeitschte Wogen schlagen über Bord, grau und düster wie die undurchsichtige Luft erscheint auch das empörte Meer. Die *Perserverancia* gleitet unaufhaltsam über die sich wälzenden Wasserberge hinweg. Noch ist keine Veränderung in der Segelstellung erforderlich, aber aufmerksam gespannt, jeden Moment die Befehle erwartend, stehen meine deutschen Teerjacken wie Statuen bereit.

Während wir nun den eigentlichen Ausbruch des Sturmes erwarten, befinden sich sämtliche Chinesen meinem Befehl gemäß im Zwischendeck; ihre lächerliche Furcht vor dem tobenden Wetter hätte nicht nur unsere Manövrierfähigkeit stören, sondern auch mancherlei Unordnung veranlassen können. Wir durften also wohl annehmen, daß unsere Passagiere, mit ihrer gewöhnlichen Unterhaltung beschäftigt, am allerwenigsten bei solchem Wetter Böses im Schilde führten. Laute Rufe, welche in kurzen Pausen aus dem Zwischendeck erschallten, schienen unsere Voraussetzung zu bestätigen. Um so überraschender mußte die Nachricht des herbeistürzenden Dolmetschers auf uns wirken, welche er vom Spion erhalten und wonach sich sämtliche Chinesen im vollen Aufruhr befänden und im nächsten Augenblick den Angriff auf die Besatzung unternehmen würden.

Jetzt gab es keine Zeit zur langen Überlegung; nur ein rasches, energisches Vorgehen konnte das drohende Unheil abwenden. So schnell es Seestiefel und Ölzeug gestatteten, stürzte ich in's Zwischendeck hinunter und stand nach wenigen Minuten dem tobenden, schreienden, gestikulierenden Haufen gegenüber.

Einen scheußlicheren, widerlicheren Anblick habe ich nie erlebt! Der ganze Raum glich einem brodelnden Riesenkessel, aus welchem immer mehr unterirdische Gestalten hervorquollen. Die nicht aus meiner Nähe gewichenen verwegensten Gestalten, welche mich mit Messern bedrohten, streckte mein englischer Polizeiknüppel mit einem Schlag nieder. Schreiend und heulend wich die Masse zurück. »Ruhe hier, in Eure Kojen!« donnerte ich jetzt mit der ganzen Kraft meiner nicht unwesentlichen Stimme den betroffenen Chinesen entgegen; dieses übliche Kommando tat seine Wirkung; der sinnbetäubende Lärm wurde im nächsten Augenblick unterbrochen. »Wer sind die Anstifter?« rief nach meiner Weisung der inzwischen herbeigeeilte Dolmetscher. Zahllose Hände bezeichneten zwei besonders markante Chinesen als die Leiter des Aufstandes.

Mit Blitzesschnelle, ehe diese in den noch immer wogenden Knäueln verschwinden konnten, hatte ich sie ergriffen, umwickelte mit ihren langen Zöpfen meine Hände, und konnte in dieser bequemen Weise meine Beute nach wenigen Minuten in sicheren Gewahrsam auf Deck befördern. Bedrückt von ihrer Schuld, in sehr richtiger Folgerung nichts Gutes erwartend, hatte es meine »chinesische Auslese« mehrere Male mit Niederwerfen versucht, um sich von meinem unausgesetzten Zerren und Ziehen zu befreien; aber glücklicherweise waren es echte, noch nicht von europäischer Kunstfertigkeit angekränkelte Naturprodukte, die ehrlich aushielten und sich nicht bei der geringsten Veranlassung von ihren Besitzern trennten.

Die deutsche Zugkraft war, wie sich später ergab, nicht spurlos auf die chinesischen Zöpfe verwandt worden. Die Breite des bezopften Kleinods hatte sich recht schmal gestaltet, aber es hatte mir nach Lage der Sache gewiß nicht auf ein paar Haare ankommen dürfen. Vielmehr mußte ich alles aufbieten, damit meinen unbesonnenen Chinesen die Lust zu ferneren Meutereiversuchen genommen wurde.

Während dieses Vorgangs hatte meine naturgemäß erregte Besatzung ihren Posten selbstverständlich nicht verlassen. Als ich aber jetzt die Attentäter mit einer kurzen Erklärung auf Deck brachte, da war die Freude groß, und ein kräftiger deutscher Hurraruf hallte durch die dunkle Nacht. Kein Raum schien meinen Leuten zur Bewahrung sicher genug. Auf Vorschlag des recht ungemütlich gewordenen Sachsen blieben die beiden Chinesen bis zum Morgen an den Hauptmast gefesselt.

»Hab' ich's nich gleich gesagt, Herr Kapitän, daß mer den Ludersch nich trauen darf? Es wäre weeß Knebbchen das Gescheitste, mer ließen se e paar Schtunden an ihren eegenen Zöppen baumeln.«

»Dat scheelt nich genog«, fiel ein Plattdeutscher heftig ein, »de verdreihten Kerls möt ne fixe Jack vull hebben.« Von allen Seiten wurden jetzt die mannigfachsten Strafarten in Vorschlag gebracht, jeder Antragsteller trat energisch für seine warm empfohlene, wunderbar wirkende Methode ein. Immerhin war eine strenge Bestrafung der Gefangenen im Interesse der Sicherheit durchaus geboten. Sämtliche Chinesen mußten am frühen Morgen, bevor sie ihren Tee eingenommen, auf Deck erscheinen, hier wurde ihnen vom Dolmetscher mitgeteilt, daß ihre »Brüder« gegen Gesetz und Ordnung verstoßen hatten und in Gegenwart aller ihre wohlverdiente Strafe empfangen würden.

Die beiden Anführer, augenscheinlich frühere Piraten, wurden auf eine schräge Leiter gebunden und ihnen verkündet, daß ihrem Rücken oder den angrenzenden Partien 27 Hiebe mit einem Tauende verabreicht würden; es läge aber in ihrer Wahl, ob sie die ganze Mahlzeit auf einmal, oder in kleineren Portionen zu je neun Stück einnehmen wollten.

Unsere wenig standhaften Missetäter entschieden sich einstimmig für eine dreimalige Bedienung. Dagegen protestierten aber die übrigen Chinesen

ganz entschieden, sie wünschten, daß eine einmalige Vollstreckung stattfände. Wir hatten allen Grund diesen Majoritätsbeschluß auszuführen, allein schon um den Chinesen zu zeigen, daß wir gegen ihre vernünftigen Vorstellungen nicht taub seien.
Der geehrte Leser ist gewiß der Ansicht, daß die einmalige Exekution nur aus Rücksicht für die beiden Meuterer gewünscht wurde, damit der empfindsame Schmerz mit einem Male überstanden sei, oder auch, daß das Zartgefühl der himmlischen Söhne bei Wiederholung einer wenig ästhetischen Handlung sich verletzt fühlte. O nein! So feinfühlend waren unsere Chinesen nicht. Sie wollten nur – wie prosaisch! – nicht noch zweimal bei der Einnahme ihres Morgentees gestört werden. »Die Leute«, meinte erklärend der Dolmetscher, »können am Morgen ihren Tee nicht lange entbehren; bei leerem Magen wirkt das Schreien der Meuterer viel stärker auf ihre Nerven und ihre Empfindung.«
Diese Erfahrung kam mir sehr zustatten. Zunächst setzten unser zur Exekution bestimmter Bootsmann und seine Maaten ihr »zweckentsprechendes Tauende« in Bewegung. Die ersten Schläge dieses gebräuchlichen Schiffs-Instruments klatschten mit einer achtunggebietenden Wucht auf die entblößten Körper nieder und bezeichneten dort ihre blutigen Spuren. Ein langgezogener Schrei durchzitterte die Luft. Die Köpfe der Zuschauer neigten sich wie ein vom leisen Windhauch getroffenes Ährenfeld zur Seite.
Sei es, daß sich der schreiende Sünder an den Schmerz bereits gewöhnt oder die deutsche Wucht im Laufe der Unterhaltung absichtlich gemildert wurde, genug, das Schmerzgeheul des Meuterers wich einem allerdings noch gut vernehmbaren Ächzen und Stöhnen. Nummer Eins hatte bald seine gewissenhafte Anzahl empfangen und zog sich mit einer Geschwindigkeit, wie ich sie kaum für möglich gehalten, in die unteren Gemächer zurück.
Bei dem zweiten Delinquenten wurde dasselbe Verfahren beobachtet; trotzdem entwickelten sich seine Stimmittel zu einer viel bedeutenderen Höhe als bei dem ersteren. War die Strafe auch durchaus notwendig, jede Rücksicht verderblich, so intervenirte ich doch nach dem ersten Drittel zu Gunsten des Gezüchtigten.
»Heeren Se, Herr Kapitän«, versetzte der gewissenhafte Profos kopfschüttelnd, »dees geht ja gar nich; der Erschte hat seine geherige Wichse ooch schon weg, das wäre ja eene handgreifliche Ungerechtigkeit; ne, mer wollens den Luderchen geherig anschtreichen, daß ihnen vor's Meutern ibel wird.«
Die Gerechtigkeit nahm nun ihren unerbittlichen Lauf; weder die Anzahl noch die Stärke der Hiebe wurden beschränkt; erst nachdem die Stimme des Maats die Zahl 27 verkündete, wurden die Stricke gelöst, und Numero Zwei hüpfte wie ein Känguruh von dannen. Der überaus komische Abgang wurde

vom Bootsmann mit den Worten begleitet: »So mei gutes Tierchen, jetzt ist alles in Ordnung, erscht Wichse, un dann Tee trinken.«
Ich ließ nunmehr sämtlichen Chinesen vom Dolmetscher verkünden, daß jedem, der gegen die Ordnung verstoße oder ähnliche Dummheiten wie die Bestraften mache, dasselbe Schicksal in bedeutend verbesserter Auflage bereitet werde, daß ich aber bei guter Aufführung und folgsamem Verhalten alle ihre berechtigten Wünsche erfüllen, überhaupt in der vorurteilsfreiesten Weise gegen sie verfahren würde.

DIE GRÜNDUNG VON NEU-HAMBURG

Während die *Vesta* bei flauen Winden an der Küste von Neu-Guinea entlanggesegelte, benutzte ich die Gelegenheit, in Begleitung meines Untersteuermannes ans Land zu rudern und den Strand nach Gegenständen abzusuchen, die sich für das Godeffroysche Museum eigneten. Aber die Mühe war vergeblich, der Strand war leer. Die Erfolglosigkeit meiner Anstrengung betrübte mich nicht allzusehr, sie diente vielmehr dazu, meine längst gehegte Absicht auszuführen.

Worin diese bestand? Nur in dem bescheidenen Verlangen, von dem herrenlosen Neu-Guinea Besitz zu ergreifen. Ich hatte bis jetzt nur fremdländische Flaggen flattern gesehen, viele prachtvolle Inseln kennengelernt, die durch geringfügige Veranlassung in den Besitz europäischer Staaten gekommen waren. Warum sollte ich nicht für mein Heimatland dasselbe versuchen, was Engländern, Franzosen, Holländern und anderen Nationen gelungen war? Wenn sich auch nur mein Herzenswunsch erfüllte, die Besitzergreifung von Guinea weiter nichts als eine persönliche Genugtuung verhieß, so wollte ich sie doch wenigstens ausführen, um der Heimat meinen guten Willen zu zeigen.

Während mein Steuermann die mitgeführte Hamburger Flagge und die zweckentsprechende Bambusstange zum Aufhissen derselben in Bereitschaft setzte, sann ich über die beste Bezeichnung dieser neuen Besitzung nach. Das war bei meiner Besitzergreifung die schwierigste Arbeit!

Zunächst wollte ich meinem Reeder eine kleine Aufmerksamkeit erweisen, dann gegen Hamburg meine Bürgerpflicht erfüllen, und schließlich erwachte sogar das selbstsüchtige Verlangen, meinen Namen geographisch festzunageln. Tetens-Land klang gar nicht mal so schlecht; je öfter ich die Bezeichnung wiederholte, desto besser gefiel sie mir. Aber schließlich siegte doch meine Bescheidenheit; wenigstens sollte das Los entscheiden.

Ich wählte drei gleiche Steine, versah jeden mit einem Namen und drückte die beschriebene Seite in den weichen Sand; als das Werk gewissenhaft beendet, rief ich meinen Begleiter herbei.

»Stürmann, kumm mol en Oogenblick her.«
»Scheun, Herr Captein.«
»Kiek mol her, do sünd dree Steen, nu goh mol hen un nümm eenen ut'n Sand, is ganz egol, wecken Steen du nümmst.«
»Jawoll, Herr Captein.«
»Nu roop mol den Nomen, de upn Steen steiht.«
»Neu-Hamburg! Herr Captein.«
»Na, denn mark di dat – dütt Land heet von hüt an: »Neu-Hamburg.« Nu wült wi man blos noch de Flagg hissen.«
Unter Hurrarufen wurde der denkwürdige Akt vollzogen! Aber kaum zeigte sich das weiß-rote Banner der fernen Hansestadt an der Spitze des Bambus, da brachen plötzlich einige Hundert mit Speer und Keulen bewaffnete Eingeborene aus dem nahen Urwald hervor, erhoben ein entsetzliches Geschrei und drangen sehr rasch auf uns ein.
Über die Absicht der Wilden konnte kein Zweifel bestehen, ihr Heulen und Waffenschwingen sagte genug. Kaum in Besitz eines Landes gelangt, sollte ich es auch schon verteidigen. Ich kann nicht behaupten, daß mir diese Oberhoheitspflicht bei der augenscheinlich erdrückenden Übermacht sehr verlok-

kend erschien. Immerhin wollte ich nichts ohne Zustimmung meines Steuermannes unternehmen, ein Entschluß mußte gefaßt werden, unsere Gegner kamen bedenklich näher.

»Na Stürmann, wat mokt wi nu?«

»Uthoken, Captein.«

»Unse Flagg?«

»Nehmt wi mit.«

»Und unse Land?«

»Lot wi hier!«

»Na denn man gau vorwärts, veel Tied hefft wi nich mehr.«

Innerhalb weniger Minuten hatten wir unseren ganzen Besitzergreifungs-Apparat wieder im Boot und stießen vom Land ab. Wir hätten nicht länger zögern dürfen, kaum waren wir einige hundert Fuß vom Ufer entfernt, da war die buntbemalte Gesellschaft auf unserem ursprünglichen Platz eingetroffen.

Einige zwanzig der verwegensten Kerle sprangen sogar ins Wasser und suchten uns schwimmend zu erreichen; unsere Verfolger schwammen vorzüglich. Wir ruderten zwar mit aller Kraft, aber trotzdem verringerte sich die Entfernung zwischen uns und den wütenden Landesverteidigern so wesentlich, daß sie uns, bevor wir das schützende Schiff erreichen konnten, sicher eingeholt haben würden. Leo, mein kluger Neufundländer, hatte den ganzen Rückzug höchst gleichgültig mitangetreten; als er aber die schwarzköpfigen Gestalten, deren schlanke Körper wie schnellende Delphine aus dem Wasser tauchten, aufmerksamer betrachtete, da ahnte vielleicht das treue Tier den ganzen Zusammenhang.

Leo sprang wütend empor und erhob seine kraftvolle Stimme gegen die heranrückenden Verfolger. Eine brillantere Wirkung hat wohl nie ein Hundegebell erreicht. Wie auf Kommando wandten sich die bestürzten Schwimmer in wilder Flucht zurück. Eine solch rapide Schwenkung hätte jeder attackierenden Kavallerie zur Ehre gereicht. Leo hatte den Angriff ganz allein abgeschlagen. Jedenfalls darf ich annehmen, daß er der erste Hund gewesen, welcher die Eingeborenen in Schrecken versetzte.

Wenn meiner Besitzergreifung auch keine allzulange Dauer beschieden war, so hatte mir doch meine Landung und die eilige Flucht der wilden Schwimmer viel Vergnügen bereitet. Vielleicht war ich sogar der erste Deutsche, welcher die Flagge auf Neu-Guinea gehißt hatte, und das genügte meinem Ehrgeiz schon völlig.

An Bord zurückgekehrt, benahm sich Leo plötzlich höchst sonderbar, er rannte wie besessen auf dem Vorderdeck umher, bald stand ihm auch Schaum vor dem Maule. Das ganze Gebaren des Tieres war so unheimlich, daß es die

Mannschaft für besser geraten fand, schleunigst in die Wanten zu flüchten. Erst nachdem ich dem erkrankten Leo einige Eimer Wasser über den Kopf gegossen, wurde er wieder ruhiger und von dem Anfall befreit. Ob dem armen Tier die Eindrücke der letzten Stunde zu Kopf gestiegen waren, etwa ihm die wilden Eingeborenen noch in der Einbildung vorschwebten oder ob er vom Sonnenstich getroffen war, weiß ich nicht bestimmt, das letztere erscheint mir indes am wahrscheinlichsten. Jedenfalls war ich hoch erfreut, daß mir mein treuer Leo, der mir später noch recht wesentliche Dienste erwiesen, erhalten geblieben war.

JUBELNDER EMPFANG AUF SONSEROL

Nach zweitägiger Fahrt sichteten wir die Sonserol-Insel, wo ich zu landen beschloß. In der Nähe der Insel ist kein Ankergrund vorhanden, das Schiff war daher gezwungen, während dieser Zeit beigedreht zu liegen. Sehr rasch wurde meine Absicht ausgeführt. Das Boot konnte sich jedoch nur auf einige hundert Fuß dem Ufer nähern, hier wurde das Wasser so seicht, daß wir jeden Augenblick auf Grund geraten konnten. Es mußte deshalb der kleine Anker ausgeworfen werden.

Wollte ich meine Landung bei diesem ungünstigen Wasserverhältnis dennoch ausführen, so blieb mir kein anderer Ausweg, als die Wasserfläche, so gut es ging, zu durchwaten. Soeben wollte ich das Boot verlassen und die einzuschlagende Richtung bestimmen, als mir eine eigenartige Überraschung bereitet wurde. Eine Schar Männer, Frauen und Kinder eilte vom Ufer ins Wasser, in der unzweideutigen Absicht, mir einen Besuch zu machen.

Im ersten Moment griff ich zu meinem Ruder, um dem fraglichen Vergnügen zu entgehen, aber sehr bald konnte ich die grünen Zweige bemerken, welche die Inselbewohner zum Zeichen des Friedens emporhielten. Bereitwillig gab ich die bei fast allen Mikronesiern übliche, als friedfertig geltende Zustimmung.

Während der Hauptteil meiner Besucher zurückblieb, kamen acht herkulische, schön gewachsene Männer in die unmittelbare Nähe meines Bootes und begannen eine mir leider unverständlich gebliebene Ansprache. Meine Antwort in der Sprache der Palauer fand ebenfalls kein Verständnis.

Jetzt versuchte ich den betrübt dreinschauenden Eingeborenen durch allerlei Zeichen anzudeuten, daß ich ihre Insel zu sehen wünsche, aber vor Sonnenuntergang wieder zurückkehren werde. Ein lebhaftes, Freude ausdrückendes Geheul, in das die rückwärtsstehende Schar kräftig einstimmte, folgte meinem Gebärdenspiel. Die acht Männer ergriffen ihre mitgeführten Kanoe-Paddel (Ruder), legten die Enden derselben auf ihre Schultern, und machten es mir ziemlich klar, auf der recht geschickt hergestellten Tragbahre Platz zu

nehmen. Willig folgte ich dieser freundlichen Einladung und erreichte trokkenen Fußes die mit Kokospalmen dicht bewachsene Insel.

Unter unaufhörlichen Jubelrufen und einem entsetzlichen Geschrei, das wie lebhaftes Gänsegeschnatter klang, begann nun ein höchst sonderbarer Triumphzug bis zur Mitte des Dorfes. Hier strömten schließlich alle Einwohner zu einem dichten Knäuel zusammen.

Inmitten dieses tanzenden, schreienden und heulenden Schwarmes wurde ich noch immer auf meiner Sänfte feierlichst herumgetragen. Endlich war die Einleitung der Vorstellung beendet. Ich stieg von meinem Paddel-Thron zu meinen Verehrern herab. Jetzt begann erst die eigentliche Begrüßungsfeierlichkeit.

Wer Hände hatte, streckte sie aus, um meinen Körper zu berühren. Es erforderte meine ganze Kraft, um das Gleichgewicht zu erhalten. Mütter hielten ihre kleinen Kinder empor, damit sie mein Gesicht bestreicheln konnten; wo

die fürsorgliche Mutter fehlte, suchte der neugierige Sprößling an meinen Beinen emporzuklettern. Während die Männer und Kinder meinen Anzug, Bart und Haare, besonders aber die weiße Farbe meiner Arme und meines Gesichts bewunderten, konnte die liebe Weiblichkeit ihre besondere Neugierde nicht beherrschen und war unaufhörlich bemüht, meine Bekleidung zu entfernen oder mindestens zu verschieben.
Sobald sie sich davon überzeugt, daß ich allenthalben mit derselben weißen Haut versehen, daß sie also nicht künstlich erzeugt sei, sprangen die Weiber tanzend umher und gerieten schließlich in ein Entzücken, bei dem mir sehr unheimlich zu Mute ward.
Selbstverständlich nahm ich die sonderbaren Liebkosungen und Freundschaftsversicherungen der Damenwelt mit anscheinender Gelassenheit entgegen; ich wollte weder verletzen noch Gefahr laufen, gegen die Landessitte zu verstoßen. Die Feindschaft der Männer wäre die unvermeidliche Folge gewesen, und daß ich in diesem Falle die Insel nicht lebend hätte verlassen können, ist wohl selbstverständlich.
Daß die Eingeborenen auf einer noch niedrigeren Kulturstufe als die Bewohner von Palau oder Jap standen, bewies mir schon der gänzliche Mangel einer Bekleidung; sie trugen nicht einmal den gewöhnlichen, aus Blättern gewundenen Hüftgürtel der unzivilisiertesten Mikronesier. Jedenfalls war es für mich eine recht schwierige Situation, wußte ich doch, daß eine sehr strenge Grenze zwischen der Behandlung eines Weibes und der eines Mädchens gezogen war; was bei ersterem als Verbrechen betrachtet wurde, galt bei dem letzteren als die höchste Ehre.
Unter den Weibern befanden sich eine große Anzahl schön gebauter, formvollendeter Gestalten, deren zartgegliederte Hände und Füße mancher weißen Dame zur Zierde gereicht haben würden. Endlich war die Begrüßungsfeierlichkeit zu Ende.
Am meisten hatte darunter mein weißer Leinenanzug gelitten; durch das fortwährende Berühren der gelb eingeriebenen Hände und Körper der Eingeborenen war meine Toilette in eine so bedauernswerte Verfassung geraten, daß sie für mich vollständig wertlos war. Keine Seife der Welt hätte die gelbe, aus Pflanzen gewonnene, übelriechende Farbe der Kurkuma entfernen können.
Sobald man mich in die Hütte des Häuptlings geführt hatte, erledigte ich mich so rasch als möglich meiner unheimlich duftenden Hülle und überreichte sie dem freundlichen Oberhaupte zum Zeichen des Friedens und der Verehrung. Niemals hat mir ein verschenkter Gegenstand mehr Freude gemacht.
Der Häuptling, in der verzeihlichen Annahme, daß diese Begrüßungsform

unter den Weißen üblich sei, ergriff das freundschaftverheißende Beinkleid und bekann sogleich den Versuch, seine achtunggebietende Körperfülle hineinzuzwängen. Eine ergötzlichere Szene läßt sich kaum denken.

Der liebenswürdige Häuptling hatte schon alle möglichen Arten versucht, aber mit einer wunderbaren Geschicklichkeit die allein richtige vermieden. Der Wilde mühte sich im Schweiß seines Angesichts redlich ab, zum Ziele zu gelangen, allein die Unaussprechliche widerstand energisch allen seinen Bemühungen. Schon wollte sich der höfliche Häuptling damit begnügen, indem er nur seinem rechten Bein die Segnung des europäischen Fabrikats zuteil werden ließ und die andere leere Hälfte des Beinkleides wie eine Damenschleppe gravitätisch nachzog, als ich hilfreich eingriff.

Bei dieser Operation warf sich mein Opfer erschöpft zur Erde, als handle es sich um Leben oder Tod. Endlich war das große Werk gelungen. Der Häuptling stolzierte in seinem neuen Kostüm einher; aus seinen Mienen sprach aber ein so entsetzliches Unbehagen, daß ich das Opfer meines Scherzes aufrichtig bedauerte.

Wer aber beschreibt die Überraschung des Volkes, als es seinen Landesvater in der neuen Verfassung erblickte? Als sich die erstaunte Menge genugsam an dem Anblick ihres plötzlich von der Kultur beleckten Oberhauptes geweidet hatte, begann ich die Verteilung der mitgeführten Geschenke: Tabak, Angelhaken, Flintensteine und Feuerstahl. Das Freudengeschrei und Geschnatter erreichte seinen Höhepunkt. Während die Männer auf Geheiß des Häuptlings nach allen Richtungen fortliefen, begann die Damenwelt eine ganz besondere, noch nicht bei mir angewandte Liebkosungsart, der auch der letzte Rest meiner Bekleidung zum Opfer fiel...

Ich atmete erleichtert auf, als die ausgesandten Männer mit den Gegengeschenken zurückkehrten. Eine Unmasse frischer grüner Kokosnüsse und Bananen, auch Hühner, Fische, Tarro und andere den Appetit reizenden Herrlichkeiten wurden vor mir aufgestapelt. Ein junges Mädchen, wahrscheinlich die Tochter des Häuptlings, zerlegte eine der schönsten Bananen mit ihren Händen und überreichte mir und dem König die einzelnen Stücke. Sobald das Mahl beendet war, nahm ich Abschied von dem liebenswürdigen Gastgeber, auf dessen Begleitung ich in Folge der ihn beengenden Hälfte meines Beinkleides verzichten mußte. Ich mußte wieder auf die ursprüngliche Paddelbahre gesetzt und mit denselben Feierlichkeiten nach meinem Boote befördert.

Sobald die Träger mit den Geschenken eingetroffen, dankte ich in der Weise des friedliebenden Volkes und kehrte zu meinem Schiff zurück. Bei dem verheißungsvollen Anblick der kostbaren Früchte beachtete meine Mannschaft kaum noch den Mangel meiner Bekleidung.

Nach einem Zeitraum von fünf Monaten, während welcher Zeit wir nur auf die Schiffskost angewiesen waren, schmeckten diese Sachen ganz vorzüglich. Ob der Häuptling nach meinem Fortgang meinem Beinkleid noch länger die Ehre erwiesen, ist kaum anzunehmen, wohl aber, daß ich der erste Europäer gewesen bin, der in der Mitte dieses gemütlichen Volkes einige interessante Stunden verlebt hatte.

LANDUNG AUF DER SCHATZINSEL

In Stevensons Geschichte von der »Schatzinsel« erzählt Jim Hawkins, wie er mit siebzehn Jahren an Bord des Schoners *Hispaniola* kommt, den Freunde für eine Fahrt zur Suche nach einem auf einer Südseeinsel versteckten Piratenschatz ausgerüstet haben. Nach Kämpfen mit Seeräubern, die heimlich auf der *Hispaniola* angeheuert und dann gemeutert haben, kann Jim, nun Kapitän, das Schiff in seine Gewalt bringen und schließlich die Landung auf der Schatzinsel durchsetzen. Mit erstaunlicher Einfühlung hat Robert Louis Stevenson, einer der berühmtesten Abenteuerschriftsteller des 19. Jahrhunderts, diese Geschichte verfaßt, ehe er selbst 1888 zum erstenmal in die Südsee kam und sich dort auf Samoa niederließ.

Der Wind, der weiter unseren Wünschen entgegenkam, sprang jetzt nach Westen um. Das erleichterte uns die Einfahrt aus der nordöstlichen Ecke der Insel in die Nordbucht. Weil uns aber kein Anker zur Verfügung stand, wagten wir nicht, das Schiff auf den Strand auflaufen zu lassen, ehe die Flut weiter fortgeschritten war. So waren wir eine ganze Zeitlang zum Warten verurteilt. Der Bootsmann lehrte mich, wie ich das Schiff beilegen sollte, und nachdem mir dies nach vielen vergeblichen Versuchen endlich gelungen war, setzten wir uns beide schweigend zu einer neuen Mahlzeit nieder.

»Käpt'n,« sagte er schließlich, immer mit dem gleichen unbehaglichen Lächeln, »kalkuliere, Sie werden meinen alten Schiffskameraden hier, O'Brien, über Bord werfen wollen. Ich bin im allgemeinen nicht heikel und mache mir durchaus kein Gewissen daraus, ihn abgetan zu haben, aber ich schätze, daß er hier nicht gerade eine Zierde ist. Meinen Sie nicht auch?«

»Ich bin nicht stark genug dazu, außerdem paßt mir diese Arbeit nicht«, antwortete ich. »Und von mir aus kann er da liegen bleiben.«

»Diese *Hispaniola* ist ein richtiges Unglücksschiff, Jim,« fuhr er blinzelnd fort. »Eine ganze Menge Leute sind hier schon umgebracht worden – eine

Masse armer Seeleute tot und dahin – seit ich und du in Bristol aufs Schiff gekommen sind. Mein Lebtag habe ich noch nie solch dreckiges Pech gehabt, wirklich niemals. Da ist dieser O'Brien – er ist doch tot, nicht wahr? Nun, ich bin kein gelehrter Mann, aber du bist ein Junge, der lesen kann und Phantasie hat – sag mir, glaubst du, daß ein Toter einfach tot ist, oder meinst du, daß er wieder aufersteht?«

»Sie können den Leib töten, aber nicht den Geist, Herr Hands, das sollten Sie schon wissen«, antwortete ich. »O'Brien ist jetzt in einer anderen Welt, kann sein, daß er uns sogar jetzt beobachtet.«

»Ach«, meinte er, »das ist ein Unglück. Scheint schade um die Zeit, wenn man Leuten den Kragen umdreht. Kalkuliere aber, vor Geistern braucht man sich nicht zu fürchten, wenigstens nicht nach meinen Erfahrungen. Mit den Geistern will ich's schon noch aufnehmen, Jim. Und jetzt, wo du mir so aufrichtig geantwortet hast, wäre es sehr nett von dir, wenn du in die Kajüte gehen und mir eine Flasche von dem – dem – Gott verdamm mich! Ich kann mir doch den Namen nie merken – also irgendeine Flasche Wein heraufholen wolltest. Dieser Branntwein ist zu stark für meinen Kopf.«

Das Stottern des Bootsmanns schien mir verdächtig, auch glaubte ich natürlich keinen Augenblick, daß er tatsächlich Wein vor Branntwein den Vorzug gäbe. Das Ganze war nur ein Vorwand, mich von Deck fortzulocken, das war klar – aber welchen Zweck er damit verfolgte, konnte ich mir nicht vorstellen. Sein Blick mied den meinen, seine Augen blickten unstet bald auf, bald nieder, bald wanderten sie zum Himmel oder streiften flüchtig den Leichnam O'Briens. Er lächelte unentwegt und reckte die Zunge so verlegen und schuldbewußt aus dem Mund, daß ein Kind merken konnte, er sinne auf Verrat. Trotzdem stimmte ich ihm sofort zu, weil ich es für vorteilhafter hielt; denn diesem so abgründig dummen Tölpel konnte ich meinen Verdacht jederzeit leicht verbergen.

»Wein?« fragte ich. »Ja, das ist auch viel vernünftiger. Wollen Sie roten oder weißen?«

»Kalkuliere, das ist mir verdammt gleichgültig, Kamerad«, antwortete er, »wenn er nur stark und reichlich ist.«

»Also gut«, sagte ich. »Ich werde Ihnen Portwein bringen, Herr Hands, aber ich werde ihn erst suchen müssen.«

Danach tappte ich möglichst polternd die Kajütentreppe hinunter, zog mir unten die Schuhe aus, lief ganz leise den Gang entlang, kletterte die Leiter des Vorderdecks in die Höhe und steckte meinen Kopf aus der vorderen Lukenklappe. Dort würde er mich, wie ich wußte, nicht erwarten, aber trotzdem gebrauchte ich äußerste Vorsicht. Und in der Tat fand ich meine schlimmsten Befürchtungen bestätigt.

Hands hatte sich, auf Knie und Hände gestützt, aufgerichtet und schleppte sich, trotzdem sein Bein tüchtig schmerzte – ich hörte ihn unterdrückt stöhnen –, in ziemlich flinkem Tempo über das Deck hin. In kaum einer halben Minute war er an den Backbordspeigaten und zog aus einer Tauwerkrolle ein langes Messer oder vielmehr einen kurzen Dolch hervor, der bis an den Griff mit Blut besudelt war. Er besah ihn, schob seinen Unterkiefer vor und prüfte die Schneide an der Hand, dann verbarg er das Messer hastig an seiner Brust und wälzte sich an seinen alten Platz an der Reeling zurück.

Das war alles was ich wissen wollte. Israel konnte sich bewegen und war jetzt bewaffnet, und da er sich so große Mühe gegeben hatte, mich zu entfernen, mußte ich wohl das erkorene Opfer sein. Was er weiter beabsichtigte, ob er versuchen wollte, quer durch die Insel hindurch bis zu dem Lager in den Sümpfen zu kriechen, oder ob er den langen Tom abfeuern würde, im Vertrauen darauf, daß seine Kameraden ihm zu Hilfe eilen würden, vermag ich natürlich nicht zu sagen.

Aber in einem Punkt konnte ich mich auf ihn verlassen, da unsere Interessen hier zusammengingen, und das war die Lenkung des Schoners. Wir wünschten beide, ihn an einem geschützten Platz an Land zu bringen, um ihn später so leicht und gefahrlos wie möglich wieder flott machen zu können. Und bis zu diesem Zeitpunkt hielt ich mein Leben für gesichert.

Während ich solcherweise überlegte, blieb mein Leib nicht müßig. Ich hatte mich in die Kajüte zurückgeschlichen, war in die Schuhe geschlüpft, zog aufs Geratewohl eine Flasche Wein heraus und erschien mit dieser wieder an Deck.

Hands lag da, wie ich ihn verlassen hatte, ganz in sich zusammengesunken, die Augen geschlossen, als ob er zu schwach wäre, das Licht zu ertragen. Als ich zu ihm herankam, blickte er aber doch auf, brach der Flasche den Hals wie einer, der darin große Übung hat, und tat einen tüchtigen Zug mit seinem Lieblingstoast: »Gut Glück«. Dann lag er eine Weile still, zog darauf eine Rolle Tabak heraus und bat mich, ihm ein Priemchen abzuschneiden.

»Schneid mir ein Stück ab«, bat er, »denn ich hab' kein Messer nicht, und auch wenn ich eins hätte, wär' ich zu schwach dazu. Ach, Jim, Jim, mit mir ist's aus, kalkuliere ich. Schneid mir ein Priemchen, Junge, es wird wohl das letzte sein; denn ich hab's jetzt nimmer weit bis zu meiner letzten Heimat!«

»Gut«, sagte ich, »ich will Ihnen den Tabak abschneiden. Aber wenn ich Sie wäre und mich am Rande des Grabes glaubte, dann würde ich zu beten anfangen wie ein Christenmensch.«

»Wozu das?« sagte er. »Wozu soll das? sag mir.«

»Wozu?« rief ich. »Gerade vorhin haben Sie mich wegen des Toten befragt. Sie haben Ihren Eid gebrochen, Sie haben in Sünde, Lüge und Blut gelebt – da

zu Ihren Füßen liegt ja noch einer, den Sie umgebracht haben – und Sie fragen noch wozu? Daß Gott sich Ihrer erbarme, Herr Hands, dazu!«
Ich hatte mich etwas in Hitze geredet, weil ich an den blutigen Dolch dachte, den er in der Tasche verborgen trug und den er in seinen Gedanken dazu bestimmt hatte, mich zu töten. Er hingegen tat einen langen Zug aus der Weinflasche und sagte mit höchst ungewohnter Feierlichkeit:
»Seit dreißig Jahren befahre ich die Meere; ich habe Gutes und Böses, Besseres und Schlimmeres erlebt, Sturm und Sonnenschein, ich habe erlebt, daß Vorräte zu Ende gingen, Messerstechereien und Gott weiß, was noch alles. Nun, ich sage dir, bis zum heutigen Tag habe ich noch nie was Gutes aus Güte kommen sehen. Als erster zuschlagen, das ist mein Wahlspruch; die Toten beißen nicht, das ist meine Meinung. So sei es. Amen! Und jetzt«, fuhr er in plötzlich verändertem Tone fort, »haben wir genug von dem Unsinn geschwatzt. Die Flut steht gerade richtig. Folgen Sie bloß meinen Anordnungen, Kapitän Hawkins, dann werden wir im Handumdrehen drinnen sein, und die Sache ist geschafft.«
Wir hatten zwar im ganzen nur zwei Meilen zurückzulegen, aber die Lenkung war schwierig; denn die Einfahrt in den Ankerplatz war nicht nur sehr eng und seicht, sondern bog sich außerdem noch von Osten nach Westen, so daß der Schoner sehr sorgfältig hineingelotst werden mußte. Ich war, glaube ich, ein guter, flinker Untergebener und Hands zweifellos ein ausgezeichneter Pilot; denn wir lavierten hierhin und dorthin und schlängelten uns zwischen den Sandbänken so sicher und sauber hindurch, daß es eine wahre Freude war.
Kaum hatten wir das Vorgebirge passiert, als wir von Land umschlossen waren. Die Ufer der Nordbucht waren ebenso dicht bewaldet wie die des südlichen Ankerplatzes, aber die Einfahrt war länger und enger, sie glich mehr einer Flußmündung, und das war sie auch tatsächlich. Gerade vor uns, am südlichen Ende, bemerkten wir ein Schiffswrack im letzten Stadium der Auflösung. Es war ein großer Dreimaster, der aber schon so lange allen Unbilden der Witterung ausgesetzt lag, daß er mit einem Netz triefenden Seetangs überzogen war, und auf dem Deck hatten Uferbüsche Wurzeln gefaßt und blühten üppig. Ein trauriger Anblick, aber er zeigte uns, daß der Ankerplatz geschützt lag.
»Jetzt sieh her«, sagte Hands, »das ist ein hübscher Fleck, um ein Schiff auf den Strand laufen zu lassen. Feiner, flacher Sand, keine Katze zu sehen, ringsherum Bäume und Blumen, die auf dem alten Schiff blühen wie in einem Garten.«
»Und wenn das Schiff erst aufgelaufen ist«, fragte ich, »wie bekommen wir es später wieder flott?«

»Das ist ganz einfach«, antwortete er. »Du nimmst bei Ebbe ein Seil hinüber ans Ufer, dort legst du es um eine der großen Fichten, dann kommst du zurück auf Deck, befestigst das andere Ende um das Gangspill und wartest auf die Flut. Wenn die Flut kommt, dann ziehen alle Mann an der Leine, und das Schiff geht los, sanft, wie von selber. Aber jetzt paß auf, Junge! Wir sind jetzt nah dran, nur gehen wir etwas zu rasch, ein wenig mehr Steuerbord – so – ruhig – Steuerbord – etwas Backbord – vorsichtig – ruhig!« So erteilte er seine Befehle, die ich atemlos befolgte. Auf einmal schrie er: »Jetzt, Herzensjunge, Luv!« und ich warf mich scharf gegen das Steuer, die *Hispaniola* schwang sich rasch herum und lief mit dem Steven auf die niedrige bewaldete Küste auf. Die Aufregung der letzten Manöver hatten mich von dem Bootsmann, den ich bisher scharf beobachtet hatte, abgelenkt. Selbst in diesem Augenblick nahm mich der Vorgang so gefangen, daß ich, alle Gefahr, die über meinem Haupte schwebte, vergessend, an der Reeling des Steuerbords lehnte und zusah, wie die Welle hoch über den Bug spritzte. Er hätte mich kampflos niedermachen können, wenn ich nicht, von einer plötzlichen Unruhe erfaßt, den Kopf gewendet hätte. Vielleicht hatte ich ein Geräusch gehört, vielleicht im Winkel des Auges seinen Schatten sich bewegen sehen, vielleicht war's nur ein tierischer Instinkt – jedenfalls als ich mich umwandte, sah ich Hands schon auf halbem Wege zu mir, den Dolch in der rechten Hand.

Wir müssen beide laut aufgeschrien haben, als unsere Blicke sich trafen; aber während ich einen schrillen Schreckensruf ausstieß, brüllte er vor Wur wie ein angreifender Bulle. Im selben Augenblick, als er sich auf mich warf, sprang ich seitwärts dem Bug entgegen. Dabei ließ ich den Handgriff des Steuers los, das scharf leewärts sprang, und das rettete mir wohl das Leben, denn er traf Hands so heftig gegen die Brust, daß er einen Augenblick lang betäubt stehenblieb. Ehe er sich erholen konnte, war ich aus dem Winkel, in den er mich wie in eine Falle gelockt hatte, draußen und hatte nun das ganze Deck zu meiner Verfügung. Beim Hauptmast machte ich halt und zog meine Pistole. Ich zielte kaltblütig, trotzdem Hands sich bereits umgedreht hatte und mit dem Dolch von neuem auf mich losging, und drückte ab. Der Hahn schnappte, aber es folgte weder Blitz noch Knall; die Zündung war vom Seewasser verdorben. Ich verfluchte meine Nachlässigkeit. Warum hatte ich nicht schon längst meine einzigen Waffen frisch geladen? Dann brauchte ich nicht wie ein Schaf vor seinem Schlächter fliehen wie jetzt.

Es war erstaunlich, wie rasch der Verwundete sich bewegen konnte, sein graugesprenkeltes Haar hing ihm wirr ins Gesicht, das vor Wut und Aufregung puterrot geworden war. Mir blieb keine Zeit, meine zweite Pistole zu versuchen, auch hatte ich wenig Neigung dazu, denn ich vermutete, daß auch sie unbrauchbar sein würde. Eins war mir klar: Ich durfte nicht einfach weglaufen, sonst hätte er mich in den Bug gedrängt, wie vorhin auf das Heck. Hätte ich mich so fangen lassen, so wären acht bis zehn Zoll des blutbesudelten Eisens wohl meine letzte Erfahrung auf Erden gewesen. Also blieb ich stehen, meine Handflächen gegen den dicken Hauptmast gestemmt, und wartete mit gespannten Nerven.

Als er sah, daß ich ihm ausweichen wollte, stand er gleichfalls still, und einige Augenblicke vergingen mit Scheinmanövern seinerseits, die ich in gleicher Weise beantwortete. Ich hatte das Spiel zu Hause in der Schwarzhügelbucht oft genug gespielt, allerdings, das kann man mir glauben, noch nie mit so wild klopfendem Herzen. Aber schließlich war es doch ein Knabenspiel, in dem ich mich schon gegen einen älteren Seemann mit verwundetem Bein behaupten zu können glaubte. Ja, mein Mut war sogar schon so gewachsen, daß ich mir einige rasche Gedankensprünge erlaubte, wie das Spiel wohl zu Ende gehen würde; und obwohl ich überzeugt war, daß ich es ziemlich lange hinziehen könnte, sah ich doch keine Hoffnung auf ein endgültiges Entkommen.

So standen die Dinge, als die *Hispaniola* plötzlich mit einem Ruck auflief, schwankte, sich einen Augenblick in den Sand bohrte und dann blitzschnell nach der Backbordseite umlegte, bis das Deck in einem Winkel von fünfundviezig Grad stand und eine Menge Wasser durch die Speigattlöcher hereinfloß, das wie ein Tümpel zwischen Deck und Reeling stehen blieb.

Im Nu wurden wir beide umgeworfen und rollten fast zusammen in die Speigate, die tote Rotmütze mit ausgestreckten Armen steif hinter uns her. Wir waren einander so nahe, daß mein Kopf mit solcher Wucht gegen die Stiefel des Bootsmanns schlug, daß meine Zähne zusammenschlugen. Trotzdem war ich zuerst auf den Beinen, denn Hands war mit dem Leichnam zusammengeraten. Das Kentern des Schiffes machte das Deck zum Laufen ungeeignet, also mußte ich einen anderen Ausweg ersinnen, und zwar augenblicklich, denn mein Feind war mir schon so nahe, daß er mich fast berührte. Blitzschnell schwang ich mich auf die Kreuzwanten und kletterte hoch und tat keinen Atemzug, bis ich auf der Quersaling saß.

Meine Geschwindigkeit hatte mich gerettet; der Dolch sauste kaum einen Fuß breit unter mir ins Holz, während ich hinauskletterte, und Israel Hands stand unten mit offenem Munde, das Gesicht aufwärts gewandt, ein Bild der Überraschung und Enttäuschung.

Jetzt, da ich einen Augenblick Zeit hatte, wechselte ich flugs die Zündung meiner Pistole aus, und als die eine gebrauchsfertig war, entlud ich zur doppelten Sicherheit auch die andere und versah sie mit neuer Ladung und Zündung.

Beim Anblick meiner neuen Beschäftigung war Hands wie aus den Wolken gefallen; er begann einzusehen, daß das Spiel sich gegen ihn wandte. Nach

kurzem Zaudern schwang er sich, den Dolch zwischen den Zähnen, in die Wanten und begann langsam und mühsam heraufzusteigen. Das Klettern kostete ihn mit seinem verwundeten Bein nicht wenig Zeit und Schmerzen, so daß ich in aller Ruhe meine Vorbereitungen beenden konnte, ehe er noch den dritten Teil des Weges zurückgelegt hatte. Dann wandte ich mich zu ihm, in jeder Hand eine Pistole:
»Noch einen Schritt weiter, Herr Hands, und ich blase Ihnen Ihre Hirnschale aus! Tote Leute beißen nicht, wie Sie wissen«, fügte ich kichernd hinzu. Augenblicklich hielt er inne. Ich sah, wie die Gedanken in seinem Gesicht arbeiteten, und der Vorgang war so langsam und mühevoll, daß ich in meiner neugewonnenen Sicherheit laut auflachte. Schließlich schluckte er ein paarmal und begann zu sprechen, immer noch mit demselben Ausdruck der Bestürzung im Gesicht. Um sprechen zu können, mußte er den Dolch aus dem Munde nehmen, im übrigen blieb er regungslos.
»Jim«, sagte er, »kalkuliere, wir sind beide in der Patsche und werden einen

Pakt schließen müssen. Ich hätte dich schon gekriegt, wenn sich das Schiff nicht umgelegt hätte, aber ich habe wirklich kein Glück! Kalkuliere, ich werde die Segel streichen müssen, und siehst du, das ist hart für einen erfahrenen Seemann, wie ich's bin, gegenüber so einem Schiffsjungen.«

Lächelnd sog ich seine Worte ein, stolz wie ein Hahn auf dem Mist, als er blitzschnell seine rechte Hand über die Schulter zurückwarf. Etwas schwirrte wie ein Pfeil durch die Luft, ich fühlte einen Schlag und einen scharfen Schmerz, und da war ich mit meiner Schulter an den Mast genagelt. In dem furchtbaren Schmerz und der Überraschung dieses Augenblicks – ob mit oder ohne Willen weiß ich nicht einmal, aber sicher, ohne bewußt zu zielen – gingen meine beiden Pistolen los und fielen mir aus den Händen. Sie fielen aber nicht allein, denn mit einem erstickten Aufschrei ließ der Bootsmann die Wanten los und stürzte kopfüber ins Wasser.

Infolge der geneigten Lage des Schiffes hingen die Masten weit über das Wasser hinaus, und von meinem hohen Sitz auf der Quersaling aus sah ich nur die Wasserfläche der Bucht unter mir. Hands, der nicht so weit heraufgekommen und folglich dem Schiff näher war, fiel zwischen mir und der Reeling ins Wasser. Noch einmal tauchte er in einem Schaum von Blut und Gischt an der Oberfläche auf, dann versank er für immer. Als das Wasser sich wieder glättete, sah ich ihn im Schatten des Schiffsrumpfes zusammengekauert im klaren weißen Sande liegen. Einige Fische flitzten über ihn hinweg. Zeitweise, wenn sich das Wasser kräuselte, schien er sich zu bewegen, als ob er aufstehen wollte. Aber er war trotzdem wirklich mausetot, erschossen und obendrein ertrunken, und Futter für die Fische an eben dem Ort, an dem er mich zu ermorden gedachte.

Kaum hatte ich diese Gewißheit, so kam ich erst recht zum Bewußtsein meiner Lage und fühlte mich schwach und krank. Das Blut lief mir heiß über Brust und Rücken; der Dolch, mit dem ich an den Mast genagelt war, brannte wie glühendes Eisen. Aber nicht diese körperlichen Schmerzen quälten mich am meisten, denn die hätte ich wohl klaglos erduldet, sondern die Furcht, von der Quersaling in das stille grüne Wasser hinabzufallen, neben den Leichnam des Bootsmannes.

Ich klammerte mich mit beiden Händen fest, bis die Nägel mich schmerzten, und schloß die Augen, um die Gefahr nicht zu sehen. Allmählich kehrte mir die Überlegung zurück, mein Puls beruhigte sich, und ich hatte mich wieder in der Gewalt.

Mein erster Gedanke war, den Dolch herauszuziehen, aber entweder steckte er zu fest, oder meine Nerven waren diesem Versuch nicht gewachsen; mich überfiel ein heftiger Schauder, und so gab ich es auf. Sonderbarerweise besorgte der Schauder selbst, was ich vergebens versucht hatte. Das Messer hätte mich nämlich um ein Haar verfehlt, es hielt mich bloß an einem Hautzipfel fest, der durch mein Zittern losgerissen wurde. Zwar blutete die Wunde jetzt stärker, aber ich war doch wenigstens frei und hing nur noch mit Rock und Hemd fest. Beides riß ich mit einem heftigen Ruck los und kletterte über die Steuerbordkante wieder aufs Deck hinunter. Nicht um die Welt wäre ich die überhängenden Backbordwanten heruntergegangen, aus denen Israel Hands ins Wasser gefallen war.

Ich ging in die Kajüte und verband schlecht und recht meine Wunde. Sie schmerzte tüchtig und blutete stark, war aber weder tief noch gefährlich und hinderte meine Armbewegungen nicht allzusehr. Dann blickte ich mich um, und da das Schiff jetzt in gewissem Sinn mein Eigentum war, ging ich daran, es von seinem letzten Passagier zu befreien – dem toten O'Brien.

Er war wie gesagt gegen die Reeling geschleudert worden und lag da wie eine grauenhafte, plumpe Puppe, lebensgroß zwar, aber ganz ohne jede Lebensfarbe oder Lebensfrische! In dieser Stellung hatte ich leichtes Spiel mit ihm, und da ich mich an die tragischen Erlebnisse schon so gewöhnt hatte, daß ich keine Angst mehr vor dem Tod empfand, packte ich ihn um den Leib wie einen Mehlsack und wälzte ihn mit einem starken Schwung über Bord. Der Körper schlug laut auf, als er ins Wasser fiel, dann kam die rote Mütze hoch und trieb auf der Oberfläche umher. Als die Wasserfläche sich wieder geglättet hatte, sah ich ihn Seite an Seite neben Israel liegen, beide von den Wellen auf und nieder geschaukelt. O'Brien war trotz seiner Jugend ganz kahl; da lag er nun, den Kahlkopf zwischen den Knien seines Mörders, und die flinken Fische schossen über beide hinweg.

Ich war jetzt allein auf dem Schiff, und die Flut hatte sich eben gewendet. Die Sonne stand schon so tief am Horizont, daß der lange Schatten der Fichten von der Westküste bis über den Ankerplatz hinüber in wirren Mustern auf das Deck fiel. Die Abendbrise sprang auf, und obwohl der Platz durch den Hügel mit dem doppelten Gipfel von Osten her geschützt war, begann das Tauwerk leise zu summen, und die schlaffen Segel schlugen hin und her. Ich fürchtete Gefahr für das Schiff, so zog ich die Klüversegel rasch ein und ließ sie auf das Deck klatschen. Mit dem Großsegel war die Sache weniger einfach. Natürlich hatte sich der Großbaum, als der Schoner kenterte, über Bord geneigt, und seine Spitze sowie ein bis zwei Fußbreit des Segels hingen sogar unter Wasser. Dies schien mir die Gefahr noch zu vergrößern, aber die Spannung war so stark, daß ich mich scheute, etwas zu unternehmen. Schließlich zog ich mein Messer und durchschnitt die Taljen. Die Piekohren senkten sich sofort, und eine große Fläche des losen Segels breitete sich wie eine Riesenblase auf dem Wasser aus. Aber so sehr ich jetzt auch ziehen mochte, es gelang mir nicht, das Segel zu bewegen. Mehr konnte ich nicht

tun, im übrigen mußte ich die *Hispaniola* wie mich selbst der Vorsehung anvertrauen. Inzwischen war der ganze Ankerplatz in den Schatten gerückt – ich erinnere mich noch, wie die letzten Sonnenstrahlen durch die Waldlichtung fielen und wie Edelsteine auf dem blühenden Mantel des Wracks leuchteten. Die Luft wurde empfindlich kühl, die Flut strömte rasch seewärts, und der Schoner setzte sich immer mehr an seinen Balkenköpfen fest.
Ich kroch nach vorne und schaute über Bord. Das Wasser sah ziemlich seicht aus. Zur letzten Sicherheit hielt ich mich mit beiden Händen an dem durchschnittenen Ankertau fest und ließ mich sanft über Bord gleiten. Das Wasser ging mir kaum bis an den Leib, der Sand war fest und von den Wellen gefurcht, und ich watete in bester Stimmung ans Ufer, die gekenterte *Hispaniola* mit dem auf dem Wasser ausgebreiteten Segel hinter mir lassend. Zur selben Zeit ging die Sonne strahlend unter, und die Abendbrise pfiff leise in der Dämmerung durch die rauschenden Fichten.

IM TAIFUN

Joseph Conrad stammte aus Polen und fuhr von 1874 bis 1898 zur See. Danach hat er sich als Schriftsteller in England niedergelassen und – in englischer Sprache – einige der bedeutendsten Seefahrtsromane geschrieben. Einer von ihnen heißt »Taifun« und erzählt die Geschichte des Kapitän MacWhirr, der im Chinesischen Meer mit seinem Schiff in einen Orkan gerät.

Alles, was der Kapitän von dem Geschrei des Bootsmannes verstehen konnte, war die sonderbare Mitteilung: »All die Chinesen im vorderen Zwischendeck sind toll geworden!«

Jukes stand leewärts und hörte das nur sechs Zoll weit von seinem Gesicht laut schreiend geführte Gespräch der beiden, wie man etwa in einer ruhigen Nacht zwei Männer, die eine halbe Meile weit entfernt sind, sich über ein Feld hin besprechen hört. Er vernahm Kapitän Mac Whirrs aufgeregtes: »Wie? Was?« und die angestrengte, heisere Stimme des anderen. »In einem Klumpen – – hab' sie selbst gesehen – schauerlicher Anblick – – Herr – dachte – Ihnen sagen.«

Jukes blieb gleichgültig, als sei er aller Verantwortung überhoben angesichts der überwältigenden Macht des Sturmes, die den Gedanken an irgendwelches Handeln auszuschließen schien. Außerdem vermochte er bei seiner Jugend nur mit Aufbietung aller Kraft sich innerlich gegen das Schlimmste zu wappnen, so daß er eine starke Abneigung gegen jede anderweitige Betätigung verspürte. Er war kein Feigling; das sagte er sich angesichts der Tatsache, daß er ruhig blieb bei dem Gedanken, den anderen Morgen nicht mehr zu erleben.

Es sind das die Augenblicke tatlosen Heldentums, wie sie auch tüchtige Männer kennen. Gewiß werden viele Seeleute sich eines Falles aus ihrer Erfahrung erinnern, wo der gleiche unheilvolle Zustand starrer Apathie eine ganze Schiffsbemannung befiel. Jukes dagegen kannte Menschen und Stürme noch nicht aus Erfahrung. Er hielt sich für ruhig, unerschütterlich ruhig; in

Wirklichkeit aber war er niedergeschlagen, mutlos – soweit eben ein anständiger Mann dies sein kann, ohne sich selbst zum Ekel zu werden.
Ohne daß er sich selbst dessen bewußt geworden wäre, hatte der langdauernde Kampf mit dem Sturm seinen Geist gewaltsam betäubt. Die körperliche und seelische Spannung während der endlos scheinenden Katastrophe war zu groß; es forderte an sich schon Anstrengung, in dem überwältigenden Tumulte seine Existenz zu behaupten, und diese Anstrengung machte sich in einer ungeheuren Müdigkeit geltend. Es war jene Müdigkeit, die sich mit unwiderstehlicher, bedrückender Gewalt des Menschen bemächtigt, ihm Mut und Hoffnung benimmt – jene unüberwindliche Müdigkeit, die nichts will als Ruhe, Ruhe, und diese allen Schätzen der Welt – ja dem Leben selbst – vorzieht.
Noch hielt Jukes sich aufrecht. Er war sehr naß, sehr kalt und steif an allen Gliedern, und wie im Traum zogen im Fluge die verschiedensten Bilder an ihm vorüber – Erinnerungen aus seinem Leben, die nicht im mindesten mit seiner jetzigen Lage im Zusammenhang standen (man sagt, daß Ertrinkende auf diese Weise ihr ganzes vergangenes Leben überschauen). Er sah zum Beispiel seinen Vater, einen achtbaren Geschäftsmann, der in einer unglücklichen Krisis seiner Angelegenheiten still zu Bett gegangen war und ruhig das Zeitliche gesegnet hatte. Jukes vermochte sich selbstverständlich nicht alle Einzelheiten des Falles vorzustellen, aber ohne daß es ihn sonderlich bewegt hätte, erblickte er das Gesicht des armen Mannes deutlich vor sich. Im nächsten Augenblick sah er sich als halbwüchsigen Jungen an Bord eines Schiffes in der Tafelbai, das seitdem mit Mann und Maus untergegangen war, bei einem gewissen Spiele, das er damals mit seinen Genossen häufig gespielt hatte. Jetzt schwebten ihm die dicken Augenbrauen seines ersten Kapitäns vor, und dann wieder erinnerte er sich seiner nun auch verstorbenen Mutter – wie er etwa vor Jahren ohne Gemütsbewegung irgendwelcher Art in ihr Zimmer getreten war und sie dort in einem Buche lesend gefunden hatte – die tatkräftige, in mißlichen Verhältnissen zurückgebliebene Frau, die seine Erziehung mit so sicherer Hand geleitet hatte.
Nicht länger als eine Sekunde mochte er geträumt haben; da warf sich ein schwerer Arm auf seine Schultern, und Kapitän Mac Whirr rief ihm ins Ohr: »Jukes! Jukes!«
Die Stimme klang sorgenvoll und bekümmert. Der Sturm hatte sich mit voller Wucht auf das Schiff geworfen und suchte es in der Tiefe der Wogen festzuhalten. Das vereinte Gewicht der Sturzseen drohte es zu zerschmettern. Die schaumgekrönten Häupter der das Schiff umbrandenden Wogen strahlten ein gespenstisches Licht aus – das Licht des Meerschaumes, das in wildem, fahlem Aufleuchten das haushohe Aufwallen, den Niederfall und das

tolle Spiel jeder einzelnen Woge mit dem stark mitgenommenen Schiffskörper erkennen ließ. Nicht für einen Augenblick mehr konnte sich das Schiff vom Wasser freischütteln. Der halberstarrte Jukes sah in seinen Bewegungen nur noch ein hilfloses Zappeln. Sich vernünftig zu wehren, war ihm nicht mehr möglich. Der Anfang vom Ende war da, und der Ton geschäftiger Sorge, der aus seines Kapitäns Stimme sprach, berührte Jukes unangenehm, als etwas Törichtes, Unzeitgemäßes.

Jukes stand im Banne des Sturmes, war von ihm an Leib und Seele gefesselt und gänzlich in seiner Macht, ja, er hatte sich ihm gebeugt in einer Art dumpfer, starrer Ehrfurcht. Kapitän Mac Whirr fuhr fort ihn anzurufen, allein der Wind legte sich wie ein dicker Keil zwischen sie. Der starke Mann hing schwer wie ein Mühlstein am Halse seines ersten Steuermannes, und plötzlich stießen ihre Köpfe zusammen: »Jukes! Herr Jukes! Hören Sie nicht?«

Jukes mußte der Stimme antworten, die nicht schweigen wollte, und er tat es in der hergebrachten Weise: »Ja, Herr Kapitän.« Und sein Herz, das, vom Sturm überwältigt, nur noch das eine Verlangen nach Ruhe kannte, empörte sich gegen die Tyrannei von Zucht und Gebot.

Kapitän Mac Whirr hielt den Kopf seines Steuermannes in der Biegung seines Ellbogens fest gefangen und preßte ihn gegen seinen schreienden Mund. Dann und wann unterbrach ihn Jukes mit einem ängstlich warnenden: »Sehen Sie sich vor, Herr Kapitän!« und der Kapitän hinwieder rief den beiden neben ihm eine dringende Mahnung zu, sich festzuhalten, während das ganze schwarze All mitsamt dem Schiffe zu beben schien. Einen Augenblick bangen Harrens – noch war das Schiff flott. Und Kapitän Mac Whirr begann aufs neue: »...sagt...der ganze Haufe...wie toll...sollte nachsehen, was geschehen ist.«

Sobald der Sturm mit voller Macht losgebrochen war, war jeder Teil des Decks unhaltbar geworden, und die erschrockenen und betäubten Matrosen hatten sich in den Backbordgang unter der Brücke geflüchtet. Dieser hatte nach hinten eine Tür, die sie zumachten. Es war ein dunkler, unbehaglicher Aufenthalt. Bei jeder heftigen Bewegung des Schiffes stöhnten sie alle zusammen laut auf. Der Bootsmann versuchte, ein Gespräch in Gang zu halten, aber eine unvernünftigere Bande, sagte er nachher, sei ihm noch nie vorgekommen. Sie hatten's da unten gut genug, meinte er, waren außer Gefahr und hatten auf der Welt nichts zu tun, und trotzdem hörten sie nicht auf zu jammern und zu klagen, wie ein Haufe kranker Kinder. Schließlich sagte einer, es wäre nicht so schlimm, wenn man wenigstens ein Licht hätte, daß doch einer des anderen Nase sehen könnte. Es sei zum Verrücktwerden, erklärte er, so im Dunklen zu liegen und auf das Sinken des elenden Huckers zu warten. »Warum gehst du denn nicht gleich hinaus und läßt dich lieber gleich ersäu-

fen?« fragte ihn der Bootsmann, worauf sich ein Geschrei der Entrüstung erhob. Man überhäufte ihn mit Vorwürfen aller Art. Die Leute schienen es übelzunehmen, daß nicht sofort eine Lampe für sie aus nichts erschaffen wurde. Sie winselten wahrhaftig nach einem Licht, um dabei ertrinken zu können. Und obwohl die Unvernunft ihres Geredes sonnenklar war, da niemand hoffen konnte, das auf dem Vorderschiff gelegene Lampenzimmer zu erreichen, so fing der Bootsmann doch an, sich ernstlich zu bekümmern. Es kränkte ihn, daß sich alle gegen ihn wandten, und er sagte es ihnen; allein er empfing nur Schmähungen als Antwort, worauf er grollend schwieg. Während sie fortfuhren, ihn durch ihr Murren und Klagen zu ärgern und zu quälen, fiel ihm ein, daß im Zwischendeck sechs Kugellampen hingen und daß es nichts schaden könnte, den Kulis eine davon wegzunehmen.
Die *Nan-Shan* hatte eine quer durch das untere Schiff laufende Kohlenkammer, die zuzeiten als Lagerraum benützt wurde und durch eine eiserne Tür mit dem vorderen Zwischendeck in Verbindung stand. Diese Kammer war augenblicklich leer. Sie hatte eine Öffnung in den Raum unter der Brücke, gerade groß genug, daß ein Mann hindurchschlüpfen konnte. So war es dem Bootsmann möglich, hineinzugelangen, ohne auf Deck hinauszugehen. Zu seiner großen Verwunderung fand sich niemand bereit, ihm den Verschluß von der Öffnung wegnehmen zu helfen. Er tappte trotzdem suchend darauf zu, aber einer von den Leuten lag ihm im Wege und wollte sich nicht von der Stelle rühren. »Ich will euch ja nur das verwünschte Licht holen, nach dem ihr schreit«, hielt er ihm vor. Da sagte einer, er sollte gehen und seinen Kopf in einen Sack stecken. Es tat ihm leid, daß er die Stimme nicht erkennen konnte und daß es zu dunkel war um zu sehen, sonst würde er's dem ordentlich besorgt haben. Doch er hatte sich's einmal in den Kopf gesetzt, den Kerlen zu zeigen, daß er ein Licht herbeischaffen könnte, und wenn er darum sterben müßte.
Das Schiff schlingerte so heftig, daß jede Bewegung erschwert, ja gefährlich war; auf dem Boden zu liegen, schien schon Arbeit genug. Beinahe hätte er den Hals gebrochen, als er sich in den Kohlenraum hinunterfallen ließ. Er fiel auf den Rücken und wurde nun von einer Seite auf die andre geworfen, und zwar in der gefährlichen Gesellschaft eines schweren eisernen Gegenstandes, wahrscheinlich einer Schaufel, die ein Kohlenlader hatte liegen lassen. Dieses Ding regte ihn so auf, als ob es ein wildes Tier wäre. Er konnte es nicht sehen, denn die Innenseite des Raumes war durch den darauf haftenden Kohlenstaub schwarz wie die Nacht; aber er hörte es gleiten und klirren und da und dort aufschlagen, immer in der Nähe seines Kopfes. Es machte auch einen ganz außerordentlichen Lärm – ja es schien gewaltige Püffe auszuteilen, als ob es so groß wie ein Brückenträger wäre. Er konnte nicht umhin, dies alles

zu bemerken, während er hilflos zwischen Backbord und Steuerbord hin und her geworfen wurde, wobei er verzweifelte Anstrengung machte, sich an den glatten Wänden des Raumes festzuklammern, um einen Halt zu gewinnen. Da die Tür ins Zwischendeck nicht genau schloß, konnte er an ihrem unteren Ende einen schmalen Streifen schwachen Lichtes sehen. Schließlich gelang es dem noch rüstigen Manne und tüchtigen Matrosen doch, auf die Füße zu kommen, und das Glück wollte es, daß er im Aufstehen die fatale Kohlenschaufel in die Hand bekam und sie festhalten konnte. Er hätte sonst fürchten müssen, das unselige Ding möchte ihm die Beine zerschmettern oder ihn aufs neue zu Fall bringen. Eine Weile stand er ganz still. Er fühlte sich unsicher und unbehaglich in dieser schauerlichen Finsternis, in der die Bewegungen des Schiffes ganz ungewohnt und unberechenbar erschienen, so daß man sich nicht dagegen vorsehen konnte. Der Kopf schwindelte ihm dermaßen, daß er nicht wagte, sich zu rühren, aus Furcht, nochmals das Gleichgewicht zu verlieren. Er hatte durchaus keine Lust, sich in dem Loche da unten zerschmettern zu lassen.
Zweimal hatte er seinen Kopf aufgeschlagen, so daß er ordentlich betäubt war. Es schien ihm, als höre er immer noch das Klirren und Schlagen des Eisens, wie es ihm um die Ohren geflogen war, und er faßte es fester, wie um sich selbst zu beweisen, daß er es sicher in der Hand hielt. Er empfand eine unbestimmte Verwunderung über die Deutlichkeit, mit der man hier unten den Sturm hören konnte. In der hohlen Leere des ihn umgebenden Raumes schien ihm dessen Heulen und Ächzen etwas Menschliches zu haben, menschliche Wut und Pein auszudrücken – es klang weniger gewaltig, aber um so schärfer, durchdringender. Und seltsam – bei jedem Rollen des Schiffes hört man einen starken, gewichtigen Schlag, als ob ein großer Gegenstand von fünf Tonnen Gewicht oder mehr umhergeschleudert würde. Aber der Kohlenraum war ja leer. War es etwa auf Deck? Unmöglich. Oder auf der Längsseite? Das konnte nicht sein. All das überdachte er schnell, mit der Klarheit und Sachverständigkeit des echten Seemanns, ohne klug daraus werden zu können.
Der Lärm schien von außen zu kommen, und er konnte ihn deutlich von dem Rauschen des Wassers auf Deck über seinem Kopf unterscheiden. War es der Wind? Der mußte es wohl sein. Hier unten war es, als hörte man das Geschrei einer tollgewordenen Menschenmenge. Er empfand nun auch den Wunsch, ein Licht zu haben – und wäre es nur um dabei zu ertrinken – und zugleich das ängstliche Verlangen, so schnell als möglich aus diesem Loche herauszukommen.
So zog er denn den Riegel zurück, und die schwere eiserne Tür drehte sich in ihren eisernen Angeln. Da war es, als habe er dem Getöse des Sturmes die Tür

geöffnet. Ein vielstimmiges heiseres Kreischen schlug an sein Ohr – der Sturm draußen und das Rauschen des Wassers oben wurde von einem Schwall halberstickter Kehllaute übertönt. Der Bootsmann spreizte seine Beine über die ganze Breite der geöffneten Tür und reckte spähend den Hals. Zuerst bemerkte er nur, was er zu suchen gekommen war: sechs kleine gelbe Flammen, die in der sie umgebenden Finsternis heftig hin und her schwangen. Wie ein Minengang wurde der Raum von einer Reihe eiserner Träger geschützt, auf denen weithin ins Dunkel sich verlierende Kreuzbalken ruhten. Gegen Backbord erblickte der Bootsmann, wie in die Seitenwand eingesenkt, eine unförmliche Masse, deren Umrisse beständig wechselten. Der ganze Raum mit allen Gestalten und Schatten darin war in fortwährender Bewegung. Der Bootsmann riß die Augen auf: das Schiff rollte nach Steuerbord, und jene unheimliche Masse stieß ein lautes Geheul aus.
Holzstücke flogen durch die Luft – Planken, meinte der erschreckte Bootsmann und warf den Kopf zurück. Vor seinen Füßen glitt ein Mann vorbei, mit offenen Augen auf dem Rücken liegend, die erhobenen Arme in die leere Luft gestreckt. Ein anderer kam, wie ein losgelöster Stein, mit dem Kopf zwischen den Beinen und mit fest geballten Händen dahergeflogen; sein Zopf wippte in der Luft; er tat einen Griff nach den Beinen des Bootsmannes, und aus seiner geöffneten Hand rollte eine kleine, glänzend weiße Scheibe dem Bootsmann vor die Füße, der vor Erstaunen aufschrie, als er einen Silberdollar erkannte.
Unter dem Geräusche hastig trampelnder und gleitender bloßer Füße und erneutem heiserem Geschrei löste sich der gegen Backbord aufgehäufte Wall krampfhaft verschlungener Körper von dieser Seite des Schiffes los und glitt nach Steuerbord hinüber, wo die zappelnde Masse mit dumpfem, schwerem Falle aufschlug.
Das Schreien verstummte. An seiner Statt vernahm der Bootsmann durch das Heulen und Pfeifen des Sturmes ein anhaltendes Stöhnen; er sah ein scheinbar unlösbares Gewirr von Köpfen und Schultern, in die Höhe stehenden nackten Sohlen, erhobenen Fäusten – von Rücken, Beinen, Zöpfen und Gesichtern.
»Guter Gott!« schrie er voll Entsetzen und schlug die Tür zu vor dem grauenvollen Anblick.
Das war es, was zu erzählen er auf die Brücke gekommen war. Er konnte es unmöglich für sich behalten, und es gab an Bord nur einen einzigen Menschen, dem gegenüber es sich der Mühe lohnte, sich auszusprechen. Auf diesem Rückwege überhäuften ihn die Matrosen mit Verwünschungen. Warum brachte er nicht endlich die Lampe? Was zum Teufel kümmerte man sich um die Kulis?

Als er aufs Deck herauskam, ließ die Not und Gefahr des Schiffes selbst alles, was in dessen Innerem vor sich ging, klein und unwichtig erscheinen. Zuerst glaubte er, die *Nan-Shan* sei eben im Begriffe zu sinken. Die auf die Brücke führende Treppe war weggeschwemmt; allein eine ungeheure See, die das Hinterdeck überflutete, hob ihn hinauf. Eine Zeitlang mußte er auf dem Bauche liegen bleiben, während er sich an einem Ringbolzen festhielt – in Absätzen atmend und Salzwasser schluckend. Dann arbeitete er sich auf Händen und Füßen vorwärts, da seine Furcht und sein Entsetzen zu groß waren, als daß er hätte umkehren mögen. So erreichte er den hinteren Teil des Steuerhauses. An dieser verhältnismäßig geschützten Stelle fand er den zweiten Steuermann, wodurch er sich angenehm überrascht fühlte, da er geglaubt hatte, es müßte längst jedermann auf Deck weggewaschen worden sein. Eifrig fragte er, wo der Kapitän sei.

Der zweite Steuermann lag auf dem Boden zusammengekauert wie ein boshaftes kleines Tier unter einer Hecke.

»Der Kapitän? Über Bord geschwemmt natürlich, nachdem er uns ins Unglück gebracht. Der erste Steuermann jedenfalls desgleichen. Ein ebenso großer Narr. Was liegt daran? Ein wenig früher oder später – kann nichts ausmachen.«

Der Bootsmann kroch wieder in den Bereich des Sturmes hinaus, nicht weil er hoffte, noch jemanden finden zu können, wie er sagte, sondern nur um von »diesem Kerl« wegzukommen. Er kroch hinaus wie ein Ausgestoßener, der den Kampf mit einer unbarmherzigen Welt aufnimmt. Daher seine große Freude, als er Jukes und den Kapitän fand. Was im Zwischendeck vor sich ging, erschien ihm jetzt von geringerer Wichtigkeit. Auch war es schwer, sich verständlich zu machen. So berichtete er nur kurz, was er gesehen hatte und zu erzählen gekommen war. Die Matrosen seien gut aufgehoben, fügte er hinzu. Dann ließ er sich beruhigt in sitzender Stellung auf Deck nieder, mit Armen und Beinen den Telegraphen des Maschinenraumes umklammernd – eine Eisenstange von der Dicke einer mäßigen Säule. Wenn diese den Elementen wich, ei, so mußte er wohl auch weichen. An die Kulis dachte er nicht mehr. Kapitän Mac Whirr hatte Jukes bedeutet, er solle hinuntergehen und nachsehen.

»Was soll ich dann tun, Kapitän?« Das Zittern, das durch seinen ganzen nassen Körper ging, machte Jukes' Stimme einem Blöcken ähnlich.

»Sehen Sie erst – – Bootsmann sagte – –.«

»Der verfluchte Narr!« heulte der schlotternde Jukes.

Die Ungeheuerlichkeit der an ihn gestellten Zumutung empörte ihn. Er war so wenig geneigt, zu gehen, als ob in dem Augenblick seines Gehens das Schiff unfehlbar sinken müßte.

»Ich muß es wissen – – kann nicht – –.«
»Sie werden sich wieder beruhigen. Herr – –.«
»Sie kämpfen – – Bootsmann sagt. Warum? Kann keinen Kampf – – Schiff – – haben. Behielte Sie lieber hier – – Fall – – ich selbst – Bord geschwemmt würde. – – Bringen Sie – zur Ordnung – – irgendwie. Sehen Sie nach und berichten – – durch – Sprachrohr – – – Maschinenraum. Sie sollen nicht öfter heraufkommen. Gefährlich – – auf Deck – – bewegen.«
Jukes, der sich mit seinem Kopfe in der Gefangenschaft des Sprechenden befand, war gezwungen zu hören.
»Möchte nicht – Sie zu Grunde gehen – so lange – Schiff nicht – Rout – tüchtiger Mann – Schiff kann noch – alles – durchkommen.«
Endlich wurde es Jukes klar, daß es gehen müßte. »Glauben Sie wirklich?« schrie er.
Aber der Sturm verschlang die Antwort – nur das eine, mit großem Nachdruck gesprochene Wort »immer« vermochte Jukes zu verstehen.
Kapitän Mac Whirr ließ ihn los, beugte sich zu dem Bootsmann nieder und schrie: »Gehen Sie mit dem Steuermann wieder hinunter.« Jukes fühlte daß der Arm von seinen Schultern genommen war. Er hatte seine Befehle empfangen und konnte gehen – um was zu tun? In seiner Aufregung war er unvorsichtig genug, seinen Halt fahren zu lassen, und sofort wurde er vom Sturme erfaßt und weiter getrieben, so daß er meinte, er werde rettungslos über das Heck fliegen. Eilig warf er sich nieder, so daß der Bootsmann, der ihm folgte, auf ihn fiel.
»Bleiben Sie nur liegen, Herr«, schrie dieser, »es hat keine Eile.« Eine Woge ging über sie hin. Aus der sprudelnden Rede des Mannes entnahm Jukes soviel, daß die Treppe weggerissen sei. »Ich werde Sie an den Händen hinunterlassen, Herr«, schrie der Bootsmann und fügte die tröstliche Bemerkung hinzu, daß der Schornstein wohl auch bald über Bord gehen werde. Jukes hielt dies für sehr wahrscheinlich und sah im Geiste die Feuer erlöschen, das Schiff hilflos...
Der Bootsmann an seiner Seite fuhr fort zu schreien. »Was? Was ist?« rief Jukes in Verzweiflung; und der andre wiederholte: »Was würde meine Alte sagen, wenn sie mich jetzt sehen könnte?«
In den Backbordgang war reichlich Wasser eingedrungen, dessen Plätschern und Gurgeln den Eintretenden ans Ohr schlug. In todähnlicher Ruhe saßen und lagen die Leute in der Finsternis beisammen, bis Jukes über einen von ihnen stolperte und ihn zornig fluchend schalt, daß er im Wege liege. Jetzt fragten mehrere Stimmen eifrig:»Ist noch Rettung möglich, Herr?«
»Was ist denn mit euch Narren?« fragte er seinerseits barsch. Es war ihm, als könnte er sich mitten unter sie hinlegen, um sich nicht mehr zu rühren. Aber

seine Worte schienen sie aufgemuntert zu haben; und unter sorglichen Warnungen, wie »Geben Sie acht, Herr! Stoßen Sie sich nicht, Herr!« wurde er von diensteifrigen Händen in die Kohlenkammer hinabgelassen. Der Bootsmann fiel nach ihm hinunter, und sobald er sich aufgerappelt hatte, bemerkte er: »Sie würde sagen: ›Es geschieht dir recht, alter Narr; warum gehst du zur See?‹«

Der Bootsmann war nicht unbemittelt und ließ dies gerne merken. Seine Frau – eine rundliche Erscheinung – führte mit zwei erwachsenen Töchtern ein Grünkramgeschäft im Ostende von London.

Während Jukes sich mit aller Mühe fest auf seine Beine zu stellen suchte, vernahm er einen Lärm wie von schwachen Donnerschlägen. Dicht neben sich

glaubte er halberstickte Schreien zu hören, das von dem Tosen des Sturmes begleitet wurde. Der Kopf schwindelte ihm. Die Bewegungen des Schiffes kamen ihm hier unten ganz ungewöhnlich und gefahrdrohend vor; sie ängstigten ihn und lähmten seine Willenskraft, wie wenn er ein Neuling auf See gewesen wäre.
Am liebsten wäre er wieder hinausgeklettert; allein die Erinnerung an Kapitän Mac Whirrs Stimme ließ dies nicht zu. Er hatte Befehl, zu gehen und nachzusehen. Natürlich würde er nachsehen, sagte er sich, innerlich wütend. Der unsicher hin und her stolpernde Bootsmann erinnerte ihn, ja vorsichtig zu sein beim Öffnen der Tür, da die Chinesen drinnen auf Tod und Leben kämpften. Und wie in großem körperlichem Schmerze fragte Jukes in gereiztem Tone, um was zum Teufel sie denn kämpften.
»Um Dollars, Herr! Um Dollars! All ihre wurmstichigen Kisten sind aufgebrochen. Das Geld rollt überall herum, und sie stürzen sich wie verrückt darauf – schlagen und beißen sich, daß es eine Art hat. Eine richtige Hölle ist da drinnen.«
Krampfhaft öffnete Jukes die Tür; der kleine Bootsmann guckte unter seinem Arme durch.
Eine der Lampen war ausgegangen, vielleicht zerbrochen worden. Wütende Kehllaute drangen den Eintretenden entgegen und ein sonderbares Keuchen – das Arbeiten all der überangestrengten Brustkasten. Ein schwerer Stoß traf die Seite des Schiffes: mit betäubender Gewalt hörte man oben das Wasser aufschlagen. Im Vordergrund der dicken rötlichen Atmosphäre sah Jukes hier einen Kopf heftig aufs Deck aufschlagen, dort zwei dicke Waden in die Höhe stehen, sehnige Arme einen nackten Körper umschlingen, ein gelbes Gesicht mit offenem Munde und wildem, starrem Blick auftauchen und wieder verschwinden. Eine leere Kiste fiel, sich überschlagend, geräuschvoll zu Boden. Mit dem Kopfe voran, wie durch einen Fußtritt in Bewegung gesetzt, flog ein Mann durch die Luft, während im Hintergrund andre wie ein Haufe rollender Steine einen Abhang hinunter zu gleiten schienen, das Deck mit ihren Füßen stampfend und wild die Arme schwingend. Die zur Luke hinaufführende Treppe war mit Kulis beladen; sie hingen daran wie schwärmende Bienen an einem Baumaste. In einem unruhig bewegten Klumpen kauerten sie auf den Stufen. Einige schlugen wie toll mit den Fäusten gegen die verlattete Luke. Jetzt neigte sich das Schiff stärker, und sie fingen an herunterzufallen – erst einer, dann zwei, dann alle übrigen mit lautem Kreischen.
Jukes stand starr vor Entsetzen. Der Bootsmann mahnte ihn mit rauher Sorglichkeit: »Daß Sie mir ja nicht hineingehen. Herr!«
Der ganze Raum schien sich um sich selbst zu drehen und unaufhörlich auf und nieder zu wippen. Wenn das Schiff von der See in die Höhe gehoben

wurde, meinte Jukes nicht anders, als daß alle Chinesen in geschlossenem Haufen auf ihn zuschießen müßten. Er trat rückwärts aus der Tür, schlug sie zu und verriegelte sie mit zitternden Händen.

Sobald sein Steuermann ihn verlassen, hatte der allein auf der Brücke zurückgebliebene Kapitän sich seitwärts gewandt und war nach dem Steuerhause gewankt. Da dessen Tür nach außen aufging, mußte er dem Sturme den Eintritt abringen, und als er endlich hineinkam, geschah es mit großem Lärm und einem Schlage, als ob er durch das Holz hindurchgefeuert worden wäre. Nun stand er drinnen und hielt sich am Türgriff. Der Steuerapparat war nicht mehr dampfdicht; ein dünner, weißer Nebel erfüllte den beschränkten Raum, in dem das Glas des Kompaßgehäuses ein glänzendes Oval von Licht bildete. Der Sturm heulte und pfiff und stieß dazwischen in dröhnenden Schlägen gegen Türen und Läden, begleitet von heftig aufprasselnden Schauern. Das Rostwerk am Boden schwamm beinahe schon; mit jeder neuen See drang das Wasser stärker zu allen Ritzen und neben der Tür herein. Der Mann am Steuer hatte Mütze und Rock weggeworfen und stand, gegen das Gehäuse der Steuermaschine gestemmt, in einem auf der Brust offenen, gestreiften Baumwollhemde da. Das kleine Messingrad in seinen Händen sah aus wie ein zierliches Spielzeug. Die Sehnen an seinem Halse traten stark hervor, ein dunkler Flecken lag in seiner Halsgrube, und sein Gesicht war eingesunken und leblos wie das eines Toten.

Kapitän Mac Whirr wischte sich die Augen. Die See, die ihn beinahe über Bord gespült hätte, hatte ihm zu seinem großen Verdruß den Südwester vom kahlen Haupte gerissen. Sein flaumiges, helles Haar war naß und dunkel, so daß es aussah, als ob ein Strang grober Baumwollfäden um seinen bloßen Schädel geschlungen wäre. Sein vom Seewasser glänzendes Gesicht war vom Winde und dem Anprall des Flugwassers dunkel gerötet. Er sah aus, als käme er in Schweiß gebadet von einem glühenden Ofen.

»Sie hier?« murmelte er. Der zweite Steuermann hatte kurz vorher den Weg ins Steuerhaus gefunden. Er hatte sich in einer Ecke niedergelassen und saß nun da, die Knie hinaufgezogen, eine Faust gegen jede Schläfe gepreßt; aus seiner Haltung sprachen Wut, Bekümmernis, hoffnungslose Ergebung und eine Art hartnäckigen Grolles. In kläglichem und zugleich trotzigem Tone sagte er: »Nun, ich habe ja die Wache unten, nicht wahr?«

Die Steuermaschine rasselte, setzte aus, rasselte wieder; die Augäpfel des Mannes am Steuer traten aus seinem hungrigen Gesichte hervor, als ob die Windrose hinter dem Glas eßbar gewesen wäre. Gott weiß, wie lange man ihn am Steuer gelassen hatte; all seine Schiffsgenossen schienen ihn vergessen zu haben. Keine Glocke hatte geschlagen, keine Ablösung war erfolgt. Der Sturm hatte die Schiffsordnung verweht. Der Mann am Steuer aber versuchte noch immer das Schiff gegen Nord-Nordost zu halten, mochte das Ruder nicht mehr vorhanden sein, mochten die Feuer erloschen, die Maschinen zerbrochen, das Schiff bereit sein, im nächsten Augenblick wie ein Leichnam auf die Seite zu fallen. Er mußte sich alle Mühe geben, nicht irre zu werden und die Richtung nicht zu verlieren, da die Windrose weit nach beiden Richtungen ausschwang, ja sich manchmal rundherum zu drehen schien. Er litt schwer unter der langandauernden geistigen Anspannung. Dabei fürchtete er beständig, das Steuerhaus möchte weggerissen werden – Berge von Wasser schlugen fortgesetzt dagegen. Wenn das Schiff in die Tiefe hinabtauchte, zuckte es nervös um seine Mundwinkel.

Kapitän Mac Whirr hob den Blick zur Wanduhr empor, deren schwarze Zeiger auf dem weißen Zifferblatt ganz still zu stehen schienen. Es war halb zwei Uhr morgens.

»Ein neuer Tag!« murmelte er vor sich hin.

Der zweite Steuermann hörte es, und den Kopf erhebend mit der Miene eines Menschen, der unter Trümmern klagt, rief er: »Sie werden ihn nicht anbrechen sehen«, während seine Knie und seine Handgelenke heftig schlotterten. »Nein, bei Gott! Sie werden's nicht!«

Wieder nahm er sein Gesicht zwischen seine Fäuste.

Der Mann am Steuer hatte leicht den Körper bewegt, während sein Kopf sich so wenig rührte, wie ein Haupt von Stein auf einer Säule. Während einer heftigen Bewegung des Schiffes, die ihm aufs Haar die Beine weggerissen hätte, und während er noch schwankend Halt suchte, sagte Kapitän Mac Whirr streng: »Hören Sie ja nicht auf das, was dieser Mann sagt.« Und mit einer undefinierbaren Veränderung des Tones fügte er sehr ernst hinzu: »Er ist nicht im Dienst.« – Der Matrose erwiderte nichts.

Der Sturm tobte und rüttelte an dem kleinen Hause, das luftdicht zu sein schien, und das Licht des Kompaßhauses flackerte unruhig.

»Sie sind nicht abgelöst worden«, fuhr Kapitän Mac Whirr fort, die Augen auf den Boden geheftet. »Ich wünsche trotzdem, daß Sie so lange, als Sie können, am Steuer bleiben. Sie sind jetzt im Zuge. Käme jetzt ein anderer her, so könnte er alles verderben. Darf nicht sein. Kein Kinderspiel. Und die Matrosen sind wahrscheinlich unten anderwertig beschäftigt – meinen Sie, daß Sie's leisten können?«

Der Steuerapparat rasselte jäh auf und stand plötzlich still. Von den Lippen des stillen Mannes mit dem regungslosen Blick aber kam es, als ob alle verhaltene Leidenschaft in ihm sich in seine Worte drängte: »Beim Himmel, Herr Kapitän! Ich kann in Ewigkeit steuern, wenn man mich in Ruhe läßt.«

»Ah, so! Ja ja!... Schon gut...« Zum ersten Male sah der Kapitän dem Manne ins Gesicht, »... Hacket.«

Damit schien der Gegenstand für ihn abgetan zu sein. Er beugte sich zu dem in den Maschinenraum führenden Sprachrohr hinab, rief hinein und senkte lauschend den Kopf. Ingenieur Rout antwortete, und sofort setzte der Kapitän seine Lippen ans Mundstück.
Während der Sturm in ungeschwächter Wut ihn umtobte, gebrauchte er bald seinen Mund, bald sein Ohr. Die aus der Tiefe antwortende Stimme des Ingenieurs klang rauh, gerade als ob sie aus dem Getümmel eines Gefechtes käme. Einer der Heizer sei dienstunfähig geworden, die beiden andern seien vom zweiten Ingenieur und dem Manne von der Ersatzmaschine abgelöst worden. Der dritte Ingenieur stehe am Dampfventil. Die Maschinen würden nebenbei bedient. Wie es denn oben stehe?
»Schlecht genug. Das meiste kommt jetzt auf Sie an«, antwortete Kapitän Mac Whirr. Dann fragte er, ob der erste Steuermann schon unten sei. Nein? Dann würde er jedenfalls gleich kommen. Herr Rout möge ihn durchs Sprachrohr reden lassen – durchs Decksprachrohr weil er – der Kapitän – gleich wieder auf die Brücke hinausgehen werde. Unter den Chinesen sei Streit ausgebrochen; es scheine, als kämpften sie gegen einander; das dürfte ja doch nicht sein...
Herr Rout war weggegangen, und Kapitän Mac Whirr konnte den Gang der Maschinen hören, gleichsam den Herzschlag des Schiffes. Dann hörte er Routs Stimme unten wie aus weiter Ferne rufen. Mit jähem Sturz tauchte das Schiff in die Tiefe – hastig und mit zischendem Lärm arbeiteten die Maschinen – dann war plötzlich alles still. Das Gesicht des Kapitäns blieb unbeweglich, und seine Augen ruhten unabsichtlich auf der zusammengekauerten Gestalt des zweiten Steuermannes.
Wieder vernahm man Routs Stimme in der Tiefe, und die Pulsschläge der Maschinen begannen aufs neue, langsam zuerst, dann rascher. Herr Rout war ans Sprachrohr zurückgekehrt. »Wird einerlei sein, was die Chinesen machen«, sagte er hastig, dann in gereiztem Tone: »Das Schiff taucht unter, als ob es nie wieder heraufkommen wollte.«
»Furchtbare Seen!« bemerkte der Kapitän oben.
»Lassen Sie es mich nicht dem Untergang entgegen treiben«, bellte Salomon Rout das Rohr hinauf.
»Kann nicht sehen, was kommt bei der Finsternis«, kam die Antwort hinab. »Müssen – in Bewegung halten, daß – steuern kann – und – darauf ankommen lassen.«
»Ich tue, so viel ich irgend tun darf.«
»Wir werden tüchtig zerschlagen – da oben«, sprach die obere Stimme in gelassenem Tone weiter; »– doch – ist es – nicht – allzu schlimm. Natürlich, wenn das Steuerhaus fortgerissen würde...«

Herr Rout horchte auf und murmelte ingrimmig etwas zwischen den Zähnen. Plötzlich wurde die bedächtige Stimme oben lebhafter, indem sie fragte: »Ist Jukes noch nicht da?« Und nach einer kleinen Pause fügte sie hinzu: »Wenn er sich doch beeilen wollte! Ich möchte, daß er unten fertig wäre und herauf käme – für alle Fälle. Um das Schiff zu beaufsichtigen. Ich bin ganz allein. Der zweite Steuermann ist verloren...«

»Was?« schrie Rout in den Maschinenraum hinein, dann ins Sprachrohr: »Über Bord gegangen?« Und er preßte sein Ohr gegen das Sprachrohr.

»Von Sinnen gekommen«, fuhr die Stimme von oben in trockenem Tone fort. »Fatale Geschichte!«

Herr Rout, der mit gesenktem Haupte zuhörte, öffnete weit die Augen bei dieser Mitteilung. Plötzlich drang ein Geräusch wie von einem Ringen, untermischt mit abgebrochenen Ausrufen, zu ihm herab. Er lauschte angespannt. Während dieser ganzen Zeit hielt Beale, der dritte Ingenieur, mit hochgehobenen Armen zwischen seinen beiden Handflächen den Rand eines kleinen schwarzen Rades, das an der Seite eines dicken kupfernen Rohres saß. Es sah aus, als halte er es sich über den Kopf und als sei dies eine richtige Stellung in einer Art von Spiel.

Um einen Halt zu haben, preßte er die Schulter gegen die weiße Schottwand, während er ein Knie gebeugt hielt. Ein Schweißtuch hing in seinem Gürtel über der Hüfte. Seine bartlosen Wangen waren erhitzt und schmutzig, und der Kohlenstaub auf seinen Augenlidern erhöhte wie eine künstlich aufgetragene Farbe den feuchten Glanz des Weißes seiner Augen und gab so seinem jugendlichen Gesichte ein fast weibliches, fremdartiges und fesselndes Aussehen. So oft das Schiff in die Tiefe tauchte, schraubten seine Hände in nervöser Hast krampfhaft an dem kleinen Rade.

»Verrückt geworden«, ließ sich die Stimme des Kapitäns plötzlich in dem Sprachrohr vernehmen. »Hat sich auf mich gestürzt – jetzt eben. Mußte ihn niederschlagen – diese Minute. Haben Sie gehört, Herr Rout?«

»Zum Teufel!« murmelte dieser. »Passen Sie auf, Beale!«

Sein Ruf hallte wie der Ton einer warnenden Posaune von den Wänden des Maschinenraumes wider, die, weißgestrichen, hoch hinaufragten in die Dämmerung des Oberlichtes. Der ganze hohe Raum glich dem Innern eines Grabmales; er war durch eiserne Gitterbögen abgeteilt; Lichter flackerten in verschiedener Höhe der Wand, während die in der Mitte des Raumes rastlos arbeitenden Maschinen großenteils in Dunkel gehüllt waren.

Ein starker Widerhall des gesamten atmosphärischen Aufruhrs erfüllte die unbewegte, warme Luft, in der sich der Geruch von heißem Metall und Öl mit leichten Dampfnebeln vermischte. Die Schläge der Wellen gegen das Schiff machten sich in lautlosen, betäubenden Stößen fühlbar.

Das hellpolierte Metall leuchtete in blassen, länglichen Flammen. Aus dem Boden unten tauchten die ungeheuren Kurbeln in ihrem funkelnden Stahl- und Messingglanze auf und gingen dann wieder hinunter. Mit unerschütterlicher Pünktlichkeit schienen die starkgelenkigen Kurbelstangen, die an die Glieder eines Skeletts erinnerten, sich hinunterzustürzen und wieder heraufzuziehen. Und tiefer im Halbdunkel glitten andre Stangen hin und her; Kreuzköpfe nickten; Metallscheiben rieben die glatten Flächen aneinander, langsam und sanft, in einem wunderbaren Gemisch von Licht und Schatten. Dann und wann verlangsamten sich all diese mächtigen und unfehlbaren Bewegungen gleichzeitig, wie wenn sie von einem lebenden Organismus ausgingen, der von plötzlicher Entkräftung befallen worden, und Herrn Routs Augen blickten düsterer aus seinem hageren, blassen Gesicht. Er kämpfte diesen Kampf in einem Paar Straminpantoffeln und in einer kurzen abgetra-

genen Jacke, die ihm kaum bis an die Lenden reichte. Seine weißen Handgelenke ragten weit aus den engen Ärmeln hervor, als ob die Krisis, in der er sich befand, seiner Größe etwas hinzugefügt und seine Glieder verlängert hätte, wie sie seine Wangen gebleicht und seine Augen hohl gemacht hatte. Er war beständig in Bewegung: bald kletterte er in die Höhe, bald verschwand er in der Tiefe in rastloser, zielbewußter Geschäftigkeit, und wenn er, den Hebel vor dem Anlaßrade haltend, stillestand, beobachtete er einmal den Dampfmesser und dann wieder den Wassermesser, die beide an der weißen Wand angebracht waren und von einer hin und her schaukelnden Lampe beleuchtet wurden. An seiner Seite gähnten die Mundstücke zweier Sprachrohre. Die kreisrunde Fläche des Telegraphen glich dem Zifferblatt einer großen Uhr – anstatt der Ziffern zeigte sie kurze Worte. Tiefschwarz hoben sich die zu Wörtern gruppierten Buchstaben rings um die Achse des Indikators ab – laute Kommandorufe ausdrückend, wie: Voraus! Zurück! Langsame Fahrt! Halbe Fahrt! Achtung! und der dicke schwarze Zeiger deutete nach unten auf das Wort »Volldampf«, das auf diese Weise bezeichnet, das Auge auf sich zog, wie ein lauter Schrei Aufmerksamkeit erzwingt.
Der mit Holz bekleidete, von stolzer Höhe herabschauende Niederdruckzylinder ließ bei jedem Schlag ein schwaches Keuchen hören; von diesem leisen Zischen abgesehen, arbeiteten die stählernen Glieder der Maschine, gleichviel ob schnell oder langsam, mit lautloser Glätte. Und alles zusammen – die weißen Wände, das bewegliche Metall, die Platten des Bodens unter Salomon Routs Füßen, das eiserne Rostwerk über seinem Haupte, die mannigfachen Schatten und Lichter – alles das hob und senkte sich beständig, während das Anschlagen der Wogen draußen gegen das Schiff einen rauhen Mißton in dieser Harmonie zu bilden schien. Der hohe Raum, in dem der Sturm ein hohlklingendes Echo fand, wurde am oberen Ende wie ein Baum hin und her bewegt und neigte sich bald auf die eine, bald auf die andre Seite unter den furchtbaren Stößen.
»Sie sollen machen, daß Sie hinaufkommen«, rief Herr Rout, sobald er Jukes unter der Tür des Heizraumes erscheinen sah.
Jukes' Augen blickten starr und unstet; sein erhitztes Gesicht war angeschwollen, wie wenn er zu lange geschlafen hätte. Er hatte einen schwierigen Weg hinter sich und hatte ihn mit ungeheurer Schnelligkeit zurückgelegt, wobei die Erregung seines Gemütes mit den Bewegungen seines Körpers gleichen Schritt gehalten. In jäher Hast war er aus dem Kohlenraum geklettert, war in dem dunklen Raume unter der Brücke inmitten einer Menge aufgeregter Leute herumgestolpert, die unter seinen Tritten ein erschrockenes: »Was gibt's, Herr?« murmelten, war die Treppe in den Heizraum hinuntergeeilt, wobei er in seiner Hast mehr als eine der eisernen Stufen verfehlte –

hinunter an einen Ort, der tief war wie ein Brunnen und dunkel wie die Hölle und sich zugleich wie eine Schaukel in fortwährender Bewegung befand. Das Wasser in den Schiffsböden unten verursachte bei jedem neuen Schlingern ein donnerähnliches Getöse. Große und kleine Kohlenstücke sprangen hin und her, von einem Ende bis zum andern, mit einem Lärm, als ob eine Lawine von Kieselsteinen einen ehernen Abhang hinunterrollte.
Hier stöhnte jemand vor Schmerz; dort sah Jukes jemand sich über den anscheinend toten Körper eines Mannes beugen; eine heisere Stimme erging sich in Lästerworten, und die Glut unter jeder Ofentür glich einer Hölle blutigroter Flammen, deren Schein das samtartige Dunkel überglühte.
Ein heftiger Windstoß traf Jukes ins Genick, und im nächsten Augenblick fühlte er den Luftzug um seine nassen Knöchel strömen. Die Ventilatoren des Heizraumes brummten; vor den sechs Ofentüren arbeiteten wankend zwei wild aussehende Gestalten, bis an die Hüften entblößt, jede mit einer Schaufel in der Hand.
»Hallo! Zug genug jetzt!« schrie der zweite Ingenieur sofort, als habe er die ganze Zeit nach Jukes ausgesehen. Ein andrer, ein fixer kleiner Kerl mit blendend weißer Haut und einem zierlichen Schnurrbärtchen, arbeitete in einer Art stummen Ingrimms. Sie hatten fortwährend Volldampf zu halten, und ein Rumpeln wie von einem leeren Möbelwagen, der über eine Brücke fährt, bildete die solide Baßgrundlage zu all den andern lärmenden Geräuschen, die den Raum erfüllten.
»Das bläst wie verrückt!« fuhr der Ingenieur zu schreien fort. Mit einem Getöse, als ob hundert eiserne Pfannen geschürt würden, spie die Öffnung eines Ventilators plötzlich einen starken Guß Salzwasser auf seine Schulter, was er mit einem Strom von Flüchen auf alle Dinge in der Welt, seine eigene Seele nicht ausgenommen, quittierte, ohne einen Augenblick in seiner Beschäftigung innezuhalten. Klirrend öffnete sich die Feuerungstür; der Schein des Feuers fiel auf seinen kugelförmigen Kopf, beleuchtete seine sprudelnden Lippen und sein keckes Gesicht, bis sich die Tür, ein weißglühendes eisernes Auge, mit erneuertem Klirren schloß.
»Wo befindet sich das edle Schiff eigentlich? Können Sie mir's vielleicht sagen? Unter Wasser oder wie? Hier unten kriegen wir's tonnenweise. Sind die verdammten Jammerlappen droben in den Hades gefahren? He? Wissen Sie denn gar nichts, Sie lustiger Seemann Sie?«
Eine Bewegung des Schiffes hatte Jukes rasch durch den Heizraum hindurch an die offene Tür des Maschinenraumes befördert, und kaum hatten seine Augen flüchtig auf der verhältnismäßigen Weite, Stille und freundlichen Helle hier geruht, als das Schiff sich mit dem Hinterteil schwer ins Wasser setzte und er mit dem Kopfe voran auf Herrn Rout zuflog.

Der Arm des Ingenieurs, lang wie ein Fühlfaden und wie durch Federdruck gerade ausgestreckt, empfing ihn und beförderte ihn mit tunlichster Eile ans Sprachrohr, während er eifrig wiederholte: »Sie müssen sich beeilen, hinaufzukommen.«

Jukes schrie: »Sind Sie da, Herr Kapitän?« und lauschte. Keine Antwort. Plötzlich fiel das Heulen des Sturmes ihm direkt ins Ohr, aber im nächsten Augenblick schob eine schwache Stimme den tosenden Gesellen ruhig auf die Seite: »Sind Sie es, Jukes? – Nun?«

Jukes war bereit, zu erzählen. Die Sache sei leicht genug zu erklären, berichtete er. Er könne sich sehr wohl die in dem dumpfen Zwischendeck eingeschlossenen Kulis vorstellen, wie sie krank und verängstigt zwischen den Reihen ihrer Kisten gelegen seien. Eine dieser Kisten oder vielleicht mehrere waren bei einer heftigen Bewegung des Schiffes losgerissen worden, waren auf andre gestoßen, da und dort hatte eine Seitenwand nachgegeben, war der Deckel aufgesprungen, und die Chinesen waren wie ein Mann aufgestanden, um ihr Eigentum zu retten. Dann hatte jeder Stoß, der das Schiff traf, die trampelnde, schreiende Masse hierhin und dorthin, von einer Seite auf die andre geworfen; Holzsplitter und Fetzen von zerrissenen Kleidern waren umhergeflogen, während die Silberdollars auf dem Boden rollten. Einmal im Kampfe, waren sie nicht imstande, ihm ein Ende zu machen. Nur mit überlegener Gewalt konnte man sie jetzt auseinander bringen. Es war eine unglückliche Geschichte. Er hatte alles mit Augen gesehen, und mehr vermochte er nicht zu sagen. Einige Leute mußten getötet worden sein; die andern kämpften wohl noch jetzt... Er sprach rasch, und seine Worte überstürzten sich in dem engen Sprachrohr. Es war, als stiegen sie in die schweigende Stille eines erleuchteten Verständnisses empor, das da oben allein mit dem Sturme wohnte. Und Jukes wünschte, dem widerwärtigen Vorgang den Rücken kehren zu dürfen, der sich dem Schiffe in seiner großen Not so störend aufdrängte.

UND KELLY BLIEB

Jack London, der mit sechzehn Jahren auf einem Robbenfänger seine Seemannslaufbahn begonnen hatte, läßt in dem Roman »Der Seewolf« den Erzähler van Weyden von seiner Fahrt auf dem Robbenfänger *Ghost* berichten. Der Kapitän dieses Schiffes, Wolf Larsen, ist die Titelfigur der Geschichte. Das seemännische Können und auch die menschliche Härte Larsens zeigt sich in dem Kapitel über einen schweren Orkan, in dem der Matrose Kelly zu Tode kommt.

Merkwürdigerweise ereignete sich trotz den allgemeinen Ahnungen nichts Besonders auf der *Ghost.* Wir liefen weiter nach Norden und Westen, bis wir die japanische Küste erreichten und die großen Robbenherden fanden. Sie kamen durch den unendlichen Ozean – niemand wußte woher – auf ihren alljährlichen Wanderungen nach den Paarungsplätzen an der Beringsee. Und nach Norden fuhren wir, mordend und vernichtend, indem wir die geschundenen Körper den Haien überließen und die Häute einsalzten, damit sie später die schönen Schultern der Städterinnen schmücken konnten.
Es war Massenmord, und alles um des Weibes willen. Niemand aß das Fleisch oder gebrauchte den Tran. Nach einem guten Jagdtage war das ganze Deck mit Fellen und Körpern übersät und schlüpfrig von Fett und Blut, durch die Speigatten floß ein roter Strom, und Masten, Tauwerk und Reling waren blutbespritzt. Die Männer verrichteten ihr Handwerk wie Schlächter, mit bloßen, roten Armen und großen Messern in den Händen, um die schönen Seetiere, die sie getötet hatten, ihrer Felle zu berauben.
Ich hatte die Aufgabe, die Felle nachzuzählen, wenn sie von den Booten an Deck geschafft wurden, das Häuten und später die Säuberung des Decks zu beaufsichtigen. Es war keine erfreuliche Arbeit. Seele und Magen empörten sich dagegen. Und doch tat mir diese Arbeitsleistung und der Befehl über viele Männer gut. Meine Entschlossenheit entwickelte sich, und ich merkte, daß ich ausdauernd und abgehärtet wurde. Eines begann ich zu fühlen, daß ich nie wieder derselbe werden konnte, der ich gewesen war. Überlebten auch meine Hoffnung und mein Glaube an das menschliche Leben immer

noch Wolf Larsens vernichtende Kritik, so hatte er dennoch Veränderungen in weniger wichtigen Dingen bei mir verursacht. Er hatte mir die Welt der Wirklichkeit geöffnet, von der ich bisher tatsächlich nichts gewußt und die ich immer gescheut hatte. Ich hatte gelernt, das Leben, wie es wirklich war, näher zu betrachten, zu erkennen, daß es etwas auf der Welt gab, das Tatsachen hieß, sich zu befreien von der Herrschaft des Geistes und der Gedanken und einen gewissen Wert zu legen auf die greifbaren, gegenständlichen Seiten des Daseins.

Als wir die Jagdgründe erreicht hatten, sah ich Wolf Larsen mehr denn je. Denn wenn das Wetter schön war und wir uns inmitten einer Herde befanden, waren alle Mann in den Booten, und nur er und ich sowie Thomas Mugridge, der nicht zählte, blieben an Bord. Aber das war keine Erholung für mich. Die sechs Boote zerstreuten sich fächerförmig vom Schoner, bis das äußerste Luv- und Leeboot zehn bis zwanzig Meilen voneinander entfernt waren, dann kreuzten sie und jagten, bis die Nacht hereinbrach oder schlechtes Wetter sie zur Umkehr zwang. Unsere Aufgabe war es, die *Ghost* in Lee des letzten Leebootes zu steuern, so daß alle Boote günstigen Wind hatten, wenn sie uns bei drohendem Unwetter erreichen wollten.

Es ist keine Kleinigkeit für zwei Mann, namentlich bei steifem Wind, ein Fahrzeug wie die *Ghost* zu führen, zu steuern, Ausschau nach den Booten zu halten und Segel zu setzen und zu streichen. Daher galt es für mich, zu lernen, und schnell zu lernen. Das Steuern erfaßte ich leicht, aber in die Takelung zu klettern und nur durch die Kraft meiner Arme mein ganzes Gewicht hinaufzuschwingen, wenn ich die Wanten verließ, um noch höher zu gehen, war schon viel schwerer. Aber auch das lernte ich rasch, denn ich spürte in mir den heißen Wunsch, vor Wolf Larsen zu bestehen, mein Recht am Leben auf andern Wegen als denen des Geistes zu beweisen. Ja, es kam die Zeit, da es mir geradezu eine Freude machte, die Bewegungen der Mastspitze zu fühlen und mich mit den Beinen festzuklammern, während ich durch das Glas das Meer nach den Booten absuchte.

Ich erinnere mich eines Tages, als die Boote früh ausfuhren, wie das Knallen der Büchsen immer ferner und schwächer klang und schließlich ganz erstarb, je weiter sie sich über das Meer zerstreuten. Es wehte ganz schwach aus Westen, aber der Wind schlief völlig ein, gerade als wir in Lee der Boote angelangt waren. Eines nach dem andern – ich sah es von der Mastspitze aus – verschwanden die sechs Boote hinter der Rundung der Erde, indem sie die Robben westwärts verfolgten. Wir lagen, nur ganz schwach in der stillen See rollend und außerstande, die Boote einzuholen. Wolf Larsen war ernst. Das Barometer fiel, und der Himmel im Osten gefiel ihm nicht. Er studierte ihn mit ununterbrochener Wachsamkeit.

»Wenn es dort«, sagte er, »plötzlich losbricht und uns in Luv von den Booten treibt, kann es leicht leere Kojen in Zwischendeck und Back geben.«
Gegen elf Uhr war die See blank wie Glas geworden. Um Mittag war die Hitze, obwohl wir uns hoch im Norden befanden, erstickend. Nicht ein Lüftchen wehte. Es war schwül und drückend, und ich erinnerte mich des kalifornischen Ausdrucks »Erdbebenwetter«. Etwas Unheilverkündendes war darin, und man hatte das unerklärliche Gefühl, daß das Schlimmste bevorstehe. Langsam füllte sich der östliche Himmel mit Wolken, die uns wie ein schwarzes Gebirge der Höllenregion überragten. So deutlich konnte man Schlünde, Schluchten und Abgründe mit ihren Schatten unterscheiden, daß man unwillkürlich nach der weißen Brandungslinie ausschaute und auf ihr Brüllen lauschte. Und immer noch schaukelten wir sanft in der Windstille.
»Das ist keine Bö«, sagte Wolf Larsen. »Die alte Mutter Natur ist daran, sich auf die Hinterbeine zu stellen und loszulegen, und wir können froh sein, Hump, wenn die Hälfte unserer Boote durchkommt. Sie täten am besten, nach oben zu gehen und die Toppsegel loszumachen.«
»Aber wenn es losbricht, und wir sind nur zwei hier?« fragte ich mit einem Klang von Protest in der Stimme. »Na, wir wollen tun, was wir können, und den ersten Anprall benutzen, um unsere Boote zu erreichen, ehe unsere Leinwand in Fetzen geht. Was dann geschieht, dafür gebe ich keinen Deut. Die Hölzer werden schon halten, und das werden wir beide auch, wenn es auch eine harte Nuß für uns wird.«
Immer noch hielt die Stille an. Wir aßen zu Mittag. Es war eine hastige, ängstliche Mahlzeit mit dem Gedanken an die achtzehn Mann draußen auf See hinter dem Horizont und die himmelhohen Wolkenberge, die langsam näher zogen. Wolf Larsen schien indessen ganz unbekümmert, nur beobachtete ich, als wir an Deck zurückkehrten, ein schwaches Zittern der Nasenflügel und eine spürbare Unrast in seinen Bewegungen. Sein Gesicht war starr, die Linien hart geworden, und doch lag in seinen Augen – blau und klar waren sie an diesem Tage – ein seltsamer Schimmer, ein helles funkelndes Licht. Ich war überrascht, ihn von einer grimmigen Fröhlichkeit gepackt zu sehen, er schien sich zu freuen auf den bevorstehenden Kampf, durchschauert, gehoben zu werden durch das Bewußtsein, daß einer der großen Augenblicke bevorstand, in denen die Ebbe des Lebens zur Flut schwillt.
Ohne zu ahnen, daß er es tat, oder daß ich es sah, lachte er einmal laut, spöttisch und herausfordernd dem nahenden Sturm entgegen. Noch jetzt sehe ich ihn vor mir wie einen Zwerg aus »Tausendundeine Nacht« vor dem ungeheuren Antlitz eines bösen Geistes. Er trotzte dem Geschick und fürchtete sich nicht.
Er schritt nach der Kombüse. »Köchlein, wenn du fertig bist mit deinen Töpf-

en und Pfannen, wirst du auf Deck gebraucht. Halt dich bereit, wenn du gerufen wirst.«

»Hump«, sagte er, als er den bewundernden Blick bemerkte, den ich auf ihn warf, »das ist besser als Whisky, und da versagen auch Ihre Dichter.«

Der westliche Himmel war unterdessen finster geworden. Die Sonne war verdunkelt und unsern Blicken entzogen. Es war zwei Uhr nachmittags, und ein geisterhaftes Zwielicht hatte sich, hier und dort von purpurnen Strahlen durchschossen, auf uns herabgesenkt. In diesem purpurnen Licht erglühte das Gesicht Wolf Larsens, und meine aufgeregte Phantasie umgab ihn mit einem Heiligenschein. Wir lagen inmitten einer unirdischen Stille, während alles um uns Töne und Bewegung verkündete. Die drückende Hitze war unerträglich geworden. Der Schweiß stand mir auf der Stirn, und ich fühlte ihn an meiner Nase herabträufeln. Mir war, als sollte ich ohnmächtig werden, und ich griff nach der Reling, um einen Halt zu finden. Und gerade da kam ein ganz, ganz schwaches Lüftchen. Es kam von Osten, kam wie ein leises Säuseln und ging wieder. Die schlaffen Segel bewegten sich nicht, und doch hatte mein Gesicht den Luftzug gespürt und eine Kühlung empfunden.

»Köchlein«, rief Wolf Larsen mit leiser Stimme. Thomas Mugridge erschien mit einer erbarmenswert kläglichen Miene. »Nimm die Focktalje und halt sie quer, und wenn die Schoot glatt geht, dann ist es gut, und du kommt hübsch mit der Talje her. Und wenn du Unsinn machst, dann wird es der letzte sein, den du je gemacht hast. Verstanden?«

»Herr van Weyden, halten Sie sich fertig, die Vorsegel übergehen zu lassen. Dann springen Sie nach oben und breiten die Toppsegel aus, so schnell es mit Gottes Hilfe geschehen kann – –, je schneller Sie machen, desto leichter geht es. Und wenn der Koch nicht fix macht, dann geben Sie ihm eins zwischen die Augen. Ich verstand das Kompliment und war froh, daß keine Drohungen meine Unterweisungen begleiteten. Wir lagen hart nach Nordwest, und es war seine Absicht, beim ersten Windstoß zu halsen.

»Wir kriegen die Brise in die Dillen«, erklärte er mir. »Nach den letzten Schüssen müssen die Boote sich nach südwärts gewandt haben.«

Er drehte sich um und schritt nach achtern ans Rad. Ich ging nach vorn und stellte mich an den Klüver. Ein zweites Lüftchen kam und ging, und noch eines. Die Leinwand schwang sich träge.

»Gott sei Dank, es kommt nicht auf einmal, Herr van Weyden!« lautete der inbrünstige Stoßseufzer des waschechten Londoners.

Und ich war in der Tat dankbar, denn ich hatte inzwischen genug gelernt, um zu wissen, was für ein Unglück geschehen konnte, wenn in einem solchen Fall alle Segel gesetzt waren. Das Säuseln wurde zu Windstößen, die Segel blähten sich, die *Ghost* bewegte sich. Wolf Larsen packte das Rad, drehte es hart nach Backbord, und wir begannen abzufallen. Der Wind kam jetzt direkt von achtern, knurrend und mit immer stärkeren Stößen, daß meine Toppsegel lustig flatterten. Ich sah nicht, was anderswo vorging, wenn ich auch an dem plötzlichen Rollen und Überkrengen des Schoners und an dem Umstand, daß der Wind jetzt von der andern Seite kam, merkte, daß Fock- und Großsegel herumgeschwungen waren. Ich hatte alle Hände voll zu tun mit Klüver und Stagsegel, und als dieser Teil meiner Aufgabe gelöst war, sprang die *Ghost* nach Südwest, den Wind in den Dillen, und alle Schoote steuerbord. Ohne Atem zu schöpfen – obwohl mein Herz vor Anstrengung wie ein Hammerwerk schlug – sprang ich zu dem Toppsegel, und ehe der Wind zu stark geworden war, hatten wir sie gesetzt und standen wieder auf Deck. Ich ging nach achtern, um weitere Befehle entgegenzunehmen.

Wolf Larsen nickte beifällig und überließ mir das Rad. Der Wind nahm beständig zu, und die See stieg. Eine Stunde lang steuerte ich, und in dieser Stunde wurde es mit jedem Augenblick schwerer. Ich hatte keine Übung, bei der Schnelligkeit, mit der wir jetzt fuhren, und mit dem Wind in den Dillen, zu steuern. »Jetzt gehen Sie mit dem Glas nach oben und sehen Sie, einige von den Booten zu finden. Wir haben wenigstens zehn Knoten gemacht und machen jetzt zwölf bis dreizehn. Das alte Mädel weiß, was es zu tun hat.« Ich kletterte auf die vorderen Dwarssalinge, einige siebzig Fuß über dem Deck. Wie ich über die weite Fläche vor mir blickte, wurde mir die Notwendigkeit klar, daß wir eilen mußten, wenn wir überhaupt noch jemand von der Mannschaft finden wollten. Beim Anblick der schweren See, die wir durchfuhren, zweifelte ich tatsächlich, daß sich noch ein Boot auf dem Meer befand. Es schien mir unmöglich, daß ein so gebrechliches Fahrzeug diesem Ansturm von Wind und Wogen widerstehen könnte.

Ich konnte die volle Gewalt des Sturmes nicht fühlen, denn wir liefen mit ihm; aber von meinem luftigen Sitze sah ich auf die *Ghost* hinunter und sah ihre Form sich im Fahren scharf von der schäumenden See abheben. Zuweilen hob sie sich und durchschnitt eine schwere Woge, daß die Steuerbordreling verschwand und das Deck bis zu den Luken von dem kochenden Ozean bedeckt war. Dann konnte ich infolge des Rollens nach Luv plötzlich mit schwindelerregender Schnelligkeit durch die Luft sausen, als ob ich am Ende eines ungeheuren, umgekehrten Pendels hing, dessen Schwingungen siebzig Fuß oder noch mehr betrügen.

Einmal überwältigte mich das Entsetzen über dies schwindelnde Kreisen, und sekundenlang klammerte ich mich mit Händen und Füßen an, schwach und zitternd, unfähig, das Meer nach den vermißten Booten abzusuchen, und ohne etwas anderes von ihm zu wissen, als daß es brüllend unter mir die *Ghost* zu überwältigen suchte.

Aber der Gedanke an die Männer dort draußen rüttelte mich auf, und in der Suche nach ihnen vergaß ich mich selber. Eine Stunde lang sah ich nichts als das öde, trostlose Meer. Da erblickte ich an einer Stelle, wo ein unsteter Lichtstrahl den Ozean traf und die Oberfläche in schäumendes Silber verwandelte, einen kleinen schwarzen Punkt, der in einem Augenblick himmelwärts geschleudert wurde und dann verschwand. Ich wartete geduldig. Wieder tauchte der schwarze Punkt in dem silbernen Gischt, ein paar Striche backbord vorm Bug, auf. Ich versuchte nicht erst zu rufen, sondern übermittelte Wolf Larsen die Nachricht durch Schwingen der Arme. Er änderte den Kurs, und als der Punkt sich jetzt gerade voraus zeigte, signalisierte ich, daß es stimmte.

Der Punkt wuchs, und zwar so schnell, daß ich erst jetzt unserer eigenen Schnelligkeit ganz innewurde. Wolf Larsen machte mir Zeichen, hinunterzukommen, und als ich neben ihm am Rade stand, unterwies er mich, wie ich backbrassen sollte.

»Machen Sie sich darauf gefaßt, daß die ganze Hölle losbricht«, warnte er mich, »aber kümmern Sie sich nicht darum. Sie haben Ihre Arbeit zu tun und lassen Köchlein an der Fockschoot stehen.«

Ich bahnte mir meinen Weg nach vorn, aber es war kein großer Unterschied, welche Seite ich benutzte, da die Luvreling genau wie die Leeseite unter Wasser begraben wurde. Nachdem ich Thomas Mugridge angewiesen hatte, was er tun sollte, kletterte ich einige Fuß hoch in die vordere Takelung. Das Boot war jetzt ganz nahe, und ich konnte genau sehen, wie es mit dem Bug gerade im Winde lag und Mast und Segel über Bord geworfen hatte und treiben ließ, um sie als Seeanker zu benutzen. Die drei Männer schöpften das Wasser aus. Jede Woge entzog sie dem Blick, und ich wartete erregt und von der Furcht gepackt, sie nie wieder auftauchen zu sehen. Das Boot konnte plötzlich auf einem schäumenden Wellenkamm in die Luft schießen, daß der Bug himmelwärts zeigte und ich den ganzen Boden sah, bis es auf dem Heck zu stehen schien. Dann sah ich einen Augenblick die mit wahnsinniger Hast schöpfenden Männer. In der nächsten Sekunde stürzte das Boot vornüber in das gähnende Tal, und die ganze Seite mit dem Achterende stand senkrecht in die Luft. Jedesmal, wenn es wieder zum Vorschein kam, erschien es mir wie ein Wunder.

Die *Ghost* änderte plötzlich ihren Kurs und hielt ab, und mich durchfuhr der Gedanke, Wolf Larsen könne die Rettung als unmöglich aufgegeben haben. Dann aber sah ich, daß er sich fertig machte, beizudrehen, und sprang aufs Deck, um bereit zu sein. Wir lagen jetzt gerade vor dem Wind, und das Boot befand sich in der gleichen Höhe wie wir. Ich fühlte, wie wir plötzlich stillstanden, eine schnelle, drehende Bewegung, und wir fuhren gerade in den

Wind hinein. Als wir im rechten Winkel lagen, packte uns der Wind (dem wir bisher weggelaufen waren) mit voller Gewalt. Unglücklicherweise kehrte ich ihm zufällig das Gesicht zu. Wie eine Mauer prallte er gegen mich an und füllte mir die Lunge mit Luft, die ich nicht imstande war, auszuatmen. Ich wollte ersticken – da krengte die *Ghost* nach vorn über, und in diesem Augenblick sah ich, wie eine ungeheure See sich hoch über meinem Kopf erhob. Ich wandte mich seitwärts, schöpfte tief Atem und blickte wieder hin. Die Woge überragte die *Ghost*, und ich blickte gerade zu ihr empor. Ein Sonnenstrahl streifte den brechenden Rand, und ich sah einen halb durchsichtigen, grünen Schimmer mit milchiger Schaumkante.

Dann kam sie herab. Die Hölle brach los – alles geschah auf einmal. Ich erhielt einen zermalmenden, betäubenden Schlag, der mich jedoch nicht an einer bestimmten Stelle, sondern am ganzen Körper traf. Ich verlor den Halt, ich war unter Wasser, und mir fuhr der Gedanke durch den Kopf, daß jetzt das Furchtbare kam: ich sollte über Bord gespült werden! Mein Körper wurde hilflos hin und her, um und um geschleudert, gestoßen und zerhämmert, und als ich den Atem nicht länger anhalten konnte, drang mir das beißende Salzwasser in die Lunge. Aber in allem hatte ich nur einen Gedanken: den Klüver nach Luv bringen. Ich hatte keine Furcht vor dem Tod. Ich zweifelte nicht, daß ich irgendwie durchkommen mußte. Und während der Gedanke, Wolf Larsens Befehl auszuführen, ununterbrochen meinem betäubten Bewußtsein vorschwebte, schien mir, als könnte ich ihn mitten in dem wilden Chaos am Rad stehen sehen, wie er seinen Willen dem Sturm entgegenstemmte und ihm Trotz bot.

Ich stieß hart gegen etwas, das ich für die Reling hielt, und atmete wieder frische Luft. Ich versuchte, mich zu erheben, stieß mir aber heftig den Kopf und wurde auf Hände und Füße zurückgeschleudert. Durch einen glücklichen Zufall war ich unter den Backkopf und in eine Tauschlinge gefegt worden. Als ich auf allen vieren herauskroch, stieß ich auf Thomas Mugridge, der als ein stöhnendes Häufchen Elend dalag. Aber ich hatte keine Zeit zu verlieren, ich mußte den Klüver nach Luv bringen.

Als ich wieder nach vorn kam, schien das Ende gekommen. Auf allen Seiten ertönte Knirschen und Krachen von Holz, Eisen und Leinwand. Die *Ghost* wurde zerissen und zerfetzt. Fock und Toppsegel, die bei dem Manöver aus dem Wind gekommen waren und aus Mangel an Leuten nicht rechtzeitig geborgen werden konnten, rissen mit Donnerkrachen in Fetzen, während der schwere Baum von Reling zu Reling schlug und zersplitterte. Die Luft war schwarz von Schiffstrümmern; losgerissene Taue und Stags zischten und wanden sich wie Schlangen, und mitten in das Gewirr krachte die Fockgaffel. Der Baum konnte mich nur um wenige Zoll verfehlt haben, und das brachte mich wieder zu Besinnung. Vielleicht war die Lage doch noch nicht hoffnungslos. Ich erinnerte mich der Worte Wolf Larsens. Er hatte erwartet, daß die Hölle losbrechen würde, und nun war es soweit. Aber wo war er? Ich erblickte ihn, wie er das Großsegel mit seinen entsetzlichen Muskeln einholte. Das Heck des Schoners hob sich hoch in die Luft, und ich sah seinen Körper sich gegen eine weiße Sturzsee abzeichnen, die schnell vorbeischoß. Alles dies, und vielleicht noch mehr – eine ganze Welt von Chaos und Trümmern – sah, hörte und begriff ich in vielleicht fünfzehn Sekunden.

Ich hielt mich nicht damit auf, zu sehen, was aus dem kleinen Boot geworden war, sondern sprang an den Klüver. Der begann zu flattern, straffte sich und erschlaffte mit scharfem Knattern. Aber durch Anziehen der Schoot und mit Aufbietung aller meiner Kräfte brachte ich ihn langsam zurück, indem ich immer einen Augenblick benutzte, wenn er schlaff war. Das weiß ich: Ich tat mein Bestes. Ich zog, daß mir das Blut unter den Nägeln heraussspritzte, und während ich arbeitete, rissen Außenklüver und Stagsegel donnernd in Fetzen.

Immer weiter hahlte ich, das Gewonnene mit einer Doppelschlinge haltend, bis ich beim nächsten Schlaffwerden weiterzog. Dann gab der Klüver plötzlich leichter nach; Wolf Larsen stand neben mir und hahlte allein weiter, während ich das Segel festmachte.

»Machen Sie schnell!« rief er laut, »und kommen Sie!« Ich folgte ihm und bemerkte, daß trotz Vernichtung und Verderben noch eine gewisse Ordnung herrschte. Die *Ghost* drehte bei. Sie war immer noch seetüchtig. Waren auch die anderen Segel fort, so hielt sich das Schiff, da der Klüver nach Luv gebracht und das Großsegel flach niedergeholt war, doch noch mit dem Bug gegen die wütende See.

Ich blickte mich nach dem Boote um, und während Wolf Larsen die Bootstalje klarmachte, sah ich, wie es sich in Lee, keine zwanzig Fuß entfernt, auf einer großen Woge hob. Und so genau hatte Wolf Larsen seine Maßnahmen berechnet, daß wir gerade darauf zutrieben, so daß wir nichts zu tun hatten, als die Taljen an jedem Ende einzuhaken und das Boot an Bord zu heißen. Aber das war leichter gesagt als getan. Im Bug stand Kerfoot, während Oofty-Oofty am Heck und Kelly mittschiffs standen. Als wir näher trieben, wurde das Boot von einer Woge gehoben, und wir sanken in das Wellental, bis ich gerade vor mir die drei Männer die Köpfe beugen und nach uns auslugen sah. Im nächsten Augenblick wurden wir gehoben und emporgeschwungen, während sie tief hinabsanken. Es mußte fast ein Wunder geschehen, wenn die nächste See nicht die *Ghost* auf die winzige Eierschale niederschmettern sollte.

Aber da warf ich dem Kanaken, Wolf Larsen vorn Kerfoot das Tau zu. Beide

Taue waren in einem Nu eingehakt, und die drei Männer nahmen gewandt den richtigen Augenblick und sprangen gleichzeitig an Bord des Schoners. Als die *Ghost* sich jetzt seitwärts überlegte, wurde das Boot an der Schiffswand aus dem Wasser gehoben, und ehe wir wieder hinüberkrengten, hatten wir es schon an Bord geheißt und kieloben auf das Deck gelegt. Ich bemerkte, daß Kerfoots linke Hand von Blut troff. Sein Mittelfinger war zu Brei zerquetscht worden. Aber er gab kein Zeichen des Schmerzes und half uns mit der rechten Hand, das Boot auf seinem Platz festzumachen.

»Bring den Klüver rüber, Oofty!« befahl Wolf Larsen, als wir eben mit dem Boot fertig waren. »Kelly, komm nach achtern und laß das Großsegel locker! Und du, Kerfoot, geh nach vorn und sieh, was aus Köchlein geworden ist! Herr van Weyden, gehen Sie nach oben und schneiden Sie alles lose Zeug weg, das Ihnen in die Quere kommt!«

Und nachdem er seine Befehle erteilt hatte, sprang er in seiner eigentümlichen, tigerhaften Weise nach achtern zum Rade. Während ich mühsam die Wanten zum Fockmast hinaufkletterte, setzte sich die *Ghost* langsam in Bewegung. Als wir diesmal ins Wellental sanken und von Sturm und See herumgeschleudert wurden, konnten keine Segel mehr eingeholt werden, und auf dem halben Wege zu den Dwarssalingen wurde ich durch die Gewalt des Windes so gegen die Takelung gepreßt, daß es mir unmöglich gewesen wäre, zu fallen. Die *Ghost* lag fast ganz auf der Seite, und die Masten standen parallel zum Wasser, so daß ich, wenn ich das Deck der *Ghost* sehen wollte, nicht hinunter, sondern beinahe im rechten Winkel blicken mußte. Aber ich sah das Deck gar nicht, denn dort, wo es hätte sein sollen, war nichts als kochendes Wasser, aus dem nur zwei Masten herausragten; das war alles. Einen Augenblick war die *Ghost* ganz unter dem Meer begraben. Als sie jetzt allmählich vor den Wind ging und der seitliche Druck geringer wurde, richtete sie sich langsam auf, und ihr Deck durchbrach wie ein Walrücken die Meeresfläche.

Dann rasten wir über die wilde stürmische See, während ich wie eine Fliege in den Salingen hing und nach den anderen Booten ausspähte. Nach einer halben Stunde sichtete ich das zweite. Es trieb kieloben, und Jock Horner, der dicke Louis und Johnson klammerten sich verzweifelt daran fest. Diesmal blieb ich in der Takelung, und es gelang Wolf Larsen, beizudrehen, ohne den Halt zu verlieren. Wie zuvor trieben wir hin. Taljen wurden festgemacht und Taue den Männern zugeworfen, die wie Affen an Bord kletterten. Das Boot selbst wurde, als es an Bord gezogen wurde, an der Schiffswand zerschmettert, aber das Wrack befestigten wir sicher, denn es konnte ausgebessert und wieder seeklar gemacht werden.

Wieder drehte sich die *Ghost* in den Wind, und diesmal tauchte sie so tief ins

Meer, daß ich einige Sekunden dachte, sie würde nie wieder zum Vorschein kommen. Selbst das Steuerrad, das ein ganz Teil höher als das Mitteldeck angebracht war, verschwand immer wieder unter den Wellen. In solchen Augenblicken hatte ich ein seltsames Gefühl, allein mit Gott zu sein, allein mit ihm und dem Chaos, das sein Zorn verursacht hatte. Dann tauchte das Rad wieder auf, und dahinter die breiten Schultern Wolf Larsens, seine Hände, die in die Spaken griffen und den Schoner in den Kurs zwangen, den er wollte. Er selbst ein irdischer Gott, der den Sturm beherrschte, das herabstürzende Wasser von sich abschleuderte und sein Fahrzeug ritt, wohin er wollte! Ach, welch ein Wunder! Daß winzige Menschlein leben, atmen, schaffen und ein so gebrechliches Ding aus Holz und Leinwand durch diesen furchtbaren Kampf der Elemente führen konnten.

Wie zuvor schwang sich die *Ghost* aus dem Schlund herauf, hob ihr Deck über das Wasser und jagte vor dem heulenden Sturm dahin. Es war jetzt halb sechs, und eine halbe Stunde später, als das letzte Tageslicht einem unheimlichen, trüben Zwielicht wich, sah ich das dritte Boot. Es trieb kieloben, und von der Mannschaft war nichts zu sehen. Wolf Larsen wiederholte sein Manöver, hielt ab, drehte dann nach Luv und ließ sich hintreiben. Aber diesmal verfehlte er das Boot um vierzig Fuß, und es trieb vorbei.

»Boot vier«, rief Oofty-Oofty, dessen scharfe Augen in der Sekunde, als es, kieloben, auf dem Gischt auftauchte, die Nummer erspäht hatten.

Es war Hendersons Boot, und zugleich mit ihm hatten wir Holyak und Williams, einen der Vollmatrosen, verloren. Über ihr Schicksal konnte kein Zweifel herrschen, aber das Boot schwamm hier, und Wolf Larsen wollte noch einen verwegenen Versuch machen, es wiederzuerlangen. Ich war aufs Deck heruntergekommen und sah, wie Horner und Kerfoot vergebens gegen den Versuch protestierten.

»Bei Gott! Ich lasse mir mein Boot nicht stehlen – und wenn die ganze Hölle los wäre!« rief er laut, und obgleich wir alle vier die Köpfe zusammensteckten, um besser zu hören, klang seine Stimme nur schwach und wie aus ungeheurer Ferne.

»Herr van Weyden!« rief er, und ich hörte seine Stimme wie ein schwaches Flüstern, »bleiben Sie mit Johnson und Oofty am Klüver. Die andere achtern an die Großschoot! Los, oder ich fahre geradewegs mit euch in die andere Welt! Verstanden?«

Und da er das Ruder hart umlegte und die *Ghost* sich drehte, blieb den Jägern nichts übrig, als zu gehorchen und zu helfen, das kühne Wagnis nach Möglichkeit zu einem guten Abschluß zu bringen. Wie groß die Gefahr war, kam mir zum Bewußtsein, als ich nochmals unter den zermalmenden Seen begraben wurde und mich, mit dem Tode ringend, an die Nagelbank am Fuße des

Großmastes klammerte. Meine Finger verloren ihren Halt, und ich wurde über Bord ins Meer gefegt. Schwimmen war unmöglich, aber ehe ich sinken konnte, war ich schon wieder zurückgeschwemmt. Eine starke Hand packte mich, und als die *Ghost* endlich wieder auftauchte, sah ich, daß ich mein Leben Johnson verdankte. Er spähte ängstlich umher, und ich bemerkte, daß Kelly, der im letzten Augenblick nach vorne gekommen war, fehlte.
Wolf Larsen hatte das Boot verfehlt, die Lage hatte sich geändert, und so mußte er seine Zuflucht zu einem andern Manöver nehmen. Da wir mit dem Wind und allen Segeln nach Steuerbord liefen, kam er herum und halste backbord zurück.

»Großartig!« rief Johnson mir ins Ohr, als wir glücklich die Überschwemmung, die notwendige Folge des Manövers, überstanden hatten, und ich wußte, daß sein Ausruf sich nicht auf die seemännische Tüchtigkeit Wolf Larsens, sondern auf die Leistung der *Ghost* selbst bezog.
Es war jetzt so dunkel, daß von dem Boote nichts mehr zu sehen war. Wolf Larsen aber führte, wie durch einen unfehlbaren Instinkt geleitet, das Ruder. Obwohl wir immer halb unter Wasser waren, wurden wir diesmal in kein Wellental hinuntergeschwemmt, sondern trieben geradewegs auf das Boot zu, das, freilich arg beschädigt, an Bord geheißt wurde. Es folgten zwei Stunden furchtbarer Anstrengung. Wir alle an Bord – zwei Jäger, drei Matrosen, Wolf Larsen und ich – refften zuerst den Klüver, dann das Großsegel. Beigedreht und mit so wenig Leinwand war das Deck einigermaßen trocken, und die *Ghost* wippte wie ein Kork auf den Seen.
Ich hatte mir gleich im Anfang die Haut von den Fingern gerissen, und beim Reffen hatte ich vor Schmerz kaum die Tränen zurückhalten können. Als jetzt alles getan war, ließ ich mich wie ein Weib gehen und warf mich, jammernd vor Schmerz und Erschöpfung, aufs Deck.
Unterdessen war Thomas Mugridge wie eine ertrunkene Ratte unter dem Backkopf hervorgezogen worden, wo er sich feige verkrochen hatte. Als er achtern nach der Kajüte geschleppt wurde, sah ich plötzlich zu meinem Schrecken, daß die Kombüse verschwunden war. Wo sie gestanden hatte, war klar Deck.
In der Kajüte fand ich alle Mann, auch die Matrosen, versammelt, und während der Kaffee auf dem kleinen Ofen gekocht wurde, tranken wir Whisky und kauten Zwiebacke. Nie im Leben war mir Essen so willkommen gewesen, und nie hatte mir heißer Kaffee so geschmeckt. So gewaltig rollte und stieß die *Ghost*, daß selbst die Matrosen sich nicht bewegen konnten, ohne sich festzuhalten, und daß wir mehrmals unter allgemeinem Geschrei nach Backbord an die Wand geschleudert wurden, als hätten wir uns an Deck befunden.
»Zum Teufel mit dem Ausguck!« hörte ich Wolf Larsen sagen, als wir uns satt gegessen und getrunken hatten. »An Deck kann doch nichts mehr gemacht werden. Wenn jemand uns überrennen will, können wir ihm doch nicht ausweichen. Alle Mann in die Kojen, und versucht ein bißchen zu schlafen!«
Die Matrosen kämpften sich nach vorn und setzten unterwegs die Seitenlichter, während die beiden Jäger zum Schlafen in der Kajüte blieben, da es nicht ratsam war, die Zwischendecksluke zu öffnen. Wolf Larsen und ich amputierten gemeinsam Kerfoots zerschmetterten Finger und vernähten die Wunde. Mugridge, der die ganze Zeit, während er Kaffee machen und aufwarten mußte, über innere Schmerzen geklagt hatte, schwor jetzt, daß er zwei oder

drei Rippen gebrochen hätte. Aber er mußte bis zum nächsten Tage warten, zumal ich nichts von gebrochenen Rippen verstand und erst darüber nachlesen mußte.

»Ich finde nicht, daß es das wert war«, sagte ich zu Wolf Larsen, »ein zersplittertes Boot für Kellys Leben!«

»Kelly war nicht viel wert«, lautete die Antwort. »Gute Nacht!«

Nach allem, was sich ereignet hatte, bei fast unerträglichen Schmerzen in den Fingerspitzen und den Gedanken an die drei vermißten Boote, gar nicht zu reden von den wilden Sprüngen, die die *Ghost* machte, hätte ich nicht geglaubt, daß es möglich gewesen wäre, zu schlafen. Aber meine Augen müssen sich in demselben Augenblick geschlossen haben, als mein Kopf das Kissen berührte, und in äußerster Erschöpfung schlief ich die ganze Nacht, während sich die *Ghost*, einsam und ungeleitet, ihren Weg durch den Sturm erkämpfte.

AUF HOHER SEE

Joachim Ringelnatz, einer der originellsten deutschen Dichter unseres Jahrhunderts, hat manches Ernste und Heitere über die Seefahrt geschrieben. Er musterte 1901 in Le Havre auf der Bark *Elli* an und berichtet davon in dem Tagebuch, das er während dieser seiner ersten Seereise geführt hat.

Die Besatzung der *Elli* bestand insgesamt aus fünfzehn Mann.
Da war also erstens Kapitän Pommer, von dessen Tracht nur ein knetbarer Rinaldo-Hut sowie zwei elegante, purpurrote Sammetpantoffeln hervorzuheben sind. Der Steuermann Karstens war erst kürzlich von der Papenburger Steuermannsschule gekommen. Er hatte früher wohl einmal ein Gymnasium gestreift und liebte es , mit gebildeten Brocken um sich zu werfen. Er schlief wie der Kapitän im hinteren Schiff, wo sich auch die Kammer für den Bootsmann befand.
Zu dem Personal gehörte erstens der Koch, ein ehemaliger Matrose von etwa zwanzig bis dreiundzwanzig Jahren. Er stammte, wie er mir bei Gelegenheit etwas verschämt erklärte, aus Sachsen. In dem Bestreben, seinen Heimatdialekt möglichst zu verleugnen, hatte er sich ein höchst lächerliches Gemisch von Platt und Hochdeutsch angewöhnt. Seine Küche, ein Raum von etwa 3 Quadratmeter, bildete die eine Hälfte eines kleinen, hölzernen Häuschens, das in der Mitte des Schiffes auf Deck stand. Die andere Hälfte diente als Schlafkammer und Wohnung für den Koch und mich. Es befanden sich zwei Kojen darin, die übereinander lagen. Die obere, vorteilhaftere, hatte sich der Koch eingeräumt. Mir wurde die untere zugewiesen.
Vorn im Matrosenraum, oder wie die Seeleute sagen, im Logis, wohnte vorläufig auch der Bootsmann, der seinem Range nach die vermittelnde Stufe zwischen Kapitän oder Steuermann und der Mannschaft repräsentierte. Er war dabei nach oben ebenso schüchtern und devot wie nach unten anmaßend und roh. Im gleichen Range mit ihm stand der Segelmacher, der auch bei den Matrosen »vorn« logierte. Das war ein alter Norweger, der bereits fünfzig

Jahre zur See gefahren war und alle Länder der Welt verschiedene Male gesehen hatte. Gleich den übrigen Matrosen war er kein großer Freund der Arbeit, aber was er tat, das verrichtete er mit großer Sorgfalt und mit der kaltblütigen Ruhe und Geschicklichkeit, die alten erfahrenen Seeleuten eigen ist. Das harte, unfreundliche Leben, das hinter ihm lag, hatte ihn so griesgrämig gemacht, daß er uns allen höchst unangenehm war. Wenn er lachte, war man nie sicher, ob es Grimm oder Humor war, und mit dem gleichen Lächeln, mit dem er irgendeinen beißenden Witz losließ, warf er jemandem einen Gegenstand, den er gerade in der Hand hielt, an den Kopf. Außerdem soff er mörderlich. Er sprach fertig Norwegisch, Englisch, Deutsch und in betrunkenem Zustand ein aus diesen drei Sprachen zusammengesetztes Ragout.

Unter den Matrosen besaß die meiste Achtung Jahn, weil er sehr stark war, seine Arbeit gut verstand und der Roheste war. Ich glaube, er stammte aus einer Fischerfamilie, so daß ihm das schwere Seeleben etwas ganz Natürliches war. Sein trockener Witz und treffender Spott machten ihn unter den Kollegen gleichzeitig beliebt und gefürchtet. Gustav hieß ein großer, starker Ostpreuße aus der Tilsiter Gegend. Er hatte ein Paar riesenhafte Hände, arbeitete für drei und leistete Erstaunliches im Schlafen. Während unserer Überfahrt auf der *Thérèse et Marie* hatte er fast ununterbrochen geschlafen. Bei seiner ungeheuren Kraft war er doch glücklicherweise sehr gutmütig, und selbst, wenn er sich den Anschein gab, über etwas wütend zu sein, leuchtete ein gutmütiges Lächeln aus seinen runden Schweinsäuglein.

Dann schliefen vorn noch Willy, ein mit dem Kapitän verwandter Ostfriese, Matrose Paul und Hermann Klein, der zarte Leichtmatrose mit dem Mädchengesicht.

In Le Havre kam noch ein kleiner, dicker Franzose von etwa 15 Jahren an Bord, der gleich mir zur See wollte und als Schiffsjunge auf der *Elli* angemustert wurde. Er war aus guter Familie. Seine Mutter brachte ihn selbst an Bord. Ich hatte mich mit dem jungen Mann sehr schnell angefreundet. Er teilte mit mir einen großen Napfkuchen, den er von seiner Mutter mitbekam. Er mochte ihr wohl von unserer Freundschaft erzählt haben, denn die Dame drückte mir, als sie ihn einmal besuchte, freundlich die Hand und sagte, sie wünsche, daß ich ihrem Sohn ein guter Freund bleiben möchte, was ich verstand und worauf ich meinen französischen Kenntnissen durch ein sehr lautes »Oui, monsieur« Luft machte.

Der Kapitän bestimmte mich zunächst zum Kajütsteward. Als solchem fiel mir die Aufgabe zu, die Kajüte und die anstoßenden Kammern in Ordnung zu halten, das Essen aus der Kombüse zu holen und alle möglichen Dienste zu verrichten, die für das Achterschiff in Betracht kamen.

Napoleon, wie der Franzose von unseren Matrosen getauft war, wurde

Decksjunge, das heißt, sein Wirkungskreis war das vordere und mittlere Deck und das Logis. Im letzteren hatte er die Backschaft für die Matrosen zu besorgen, Essen zu holen, Geschirr aufzuwaschen, auszufegen und so weiter.

An dem Tag, an welchem ich an Bord der *Elli* kam, erhielt ich abends die Erlaubnis, an Land zu gehen. Es hatte den ganzen Tag Bindfaden geregnet. Der Kai, an dem wir lagen, bot ein trübseliges Bild. Die gewaltigen, eisernen Kräne, nicht minder die schweren, schwarzen Waggons standen öde und verlassen da. Kein Mensch war weit und breit zu sehen, bis auf einen Zollbeamten, der die Kapuze seines Regenmantels tief ins Gesicht gezogen hatte. Er stand in einer Art Schilderhäuschen wie eine Statue. Ich hatte meinen blauen Seemannsanzug an und den Kernerschen Lederriemen mit dem Scheidemesser um.

So tappte ich schweren Ganges in die Stadt. Zunächst beschloß ich, meinen knurrenden Magen auf eine gute Manier zur Ruhe zu bringen.

Damals wußte ich noch nicht, welchen Ruf die Seeleute in den Hafenstädten genießen, sonst hätte ich wohl nicht in meinem derben Seemannskostüm ein so nobles Restaurant betreten. So aber tat ich das mit der unbefangensten Miene, und erst die zweifelhaften Blicke, mit denen mich Gäste und Kellner empfingen, und der Umstand, daß man mich im voraus das von mir bestellte Souper zu 6 Franken und eine Flasche teuren Weines bezahlen ließ, machte mir die Situation klarer. Als man aber sah, daß ich Geld besaß, bediente man mich sehr freundlich, und die Geschäftsführerin des Lokals knüpfte ein liebenswürdiges Gespräch mit mir an. Leider verstand ich auch nicht ein einziges Wort, aber ich lächelte, wenn sie lächelte, und ich nickte sehr ernst, wenn sie ernst wurde.

Mein Souper bestand aus zwölf Gängen, von denen nur einer meine Billigung fand, weil ich wußte, was er darstellte, Spinat mit Schinken. Aber der Wein war köstlich und brachte mich in vergnügte Stimmung. Ich setzte nun meine Studienreise durch Le Havre fort; da mich aber meine volle Börse zu dem Prinzip verleitete, möglichst wenig im Freien zu studieren, trat ich bald in das »Café Anglais« ein.

Hier schien der Treffpunkt einer höchst bedenklichen Demimonde (Halbwelt; zweifelhafte Gesellschaft) zu sein, aber es waren sehr hübsche Damen, die ich hier kennenlernte. Schwarzhaarig, lebhaft, mit französischem Schick gekleidet und frisiert. Ich kam sehr bald mit der Gesellschaft ins Gespräch, denn ich war schon in dem Stadium des Benebeltseins angelangt, da man jede Schüchternheit verliert. Die Mädchen lachten über mein furchtbares Scheidemesser, das an meinem Leibriemen hing, und auf das ich nicht wenig stolz war. Wir sprachen von Burenpolitik, und dann sangen wir gemeinsam, lach-

ten und waren sehr vergnügt. Eine der Französinnen tauschte ihr Taschentuch mit dem meinem zum Andenken. Ich suchte der vielgerühmten deutschen Trinklust alle Ehre zu machen.
Die Nacht verlief wüst. »Voulez-vous tirer un coup?« hörte ich in den Gassen schreien, nach denen ich mich verschämt hingefragt hatte. Ein Ehemann bot mir mit ergreifender Großmut seine Frau Gemahlin für wenige Franken an, und ich fand in sehr üblen Häusern sehr saubere Zimmer mit sehr hoch geschichteten sauberen Betten.
Als ich um viereinhalb Uhr von irgendeiner polizeilichen Macht geleitet wieder an Bord kam, blutete meine Nase, war alles um mich herum betrunken, und ich wußte ungefähr, daß mir das Geld, welches ich nicht verjubelt hatte, von verschiedenen Seiten gestohlen war.
Um fünf Uhr mußte ich schon wieder meinen Dienst antreten.
Die Koje, die mir zugewiesen, war so klein, daß ich nur mit eingezogenen Beinen schlafen konnte. Jede Nacht fast bekam ich Beinkrämpfe.
Ich mußte morgens den Kapitän wecken, seine Kammer aufräumen und den Kajütentisch decken, an dem auch der Bootsmann und der Steuermann aßen. Unglaublich schien es mir anfangs, daß die Mannschaft Margarine statt Butter erhielt. Ich half mir heimlich mit Kapitänsbutter über diese Klippe und konnte mich überhaupt nicht über das Essen beklagen.
Meine Aufgabe war es auch, den Tisch abzuräumen, Geschirr aufzuwaschen, Gläser zu putzen, Staub zu wischen; kurz gesagt, ich war für die Kajütsbewohner das Mädchen für alles.
Ich gab mir Mühe, fleißig zu sein, machte aber doch vieles verkehrt und bekam das dann auch ziemlich deutlich zu hören. Es fiel mir sehr schwer, mich an die Demütigungen zu gewöhnen, die ein Schiffsjunge erdulden muß. Obgleich ich mir sagen durfte, daß ich in meiner Allgemeinbildung hoch über den andern stand, mußte ich doch als Achtzehnjähriger mich von allen anderen duzen und schimpfen lassen, während ich den Kapitän sowie den Boots- und Steuermann mit »Sie« anreden mußte. Der Steuermann gefiel mir. Er priemte, spuckte und lachte viel und riet mir davon ab, Seemann zu werden.
Eines Tages rief ich große Bestürzung dadurch hervor, daß ich in der ehrlichsten Absicht den großen Kompaß, welcher unterm Kajütskylight in der sogenannten kardanischen Aufhängung angebracht war, aus den Angeln hob und in die Kajüte trug, um ihn dort mit Putzstein und Öl zu bearbeiten. Der Kapitän traf mich dabei, geriet in furchtbare Wut und schimpfte, ob ich verrückt sei, weil ich ein so empfindliches Instrument wie eine Seekiste herumschleppe. Ich erhielt vom Bootsmann noch Ohrfeigen für die unerhörte Tat, und die ganze Besatzung hatte für ein paar Tage zu lachen.
Wir lagen nun schon über eine Woche in Le Havre und waren inzwischen auf

dem deutschen Konsulat feierlichst angemustert, das heißt, wir hatten einen Schiffskontrakt unterschrieben, der uns für die Reise nach Zentralamerika und zurück nach Europa an Bord verpflichtete.
Ich hatte mich herzlich mit dem kleinen Franzosen angefreundet. Er beklagte sich oft darüber, wie schlecht er es im Logis vorn habe und beneidete mich um meinen Kajütsposten.
Eine Katze, die sich an Bord befand, mußte ich über Bord werfen, da sie verrückt geworden war. Der Kapitän hatte mir nahegelegt, ich möchte, um einen Ersatz zu schaffen, einmal versuchen, an Land einen Hund einzufangen. Eines Morgens sah ich denn auch am Kai unter einem Eisenbahnwagen solch ein Tier, das herrenlos herumlungerte und sehr verhungert aussah, eine Art Pinscher. Dieses Tier fing ich und schleppte es mit der einen Hand an Bord, während ich mit der anderen meine Hosen festhalten mußte. Später bereute ich allerdings diesen Fang sehr; denn einesteils mußte ich sehen, wie das arme Tier von der rohen Besatzung, besonders vom Bootsmann, ganz schrecklich gequält wurde, andernteils hatte ich selbst an ihm viel Ärger, weil ich ihm immer mit Schaufel und Besen folgen mußte.
»Zigarre an Deck!« war bald ein oft gebrauchtes Kommando des Kapitäns, und dann ging ich Würstchen suchen.
Am 18. April endlich, frühmorgens, verließ die *Elli* Le Havre und stach in See. Sie führte als Ballast Steine mit sich, die in Amerika zu Straßenbauzwekken verkauft werden sollten.
Ich mußte zum erstenmal in den Wanten hoch ins Segelwerk klettern, um ein Segel loszubinden, und tat das mit stolzer Lust, obleich es sehr anstrengend war.
Das Leben gestaltete sich nun für uns ganz anders.
Zunächst wurde die Mannschaft in zwei Seewachen eingeteilt, welche einander Tag und Nacht alle vier Stunden ablösten.
Als Kajütsjunge wurde ich bei dieser Einleitung nicht berücksichtigt, sondern blieb von acht Uhr abends bis vier Uhr morgens dienstfrei. Statt frischen Brotes gab es von nun an Hartbrot, ein keksartiges Gebäck, das mir anfangs, weil neu, ganz gut schmeckte, obgleich es wahrscheinlich der Hauptsache nach aus Knochenmehl bestand. In Le Havre hatten uns die Straßenjungen oft darum angebettelt, und wir hatten ihnen gern, wenn sie an das Schiff herankamen und unaufhörlich »Bisquit!« – »Bisquit!« riefen, die harten Stücke hinuntergeworfen, um uns dann darüber zu amüsieren, wie sie sich darum balgten. Kapitän und Steuermann durften das aber nicht sehen.
So eine Art Straßenjunge, wenn auch besser erzogen, war unser Napolen. Ein äußerst verschmitzter rotbackiger Bengel, der, wenn er irgend etwas verbrochen hatte, eine unbeschreiblich heuchlerische Unschuldsmiene aufsetzen

konnte, sonst aber immer lachte. Er war im Grunde temperamentvoll, geschickt und sehr gutmütig und blieb deshalb mein Freund.
Einmal wurde er mit mir ins Zwischendeck geschickt, um Zwiebeln zu sortieren. Das war uns angenehm, denn wir konnten uns dort unbehelligt unterhalten. So saßen wir denn zwischen Bergen von Zwiebeln, und während wir die verfaulten von den guten aussortierten, schütteten wir uns gegenseitig unser Herz aus. Wir klagten, wie hart und schlecht das Leben auf der *Elli* sei und kamen dann auf die Heimat und unsere Lieben zu sprechen. Auf einmal fing Paul zu weinen an. Auch mir kamen sofort die Tränen in die Augen, und so saßen wir Hand in Hand eine Weile schweigend in den Zwiebeln, bis uns wieder das Komische der Situation zum Bewußtsein kam und wir herzlich lachten.
Ja, es war häßlich, das Leben, das ich führte. Von frühmorgens bis spätabends schwere oder unwürdige Arbeit verrichten zu müssen, vom Steuermann oder Bootsmann geschlagen, von den Matrosen wegen meiner seemännischen Unkenntnis und meines sächsischen Dialekts unausgesetzt verspottet zu werden, das war alles andere, nur nicht ermutigend. Dazu machte ich noch die Erfahrung, daß meine Augen doch nicht so scharf waren, wie sie ein

Seemann braucht, und häufig wurde ich von Matrosen ausgelacht, wenn ich ein Schiff oder bei Nacht ein Feuer am Horizont noch nicht finden konnte, das die anderen längst entdeckt hatten.
Und wie vieles mußte ich lernen, ohne daß man mir die Erklärung oder Anweisung dazu gab! Der Seemann hat eine vollkommen eigene Sprache. Die zahllosen, fremden Ausdrücke für alles an Bord Befindliche gingen mir wie Kraut und Rüben durcheinander. Meine Sachen mußte ich natürlich selbst waschen und flicken, und dazu fehlte es an Material, Platz und Zeit. Manchmal bereute ich, den Seemannsberuf eingeschlagen zu haben, von dem mir ja auch alle abgeraten hatten. Dann dachte ich wieder an die Kosten, die ein Berufswechsel meinem Vater bringen würde, und wie man mich auslachen würde, wenn ich nach der ersten Reise schon die Lust verloren hätte.
Wie schön hatten es doch die an Land! Kaufleute, Maler, Schriftsteller! Über solchen Gedanken saß ich oft stundenlag des Nachts in meiner Koje wach und wurde so verbittert mit der Zeit, daß ich einige Male ernsthaft erwog, ob es nicht besser sei, meinem, wie mir schien, verfehlten Leben ein schnelles Ende zu bereiten.
Kapitän Pommer fuhr die *Elli* zum erstenmal. Das Schiff hatte vorher unter französischer Flagge gesegelt. Ich fand eines Tages die Flagge in einem entlegenen Winkel und barg sie unter meinem Keilkissen.
Der Wind nahm an Stärke zu, je weiter wir uns von Europa entfernten. Am 20. April ging die See bereits sehr hoch. Napoleon und der Hund, dessen Name nicht zu ermitteln war und der es auch nie zu einem brachte, waren beide seekrank. Das arme Tier litt auch sehr an Hunger; denn außer mir kümmerte sich niemand um sein Futter, und ich selbst konnte oft wirklich nichts für ihn auftreiben. Dieser Hund führte überhaupt ein elendes, seltsames Dasein. Da er von allen mißhandelt wurde, war er ganz scheu geworden. Selbst vor mir, der ich es wirklich gut mit ihm meinte, hatte er andauernd Angst und lief davon, wenn ich ihn streicheln oder ihm ein Stück Salzfleisch geben wollte. Allerdings gab er auch mir oft Ursache, ihn durchzuprügeln. Er hatte verschiedene, sehr ungehörige Angewohnheiten von Frankreich mitgebracht. In der ersten Zeit pflegte er gegen zehn Uhr morgens höchst eigenmächtig mit der Schnauze die Kajütspindtür zu öffnen und sich aus der Zuckerdose ein Frühstück zu holen. Wurde er dabei überrascht und vertrieben, verkroch er sich unter Kapitän Pommers Bett und nagte dort an dessen rotsamtenen Pantoffeln. Fühlte er ein Bedürfnis, setzte er sich in einen großen Lorbeerzweig, der auf dem Fenstersims in der Kajüte lag und dessen Blätter zur Suppenwürze bestimmt waren. Ich hatte viel Mühe, ihm all dies abzugewöhnen.
Die hohen Wellen warfen die *Elli* wie einen Ball umher. Es war ein Kunst-

stück, die Suppe aus der Küche über Deck und die steile Wendeltreppe nach der Kajüte hinunterzubalancieren. Da fand denn der Bootsmann, der niemals freundlich zu mir war, guten Grund, mich anzufahren, und manchen Puff mußte ich hinnehmen. Auch der Koch behandelte mich schlecht, während er sich andererseits vor dem Kapitän oder Steuermann den Anschein größten Eifers gab und beim Segelbrassen, wenn er sich beobachtet wußte, so wütend an den Tauen riß, daß ihm die Hände bluteten.

Napoleon war ein großer Drückeberger. Bekam er irgendeinen Auftrag, der ihm nicht paßte, so stellte er sich an, als ob er nicht verstände, was man wolle, bis man ihn zuletzt »Deck schrapen« ließ oder ihm sonst eine leichte Arbeit anwies, bei der er sitzen konnte. Dann verstand er, holte sein Arbeitszeug, nahm irgendeine eifrige Stellung ein und – – – schlief ein.

Wir beide hatten uns recht gern, plauderten oft zusammen von unserer Vergangenheit, und er gestand mir, daß er zur See geschickt war, weil er etwas zu Hause ausgefressen hatte.

In der Kajüte wurde ich vom Steuermann oder Bootsmann aufgezogen und wie ein Schulkind ausgefragt. Ich war eben Schiffsjunge. Ich besann mich, daß mir meine Mutter einmal von dem beißenden Spott der Seeleute gesprochen hatte. Das war zutreffend.

Entfuhr mir bei irgendeiner Gelegenheit ein »Danke schön« oder »Bitte«, so lachten die anderen, und der Steuermann sagte: »Ach was, altes Aas, Dankeschön gibt's nicht zur See.«

Einmal bekam ich den Auftrag, etwas mit Teer anzustreichen, und als ich dabei den Teertopf ein wenig behutsam angriff, tauchte mir der Kapitän beide Arme zweimal bis zum Ellenbogen in die schwarze Masse, »zum Abgewöhnen« sagte er.

In manche Arbeiten konnte ich mich nur langsam hineinfinden. Ich war überhaupt sehr ungeschickt und zerbrach viele Teller, Gläser usw. Was die rein seemännischen Arbeiten betraf, so waren und blieben mir dieselben lange Zeit ganz unverständlich. Wenn der Steuermann plötzlich mit lauter Stimme das Kommando: »Heiß Groß-stengstachseil!« gab, so stürzte die ganze Mannschaft an Deck, an eins der vielen herunterhängenden Tauenden, bildete mit dem Bootsmann an der Spitze eine Kette, und während dieser eigentümlich durchdringende Rufe ausstieß, rissen alle im Takt danach an dem Tau. Wollten Paul oder ich im Hintergrunde dann fragen, was das zu bedeuten habe, dann gab uns jemand einen Stoß ins Genick und rief in rauhem Platt: »Rit, Bengels, rit!« Auf das Schlußkommando »Belay!« wurde das Tau an einem eisernen Nagel festgebunden, und jeder ging wieder an seine Arbeit, oder es kam ein neuer Befehl.

Mit oder ohne Willen wurde ich aber täglich klüger. Ich lernte die Zeiteintei-

lung an Bord nach Glasen und schrieb mir die Namen der zahlreichen Tauenden auf, um sie auswendig zu lernen.
Das letzte frische Brot, das für die Kajütsbewohner mitgenommen war, ging eines Tages zu Ende, und nun mußte ich mich an Schiffszwieback halten, der mir unter dem Namen Hundekuchen schon von Hause her bekannt war. Auch die Kartoffeln gingen aus. Man schickte sich mit der Zeit in die Verhältnisse und zwar zuweilen wieder heiter. Die weite, ungeheure Meeresfläche, die uns ununterbrochen umgab, freute mich.
Eines Morgens trieb ein Mast an uns vorüber. Die anderen beachteten das weiter nicht, aber für mich war's ein seltsam reizvoller Anblick. Ich mußte an Schiffsunglück, Meuterei und seemännischen Heldentod denken.
Paul Phené, alias Napoleon, teilte das letzte Stück Schokolade mit mir, das ihm seine Mutter mitgegeben, und ich mauste dafür einen Rest Schnaps aus der Kajüte, auch eine Flasche Wein.
Kapitän Pommer war, wie alle Ostfriesen, ein anspruchsloser Esser, aber ein starker und verwöhnter Trinker. Im Grunde war er gutmütig, konnte jedoch sehr rauh und jähzornig sein. Als er eines Tages die Lampe zerbrach, tobte er furchtbar gegen mich, obgleich mich absolut keine Schuld traf. Ich war der Blitzableiter für alle seine Launen. Schmeichelworte wie Totenkopf, Specht, Aas, Bengel hatte er auch in der besten Stimmung für mich bereit.
Wir entdeckten ein Rudel Schweinsfische, große Tiere, die in forellenartigen Sprüngen vor dem Bug der *Elli* herschwammen. Anfangs hielten wir sie für Delphine. Es wurden eine alte Harpune und ein Dreizack hervorgesucht. Die Tiere entfernten sich aber bald.
Eines Tages brachte mir der Koch die Nachricht, daß er Walfische gesehen habe. Ich lief sofort an Deck. Der Steuermann, von meiner Neugier belustigt, rief mir zu: »Paß gut auf!«
Zunächst konnte ich die Tiere jedoch nicht finden, sondern hörte nur ein lautes Schnauben vom Wasser her. Erst als wir dicht vorüberfuhren, gewahrte ich sie plötzlich. Es waren zwei mächtige Exemplare, die wie unser Schiff auf und nieder tauchend, ruhig nebeneinander vorüberschwammen. Ein großartiger Anblick!
Ganz erstaunlich war, was der Bootsmann im Essen leistete. Ich habe nie wieder einen Menschen so viel auf einmal vertilgen sehen.
Napoleon lehrte mich französische Lieder, unter anderen auch die Marseillaise, die wir dann gemeinschaftlich abends sangen. Einmal rief uns der Kapitän abends nach achtern, damit wir ihm das französische Revolutionslied vorsingen sollten. Als wir zögerten, ließ er uns durch den Bootsmann so lange an der Reling festbinden, bis wir seinem Willen nachkamen.
Wir bekamen jetzt häufiger Schweinsfische zu sehen. Jahn kletterte mit einer

Harpune auf den Klüverbaum. Er lag lange auf der Lauer, konnte aber keines der vorsichtigen Tiere treffen. Der Schweinsfisch ist bei den Seeleuten sehr begehrt wegen seines schmackhaften Fleisches. An die Angel geht er nicht.
Wir waren nun acht Tage auf See. Ich hatte vielerlei gelernt, mußte aber nach wie vor unter roher Behandlung, außerdem unter Hunger und Mangel an Ruhe leiden. Auch war ich mitunter krank und durfte das dann nicht sagen; denn der Bootsmann hatte erklärt: »Kranksein gibt's auf einem Segelschiff nicht.«
Napoleon ging es ebenso schlecht. Der rohe Jahn goß ihm morgens einen Eimer Wasser über den Kopf und schlug ihn häufig. »Oh I will be glad when I return to Havre!« rief er ein über das andere Mal; er sprach gewöhnlich englisch mit uns.
Bei dem gräßlichen Einerlei der Kost suchte ich mir mitunter selbst etwas Außergewöhnliches zu bereiten. So stellte ich aus Zucker, Sirup sowie einer Flüssigkeit, die ich in einer kleinen Flasche in der Kajüte fand und die entweder Likör oder Medizin war, eine Art Bonbons her. Als ich einmal das Abendbrot für die Kajütsgäste auftrug, fand ich den Kapitän mit meinem Tagebuch beschäftigt, das er in meiner Koje entdeckt hatte. Er durchblätterte es schmunzelnd und las die ungünstigen Bemerkungen, die ich darin über den Bootsmann gemacht hatte, in dessen Gegenwart laut vor. Letzterer lächelte zwar dazu, aber dieses Lächeln war ein teuflisches und sagte mir deutlich: Na warte nur! Wenn wir erst allein sind! Zum Schluß gab mir der Kapitän Pommer das Buch zurück und meinte, ich solle nicht solchen Quatsch schreiben. Das sei verboten.
Ich wurde zum erstenmal auf den Klüverbaum geschickt, um ein Segel festzubinden. Jetzt müßten mich meine Freunde sehen, dachte ich, als ich so frei über den Wellen auf dem schwankenden Tau stand und das Wasser betrachtete, wie es sich unaufhörlich schäumend am Bug des Schiffes brach. Ob wohl jetzt in Leipzig einer meiner gedachte? Martin Fischer vielleicht, mein liebster Freund.
Der Wind wurde immer heftiger; infolgedessen ging die See immer höher, rollte die *Elli* immer unbändiger von der einen Seite auf die andere, rutschte ich fortwährend auf dem schrägen, durch das überspritzende Wasser glatten Deck aus und stieß mich überall. Wir liefen tolle Fahrt und mußten schließlich alle Segel festmachen.
»Steuermann, ist das ein Sturm?« fragte ich, aber der Steuermann lachte und sagte: »Das ist noch gar nichts.«
Der Koch hatte den Versuch gemacht, Brot zu backen; das war aber mißlungen. Natürlich traf nur den Ofen die Schuld. Der Koch war, wie er mit großem Stolz erzählte, als Matrose gefahren. Trotzdem hatte er sich auf der *Elli*

als Küchenmeister anmustern lassen, und wir armen anderen mußten nun unter seinen ersten Versuchen leiden.
Sonntags gab es Pudding in Napfkuchenform, der aus reichlich Mehl und Wasser bestand. Auch Rosinen und Kakerlaken fanden sich darin. Als er ins Logis gebracht wurde, erprobte Jahn seine Festigkeit, indem er mit der flachen Hand kräftig daraufschlug, und dann rief er: »Wat, det Tüg solln wi fretten?« Jahn zwang Hermann, ein großes fettes Stück Salzfleisch hinunterzuwürgen, indem er ihm mit einem Tauende drohte.
Er stahl auch, was er nur konnte. Trotzdem war etwas in seinem Wesen, was mir gefiel. Sein kräftiges, derbes Auftreten, seine sichere Geschicklichkeit und Ruhe bei der Arbeit und ein famoser trockener Mutterwitz standen ihm gut und verschafften ihm bei den übrigen Respekt.
Mit dem Hund blieb es die alte Geschichte. Wie er bald meine Wut, bald mein Mitleid erregte, verdrosch oder liebkoste ich ihn. Für Futter sorgte ich, so gut ich konnte, mußte aber selbst gründlich kennenlernen, was es heißt, Hunger zu leiden.
Kapitän Pommer gab mir ein Scheibchen Schinken, das ich mit Koch und Steuermann teilte, und das war ein so wundervolles Ereignis, daß ich ihm mehrere Zeilen in meinem Tagebuch widmete.
Der 28. April war ein prächtiger Sonntag. Die Sonne schien warm auf das ausgetrocknete Deck. Eine frische Brise wehte, und wir waren alle fideler Stimmung. Ich aß zum erstenmal, seit ich an Bord war, Salzfleisch, und zwar in ungeheurer Quantität, als wollte ich mich mit einem Male für die vorangegangenen vegetarischen Tage entschädigen. Dann kletterte ich in die Takelage, setzte mich auf die oberste Rahe und blickte über die weite, weite Wasserwüste.
Eigentümliche, große Empfindung, im Sturm in luftiger Höhe zu sitzen, mitten im Ozean, mit dem Gedanken, soundso viele Meilen vom Lande, von den Menschen und von der Heimat entfernt zu sein! Unter mir erschien das Schiff wie ein Plättbrett und die Menschen darauf wie große Käfer.
Einmal hörte ich Kapitän Pommer nach mir rufen: »Seppl, wo bist du?« Und als ich von meiner Höhe zurückgab: »Hier, auf dem Royl«, hörte ich ihn etwas wie »Verfluchter Bengel« wettern, aber es klang lachend und halb freundlich. Auch er war an diesem Tage gut aufgelegt. Nach dem Mittagessen sagte er, auf das Geschirr deutend: »So, nun schmeiß alles über Bord, und morgen deck's wieder auf.«
Es war wirklich ein strahlender Sonntag. Nicht einmal eine Hundezigarre fand ich auf meinem gewohnten Gang übers Achterdeck.
Nachmittags fand zum allgemeinen Gaudium ein Ringkampf zwischen mir und dem Franzosen statt.

Nur ein Übel machte sich an diesem Feiertag unangenehm bemerkbar: Wir litten Wassernot. Die Tanks waren bis auf einen kleinen Rest Wasser erschöpft. Dieser durfte als Notbestand nicht angerührt werden. Da kam uns das Regenwasser zustatten, das sich in einer leeren, an Deck befindlichen Salzfleischtonne angesammelt hatte. Gierig sogen wir alle an dem Schlauch, der in die nicht ganz klare Flüssigkeit getaucht wurde.
Je näher wir der Neuen Welt kamen, desto früher dunkelte es abends. Natürlich wurde auch die Uhr täglich entsprechend zurückgestellt. Der Montag verlief nicht so ruhig wie der vorangegangene Sonntag. Ich hatte mich auf die Lauer gelegt, um den Hund einmal beim Naschen zu erwischen, und faßte ihn auch richtig ab, als er im Begriff war, ein Stück Büchsenfleisch aus dem Spind zu holen. Ich erhielt für meine Denunziation vom Kapitän ein Stück Schinken als Geschenk.
Wir sichteten wieder Rudel von Schweinsfischen.
Eine regelmäßige Essenzeit hatte ich nicht, sondern aß während des Servierens oder in freien Augenblicken zu irgendeiner Stunde.
Bootsmann schlug mich mit der Faust und dann mit einem Tau auf den Kopf,

weil ich den Tisch mit Werg anstatt mit einem sauberen Tuch abgewischt hatte. Ich verbiß den Schmerz, aber als ich allein war, hatte ich Mühe, Tränen zu unterdrücken.
Abends lag ich gewöhnlich noch lange in meiner Koje wach. Mit dem Mondschein, der durch die offene Tür in die Kammer drang, kamen oft sehnsüchtige Gedanken, die von meinen Idealen von Freiheit und Abenteuern erzählten.
Nie hätte ich geglaubt, wie unendlich viele Farben und Eindrücke die beiden Elemente Meer und Himmel bieten können, bis ich es nun selbst sah.
Wir änderten jetzt unseren Kurs, doch war ich noch nicht Seemann genug, um dieses Manöver selbst wahrnehmen zu können. Ich wurde mit der fachmännischen Arbeit betraut, die Gottings auf der Großrahe zu überholen.
Den Hund mußte ich dreschen, weil er sich wieder in dem Lorbeerkranz verewigt hatte.
Ein großer Moment: Es gab zum erstenmal mittags Reis. Er war ohne jede Zutat nur in Wasser gekocht. Mit stiefelwichsähnlichem Sirup vermischt, schmeckte er mir aber ebensogut wie einst Mutters Milchreis. Sirup war das Element, in dem ich nun schwamm.
Eines Tages erregte ein Schuß meine Aufmerksamkeit. Steuermann hatte eine Möwe geschossen.
Mit dem Koch war schwer auszukommen. Sein prahlerisches Wesen war mir zuwider. Es gab aber Stunden, wo er ein wenig, ich möchte sagen, wieder thüringisch wurde. Solche Stimmungen benutzte ich dann, um mir von ihm Aufklärung in seemännischen Fragen zu holen oder plattdeutsche Seemannslieder beibringen zu lassen: »Im Schottischen Hering zu Altona« – oder »Wenn hier en Pott mit Bohnen steit« und andere.
Am ersten Mai sichteten wir Madeira. Der Hund fraß den zweiten Sammetschuh von Kapitän Pommer, was ihm wieder eine Tracht Prügel eintrug.
Abends schlug ich mich mit Paul, weil er in irgendeiner Sache nicht Wort gehalten hatte.
Meine Kammer sah traurig aus. Mit der Zeit traf ich verschiedene Verbesserungen und machte mir den Aufenthalt gemütlicher. Es war ja nur eine ganz winzige Ecke, wo ich meine freien Stunden zubringen konnte und wo ich schlief, aber um so größer war die Freude, wenn ich durch irgendeine simple Einrichtung, sei es durch Anbringung eines Bordes, sei es durch Aufhängung eines Liebig-Bildes, Schmuck oder Bequemlichkeit hineinbrachte.
Unglaublich war aber auch wirklich die Unsauberkeit um mich herum. Es war unmöglich, einen Brief zu schreiben oder sonst eine saubere Arbeit vorzunehmen.
Hinter Madeira wurde ich zum erstenmal ans Ruder geschickt, allerdings

vorläufig unter Aufsicht. Ein Ehrenposten! Mit nicht geringem Stolz löste ich den Rudersmann ab und übernahm den Kurs und die Führung des Schiffes. Das Ruder befand sich achtern auf dem Kajütsdeck. Der Mann, der es bediente, sah durchs Kajütsglasdach auf den Kompaß. Er konnte dabei auch den Mahlzeiten in der Kajüte zusehen. Was natürlich sehr interessant war. Ich stand in der Folgezeit häufig und gern am Ruder. Das war ein seemännischer, nicht anstrengender Posten, bei dem ich meinen eigenen Gedanken nachhängen konnte.

Ein kleines Erlebnis prägte sich mir ein. Eine Schwalbe, auf der Rückreise aus dem Süden begriffen, hatte sich ermüdet auf dem Schiff niedergelassen und in meine Kammer geflüchtet. Das kleine, stahlblaue Tier gefiel mir. Ich beschloß, es zu fangen und auszustopfen. Verroht, wie ich durch meine Umgebung geworden war, griff ich das Tier und preßte ihm die Kehle zusammen, um es zu ersticken. Als ich aber sah, wie es vor Schmerz und Angst die schönen dunklen Augen verdrehte, dauerte es mich wieder, so daß ich es freiließ und in ein weiches Nest aus Werg bettete. Der kleine Vogel erholte sich und flog eines Tages von dannen.

Auf dem Gebiet der Kochkunst erlitt ich wieder Fiasko. Ein Kuchen, den ich aus getrockneten Kartoffeln und Zwieback herzustellen versuchte, mißriet völlig.

Die schrecklichste Arbeit für Paul und mich war das Heraufholen von Kohlen aus dem Kohlenschacht. Dieser enge Raum lag tief unten und war so schmutzig, daß man ihn stets ganz und gar schwarz verließ. Natürlich war er völlig dunkel. Eine steile, eiserne Leiter führte hinunter, und es war nicht leicht, mit den schwer gefüllten Eimern in der Hand wieder hinaufzuklimmen. Paul warf noch dazu gewöhnlich unten das Licht um, und dann stießen wir uns in der Dunkelheit bald hier bald dort die Köpfe.

Die nächsten Tage verliefen ziemlich unruhig. Es gab so viel zu tun, daß ich manchmal glaubte, nicht mehr mitmachen zu können.

Im Matrosenlogis machte sich die Unzufriedenheit mit der Kost immer lauter bemerkbar. Als der Koch eines Tages den Reis für die Mannschaft wieder besonders schlecht zubereitet hatte, ging Jahn mit der Schüssel zum Kapitän, hielt ihm den Reis vor und sagte in seiner trotziger Art: »Capitän, son Negerfraß kann man doch nicht fretten!« Die Folge war, daß es seitdem vorn kein warmes Frühstück mehr gab. Kapitän Pommer war entschieden kein Gourmet (Feinschmecker) und meinte auch zu mir: Ich müsse recht rohe Kost essen, das sei gesund.

Einmal, als ich in meiner Koje im Begriff war einzuschlafen, sah ich Jahn in meine Kammer schleichen und sich an der Zuckerbüchse zu schaffen machen, die der Koch dort aufbewahrte. »Was willst du, Jahn?« rief ich, mich

aufrichtend. Er stieß mich gegen das Kojenbrett, daß ich eine dicke Beule am Kopf bekam. Dann nahm er sich eine Handvoll Zucker und ging an Deck. Zank und Schlägereien gab's immer. Steuermann schlug Jahn eine Beule. Dieser antwortete mit einem Schlag ins Auge, so daß Steuermann lange Zeit alle Perlmutterfarben im Gesicht trug. Meine Symphatie war im stillen auf Jahns Seite. Auch Bootsmann stritt sich oft mit Steuermann, und ich freute mich darüber, denn ich hatte beide hassen gelernt. Der Bootsmann, der größere Erfahrung und mehr Geschick hatte als der Steuermann, wollte sich von diesem nichts sagen lassen.
Am meisten hatte wohl der Hund zu leiden. Auch der Kapitän schlug ihn oft. Ich selbst behandelte ihn besser. Er war mein stiller Freund, und ich suchte ihm allmählich einige Kunststückchen beizubringen.
Die Kost an Bord wurde immer schlechter, und es erregte absolut kein Erstaunen, wenn ich mittags ein Stück getrockneten, leider schon mehr flüssigen Stockfisches in Sirup tauchte, um wenigstens etwas Verdauliches zu erhalten.
Es kamen auch gute Stunden. Wenn die Matrosen abends in der kühlen Dämmerung nach vollbrachter Arbeit sich an Deck lagerten und jene schlichten Volkslieder anstimmten, die selbst im rohesten Gemüt freundliche Erinnerungen hervorrufen, dann beschlich mich ein wehmütiges Gefühl. In schönen Nächten schlief ich an Deck unterm freien Himmel. Den Sonntag suchte ich durch allerlei Kurzweil zu vertreiben. Ich machte Dressurversuche an dem namenlosen Hund, ich malte auf alle möglichen und unmöglichen Papiere Seelandschaften, die bei den Matrosen Anklang fanden, aber unter ihren Händen entzweigingen.
Hermann, dem Leichtmatrosen, gegenüber war ich übrigens in dieser Kunst nicht konkurrenzfähig, denn er zeichnete äußerst geschickt und war von seinen Eltern eigentlich auch für die Malerkarriere bestimmt. Schließlich griff ich aus Langeweile zur Nähnadel und – – – tätowierte meine Arme.
Die Gespräche der Seeleute boten oft viel Amüsement. Ich hatte Mühe, ernst zu bleiben, wenn Jahn und Gustav sich stritten, ob es der Hund oder das Hund hieße und dergleichen.

SEEMANNSTOD IM SKAGERRAK

Gorch Fock hat den bedeutendsten deutschen Seeroman geschrieben. Er trägt den Titel »Seefahrt ist not!« und schildert das Leben der Nordseefischer zu Anfang unseres Jahrhunderts, als deren Fangreisen noch ausschließlich mit Segelfahrzeugen unternommen wurden. Der Finkenwärder Schiffer Klaus Mewes, die Mannschaft seines Fischewers und sein Sohn Störtebeker stehen im Mittelpunkt der Erzählung. Sie endet mit dem Untergang des Ewers nach einem schweren Sturm im Skagerrak. Wo sein Romanheld Klaus Mewes den Seemannsstod fand, ist der Dichter Gorch Fock selbst als Matrose des Kreuzers *Wiesbaden* als Opfer der Skagerrakschlacht des Ersten Weltkrieges – am 1. Juni des Jahres 1916 – ertrunken.

Der Sturm jagte sie die ganze Nacht; er wirbelte den Ewer vor sich her wie der Jäger das Wild, das er lahmgeschossen hat. Die ganze Nacht trieben sie auf der wilden, hungrigen See, durchnäßt und ermattet, aber in eiserner Wachsamkeit. Sie waren allein auf der Doggerbank, nirgends war ein Schiff zu sichten, und sie sahen kein anderes Licht als die Strahlen des Elmsfeuers, das in Büscheln auf den Toppen der Masten und an den Blöcken der Gaffeln geisterhaft glomm, bis eine Hagelflagge es verlöschte.
Gegen Morgen, als sie etwas gegessen hatten und der Junge wieder mit an Deck stand, weil es schien, als flaute der Sturm ab, bekam der Ewer eine schwere Sturzsee über, die wie ein Felsen gegen den Steven schlug und verheerend über das Deck brandete und schäumte. Die Fischer fühlten sich emporgehoben und verloren den Grund unter den Füßen, sie mußten schwimmen und spülten hin und her, daß sie glaubten, der Ewer sei schon in die Tiefe gedrückt. Es war nichts mehr zu machen!
Klaus Mewes hatte sich gerade wieder aufgerichtet – da schrie er gellend auf, denn eine schwere, kreißende, ungeheure See hing wie ein Berg, wie ein Eisberg steil über ihm und senkte sich ehern. »Holt jo fast, holt jo fast!« rief er schrill, aber der Lärm des Wassers und des Windes drängte ihm die Worte in den Mund zurück und erstickte sie. Dann schleuderte die See ihn wie Ge-

rümpel zur Seite und warf ihn gegen das Nachthaus, daß ihm Hören und Sehen vergehen wollte.
Als der Ewer die Sturzsee überstanden hatte und sich wieder mit den kleineren Dwarsläufern abriß, hing Kap Horn mit zerrissenem Ölzeug und blutendem Gesicht in Lee an den Wanten, von Hein Mück aber war nichts mehr zu sehen, und mit ihm war auch das Boot vom Deck verschwunden: zerrissen lagen die Ketten auf den Luken. Sie suchten die See mit den Augen ab und warfen den Rettungsring über Bord, aber obgleich es schon einigermaßen hell geworden war, konnten sie doch weder Hein Mück noch das Boot entdecken. Nur wilde, graue See war ringsum: der Junge war weg...
»Dat duert bloß en Ogenblick, denn is't ut«, sagte Kap Horn tröstend, der nach achtern gekommen war und sich bei seinem Schiffer hingestellt hatte. Klaus Mewes gab keine Antwort, er blickte immer noch über die See und suchte seinen Speisemeister. Was sollte er sagen, wenn die Mutter angeweint kam und ihn fragte, wo er ihren Jungen gelassen hätte!?
»Goh man dol, Kap Horn, hier up Deck is't nix mihr«, rief Klaus, aber Kap Horn schüttelte den Kopf und blieb bei ihm. Wenn es zum Sterben gehen sollte – und es sah ja so aus –, wollte er nicht in der geschlossenen Kajüte ersticken, sondern frei in der See ertrinken: bis es aber so weit war, wollte er bei seinem Schiffer ausharren.
Klaus Mewes gab noch nicht verloren, wenn er auch nicht mehr lachte, sondern ein ernstes Gesicht machte. Wie ein Wiking trotzte er der See, wie ein Löwe verteidigte er seinen Posten am Ruder, wie ein Hagen hielt er aus. Er verband seinem Knecht die blutende Stirn und streichelte Seemann das nasse Fell, er sah von Zeit zu Zeit die Pumpen nach, er lotete gewissenhaft und tat alles, was sich noch tun ließ bei solcher Gelegenheit. Er dachte an Hein Mück und dessen arme Mutter, an Störtebeker und an Gesa, aber an Bleiben dachte er nicht.
Ein englischer Trawler kam in Sicht, ein Huller, das erste Schiff seit zwei Tagen. Aber der lag beigedreht und hatte genug mit sich selbst zu tun. Dennoch hätte er vielleicht geholfen, wenn Klaus Mewes die Notflagge gezeigt hätte, aber Klaus Mewes dachte nicht daran. Sich von einem Ingelschmann ins Schlepptau nehmen zu lassen! Gott schall mi bewohren, dachte er und ließ John Bull stiemen, der dann auch wieder aus den Augen kam.
Sie trieben ja gut, ins Skagerrak hinein! Nördlich genug, um von Jütland freizuscheren, hatten sie nur mit der norwegischen Küste zu tun – und die war noch weit weg.
»Ik gläuf, wi kommt dorch«, sagte der Knecht. Etwas verwundert sah der Schiffer ihn an. »Wat schullen wi ne dörkommen!« antwortete er, »wi wöt doch ne blieben!«

Und er ging in die Kajüte, um etwa zu essen und zu trinken. Danach mußte Kap Horn hinunter, damit er nicht flau würde.
Am späten Nachmittag aber wurde der Wind, der zeitweilig etwas schwächer geworden war, zum Orkan! Das Fahrzeug arbeitete gewaltig und steckte mehr unter als über dem Wasser. Von allen Seiten sauste die wilde Dünung über Deck. Und siehe, siehe: eine Grundsee, die der Sturm in der Tiefe aufgerüttelt hatte, und die mit Sand geschwängert und mit Muscheln und Steinen beladen war, schoß herauf, richtete sich urgewaltig auf und lief dem Ewer nach, der nicht von der Stelle konnte. Bleischwer stürzte sie sich auf das Achterdeck und drückte es nieder, daß der Steven steil aus dem Wasser sprang und die Ketten rissen, dann packte sie den Ewer mit ihren Tigerkrallen an den Seiten und warf ihn dermaßen auf das Wasser, daß er nicht wieder aufstehen konnte.
Kap Horn kam nicht wieder an die Oberfläche; er fühlte, daß er den einen Arm nicht mehr bewegen konnte, und sank langsam in die Tiefe. Da gab er den Kampf und das Leben auf, der alte Janmaat, und legte sich in seines Gottes Hände; er hätte noch mit seinem Schiffer fischen und segeln können, hätte bei Hochzeiten am Deich auf seiner Harmonika spielen und den kleinen Klaus Störtebeker mit zu einem rechten Fischermann machen können, aber wenn es sein mußte, ging es auch ohne ihn. Er hörte nicht mehr das Sausen des Wassers: eine große, tiefe Stille legte sich um ihn... ganz in der Weite klangen Glocken...
Klaus Mewes war es gelungen, die schweren Seestiefel loszuwerden, die ihn in die Tiefe ziehen wollten, wie seinen Knecht. So tauchte er wieder auf und versuchte zu schwimmen. »Kap Horn, nemm büst du?« schrie er in den Sturm hinein und rang schwer mit der Dünung, die ihn furchtbar hin und her warf. Beständig liefen ihm die Seen über den Kopf, so daß er viel bitteres Wasser schlucken mußte.
Er sah, wie der Ewer versank, wie die Masten sich noch einmal aufrichteten und dann untertauchten, daß kein Topp und kein Flögel mehr zu sehen waren. Blasen schossen steil aus dem Wasser, dann aber strich der Sturm mit unwirscher Hand über die Stelle hin und machte sie wieder so kraus, wie die ganze See war.
Klaus Mewes war allein: sein Knecht und sein Junge, sein Hund und sein Ewer ertrunken, er trieb in der wilden Dünung von Skagen; nirgends war ein Schiff, nirgends ein Halt. Er dachte, eine Luke oder Brett des untergegangenen Ewers zu finden und sich daran festzuhalten, aber er konnte nichts sehen. »Geef di, geef di, Klaus Mewes!« brüllte die See, er gab sich nicht, mit aller Kraft hielt er sich oben, denn er wollte noch nicht sterben und er konnte noch nicht sterben. Was sollte aus seinem Jungen werden, den keiner verstand als

er? Wie die Sturzseen über den Ewer hergefallen waren, so würden sie am Deich über ihn herfallen und alles zerstören wollen, was er in ihm erbaut hatte: die schöne Furchtlosigkeit, die Liebe zur Seefischerei, das Vertrauen auf die eigene Kraft, die Freude am Sturm: alles würden sie ermorden wollen! Ob Störtebeker schon stark genug war, alles zu ertragen? Oder ob er wie ein armer Hase den vielen Hunden erlag, ob er den Sommer auf See vergaß und sich zu einem Schneider oder Schuster machen ließ!. »Gesa, Gesa, lot mi den Jungen!« rief er in den Sturm hinein. Er sah seine Frau vor sich, jung und blühend, und dennoch keine Fischersfrau, ewig bange und ewig unruhig; sie hatte nicht viel von ihm gehabt, weil sie nicht mitkonnte. Der einsame, ringende Schwimmer sah auch seine Schuld, er wußte, daß er oft hart mit ihr gewesen war, als er mondelang nach der Weser fuhr und ihr den Jungen abspenstig gemacht, als er ihre Angst verlacht hatte, – aber Reue fühlte er nicht. Sie würde weinen, aber die Ruhe würde in ihr Herz kommen, und sie würde ihren Mann erkennen lernen. Brot hatte sie: einen Zeugladen, wie ihn die anderen Witfrauen aufmachen mußten, um sich zu ernähren, brauchte sie nicht. Klaus Mewes fühlte, daß seine Arme ermatteten und daß er es nicht mehr lange machen konnte. Noch einmal ließ er sich von einer Wogenriesin emporheben und blickte von ihrem Gipfel wie vom Steven seines Ewers über die See, die er so sehr geliebt hatte, dann gab er es auf. Es paßte nicht zu seinem Wesen, sich im letzten Augenblick klein zu machen und mit den Seen um die paar Minuten zu handeln; er konnte doch sterben!
Er schrie nicht auf, noch wimmerte er, er warf sein Leben auch nicht dem Schicksal trotzig vor die Füße, wie ein Junge. Groß und königlich, wie er gelebt hatte, starb er, als ein tapferer Held, der weiß, daß er zu seines Gottes Freude gelebt hat, und daß er zu den Helden kommen wird. Mit einem Lachen auf den Lippen versank er, denn er sah einen glänzenden neuen Kutter mit leuchtenden, weißen Segeln und bunten Kränzen in den Toppen vor sich, der stolz dahinsegelte, und am Ruder stand ein lachender Junggast, sein Junge, sein Störtebeker... grüßend winkte er mit der Hand... fahr glücklich, Junge, fahr glücklich, sieh zu, daß du ein fröhliches Herz behältst, fahr glücklich! Guten Wind und mooi Fang, mien Jung!...
Dann ging die gewaltige Dünung des Skagerraks über ihn hinweg.

BEI DEN HEIZERN DES RIESENDAMPFERS

Egon Erwin Kisch, ein aus Prag stammender Journalist, gilt als der Schöpfer der modernen Zeitungsreportage. Viele seiner Berichte handeln auch von Schiffen und der Seefahrt. So fuhr er 1914 auf dem damals größten Handelsschiff der Welt, dem Atlantikschnelldampfer *Vaterland* der Hamburg-Amerika-Linie, nach New York. Unterwegs schilderte er nicht das damals üblicherweise von der Öffentlichkeit stets mit großem Interesse verfolgte Luxusleben der reichen Passagiere in den Luxusräumen der Ersten Klasse, sondern die schwere Arbeit der Heizer und Kohlentrimmer vor den Kesselfeuerungen tief im Inneren des Schiffes.

An Bord der »Vaterland«, 2. Juni 1914.

Wir fallen in die Unterwelt, den regulierten Fall des Fahrstuhls. Haßerfüllt und fürchterlich hören wir es aus der Tiefe dringen, in die wir sinken, immer unheimlicher und unerträglicher wird die Glut.

Die zehnte Station ist die Endstation des Lifts, aber wir sind noch lange nicht unten, erst im Vorraum sind wir der Teufelsküche. Höllenhunde in glattschwarzem Fell scharren und stampfen und knurren und belfern in grausam gleichförmigem Takt, und bläulicher Schweiß tropft aus ihren Poren, ihren Nüstern.

Festgeschmiedet sind die stählernen Ungetüme da, die ihre Wut verdampfen, die sich in kosmischen Geschwindigkeiten um ihre Achse drehen, ewig um ihre Achse, einhundertachtzigmal in der Minute. Sie müssen sich bewegen, denn sie bewachen das Reich der Verdammnis, das unter ihnen ist. Und sie sind selbst gut bewacht und genau kontrolliert: die zitternden Zeiger hinter halbkreisförmigen Scheiben würden es denunzieren, die starren, roten Ochsenaugen an den Wänden würden es verlöschend verraten, und die Ventile würden Hilfe herbeipfeifen, wenn in diesen seelenlosen Lebewesen ein Gedanke an Auflehnung keimte. Der Mensch weiß sich zu schützen gegen die Kolosse, die für ihn arbeiten, – er schützt sich durch ihresgleichen.

Und als wir die Maschinensäle durchwandert haben, vorbei an Vorwärtsturbinen und Rückwärtsturbinen, an beschaufelten Rädern und beschaufelten Trommeln, an einundsechzigtausend Wellen Pferdestärken, geht es noch tiefer hinab. Steil und eng ist der eiserne Stufenweg, wir tun besser, rückwärts zu gehen, um nicht kopfüber hinunterzustürzen. Die Geländerstange der Treppe können wir nicht mit bloßen Händen berühren, denn sie glüht. Je weiter wir tappen, desto heißer schlägt es uns um Stirn, Wangen und Hals, desto schwerer ringt sich der Atem aus dem Munde.

Die Leiter endet, wir betreten Boden. Unsere gemarterten Augen sehen schwarze Dämonen, die schattenhaft aus Wänden treten und in Wänden verschwinden, von Zeit zu Zeit peitscht uns ein gelb-roter Lichtstrahl, und aus grauem Höllenrachen springt eine Feuerwelle hervor, uns zum Bewußtsein bringend, daß wir Gerösteten noch immer nicht unempfindlich gegen Hitze sind. Wehe der Seele, die hier brät!

Fünfundfünzig Meter unterhalb der Oberkante des Schornsteins stehen wir; an der Heckseite, im Kesselraum Nr. 4. Dieser »Raum« hat zwei breite Hauptstraßen von je dreißig Meter Länge und vier enge Seitengassen, je fünfundzwanzig Meter lang, kein Raum also, sondern ein Stadtviertel. Zwölf Wolkenkratzer: die Kessel. Den beiden breiten Avenuen sind die Fronten zugekehrt, und von hier aus führen in jedes Gebäude drei mächtige Tore, in der schlichten Sprache des Technikers »Feuerlöcher« genannt. Es gibt vier Kesselräume; nur der dem Bug zugekehrte hat nicht zwölf, sondern bloß zehn dieser Hochöfen. Sechundvierzig haushohe Kessel mit dreimal sechsundvierzig hungrigen Mäulern. Zweihundert Meter hat man geradeswegs vom Anfang bis zum Ende dieses Massenquartiers von Kohle, Stahl, Staub, Ruß und Feuer zu durchmessen.

Keine Nachtruhe gibt es. Schon im Hafen wurden die unermeßlich großen Bunker außenbords gefüllt, ein ganzes Bergwerk versenkte sich donnernd hierher, achttausenddreihundertvierundsechzig Tonnen und noch eine Notreserve von vierhundertdreiundneunzig Tonnen – zwanzig Stunden brauchten die Kohlenelevatoren dazu. Dann begann für zweihundert Heizer und für zweihundert Trimmer das Kesseltreiben, die Arbeit, ihre eigene Werkstätte in eine Höllenlandschaft zu verwandeln. Hinab stürzt aus den Bunkern das schwarze Gestein in stählerne Schubkarren, die nun beladen zwischen den Kesseln schwanken. Es geht zu den Feuern. Die Glocke schrillt. Fünfmal in der Stunde schrillt sie. Das ist das Knurren des Magens, das ist das Zeichen zur Fütterung, das ist hier die Musik. Kohorten nackter Heizer greifen mit ihren Schaufeln in die Kohle und stoßen sie dem gierigen Tier zwischen die Lefzen. In beiden Unterkesseln, in den Röhren und bald auch im Oberkessel siedet das Wasser, Dampf wallt auf, und man hört, wie er oben im Maschi-

nenraum die Speichen der Räder bewegt, wie die Turbinen, die vier Wellen und die vier Schrauben mit den Kräften von sechzigtausend Pferden zu atmen, zu leben und zu toben beginnen.
Die Gestalten am Ofen sind schwarz, schwarz wie alles ringsumher. Nur wenn sich das eiserne Gebiß des Kessels klaffend zu neuer Mahlzeit öffnet, wenn der Heizer mit der vier Meter langen Durchstoßbrücke das Feuer glatt über den Rost streicht oder wenn er mit der Schleuse alle vier Stunden die

Schlacke aufbricht und Asche forträumt, dann fällt rotes Licht auf seine Stirn, nur dann sieht man weiße Streifen um seine Augen und an seinen Mundwinkeln, und man erkennt, daß diese Kohlenformation ein Mensch ist.
Sein Oberkörper ist waagerecht vorgeneigt, sein Unterkörper ist zum Sprung nach hinten bereit. So zurückweichend-vorwärtsstrebend kämpfen Gladiatoren. Der Speer fährt in den Schlund des Molochs, aus dem giftiger Odem faucht. Schon wirft sich das Ungeheuer empor – da klappt die Tür des Zwingers zu, und hinter ihr hört man ohnmächtiges Stöhnen. Es wird wieder dunkel in den Straßen der Dampffabrik.
Pause. Silhouetten huschen vorbei. Wenn unmittelbar vor uns ein Arbeiter stehenbleibt oder sich zu Boden kauert, gleicht er einem schwarzen Stalagmiten (Tropfstein). Die Trimmer schippen wieder in ihre Karren, die Feuer toben in ihren Kottern, sie zermalmen die Kohle, da ihnen der Mensch entging. Funken taumeln schräg durch das Düster, doch die Verzweiflung erstickt sie sofort.
Der Heizer darf jetzt eine Luftdusche nehmen. Er tritt im Stollen einige Schritte zur Seite, unter die Öffnung des Ventilators, und ein wirbelnder Windzug lockert die an die Stirn geklebten Haare und läßt sie flattern. Sechs solcher Lüftungsmaschinen sind da, jede hat zweihundertfünzig Pferdestärken: ihnen ist es zu danken, daß man nicht versengt wird, aber sie können die Luft nicht kühlen, nicht verhindern, daß Stufen und Karren und Geländer glühend und die Arbeiter schweißdurchtränkt sind. Was will selbst diese Menge frischer Meeresluft gegen den Samum ausrichten, der sich aus den täglichen dreizehnhundert Tonnen brennender Kohle erhebt! Die Kessel sind besser daran: vier Gebläse von zweitausendzweihundert Pferdekräften führen ihnen Verbrennungsluft zu. Während der Asche-Ejektor Schutt und Schlacke schluckt, um sie in den Ozean zu kotzen, packen unsichtbare Schläuche die Rauchmassen, schleppen sie durch Kasematten und Kanäle rings um die Schiffswand, bis hinauf in die drei ockergelben Riesenschornsteine, die das Wahrzeichen des Schiffes sind. Die Schlote aber, die hohen Herrschaften, ziehen den Rauch behaglich ein und paffen ihn in die Luft. Oberhalb des Kesselraums bewegen sich die Kolben der beiden Zentrifugalpumpen auf und nieder, daß der Dampf nicht verlorengehe, wenn er seine Pflicht getan – er muß wieder in neue Arbeit. Kaum ist er aus den Druckturbinen ausgetreten, braust er in die Kondensatoren, wo er niedergeschlagen wird. Dieses wiedergewonnene Kondensat wird in den Druckvorwärmern auf eine Temperatur von hundertzwanzig Grad gebracht und durch Speisepumpen zurück zu den Kessel gedrängt, wo es neuerdings verdampft. Und der bereits einmal ausgeatmete Dampf strömt abermals in die Turbinen, sorgt dafür, daß deren Leben nicht erlöscht.

Freilich, nicht alles vom kostbaren Dampf kann ewig erhalten bleiben; durch Leckage und Undichtigkeit geht Qualität verloren. Da wird denn in den Evaporatoren destilliertes Ersatzwasser aus Seewasser erzeugt und dem Kondensat zugeführt.
Ewig jedoch steht der Heizer an der Feuerung und schiebt dem nimmersatten Raubtier neues und neues Futter zu. Nach je vier Stunden dürfen die Feuermänner aus der Arena treten, von der andern Schicht abgelöst. Vier Stunden später geht es wieder los. Wie beim Sechstagerennen. Auch die Überfahrt dauert sechs Tage.
In der Arbeitspause duschen oben in den Badesälen die Abgelösten und legen Wäsche an. Dann trinken sie ein Glas Bier und klettern auf ihr Lager. Es sind deutsche Arbeiter, keine Neger oder Chinesen, die unten im Kohlenbereich zu Kohle werden. Erfüllt die Glut der Kessel sie mit Glut? Erregt sie der Takt der Bewegung zur Bewegung? Ruft sie der Kampf zum Kampf? Hat der Pfiff ein Echo in ihnen, der Pfiff, der keine Unterbrechung zuläßt bei ihrer Arbeit im Fieberreich?
Sie spülen den Kohlenstaub mit einem Glase Bier hinunter und schlafen.

NORDSEEMORGEN 1915

Im Ersten Weltkrieg war Joachim Ringelnatz zum Borddienst bei der Kaiserlichen Marine eingezogen, anfangs als Unteroffizier auf Vorpostenbooten, später als Leutnant zur See. Mehreren Erzählungen, die unter dem Titel »Als Mariner im Kriege« veröffentlicht wurden, liegen persönliche Erlebnisse aus dieser Dienstzeit zugrunde. »Nordseemorgen 1915« ist eine von ihnen.

»Wung! Wung!« bellen ferne Kanonen.

Auf der Brücke des kleinen Vorpostenbootes, das in der glanzlosen Helle knapp vor Sonnenaufgang vor Anker hin und her schweut, lehnt gegen das Ruderhaus ein dicker steifer Wachtmantel. Klobige Fausthandschuhe ragen aus ihm heraus und auffallend selbständige Stiefel und ein rotes, nebelfeuchtes Matrosengesicht. Abgesehen von den beiden Augen in diesem Gesicht schläft der Wachtmantel samt Drum und Dran innerhalb der Grenzen seiner Dienstpflicht nach bestem Vermögen. Aber eben diese Augen! Rastlos und unermüdlich kreisen ihre Blicke, den Strahlen der Leuchtboje gleich, welche dort draußen ihr treues Einsiedlerleben vertrotzt.

Die ruhige Stunde entfaltet ihre eigene Pracht. Des Meeres mattgraues Gewand bewegt sich in sanften Tälern und Hügeln, als atmeten darunter tausend Lungen. Und die Strömung führt stetig unterschiedliche, fremde Dinge auf Reisen links oder rechts an dem Dampfer vorbei, der wie ein angekettetes Ungetüm mißtrauisch und schwerfällig an seiner Fessel ruckt: Reisigstücke, verworfen und mißachtet, niemand mag sich erinnern, daß sie einst so viel duftige Schönheit getragen haben; eine offene Blechdose voll Spuren von Putzpomade, immer wieder kippt sich das winzige Ding über die drohenden Kämme der Dünung hinweg. Den gleichen Weg wandert eine hölzerne Bank, die ihre vier Beine naiv gen Himmel streckt, und ein unerkennbarer Gegenstand, einmal auch eine Marinemütze, in ihr Band ist der Name eines berühmten Generals aus dem Befreiungskriege gestickt, und Korkbrocken und Kombüsenabfälle. Möven umflattern spähend diese Speisereste, umkreisen sie vielmals, ehe sie in anmutige Kurven herniedergleiten und, dicht, ganz

dicht über der hüpfenden Welle mit den weichen Schwingen ihren Flug hemmend, sich einen Bissen erschnappen.
Heute nach tagelangem, gigantischem Wüten gibt sich die See wieder mild und gütig. Sie setzt einen erschöpften Papierstreifen barmherzig auf die Ankerkette des Wachtbootes ab. Und der müde Zettel klammert sich um die kalten Kettenglieder und weint in blauen Strähnen Worte einer Mutter ins Wasser: »– dieser großen grausamen Zeit. Ich ... Nacht, daß Gott unserem tapferen und ... terlande beistehen und dich ... letzten Sohn erhalten möge. Sei ... und innig umar ... alten schwerbesorgten – –«.
Gleichmütig streifen die Blicke des Postens das Meer und sein Treiben, gleichmütig den ernsten Himmel, wo schon fast die Morgenröte erblüht. Sie haften wohl einen Moment fragend an einem Maste, der hinter dem weiten

Kugelstück aus der Nordsee auftaucht, bis ein buntes Tuch ihnen zuruft: »Wir sind es, Landsleute!« Dann irren sie mit befriedigtem, aus Eifer nahezu verachtungsvollem Ausdruck weiter. Sie bleiben ein andermal vor einem verankerten Panzerkreuzer stehen, dessen Scheinwerfer zu zwinkern anfängt, und lauschen ein Weilchen den Neuigkeiten, welche ein unsichtbarer Bote durch die Luft aus dem Osten gebracht hat. Viertausend Russen gefangen. Schützengraben gestürmt. Luftgefecht zwischen Fliegern. – Lauter Nachrichten, die auf den Brückenausguck nur flüchtigen Eindruck machen. Was dessen Augen suchen, hartnäckig, mit grimmer Sehnsucht suchen, sind Lichter und Flaggen von besonderer Farbe oder Zusammenstellung, sind bestimmte Gegenstände und Zeichen im Wasser, in der Luft und an dem mehr und mehr zurückweichenden Horizont, sind unter anderem jene inzwischen verstummten, fernen Kanonen. England, wo bleibst du?

Bis in die Stille, welche die Brücke umträumt, reicht das Verhallen von Zithermusik. Unten, vor der dienstbereiten Maschine spielt ein Heizer ein Lied seiner Heimat, ein schwermütiges Lied aus den bayrischen Bergen.

Nun richtet sich der Qualm überm Schornstein zu einer schwarzen, wirbelnden Säule in die Höhe und streut feine, warme Ascheteilchen über die Brücke und den Posten, der sich alsbald in schweren, schurrenden Tritten zu rühren beginnt. Im Vorderschiff unter Deck melden schrille Pfeifensignale eine schleppende, brutale Kommandostimme an, die nach verschiedenen Richtungen drei-, viermal wiederholt: »Reise Reise! Überall zurrt Hängematten!« Dann erwachen andere Töne und Geräusche: langes Gähnen in den unanständigsten Variationen, mürrisches Brummen und Schelten, das sich verdichtet zu einem undeutlichen Durcheinanderreden. Etwas später öffnet sich eine Luke und läßt einen nackten Mann und einen Schwall vielartigen Gelächters an Deck schlüpfen. Der Nackte schwingt ein Messer in der Faust, sein Gesicht ist bis an die buschigen Stirnhaare mit Wolken von Seifenschaum bedeckt, außerdem trägt er eine Briefmarke auf dem Hinterteil. Fröstelnd läuft er auf Holzpantoffeln klapp klapp über die Eisenplatten, um mit dem Fluche: »Gott strafe England!« im Heizraum zu verschwinden. Nach ihm steigen andere, nur mit Hosen und Schuhwerk bekleidete Männer, Seife und Handtuch in Händen, aus der Versenkung und schaffen schleunigst Holzpützen herbei. Der Pumpschwengel kreischt und quietscht. Die Seeleute beugen sich prustend über die Eimer und ziehen sich bald wieder zurück, unter Deck. Dort, in dem tabakdunstigen Raume, zwischen Seestiefeln, Blechtellern, Ölröcken und Hängematten, welche ausgestopften Seehunden ähneln, hebt jetzt Caruso, der weltgefeierte Caruso, einen Gesang an. Kaffeekessel überklappern sein »Lache, Bajazzo!« Die Schiffsglocke schlägt. Eine allseitig abgeblendete Laterne schnurrt am Maste herab. Vor der Küche tanzt

der Koch mit einem Tiegel einen salonberechtigten Tango und gröhlt: »Hurra, Jungens, morgen geht's auf Urlaub!«
Auch die See regt sich munterer, trägt ihr Strandgut rascher dahin und stößt es gelegentlich im Vorbei heftig gegen den Bug oder die Bordwände des Dampfers. Jetzt schleppt sie etwas Rundes, Graues daher. Etwas Rundes, Graues. – Die Blicke von der Brücke spießen es auf und lassen es nur unwillig noch einmal los, um ein in ziemlicher Entfernung passierendes Unterseeboot zu fixieren, auf dem jemand mit roten Fähnchen herüberwinkt. Der plumpe Wachtmantel wird erstaunlich behend. Wie denn auch Elefanten überraschend flink sein können. Also der Posten ergreift ebenfalls zwei Fähnchen, klettert geschwind auf das Ruderhaus und gibt seinerseits Zeichen nach dem U-Boote hin. In der Sprache der roten Fähnchen entwickelt sich ein kurzer Dialog. Ein hinzugerufener Maat setzt ein Doppelglas an und kontrolliert.
»Vorpostenboot! Vorpostenboot! hör zu!« ruft das Tauchboot.
»Ich bin ganz Ohr!« erwidert das Wachtboot.
»Wir haben«, berichtet das vorbeifahrende Schiff, »einen Kohlendampfer gekapert –«
»Ich verstehe!« wirft das Wachtschiff ein, und das U-Boot spricht weiter:
»Wir wurden verfolgt. Achten Sie auf treibende Mi – –«
Zzank! Hier wurde das Gespräch unterbrochen durch einen furchtbaren Ton. Es klang – ja, wie klang es? Vielleicht so, als habe die ungeheure dröhnende Stimme eines Dämonen kurz und scharf das Wort »Zank« ausgesprochen.
Dem U-Boot-Matrosen entfallen die Fähnchen. Er sieht – statt des Dampfers – einen mächtigen, zackigen Eisberg oder ein vieltürmiges, gläsernes Schloß gotischen Stiles, das aus dem Wasser emporgeschossen ist und etwa eine Minute in der Luft steht.
Eine Minute, die einmalige Umdrehung des Sekundenzeigers, welche der Sehnsucht oder Gefahr so lange dauert, wie blitzartig vergeht sie der Verwunderung, dem Staunen.
Es ist wieder verschwunden, das Schloß, zurückgesunken. »Hart Steuerbord!« schreit der Signalgast, »hart Steuerbord!« schreien andere Leute des U-Bootes. Und dieses dreht bei.
Eine flache, mit einem Türmchen versehene Stahlschiene, schlitzt es in äußerster Fahrt die sich bäumenden Wogen. Aber es findet nichts mehr von dem Vorpostenboot. Nur Kohlenstaub und Ölflecken schaukeln an der Stelle, wo das Wachtschiff vor Anker lag, auf dem Wasser in gewissen leichthin aber rhythmisch gerissenen Schlangenlinien, wie sie auf den Vorsatzpapieren alter Bücher zu finden sind; und eine Menge toter Fische treiben umher. Auf einmal geht ein blendendes Flimmern über die See, schillern die Ölflecke und to-

ten Fischleiber heller und bunter in Farben des Regenbogens.
Wärmend und tröstend, mit all ihrem Zauber, steigt die enthüllte Sonne auf. Es ist dieselbe Sonne, welche über Nelson, über Kolumbus gestrahlt, welche die Wikinger begleitet hat, – die Sonne Homers.

KAPERSCHIFF »MÖWE« KEHRT HEIM

Albert Semsrott war im Ersten Weltkrieg Steuermann an Bord des von Graf Nikolaus zu Dohna-Schlodien geführten deutschen Hilfskreuzers *Möwe*. In seinem Erlebnisbericht beschreibt er die Heimkehr dieses Schiffes nach erfolgreicher Kaperfahrt mit zahlreichen gefangenen Seeleuten der aufgebrachten feindlichen Handelsschiffe an Bord.

Eben kommt Graf Dohna mit dem Funkoffizier Bethke aus seiner Kajüte. Er tritt auf mich zu. »Na, Steuermann? Machen Sie die Boote klar? Sehen Sie ja nach, daß in den Booten alles in Ordnung ist! Was denken Sie, was wir machen?« fragt er, auf die Rauchwolken zeigend. Ohne zu antworten, zeigte ich mit dem Daumen zur nahen dänischen Küste hinüber, mit dem nicht mißzuverstehenden Sinn, daß es das beste wäre, das Schiff auf neutralen Strand zu setzen. – »Nein, nein! Wollen mal sehen!« Damit drehte er sich und eilt lachend die Treppe zur Kommandobrücke hinauf. Kaum ist er oben, da hören wir sein wie immer ruhiges Kommando: »Hart Steuerbord!« Und schon legt sich das wegen seines fast aufgebrachten Kohlenvorrats hoch aus dem Wasser ragende Schiff unter dem Druck des Ruders nach Steuerbord über und zieht einen Affenschwanz, wie der Seemann sagt. Wir reißen aus mit Kurs Nordnordwest. Gleich darauf ist Alarm.

Die Maschinen rasen mit äußerster Kraft. Schon liegen wir fast eine Stunde auf dem neuen Kurs und sind wieder der dänische Passagierdampfer *Drodning Dagmar* auf der Reise von Esbjerg nach Neuyork.

Später wurde uns bekannt gegeben, daß Graf Dohna sich mit Funkspruch an unsere in Wilhelmshaven liegende Hochseeflotte um Hilfe gewandt hat. Aber wer weiß denn, ob die Funkergasten aufgepaßt und das Telegramm aufgefangen haben? Wir sind ja doch noch so weit – mindestens hundertundachtzig Seemeilen – von der Heimat entfernt.

Jetzt sind schon die Mastspitzen der uns Entgegenkommenden zu sehen. Es muß ein ganzes Geschwader sein, das mindestens fünfundzwanzig bis dreißig Seemeilen in der Stunde läuft, uns also an Geschwindigkeit weit überlegen ist. Ganz ohne Zweifel sind es englische Kriegsschiffe, die uns den Weg abschneiden wollen. Ich muß immer noch schnüffeln; denn irgend etwas ist in der Luft.

Es ist inzwischen acht Uhr geworden. Wenn es doch endlich dunkel würde! Aber gerade jetzt, wo man sich so dringend danach sehnt, will und will es nicht dunkel werden, denn hoch im Norden steht eine fast taghelle Blänk, das Nordlicht. Jeden Augenblick können wir durch einen weittragenden Schuß zum Anhalten gezwungen werden.

Maschinistenmaat Heisterhaage aus Bremen kommt eilig und schweißtriefend aus der Maschinentür und fragt nach dem leitenden Maschinisten Nötel. Keiner hat ihn gesehen. Was ist denn los? »Verflucht! Der Niederdruckschieber fängt an zu hobeln und läuft warm!« Was? In diesem kritischen Augenblick Warmlaufen, vielleicht sogar Maschinenschaden? Das fehlte uns gerade noch! Aber wir haben an der Maschine lauter vernünftige und erfahrene Leute. Maschinist Bartels aus Herford wird schon fertig werden damit und die Gardinen richtig aufhängen!

Da ruft einer der an der Reling Stehenden: »Du, Jan, ick seh de Rookwolken nich mehr!« Und ein anderer jauchzt: »Dat ward unsichtig!« Richtig – nach kaum einer Viertelstunde ist es so dick von Nebel, daß man, trotzdem das Nordlicht immer noch stark scheint, nicht mehr den Flaggenstock achtern am Heck sehen kann.

Jan Maat denkt an die Haifischschwänze und trumpft auf: »Schade, dat de Engelsmann us hier noch in'n Weg loopen mutt und us uphollt. He kriegt us ja doch nich. Ick harr morgen abend mit mine Anna tosamen an de Glitsch gahn wullt. Denn is dat woll nix!«

Ich bin wieder auf meiner Ronde durch das Schiff. Die Inder schmöken, was ihre Wasserpfeifen nur hergeben wollen. Laß sie, da kann nichts passieren; die armen Teufel haben seit zwei Tagen keinen Reis mehr und hungern und frieren. Auch wie ich zum zweiten Zwischendeck hinuntergehe, schlägt mir dicker Dunst entgegen, so daß ich einen Augenblick stehenbleiben muß, um mich daran zu gewöhnen. In der Not frißt der Teufel Fliegen und raucht Jan Maat lieber das Seegras aus seiner Matratze, als daß er ganz auf eine brennende Pfeife verzichtete.

Nun zum Gefangenenraum. Da bietet sich meinen erstaunten Augen das Bild einer tadellos angezogenen Gesellschaft. Alles prangt im sonntäglichen Staat. Gepäckstücke liegen herum. »Was ist denn hier los?« frage ich einen der englischen Armeeoffiziere, der sich gerade vor einem kleinen Handspiegel die

Krawatte bindet. Alle machen strahlend glückliche Gesichter. »Herr, in einer halben Stunde sind wir frei, unsere britische Flotte kommt, uns zu befreien!« – »Sooo?« lächele ich und gehe weiter. Selbst die Parlewus haben sich herausgemacht und auch ihre Holzschuhe blank geputzt; das ganze Abteil stinkt nach Parfüm.
An den Geschützen und Torpedorohren auf dem Oberdeck stehen doppelte Bemannungen schweigend auf Ausguck. Bevor ich auf meine Gefechtsstation gehe, will ich noch einmal in meinem Zimmer nach dem Kompaß sehen. Wie ich die Tür schließe, bleibt es im Zimmer dunkel; sogar das elektrische Licht hat man abgestellt. Also Streichholz und eine gekaperte Franzosenkerze her. Der Kurs ist jetzt Süd zum Ost; wir haben also wieder gewendet und steuern der Heimat zu, Richtung auf Helgoland.
Wieder hinaus auf Deck! Die Stunden schleichen. Nach Mitternacht wieder Ronde. Dann Kaffee in der Messe; scheußliches Zeug! Es wird Zeit, daß wir nach Hause kommen, denn auch das Trinkwasser, das wir seinerzeit dem Amazonenstrom entnommen hatten, geht zu Ende. Gelb ist es und übelriechend, »de reine Slangenbouillon«, wie Jan Maat sagt in Erinnerung an die vielen toten Schlangen, die dort stromabwärts trieben.
Gegen ein Uhr klingelt der Maschinentelegraph. Wir merken, wie der Gang der Maschine sich verlangsamt. Will der Niederdruckschieber nicht mehr? Ich gehe nach Steuerbord hinüber zum Torpedermaat Zelms und seinen Gasten, die dort bei den Treibminen auf Gefechtsstation sind. »Was ist los?« – »Wir haben eben dicht bei eine Morselampe blitzen sehen, anscheinend von einem Torpedoboot, das mit uns in gleicher Richtung fährt. Es sind fremde Signale.«
Der Engländer hat anscheinend gewendet, und wir laufen ihm von achtern aufkommend in seine Schlußdeckung hinein; so tüfteln wir uns die Lage aus. Wie sie in Wirklichkeit ist, können wir an Deck unmöglich wissen, da alle Augenblicke der Kurs geändert wird.
Wir lauschen in die stille Nacht hinein, aber nichts Auffälliges ist zu bemerken. Es hat tatsächlich den Anschein, als ob wir dem Engländer, der mit allen Kräften bemüht ist, uns zu fangen, auf den Fersen sind. Ich hätte ja schließlich Gelegenheit, auf der Brücke zu fragen, wie es steht, tue es aber nicht. Der abgelöste Rudersmann erzählt, daß man auf der Brücke die Morsezeichen wahrgenommen hat. Englische Zeichen sind es gewesen. Na, Graf Dohna wird schon wissen, was er zu tun hat.
Ich gehe auf meine Gefechtsstation, um meinen Leuten dort das Gehörte mitzuteilen und mir den möglichen Gang der Dinge zu überlegen. Was ist überhaupt eine Schlußdeckung? Ich muß erst in meinen Erinnerungen nachkramen, um festzustellen, daß das die Schiffe sind, die einem auf dem Marsch

befindlichen Geschwader den Rücken zu decken haben. Und dabei bin ich während meiner Dienstzeit als Einjährig-Freiwilliger Stabssignalgast gewesen und habe alle Fahrformationen auswendig gewußt.
Unsere Fahrt ist wieder etwas schneller geworden. Es ist eben vier Uhr vorbei. Es scheint sichtiger zu werden. Da kommt nahebei für einen Augenblick ein Blinkfeuer an Backbord in Sicht. Ist das Horns Riff oder Amrumbank-Feuerschiff? Ich habe kein Feuerbuch, um die Kennung des Feuers auszumachen.
Sechs Uhr. Es fängt an zu tagen, aber man kann sich nicht freisehen. Mein Zeug leckt vom starken Nachttau. Von Osten her kommt leichter Zug. Hoch am Himmel bilden sich Wolken, ein Zeichen, daß das Wetter im Begriff ist aufzuklaren. Aber darunter, auf dem Wasser, bleibt dichter Nebel. Als es völlig Tag wird – von uns allen freudig begrüßt –, müssen wir noch einige Verkappungsstücke entfernen, auch das Schornsteinabzeichen des dänischen Amerika-Dampfers wird abgenommen. Zum Frühstücken ist keine Zeit; denn wenn es völlig aufklaren und der Engländer uns sichten sollte, soll er uns gerüstet finden.
Um neun Uhr kommt östlich, wenn auch verschwommen, zeitweilig die Kimme durch, und der Nebel beginnt als Staubregen niederzufallen. Nur an einer Stelle bleibt eine schwarze breite Wolkenbank über dem fallenden Nebel. Es sieht aus, als wenn man sich zu früher Morgenstunde mit dem Zuge, von Bremen kommend, Hamburg nähert und die Schiffsschornsteine und Fabrikschlote zu neuer Tagesarbeit ihre Rauchwolken ausstoßen, die sich über der Millionenstadt zu mächtigen Massen ballen. Aber wir sind in diesem Augenblick leider nicht in der Nähe von einer Millionenstadt, sondern in der Nordsee, und es ist Krieg, und die Rauchwolke, die sich über dem Nebel ausbreitet, ist das Zeichen dafür, daß sich uns wieder ein mächtiges Geschwader nähert.
Von den Schiffen des Geschwaders ist noch nichts zu erkennen, weil es auf dem Wasser noch unsichtig ist. Um so spannender ist für uns die Frage: Ist es der Engländer, der umgedreht hat, und den wir wieder einmal vor uns haben? Oder ist es die deutsche Flotte, die uns zu Hilfe eilt? Alle unsere Geschütze werden dorthin gerichtet. Aber was können wir ausrichten gegen die mindestens hundert Schiffe, die wir vor uns zu haben scheinen, wir mit unserm schwachen Blechkessel von Schiff? Aber *ein* Opfer würde einer unserer Torpedos sicher mit in die Tiefe nehmen, bevor wir ihm nachfolgten.
Die Minuten dehnen sich zu Stunden. Da – an unserer Backbordseite ein schwarzer Schatten; ganz nahe bei. Von achtern aufkommend, schiebt sich der haushohe graue Bug eines Panzerriesen gespenstisch durch den Nebel. Drüben Scheinwerferspiel und Morsesignale. Wir starren hinauf an der

grauen Wand, die sich vor uns ins Unermeßliche erhebt. Jetzt wird in verschwommenen Umrissen eine mehrere Meter hohe Bugverzierung sichtbar. Es ist ein Wappenschild, wie es die deutschen Kriegsschiffe statt des Namens am Bug führen –.

In aller Seelenruhe sagt in diesem erwartungsvollsten aller Augenblicke, die ich je erlebt habe, eine Stimme neben mir: »Stürmann, dat is de *Von der Tann*!«

Ein tiefes Aufatmen der Befreiung geht durch jeden von uns. Es ist der deutsche Panzerkreuzer *Von der Tann*, den wir vor uns haben. In schweigender Ergriffenheit stehen wir alle. Da kommt drüben der Fockmast durch den

Nebel in Sicht mit lustig flatternder deutscher Kriegsflagge und darunter der rote ausgezackte Stander B, der besagt: »Ran an den Feind!«
Wie die Umrisse eines mächtigen Domes dämmern die riesigen Aufbauten des Schiffskolosses durch den Nebel. Alle seine mächtigen Geschützrohre sind auf uns gerichtet; daneben stehen die Bedienungsmannschaften. So nahe vor unsernAugen spielt sich das ab, daß man glaubt, man könne einen Stein hinüberwerfen.
Da tönt von der Kommandobrücke der *Von der Tann* die laute und vernehmliche Stimme des ersten Offiziers: »Den heimkehrenden Kameraden von S.M.S. *Möwe* ein dreifaches Hurra!« Und nun ertönt aus Gefechtsmarsen und Geschützpforten, aus allen Ecken und Enden des Schiffes hoch über uns hinweg dreimal ein mächtiges Hurra. Jetzt erfordert es der Seemannsbrauch, daß wir diesen tausendfältigen Willkommensgruß beantworten. Kapitänleutnant Wolf ist auf die Reling der Kommandobrücke gesprungen. Seine sonst so schneidige Kommandostimme klingt, als ob er einen Frosch im Halse hätte: »Drei Hurras für S.M.S. *Von der Tann!«* Aber bei uns hört man nur ein paar Stimmen kläglich in das Hurra einstimmen.
Unsere Mannschaft, die bei schwerstem Wetter, in glühender Tropenhitze und eisigem Frost ihren Mann gestanden hatte, jetzt versagt sie. Nur die Inder haben, Fez oder Turban schwenkend, lustig den Willkommensgruß erwidert. Jan Maat steht schweigsam; man könnte ein Blatt zu Boden fallen hören. Wir alle blicken uns in die Augen und wissen nicht, was uns überkommen ist. Da tönt plötzlich auch von Steuerbord ein dreifaches Hurra zu uns herüber. Und unsere erstaunten Blicke gewahren auf der anderen Seite einen gleichen Schiffsriesen vorbeiziehen; es ist anscheinend die *Seydlitz.*
»Die letzten Teile der Verkappung entfernen!« meldet mir der Läufer von der Brücke, und ich höre von einigen Matrosen das Urteil: »Endlich mal watt Vernünftiget!« Das Hurrarufen liegt ihnen nicht. Die Blechplatten der Heckvermummung fliegen auf die Seite. Bootsmannsmaat Rosseburg schiebt die Handsteuerräder wieder auf sein Kanonenrohr. »Schade, Stürmann, dat Theater is nu vorbi!« Unsere Rohre werden entladen und eingeschwungen. Da kommen schon wieder zwei Panzerkreuzer von achtern aufgelaufen. Da es weiter aufklart, kann man allmählich die Kimme rund um uns her ausmachen. Noch steht die Sonne als blasse Scheibe über der Kimme, und gerade darunter schaukelt ein Vorpostenboot – ein Fischdampfer – in den Wellen und heißt das Signal M.N. – »Stoppen Sie sofort!« Einige Geschützrohre dort drüben beginnen sich drohend auf uns zu richten, wir fahren nämlich noch ohne Flagge. Eine Stimme ruft hinüber: »Hein, mak keen Unsinn, wüllt us doch nich dodscheeten?« Zwei Freunde haben sich trotz der Entfernung erkannt.

Unsere Signalgasten sind schon seit einigen Minuten eifrig bei den Flaggenleinen der Masten beschäftigt. »Zur Flaggenparade!« pfeifen die Maaten, und gleich danach: »Oberdeck stillgestanden! Heiß' Flagge und Wimpel!« Die ganze Mannschaft steht, mit dem Gesicht nach achtern gewendet, grüßend stramm und beobachtet freudigen Herzens, wie die Kriegsflagge und der lange weiße Offizierswimpel hochgehen. Jetzt dürfen wir wieder offen zeigen, wer wir sind. Im goldenen Frühlingssonnenschein flattert der lange weiße Wimpel am Großmast dort oben unter dem dunkelblauen Himmel; achtern um unsere vom Rauch und Qualm der langen Fahrt unansehnlich gewordene Kriegsflagge tummeln sich kreischend unsere Begleiter, die Möwen.

Jetzt ist schon die ganze Kimme zu sehen, soweit der staunende Blick reicht, rund um uns Kriegsschiff an Kriegsschiff in kurzen Abständen voneinander, und mitten darin – wir; wir, die wir uns so klein und winzig vorkommen gegenüber diesen mächtigen Kolossen, obgleich wir mit unsern über hundert Meter Länge in Wirklichkeit doch keineswegs ein so kleines Schiff sind.

Jetzt werden die Gefangenen heraufgelassen. In sonntäglicher Kleidung bevölkert ihr buntes Gemisch das Deck. »Meine Herren!« kann ich mir nicht verkneifen, zu den britischen Offizieren zu sagen. »Die Flotte ist angelangt, nur ist es diesmal leider nicht die englische!« Kopfschüttelnd und in schweigender Verwunderung nehmen die Engländer das Bild in sich auf; ihr fachmännisches Urteil ist: »Wonderful! Splending! – Wunderbar! Prächtig!«

Ein mächtiges Linienschiff mit der Admiralsflagge im Topp naht sich uns. Vorauffahrend fegt zu beiden Seiten an uns eine Flottille Torpedoboote vorbei; aus ihren dichten Qualmwolken klingen die Hurrarufe der Mannschaften zu uns herauf an Deck. Ehe wir in dem erstickenden Qualm, der uns ganz einhüllt, hustend und prustend antworten können, sind die flinken schwarzen Gesellen schon an uns vorüber, durch ihre eigene Rauchwolke sich unserer Sicht entziehend.

Einige Minuten später naht das Admiralsschiff. Es ist S.M.S. *Derfflinger,* wie uns das Wappen am Bug kundtut. Nie werden wir diesen Anblick vergessen. Oben tiefblauer Himmel mit segelnden Wolken, goldener Frühlingssonnenschein auf grünlich glänzender Flut, darin der graue Koloß, mit seinen mächtigen Panzertürmen und Aufbauten in der Dünung sich wiegend. Seine Besatzung ist über das ganze Schiff in Paradestellung angetreten. Vom Flaggenknopf an den Wanten herunter über das ganze Deck Seemann an Seemann. Deutlich hören wir von dort die Stimme des ersten Offiziers herüberklingen und dann die von Mützenschwenken begleiteten drei Hurras von mehr als tausend deutschen Seeleuten. Unser Dankruf klingt diesmal etwas kräftiger als das erstemal; alle Gefangenen rufen mit, nur die Franzosen nicht.

Da hallt Fanfarenton von drüben herüber und läßt uns alle aufhorchen. Vom Rauschen der Nordseewellen begleitet klingt es, von der Schiffskapelle dort drüben gespielt und von allen Mannschaften mitgesungen, tausendstimmig zu uns herüber: »Wem Gott will rechte Gunst erweisen, den schickt er in die weite Welt!« Ergriffen lauschen wir den altbekannten schlichten Tönen. Wie oft auch dieses Lied schon gesungen worden sein mag – unter solchen Umständen wie heute ganz gewiß nicht!

Stumm stehen wir an der Verschanzung und lassen den unvergeßlichen Augenblick an uns vorüberziehen. Alle Blicke, alle Fernrohre drüben sind auf uns gerichtet. Denn nun kommt unser Dank an die Musik und die unbekannten Sänger dort drüben. Es ist eine Überraschung auch für uns, und sie steht unserm Grafen Dohna ähnlich. Ein Pfiff unserer Maaten, und an unsern Masten schweben – in bunter Reihenfolge untereinander gereiht – die Nationalitäts- und Hausflaggen – Kontorflaggen – sämtlicher von uns gekaperten Schiffe in die Höhe, ganz oben am Großmast die französische Trikolore, gefolgt von der weißen Hausflagge der *Maroni,* dann folgend die Flaggen Englands und Belgiens; auch vorn im Fockmast erscheinen mächtige englische Flaggen. Eine solche Flaggengala hat wohl noch niemals ein Seemannsauge geschaut.

So dampfen wir, umgeben und geleitet von den über hundert Schiffen der gesamten Hochseeflotte, auf Wilhelmshaven zu; soweit das Auge reicht, lauter qualmende Schornsteine. Achteraus im Sonnenglanz liegt Helgoland. Nach Osten zu gestaffelt fahren die schweren Linienschiffe – Zementfabriken, wie sie ihres grauen, fabrikmäßigen Aussehens wegen etwas respektlos genannt werden –, *Friedrich der Große, König, Kaiserin, Ostfriesland, Thüringen, Posen, Wittelsbach, Zähringen, Westfalen, Brandenburg,* und wie sie alle heißen; vorn an der Spitze, nach Westen zu gestaffelt, fahren die schnellen Kreuzer *Stettin, Wiesbaden, Hamburg, Köln* und andere mehr, und vor unserm Bug fahren in Zickzackkurs als U-Boot-Sicherung Hunderte der flinken Torpedoboote.

Jetzt grüßt der Rotesand-Leuchtturm von der Wesermündung herüber; wir beobachten, wie vorn die Spitzenschiffe schon den Kurs ändern, um nach Süden in die Jade einzulaufen. Nie habe ich die Nordsee so ruhig gesehen wie heute. Was für ein Unterschied zwischen dem Tage unserer Ausfahrt und dem Tage unserer Heimkehr! Schon kommt die niedrige oldenburgische Küste in Sicht. Kreuz und quer geht es durch die Minensperren. Alle möglichen und unmöglichen Kurse müssen wir steuern, bis wir gegen vier Uhr nachmittags Wilhelmshaven erreichen.

»Fallen Anker!« Mit dumpfem Rattern und Dröhnen rasselt der Anker aus der Klüse. Brocken von trockenem Lehm fliegen uns vom Ankerspill her um die Ohren, gelbroter Staub hüllt uns für Augenblicke ein – Überbleibsel vom Grunde des Amazonenstromes her, die die Ankerkette mit in die Heimat gebracht hatte.

Die ganze Flotte ist inzwischen um uns her im Jadebusen vor Anker gegangen. Trotz des Sonnenscheines klappert unser Scheinwerfer Lichtsignale nach dem Signalturm der Matrosendivisionskaserne hinüber; unser Kommandant meldet sein Schiff »von der Reise zurück«. Jetzt kommt von drüben Antwort, und hin und her und hin gehen Frage und Antwort. Dampfpinassen mit Offizieren und Meldungen kommen und gehen. Die Zeit eilt, schon rüstet sich die Sonne zum Untergang, schon machen sich die Inder zum Gebet bereit, und ich habe noch das Deck aufzuklaren.

»Alle Mann antreten zur Musterung!« wird gepfiffen. Ich eile auf meinen Platz am Großmast. Da stehen schon die Leute in sauberem blauem Zeug in Reih und Glied. »Oberdeck stillgestanden!« Da naht Graf Dohna. Mit leuchtendem Blick teilt er uns mit, daß Seine Majestät, der Kaiser, uns freundlich willkommen heißt, der ganzen Besatzung für ihre treue Pflichterfüllung dankt und uns allen das Eiserne Kreuz verleiht. Nun beginnt die Verteilung der Kreuze. Keiner wird übergangen. Und das ist gut so, denn jeder hat es verdient...

»Ronde!« pfeifen die Maaten und kündigen damit einen beginnenden Rundgang des Kommandanten durch das Schiff an. Wie eine durch alle Räume des Schiffes sich windende Schlange mutet ein solcher Rundgang an. Vorn der Kommandant, neben ihm der erste Offizier und der leitende Maschinist, dann Arzt, Zahlmeister, sämtliche Offiziere, Zimmermann, Koch und Segelwache; ich als Wachhabender mache den Schluß. Rufe »Ordnung!« ertönen durch die Decke und machen jede Unterhaltung verstummen. Wo die Ronde naht, schnellen die Leute, wie sie gesessen oder gestanden haben, zu militärischer Haltung auf, das Gesicht dem nahenden Kommandanten zugewendet. Graf Dohna kennt jeden einzelnen seiner Mannschaft; schweigend mustert er einen nach dem andern, jedesmal die Hand an die Mütze legend und weitergehend; auch der Schneidersgast, der vor seiner Nähmaschine steht und ihretwegen während der ganzen Fahrt große Sorgen hatte – war sie, die sein Eigentum war, doch nicht versichert –, wird nicht vergessen, ebensowenig Schustersmaat und Schustersgast vor ihren Schusterböcken, die glitzernde Schusterkugel zwischen sich. In der Ecke plustert sich, ärgerlich über die Störung, ein mitgebrachter Papagei auf und krächzt: »Good morning, good morning, Sir; fine dav today! – Guten Morgen, guten Morgen, Herr; schöner Tag heute!«

Weiter geht der Rundgang. In den Gefangenenräumen ertönt der Ordnungsruf auf englisch; er wird aber in dem hier herrschenden Radau überhört.

Zwar begrüßen die englischen Militärpersonen unseren Kommandanten in strammer Haltung, aber unbekümmert tanzen in der Mitte des Raumes einige Handelsschiffsmatrosen nach alter Weise die Hornpipe und aus einer Ecke klingen die wehmütigen Klänge eines Seemannsliedes herüber.
Da tritt einer der englischen Armeeoffiziere an unsern Grafen heran. »Willkommen im Hafen, Herr. Wir danken für die freundliche Behandlung, Herr Kapitän. Es ist schade, daß die Reise zu Ende ist!« Man sieht, daß die Engländer sich schon fast zur Besatzung rechnen. Dankend nimmt Graf Dohna den herzlich gemeinten Willkommensgruß entgegen.
Aus dem nächsten Deck klingen uns spanische Laute und Gesang und Mandolinenklang dieser allzeit fröhlichen und unbekümmerten südländischen Menschen entgegen. Aber abgesondert, schweigend, reglos in der Ecke sitzen die Vertreter der grande Nation, auch dann noch ohne Gruß, als Graf Dohna die Hand an die Mütze legt.
Nun kommt das Deck der Inder. Natürlich haben die Kerle wieder geraucht, denn dichter Tabaksqualm schlägt uns entgegen und aus dem Abteil der Bombayleute auch Opiumgeruch. Nur eine Lampe gibt dort spärlichen Schein. Der Kopf der Rondenschlange stoppt. Tiefe Ruhe herrscht in dem Raume; denn, mit gespreizten Knien auf dem Gebetsteppich liegend, neigen Serang Rahumeli und seine Inder gerade im Gebet den Oberkörper mit vor den Kopf gelegten Händen bis auf den Boden. »Allah il Allah – Allah ist Gott, und Muhammed ist sein Prophet!«
Wieder neigen sich die braunen Gestalten. Schweigend hat sich Graf Dohna umgewendet, um den Gottesdienst nicht zu stören.
Eine Viertelstunde später steht auch unsere Mannschaft im räucherigen Zwischendeck zum Gottesdienst angetreten.
Wie aus immer weiteren Fernen klingen zu mir die Bibelworte herüber, die der erste Offizier verliest. Auf eine Kartuschentrommel habe ich mich hingesetzt. Die müden Augen müssen mir zugefallen sein, denn plötzlich weckt mich ein gelinder Rippenstoß des Sanitäters: »Herr Steuermann, Sie schlafen ja!« flüstert er.
»Denn dein ist das Reich! Dein ist die Kraft, und dein ist die Herrlichkeit in Ewigkeit. Amen! – Rührt euch!« –
Jetzt erst wache ich ganz auf. Sechs Tage bin ich so gut wie ohne Schlaf gewesen; verdammt, daß dem Steuermann des Schiffes so etwas gerade in diesem Augenblick passieren muß!
»Alle Mann klar zum Ankerlichten!« Wir dampfen der Schleuse zu. Ganz Wilhelmshaven hat uns zu Ehren geflaggt, und die Kirchenglocken läuten dazu. Die Kopf an Kopf gedrängte Bevölkerung jubelt uns begeistert zu, wie wir im Schmuck der Flaggen durch die Schleuse holen.

DAS TOTENSCHIFF

In B. Travens Roman »Das Totenschiff«, der 1926 erschien, erzählt ein amerikanischer Seemann, wie er sich als Heimatloser ohne Paß und Papiere durch ein abenteuerliches Leben schlägt und schließlich auf einen betrügerisch hoch versicherten englischen Dampfer verschleppt wird.

Weit draußen lag die *Empress of Madagaskar,* die Kaiserin von Madagaskar, ein Engländer, neuntausend Tonnen, vielleicht noch mehr. Das wäre so ein Eimerchen, um damit abzuflippen und zu versuchen, für eine Weile aus dem Grabe aufzustehen und einen Spaziergang zu machen. Feines neues Bötchen. Lackiert. Sauber. Sogar das Gold war noch nicht mal abgewettert. Funkelfarbenneu. Aber da ist keine Schanz, nichts frei, auf so einem pfirsichweichen Backfischlein. Lächelt so kokett rüber, zwinkert mit den angefärbten Wimperchen und flickert mit den unterstrichenen Augäpfeln, daß es eine wahre Freude ist. Muß mal rüber und das holde Geschöpfchen aus der Nähe besehen.

Verflucht noch mal, wenn nur die Heuer nicht wäre, ich würde wahrhaftig mal anklingeln. Aber die Heuer lasse ich nicht im Stich. Wenn ich den Zweiten nur dazu kriegte, daß er mich rausfeuert. Vielleicht einen Brocken Bolschewistenhetzerei machen. Aber die pfeifen darauf. Hetz, soviel du magst, kommst nicht runter. Und machst du es zu bunt, zieht er dir zwei Wochen Heuer ab. Arbeitest umsonst.

Wenn die *Kaiserin* früher abfährt als die *Yorikke,* und ich bin darauf mit Notheuer, ist nichts mehr zu wollen. Aber wo ladet mich die *Empress* wieder ab? Nach England darf sie mich nicht mitnehmen, wird mich nicht los. Loswerden muß sie mich. Aber wo? Schiebt mich ab auf ein Totenschiff, irgendwo unterwegs oder in irgendeinem Hafen, wo gerade ein Schuppen steht. Aber fragen kostet ja nichts. – »Hallo!«

»Hallo! What's up?« Er hat eine weiße Mütze auf, der es runterruft.

»Ain't no chance for a fireman, chap?« rufe ich hinauf.

»Papiere?«
»Nesser.«
»Sorry. Bedauere, nichts zu machen.«
Habe ich ja gewußt. Ist ein sauberes Fräuleinchen. Muß alles in Ordnung sein. Heiratslizenz notwendig. Hat noch eine Mutter, die die Hand drauf hält. Mutter Lloyd in London.
Ich gehe lang runter an dem Eimer. Auf dem Achterdeck sitzt Mannschaft. Spielen Karten. Verflucht noch mal, was reden denn die für ein Englisch! Das ist ja Yorikkisch. Und das auf einem glattlackierten Engländer, wo das Gold noch nicht mal abgeblättert ist? Da stimmt etwas nicht. Spielen Karten, aber zanken sich nicht.
Laß mal sehen. Klingelfisch und Haifischflosse, die sitzen da herum und spielen, als ob sie auf ihrem eigenen Grabhügel sitzen und um ihre Maden spielen! Zu essen haben sie, sehen gut gemästet aus. Aber das traurige Kartenspiel und die trüben Gesichter, und das alles auf einem brandneuen Engländer? Da stimmt etwas nicht. Was tut denn der überhaupt hier in Dakar-Hafen? Was hat er denn geladen?
Eisen, Alteisen. An der Westküste Afrikas? Gleich beim Äquator?
Alteisen? Well, die Dame geht in Ballast heim und nimmt Alteisen mit. Nach Glasgow. Bezahlt wenigstens die Fahrt zur Hälfte. Alteisen ist besser als Sand und Steine.
Nichtdestoweniger. Das schöne neue Schifflein *Empress,* und kann keine Ladung kriegen von Afrika nach England. Merkwürdig!
Wenn ich hier an der Beach liegen würde, hätte ich es in drei Stunden raus, was da los ist mit der blanken Kaiserin. Sie wird doch nicht etwa –? Na, bist auch schon eingetrant, siehst auch schon in allen Ecken Gespenster. Die *Empress of Madagascar,* dieser pfirsichweiche und schwellende Bobbysoxer, sollte hier bereits auf den Strich gehen? Aufgeschminkt?
Nein, ist nicht aufgeschminkt. Reine Natur. Keine drei Jahre alt. Alles echt. Noch nicht einmal eine Niete abgeschliffen am Röckchen. Alles wie geleckt und duftet gesund oben und unten. Aber die Mannschaft! Aber die Mannschaft! Da ist etwas nicht in Ordnung.
Was kümmert es mich? Jedes Kind will seine Freude haben.
Ich gehe zurück zum Norweger.
Ich setze rauf. Stanislaw ist noch da. Sitzt im Quartier und schnackt mit ein paar Dänen. Hat die Büchse guter dänischer Butter in der Tasche und ein Stück Prachtkäse.
»Pippip, kommst gerade zur Zeit, kannst Abendbrot mitmachen, treues dänisches Abendbrot, vollwertig und echt«, sagt Stanislaw. Wir lassen uns nicht nötigen und machen das Abendbrot mit.

»Habt ihr den Engländer da drüben gesehen, die *Empress?«* frage ich, während wir alle im Meßraum sitzen und futtern.
»Liegt schon eine Weile hier«, sagt einer.
»Feines Mädchen«, forsche ich nun.
»Oben Seide, unten meide«, sagt einer der Dänen.
»Na?« frage ich. »Meiden? Warum meiden? Ist doch ganz echt.«
»Freilich ist sie echt«, ruft ein anderer dazwischen.
»Kannst du notmustern, wenn du willst. Mit Honig und Schokolade. Kriegen jeden Tag Henkersmahlzeit. Pudding und Braten.«
Kreuzdonnerwetter noch mal, komm endlich klar!« sage ich nun. »Was ist los? Habe doch wegen Schanz gefragt. Nichts zu machen.«
»Junge, siehst doch nicht so aus, als ob du gestern zum erstenmal Seewasser geschluckt hast. Sie ist ein Leichenwagen.«
»Du bist wohl verrückt und mit Teer gepinselt?«
»Ein Leichenwagen, sage ich dir«, wiederholt der Däne und gießt sich Kaffee ein. »Willst du auch noch Kaffee? Brauchen mit der Milch, mit dem Zucker und der Butter nicht zu sparen. Wir können wühlen. Kannst eine Büchse Milch mit heimnehmen. Willst du?«
»Die Frage allein rührt mich zu Tränen«, sage ich und fülle mir meine Tasse mit Kaffee, mit richtigem Bohnenkaffee. Ich hatte ganz vergessen, wie das schmeckt. Auf der *Yorikke* gab es nur Kaffee-Ersatz mit zwanzig Prozent Kaffee, damit unser Herz nicht beschädigt würde.
»Ein Leichenschiff, sage ich dir noch einmal.«
»Wie meinst du das? Leichen von Frankreich nach Amerika, daß sie drüben die Mütter in den Blumentopf pflanzen können, um sich an der Ehre zu erfreuen und sich am Kriege zur Beendigung aller Kriege begeistern zu können?«
»Rede doch nicht so ausländisch, Mensch.«
»Sie fährt Leichen, aber keine Kriegerleichen aus Frankreich.«
»Sondern?«
»Kleine Engelchen. Seemanns-Engelchen. Seemanns-Leichen, du Sägefisch, wenn du das nicht endlich verstehst.«
»Hat die *Kaiserin* die an Bord?«
»Mensch, mit dir kann man ja Bunkerwände einrennen.«
»Natürlich hat die Tante sie an Bord. Siebenachtel fertig. Können zu Hause in ihrer Dorfkirche schon ruhig in die Gedenktafel für Seeleute eingekratzt werden. Braucht nicht mehr ausradiert zu werden. Wenn du deinen Namen auch auf der Gedenktafel in deiner Dorfkirche haben willst, brauchst du nur mitzugehen. Sieht überhaupt sehr vornehm aus, wenn du neben deinem Namen stehen hast, *Empress of Madagascar.* Klingt doch nach etwas. Sieht doch

viel besser aus, als wenn da nur daneben steht Berta oder Emma oder Nordkap. Mußt auch daran denken, wen du als Nachbar kriegst auf der Tafel. *Empress of Madagascar,* da ist Schwung drin, Junge.«
»Warum soll denn die schon Versicherung fahren?« Das leuchtete mir nun durchaus nicht ein. War wieder nur so Gerede. Blasser Neid, weil sie nicht selber drauf waren, auf dem neuen Eimer.
»Kinderleichte Sache.«
»Ist höchstens drei Jahre aus den Windeln«, warf ich ein.
»Endlich sieht man, daß du länger aus den Windeln bist. Sie ist genau drei Jahre alt. War für große Fahrt gebaut, Ostasien und Südamerika. Sollte fünfzehn Knoten machen. War Bedingung. Als sie losackerte, machte sie sechs, und wenn es gut ging, sechs und einen halben. Das kann sie nicht aushalten. Dabei geht sie pleite.« »Können sie doch umbauen.«
»Schon zweimal versucht. Wird immer schlechter. Hat ursprünglich sogar acht Knoten gemacht. Nach dem Umbau nur noch sechs. Die muß runter vom Wasser, muß die Versicherung bringen. Haben die Versicherung sicher fein gekapselt, daß sie Lloyd passieren konnte. Geht ja alles zu schieben.«
»Und nun soll sie abrasseln.«
»Schon zweimal aufgebrummt. Hat aber nicht gefleckt. Das erstemal saß sie auf Sand. Sauber, wie hingestreichelt. Haben sicher schon in Glasgow drauf gezecht. Kam aber Schwerwetter hoch mit Mordsflut, und hob die edle Dame runter vom Sand, wie Himmelfahrt mit Trompeten und Pauken. Und sie schwenkte lustig ab. Mag der Skipper schön geflucht haben. Beim zweitenmal, das war vorige Woche, wir lagen schon hier, da ist sie draußen zwischen Klippen gefegt. Saß fein fest. Drahtlose Station war zerhauen. Natürlich. Mußte der Skipper Flaggen setzen. Anstandshalber. Sind doch immer Zeugen rum. Kam ein französisches Patrouillenboot in Sicht, gerade wo der Skipper schon ganz gemütlich ausbooten ließ. Die Patrouille flaggte rüber: »Warten, Hilfe unterwegs!« Hat der Skipper aber einmal geflucht. Möchte nur wissen, wie er das Journal wieder zurechtgeflickt haben mag! Er hatte es doch schon so wunderbar aufgezaubert. Wird schön radiert haben, Junge, Junge. Hatte einen Fehler gemacht. Heißt, es ging wohl nicht anders. War bei Ebbe aufgesessen. Nun kamen drei Schlepper und hoben ihn ab von den Klippen bei Hochflut. Fürchterlich elegant. Nicht mal 'ne Schramme abbekommen. Das ist verfluchtes Pech. Muß nun auch die Bergungskosten bezahlen. Geht alles runter von der Versicherung. Fragt sich, ob die Versicherung die Kosten trägt. Hängt vom Journal ab.«
»Und was nun?«
»Jetzt macht er den Verzweifler. Muß er machen. Dreimal kann er nicht abkommen. Dann ordnet die Versicherung eine Untersuchung an und streicht

die Versicherung. Verlangt einen andern Skipper drauf, der treu fährt. Und aus ist es. Dann muß die *Empress* zum Abwracken. Fahren kann sie nicht.«
»Warum liegt sie denn da so lange, wenn sie keine Reparatur hat?«
»Kann nicht raus. Hat keine Heizer.«
»Unsinn. Hätte er mich doch nehmen können. Ich sagte ihm doch rauf, ich sei Heizer.«
»Hast du Papiere?«
»Sei nicht albern, Mensch.«
»Wenn du keine Papiere hast, nimmt er dich nicht. Er muß ein vornehmes Gesicht behalten. Tote wären für ihn verdächtig. Aber ob du Zulukaffer bist oder Hottentotte oder taubstumm, das ist ihm gleichgültig. Mußt nur Papiere haben und mußt befahren sein. Unbefahrene Leute ist nicht gut, da kann die Versicherung mauern und Geschichten machen. Die Heizer haben sich rausgemacht. Haben sich absichtlich verbrannt und liegen im Hospital, sonst hätten sie ja nicht fortgekonnt. Heizer sind am schlimmsten dran, die kommen nicht raus, wenn es ein verzweifelter Aufbrummer ist. Da ist gleich Wasser vor den Kesseln, und die Kessel gehen auch gewöhnlich gleich hoch. Die haben sofort die explodierende Lungenentzündung weg.«
»Wartet er jetzt ab, bis die Heizer wieder raus sind aus dem Hospital?«
»Nützt ihm nichts. Die brauchen nicht mehr rauf, wenn sie nicht wollen. Können sauber abmustern. Haben feine Papiere und können in Ruhe auf einen andern warten.«
»Wie denkt die Tante denn fortzukommen?«
Die Leute lachten in sich hinein, und der, der diesen Fall am besten studiert zu haben schien, sagte: »Die sind auf Kindesraub aus. Auf Shanghaien. Kann ich dir zuflüstern, Junge. Ja, eine feine elegante Dame, die *Kaiserin von Madagaskar.* Oben Seide, unten meide. Meide, in die Nähe zu gehen.«
Im Quartier war es nicht auszuhalten. Die Tropenluft stand dick und schwer und drückte auf das Hirn.
»Laß uns wieder rausgehen«, sagte ich zu Stanislaw, »wir schlendern am Wasser herum, bis es kühler wird. Nach neun kommt sicher eine Brise auf.«
»Hast recht, Pippip«, gab Stanislaw zu. »Hier kann man weder schlafen noch sitzen. Wir können mal raufgehen zu dem Holländer, der da oben liegt. Vielleicht sehe ich einen Bekannten.«
»Immer noch Hunger?« fragte ich.
»Nein, aber vielleicht kann ich mir ein Stück Seife von ihnen borgen und ein Handtuch. Wäre ganz gut mitzunehmen.«
Wir trotteten langsam los. Es war inzwischen finster geworden. Die Hafenlampen waren nur spärlich erleuchtet. Nirgends wurde geladen. Die Schiffe glimmerten schläfrig durch die tiefe Dunkelheit.

»Berühmt ist der Tabak aber auch nicht, den uns die Norweger gegeben haben«, sagte ich.
Kaum hatte ich das ausgesprochen und mich dabei Stanislaw zugewendet, um Feuer von ihm zu kriegen, als ich einen mächtigen Hieb über den Schädel erhielt. Ich fühlte den Schlag ganz deutlich, konnte mich aber nicht bewegen, meine Beine wurden merkwürdig plump und dick, und ich fiel hin. Es sauste und brummte entsetzlich um mich herum, und es tat drückend weh.
Das dauerte aber nicht lange, schien mir. Ich stand wieder auf aus meiner Betäubung und wollte weitergehen. Aber ich lief gegen eine Wand. Und rechts war eine Wand. Und hinter mir eine Wand. Wie konnte das sein? Ich ging links, doch auch da war eine Wand. Und alles war finster. Mein Kopf summte und dröhnte. Ich konnte nicht denken, wurde müde und legte mich wieder auf den Boden.
Als ich abermals aufwachte, waren die Wände noch immer da. Aber ich konnte nicht ruhig stehen. Ich schwankte. Nein, das war es nicht, der Boden schwankte. Himmelkreuzdonnerwetter noch mal, nun weiß ich, was los ist. Ich bin auf einem Boot, auf einem Eimer, und der ist auf hoher See. Schwimmt lustig voran. Die Maschinen stampfen und bollern. Mit beiden Fäusten und endlich auch mit den Füßen hämmerte ich gegen die Wände. Es scheint niemand etwas zu hören. Aber nach längerer Zeit, als ich wieder und wieder die Wände bearbeite und auch noch mit Schreien mein Trommeln unterstütze, wird eine Luke aufgemacht, und es leuchtet jemand mit einer elektrischen Taschenlampe herein.
»Haben Sie jetzt Ihren Suff ausgeschlafen?« werde ich gefragt.
»Scheint ja«, sage ich.
Es braucht mir niemand etwas zu erzählen, ich weiß bereits, was los ist. Kindesraub, shanghaied. Ich bin auf der *Empress of Madagascar.*
»Sie sollen zum Skipper kommen«, sagte der Mann.
Es ist heller Tag draußen. Ich klettere die Leiter hoch, die der Mann durch die Luke schiebt, und bin bald auf Deck.
Ich werde zum Skipper geführt.
»Feine Leute seid ihr, muß ich sagen«, schreie ich gleich, als ich in die Kabine komme.
»Bitte?« sagt der Skipper ganz ruhig.
»Kindsräuber. Shanghaier. Engelmacher. Leichenfledderer. Das ist es, was ihr seid«, schreie ich.
Der Skipper bleibt ungerührt und steckt sich eine Zigarre an:
»Es scheint, Sie sind noch nicht ganz nüchtern. Wir werden Sie mal in kaltes Wasser tauchen müssen, damit der Rauch abzieht.«
Ich sehe ihn an und sage nichts.

Der Skipper drückt auf einen Knopf, der Steward kommt, und der Skipper nennt zwei Namen.
»Setzen Sie sich«, sagt der Skipper nach einer Weile.
Es kommen zwei widerliche Kerle rein. Verbrechergesichter.
»Ist das der Mann?« fragt der Skipper.
»Ja, das ist er«, bestätigen die beiden.
»Was tun Sie hier auf meinem Schiff?« sagt der Skipper jetzt zu mir in einem Tone, als ob er Vorsitzender eines Schwurgerichts wäre. Vor sich hat er Papiere liegen, auf dem er mit einem Bleistift kritzelt.

»Das möcht' ich gern von Ihnen wissen, was ich hier auf dem Schiff mache«, antworte ich.
Nun redet der eine dieser beiden Verbrecher. Sie scheinen Italiener zu sein nach der Art, wie sie die Brocken Englisch herausbringen.
»Wir wollten gerade die Ladekammer elf reinigen, und da fanden wir den Mann hier besoffen in einer Ecke liegen, wo er fest schlief.«
»Also«, sagt darauf der Skipper, »dann ist das ganz klar. Sie gedachten sich auf meinem Schiff blind wegzupacken, um nach England zu kommen. Sie werden das nun wohl nicht mehr bestreiten wollen. Ich kann Sie leider nicht über Bord werfen, was ich ja eigentlich tun sollte. Verdienen, daß ich Sie ein halbes dutzendmal am Lademast schleifen lasse und Ihnen die Haut ein wenig abschinde, damit Sie dran denken, daß ein englisches Schiff nicht dazu dient, Verbrecher, die von der Polizei verfolgt werden, in Sicherheit zu bringen.«
Was sollte ich da lange reden! Er hätte mir von diesen italienischen Sträflingen die Knochen zerschlagen lassen, wenn ich ihm gesagt hätte, was ich von ihm denke. Er würde es überhaupt tun schon für das, was ich ihm gleich am Anfang erzählt habe. Aber ihn interessieren ja nur meine gesunden Knochen und nicht meine zerschlagenen.
»Was sind Sie?« fragte er nun.
»Schlichter Deckarbeiter.«
»Sie sind Heizer.«
»Nein«.
»Sie haben sich doch hier gestern als Heizer angeboten?«
Ja, das hatte ich. War mein Fehler. Seitdem haben die mich nicht mehr aus den Augen gelassen. Hätte ich damals gesagt, Deckarbeiter, hätten sie vielleicht kein Interesse an mir gehabt. Heizer waren es, die sie brauchten.
»Da Sie also Heizer sind und Sie Glück haben, weil mir zwei Heizer krank geworden sind, so können Sie als Heizer arbeiten. Sie bekommen englische Heizerheuer, fünfzehn Pfund zehn. Aber ich darf Sie nicht heuern. Wenn wir nach England kommen, habe ich Sie den Behörden zu übergeben; und Sie werden, je nachdem der Richter Ihnen geneigt sein sollte, zwei bis sechs Monate abmachen müssen und dann natürlich Deportation. Dahingegen hier werden Sie, solange wir auf Fahrt sind, als regelrechtes Mitglied der Mannschaft unserer *Empress of Madagascar* behandelt. Wir können uns recht gut vertragen, wenn Sie Ihre Arbeit tun. Wenn wir uns nicht vertragen können, gibt es kein Wasser, lieber Mann. Ich denke also, wir vertragen uns lieber. Um zwölf beginnt Ihre Wache. Ihre Wachen sind sechs und sechs Stunden; die zwei Stunden je Wache mehr werden Ihnen bezahlt mit einer halben Krone die Stunde.«
Da war ich nun Heizer auf der *Empress of Madagascar*, auf der Fahrt zu dem

Gedenkstein in der Dorfkirche. Da ich keine Dorfkirche hatte, blieb mir nicht einmal diese Ehre.
Die Heuer war gut, da ließ sich Geld dabei machen. Aber in England Gefängnis wegen Schiffschleichens und dann vielleicht noch Jahre im Gefängnis warten auf Deportation. Doch das war ja eben die Sache. Die Heuer bekam ich nicht, weil die Fische sie nicht auszahlen werden. Komme ich heil raus, ich kriege keinen Penny Heuer. Bin nicht treu gemustert. Keine englische Schiffahrtsbehörde erkennt diese Strafmusterung an. Gefängnis und Deportation rühren mich nicht. Wir kommen nicht nach England. Nur ja keine Sorge. Wollen uns doch mal die Boote ansehen. Die Boote sind fertig. Da wird es also in den nächsten Tagen losgehen. Erste Bedingung ist, alles klar machen, um auf alle Fälle aus dem Kesselraum zu kommen. Beim leisesten Knirschen weg vom Kessel und hoch wie der Satan.
Die Quartiere sind wie Salons. Sauber und neu. Stinken nur unerträglich nach frischer Farbe. Matratzen in der Bunk, aber kein Kissen, keine Decke, kein Laken. *Empress of Madagascar,* bist nicht so reich, wie du von draußen aussiehst. Oder die haben schon alles gezockelt und vermünzt, was gerettet werden konnte.
Geschirr gibt es auch nicht. Aber man kann es schon leichter zusammenklauben, weil dort was übrig ist und hier was herumliegt. Das Essen wird von einem italienischen Jungen gebracht. Damit hat man also nichts zu tun. Das Essen ist ausgezeichnet. Freilich, unter Henkersmahlzeit verstehe ich etwas andres. Oh, liebes Frankreich!
Rum gibt es hier überhaupt nicht, wie mir von einem erzählt wird. Der Skipper ist Anti, schon faul. Aber natürlich gibt es Lime-juice. Sind doch Limies. Schiffe ohne Rum stinken wie Jauche.
Ich sitze im Meßraum des Kesselpersonals.
Der Meßboy ruft die Leute aus den Bunks zum Essen. Es kommen zwei schwere Neger herein, die Kohlenschlepps. Und dann ein Heizer herein, der auf Freiwache ist. Den Heizer kenne ich. Sein Gesicht habe ich schon irgendwo gesehen. Das Gesicht ist aufgeschwommen, und um den Kopf hat er eine Binde.
»Stanislaw, du?«
»Pippip, du auch?«
»Wie du siehst. Mitgegangen, mitgefangen«, sagte ich.
»Du bist ja noch ganz gut davongekommen. Ich habe mich mit ihnen schwer gekloppt. Ich kam gleich wieder hoch, nachdem ich den ersten Schlag weg hatte. Du lagst fest, hattest gleich einen saftigen gekriegt. Aber als du so plötzlich umknicktest, bückte ich mich nach dir, und so kriegte ich nur einen halben. Gleich war ich wieder auf. Und nun ging die Bürsterei los. Waren

gleich vier herum. Und ich habe ganz verflucht was auf den Schädel gekriegt.«
»Was haben sie dir denn für eine Geschichte erzählt?« fragte ich.
»Ich hätte mich gekloppt, hätte einen erstochen, und dann hätte ich mich auf dem Eimer versteckt, weil die Polizei hinter mir her gewesen sei.«
»Mir haben sie etwas Ähnliches erzählt, die Kindsräuber«, sagte ich.
»Unsre Heuer von der *Yorikke* sind wir nun auch noch los, und hier kriegen wir nie einen Cent.«
»Dauert nur ein paar Tage. Ich denke, übermorgen wird es schon soweit sein. Es ist ein Platz, wie er ihn sich nicht besser wünschen kann. Kann sich schön sauber hinlegen, wie gemalt. Kommt niemand her und deckt das Gesicht ab. Um fünf ist Exerzieren an den Booten. Merkst was, he? Wir sind nicht dabei, wir sind gerade dann auf Wache. Wir sind beide Boot vier, Heizer von Wache zwölf bis vier. Ich habe die Liste gesehen, hängt im Gangweg.«
»Weißt du schon, wie es vor den Kesseln ist?« fragte ich.
»Zwölf Feuer. Vier Heizer. Die beiden andern sind Neger. Auch die Schlepps sind Neger. Da die beiden, die am Tisch sitzen. »Stanislaw deutete rüber zu den starken Burschen, die gleichgültig an ihrem Essen würgten und uns kaum zu bemerken schienen. Um zwölf traten wir unsere Wache an. Die vorige Wache hatte der Donkeyman mit den Negern gemacht. Die Feuer sahen bös aus, und wir hatten beinahe zwei Stunden wild zu arbeiten, bis wir sie in Ordnung hatten. Alles war verschlackt; aufzuschmeißen verstanden die schwarzen Heizer nicht. Sie pfefferten die Kohle hinein, und damit gaben sie sich zufrieden. Daß Heizen eine Kunst ist, die mancher nie lernt, davon schienen sie nichts zu wissen, obgleich sie offenbar schon einige Jahre vor den Kesseln arbeiteten und sicher schon eine gute Anzahl von Schiffen abgedient hatten.
Mit den Rosten hatten wir hier nur wenig Arbeit. Brannte einer durch, so ließ er sich rasch einsetzen, ohne daß der nachfiel oder gar andre mitriß. Die Schlepps, riesenhafte Neger, mit Armen wie Oberschenkel und einem Körperbau, daß man glaubte, sie könnten einen ganzen Kessel auf ihren Schultern fortschleppen, brachten die Kohle verteufelt langsam heran, und wir mußten ihnen ganz gehörig den Marsch blasen, bis sie sich endlich herbeiließen zu arbeiten. Sie stöhnten in einem fort, daß es zu heiß sei, daß sie keine Luft bekämen, daß sie vor Staub nicht schlucken könnten, und daß sie sicher verdursten würden.
»Na, Pippip«, sagte Stanislaw, »da mußten wir ganz anders ziehen auf der alten *Yorikke*. Was tun die Kerle nur mit ihren Knochen? Ehe die eine halbe Tonne heran haben, hole ich sechs und puste noch nicht einmal dabei. Und hier liegen ihnen die Kohlen direkt vor der Nase.«

»Gerade jetzt fing auf der *Yorikke* wieder eine schöne Zeit für eine Woche an«, sagte ich. »Sie hatte gerade frisch gekohlt, und die Schächte und Kesselbunker lagen gepfropft, daß es ein wahrer Spaß hätte sein müssen für die nächste Fahrt. Aus. Schiet *Yorikke.* Haben jetzt andres zu denken.«
Ich sah mich um.
»Habe auch schon herumgeglotzt«, sagte Stanislaw.
»Wir müssen Luftlöcher suchen. Zur Leiter kommt man nicht immer. Bricht meist weg, wenn die Kanne richtig aufknallt. Und wenn gar noch die Kessel oder die Rohre anfangen zu summen und zu spucken, dann ist die Leiter eine verfluchte Rattenfalle. Kannst nicht mehr runter, nicht mehr rauf.«
»Der Oberbunker hat eine Luke zum Deck«, sagte ich. Ich war eben oben gewesen und hatte untersucht. »Wir müssen die Luke immer klar haben, wenn wir auf Wache gehen. Dann baue ich eine Lattenleiter, und die halten wir immer hier an der Schachtluke. Wenn es knirscht, sofort raus, rauf, hoch und raus zur Dachluke.«
Wir arbeiten uns nicht blöd. Es schien den Ingenieuren auch völlig gleich zu sein. Solange die Maschine lief, war es recht. Ob sie große Fahrt machte oder kleine, kam nicht in Betracht.
Alles hätte ganz nach Vorschrift gehen können. Ein halbes Dutzend Löcher unten in den Mantel gedrillt, nicht größer als einen halben Zoll, und mit ihrer Sargeinlage Alteisen wäre die *Empress* sanft und selig eingeschlafen, weggesack wie ein Stein. Nur noch der Pumpe einen Klaps gegeben. Aber vor dem Seegericht kann das manchmal fehlgehen, und wenn die ganze Mannschaft heil abkommt, so ist das meist höchst verdächtig.
Zwei Tage waren es nur. Wir hatten gerade die Wache übernommen und waren mit dem Ausschlacken halb durch, da hörte ich einen furchtbaren Knall und ein Krachen. Ich flog zuerst gegen die Kessel und dann zurück in einen Kohlenhaufen.
Gleich darauf standen die Kessel senkrecht über mir, ein paar Feuerungstüren brachen auf, und die Glut fiel in den Kesselraum. Zur Lattenleiter brauchte ich nicht hinaufzusteigen, ich konnte auf ebener Fläche zu der Schachtluke gehen. Stanislaw war schon raus. Als ich in den Bunker kam, kletterte er gerade durch die Luke. In diesem Augenblick hörten wir einen gräßlichen Schrei aus dem Kesselraum.
Stanislaw hatte den Schrei auch gehört und drehte sich um.
»Das war Daniel, der Schlepp«, rief ich Stanislaw zu. »Ich glaube er sitzt fest.«
»Verflucht, runter, aber rasch«, schrie Stanislaw.
Ich war schon wieder drin im Kesselraum. Die Kessel standen immer noch kopf, und jede Sekunde konnte einer losfahren in die Lüfte. Das elektrische

Licht war verlöscht, weil offenbar das Kabel durchgerissen war. Aber die Glut gab Licht genug, wenn es auch recht gespensterhaft aussah. Daniel, der eine Neger, lag lang und war mit seinem linken Fuß von einer losgelösten Platte eingeklemmt. Er schrie und schrie, weil die Glut ihn schmorte.
Wir versuchten die Platte zu heben, aber es ging nicht, wir kriegten sie nicht hoch und konnten mit der Schürstange nicht heran, um sie hochzuheben.
»Geht nicht, Daniel, Fuß sitzt fest.« Ich schrie es in wahnsinniger Eile auf Daniel ein.
Was tun? Sollen wir ihn hierlassen?
»Wo ist der Hammer?« schreit Stanislaw.
Schon ist der Hammer zur Hand, und in derselben Sekunde haben wir eine Schaufel glattgeklopft, und ohne Besinnen schlägt Stanislaw dem Neger den Fuß ab. Drei Hiebe waren nötig. Wir schleifen Daniel zur Schachtluke, schleifen ihn durch den Bunker und zerrten ihn durch die Deckluke.
Draußen packte der andre Neger unsrer Wache, der sich rechtzeitig in Sicherheit gebracht hatte, sofort zu. Wir überließen ihm Daniel und kümmerten uns nun um uns selbst.
Das Quartier lag bereits unter Wasser. Die *Empress* ragte mit dem Stern hoch in die Luft. Das war beim Bootsexerzieren nicht ausprobiert worden. Es stand alles ganz anders, als man es gewöhnt war. Eine Weile hatte das Licht noch gebrannt. Der Ingenieur hatte es zu den Akkumulatoren durchgeschaltet. Jetzt verglimmte es langsam, weil die Akkumulatoren wahrscheinlich auszulaufen begannen oder die Kabel irgendwo Widerstände aufnahmen. Elektrische Taschenlampen und Notlaternen mußten helfen.
Vom Quartier sah ich niemand. Die waren schon fertig. Konnten nicht mehr raus. Gegen die Tür lehnten einige Tonnen Wasserdruck. Boot zwei riß sich los und war im Augenblick vom Seegang fortgeschwemmt, ohne daß auch nur ein Mann drin saß.
Boot vier war nicht zu holen. Lag nicht klar.
Boot eins war klar, und der Skipper kommandierte die Besatzung. Dann stand es bei und wartete auf ihn, weil er anstandshalber auf Deck blieb. Das Seegericht sieht so etwas gern und lobt es.
Nun kam auch Boot drei klar. Hier flitzten Stanislaw und ich hinein, zwei Ingenieure, der gesunde Negerschlepp und Daniel mit dem abgehackten Fuß, der jetzt mit einem Hemd verbunden war; ferner kriegten wir den Ersten Offizier und den Steward.
Die Kessel schienen brav zu halten und waren vielleicht durch die herausgefallenen Feuer beruhigt worden. Schwäbisches Pflaumenmus ohne Farbenzusatz gab es auf der *Empress* nicht. Wir stießen ab. Der Skipper war inzwischen in Boot eins gesprungen, und auch dieses Boot lief klar ab.

Aber ehe es seine Riemen gestreckt hatte, wurde es von der See heftig gegen den Schiffsleib geschleudert. Immer wieder versuchten sie klarzukommen. Da plötzlich löste sich ein Etwas von dem Schiffe los und schlug mit brechendem und splitterndem Getöse auf das Boot. Man hörte ein Schreien von vielen Stimmen, und dann war alles still, als wären Schrei, Boot und Besatzung mit einem Ruck von einem großen Maul verschluckt worden.
Wir waren ganz schön abgekommen und pullten lustig drauflos. Kurs zur Küste.
Große Fahrt machten wir nicht mit den paar Riemen. Die Wogen gingen verteufelt hoch, und wir standen manchmal zwei Bootslängen beinahe senkrecht an einer steilen Wasserwand. Dann spreizten die Riemen in der Luft, konnten nicht einlegen, und wir wurden kreuz und quer geschleudert. Der Ingenieur, der mit an den Riemen saß, sagte plötzlich: »Wir sitzen ziemlich flach. Kaum drei Fuß. Auf Fels.«
»Nicht möglich«, erwiderte der Erste Offizier. Er tastete nach Riemen, lotete und sagte dann: »Sie haben recht. Raus, raus!«
Er hatte den Befehl noch halb im Munde, da gingen wir abermals steil an einer Wand hoch. Die Welle nahm uns wie eine kleine Untertasse und haute das ganze Boot mit solcher Wucht auf den Fels, daß es in tausend Splitter ging.
»Stanislaw!« schrie ich hinaus in das Toben der Wellen. »Hast du was, wo du kleben kannst?«
»Nicht einen dürren Strohhalm«, schrie er mir zu. »Zurück zum Eimer. Steht ein paar Tage gut so, wie er dasteht.«
Die Idee war nicht schlecht. Ich versuchte, Kurs auf das schwarze Ungetüm zu halten, das sich gegen den Nachthimmel klar abhob. Und verflucht noch mal, wir kamen beide ran, obgleich wir einige dutzendmal immer wieder zurückgeschleudert worden waren.
Wir kletterten rauf und suchten in Mittschiff zu kommen. Das war nicht so leicht. Die Achternwand bildete jetzt das Deck oder das Dach für das Mittschiff. Die beiden Korridore waren tiefe Schächte geworden, die hinunterzukommen während der Nacht nicht gut vollführt werden konnte, was selbst bei Tage seine Schwierigkeiten haben würde. Die Wogen gingen außerordentlich hoch und schienen an Wucht noch zuzunehmen. Offenbar waren wir bei Ebbe aufgebrummt, denn das Wasser begann zu steigen.
Die *Empress* stand fest wie ein Turm, eingeklemmt in einer Riffspalte. Wie sie in diese unschiffsmäßige Lage kommen konnte, wußte wohl nur sie allein. Sie zitterte kaum und bebte nicht, so fest stand sie. Nur manchmal, wenn ein besonders schwerer Brecher gegen ihren Panzer tobte, zuckte sie mit den Schultern, als wolle sie ihn abschütteln. Sturm war gar nicht. Der Aufruhr lag nur in der schweren See. Es sah auch nicht danach aus, als ob Sturm aufkommen

würde. Nicht in den nächsten sechs Stunden. Dann graute der Himmel. Die Sonne ging auf. Frisch gewaschen stieg sie aus ihrem Seebade empor zu den weiten Höhen.
Zuerst lugten wir aus über die See. Nichts zu sehen. Kein Mann schien am Leben zu sein. Daß irgendeiner aufgepickt worden war, glaubte ich nicht; auch Stanislaw bezweifelte es. Wir hatten kein Schiff passieren sehen. Außerdem lagen wir nicht in der Route. Der Skipper war herausgegangen, um nicht abermals von Patrouillen oder Passanten gesehen zu werden. Der Spaß war teuer für ihn geworden. Mit Sicherheit hatte er an eine ruhige, friedliche Abwicklung des Geschäfts gedacht. Daß er vom Quartier keinen Mann zur Ruderhilfe mitbekommen würde, damit hatte er nicht gerechnet. Wären die beiden Boote voll und richtig bemannt gewesen, hätte es ein Vergnügen sein müssen, klar abzukommen.
Nachdem es völlig hell geworden war, versuchten wir, den Korridorschacht hinabzuklettern. Mit einiger Sorgfalt ging es auch. Wir benutzten die Türen zu den einzelnen Kabinen und die Wandrippen als Sprossen, und so ging es viel rascher, als wir gedacht hatten.
Auf dem Boden des Schachtes befanden sich die beiden Kabinen des Skippers. Ich fand einen Taschen-Schiffskompaß, den ich gleich mit Beschlag belegte, aber Stanislaw anvertraute, weil ich keine Tasche hatte, wo ich ihn aufbewahren konnte. Es waren zwei kleine Wassertanks in der Kabine, einer diente für Waschwasser und einer für Trinkwasser. Um Wasser waren wir nun für einige Tage nicht verlegen, denn ob die Pumpen in der Galley würden Wasser ziehen können. mußten wir erst noch ausprobieren. Vielleicht war der Frischwassertank überhaupt schon ausgelaufen.
Auf der *Yorikke* kannten wir ja jedes Plätzchen, wo was zu holen war. Hier mußten wir erst damit beginnen, alles zu suchen. Stanislaw mit seiner guten Nase entdeckte die Vorratskammer, die Pantry, im Augenblick, sobald nur die Frage nach dem Frühstück auftauchte. Verhungern konnten zwei Mann innerhalb der nächsten sechs Monate nicht. Und wenn wir genügend Wasser noch fanden, ließ es sich für eine Weile aushalten. In der Pantry waren mehrere Kasten mit Mineralwasser, Bier und Wein. Gar zu schlimm konnte es nicht werden. Der Kochherd wurde wieder aufgerichtet, und so konnten wir auch kochen. Wir probierten die Pumpen für Frischwasser aus. Die eine zog nicht an, dagegen um so besser die andre. Das Wasser war noch etwas trüb von dem aufgerüttelten Schlamm, der sich am Boden gewöhnlich festsetzte, aber das würde sich nach einem Tage schon geben.
Mir wurde übel zumute. Auch Stanislaw zeigte Unbehagen.
»Mensch«, sagte er mit einemmal, »was sagst du dazu, ich werde seekotzig. Verflucht noch mal, das ist mir doch noch nicht passiert.«

Ich konnte mir das nicht erklären, denn mir wurde immer kläglicher zumute, während der Eimer doch ziemlich still stand. Das Herantoben der Brecher und das gelegentliche Erz tern des Eisenkolosses konnten gewiß ein so erbärmliches Gefühl nicht a flösen.

»Nun kann ich dir sagen, w s los ist, Stanislaw«, gab ich nach einer Weile zur Antwort. »Die verrückte L des Schiffes ist es, was uns kotzig macht. Alles steht schräg und steil. D man sich erst dran gewöhnen.«

»Ich glaube du hast recht«, m e er, und sobald wir draußen waren im Freien, war das üble Empfinden s t weg, obgleich einem auch die ganze Lage des Kastens, der so blödsinnig toll zum Horizont stand, auf das Gleichgewichtsempfinden schlug. »Siehst du«, sagte ich jetzt zu ihm, als wir draußen saßen und des Skippers gute Zigarren rauchten, »ist nur die Einbildung, nichts weiter. Ich bin sicher, wenn wir einmal heraus haben, was in unserm Leben alles Einbildung und was Tatsache ist, werden wir noch recht sonderbare Dinge lernen und die ganze Welt von einem andern Gesichtswinkel aus betrachten. Wer weiß, welche Folgen das haben kann.«

Sosehr wir auch Ausschau hielten, ein Schiff war nicht zu sehen. Nicht einmal eine Rauchfahne konnten wir erblicken. Wir lagen zu weit außerhalb der üblichen Fahrstraßen.

»Wir können hier das schönste Leben führen, das wir je geträumt haben«, philosophierte Stanislaw, »haben alles, was wir uns nur wünschen, können essen und trinken, was wir wollen und soviel wir wollen, kein Mensch stört uns, und arbeiten brauchen wir auch nicht. Trotzdem möchten wir fort, je rascher, je lieber, und wenn kein Eimer uns abholen kommt, müssen wir doch bald sehen, runterzukommen und versuchen, die Küste zu machen. Immer jeden Tag dasselbe kann man nicht ertragen. Ich denke mir manchmal, auch wenn es wirklich ein Paradies geben würde, was ich ja nicht glaube, weil ich mir nicht vorstellen kann, wo die Reichen hingehen, ich würde nach drei Tagen im Paradies eine gräßliche Gotteslästerung verüben, nur um wieder rauszukommen und nicht immerfort fromme Lieder singen zu müssen und zwischen alten vertrockneten Betschwestern, Pfaffen und Muckern zu sitzen.«

Nun mußte ich aber doch lachen: »Habe nur ja keine Angst, Stanislaw, wir beide kommen nicht da rein. Wir haben ja keine Papiere. Und kannst dich heilig drauf verlassen, die verlangen da oben auch Papiere von dir, Pässe und Taufzeugnisse und gute Führungszeugnisse. Wenn du die nicht beibringen kannst, machen sie dir die Tür vor der Nase zu. Frag nur den Pfaffen, er wird es dir sofort bestätigen. Mußt Heiratslizenz beibringen, kirchlichen Trauschein, Taufschein, Konfirmationsschein, Firmungsschein, Kommunionsstempel und Beichtzettel. Ginge das da oben so glatt ohne Papiere, wie du dir das zu denken scheinst, brauchten die hier unten ja keine auszustellen. Auf die Allwissenheit des allmächtigen Himmelslenkers scheinen sie sich nicht zu verlassen, besser ist es schon, man hat es schwarz auf weiß und ordnungsmäßig abgestempelt. Wird dir jeder Pfaff erzählen, daß der Torwächter da oben ein großes Bund mit Schlüsseln hat. Wozu? Zum Abschließen der Türen, damit nicht doch vielleicht einer ohne Visum über die Grenze schleichen kann.«

Stanislaw saß eine Weile still und sagte dann: »Merkwürdig, daß ich gerade so drauf komme, aber die ganze Geschichte hier will mir nicht recht gefallen. Es geht uns viel zu gut. Und wenn es einem so ganz ausnahmsweise gut geht, so ist etwas nicht in Ordnung. Ich kann das nicht vertragen. Es ist immer, als ob man auf Mastkur geschickt wird, weil eine besonders schwierige Sache auf einen wartet, die man ohne jene gute Vorbereitung und Erholung sonst nicht bewältigen kann. War bei der Marine auch so. Immer wenn was Besonderes bevorstand, gab es vorher ein paar gute Tage.«

»Da redest du aber nun einmal einen richtigen Kohlgulasch. Wenn dir ein gebratenes Hühnchen ins Maul fliegt, dann spuckst du es wieder aus, nur damit es dir nicht gutgehen soll. Die schwierige Sache kommt ganz von selbst, verlaß dich drauf. Um so besser, wenn du vorher in der Sommerfrische warst. Wenn du eine Mastkur hinter dir hast, dann kannst du die schwierige Sache unterkriegen, andernfalls kriegt sie vielleicht dich unter.«

»Verflucht, du hast recht«, rief Stanislaw wieder gut gelaunt. »Ich bin ein altes Schaf. Ich habe sonst noch nie solche blöden Gedanken gehabt. Gerade heute. Es kam mir so, als ich dachte, vorn im Quartier, oder ich muß ja endlich sagen: da unten zu unsern Füßen, da liegen die Jungens alle schwimmend hinter der Tür, auf demselben Kasten wie wir. Weißt, Pippip, man soll keine Leiche auf einem Kasten fahren, das bringt den Gast herbei. Ein Schiff ist lebendig, es mag keine Leichen in der Nähe haben. Als Fracht, meinetwegen. Das ist etwas andres. Aber nicht so herumliegende, so herumschwimmende Leichen.«

»Können wir doch nicht ändern«, sagte ich.

»Das ist es ja gerade, was ich meine«, antwortete Stanislaw. »Wir können es nicht ändern. Und das ist das Schlimme. Alle die andern sind abgerasselt. Wir beide sind noch allein übrig. Da stimmt etwas nicht.«

»Nun will ich dir etwas sagen, Stanislaw, wenn du mit dieser blöden Pinselei nicht aufhörst, dann – nein, runterschmeißen will ich dich nicht, wirst es dir ja auch nicht gefallen lassen. Aber dann rede ich mit dir keine Silbe mehr, auch wenn ich dadurch meine Sprache verlernen sollte. Dann wohnst du im Steuerbordschacht und ich im Backbordschacht, und jeder geht seine eignen Wege. Solange ich am Leben bin, will ich mir nichts vom Gast vorjaulen lassen. Da habe ich später, wenn es mal so weit ist, noch Zeit genug dazu. Und wenn du nun meine Meinung wissen willst, warum wir beide gerade übriggeblieben sind, so ist das ganz klar und zeigt wieder einmal, wie gerecht alles in der Welt zugeht. Wir gehörten nicht zu dieser Mannschaft. Wir waren gestohlen. Wir haben der *Empress of Madagascar* nie etwas getan und wollten ihr auch nie etwas tun. Niemand weiß das so gut wie sie. Das ist der Grund, warum sie uns nicht mitgenommen hat.«

»Warum hast du mir denn das nicht gleich gesagt, Pippip?«

»Ja, was denkst du denn von mir, ich bin doch nicht dein Privatsekretär. So etwas weiß man von selbst und hat es im Gefühl.«

»Jetzt gehe ich, mich besaufen«, sagte nun Stanislaw resolut. »Ist mir ganz egal. Na, ich will ja nicht sagen besaufen, aber doch einen ganz gesunden hieven. Wer weiß, vielleicht kommt doch bald ein Kasten vorbei und holt uns über. In meinem ganzen ferneren Leben könnte ich es mir dann nicht vergeben, daß ich hier alles zurückgelassen habe, ohne es mal durchzukosten.«
Warum sollte denn Stanislaw das Vergnügen allein genießen?
Es begann jedenfalls jetzt eine Schlemmerei, die sich selbst der Skipper nie auf einen Sitz erlaubt haben würde.
Es war ja alles so schön da in Büchsen, Salm von British Columbia, Wurst von Bologna, Hähnchen, Hühnerfrikassee, Pasteten, Zungen aller Art, ein Dutzend verschiedene eingemachte Früchte, zwei Dutzend verschiedene Sorten Jam, Biskuits, Gemüse der besten Auslesen, Liköre, Schnäpse, Weine, Ales, Stouts, Pilsener. Kapitäne, Offiziere und Ingenieure wissen sich das Leben angenehm zu machen. Aber wir waren nun die Besitzer und die Esser, während die früheren Esser jetzt schwammen und gegessen wurden, um Fische zu mästen.
Den folgenden Tag war es sehr diesig und dunstig. Wir konnten kaum eine halbe Meile weit sehen.
»Wir kriegen schweres Wetter«, sagte Stanislaw.
Am Abend kam es auf. Schwerer und schwerer.
Wir saßen in des Skippers Kabine bei einer Petroleum-Notlaterne.
Stanislaw machte ein besorgtes Gesicht: »Wenn die *Empress* abhaut oder runterbricht vom Riff, dann sind wir geliefert, Junge. Laß uns mal schon beizeiten umsehen.«
Er fand etwa drei Meter Tauende, das er sich um den Leib band, um es zur Hand zu haben. Alles, was ich finden konnte, war eine halb aufgebrauchte Rolle Bindfäden, etwa so stark wie ein Bleistift.
»Wir klettern besser den Schacht hoch«, schlug Stanislaw vor.
»Hier drinnen sitzen wir in der Falle, wenn der Rummel losgeht. Oben hat man immer noch eine Möglichkeit, abzukommen.«
»Wenn du oben in die Wicken gehen sollst, dann gehst du oben, und wenn du unten vor die Fische gehen sollst, dann unten«, sagte ich.
»Eins wie das andre. Wenn du vom Auto überfahren werden sollst, dann springt es rüber zum Schaufenster, vor dem du stehst, brauchst dem Auto gar nicht nachzulaufen oder in den Weg zu rennen.«
»Du bist mir einer. Wenn du im Wasser ersaufen sollst, dann kannst du ruhig deinen Hals auf die Eisenbahnschienen legen, und der Expreß springt über dich weg wie ein Luftschiff. Daran glaube ich nicht. Ich lege meinen Hals nicht auf die Schienen. Ich gehe rauf und sehe zu, was geschieht.«
Er kletterte den Korridorschacht hinauf, und da mir einleuchtete, daß er

recht habe, kletterte ich hinterher. Dann saßen wir wieder oben auf der Achternwand von Mittschiff, dicht nebeneinander. Wir mußten uns an den Beschlägen festhalten, sonst hätte uns der Sturm hinuntergeschleudert.
Immer mehr kam das Wetter in Aufruhr. Schwere Brecher wüteten gegen die unter uns liegende Vorfront von Mittschiff und brandeten gegen die Skipperkabinen.
»Wenn das die ganze Nacht so fortgeht«, sagte Stanislaw, »dann ist morgen früh von der Kabine nichts mehr übrig. Ich glaube sogar stark, die Brecher holen das ganze Mittschiff ab. Dann bleiben uns nur noch die Kammern im Stern und der Maschinenraum, wo die Rudermaschine steht. Dann gute Nacht Essen und Trinken. Da findet keine Maus mehr was.«
»Vielleicht besser, wir klettern jetzt schon rauf«, riet ich, »denn wenn das Mittschiff abrasselt, haben wir keine Zeit mehr. Dann schwimmen wir auch schon.«
»So mit einem Hieb haut das Mittschiff nicht ab«, erklärte Stanislaw, »das geht in Stücken zum Teufel. Und wenn unten eine Wand losbricht, haben wir Zeit genug, raufzuklettern.«
Stanislaw hatte wieder einmal recht.
Aber das Recht ändert sich infolge wechselnder Verhältnisse. Es gibt nichts, das nicht einmal Recht gewesen ist. Man darf das Recht nur nicht einpökeln wollen und erwarten, daß es in hundert Jahren noch immer Recht, vielleicht gar dasselbe Recht sein werde. Stanislaw hatte ganz gewiß recht. Aber einige Minuten später hatte er schon nicht mehr recht.
Drei gigantische Brecher, von denen jeder folgende immer zehnfach schwerer und stärker zu sein schien als der vorangegangene, wüteten mit donnerndem Gebrüll, als wollten sie die ganze Erde verschlingen, gegen die *Empress*. Das tobende Gebrüll der Brecher und der nachziehenden Brandungswogen war ein drohendes Wutgeheul gegen die *Empress*, die es wagte, ihnen auf diesem Riff so lange Trotz zu bieten.
Der dritte Brecher brachte die steil hochgeworfene *Empress* zum Schwanken. Aber sie stand. Doch wir beide hatten es im Gefühl, sie ist los, sie steht nicht mehr fest wie ein Turm.
Die Brecher ebbten ab, um auszuholen für die nächsten drei.
Der tosende Sturm jagte die schweren Wolken gleich Fetzen am Nachthimmel dahin. Zuweilen auch öffnete sich ein Loch in diesem schweren Wolkentoben, und man erblickte für einige Sekunden ein paar klare glänzende Sterne, die in diesem schwarzen, heulenden, brüllenden, tobenden und brandenden Aufruhr empörter Elemente herunterriefen: »Wir sind Friede und Ruhe für dich, für uns aber sind wir umlodert von den Flammen des Schöpfens, des Gebärens und der Rastlosigkeit. Fliehe nicht zu den Sternen, wenn du Ruhe

suchst und Frieden. Was du nicht in dir trägst, wir können es dir nicht geben!«
»Stanislaw!« schrie ich laut, obgleich er doch an meiner Seite saß. »Die Brecher kommen zurück. Jetzt gilt's. Die *Empress* fegt ab.« Ich sah den ersten Brecher in dem schwachen Sternenlicht herankommen wie ein unmeßbar riesenhaftes schwarzes Ungetüm.
Es peitschte turmhoch und peitschte mit seinen nassen Tatzen über uns hinweg.
Wir hatten gut festgehalten, aber die *Empress* hob sich und wand sich in den Krallen des Riffs, als ob sie schwere Schmerzen erdulde.
Der zweite Brecher kam auf, nahm uns den Atem weg für eine lange Zeit, und ich hatte das Empfinden, ich sei ins Meer geschleudert. Aber ich saß noch fest.
Die *Empress* jedoch kreischte, als ob sie zu Tode verwundet würde. Sie drehte sich noch weiter herum in ihrem Schmerz und schwankte im Stern zurück, krachend, polternd und dröhnend, bis sie nicht mehr steil stand, sondern schräg. Außerdem legte sie sich auch noch nach Steuerbord über.
Mittschiff war durch die Brecher jetzt so voll Wasser gelaufen, daß alles verdorben sein mußte, was nicht in Büchsen eingelötet war. Aber was in Mittschiff vor sich ging, fühlte sich in mir nur wie ein ganz ferner dünner Gedanke.
»Stanislaw, Junge!« brüllte ich.
Ob er ebenfalls gebrüllt hatte, weiß ich nicht. Sicher hatte auch er es getan. Aber zu hören war ja nichts.
Der dritte Brecher, der schwerste dieses Zuges, stürmte heran.
Die *Empress* war bereits verschieden, als wäre sie vor Schreck gestorben. Der Brecher, obgleich er mit donnerndem Branden herangejagt kam, nahm den Leichnam der »Kaiserin von Madagaskar« leicht auf, wie eine leere Seidenhülle. Er tat es trotz seines rauhen Tobens kosend und streichelnd. Er hob den Leichnam hoch, drehte ihn der ganzen Länge nach in einem Halbkreis herum, und ohne ihn noch einmal auf den Fels krachen zu lassen und sich an dem Brechen der Knochen zu erfreuen, legte er ihn sanft und zärtlich auf die Seite.
»Spring weg und schwimm, Pippip, sonst kommen wir in den Schlucker«, rief Stanislaw.
Schwimm mal, wenn du eben eins über die Arme gekriegt hast von einem herumpfeifenden Lademast, oder was es sein mochte. Aber ob ich schwimmen konnte oder nicht, kam gar nicht in Frage. Der Nachzieher des letzten Brechers hatte mich abgeschwemmt, weit genug, um nicht vom Schlucker gefaßt zu werden. Ein paar Minuten würde die *Empress* ja noch machen, ehe sie

endgültig wegschluckt und strudelt. Das Achterschiff hat ja noch kaum Wasser gekriegt.

»Hoiho!« hörte ich jetzt Stanislaw schreien. »Wo steckst du?«

»Komm, hier. Ich klebe gut. Platz genug«, brüllte ich hinaus in die Finsternis. »Hallo. Hier. Hoiho!« Immer wieder rief ich es, um Stanislaw die Richtung zu geben. Er kam auch immer näher. Endlich hatte er gepackt und kletterte hoch.

»Was ist denn das, wo wir drauf sind?« fragte Stanislaw.

»Weiß ich selbst nicht. Mit einemmal war ich drauf, weiß gar nicht, wie es zuging. Ich denke, daß es eine Wand vom Ruderhaus ist. Hier sind die Haltegriffe überall.«

»Sicher. Ist vom Ruderhaus«, bestätigte Stanislaw.

»Gut, daß die Esel noch nicht alles aus Eisen machen und manchmal noch ein paar Stückchen Holz übriglassen. In den alten Schwarten siehst du immer den Schiffsjungen an einen Mast geklammert, auf dem er sich rettet und mit dem er losschwimmt. Das ist heute aus. Die Masten sind auch schon aus Eisen, und wenn du dich dran festklammerst, kannst du dir auch ebensogut einen Stein an den Bauch hängen. Wenn du wieder mal so ein Bild siehst, dann sag ruhig, der Maler ist ein Schwindler.«

»Du hast aber einen Redefluß unter diesen verdammten Umständen hier«, kritisierte Stanislaw.

»Ja, du Esel, soll ich denn hier jammern und Trauer flöten? Wer weiß, ob ich dir in einer Viertelstunde noch erzählen kann, daß man sich heute nicht mehr auf Maste verlassen darf. Und das muß gesagt werden, denn das ist wichtig.«

»Bürsten und Bimsstein, da sind wir ja noch mal glatt davongekommen!« rief er nun.

»Kreuzvernagelt noch mal!« schrie ich ihn an. »Halt dein gotteslästerliches Maul, verflucht noch mal! Schreist ja das ganze Gesindel heran. Wenn du im Trocknen sitzt, dann freu dich im stillen, aber schreie es nicht so unverschämt raus. Ich gebe mir die größte Mühe, das in unauffälliger und höchst eleganter Form zu sagen und vornehm zu umschreiben, was ich meine, und du dreckiger Prolet brüllst das glatt hinaus.«

»Rede nicht so große Töne. Jetzt ist doch alles egal, ist doch alles in der Sch...«

Mit diesem Stanislaw ist nichts zu erreichen; die Redewendungen, die er zuweilen gebraucht, werden mich, der ich eine gute Erziehung habe, noch veranlassen, seine Gesellschaft zu meiden.

»Alles egal?« wiederholte ich. »Ich denke ja gar nicht dran. Alles egal ist blöd. Es ist nie etwas egal. Jetzt geht das Vergnügen ja erst richtig los. Bisher haben wir uns nur um Papiere herumgeschlagen, dann mit dem Rattenfraß, dann

wieder mit den verfluchten Rosten. Jetzt geht es endlich um den letzten Atemzug, mit dem wir uns herumzuschlagen haben. Alles übrige, was ein Mensch haben kann, ist weg. Alles, was wir noch haben, ist der Atem. Und so schnell und willig laß ich mir den nicht auch noch wegnehmen.«
»Ein Vergnügen denke ich mir aber anders«, sagte Stanislaw.
»Sei nicht undankbar, Lawski. Ich sage dir, es ist ein höllisches Vergnügen, sich mit den Fischen um den Bissen zu prügeln, wenn man der Bissen sein soll.«
Stanislaw hatte natürlich durchaus recht. Es war kein Vergnügen. Man mußte sich ankrallen an den Handgriffen wie toll, um nicht runtergeschwemmt zu werden. Die Brecher fühlte man nicht so hart auf der schwimmenden Wand hier wie auf dem Schiff, weil die Brecher die Wand mit hoch nahmen und nicht in voller Wucht darüber hinwegbrandeten. Aber getaucht wurden wir doch oft genug, damit wir auch nicht vergessen sollten, wo wir waren.
»Ich denke, wir müssen nun etwas tun«, sagte ich. »Meine Arme sind so zerknüppelt, ich kann nicht mehr lange halten.«
»Wollen wir festlegen«, sagte Stanislaw. »Ich gebe dir hier mein Tauende, und ich nehme deinen Bindfaden. Ich kann schon besser halten. Der Bindfaden ist ja lang genug, daß man ihn dreifach nehmen kann.«
Stanislaw half nun, mich mit dem Tau festzuholen; ich konnte es mit meinen lahmen Armen nicht gut allein tun. Dann band er sich ebenfalls fest, und wir warteten nun auf weitere Geschehnisse.
Keine Nacht ist so lang, daß sie nicht endlich doch vorübergeht und dem Tage weichen muß.
Mit dem neuen Tage ließ das schwere Wetter nach, aber der hohe Seegang blieb.
»Siehst du was von Land?« fragte Stanislaw.
»Nein. Ich wußte es ja lange vorher, so leicht werde ich kein Entdecker neuer Erdteile. Wenn nichts vor der Nase liegt, sehe ich keins.«
Plötzlich sagte Stanislaw: »Mensch, ich habe ja den Kompaß. War gut, daß du ihn fandest.«
»Ja, ein Kompaß ist eine feine Sache, Lawski. Können wir immer sehen, in welcher Richtung die afrikanische Küste liegt. Aber ein Segel wäre mir lieber als zehn Kompasse.«
»Kannst nichts mit einem Segel machen auf dem Brett.«
»Warum nicht? Wenn die Seebrise auf Land geht, gehen wir mit.«
»Wir werden wohl woandershin mitgehen, Pippip.«
Am Nachmittag wurde es wieder diesig, und ein leichter Nebel legte sich über die See. Er wirkte beruhigend nach dem Toben des Meeres.
Die unermeßliche Weite der See wurde immer kleiner. Bald hatten wir die

Täuschung, daß wir nur auf einem Binnensee seien. Dann wurde auch der See kleiner und kleiner, und endlich glaubten wir, auf einem Flusse dahinzugleiten. Es schien, als ob wir die Ufer mit den Händen ergreifen könnten, und ehe wir einschliefen, sagte bald Stanislaw, bald ich: »Da ist das Ufer, laß uns runtergehen und das kleine Stückchen rüberschwimmen. Kannst es ganz deutlich sehen, es sind noch keine hundert Schritt.«

Aber wir waren zu müde, um uns loszubinden und diese hundert Schritte zu schwimmen.

Wir sprachen dann kaum noch und schliefen ein.

Als ich erwachte, war es Nacht.

Der dunstige Nebel lag noch immer auf dem Meer. Aber hoch in den Lüften sah ich Sterne funkeln. Zu beiden Seiten sah ich die Ufer des Flusses, auf dem wir hinglitten. Zuweilen wurde an einem Ufer der Nebel dünner, und ich sah die Tausende funkelnder Lichter des nahen Hafens. Es war ein großer Hafen. Er hatte hohe Wolkenkratzer und Miethäuser, deren Fenster alle erleuchtet waren. Und hinter den Fenstern saßen die Leute traulich beisammen und wußten nichts davon, daß hier auf dem Fluß zwei Tote dahinglitten.

Und die Wolkenkratzer und die hohen Wohnhäuser wuchsen und wuchsen. Welch ein gewaltiger Hafen war es, an dem wir vorüberglitten! Immer höher und höher wuchsen die Wolkenkratzer, bis sie endlich den Himmel erreichten. Und die Tausende funkelnder Lichter des Hafens, der Wolkenkratzer und der traulichen Wohnhäuser, wo man nichts wußte von den vorübergleitenden Toten, waren wie Sterne des Himmels. Und oben steil über meinem Haupte trafen die Wolkenkratzer zusammen, und ich sah ihre Fenster leuchten, und ich hoffte, die Gebäude möchten zusammenbrechen und mich unter sich begraben. Es war die große Sehnsucht des Toten, begraben zu werden und nicht mehr wandern zu müssen. Ich bekam Angst und rief: »Stanislaw. Da ist ein großer Hafen. Sieht aus wie New York.«

Stanislaw wurde munter, guckte sich um, sah durch den dünnen Nebel zu den Ufern des Flusses, rieb sich die Augen, guckte hoch über sich und sagte dann: »Du träumst, Pippip, die Lichter des großen Hafens sind Sterne. Da ist auch kein Ufer. Wir sind auf hoher See. Spürst du doch an den Wellen.«

Er konnte mich nicht überzeugen. Ich wollte nun doch zum Ufer schwimmen und den großen Hafen erreichen. Aber als ich das Tau lösen wollte, fielen mir die Hände schlaff herunter, und ich schlief ein.

Durst und Hunger machten mich wach. Es war Tag.

Stanislaw sah mich an mit verquollenen Augen. Mein Gesicht war vom Salzwasser verkrustet. Ich bemerkte, wie Stanislaw würgte, als wollte er seine eigne Zunge kauen oder als sei sie ihm im Wege und lege sich vor die Luftröhre.

In seinen Augen glomm Wut auf, und er rief mit rauher Stimme: »Du hast immer gesagt, das Wasser auf der *Yorikke* stinkt. Das ist eine infame Lüge. Das ist Quellwasser, frisches, klares Quellwasser aus dem Tannenwalde.«
»Das Wasser stinkt nie«, bestätigte ich, »das Wasser war Eiswasser. Und der Kaffee war guter Kaffee. Ich habe nie etwas gegen den Kaffee auf der *Yorikke* gesagt.«
Stanislaw schloß die Augen. Doch nicht lange darauf schreckte er zusammen und schrie: »Zwanzig vor fünf, Pippip, raus. Hol das Frühstück. Hiev die Asche. Das Frühstück zuerst. Pellkartoffeln und Rauchhering. Den Kaffee. Viel Kaffee. Bring Wasser mit.«
»Ich kann nicht aufstehen«, gab ich ihm zur Antwort. »Bin gebrochen. Zu müde. Mußt heute allein hieven. Wo ist denn der Kaffee?«
Wie war das? Ich hörte Stanislaw schreien, aber er war zwei Meilen fort. Und meine Stimme war auch zwei Meilen weit fort von mir.
Nun brachen auch noch drei Feuertürme auf, und die Hitze war nicht zu ertragen. Ich lief zur Windhuze, um Atem zu schöpfen. Aber der Spanier schrie: »Pippip, Feuertüren zu, Dampf fällt!« Aller Dampf fiel in den Kesselraum, und es wurde immer heißer. Ich lief zum Trog, wo das Schlackenlöschwasser drin war, um meinen Durst zu löschen, aber es schmeckte salzig und widrig. Ich schnappte und trank es wieder, und der Feuerungskanal stand weit offen über meinem Kopfe am Himmel und war die Sonne, und ich trank Seewasser.
Ich schlief wieder ein, die Türen der Feuerkanäle waren geschlossen, der Heizer goß den Trog mit dem Schlackenwasser über den Kesselraum, ich war auf dem offenen Meer, ein Wellenkamm war über die Wand hinweggebrochen.
»Da ist die *Yorikke!*« schrie Stanislaw viele Meilen weit fort von mir. »Da ist das Totenschiff. Der Hafen. Der Norweger liegt da. Hat Eiswasser. Siehst du nicht, Pippip?«
Meine beiden Arme, die Fäuste geballt, deutete Stanislaw über das weite Meer.
»Wo die *Yorikke?*« rief ich.
»Siehst du sie denn nicht, Mensch? Da liegt sie ja. Sechs Roste rausgefallen. Verflucht! Jetzt acht. Himmelkreuzdonnerwetter! Wo ist der Kaffee, Pippip? Habt wieder alles weggesoffen? Das ist keine Schmierseife, du Hund, ist Butter. Gib den Tee jetzt her, verflucht noch mal.«
Stanislaw fuhr herum, bald zeigte er in dieser Richtung, bald in jene. Immer fragte er, ob ich denn die *Yorikke* und den Hafen nicht sähe.
Aber mir war das gleichgültig. Es tat mir weh, den Kopf nach dem Hafen zu drehen.

»Wir kommen ab! Wir kommen ab!« brüllte nun Stanislaw. »Muß rüber zur *Yorikke*. Roste alle raus. Heizer liegt im Kessel. Wo Wasser? Habt ihr keinen Kaffee für mich gelassen? Ich muß rüber, rüber, rüber!«
Er zerrte an dem Bindfaden, um ihn zu lösen, konnte aber die Knoten nicht öffnen. Nun drehte er wie unsinnig an den Knoten und verknotete sie nur immer mehr. »Wo Schaufel?« rief er. »Muß Tau kappen.«
Aber der Bindfaden hielt nicht lange. Stanislaw zerrte, riß und scheuerte mit solcher Kraft an den dreifach gedrehten Verschnürungen, daß er sich immer weiter daraus hervorwinden konnte. Die letzte Stringe riß er durch mit all seiner Kraft.
»*Yorikke* fährt weg. Schnell, Pippip. Norweger hat Eiswasser. Winkt mit der Kanne. Ich bleibe nicht auf Totenschiff.«
Wilder und wilder brüllte Stanislaw. Er hing nur noch am Fuß fest, und jetzt zerrte er auch dort die Schlinge los. Ich sah das alles in meilenweiter Ferne, wie auf einem Bilde oder durch ein Fernrohr.
»Da *Yorikke*. Skipper tippt an Mütze.« Stanislaw rief es und sah mich an mit starren Augen: »Komm rüber, Pippip! Tee, Rosinenstollen, Kakao, Wasser.«
Ja, da lag die *Yorikke*. Ich sah sie deutlich liegen. Erkannte sie an ihrem bunten närrischen Kleide und an ihrer Brücke, die immer in der Luft hängenblieb und von irgendeinem Schiff zurückgelassen worden war, das sie nichts anging. Da war die *Yorikke*, und jetzt hatten sie Frühstück oder Abendessen oder Pflaumen in blauem Stärkeschleim. Der Tee war nicht schlecht. War Lüge und Verleumdung. Der Tee war gut auch ohne Zucker und Milch. Und das Trinkwasser stank nicht.
Ich begann, an meinem Tau zu knoten. Aber ich bekam den Knoten nicht auf. Dann rief ich Stanislaw, er möge mir helfen, den Knoten aufzuziehen. Aber er hatte keine Zeit. Er wurde mit seinem Fuße nicht fertig, arbeitete wie toll, um den Fuß loszukriegen. Nun gingen auch noch die Wunden auf, die man ihm auf dem Kopf geschlagen hatte. Blut sickert über sein Gesicht, aber er läßt sich nicht stören.
Und ich zerrte und zerrte an meinen Banden. Aber das Tau war zu dick. Ich konnte es nicht durchscheuern und konnte meine Glieder nicht herauswinden. Verstrickte mich immer mehr. Nun suchte ich nach der Axt, nach dem Messer und endlich nach der Schaufel, die wir glattgeklopft hatten, um einen hölzernen Mast daraus zu machen, aber der Kompaß fiel immer wieder ins Wasser, und ich mußte ihn mit dem durchgebrannten Rost fischen. Das Tau gab nicht nach. Der Knoten zog sich fester und fester. Das versetzte mich in namenlose Wut.
Stanislaw hatte seinen Fuß jetzt los.

Er drehte sich halb um nach mir und rief: »Komm rüber, Pipp. Sind nur zwanzig Schritte zu laufen. Roste alle raus. Wasserminute vor fünf. Aufstehen! Rasch auf! Raus! Asche hieven!«
Aber die Aschenhieve kreischte: »Da ist keine *Yorikke*!« Und ich schrie, so laut ich konnte: »Da ist keine *Yorikke!* Da ist keine *Yorikke!* Da ist keine *Yorikke*!«
In furchtbarer Angst klammerte ich mich an das Tau; denn die *Yorikke* war fort, und ich sah nur das Meer, Meer, Meer, ich sah nichts als die gleichmäßigen Wogen der See.
»Stasinkowslow, spring nicht!« Ich schrie es in namenloser Angst; denn ich konnte seinen Namen nicht finden, der mir aus der Hand gerutscht war. »Stanislaw, nicht springen! Nicht springen! Nicht. Bleib hier!««
»Holt Anker ein. Gehe nicht auf Totenschiff. Renne rüber zur *Yorikke.* Renne, renne, renne. Rüber. Komm!«
Und er sprang. Er sprang. Da war kein Hafen. Da war kein Schiff. Da war kein Ufer. Alles See. Alles Wogen.
Er tat ein paar patschende Schläge. Dann sank er für immer weg. Ich starrte rüber zu dem Loch, in das er gefallen war. Ich sah es in unendlich weiter Ferne. Und ich rief: »Stanislaw! Lawski! Bruder! Lieber, lieber Kamerad, komm hierher! Hoiho! Hoiho! Hierher! Hierher!«
Er hörte nicht. Er kam nicht. Er kam nicht mehr hoch. Er tauchte nicht mehr auf.
Da war kein Totenschiff. Da war kein Hafen. Da war keine *Yorikke.* Er tauchte nicht mehr auf, no, Sir.
Und das war merkwürdig. Er tauchte nicht mehr auf, und ich konnte es nicht fassen, wie das zuging.
Er hatte angemustert für große Fahrt, für ganz große Fahrt. Aber wie konnte er nur mustern? Er hatte doch kein Seefahrtsbuch. Sie würden ihn gleich wieder runterfeuern.
Aber er kam nicht hoch. Der Große Kapitän hatte ihn gemustert. Und treu hatte er ihn gemustert, auch ohne Papiere.
»Komm, Stanislaw Koslowski«, sagte der Große Kapitän, »komm, ich mustere dich treu und ehrlich für große Fahrt. Laß nur die Papiere. Brauchst keine bei mir. Fährst auf treuem und ehrlichem Schiff. Geh zum Quartier, Stanislaw. Kannst du lesen, was über der Tür steht?«
Und Stanislaw sagte: »Aye, aye, Sir –«

Wer hier eingeht,
ist ledig aller Qualen!

GESPENSTER

Ernst Hardt war Theaterintendant und lange Jahre Leiter des Westdeutschen Rundfunks, ehe er 1933 von den Nationalsozialisten aus seinem Amt entfernt wurde. Er hat eine Reihe beachtlicher Erzählungen und Romane geschrieben. Der Held seines Romans »Don Hjalmar« ist ein skandinavischer Kapitän, mit dem sich der Erzähler während einer Seereise in der Biskaya unterhält. Erinnerungen an eigene Seereisen in den Jahren 1896/97 gaben die Anregung zu diesem Werk und haben ihn wahrscheinlich auch zu der hier wiedergegebenen Gespenstergeschichte inspiriert.

Ich saß mit meinem Kapitän zusammen auf der Kommandobrücke des Schiffes. Unsere Bank stand unter einem gewölbten Leinwanddach, so daß der Fahrwind nicht zu uns eindringen konnte, wohl aber die tiefe Stille und weiche Luft der Sommernacht.

Hebt man auf See in solch einer windstillen Nacht seinen Blick von der festen, treibenden Scholle fort, der man sein Leben anvertraut hat, und läßt ihn ringsum ins Freie schweifen, so sieht man weitweithin eine dumpfe, dunkle mächtige Fläche, unter der es sonderbar drückt und lebt und drängt, man sieht sie vorne, hinten, allüberall. Das ist das Meer, ein ungeheurer, flachgebuckelter Schild, dessen bronzene Schwellungen breite blinde Lichtfluten fangen, darüber wölbt sich in unendlichem Bogen eine purpurne Glocke, besät mit blinkenden starren Feuern, und schließt jene Fläche in einen Kreis, aber man fühlt, daß sie dahinter noch weit weit fortläuft. In dem mächtigen Raum aber, unter der Glocke und über dem wogenden Schilde ist nichts, gar nichts: Dunkelheit und Schweigen. In erschütternder Kleinheit stampft sich das Schiff, mühsam und ernst, rastlos und unermüdlich wie ein gutes arbeitsames Tier durch diese lautlose Welt von Einsamkeit.

Es war schon der zehnte Abend, den ich so mit meinem Kapitän verbrachte. Ich sprach gerne mit ihm, denn ich hatte große Freude an seiner hellen, geraden Art und der sehr eigentümlichen Sicherheit, mit der sein kluger Verstand sich mit den Gegebenheiten dieser Welt auseinandersetzte. – Als ich ihn jetzt eine Weile alleingelassen hatte und nach einem Gang über das Schiff zu ihm zurückkehrte, sah er mich mit einer großen Heiterkeit in seinem sonnenverbrannten, windgebeizten Gesicht an und sagte: »Versuchen Sie erst gar nicht zu verheimlichen, daß sie dem Steuerkompaß wiederum einen Besuch abgestattet haben, gestehen Sie mir vielmehr endlich, was Sie in all den Tagen immer wieder zu ihm zurücktreibt. Es handelt sich im Grunde doch um ein sehr einfaches Ding!«

»Nein, Kapitän«, erwiderte ich, »gerade im Grunde, das heißt im Hinter- und Untergrunde handelt es sich um etwas sehr Rätselvolles!«

»Rätselvolles?« fragte er.

»Ja, rätselvoll, Kapitän. Der Mensch lebt und regt sich doch in dem Bewußtsein, daß vor seinen fünf Sinnen alle Tore der Welt weit offen stehen. Es hängt allein von ihm ab, ob er hindurchschreiten will. Diesem Bewußtsein verdanke ich es, daß ich im Leben auf festen Füßen zu stehen wähnte. Ja, ich habe mir etwas darauf zugutegetan und ein wenig damit geprahlt, daß im Bereich meiner fünf Sinne nichts vor sich gehen kann, das ich nicht wahrnehme. Ich sehe, schmecke, höre, rieche und fühle nämlich auch da noch, wo die Sinne der meisten Menschen schon aufgehört haben, noch etwas zu verspüren. Sehen Sie, Kapitän, seit ich nun auf ihrem Schiff bin, – ich sagte Ihnen schon, daß es meine erste Seereise ist, – offenbart mir der heimtückische Kompaß unaufhörlich das wirkungsvolle Vorhandensein einer Kraft, von der unmittelbar etwas zu verspüren, mir nicht gegeben ist. Es mag Ihnen kindisch erscheinen, aber dieser Umstand regt mich auf. Warum spürt die Nadel in ihrem Fleisch, wo Norden ist, und warum bleibt mein Fleisch taub vor dieser Kraft? Das verdrießt mich, Kapitän«, schloß ich lachend.

»Ihre und meine fünf Sinne in Ehren«, erwiderte der Kapitän, »aber ich glaube, sie vermitteln uns nur fünf sehr schmale Ausschnitte der uns umgebenden wirklichen Welt und ihrer Kräfte, von den breiten Bereichen, die dazwischen liegen, trifft unser Auge vielleicht bisweilen ein Dämmerschein oder unser Ohr ein Wispern und erregt in uns nur unsere Phantasie!«

»Sie mögen recht haben«, erwiderte ich. »Woher nähmen wir denn auch sonst unsere Gespenster?«

Der Kapitän sah mich groß an und sagte: »Vielleicht. Es sei denn, wir begegneten dem, was Sie da ein Gespenst nennen, leibhaftig!«

Ich kann nicht sagen, wie tief mich diese Antwort meines Kapitäns verwunderte und verwirrte. Schließlich fragte ich ihn lächelnd: »Begegnen uns denn leibhaftige Gespenster, Kapitän?«

»Ja« antwortete er mir, »den Begnadeten unter uns begegnen sie!«

Erstaunen, in das mit einem Schlage unser Inneres versetzt wird, kann so groß und schwer sein, daß es die Wirkung einer Lähmung übt. So widerfuhr mir durch diesen Ausspruch. Mich überfiel ein Zwang zum Schweigen.

Das Schiff hob und schob sich fast lautlos durch das Wasser dahin. Von jeder Dünung hoch emporgetragen, sank es zwischen ihnen jedesmal sanft und tief in sein weit weißausströmendes Gischtbett hinab. Dann und wann knarrte die Steuerkette. Das Stampfen der Maschine erhöhte nur die Stille, weil man es gewohnt war. Ja, es gehörte ganz eigentlich zum Schiff als seine Seele, die im Unterirdischen verborgen und mystisch genug ihr Wesen treibt.
Wir schauten eine Weile hinaus in die Schaumgebilde, die vor dem Schiff in blendendem, leuchtendem Weiß die schwarze Wasserflut umtänzelten.
»Wenn Ihr mich verwunderndes Wort zutrifft, Kapitän«, sagte ich schließlich mit gezwungenem Lächeln, »so ruht wirklich keine Gnade auf mir, denn außer Ihrer kleinen blauen Nadel bin ich in meinem ganzen Leben noch niemals etwas Gespensterhaftem begegnet! Aber ich kann mit meinem Verstande schon begreifen, wie es kommt, daß Ihr Seeleute so viele Geschichten von seltsamen Erscheinungen und Geistern unter Euch hegt. Auf dem Meere fühlt man sich, wenn nicht außerhalb, so doch an den Grenzen der Welt. Die auf- und abwogende, nicht feste Fläche, die man unaufhörlich sieht und trotz Holz und Eisen unter seinen Sohlen spürt, das Grenzenlose der Aussicht, die bald himmelhohen und bald auffliegenden Wolken, und gar die Nebel, welche alles aufzulösen scheinen, oh, ich begreife schon, daß man eine taube Phantasie haben müßte, um dieses fast unwirkliche Reich nicht bisweilen mit Unwirklichem zu bevölkern!« Der Kapitän wandte seine Augen vom Schaum hinweg in mein Gesicht und sagte langsam: »Sagen Sie doch lieber, daß jene außersinnlichen Kräfte, von denen die Welt seit jeher etwas geahnt hat, öfter und lieber den Seemann in seiner Wassereinsamkeit aufsuchen als die Landbewohner in ihrem Trubel. Dort hat man wohl auch zu viel Schulweisheit und zu wenig Ruhe, um jene Atemzüge des ›Im Himmel und auf Erden‹ wahrnehmen zu können.«
»Aber lieber Kapitän«, rief ich lebhaft, »wollen Sie mit Ihrem Gesicht und mit Ihren Augen mir allen Ernstes einreden, Sie seien ein überzeugter Spiritist?«
»Oh, wie Sie gleich mit einem abgegriffenen Wort aufzuwarten wissen!« sagte er fast ärgerlich. »Aber Sie fühlen ja selber, wie geschraubt, künstlich und leer es sich in dieser Umgebung anhört! Was gehen mich eure Bühnengeister mit ihren Zitatoren an! Wenn ich wissen will, wie alt meine Großmutter ist, sehe ich im Taufschein nach und lasse nicht einen Schwindelgeist mit einem Tischbein pochen und klopfen. Bekäme ich dieses Bein nach meiner Absentierung wirklich einmal unwiderstehlich in die Hand gezwungen, weiß Gott, ich wüßte, wo hinauf ich es niederfallen lassen würde, sicherlich nicht auf den Fußboden!«
Ich weiß nicht, aus welchem Grunde mich nun der Teufel ritt und zu seinem

Anwalt machte. Jedenfalls unterbrach ich sein leidenschaftliches Schelten und sagte: er könne ruhig voraussetzen, daß manch einer der von ihm gescholtenen Männer doch immerhin von einem ernsten Wollen beseelt sein möchte!

»Gottlos und ganz verrucht sind sie«, rief er.

Die Schiffsglocke verkündete mit ihrem hellen, silbernen Klange den Anbruch einer neuen Stunde dieser windstillen, lauen sternenhellen Sommernacht. Wir zählten beide stumm die Schläge des Klöppels.

Nachdem das Schwingen des letzten Schlages verhallt war, wandte der Kapitän mir sein Gesicht zu und erzählte mit gedämpfter Stimme:

»Ich war damals Matrose auf einem Schiff, das zwischen England und Südamerika lief. Sie wissen, daß ich trotz meiner Studentenjahre von unten auf gedient habe. Der Tod meines Vaters und der gleichzeitige Verlust unseres Vermögens trug Schuld daran. Ich stand also als Matrose gegen zehn Uhr abends am Steuerruder. Der erste Steuermann saß hinter mir im Kartenhaus. Wir hatten gutes Wetter, die See ging ruhig, der Himmel war klar, und die Sterne funkelten wie selten. Sie haben ja nun die Majestät solcher Seenächte kennen gelernt. Langsam und sicher kämpfte sich das Schiff von Woge zu Woge weiter. Die Stille und Einsamkeit, die aus den Dunkelheiten herandrang, wurde tiefer und härter. Ich sah von Zeit zu Zeit auf den Kompaß, dazwischen aber schaute ich hinaus in die schlängelnden Gischtballen und sann über Vergangenes und Zukünftiges.

Plötzlich ruft mir der Steuermann von hinten einen neuen Kurs zu: Zwei Stunden Südost. Ich wiederhole: ›Zwei Stunden Südost‹, und wende das Schiff. Ich mochte wohl eine halbe Stunde lang diesen Kurs gehalten haben, als der Steuermann aus dem Kartenhause trat und auf den Kompaß blickte.

»Was steuerst du denn?« fuhr er mich an.

»Zwei Stunden Südost.«

»Wer hat dir das befohlen?«

»Ich glaubte, Sie wären es gewesen, denn es ist mir vor einer halben Stunde zugerufen worden.«

Der Steuermann ging zum Kapitän in die Kajüte, und fragte, ob er den neuen Kurs angegeben habe. Der Kapitän kam auf Deck und fragte mich, seit wann ich denn am Steuerruder schliefe?

»Ich habe nicht geschlafen, Kapitän, mir ist ganz laut von hinten befohlen worden: ›Zwei Stunden Südost‹, ich habe wiederholt: Zwei Stunden Südost und halte diesen Kurs seit einer halben Stunde!«

Der Kapitän ging ins Kartenhaus und sah nach der Karte, dann sagte er zum Steuermann: »Das ist doch merkwürdig... Wissen Sie, wir wollen zwei Stunden Südost steuern, es macht ja nicht so viel aus.«

»Behalte den Kurs zwei Stunden bei«, rief er mir zu und blieb mit dem Steuermann im Kartenhaus sitzen.

Ich befand mich in einer seltsamen Aufregung. Ganz deutlich und laut hatte ich den Befehl rufen hören, und nun wollte ihn niemand gegeben haben. Ich fühlte ein hämmerndes Pochen in meiner Brust und blickte ins Meer hinaus, ob mir nicht etwas gewahr werden wollte. – Die Zeit verging, und schließlich ärgerte ich mich, daß der Kapitän so unnütz den falschen Kurs steuern ließ, denn wir waren auf der Heimreise.

Zehn Minuten vor Ablauf der zwei Stunden meldete die Wache ein Boot vorm Schiff. Wir stoppten und retteten acht Matrosen, die schon halb erstarrt und hungernd seit achtundvierzig Stunden umhertrieben.«

Der Kapitän, dessen Blick im Lauf seiner Erzählung aufs Meer hinausgeglitten war, holte ihn gewissermaßen aus der Ferne zurück und heftete ihn auf mein Gesicht. Aber nun lag mein Blick im Fernen verloren, so daß unsere Augen einander nicht begegneten.

Nichtsdestoweniger sprach der Kapitän auf mich wie auf einen sich wehrenden Aufsässigen mit hartem Spott ein: »Welch eine erhabene Kette von Zufällen, nicht wahr?« sagte er. »Zufall, meine unerklärliche Gehörstäuschung, Zufall, der widersinnige Entschluß meines Kapitäns, einen falschen Kurs steuern zu lassen, und welch ein Zufall gar, daß unser Schiff genau nach Ablauf der von meiner Gehörstäuschung geforderten Zeit auf ein Boot stieß, in dem acht unglückliche Menschen dem Tode entgegenhungerten. Weiß der Himmel, spaßige Zufälle, aber Sie werden begreifen, daß ich sie insgesamt verehre!«

Da ich nichts erwiderte und auch den Kapitän nicht ansah, lagerte sich ein Schweigen zwischen uns.

Ein leichter Wind hatte sich über dem Wasser erhoben und drang kühlend zu uns. Kleine Wellen schlugen mit plätscherndem hellem Klange an die Schiffswände, aber draußen lagerte noch immer die weite, die tiefe Ruhe der Nacht.

»Nun hören Sie auch noch die Fortsetzung dieser Zufälle mit an«, ertönte dann plötzlich die Stimme des Kapitäns. Seltsam belegt drang sie aus der Dunkelheit an mein Ohr.

»Sie wissen aus den Zeitungen, daß ich vor drei Jahren das Glück hatte, die Mannschaft der in der Nordsee auf Grund gegangenen *Elisabeth* zu retten. Es war gegen zwei Uhr nachts im November, wir hatten starken Sturm und bekamen eine Brechsee nach der anderen auf Deck. Ich lag in der großen Kajüte auf dem Sofa, um mich ein wenig auszuruhen, da ich seit morgens nicht von der Brücke heruntergekommen war.

Nach etwa fünf Minuten stehe ich wieder auf und gehe in meine kleine Kajüte, um auf die Karte zu sehen. Wie ich hineintrete, sitzt da einer von meinen Leuten vor meinem Schreibtisch und macht sich an meiner Karte zu schaffen. Ich denke, mich rührt der Schlag! Ich will den unverschämten Kerl gerade andonnern und beim Kragen packen, da steht er auf und wendet sich um. Ich fahre wie von einem Hieb betroffen zurück. Es war keiner von meinen Leuten, kein mir auf meinem Schiff bekannter Mann. Ein untersetzter, stämmiger Kerl mit rotem Gesicht, hellen, kugeligen Augen und einer unangenehmen breiten Narbe quer über die Stirn steht mir gegenüber, glotzt mich an und sagt dann mit heiserer, aber fester und lauter Stimme, den Finger nach rückwärts auf die Karte gelegt: »Diesen Kurs halten!« und geht an mir vorbei aus der Kajüte. Nach dem Bruchteil einer schreckerfüllten Sekunde, in der, wie mir erst später bewußt wurde, die völlige Lautlosigkeit seines Gehens wie etwas Grauenhaftes und ganz Ungeheuerliches mich angerührt hatte, stürzte ich hinter ihm her aufs Deck hinauf. Nichts! Heulender Sturm und peitschender Regen! Dann stoße ich auf meinen ersten Offizier.

»Ist Ihnen hier wer begegnet?« schreie ich ihm zu, um den Sturm zu übertönen.
Er sieht mich verwundert an: »Keine Menschenseele!« schreit er zurück.
Ich ziehe sein Ohr an meinen Mund: »Haben wir etwa einen blinden Passagier an Bord?« Der Offizier sieht mich noch erstaunter an, dann lacht er dröhnend auf, als ob ich einen sehr guten Witz hätte machen wollen.
Ich kehrte in meine Kajüte zurück und setzte mich vor die Karte.
Ja, da war neben dem von mir angegebenen Kurs ein anderer mit fester Bleistiftlinie gezeichnet, der nördlicher lief.
Wenn man plötzlich vor eine Tatsache gestellt wird, die einen ungeheuer und unbegreiflich dünkt, so empfindet man in den ersten Augenblicken meist gar nichts, nur ein dumpfer Nebel legt sich auf unser Denken und Fühlen und macht uns stumpf und gleichgültig. So geschieht es oft sogar, wenn uns plötzlich die Nachricht vom Tod eines sehr geliebten Menschen erreicht, man erschrickt wohl, aber man empfindet nichts!
Jenes dumpfe, stumpfe Gefühl kam auch in meine Sinne, als ich als eine unwiderlegliche Lebensspur einer verflogenen Erscheinung den Strich auf meiner Karte sah. Schließlich stand ich auf, ging auf die Brücke und gab den von dem Spuk befohlenen, in meine Karte eingezeichneten Kurs an. Dann setzte ich mich nieder. Ein tiefes Unbehagen lag mir im Körper. Unausgesetzt quälte mich der Anblick des unangenehmen Gesichtes und das Hören der heiseren, aber festen Stimme: Diesen Kurs halten. Schließlich überfällt mich eine große Empörung, ich will aufspringen und den alten Kurs angeben. Ich vermag es nicht, etwas hält mich fest und unterdrückt meinen Willen. Und plötzlich beschleicht mich die Erinnerung an das Rätsel meiner um zehn Jahre zurückliegenden Gehörstäuschung und alles dessen, was auf sie gefolgt war. Ich erschrak bis ins Innerste. Ich ging unter Deck in meine Kajüte, prüfte noch einmal die Karte und sah, daß ich den geänderten Kurs eine Stunde lang einhalten sollte. Ich ging auf die Brücke zurück und setzte mich nieder. Dumpf brauste und heulte die Gewalt des Sturmes über mich hin, wie Nadelspitzen stachen mich schießende Tropfen der niederstürzenden Brechseen ins kochende Gesicht. Rings um mich und unter mir knarrte und ächzte das Schiff. Ich saß da und wartete.
Nach etwa dreiviertel Stunden hörten wir einen Böllerschuß, fünf Minuten später trafen wir auf die sinkende *Elisabeth*, deren Mannschaft wir bergen konnten. Unter ihr befand sich ein Steuermann, der auch unter jenen acht Matrosen gewesen war, die wir vor zehn Jahren im Atlantischen Ozean gerettet hatten.
Ehe wir an Land kamen, sprach ich jenem Steuermanne von der Freude seiner Eltern, ihn nun schon zum zweiten Male von einem gesunkenen Schiffe heil

zurückkehren zu sehen. Seine Mutter, erwiderte er mir, habe er nie mit wissenden Augen gesehen, da sie an ihm gestorben sei, und auch sein Vater sei schon seit zehn Jahren tot. Der habe ihn sehr lieb gehabt, setzte er mit geklemmter Kehle hinzu. Der Vater sei in einem englischen Hafen in eine dumme Messerstecherei geraten und dann dort im Gefängnis gestorben. Er habe die englische Gefangenenkost nicht vertragen können. Der Steuermann trug eine Kapsel an einer Halskette unter dem Hemde. Er zog sie hervor und öffnete sie, Kapsel und Kette seien ein Andenken an seine Mutter, aber das Bild in der Kapsel, das sei sein Vater. Er zeigte es mir. Ich sah ein Abbild des Gespenstes, das in jener Nacht an meinem Schreibtisch gesessen hatte.«

»Nun kommen Sie auch noch mit hinunter«, sagte mein Kapitän. Wir gingen in seine Kajüte hinab, er entnahm einer verschlossenen Schublade jene Seekarte und breitete sie auf dem Tische aus. »Sehen Sie, hier ist der Strich – glatt und gerade. Ich stelle Ihnen alle meine Karten zur Verfügung, suchen Sie, ob ich mir je meine Karten durch so starke, tiefeingedrückte Striche verderbe.« Er verstummte und starrte auf die Karte hinab. Ich aber schlich mich hinaus und hinauf und blickte von den Wellen in die Nacht und von der Nacht in die Wellen... Wundersame Empfindungen zogen durch meine Seele. Wie viele Dinge sind doch dieser Welt beigegeben, die Menschen zu quälen, zu ängstigen und zu bedrücken. Fällt nicht ein breiter Schatten aus einer anderen geheimnisvollen Welt auf uns Menschen, um unser Gemüt zu verwirren und zu beklemmen? Die Nacht trat in mein Herz, ich fühlte mich im Innersten erschüttert, und ein Hauch wie aus dem Reich der Mütter traf mich. Aber niemand kann sich von dem Sterne lösen, unter dessen Strahl er angetreten, und so legte ich denn am nächsten Morgen, als wir miteinander frühstückten, meine Hand auf die Hand des Kapitäns und fragte: »Halten Sie die Seekarten mit dem jeweils eingetragenen Kurs unter Verschluß, Kapitän?«

»Ängstlich«, erwiderte er. »Sie sind ja in besonderen Fällen unersetzliche Beweisstücke, die einen vor großem Ungemach bewahren können!«

»Reißen Sie mich nicht in Stücke, Kapitän, aber sind Sie da niemals auf den Gedanken verfallen, die Kurskarte jener Nacht nach den doch notwendig darauf vorhandenen Fingerabdrücken untersuchen zu lassen?«

Er hob den Kopf.

»Es müßten sich doch zwei völlig verschieden geartete darauf befinden!«

Er sah mich groß und verständnislos an.

»Ich meine«, fuhr ich fort, »die Abdrücke, die nicht von Ihren Fingern herrührten, hätten sich in dem englischen Gefängnisarchiv doch leicht mit den Abdrücken des Verstorbenen vergleichen lassen!«

Es dauerte eine Weile, dann fuhr mir der Kapitän mit einer väterlichen Hand durchs Haar und sagte lachend: »Sie haben recht, Ihnen wird niemals ein Gespenst begegnen! Wissen Sie, woran mich ihre Frage erinnert? Wenn wir als Kinder hinter den Vögeln herliefen, um sie zu fangen, rief uns meine Mutter zu, wir sollten Salz holen und es ihnen auf die Schwänze streuen, dann hätten wir sie gleich!«

DIE BREITE DÜNUNG

Aus seinem Buch »In Schnee und Nordlicht« stammt die Geschichte »Die breite Dünung« des skandinavischen Erzählers Lars Hansen. Im schweren Sturm kämpfen der Schiffer Ole Suß und der Harpunier Halvard Olsen auf dem Robbenfänger *Taube* am Rande des Ewigen Eises um die Existenz des Schiffes und das eigene Überleben.

Ola Suß starrte auf die turmhohe Meeresdünung, die sich vorn erhob. Sie stieg langsam. Der Orkan riß und zerrte an ihrem weißgelben Schaumkamm. In einer Sekunde fegte er den ganzen Kamm hinweg und schleuderte ihn in die Luft, wo er in den heulenden grauschwarzen Massen verschwand. Aber in demselben Augenblick krönte ein neuer gelbweißer Schaumkamm die Dünung vorn. Ola Suß sah es. Er wußte natürlich, daß es nicht die Dünung voraus war, die sich immer höher erhob, sondern daß er selbst im Begriff war, von der Höhe der Dünung hinabzugleiten, in deren Schaumkamm er eine Minute – vielleicht eine halbe Stunde – gestanden hatte. Er wußte nicht wie lange.

Er stand am Ruder. Zwei Tage und zwei Nächte hatte er das Steuerrad nicht aus der Hand gelassen. Nichts anderes getan, als über oder durch Tausende von derartigen schäumenden Ungeheuern zu kriechen. Wenn er einem von ihnen glücklich entronnen und mit heiler Haut in die Mulde hinuntergekommen war, so war es nur, um gleich darauf einem neuen Ungeheuer ins Gesicht zu sehen, das sich stets als noch schlimmer erwies als das vorige.

Er wandte den Blick von der Dünung voraus und richtete ihn auf Deck, wo zehn Mann wie die Wahnsinnigen sich damit abquälten, das Eis über Bord zu werfen. Jeder Spritzer erstarrte zu Brei, im selben Augenblick, wo er über die Reling hereinflog.

Die *Taube* sah aus wie ein Stück Eisberg, das sich von der Eismasse losgerissen hatte und auf die Verrücktheit gekommen war, sich auf Wanderung nach Süden zu begeben – Seen und Stürmen entgegen. Das Takelwerk war dick wie Zimmerstöcke. Taljen und Blöcke waren zu unglaublichem Umfang ange-

wachsen, und von der *Taube* selbst ragte nicht viel über die Wasserfläche. Die zehn Männer starrten ebenfalls in die Meeresdünung nach vorn, aber sie standen nicht still mit offenem Munde und Angst im Gesicht. Sie arbeiteten. Eisbrocken wurden über Bord geworfen. Schläge von Handspaken und Hämmern gegen Takelung und Rundhölzer rissen Eismassen los. Jedes Kilo, das über Bord geworfen wurde, verzögerte den Untergang der *Taube*. Kein Wort fiel. Kein Ruf versuchte, durch den Orkan und das Brüllen des Meeres hindurchzudringen. Der Motor arbeitete mit halber Kraft. Das Segeltuch war neu und kräftig. Der kleine Fetzen vom Großsegel und die gereffte Stagfocke würden schon einen Stoß vertragen können. Sie fingen wohl Eis, ließen es aber unter den Spakenschlägen leicht wieder los. Die *Taube* war im Herabgleiten. Da war alles still und ruhig. Aber es war dieselbe Ruhe und Stille, die uns auf einem Kirchhof unwillkürlich befällt. Beim Herabgleiten ging ihnen der Orkan über die Köpfe hinweg. Je weiter sie den Hügel hinabglitten, desto ruhiger wurde alles um sie herum. Sie waren außerhalb des Lärms, und die *Taube* machte nicht den geringsten Versuch zu schlingern. Sie lag wie gelähmt unter der Last des Eises. Der Propeller half ihr den Hügel hinunter. Die Segel standen gebannt – steifgefroren vom Eis, als wenn sie noch immer vom Orkan gebläht würden. Durch einen Hieb mit dem Spaken sackten sie jetzt beim Hinuntergleiten zusammen.
Ola Suß drehte ein bißchen am Steuerrad und starrte wieder in die Dünung vor sich. Würde sie ihnen den Garaus machen? Würde sie sich über die *Taube* hereinwälzen, sie mit einem einzigen kräftigen Schlag unter sich begraben und damit diesem ganzen Jammer ein schnelles Ende bereiten? Sie alle von den Qualen befreien? Schnell und leicht? Er müßte sich sehr irren, wenn das nicht der letzte Hügel war, auf welchen er und die *Taube* hinaufkriechen würden. Denn wenn sie den größten Teil des Hügels hinter sich hatten und dann auf die Spitze hinauf und weiter über die Spitze hinüber sollten – gerade dort war es gefährlich. Es ging nicht schnell hinunter, dachte er, und das war gut so. Es kam ihm vor, als lägen viele Kilometer zwischen den Kämmen der Meeresdünungen.
Er ließ den Blick von der Dünung zur *Taube* hinunterwandern. Er fand, daß das ein häßlicher Anblick war. Er wurde ärgerlich. Hatten nicht alle Leute ihm abgeraten, die *Taube* zu kaufen? Er wußte ja, was das Gerücht von ihr sagte: die *Taube* sei das Unglück selber. Er wußte ja selbst, daß die *Taube* alle Leute ruiniert hatte, denen sie früher gehörte. Sie segelte hinauf nach Ormetangen und erlitt Havarie im selben Jahr, in dem sie vom Stapel gelaufen war. Kaare Olsen, dem sie gehörte hatte und der Schiffer an Bord gewesen war, hatte weder Schiff noch Ladung versichert gehabt. Er nahm sich das Leben, während die *Taube* als Havarierte noch in Ormetangen lag.

Johan Mokstad kaufte das havarierte Schiff von der Witwe. Er machte ein gutes Eismeerfahrzeug aus der *Taube*. Steckte sein ganzes Geld in sie hinein und fuhr auf Fang aus. Im Spätherbst kam er nach sechs Monaten ohne Fang nach Hause. Sie sagten, der ganze Fang sei nicht größer gewesen, als daß er gerade noch als Stiefelschmiere für die Mannschaft gereicht habe. Und Johan Mokstad stand mittellos da, während die Bank die *Taube* übernehmen mußte.
»Wollen wir ein bißchen mehr Dampf geben, wenn wir wieder aufwärts gehen«, rief ihm der Erste Harpunier ins Ohr. Er starrte dem Schiffer haßerfüllt ins Gesicht. Die beiden Männer haßten einander. Das hatten sie auf dieser Reise gelernt. Ola Suß bemerkte, daß es dem Mann nur mit der größten Anstrengung gelang, sich an der zwei Zoll dicken vereisten eisernen Stütze an Backbord festzuhalten. Die eiserne Stütze war alles, was vom Steuerhaus übriggeblieben war. Die Hände des Mannes waren weißblau, welk und halbtot. Der ganze Mensch war mit einer Eiskruste bedeckt. Sein langer Bart war ein einziger nasser Eisbrei, aber aus Mund und Nase stand ihm der Dampf. Jetzt waren sie halbwegs nach dem Talgrund hinunter. Ola packte Halvard mit der rechten Hand an der Schulter. Unwillkürlich packte er fester, indem in ihm ein fast unwiderstehlicher Drang entstand, den Mann mit einem schnellen Schlag oder einem Fußtritt über Bord zu senden. Hatte dieser Halvard nicht vom ersten Tag an, wo er hier an Bord gegangen war, Unheil prophezeit? Und mußte er diesem Ersten Harpunier nicht fast doppelte Heuer bezahlen, um ihn an Bord zu bekommen, nur weil er, wie all die anderen, auf die *Taube* wie auf das reinste Unheil sah? Aber ehe er diesen kurzen Gedanken ganz bis zu Ende gedacht hatte, wurde er von den wirklichen, nackten und unwiderlegbaren Tatsachen der Lage ergriffen. Der Mann, den er festhielt und den er gerade über Bord zu stoßen beabsichtigt hatte, hatte ja nichts anderes behauptet, als genau dasselbe, das unabwendbar eintreffen mußte, das, was schon eingetroffen war, und dessen Endergebnis werden mußte, daß die *Taube* mit Mann und Maus unterging. Der Mann hatte ja recht gehabt mit seiner Behauptung. Die *Taube* würde jene Meeresdünung da vorn nie im Leben überstehen können, und er lockerte den Griff an der Schulter des Mannes, machte daraus einen freundschaftlichen Schulterklaps und sagte in freundlicherem Ton, als er jemals zu diesem seinem Ersten Harpunier gesprochen hatte:
»Wir wollen ihr weder mehr noch weniger Dampf geben. Über den Kamm haben wir mehr als genügend Geschwindigkeit, und wir kommen früh genug dahin.«
Sie sahen sich in die Augen und waren sich beide darüber im klaren, daß sie in diesen paar Sekunden ihre Rechnung beglichen hatten. Halvard konnte den Worten, die der Schiffer gebraucht hatte, und seinem Ton entnehmen, daß er

seine Ansicht über die *Taube* geändert hatte. Und als wenn er dieses noch weiter bestätigen wollte, fuhr der Schiffer fort:
»Nimm du das Steuerrad, Halvard, ich werde dich auf Deck ablösen.«
Sie wechselten ihre Plätze. Sie hatten Norwegen vor kaum anderthalb Monaten verlassen. Hatten feines Wetter über der See gehabt. Waren in der Dänemarkstraße ins Eis hineingegangen und hatten innerhalb von ein paar Wochen die *Taube* vollgeladen. So etwas war Glück. Ganz unvergleichliches Glück. Aber es war gerade dieses unvergleichliche Glück, das der Grund zu der ganzen Feindschaft zwischen dem Schiffer und dem Ersten Harpunier gewesen war. Jede Bootsladung Robben, die an Bord gebracht wurde, hatte der Schiffer zum Anlaß genommen, um gegen den Ersten Harpunier zu sticheln.
»Na – du, Halvard – findest du nicht, daß die *Taube* verdammtes Pech hat? Wie wird es jetzt mit deinen Prophezeiungen gehen?«

Wenn dann Halvard mit bösem Seitenblick erwidert hatte: »Die Reise ist noch nicht vorüber. Wir sind noch nicht zu Hause«, erleichterte sich der Schiffer mit überlegenem Gelächter, das zur Folge hatte, daß die Leute über den Harpunier grinsten. Und Halvard wollte nicht nachlassen. Im Gegenteil, er wurde immer schlimmer, und selbst wenn niemand ein Wort vom Unglück äußerte, ließ er keine Gelegenheit vorbeigehen, dem Schiffer die Bemerkung zuzuflüstern: »Wir sind noch nicht zu Hause«. Und der Haß zwischen den beiden wuchs von Tag zu Tag.

Als die *Taube* ihre Ladung an Bord hatte, lächelte Ola Suß, aber Halvard Olsen wurde immer finsterer, wie das Unglück in Person. Er konnte selbst nichts dafür, daß ihm eine Ahnung sagte, es würde nicht gut enden. Es war ihm nicht möglich, das Gefühl einer Gefahr loszuwerden.

Sie hatten viele Meilen im Treibeis gelegen, aber sie waren erst den halben Weg wieder herausgekommen, als sich der Himmel im Süden mit dunklen Wolken überzog. Manche ziemlich schwere Sturmbö erreichte sie auch, aber als sie aus dem Eis herausfuhren, war der Wind zum Sturm angeschwollen. Ola Suß lächelte stillvergnügt. Er hatte den Sturm nie gefürchtet. Er hatte stets Glück gehabt, sei es im Sturm oder bei Stille, und es war dieses unerschütterliche Glück, das ihn übermütig gemacht hatte – ein bißchen aufgeblasen und eingebildet. Er hatte die Leute zu Hause verhöhnt, wenn sie geredet hatten, daß die *Taube* das Unglück selber sei, und als er und die anderen Eismeerschiffer im Winter dastanden und die *Taube* ansahen, die jetzt drei Jahre im Hafen gelegen hatte, ohne daß es jemandem eingefallen war, sie der Bank abzukaufen, wurde er derart grob, daß er sie alle Memmen und abergläubische Weibsbilder nannte, die Angst vor einem Gespenst hatten. Johan Susamel schüttelte Ola Suß seine Faust vor den Augen und sagte:

»Ola, du Großmaul, der du so tüchtig zu Land und zu Wasser bist, du solltest die *Taube* kaufen – fahre du mit dem Kasten hinaus und komm wieder nach Hause und zeige uns, daß du weder abergläubisch noch eine Memme bist.«

In der Wut hatte er das Schiff gekauft und es für den halben Wert bekommen. Dann hatte er seinem ältesten Sohn sein eigenes Schiff, die *Aurora,* überlassen. Und jetzt stand er hier und würde für die *Taube* und sich selbst dazu keinen sauren Hering geben. Er ergriff die blaugelbe Hand des Ersten Harpuniers – hielt sie einen Augenblick fest und gab ihr einen fast kameradschaftlichen Druck, dann ging er vorüber. Er hatte gerade den Spaken in die Hand bekommen, als neben ihm zwei von der Besatzung stürzten. Er half ihnen schneller als schnell auf die Beine.

Ganz unten in der Mulde angelangt, bekamen sie ein Gefühl von vorläufiger Sicherheit. Die Segel hingen schlaff – nur einer oder der andere harmlose Wirbel von gefrorenen Wasserspritzern senkte sich von oben auf sie herab.

Wenn sie nur hier unten hätten bleiben können, so wäre alles gut gewesen. Da könnten Sie Essen und Schlaf bekommen – am liebsten Schlaf. Aber von ganz oben, über dem Masttopp, hörten sie Krachen und Poltern – Geheul und Gebrüll, als wenn die Welt da oben unterzugehen drohte.
Mit Hilfe von vier Mann konnte Ola Suß einen Berg von Eis über die Reling stürzen, der sich über das Ankerspill gelegt und es vollständig unter sich begraben hatte, weshalb die *Taube* den Schwanz in die Höhe ragen ließ, während das Vorderschiff beängstigend tief lag. Als sie in dem letzten Tal unten waren, hatte er gesehen, daß Halvard Olsen sich vergeblich damit abgequält hatte, das Vorderschiff zu heben, aber da war so vieles andere zu erledigen, daß er es hatte aufgeben müssen. Jetzt hob sich das Vorderschiff merklich, und Ola Suß warf einen schnellen Blick zur Dünung hinüber, die ziemlich schroff und steil über ihren Köpfen stand, und er sagte bedächtig:
»Die da ist doch der reine Satan!«
Den ganzen Weg aufwärts nach der Spitze zu arbeiteten die Leute aus Leibeskräften. Sie näherten sich langsam dem weißen Schaumkamm, der in gelbgrünen Farben unter dem Druck des Orkans davonflatterte und sich wie ein polterndes schweres Ungeheuer von Kamm zu Kamm quer übers Tal breitete.
Zwei Tage war es jetzt her, seit sie das Treibeis verlassen hatten. Achtundvierzig Stunden ohne Schlaf. Die letzten sechsunddreißig Stunden auch ohne Nahrung. Die Luken hatten sie dicht geschlossen, ehe sie aus dem Eis herausfuhren, aber jetzt war der Eingang zu Back und Kajüte vom Eis verschalkt worden. Der Motormaschinist war hermetisch eingeschlossen. Es waren große ängstliche Augen, die zwischen jeder Schaufel Eis, die über Bord ging, emporstarrten. Es galt ja das Leben – denn wenn sie jetzt zum Kamm hinaufkamen und über den breiten Rücken der Meeresdünung hinüber sollten, würden sie mehr als genug zu schaffen bekommen, ehe sie an der anderen Seite wieder in die Senkung hinuntergelangen konnten.
Der Erste Harpunier hielt das Ruder unbeweglich. Hin und wieder fegte er das Eis vom Kompaßglas fort. Sonst waren seine Augen auf den Schaum des Kamms gerichtet, und in dem Schaum gab es viele Einzelspitzen. Mußte er zwischen zwei hindurch oder über sie hinweg? Die Rundung der Meeresdünung fing jetzt an, schroff zu werden, und in dem Augenblick, als die *Taube* die Nase in den Schaum rannte, stand Ola Suß neben Halvard Olsen. Halvard packte hitzig das Steuerrad. – Und dann schloß sich alles über ihnen.
Es dauerte lange – eine Ewigkeit schien es Ola Suß –, bevor er die Augen wieder aufmachen konnte. Er hatte es ein paarmal vergebens versucht, aber die Eisnadeln machten ihn fast blind. Wenn er das Deck nicht unter den Füßen gefühlt hätte, hätte er nicht sagen können, ob er sich über oder unter Wasser

befand. Mit festem Griff hielt er sich an der eisernen Stütze. An der Lage der Füße konnte er erkennen, daß das Schiff erheblich nach Backbord hinüberneigte. Es neigte sich immer mehr. Dann hörte es auf. Aber würde es sich nicht mehr aufrichten? Würde es sich nicht wieder heben, dann...?
Dies geht, hol mich der Kuckuck, ohne weitere Umstände schnurstracks in die Ewigkeit, glaubte er sich sagen zu hören. Er ließ die eiserne Stütze fahren und tastete sich zum Ruderrad hin. Da stand Halvard. Der Propeller arbeitete. Der Sturm lag schwer auf den Segelfetzen, und die *Taube* jagte dahin bei Halbbordswind, wie ein wildes, aufgescheuchtes Roß. Die Meeresdünung war breit über dem Rücken. Es war mehr als halbdunkel, obwohl es mitten am hellichten Tag sein sollte. Die Leute voraus hingen fest wie die Igel, während die See über das ganze Schiff hereinbrach, vom Steven bis zum Heck. Denn hier oben auf dem Rücken wälzten sich sowohl Brecher wie Querseen, und die fielen und schlugen mit schwerer Wucht.
Es war ein Glück, daß der Schiffer die eiserne Stütze losgelassen hatte, so waren sie jetzt zwei Mann am Rad. Oder hatte er gewußt, daß es notwendig war? Recht hatte er jedenfalls gehabt, als er vorhin sagte: »Die da ist doch der reine Satan!« Vielleicht würde es sich zeigen, daß er auch recht gehabt hatte, als er sagte: »Dies geht, hol mich der Kuckuck, ohne weitere Umstände schnurstracks in die Ewigkeit hinein!«
»Jetzt geht's zum Deubel!« rief der Schiffer, als das Schiff einen so gewaltigen Schlag bekam, daß das Deck zitterte, als wenn sie bei einem Erdbeben auf Land gestanden hätten. Minuten vergingen, währenddessen die elf Mann das Denken vergaßen. Denn in solchen Augenblicken denkt der Mensch nicht. Kann er nicht denken. Das Leben von der Wiege bis zum Grabe – die ganze Welt und alles, was auf der Welt ist, und die ganze Ewigkeit zuckt wie Blitzstrahlen durchs Hirn und raubt ihm die Denkfähigkeit.
Und dann ging es plötzlich abwärts und hinunter, wie durch eine Schlucht. Die Leute konnten die Augen wieder aufmachen. Das erste, was sie entdeckten, war, daß das Backbord-Fangboot nebst drei Davits verschwunden war. Aber das vergaßen sie sogleich vor Erstaunen, daß der größte Teil des Brechers wieder hinausfloß, ohne zu Brei erstarrt zu sein. Sie waren über den Rücken hinweg, und weit hinter sich hatten sie die schlimmste und unheimlichste aller Gefahren eines Eismeerfahrers: Vereisung im offenen Meer.
Offenes Meer, ja – das würden sie von jetzt ab den ganzen Weg bis Norwegen haben – im offenen Meer kann ja auch allerlei geschehen, aber als jetzt die elf Mann sahen, daß die Speigatts Wasser soffen – daß das Eis sich von der Decke löste – zog ein müdes, schweres Lächeln über die vereisten Gesichter. Die Augen bekamen Leben.
Die *Taube* sah fast aus wie havariert, als sie im Heimathafen anlegte. Bei der

Abmusterung wurden große Losparte ausgezahlt. Die größten in diesem Jahre.
Ola Suß hatte alle Mann zu einem Kameradschaftstrunk mitgenommen. Sie saßen da um den langen Tisch und tranken, etliche Grogs, etliche Aquavit oder Rum, andere wieder schwedischen Punsch, und der Schiffer sagte, zum Ersten Harpunier gewendet:
»In vierzehn Tagen gehe ich wieder hinaus; getraust du dich, noch eine Reise mit der *Taube* zu machen?«
Halvard Olsen überlegte ein bißchen, ehe er erwiderte:
»Warum nur *eine* Reise?«

DAS VERLASSENE SCHIFF

Auf der Heimreise von China nach London ist der Teeklipper *Black Gauntlet* von einem Dampfer gerammt worden. Das Schiff ist gesunken, und die Besatzung befindet sich seit Tagen einsam im Rettungsboot mitten im Indischen Ozean. Die Aussicht, das Rennen nach England gegen die anderen Segler, die mit der neuen Tee-Ernte von China ausgelaufen sind, zu gewinnen, ist dahin.

Als die kleine Brise wieder abgeflaut war, fragte Kaper leise Nailsworth nach seiner Ansicht über MacNab.

»Es steht nicht gerade gut mit ihm, Herr Kaptän«, flüsterte Nailsworth zurück. »Er kommt nicht zur Ruhe und hat böse Schmerzen, sowie er sich bewegt. Wenn wir ihn bequemer betten könnten, würde er schlafen, aber wir können ja nicht. Immerhin, er ist jung, und Jugend hilft sich selbst.«

»Danke, Nailsworth«, sagte Kaper.

MacNab wußte nur zu gut, daß man über ihn sprach. Er richtete sich halb hoch und sagte: »Verzeihung, Herr Kaptän, ich kann aber an Deck kommen und Ausguckwache übernehmen.«

»Leg dich hin, Bengel!« schalt der alte Fairford. »Alle anständigen Leute wissen, daß du nicht mit Absicht liegenbleibst, und alle vernünftigen Leute wissen, daß du nicht zum Spaß krank bist. Also halte dich ruhig, sonst rennst du dir noch einen Knochen in die Lunge und bist für dein Leben ruiniert.«

Kaper rollte sich wieder zum Schlafen hin und hatte von neuem in seinem Ohr das Geräusch, das er hassen gelernt: das Kluckern und Gurgeln des nur zwei Zoll von seiner Backe entfernt unter den Bodenbrettern hin und her schulpenden Wassers.

Er war unsagbar müde, genau so wie alle seine Leute in dem kleinen Boot, in das sie sich nach dem Verlust ihres Schiffes mitten im Indischen Ozean hatten retten können, zwei Tage und Nächte hatten sie jetzt eng beieinander verbracht und kaum kamen sie zur Ruhe, denn das Boot stampfte und rollte, und Spritzer kamen über, so daß niemand länger als wenige Minuten hintereinander Schlaf fand. Dazu strahlte die Sonne mit aller Kraft auf sie herunter. Nie-

mand konnte sich vor ihr schützen, niemand sich aus der verkrampften Lage befreien, niemand sich vor den fliegenden Wassergüssen retten. Ihr einziger Trost war der Gedanke, daß das Boot festen Kurs hielt und dem Ende dieser Reise näher kam: aber zu welchem Ende und wann?
Kaper schreckte aus einem kurzen Schlaf hoch, irgend etwas Schweres und Rauhes war unter dem Boden des Bootes entlanggescheuert, als ob es über eine Sandbank gelaufen wäre. Er setzte sich auf, und im gleichen Augenblick hörte er auch schon Tarlton entsetzt ausrufen: »Mein Gott! Seht euch das an!«
In Luv des Bootes schwammen drei große Haie und hielten fast ohne eine sichtbare Bewegung mit ihnen gleiche Fahrt. Von Zeit zu Zeit kam der größte und anscheinend hungrigste von ihnen langsam längsseit und scheuerte sich wie zum Vergnügen am ganzen Boot entlang. Achteraus, und genau so leicht Abstand haltend wie Vögel in der Luft, standen die Flossen noch anderer Haie.
»MacNab, die haben gehört, daß du nach dem Doktor geschickt hast«, sagte Tarlton. »Die und der Beerdigungsunternehmer laufen immer um die Wette. Wenn wir nur Haken und Ketten hätten, dann gäbe es jetzt frisches Haifischfleisch zu unseren Bohnen mit Speck. Lang mir mal einen Riemen her. Den Schweinen will ich aus Spaß mal was zu fressen geben.«
Er schwang den Riemen hoch und ließ ihn flach auf das Wasser klatschen. Sofort und wiederum ohne eine sichtbare Bewegung waren die furchtbaren Schatten verschwunden.
»So muß man das machen«, sagte Tarlton. Ich habe mal im Pazifik Perlen gefischt. Da lernt man so was. Die Brüder haben eine Mordsangst davor, wenn man auf das Wasser klatscht. Sie meinen dann wohl, das wären Fuchshaie, die ihnen zu Leibe wollten.«
Die Schatten waren verschwunden, aber nicht der Gedanke daran, der sich wie lähmende Furcht auf die Männer legte. Sie alle hatten zu oft davon gehört, daß Haie immer nur dann auftauchten, wenn der Tod in der Nähe sei.
Kaper warf einen Blick auf den Kompaß, saß einen Augenblick neben dem Steuer, beobachtete den Kurs und die Fahrt des Bootes, schwatzte ein paar Worte mit dem Rudermann und tappte sich dann nach vorne.
Er stieg auf die Mittelducht, blieb dort stehen, hielt sich am Mast fest, untersuchte den Knick des Falls über der Scheibe, ob es sich auch nicht durchgescheuert hätte, und begann, von rechts achteraus angefangen, genau und Strich für Strich die Kimmung abzusuchen. Er hatte bereits etwa 90 Grad der Horizontlinie sorgfältig mit den Blicken abgetastet, als etwas ihm das Herz stocken machte. Er holte tief Atem, schloß die Augen, betete, öffnete sie wieder, sah noch einmal hinüber und sagte dann zu Mr. Fairford: »Kommen

Sie doch einmal herauf zu mir, Fairford, und nehmen auch Sie mal ein Auge voll.«
Mr. Fairford tat, wie ihm geheißen, und sah dann scharf nach Luv in die Richtung, die Kaper ihm angab.
»Ist es das, was wir suchen, oder nicht, was meinen Sie?« fragte Kaper.
»Jawohl, Kerr Kaptän«, antwortete Fairford. »Das wäre es, wenn wir es holen könnten.«
»Kemble, herauf hier«, befahl Kaper und stieg selbst herunter. »Sie haben die besten Augen im Boot. Sehen Sie mal nach, und sagen Sie, was Sie davon halten. Weitermachen, die übrigen! Ich habe mit Kemble gesprochen und nicht mit euch.«
Kemble kletterte ebenfalls auf die Ducht und starrte etwa eine Minute nach Backbord.
»Es ist ein großer Klipper«, sagte er dann, »und läuft auf uns zu, wenigstens nach dem, was ich bis jetzt von ihm ausmachen kann.«
»Wir wollen das Notsignal wieder setzen«, befahl Kaper, dann ging er an das Ruder und holte das Boot höher an den Wind, bis es Kurs auf das fremde Schiff hatte. Danach stellte er sich wieder zu Kemble auf die Ducht und hielt Ausguck.
Nach einer Weile rief Kemble plötzlich: »Nanu?!« Kaper vermochte zwar keinen Grund für dieses Erstaunen zu erkennen, aber er hatte alle Hochachtung vor dem alten Seemann und vor seinen weitsichtigen Augen, die daran gewöhnt waren, in das Flimmern und in den Wind zu starren und noch den winzigsten Punkt oder Fleck auf der fernen Kimmung zu enträtseln. »Was ist?« fragte er.
»Lassen Sie mich noch einen Augenblick hinsehen, Herr Kaptän«, antwortete der alte Kemble. »Das Schiff läuft wenigstens nicht von uns weg.«
»Macht da mal Ausscheiden!« rief Kaper den Männern zu, die an Deck arbeiteten, »und macht die Riemen klar. Sie, Stratton und Efans, nehmen die Bugriemen, Edgeworth und Tarlton die mittschiffs, Coates und Clutterbucke, die Schlagriemen. Vielleicht können wir dem Boot etwas helfen.«
Die Männer waren in den zwei Tagen schwächer geworden, aber sie nahmen die Riemen und pullten, und selbst wenn sie dem Boot auch nicht viel halfen, immerhin halfen sie ihm doch.
Kemble hielt noch immer Ausguck, aber dann endlich meinte er: »Ich weiß nicht, Herr Kaptän, ich weiß nicht, was ich dazu sagen soll.«
»Was denken Sie denn?«
»Ich weiß auch nicht mal, Herr Kaptän, was ich davon denken soll. Es ist ein großer Klipper und liegt anscheinend beigedreht. Ich glaube nicht, daß er Fahrt darauf hat.«

»Vielleicht ist es ein Walfänger, der die Boote zu Wasser hat. Sehen Sie die Boote? Sieht einer von euch Boote?«
»Nein, Herr Kaptän, ein Walfänger ist es nicht«, entgegnete Kemble. »Es ist ein großer Klipper mit hohen Masten. Ein Walfänger hätte nur so kurze Stümpfe und außerdem ein Krähennest. Ich bin auf einem Walfänger gewesen. Den würde ich auf den ersten Blick erkennen.«
Sie hatten das Schiff auf etwa drei Meilen gesichtet. Das Boot lief fünf Meilen in der Stunde, aber es schien, als ob es über die Entfernung nur so kröche und als ob sie sich nie verringern wollte.
»Jawohl, richtig!« sagte Kemble. »Sie haben die Großrahen backgebraßt.«
»Aber sagen Sie mir nur: warum? Vielleicht ist ein Mann über Bord gegangen, und sie haben deswegen die Boote zu Wasser. Hallo, Ausguck, Chedglow, sehen Sie irgendwelche Boote?«
»Nein, Herr Kaptän.«
»Ein Glück für uns«, meinte Fairford, »wenn auch Pech für den, der da über Bord gefallen ist. Das dauert immerhin eine Stunde, ehe sie die Boote wieder einsetzen, und in der Zeit haben wir sie gefaßt.«
Die Minuten zogen sich endlos, das Boot schob sich näher und näher. Plötzlich sagte Kemble: »Ich möchte bald glauben, sie haben Feuer an Bord.«
»Sehen Sie Rauch?«
»Nein, Herr Kaptän, Rauch nicht, nur daß sie vor Untersegeln beigedreht liegen. Was auch an Bord los ist, sie müssen alle Mann bei der Arbeit sein.«
»Wahrscheinlich haben sie Kohlengrus geladen, meinte Fairford. »Das Zeug fängt schon an zu glühen, wenn man es bloß ansieht, und brennt, wenn einer nur anfängt zu singen. Sie haben beigedreht und pumpen das Schiff mit alle Mann voll Wasser.«
»Manchmal fliegt dann von dem Dampfdruck das Deck in die Luft«, sagte Edgeworth beim Pullen. »Wenn du meinetwegen hundert Tonnen glühend heiße Kohle unten im Raum hast und du gießt dann Wasser drauf, dann entwickelt sich solch ein Dampfdruck, daß er schlankweg die Masten herausschmeißt.«
»Wenn schon, dann möchte ich lieber mit diesem Kahn hier als mit dem Riesenpott da drüben in die Luft fliegen«, knurrte Stratton.
Wieder vergingen endlose Minuten, bis sie auf etwa anderthalb Meilen heran waren und das Schiff, wenn es sich mit den Seen hob, deutlich erkennen konnten.
»Das ist der *Hahn*, Herr Kaptän!« rief Rodmarton.
»Sie meinen die *Bird of Dawning*?«
»Jawohl, Herr Kaptän. Das ist der *Hahn*! Ich bin da an Bord gewesen. Das ist der *Hahn*!«

»Ich glaube, er hat recht, Herr Kaptän«, sagte Kemble. »Es ist der *Hahn*. Dann aber werden sie kaum Feuer an Bord haben, dann ist sicher ein Mann über Bord.«

»Oder es ist leckgesprungen«, meinte der alte Fairford, »hat eine Planke losgerissen oder ist auf ein Wrack gelaufen, und alle Mann sind nun dabei, das Leck zu dichten.«

»Ich weiß wirklich nicht, was ich davon halten soll«, wiederholte Kemble. »Ich möchte beinahe meinen, daß die Backborddavits gefiert sind. Hin und wieder luvt das Schiff etwas an, und dann sieht es so aus, als ob das Boot zu Wasser wäre.«

»Ich glaube, es ist leckgesprungen«, sagte Kaper. »Kommt da nicht Wasser aus den Speigatten? Dann sind alle Mann an Deck und an den Pumpen.«

Kaper löste für eine Meile Coates beim Pullen ab, dann stieg er wieder auf die Ducht. In allen Herzen war jetzt die Hoffnung wach, daß sie gesichtet und an Bord genommen würden. Selbst wenn die *Bird of Dawning* brennen sollte und wenn sie jeden Augenblick in die Luft fliegen könnte oder wenn sie leck und kurz vor dem Absacken wäre, so würden sie doch einmal wenigstens ihre Beine ausstrecken und essen und trinken können und vielleicht sogar einmal eine Nacht nicht in diesem verfluchten Boote schlafen brauchen. In diesen Augenblicken war das Schiff ganz deutlich zu erkennen, wie es mit backgebraßten Großrahen sich senkte und wie es sich dann wieder hob und das Wasser aus sich herauswarf.

»Bei Gott, Herr Kaptän«, sagte Kemble, »mit dem Schlitten da ist irgend etwas nicht in Ordnung. Der Großreuel hat sich losgerissen, und sie haben nicht einmal einen Jungen nach oben geschickt.«

Es war ganz klar zu sehen: das Backbordschothorn des Reuels schlug und flatterte wie eine Flagge auf Halbmast, und niemand an Bord kümmerte sich darum.

»Das Boot ist zu Wasser«, sagte Kaper, »nur merkwürdig, daß wir nichts davon sehen.«

»Mir scheint, Herr Kaptän«, sagte der alte Fairford, »das Schiff liegt zu tief im Wasser. Es ist verlassen und am Sinken, das scheint mir.«

»Meiner Ansicht nach könnten Sie recht haben«, gab Kaper zu. »Das Schiff liegt jedenfalls tiefer im Wasser als es sollte, und Leute kann ich auch nicht erkennen an Bord.«

»Ich auch nicht, Herr Kaptän, bestätigte Kemble. »Es ist verlassen, das glaube ich bestimmt.«

»Kann einer von euch Dampf oder Rauch an der Wasserlinie erkennen?« fragte Kaper. Niemand sah etwas, aber alle gaben zu, daß das Schiff tiefer im Wasser läge, als es sollte.

»Sicher ist es leck«, sagte Kemble. »Es rollt zu schwer. Seht ihr?! Das Gewicht des Wassers im Raum arbeitet jedesmal dagegen an.«
Sie waren noch ein ganzes Stück voneinander entfernt, und bisher hatte das Schiff ihnen auch das Heck zugekehrt, so daß sie nicht allzuviel von ihm zu sehen bekamen. Nur hin und wieder, wenn das Boot ein wenig ausschor oder wenn das Schiff etwas anluvte, zeigte es seine Breitseite und alle die wohlbekannten Einzelheiten. Es war ohne Frage die *Bird of Dawning*. Sie hatten auf Pagoda-Reede zwei Monate lang neben ihr gelegen, und allein drei Leute im Boot hatten auf ihr gefahren. Es war bestimmt der *Hahn*.
»Riemen ein!« befahl Kaper. »Coates, übernehmen Sie das Ruder.«
Es war ein Klipperschiff von 1300 Tonnen, mit einem herrlich geschwungenen Bug und einem halbrunden Heck, mit einer kurzen Back, einer etwas langen Poop und mit einem kühnen Sprung. Es war über der Wasserlinie weiß gestrichen und die eine Hälfte der Backbordseite erst in den letzten Tagen für die Heimkehr nach London frisch gemalt, dagegen die Farbe auf der anderen Hälfte noch abgeblättert und rostig vom Seewasser. Auch Masten, Stengen, Rahen, Blöcke und was vom Deck und den Aufbauten sonst zu sehen war, leuchtete weiß. Beide Boote schienen ausgesetzt.
Das Schiff schlingerte und arbeitete schwer mit seinem Geschirr. Gleichzeitig mit dem Backbrassen der Großrahen waren der Großskeusel festgemacht, Großsegel, Kreuzsegel und Besan aufgegeit und Groß- und Kreuzstagsegel fliegen gelassen. Alle diese Segel flatterten jetzt an den Rahen und rissen an den Blöcken. Das Schiff selbst rollte in der gischtenden See, nahm Wasser an Deck und warf es sprühend aus allen Speigatten wieder heraus. Hoch oben der losgerissene Großreuel flappte und blähte sich, daß die Rahe sich bog.
»Roddy, sing deinen Bruder aus«, sagte Tarlton.
»Mir ist wirklich nicht nach Singen zumute«, antwortete Rodmarton. »Ich muß immer daran denken, wo mein Bruder wohl sein mag.«
»Da! Da!« rief Bauer. »Ich sehe die Leute an den Brassen. Sie holen die Großrahen steif.«
»Hol du deine Nase steif!« knurrte Tarlton ihn an.
»Nein! Nein!« rief Bauer. »Sie sehen uns nicht und segeln los.«
Alle hatten längst das gleiche befürchtet. Es war durchaus möglich, daß die Mannschaft unten im Raum an einem Leck oder – weniger wahrscheinlich – an übergegangener Ladung gearbeitet hatte, jetzt an Deck gekommen war, die Großrahen braßte und davonsegelte. Es war auf diese Art ebensogut möglich, daß sie das Boot überhaupt nicht in Sicht bekamen, weil alle Mann, an Deck beschäftigt, die Blicke nur nach oben gerichtet hielten und der Kapitän selbst nur Gedanken für die Weiterreise hatte.
Sie beobachteten zu Tode erstarrt immer nur die Großrahen, ob sie sich nicht

doch plötzlich herumschwingen würden. Aber es geschah nicht. Dafür schwang jetzt das Schiff herum, hob den Bug, senkte ihn wieder, holte schwer über, als wolle es zeigen, daß sein Deck wirklich von der Mannschaft verlassen lag, ließ einen langen weißen Brecher über die Reling laufen, nahm unzählige Tonnen Wasser an Bord und schien sein Haupt zu schütteln, als wolle es sagen, daß auch das ihm nichts ausmache.

»Es ist niemand an Deck«, sagte Kaper. »Das Schiff ist verlassen, das sieht ein Blinder. Die Boote sind ausgesetzt, die Fallen treiben in der See.«

»Mir kommt das alles so wunderlich vor, Herr Kaptän,« erwiderte Kemble. »Was mit dem Schiff geschehen ist, muß plötzlich geschehen sein. Es lief unter vollem Zeug, aber dann mit einem Male ist etwas passiert, daß die Leute von Bord mußten. Aber was ist passiert? Und warum gingen sie von Bord?«

»Ja, und wann?« fragte der alte Fairford. »Das tut doch eine Besatzung sonst nicht, ein sinkendes Schiff zu verlassen, ehe es nicht wirklich sinkt, und die Boote bleiben doch auch für gewöhnlich in der Nähe, bis das Schiff weggesackt ist. Aber ich sehe keine Boote.«

»Glauben Sie nicht«, gab Kaper zurück, »daß sie vielleicht deswegen das Schiff verlassen haben, weil sich ihnen zufällig eine Möglichkeit zur Weiterreise bot? Meiner Ansicht nach ist ein Schiff vorbeigekommen, hat ihnen angeboten sie an Bord zu nehmen, und das Angebot haben sie angenommen.«

»Mag sein«, entgegnete Fairford, »aber ich sehe auch kein Schiff, und es ist doch seltsam, daß ein Mann wie Kapitän Miserden angenommen haben sollte, sein Schiff wäre am Sinken, wenn es gar nicht am Sinken ist.«

»Das Schiff hat einen Haufen Wasser im Raum«, sagte Kaper, »und nehmen Sie einmal an, es war leck und die Pumpen klemmten sich oder waren gebrochen, so daß sie nicht mehr funktionierten, und alle Mann kreuzlahm vom Pumpen und nur darauf bedacht, von Bord zu kommen: wenn solch einem Augenblick ein Schiff vorbeiläuft und ihnen die Möglichkeit bietet, dann kann es sein, daß sie zugreifen. Aber, gewiß, trotzdem ist es sonderbar.«

»Es ist sogar sehr sonderbar, wenn ich das einmal sagen darf«, fügte der alte Fairford hinzu.

»Ich habe schon mehr als ein Leck mitgemacht«, sagte Kemble, »und auch sehr sonderbare: schwere Leckstellen, die einfach nicht zu finden waren, oder andere, die den einen Tag knapp einen Zoll Wasser sickerten und den nächsten gleich einen ganzen Fuß Wasser durchließen. Wir sagten dann immer: ein Fisch ist im Raum. Vielleicht war es auch so, vielleicht aber war auch bloß eine Planke losgegangen und hatte sich wieder dichtgesetzt, und darum haben wir das Leck nie gefunden. Das Schiff da hat bestimmt so ein Leck, das nicht zu finden ist oder an das man nicht herankam. Manchmal bricht Wasser ein wie das leibhaftige Jüngste Gericht, daß alle Mann einen Todesschrecken

kriegen, aber wenn sie dann von Bord sind, zieht sich das Leck wieder dicht. Genau so wird das auch hier sein, denn darauf könnt ihr ab: was auch mit dem Schiff los ist, es hat böse was weg.«

»Es ist aber noch etwas anderes möglich«, meinte Edgeworth. »Einen Tag vor unserer Ausreise vom Minfluß war ich an Land, hatte schwer einen in der Krone, eine Menge Geld verwichst und war voll wie 'ne Strandhaubitze. Der Hafendoktor brachte mich in seiner Barkasse an Bord, und dabei habe ich gehört, wie er zu Kapitän Duntisbourne sagte: »In den ganzen Provinzen ist jetzt schon wieder die Pest ausgebrochen, aber was erst im Juli sein wird, mag der Himmel wissen.« Sollte man da nicht annehmen, daß sie da an Bord die Pest gekriegt haben, daß so viele gestorben sind, daß sie die Segel nicht mehr mannen konnten und deswegen von Bord gehen mußten?«

»Das glaube ich nicht«, wandte Fairford ein. »Die Pest hätte sie umgebracht, noch bevor sie Anjer passierten.«

»Aber es gibt andere Krankheiten«, meinte Kemble, »die langsamer ausbre-

chen: Grünes Kaffee-Fieber zum Beispiel, das man in der Javafahrt kriegt. Warum sollte es nicht auch Schwarzes Tee-Fieber geben?«
»Weil es das eben nicht gibt«, entgegnete Kaper. »Ihr seid alle jahrelang schon in der Chinafahrt und habt noch nie davon gehört. So etwas gibt es nicht.«
»Dafür gibt es aber noch andere tödliche Fieber«, beharrte der alte Kemble. »Da braucht man gar nicht erst lange zur See gefahren zu sein, um das zu wissen. Ich habe mal eine Brigg in Swansea einkommen sehen, mit Kupfererz von Havanna, in einem heißen Sommer, und nur zwei Mann am Leben, alle anderen waren gestorben am Gelben Fieber, und einige, die das Schiff löschen wollten, starben auch. Man muß sich klar darüber sein, daß es den Tod versuchen heißt, wenn man an Bord von solch einem Schiff geht. Der *Hahn* hat Wasser im Raum, das kann jeder sehen, aber das braucht nicht der eigentliche Grund zu sein. Vielleicht liegen alle Mann tot in ihren Kojen bis auf die, die in die Boote gegangen sind.«
»Det is richtig, jawollja«, sagte Efans. »Det Schiff is vaflucht.«
»Aber wir sind auch nicht gerade gesegnet«, sagte Kaper. »Ich werde an Bord gehen und will sehen, was los ist, verflucht oder nicht verflucht.«
Je näher sie dem Schiff kamen, desto unheimlicher wurde ihnen sein Anblick.
»Es gibt noch etwas anderes als Fieber«, begann Clutterbucke, »die Gottlosigkeit der Menschen; nichts ist schlimmer als das. Es gibt noch immer Piraten. Vielleicht sind ein paar solcher gottlosen Menschen an Bord gekommen, haben die Leute gefangengesetzt oder getötet und die Vorräte und das Geld, das an Bord war, geraubt.«
»Oder die Mannschaft selber hat es getan, hat die Offiziere umgebracht und ist in den Booten geflohen«, meinte Tarlton.
»Jawollja, det Schiff riecht nach Blut«, unkte Efans.
»Da waren ein paar Malaien an Bord«, wußte Rodmarton. »Kapitän Miserden hat sie angeheuert. Die halten zusammen wie Pech und Schwefel, aber manchmal kriegen sie auch einen Anfall und laufen Amok und morden alles, was ihnen in die Quere kommt, und am Ende sich selbst.«
»Ich möchte nicht gerade ein Bangemacher sein«, sagte Coates, »aber eben, als das Schiff überholte, glaube ich bestimmt, daß ich eine Leiche an Deck gesehen habe.«
»Dann ist das der Grund, Herr Kaptän«, schloß Fairford. »Entweder sind Piraten dagewesen, oder die Mannschaft hat die Offiziere umgebracht und ist in die Boote gegangen.«
»Es gibt keine Seeräuber mehr«, erklärte Kaper, aber, während er es sagte, war er sich dessen bewußt, daß jederzeit in einer Mannschaft Piratengelüste aufkommen können.

»Haben Sie nie etwas von der *Flowery Land* gehört, Herr Kaptän?« fragte Stratton.
»Da kannst du Gift drauf nehmen«, entgegnete Kemble. »Aber die Mannschaft ist geschunden worden und halb verhungert, bis sie es einfach nicht mehr aushalten konnten. Dann erst haben sie die Offiziere getötet, die Ventile aufgedreht, um das Schiff zu versenken, und sind ausgerückt.«
»Viele Heimkehrer lassen ihre Mannschaften hungern«, sagte Bauer. »Die armen Teufel müssen oft Schmierfett fressen.«
»Dann sehe ich nicht ein, warum sie das Schiff nicht verbrannt haben«, meinte Tarlton, »anstatt es wegsacken zu lassen.«
»Seeräuber verbrennen niemals ein Schiff«, erklärte Stratton. »Ein brennendes Schiff zieht jedes andere in zwanzig Meilen Entfernung auf sich.«
Edgeworth schwieg. Kaper sah ihn an. Er wußte, daß Edgeworth eine Zeit seines Lebens selbst zu jenen Männern gehört hatte, die Grund haben, ein Schiff nicht zu verbrennen, und er wußte auch, daß Edgeworth diesen Zeitraum seiner Vergangenheit keineswegs etwa bedauerte, nur er schwieg eben darüber.
»Mein Gott, liegt das Schiff tief im Wasser«, sagte Coates. »Es sieht genau so aus wie die *Blackgauntlet*, kurz bevor sie über Kopf ging, und das hier geht denselben Weg, glaubt mir das.«
Clutterbucke hatte das Schiff angestarrt, daß seine Augen einen visionären Glanz bekamen, und rief jetzt mit lauter Stimme.: »Wenn es über uns kommt, so ist es Gottes Wille, meine Brüder!« Er schwankte hin und her, betete und weinte und begann dann mit hoher, klarer Stimme zu singen:

Laß jeden, der da mutlos ist,
doch warten für und für,
und wenn du selbst auch schwach nur bist,
klopf an an Gottes Tür
und ruf und ruf die ganze Nacht,
bis dir dereinst der Morgen tagt.

Er sang die letzten beiden Zeilen immer und immer wieder, während das Boot sich nun langsam an das Schiff heranschob.
Sie kamen von achtern auf. Manchmal sahen sie nur das Heck, manchmal die ganze Backbordseite. So aus der Nähe aber bot das Schiff viel eher einen bedauernswerten als einen schreckerregenden Anblick. Alle die kleinen Nachlässigkeiten, zu denen der Seemann stets neigt, triumphierten ungehemmt und gaben ihm erst eigentlich den Stempel des Verlassenen. Die Bootstaljen hingen auf beiden Seiten in das Wasser. Manchmal, wenn das Schiff überholte, hob es sie heraus, als ob es einen Fisch gefangen hätte, ließ sie pendeln und

krachend gegen die Reling schlagen. Die Stagsegel klappten herum und rasselten mit den Schoten. Das ganze Schiff stöhnte, krachte, knarrte mit Blökken, Pforten und in den Verbänden. Die Glocken schlugen dann und wann an. Pützen und Farbtöpfe rollten lose über Deck von Seite zu Seite und ratterten, als ob kleine Teufel aus lauter Freude über die Zerstörung ihre Trommeln schlügen. Hin und wieder, wenn das Schiff gierte und wenn der frische Wind darunter faßte, blähte sich donnernd ein Segel, schlug und sank wieder in sich zusammen oder hob sich schmetternd in die Luft.
»Wenn das Schiff noch länger so dabeibleibt«, meinte Mr. Fairford, »dann kostet das ein Vermögen an Segeln.«
»Allerdings«, sagte Kaper, »aber seht alle mal nach der Wasserlinie: die Farbe ist offenbar nicht abgeblättert.«
»Nein, Herr Kaptän«, gaben ihm die Leute zu, »die Farbe ist nicht abgeblättert. Die Ladung hat nicht gebrannt.«
»Wenigstens nicht schwer gebrannt, aber es ist Wasser im Raum.«
»Wenn ich das noch mal sagen darf, Herr Kaptän«, gab Kemble zu bedenken, »ich sage es auch nur, um Sie zu warnen, aber es ist meine Meinung: sie haben eine tödliche Krankheit an Bord gehabt, haben die Ventile geöffnet, um das Schiff zu versenken, und sind in die Boote gegangen.«
»Das ist sehr gut möglich«, gab Kaper zurück, »und es ist ebensogut möglich, daß sie ein paar sterbende Leute an Bord zurückgelassen haben. Es kann Gelbes Fieber gewesen sein oder die Blattern. Deswegen werde ich zunächst einmal allein oder mit Ihnen, Rodmarton, an Bord gehen, denn Sie kennen das Schiff. Solange laßt ihr andern euch an einer Leine achteraus schleppen. Sie haben mich verstanden, Mr. Fairford? Sie lassen uns an Bord, stoßen dann ab und halten sich klar vom Schiff. Es sieht mir verdächtig aus.«
»Mir auch, Herr Kaptän«, stimmte Fairford zu. »Ich werde das Boot schon klarhalten, wenn Sie nur eine Leine ausstecken wollen.«
Sie hatten das Segel fieren lassen und waren herangerudert. »Bei Gott, ich habe ihr doch immer unrecht getan, sie hat doch ein schönes Achterschiff«, sagte Kaper, als das Halbrund des Hecks sich jetzt hoch über ihnen erhob und in einem goldenen Kranz Name und Heimatort des Schiffes erkennen ließ: *Bird of Dawning* – London – Das Licht folget mir nach.
Über und unter dem goldenen Kranz aber befand sich das Sinnbild des Schiffes: ein weißer Hahn mit roten Rückenfedern und goldenen Sporen.
»Das Licht folget mir nach«, buchstabierte Edgeworth. »Aber wir folgen dir nach, alte Kuh. Merk dir das.«
»Einen Augenblick«, sagte Kaper. »Bevor wir längsseit gehen, müssen wir das Schiff anrufen. Alle Mann!«
Alle vereinten ihre Stimmen zu dem Ruf:

»*Hahn*, ahoi!, *Bird of Dawning*, ahoi!«
Sie hatten keine Antwort auf ihren Ruf erwartet, aber es kam dennoch eine Antwort. In dem Hühnerstall am Großmast krähte leise ein Hahn.
»Himmel, ein Hahn!«
»Dann kann das Schiff auch nicht verlassen sein, Herr Kaptän«, sagte Rodmarton. »Sie hätten niemals die Hühner an Bord gelassen. Sie müssen alle an der Seuche gestorben sein.«
»Und wer hat die Boote ausgesetzt?« fragte Kaper. »Nein, sie sind Hals über Kopf von Bord gegangen, in der Meinung, das Schiff würde sinken, aber es ist eben nicht gesunken.« Er runzelte die Stirn und rätselte an dem Fall herum. Dann aber stand er auf und rief noch einmal: »*Bird of Dawning*, ahoi!« Wieder krähte der Hahn, als antwortete das Schiff selbst. Die meisten Leute murmelten, sie wollten verdammt sein.
»Je eher wir das Schiff untersuchen, desto besser«, sagte Kaper. »Hier können wir warten, bis wir schwarz werden.« Dabei zog sich ihm selbst das Herz zusammen vor dem Gedanken an die Bilder des Schreckens, die ihn dort, nur wenige Faden entfernt, in den Deckshäusern erwarteten. Aber neben der Furcht stand die Hoffnung, wenigstens neuen Proviant aus dem sinkenden Schiffe bergen zu können.
»Halten Sie unter die Taljen, Coates«, befahl er. »Rodmarton, Sie nehmen die vordere Fangleine, ich die achtere. Wahrschau mit den Backbordriemen! Edgeworth, nehmen Sie eine Spiere und halten Sie das Boot frei von der Bordwand, Sie auch Kemble.«
Sie pullten vorsichtig längsseit. Coates stand am Ruder, Rodmarton vorne, Kaper im Heck, klar zum Entern, die beiden alten Leute mit den Spieren in der Hand. Das Schiff hob sich weit heraus, als es von ihnen weg überholte, zeigte den grünen Kupferboden und auf der Bordwand große kahle Flecke, wo die Taljenblöcke gegengeschlagen waren. Einen Augenblick verhielt das Schiff, dann aber rollte es mit einem rasch anschwellenden Rasseln und Rattern zurück, auf sie zu, bis es so aussah, als ob die Rahen wie Speere auf sie herabschießen wollten. »Backbordriemen ein!« befahl Kaper. »Steuerbordriemen einen halben Schlag zurück. Rodmarton, wahrschau!«
Trotz seiner Mattigkeit griff Kaper gewandt wie eine Katze nach der Fangleine, die vom achteren Davit herabhing, enterte auf, schwang sich über die Reling und sprang hinunter an Deck. Rodmarton folgte ihm weit weniger flink. Kaper nahm eine aufgeschossene Leine, lehnte sich über die Nagelbank und rief: »Hallo, da unten! Fangt die Leine, belegt sie an der vorderen Ducht und wartet so lange, bis ich euch sage!«
Er steckte die Leine aus und ließ das Boot achterausfallen, bis es frei vom Heck lag. Alle Mann hatten sich vorne zusammengedrängt und starrten her-

über. Rodmarton stand furchtsam neben der steuerbordschen Nagelbank am Großmast. Die Worte von Kemble und den anderen hatten ihn schwer getroffen. Er dachte nichts anderes, als daß er seinen Bruder nur wenige Meter von sich entfernt in einem der Deckshäuser tot in seiner Koje finden würde. Kaper ging zum Soot und zog den Peilstock heraus. Das Schiff hatte nicht einmal einen Meter Wasser im Raum.
»Rodmarton, kommen Sie mal her!« rief er. »Nur 98 Zentimeter Wasser. Sehen Sie noch mal selber nach, was Sie ablesen.«
Rodmarton fand das gleiche.
»Jawohl, Herr Kaptän. 98 Zentimeter.«
»Und deswegen sollten sie von Bord gegangen sein?«
»Ich weiß es nicht, Herr Kaptän.«
»Dabei ist das Schiff doch schon gestern verlassen worden und hat bis jetzt fröhlich weiter geleckt. Das Wasser mußte gestern also viel weniger gewesen sein.«
»Vielleicht ist es so, wie Kemble gesagt hat: ein Fisch ist im Schiff.«
»Ein Fisch? Ein netter Fisch, muß ich schon sagen.«
»Jawohl, Herr Kaptän.«
Kaper stieg zum Hühnerstall hinauf und öffnete die Klappe. Ein Hahn gluckste, hüpfte herunter an Deck, klappte mit den Flügeln und krähte. Fünf Hühner folgten ihm nach. Kaper griff in den Futterkasten auf dem Stalldach, warf ihnen ein paar Körner hin und füllte ihre Trinkschale unter der Wassertonne.
»Wollen Sie nicht auch trinken, Herr Kaptän?« fragte Rodmarton.
»Trinken Sie«, antwortete Kaper, »ich habe den Leuten im Boot noch etwas zu sagen.« Er ging an die Reling und rief: »Mr. Fairford, geben Sie den Leuten jedem einen Zwieback und einen Becher Wasser!« Dann erst kam er zurück an die Trinkwassertonne und nahm selber einen kleinen Schluck. »Das Faß ist voll«, stellte er fest, »und kann erst gestern oder vorgestern in der Hundewache gefüllt worden sein. Ich möchte annehmen: vorgestern, denn die Hühner waren für die Nacht eingesperrt. Wir wollen jetzt zunächst nach vorne gehen, Rodmarton, und nach Ihrem Bruder Joe sehen.«
»Joe war ein guter Bruder, Herr Kaptän«, schluckte Rodmarton erbärmlich, »und wenn ich nicht so stolz gewesen wäre, könnte ich heute noch mit ihm zusammen sein.«
»Ich glaube keinen Augenblick mehr, daß dies ein Pestschiff ist«, beruhigte ihn Kaper. »Es müssen noch Leute genug dagewesen sein, um beide Boote auszusetzen, die Untersegel zu holen und die Großrahen backzubrassen. Aber hätten Sie je gedacht, daß Aufrechtstehen und Vorwärtsgehen einem solche Freude machten könnte? Ich fühle mich wie neugeboren.«

»Tatsächlich, Herr Kaptän.«
Sie standen jetzt am Achterende des langen vorderen Deckshauses zwischen Fockmast und Großluk. Eine grüne Tür flog knallend auf und klappte beim Überholen des Schiffes wieder zu. »Da drinnen wohnte mein Bruder«, flüsterte Rodmarton. »Ich habe noch zwei Tage, bevor wir ankeraufgingen, bei ihm Tee getrunken und kleine viereckige Zwiebäcke gegessen, andere als bei uns an Bord. Aber, verzeihen sie, Herr Kaptän, ich glaube, ich möchte lieber nicht hineinsehen, ich habe Angst, sie sind alle tot.«
Kapers strenger Ordnungssinn verließ ihn auch jetzt nicht. »Gehen Sie nach achtern, Rodmarton und holen Sie das Großreuelgeitau durch, ehe das Segel noch ganz aus den Lieken fliegt.« Dann ging er zum Deckshaus, hakte die Tür zurück und blickte hinein.
In dem Deckshaus hatten die beiden ersten Bootsleute, die beiden Segelmacher, der Koch und der Zimmermann gewohnt. Die beiden jüngeren Bootsleute schliefen sicher mit im Mannschaftslogis. Es war ein hübscher, sauberer Raum und zeigte auch nicht die leistesten Spuren einer gefährlichen Seuche. Die sechs Kojen waren leer, ihre grünen Vorhänge schwangen leise hin und her, ihre Decken lagen glattgestrichen und klar für die Nacht. Die sechs Kisten waren noch an den Ringbolzen festgelascht, einige als Sitze um den kleinen Tisch, andere unter den Kojen. In den beiden Reservekojen hatten sie die Seesäcke aufgestapelt. Im Schrank standen ihre Eßsachen: eine Schüssel kaltes Labskaus mit einem Löffel darin, eine zugekorkte Flasche Zitronensaft und ein Brotkorb voll mit Zwiebackresten. Kaper steckte etwas von dem Brot in die Tasche und suchte weiter nach einem Schlüssel, der ihm das Rätsel hätte öffnen können, aber er fand keinen, trotz sorgfältiger Beobachtung. Die Pfeifen lagen in den Pfeifengestellen. Auf den Börten an den Kojenwänden war allerhand Schurrmurr aufgestellt und angeheftet, das etwas über den Geschmack und die Liebhaberei der Leute aussagte, die hier geschlafen hatten. Beim Koch hingen zwei buntgedruckte Schilder »Gott ist die Liebe« und »Gott schütze unser Haus«, das eine mit Rebhühnern, das andere mit einem Shetlandpony darauf. Wahrscheinlich hatten ihm seine Kinder das geschickt, ein rührendes Bild und in dieser Umgebung kaum zu ertragen.
Am Fußende der Koje des Zimmermanns lag in einem Gestell ein Modell der *Bird of Dawning* mit Masten und Rahen aus Knochen geschnitzt und bis auf das laufende Gut des Kreuzmastes fast fertig.
In der Koje, die wahrscheinlich dem Bruder Joes gehört hatte, lagen ein paar halbfertige Kistenschäkel.
Kaper ging hinaus zu Rodmarton, half ihm den Großreuel aufgeien und gab ihm etwas Zwieback.
»Da drinnen liegt kein Toter«, sagte er. »Essen Sie das Brot lieber langsam.

Ich gehe jetzt zum Mannschaftslogis. An ihrer Stelle würde ich die Sachen von ihrem Bruder übernehmen.«
»Vielen Dank, Herr Kaptän, das werde ich tun.«
Rodmarton hatte ein weiches Herz, wenn auch für gewöhnlich eine rauhe Schale. Kaper ließ ihn im Deckshaus und ging in das Steuerbordvolkslogis, das sich nach vorne in demselben Aufbau befand.
Es war groß und geräumig, trocken, sauber, mit Kojen für fünfzehn Mann, deren Kisten noch an Ort und Stelle standen. Anscheinend war die Steuerbordwache im Augenblick des Alarms unter Deck und zu Koje gewesen, wahrscheinlich während der Hundewache und bei Tage, denn die Männer hatten auf und nicht unter den Decken gelegen. Die Eindrücke waren noch deutlich zu erkennen und ließen auf die Körpergröße der Schläfer und manches auf ihren Charakter schließen. Aber kein Anzeichen von Krankheit oder gar Tod.
Am vorderen Ende des Logis hing der Rechen für die Ölmäntel, die dort an ihren Nägeln hin und her schwangen wie eine Reihe ausgedörrter Seeräuberleichen am Galgen. Aus den Kisten war nichts herausgenommen, nicht einmal der Tabak. Die Leute mußten aufgesprungen sein, ein paar Sachen gegriffen und sofort das Schiff verlassen haben. Ihre Eßnäpfe standen noch in den Schränken, und ihre Henkeltöpfe hingen, noch halb voll Zitronensaft, an den Kojenkanten. Wie auf allen heimkehrenden Schiffen enthielten die Kojen Sachen, die die Leute selber anfertigten: Modelle der »Bird of Dawning« mit winzigen Blöcken aus Samenkörnern; sorgsam getrocknete Haifischwirbel, aus denen Spazierstöcke gemacht werden sollten; Narwalhörner, in die die Schnitzer unbeholfene Zeichnungen von verschlungenen Tauen, hübschen Mädchen, Herzen, Pfeilen und Schiffen eingeritzt hatten; Albatrosfüße, aus denen Tabaksbeutel gemacht wurden; kleine Schiffe mit heruntergeklappten Masten, die durch die Hälse von halb mit Kitt gefüllten Flaschen bugsiert und deren Riggen dann mit einem geschickten Ruck an einem Faden aufgerichtet und bei allen Beschauern staunende Bewunderung erregen würden, wie die Schiffe wohl dahineingekommen sein mochten. Alle diese winzigen Kostbarkeiten waren halbfertig in den Kojen zurückgelassen worden. Einige waren auf ihre Art wirklich kleine Kunstwerke, von steifen Fingern nur mit Hilfe eines Messers und von ein paar Nägeln und unter Opfern an Schlaf in vielen Freiwachen angefertigt.
Kaper ging über Deck herum in das Backbordlogis auf der anderen Seite des Schotts. Es bot das gleiche Bild wie nebenan, nur daß die Back noch nicht abgegessen war, als die Leute das Logis verließen. Die Reste der Mahlzeit waren vom Tisch heruntergefallen und hierhin und dorthin gerollt unter Kojen und hinter Kisten. Welche Mahlzeit es gewesen sein mochte, konnte Kaper

schwer entscheiden: wahrscheinlich Frühstück oder Abendbrot, denn die große Kanne, die irgendein heißes und mit Sirup gesüßtes Getränk enthalten haben mußte, rollte zwischen den Eßnäpfen umher.
Nach vorne zu, unter demselben Dach wie das Logis, befand sich die Kombüse. Sie war abgeschlossen, entweder vor oder nach der Tagesarbeit, jedenfalls aber beim Verlassen des Schiffes. Der Herd war sauber aufgeklart, das Feuerholz zum Anmachen aufgeschichtet. Unmittelbar neben der Kombüse schloß sich der Raum für die Hilfsmaschine an, die einstmals Rodmarton bedient hatte. Hier aber prallte Kaper denn doch überrascht zurück.
Beide Türen des Maschinenraumes standen offen. An Deck lagen Säcke, Schraubenschlüssel und Kohlenstücke wild verstreut. Offensichtlich hatte die verschwundene Mannschaft die Maschine in Gang setzen sollen, um die Pumpen damit zu treiben. Kaper verstand etwas von Maschinen, und seiner Ansicht nach mußte diese durchaus in Ordnung sein, ja er zweifelte keinen Augenblick daran, daß sie sogar tadellos in Ordnung sei, wie alles, was Kapitän Miserden unter der Hand hatte. Sie war eingefettet und geschmiert und die blanken Teile geputzt. Der Segeltuchbezug lag sorgfältig zusammengefaltet daneben. Das Feuer hatte gebrannt, aber der Dampf war nie angelassen und der Kabelar zu den Pumpen nie aufgesetzt worden.
Rodmarton kam wieder zurück zu Kaper. Er war schreckensbleich, er dachte an seinen so rätselhaft dahingegangenen Bruder, das leere Schiff bedrückte ihn, er hatte Angst, allein zu bleiben.
»Sehen Sie hier, Rodmarton, die Maschine ist in Ordnung, aber sie hat keinen Dampf gekriegt und ist nicht gelaufen. Warum nicht? Warum nur um alles in der Welt nicht?«
»Das begreife ich auch nicht, Herr Kaptän. Aber soll ich Ihnen sagen, was ich glaube, Herr Kaptän? Ich glaube, einer von diesen Riesenpolypen ist heraufgetaucht, hat mit seinen Fangarmen alle Leute von Bord heruntergerissen und sie aufgefressen.«
»Und die Boote vielleicht dazu?«
»Jawohl, Herr Kaptän, und die Boote dazu.«
»Das können Sie Ihrer Großmutter erzählen, aber keinem Seemann. Mensch, begreifen Sie denn nicht?! Das Schiff ist leckgesprungen, ganz plötzlich, das Wasser ist nur so hereingeströmt, hat alle Mann in eine Todesangst versetzt und sie von Bord getrieben, als sich ihnen die Möglichkeit bot, von einem anderen Schiffe aufgenommen zu werden. Aber warum haben sie die Pumpen nicht in Betrieb gesetzt? Warum haben sie die Maschine nicht laufen lassen? Hier gab es die Möglichkeit, das Schiff lenzzupumpen. Warum haben sie es nicht versucht?«
»Ich wollte eben selber einen Schlag an die Handpumpe versuchen, aber sie

zog nicht. Meiner Ansicht nach, Herr Kaptän, ist irgendwie Tee in den Pumpeneimer gelangt und hat den Sog verstopft, und das ist auch der Grund, Herr Kaptän, weswegen die Maschine nicht gelaufen ist.«

»Verstopft? Der Gedanke ist mir noch gar nicht gekommen. Teeblätter haben das Pumprohr verstopft?«

»Jawohl, Herr Kaptän.«

»Natürlich, wenn die Pumpen verstopft sind«, sagte Kaper langsam, »das würde vieles erklären«. Bei sich aber dachte er: »Wie ist es möglich, daß sich die Pumpenmündung dichtsetzt? Das Schiff ist vorher ausgefegt, mit Garnier versehen, alles Holzwerk ist geradezu poliert worden, ehe der Tee hineinkam. Obendrein ist die ganze Ladung in Kisten und in Lagen gestaut, alle Zwischenräume mit Matten abgedichtet. Wie können lose Teeblätter nach unten in den Wassergang gelangen?«

Er fand keine Antwort auf diese Frage, darum schob er sie vorerst einmal auf, bis er Dringlicheres besorgt hatte. Er holte einen Becher aus dem Logis, ging unter das Backdeck und öffnete die Luke, die hinab in den Raum führte. Er blickte hinunter in eine Finsternis, die stickig, heiß und schwer, aber mit dem süßen Duft des Tees angefüllt war. Er konnte dort unten nicht viel mehr erkennen als den Umriß des Lukenfülls, und nichts anderes vernehmen als die nie schweigenden Geräusche im Holzwerk eines Schiffes.

»Ich werde hier nach unten steigen«, sagte er zu Rodmarton. »Ich muß das Leck finden.«

Rodmarton gab deutlich zu erkennen, daß er der Meinung war, dort unten müsse noch immer der riesenhafte Polyp lauern, und etwas von seinem Furchtgefühl überkam auch Kaper, als er über den Lukenfüll und die neun eisernen Rungen in das Zwischendeck hinabstieg. Er wußte: irgendwo da unten in der Finsternis lauerte das Unheil, das an die vierzig Männer von Bord gejagt hatte, aber was es war, das sollte er jetzt herausfinden. Er stieg langsam nach unten und tastete sich mit den Füßen den Weg. Er glaubte nicht an den Riesenpolypen, aber das Licht, das er eben verlassen und das durch die Luke herabfiel, schien ihm dennoch kostbarer zu sein als irgendein Licht, das er je erblickt hatte.

Er stieß mit dem Fuß gegen den Süll der Vorspiekluke, wandte sich und sah sich im Zwischendeck um. In dem durch die Luke einfallenden Licht erkannte er neben sich ein paar Fässer, tastete hinein und fand, daß sie Sand, Steine, Segeltuchlappen und Bürsten enthielten, alles Dinge zum Deckscheuern. Als seine Augen sich an das Dämmer zu gewöhnen begannen, erkannte er die Ankerketten, das Rahmenwerk der Spanten, zwischen denen Kohlen für Küche und Maschine lagerten, und nach achtern zu die Wand des Schotts, das die Ladung abschloß. Die Luft war stickig und schwer vom Teedunst.

Die Geräusche des arbeitenden und die See pflügenden Schiffes, das Wimmern und Winseln, das Getöse der Wasserpforten, das unheimliche Gurgeln und Saugen der See an den Bordwänden war hier unten nur noch näher und deutlicher. Alle Augenblicke schien es, als ob Schritte oder Fußgetrappel durch die dunklen Zwischendecks liefen, aber Kaper wußte, daß es die Spannungen und Zerrungen in der Takelage waren, die sich durch die Räume bis hier nach unten fortpflanzten und hier wie Menschentritte klangen. Aber als er noch so stand und ein wenig verstört dem allen lauschte, lief plötzlich etwas schwer und schnell über seine Füße. Er sprang zur Seite, stieß rasch mit dem Fuß zu, aber stieß ins Leere. Es war wohl nur eine große Schiffsratte gewesen, die durch das Leck aus dem unteren Raum hier heraufgetrieben war, aber sie machte ihm dennoch das Herz für ein paar Augenblicke schneller schlagen.

Kaper erinnerte sich an einen alten Schifferkniff: er tastete sich an die Backbordseitenwand, preßte den Becher dagegen und legte das Ohr auf den Becher. Durch dieses Seestethoskop hörte er ein Gurgeln und Klatschen, von dem er wußte, daß es das Geräusch des bereits in das Schiff eingedrungenen Wassers, aber nicht das Rauschen eines gefährlichen Lecks war. Er setzte seinen Becher auf den verschiedensten Stellen an, am Bugband, dann an Steuerbordseite, nach achtern gegen den Laderaum, noch einmal an Backbordseite und horchte wie ein Arzt nach dem geringsten unregelmäßigen, gefahranzeigenden Laut, aber hier im Vorderschiff gab es keinen solchen Laut. Hier vorne besteht im Augenblick zwar keine Gefahr, sagte er sich, doch jedesmal nach dem Überholen ist da ein entsetzliches Gefühl im Schiff. Ja, er hatte bei jedem Überholen das Gefühl, als ob das Schiff den Tod in sich trüge, als ob es jeden Augenblick in die Tiefe sinken und als ob die kleine helle Luke dort oben sich jeden Augenblick unter der grünen Wucht der See würde schließen können.

Er stieg wieder hinauf an Deck, zur großen Erleichterung von Rodmarton. »Kommen Sie mit auf das Dach des Deckshauses. Steigen Sie zu dem Ventilator da hinauf und horchen Sie hinein«. Er selbst kletterte zum vorderen Ventilator und lauschte in die muffig riechende Mündung. Sie sagte dasselbe, was auch der Becher berichtet hatte: es befand sich eine schwere Menge Wasser im Raum, aber nirgends ein rauschender Einbruch.

Und doch, meinte er bei sich selbst, nachem er beide Ventilatoren abgehorcht hatte, und doch muß ein verheerender Wassereinbruch stattgefunden haben. Nur, was hat ihn aufhören machen und seit wann hat er aufgehört? Er schüttelte den Kopf und sagte zu Rodmarton: »Wir gehen nach achtern und versuchen es da.«

In seinem Kopfe reimte er es sich etwa folgendermaßen zusammen: Wahrscheinlich hat sich mittschiffs ein Plankenstoß gelöst, aber auf irgendeine seltsame Weise hat die Ladung ihn wieder dichtgesetzt und oberflächlich verstopft. Wenn es uns gelingt, die Stelle zu finden, dann könnte man eine Leckmatte davor anbringen und das Schiff noch retten.

Auf dem Wege nach achtern fragte er Rodmarton, ob er je etwas davon gehört habe, daß der *Hahn* undicht sei. »Nein, Herr Kaptän«, antwortete der, »solange ich an Bord war, war er dicht wie eine Nuß. Er ist noch ein neues Schiff und kommt jedesmal ins Trockendock. Wir haben niemals an die Pumpen gebraucht, und genau dasselbe sagte mir mein Bruder Joe, als ich ihn letzthin danach fragte.«

Sie kamen an die Achterluke zwischen den Bootsgalgen unterhalb des Regelkompasses. Kaper schob den Deckel zurück. Ein Stoß heißer Luft drang ihm entgegen.

»Wenn nicht vorne, dann muß es hierherum sein«, sagte er, kletterte langsam hinab und blieb im Zwischendeck stehen, um seine Augen an das Dämmerlicht zu gewöhnen.
Während er, die Hand noch an der eisernen Leiter, um sich zu blicken begann, sah er plötzlich zwei grüne Augen, die ihn vom Schott her starr und gespannt anglühten. Für einen Moment schoß ihm der Gedanke an den Polypen durch den Kopf. »Wer da?!« rief er. »Komm heraus da!«
Es raschelte und miaute leise, es kam an seine Füße und scheuerte sich an seinen Beinen: es war eine kleine schwarze Katze. »Arme Pussi«, sagte er, »haben sie dich nicht gefunden, als sie von Bord gingen?« Er beugte sich zu ihr nieder, kraute ihr den kleinen Kopf, nahm das schnurrende Tier auf den Arm und setze es an Deck. »Hier, Rodmarton, haben Sie was zu spielen. Geben Sie ihr Wasser, aber passen Sie auf, daß sie uns nicht an die Hühner geht.«
Kaper stieg wieder hinunter und setzte seinen Becher wie vorhin gegen die Backbordseitenwand, aber auch hier war nichts von einem Einbruch zu hören. Als er es an Steuerbordseite versuchte, schien ihm, als käme ein neues Geräusch an sein Ohr. Er versuchte es weiter vorne, ohne Erfolg, dann aber weiter nach achtern, glaubte er bestimmt, Wasser in das Schiff rauschen und klatschen zu hören. Er versuchte es bis an das Schott, das sich quer durch das Zwischendeck zog und hinter dem sich die Segelkammer und das Lazarett befanden. Das Geräusch schien von weit achtern zu kommen, jetzt wie ein Klingeln, dann wie ein Plantschen, je nachdem das Schiff überholte. Zweifellos war dort ein Leck, und er war gespannt, ob es nicht gar am Achtersteven oder sonst einer schwer zugänglichen Stelle liegen würde, an der man keine Leckmatte anbringen konnte. Er kletterte an Deck und rief Rodmarton: »Das Leck ist achtern an Steuerbordseite. Kommen Sie mit.« Das Vorderschott der Poop auf der *Bird of Dawning* war mittschiffs ausgebuchtet. Durch dieses Halbrund führte eine grüne Tür in einen Gang und an dessen Ende weiter in den Salon. Wie üblich auf diesen Schiffen, lagen die Kammern des Ersten und des Zweiten Steuermanns zu beiden Seiten des Ganges, dann folgte die Anrichte und die Kammer des Stewards, dann der Niedergang, der zum Kartenhaus hinaufführte, und dann der Salon, der sich quer über das Achterschiff hinzog. Kaper erinnerte sich von seinem Besuch auf Pagodareede an den Weg, und Rodmarton war als Matrose hier achtern gewesen, wenn er sich Tabak oder Zeug oder Ausrüstungsgegenstände gekauft hatte. Kaper blieb vor der Pantry stehen, tastete im Halbdunkel auf dem Wandbrett nach Kerze und Streichhölzer, fand sie, machte Licht, sah in einer Pfütze mit Wasser – zum Abkühlen – ein Bündel Talglichter und nahm auch sie mit. Gerade vor ihm lag jetzt der große Salon des Schiffes voller Sonne, die durch das Oberlicht hereinfiel. Erst vor wenigen Wochen war Kaper als Bittsteller

und Arbeitsuchender durch diese Tür getreten, nun war er zum zweiten Male hier. Aber was war er jetzt? Und was war das Schiff?
Dort stand der Tisch, an dem Kapitän Miserden, ein großer bleicher schwarzbärtiger Mann mit merkwürdigen Augen, gesessen und ihn empfangen hatte. Der Salon war besser eingerichtet als auf den meisten Schiffen, denn er war ursprünglich für Australienpassagiere bestimmt und mit poliertem und geflammtem Ahornholz getäfelt. Das viele Messing am Oberlicht blinkte, als ob es, wie Kaper bemerkte, erst am Tage vorher geputzt worden wäre.
Ein offenstehender Schrank am Achterschott zog seine Blicke auf sich. Er sah hinein und sah, daß er, wie erwartet, die Chronometer enthalten hatte (es lagen noch Notizen über Chronometerabweichungen darin), aber die Instrumente waren heraus.
Kaper hob die Luke im Fußboden auf, die zum Lazarett und dem achteren Zwischendeck hinabführte. Ein warmer Dunst schlug ihm entgegen, der sich aus Gerüchen der Vielzahl von Vorräten, die dort unten lagerten, zusammensetzte. Der Tee aus der Ladung gab zwar den vorherrschenden Duft, aber dahinein mischten sich die Gerüche eines ganzen Kramladens. Als er, hinabgestiegen, den Raum mit seinen Kerzen ableuchtete, schwand auch die Furcht, daß die Mannschaft etwa ausgehungert sein könnte. Es war das Lazarett eines Heimkehrers, aber der Bestand an Vorräten schien ausreichend genug für den Rest der Reise. Kaper befestigte seine Lichter so, daß sie nicht umfallen konnten, stand und lauschte.
Wie er vermutet hatte, konnte man das Geräusch des einströmenden Wassers hier auch ohne Becher vernehmen. Irgendwo in seiner Nähe mußte es in ziemlicher Menge hereinstürzen, jedenfalls hörte es sich so an, denn der Widerhall in der Höhlung des Raumes verstärkte das Geräuch.
»Ohne Frage«, sagte er sich, »hier achtern an Steuerbordseite sitzt das Leck. Vielleicht kann ich es jetzt finden.«
Er legte sein Ohr auf den Becher an der Bordwand. Das Geräusch wurde sofort deutlicher und schien näher zu kommen. Es war unter ihm, aber weiter nach achtern. Schließlich fand er eine Stelle, bei der es genau unter seinen Füßen sein mußte. Ein Rohr, das hier an der Bordwand hinauflief, gab ihm einen Anhalt. Er stieg rasch wieder nach oben in den Salon und öffnete eine Tür an Steuerbordseite achtern. Wie er erwartet hatte: sie führte in den Waschraum und das Kapitänsbad. Er versuchte Stöpsel und Hähne. Es lief kein Wasser. Plötzlich sprang eine Hoffnung in ihm auf, daß er hier vielleicht den Grund des Unheils gefunden hätte. Im gleichen Augenblick allerdings mußte er selbst den Gedanken schon wieder verwerfen. Es kann unmöglich das allein sein, sagte er sich. Es muß auch noch etwas anderes vorliegen. Das Was-

ser muß in Strömen in das Schiff gekommen sein, und irgend etwas hat dann diesen Strom abgedämmt.
»Haben Sie etwas gefunden, Herr Kaptän?« fragte Rodmarton.
»Ich will gerade wieder nach unten und noch einmal nachsehen«, antwortete Kaper. »Kommen Sie mit. Ich muß einen Mannlochdeckel hochheben, damit ich in den Heckraum hinunter kann.«
Unten im Lazarett, dicht neben der Stelle, auf der er gestanden, befand sich ein Mannlochdeckel, der offensichtlich vor gar nicht langer Zeit hochgenommen gewesen war. Kaper hob ihn auf und blickte hinab auf einen richtigen kleinen Wasserfall. Ein Wasserstrahl sprang durch die Bordwand in den Raum hinein, und als Kaper sich niederbeugte und die Kerze näher heranhielt, sah er den Strahl fast wie ein Rohr aus hellem Metall in einem Bogen hereinschießen und unten aufspritzen.
»Sehen Sie hier, Rodmarton. Das ist zum mindesten ein Teil des Lecks. Der Abfluß aus dem Kapitänswaschraum ist an der Verbindungsstelle gebrochen. Zünden Sie noch ein paar Kerzen an. Ich möchte hinunter und es genauer untersuchen.«
Sehr vorsichtig ließ er sich hinab, tastete nach einem Halt für die Füße und kroch mit seinem Licht nach der Leckstelle. Aber das, was er hier fand, hatte er trotz allem doch nicht erwartet. Das Abflußrohr war dicht an der Bordwand durchgeschnitten, war mutwillig abgebrochen und herumgebogen. Es konnte keinen Zweifel mehr geben: hier war jemand an der Arbeit gewesen, um absichtlich Wasser in das Schiff zu lassen.
»Ist die Bekleidung los, Herr Kaptän?« fragte Rodmarton.
»Nein. Es ist das Rohr. Aber springen Sie doch mal nach vorne zum Zimmermannshellegat und sehen Sie zu, ob Sie ein paar große Zapfen finden. Da sind bestimmt welche. Und bringen Sie eine Kanne Schmierfett mit und einen Hammer und ein paar alte Lappen, was Sie gerade finden.«
Während er auf die Sachen wartete, mußte er immer wieder über seine Entdeckung den Kopf schütteln. Wer hat das getan und wann und warum? fragte er sich. Es kann nicht das einzige Leck sein, aber anscheinend läuft kein anderes mehr, und doch wiederum muß ein zweites vorhanden gewesen sein, daß die Leute aus Angst von Bord gegangen sind. Der Schreck über die verstopfte Pumpe kam natürlich hinzu. Er erinnerte sich daran, daß er selbst einmal eine Zeit mit einen Kapitän gefahren war, der sein Schiff hatte auf Strand setzen wollen. Wenn nun auch Kapitän Miserden die *Bird of Dawning* hatte wegsetzen wollen? Und wenn nun der Mann – ganz gleich, wer es gewesen sein mochte –, aber wenn nun der Mann, der das Rohr durchgeschnitten, ebenso auch den Saugstutzen der Pumpe verklemmt oder verstopft hatte?
Rodmarton kam mit den Sachen aus der Zimmermannswerkstatt. »Ich habe

ein paar Zapfen gefunden, Herr Kaptän«, sagte er, »und einen Hammer und Schmierfett und Zeug.«
»Gut, dann klemmen Sie sich hier herunter und bringen Sie Kerzen mit. Wir wollen das Loch dicht schlagen.«
Rodmarton kam nach unten und starrte entsetzt das abgeschnittene Rohr an.
»Mein Gott, Herr Kaptän, das hat ja jemand mit Willen getan!«
»Zweifellos«, stimmte Kaper ihm zu. »Aber«, fuhr er fort, »wir können es mit einem einzigen Zapfen leicht dicht kriegen, wenn wir herankönnen und saubere Arbeit machen.«
»Und das sollte das einzige Leck sein, Herr Kaptän?«
»Gewiß nicht. Ich sehe jedenfalls nicht, wie das möglich sein sollte. Aber vielleicht ist es immerhin das einzige im Augenblick arbeitende Leck. Ich stelle mir jetzt die Sache so vor: Das Schiff ist auf ein Wrackstück aufgelaufen oder hat sich selbst eine Planke losgearbeitet oder ist über ein Riff oder dergleichen geschrammt und hat sich dadurch ein Leck geschlagen. Wasser strömte herein, und nicht schlecht, aber Wasser übt ebenso auch einen Gegendruck aus, und so kann es möglich sein, daß das Gewicht des Wassers im Schiff es selbst verhindert hat, daß nun noch mehr von außen eindringt. Ich glaube jetzt, daß das Schiff auf diese Weise das Leck selbst zurückgedämmt hat, aber ich glaube auch, daß zu gleicher Zeit irgend jemand das Schiff hat wegsetzen wollen, das Rohr durchgeschnitten und die Pumpen verstopft hat. Darüber bekamen alle Mann eine Todesangst, und als sich die Möglichkeit bot, von Bord zu gehen, haben sie dann das Schiff verlassen. Immerhin werden wir wohl bald mehr darüber erfahren. Wir wollen jetzt zunächst einmal das Rohr abdichten und dann die armen Teufel aus dem Boot befreien.«
Es war die Arbeit einer Minute, den Hartholzzapfen einzufetten, ihn in einen Fetzen altes Segeltuch zu wickeln, das Ende noch einmal einzufetten, es in das Rohr zu stecken und dicht zu hämmern. Der Zapfen tropfte wohl noch für ein paar Augenblicke, dann aber hörte auch das Tröpfeln auf.
»Wir werden gleich noch etwas Kitt oder Zement mitbringen«, sagte Kaper, »und das Ganze sauber verschmieren. Das hält seine Zeit. So, und nun wollen wir das Boot an Bord nehmen.«
Er kletterte zurück in das Lazarett, nahm das Geschirr und die Kerzen auf und half Rodmarton, den Mannlochdeckel wieder einzusetzen.
»Übrigens, Rodmarton, als Sie hier an Bord waren, wieviel Schläuche hatten Sie da?«
»Vorne die gewöhnlichen Schläuche zum Deckwaschen, Herr Kaptän, und auf den Gestellen vor dem Kreuzmast zwei lange Feuerschläuche mit kupfernen Mundstücken. Das Schiff hatte auf den ersten Reisen Passagiere an Bord, und darum waren die Schläuche für Brandfälle in den Kabinen bestimmt.«

»Ich sah die Schläuche bei meinem Besuch auf dem Minfluß, aber sie liegen jetzt nicht mehr in den Gestellen, die Gestelle sind leer.«
»Das habe ich noch nicht bemerkt, Herr Kaptän.«
»Aber ich«, sagte Kaper und dachte bei sich, daß der Mann, der die Schläuche entfernt, bestimmt mitgeholfen hatte, die Leute in die Boote zu treiben.
»Nun aber an Deck«, trieb er Rodmarton dann an, »hier über den Kajütenniedergang, und dann lassen Sie die neue Schiffsbesatzung an Bord kommen.«
Während Rodmarton die Kapitänstreppe hinaufstieg, ging Kaper zunächst noch einmal den Gang entlang, schloß die Tür nach Deck zu ab und steckte den Schlüssel in die Tasche. »Besser ist besser«, meinte er, »das wäre ein zweiter Zugang zum Branntwein für Leute wie Stratton und Efans.« Dann stieg auch er die Treppe hinauf auf die Poop und sah, daß seine Leute das Boot schon unter die herabhängenden Taljen der Steuerborddavits vorholten.
»Los! An Bord mit euch!« rief er. »Ich glaube, wir können den Kahn hier bergen. Coates und Chedglow, Sie bleiben im Boot, bis es eingesetzt ist, MacNab, Sie auch, Sie verbiegen sich sonst nur wieder die Knochen beim Aufentern.«
Sie brachten das Boot unter die Taljen, hakten es ein, enterten, einer den anderen drängend, über die Fangleinen auf und konnten sich nicht genug tun in Ausrufen des Staunens und der Freude, wieder aufrecht stehen und gehen zu können und wieder ein Schiffsdeck unter sich zu fühlen. Die zweieinhalb Tage hatten doch so an ihren Kräften gezehrt, daß sie die Taljenläufer zum Einhieven auf das Deckgangspill bringen mußten. Das Boot kam auf, wurde eingeschwungen, festgesetzt und dann MacNab herausgehoben.
»Einen Augenblick noch!« hielt Kaper die Leute zusammen, die unter ihm an Deck schon drauf und dran waren, auseinanderzulaufen und die Räume zu stürmen. Er holte den Branntwein aus dem Bootskasten. »Ihr habt alle Mann ein paar böse Tage hinter euch, darum zunächst einmal: Besanschoot an! Ihr bleibt so lange hier, bis ich es euch sage.«
Er teilte jedem einen steifen Grog aus, den sie dankbar genossen, und danach gab er jedem eine Handvoll Rosinen. Sie saßen auf Pollern, aßen, lachten verlegen und fassungslos, sahen zu den Treppen hinauf, betasteten das Deck, um sich zu überzeugen, daß dies alles Wirklichkeit war, und stellten sich ein über das andere Mal auf die Füße, gingen ein paar Schritte, nur aus Freude daran, wieder ausschreiten zu können.
Kaper und Mr. Fairford aßen ihre Rosinen auf der Poop.
»Was meinen Sie, Mr. Fairford«, fragte Kaper, »können die Leute das Schiff nach London zurücksegeln?«

»Die meisten sind Engländer«, antwortete der alte Fairford, »und meiner Erfahrung nach können Sie den Engländer zu allem kriegen, wenn Sie es ihm nur auf dem richtigen Wege beibringen. Das Unglück beim Engländer ist allerdings, daß er es immer erst einmal auf dem verkehrten Wege versucht«.
»Aber ich bin kein großer Künstler im Reden.«
»Dafür sind die Leute auch keine allzu kritischen Zuhörer, Herr Kaptän. ›Tut dies oder das, oder der Teufel soll euch holen!‹ Das ist die ganze Redekunst, die sie gewohnt sind.«
»Ich weiß,« sagte Kaper, »aber wir sind über zwei Tage zusammen in einem offenen Boot gewesen.« Er ging auf die kleine Plattform, die zum Regelkompaß führte. Mr. Fairford trat hinter ihn.
»Hört mal zu«, sprach Kaper, als sich die Leute erhoben hatten. »Wir haben miteinander in einem engen Kasten gesessen. Gott sei Dank sind wir wieder heraus. Wir sind aus unserem Boot auf eines der schönsten Schiffe der Flotte gekommen, aber glaubt ja nicht, daß ihr damit außer Gefahr seid. Das Schiff hat über einen halben Meter Wasser im Raum, und die Pumpen sind verstopft. Ich weiß nicht, wieviel Leckstellen sonst noch vorhanden sind, eine kleine habe ich gefunden und abgedichtet. Ihr habt schwere Tage im Boot hinter euch, aber ich werde dafür sorgen, daß ihr gut zu essen und genügend Schlaf bekommt. Wenn ihr allerdings zuviel auf einmal eßt und trinkt, dann müßt ihr dafür aushalten. Darum eßt heute lieber alle Stunde etwas, damit ihr nicht zu büßen braucht. Dieses Schiff ist Hals über Kopf verlassen worden, und es kann sein, daß es noch ein schweres Leck hat, daß es plötzlich volläuft und wegsackt wie ein Stein. Das erste, was wir daher zu tun haben, ist: das Boot wieder auszurüsten für den Fall, daß wir es noch einmal brauchen sollten. Aber dieses Mal werden wir dafür sorgen, daß es Wasser genug und sehr sorgfältig ausgebesserte Planken hat. Das Zeug und die Sachen der Besatzung liegen vorne in den Logis. Ihr werdet nicht darum losen oder euch darum prügeln, sondern jeder bekommt seinen Anteil. Also noch einmal: das Schiff kann wegsacken, wir können wieder in das Boot müssen, aber wir können dagegen auch dieses Schiff bergen. Ich glaube sogar, daß wir es nach London zurücksegeln können. Warum sollen wir es nicht versuchen? Ihr wißt, was es heißt: zur See fahren! Zwei Pfund zehn Schilling Heuer im Monat und schwer ran dafür! Wenn es euch gelingt, dieses Schiff zu bergen und nach Hause zu segeln, dann bekommt jeder von euch mehrere hundert Pfund. Wenn ihr es versuchen wollt, dann verspreche ich euch harte Arbeit, aber so gutes Essen, daß ihr euer Leben lang an dieses Schiff zurückdenken sollt. Was sagt ihr dazu? Sollen wir das Schiff nach Hause segeln?«
Die Männer sahen einander hilflos an.
»Na los, Jungens!« ermunterte sie der alte Fairford. »Ihr wollt euch doch

nicht drücken, wenn Kaptän Trewsbury euch was fragt?! Ihr habt ihn im Boot erlebt und wie er für euch gesorgt hat. Er ist noch ein junger Offizier, aber ich glaube nicht, daß irgendein alter Seemann besser für euch hätte sorgen und euch besser hätte durchbringen können als er. Ich sage: Ihr könnt Gott für einen solchen Kaptän dankbar sein. Und wir sollten dieses Schiff nicht mit ihm nach Hause segeln können?!«

»Wir segeln das Schiff nach Hause, Herr Kaptän«, sagte Edgeworth.

»Wir segeln das Schiff mit Ihnen nach Hause, Herr Kaptän«, sagte Rodmarton.

PETER GORDING

DIE LETZTE NACHT DER »PATRICIA«

Peter Gording gehört zu den letzten Erzählern von Seefahrergeschichten, die noch als einstige Matrosen und Kapitäne aus eigener Anschauung vom früheren Bordleben auf den großen Segelschiffen berichten können. Wie den meisten klassischen Seeschriftstellern merkt man auch ihm nicht an, daß seine Geschichten nicht nur erzählt, sondern auch im wahrsten Sinn des Wortes »erfahren« sind. »Die letzte Nacht der *Patricia*« ist ein Beispiel dafür.

Am Morgen des 20. März befahl uns der Kapitän, das Schiff zu verlassen und in die Boote zu gehen. »Und Sie, Captain?« fragte ich.
»Ich bleibe an Bord meines Schiffes!« sagte der Schiffer mit bestimmtem Ton und fester Stimme. In diesem Augenblick wurde mir klar, daß mein Kapitän von seiner letzten Fahrt nicht ohne sein Schiff heimkehren würde.
»Nein, Captain, das ist mein Job«, sagte ich. »Ich bin der Jüngere.«
»Sparen Sie Ihre Worte, Steuermann. Mein Platz ist an Bord meines Schiffes. Ihnen übertrage ich die Aufgabe, die Mannschaft in Sicherheit zu bringen – wenn das möglich ist.«
»Gut, Captain, ich werde mein möglichstes tun, mit den Booten einen Hafen oder vielleicht ein anderes Schiff zu erreichen. Wozu soll es aber jetzt noch nützen, wenn Sie an Bord bleiben?«
»Ich sagte Ihnen doch, daß ich die Boote so lange mit meinem Schiff nach Land schleppen werde, wie an den Rahen der *Patricia* noch Segel hängen und das Schiff schneller zu segeln vermag als die Boote. Das behält Gültigkeit, Steuermann. Und – ich muß das Letzte von ihr sehen.«
Die letzten Worte waren wohl nicht mehr für meine Ohren bestimmt, denn der Skipper hatte sich schon von mir abgewandt, und sein Blick ging über sein Schiff hin an den Segeln hinauf. »Ich muß das Letzte von ihr sehen«, nein, das hatte der Kapitän nicht mehr zu mir gesagt, das war ein Zwiegespräch, das der Skipper mit sich und seinem Schiffe hielt.

Wozu sollte er über so etwas mit jemandem an Bord sprechen? Es würde ihn doch niemand verstehen, denn ich und die anderen Männer waren Mannschaft: vielleicht eine gute, eine tüchtige Mannschaft, ja, das wohl, aber immer doch nur Mannschaft. Er aber war der Skipper seines Schiffes, und sie beide gehörten zu einander und waren nichts ohne einander. Er sollte sein Schiff verlassen, jetzt, in diesem Augenblick, da es in Not war?
»Ich muß das Letzte von ihr sehen«, das Wort galt seinem Schiff, und das hieß nichts anderes als: Wenn dich alle verlassen, ich verlasse dich nicht, ich bleibe bei dir bis zuletzt.
Da redete ich nicht mehr auf den Kapitän ein, weil ich glaubte, es nicht verantworten zu können, das Abbergen meiner vier Kameraden von dem nun völlig in Flammen stehenden Schiff noch länger hinauszuzögern.
Der alte Segelmacher machte Schwierigkeiten, als er seinen Kapitän und das Schiff verlassen sollte. Ich bekam ihn nur dadurch von Bord, daß ich eine kleine List gebrauchte und ihm sagte, der Kapitän müsse dem Gesetz der See zufolge als letzter von Bord gehen und würde, wenn wir in den Booten wären, ebenfalls in ein Boot übersteigen.
Der Segelmacher sah mich lange und prüfend an. Er sprach nichts, aber sein Blick sagte: Das glaube ich nicht, Steuermann Gording. Nein, das glaube ich nicht. Nie wird mein Kapitän sein Schiff verlassen!
Alle Männer, die zur Rettung ihrer Kameraden freiwillig das Wagnis unternommen hatten, an Bord zu bleiben, um die Boote unter Land zu segeln, gelangten glücklich von dem Schiff und in die Boote. Der Kapitän blieb allein an Bord seines Schiffes zurück.
Ich hatte die Führung des Steuerbord-Rettungsbootes übernommen. In meinem Boot befanden sich ferner der Segelmacher, die Matrosen Johnson, Svensson und Kusick, der Schmied, der Steward und alle Schiffsjungen. Die beiden Jungen des Kutters hatte ich in das größere Rettungsboot übersteigen lassen.
Das Backbord-Rettungsboot wurde von dem Untersteuermann geführt. Der Koch, sechs Matrosen und drei Leichtmatrosen waren seine Bootsbesatzung. In dem kleinen Kutter waren der Bootsmann, der Zimmermann und zwei Matrosen. Die Führung dieses Bootes hatte ich zunächst dem Zimmermann, als dem ältesten der beiden Unteroffiziere, übertragen. Der fünfte Platz würde Kapitän Jensen gehören, wenn auch er sein Schiff verlassen hätte. Aber da war eine bange Ahnung in mir, daß der fünfte Platz in dem Kutter leer bleiben würde.
In dem Tagebuch der *Patricia* lese ich für den 20. März: »Leichte Brise aus WNW. Alle Mann in den Booten. Kapitän Jensen steuert das nun völlig brennende Schiff mit Nord-zu-Ost-Kurs weiter nach Land zu.«

So brach die Nacht herein, diese Nacht, in der ich mit dem Steuerriemen eins der großen Boote hinter dem brennenden Vollschiff *Patricia* hersteuerte. Schon am Abend frischte der Wind auf, drehte nach West und später in der Nacht weiter nach Westsüdwest. Die Masten der *Patricia* standen noch, und die oberen Rahen waren noch getrimmt, und zwischen ihnen waren die Segel noch gespannt.

Es schien uns mehr als ein Wunder, daß dieses Schiff noch zu segeln vermochte. Es rollte wieder und schien schlecht zu steuern in einer mehr und mehr grober werdenden und achterlich auflaufenden See. Wir sahen, wie der Kapitän sich am Steuer abmühte.

Ganz deutlich habe ich das Bild vor meinen Augen: das brennende, gierende und taumelnde Schiff mit seinen gespenstisch kahlen Untermasten, seinen von dem Schein flackernder Flammen erleuchteten, von aufwirbelnden Funken umsprühten, dann wieder in schmierigem Rauch verschwindenden Segeln oben in den Toppen. Ich sehe wieder das Spiel des Feuers auf dem bewegten Wasser und höre das Kreischen der aufgeregt flatternden Möwen, das Heulen, Knistern, Knattern und Knallen des Brandes und kleiner Explosionen, das Rauschen und Rollen des Meeres.

Und hoch über uns – denn ich ließ mein Boot an nur kurzer Schleppleine dicht hinter dem Heck des Schiffes herschleppen – sehe ich die schattenhafte, das große Steuerrad herumwirbelnde Hünengestalt meines Skippers Dirk Jensen: Herrscher einer in Flammen stehenden Hölle. Das ist das Bild, welches mir jetzt und immer vor Augen steht, wenn ich in lodernde Flammen oder in die Feuersbrunst einer ins Meer sinkenden Sonne schaue.

Als Wind und See weiter zunahmen, war es nicht länger möglich, unser Boot an kurzer Schleppleine so dicht hinter der *Patricia* herschleppen zu lassen. Das Boot zerrte gefährlich an seiner Trosse, und wenn es gerade dann mit seinem Steven in ein tiefes Wellental sackte, wenn das Heck der *Patricia* auf den Rücken einer unter dem Schiff hinweglaufenden See genommen wurde, ruckte die starke Schlepptrosse so heftig ein, daß wir fürchteten, unser Boot würde auseinandergerissen.

So ging es nicht mehr weiter, das war uns im Boot klar. Und lange würde es auch die *Patricia* nicht mehr machen, das war uns ebenfalls klar. Jetzt war der Zeitpunkt gekommen, daß wir uns von dem brennenden Wrack frei machen und es seinem Schicksal überlassen mußten. Etwas anderes konnten wir nicht mehr tun; es wäre leichtfertig und verantwortungslos gegenüber den Männern im Boot gewesen, die ein Recht darauf hatten, an sich selbst zu denken, wenn für das Schiff nichts mehr getan werden konnte.

Ich formte meine Hände am Mund zu einem Trichter und rief, so laut ich konnte: »Captain – Captain Jensen – hoi!«

Der Kapitän drehte weiter das Steuerrad der *Patricia*, ohne sich nach uns umzuwenden.
»Zugleich jetzt, alle Mann!« forderte ich meine Leute im Boot auf, den Kapitän im Chor anzurufen. Aus elf Kehlen, die gewohnt waren, selbst das Kreischen eines Orkans zu übertönen, erscholl der Ruf noch einmal über die See:
»Captain Jensen – hoi!«
Diesen Schrei hätte der Kapitän hören müssen. Er stand neben dem Steuerrad, riß an den Speichen, kam mit dem Ruder auf, aber er kehrte uns weiter den Rücken zu und tat, als ob er uns nicht hörte.
»Dann, in Gottes Namen: Los die Schleppleine!« befahl ich.
Matrose Kusick zog sein stehendes Messer und schickte sich an, die Leine zu kappen. Der Segelmacher fiel dem Matrosen jedoch in den Arm. »Das dürfen wir nicht tun, Mr. Gording, unseren Skipper zurücklassen!«
»Es ist sein Wunsch, Sails.«
»Wir müssen ihn herunterholen.«
»Gut denn. Ich werde es versuchen. Richtet den Mast auf und setzt das Segel bei!« Ich wollte versuchen, an das Schiff heranzukommen. Es würde nicht leicht sein, denn die waidwunde *Patricia* kämpfte ihren Todeskampf. Obwohl nur noch die oberen Segel beistanden, zeigte der stolze Vollrigger noch ein letztesmal, was er vermochte, und lief bei dem günstigen Wind hohe Fahrt. An der Schlepptrosse konnten wir das Boot nicht näher an das Schiff heranholen, die See ging hoch.
Es war nicht einfach, in dem von der Schlepptrosse hin und her gezerrten und in der groben See auf und nieder tanzenden Boot den Mast aufzurichten. Aber Gott sei Dank hatte ich Segelschiffsmatrosen im Boot und keine hergelaufene Crew von schanghaiten Landstreichern.
Da war keine unnötige Bewegung im Boot, aber auch kein Handschlag zuwenig. Jeder packte da zu, wo zugepackt werden mußte, und ohne daß er dazu von mir aufgefordert zu werden brauchte. Es gab keine Hast, und trotzdem waren es nur Minuten, bis der Mast stand, von Wanten nach den Seiten und einem Stag nach vorn abgesteift und der steife Südwest blies in unser Segel. Ich holte die Segelschot an und gab das Kommando:
»Schleppleine los!«
Die Leine wurde gekappt, und wir waren frei von der *Patricia*. Ich ließ das Boot nach Backbord hinüberscheren, um zu versuchen, in Luv längsseits des Wracks zu gehen, denn ich fürchtete, an der Leeseite des Schiffes würde die Hitze zu groß sein. Ich zweifelte, daß der Kapitän sein Schiff freiwillig verlassen würde.
»Wir müssen ihn holen, Steuermann, notfalls mit Gewalt!« sagte der Segelmacher, als ich ihm gegenüber meine Zweifel äußerte.

»Das darf ich nicht, Sails. Ich darf jetzt nicht mehr elf Leben in Gefahr bringen, um den Captain zu retten, der den Wunsch hat, sein Schiff nicht zu verlassen.«

»Dann lassen Sie mich an Bord, ich hole ihn oder bleibe bei ihm!«

»Erst müssen wir längsseits sein.«

Es zeigte sich, daß die *Patricia* immer noch mehr Fahrt lief als unser Boot.

»Klar bei Riemen!« kommandierte ich. Die Fäuste der Männer packten die eschenen Bootsriemen, warfen sie in die Zepter, und mit langen, kräftigen Schlägen wirbelten sie das Wasser achteraus. Das Boot vermehrte seine Fahrt, aber die Distanz zwischen Schiff und Boot verringerte sich nur sehr langsam, wenn sie sich überhaupt verringerte.

Es war nicht zu fassen: diese brennende Fackel *Patricia* segelte wie in ihren besten Tagen! Sie war nicht der einzige große Windjammer, der auf seinen letzten Meilen unter Segel seinem Namen noch einmal Ehre zu machen versuchte.

Es war für die Bootsmannschaft eine Hundearbeit, bei diesem Seegang eine Race zu pullen. Wieder und wieder fielen die Männer von ihren Duchten hintenüber, wenn eine See unter dem Boot weglief und ein kräftig mit dem Riemen angesetzter Schlag in die Luft anstatt ins Wasser ging. Wir schafften es nicht, es war nicht möglich.

Ich stand von meinem Platz am Steuerriemen auf und feuerte die Leute an. Ich wußte, daß es sinnlos war. Niemand aber sollte sagen können, ich hätte nicht alles zur Rettung des Kapitäns getan.

»Reiß weg – eins, zwei – hol durch!« schrie ich. »Mehr Dampf dahinter, Svensson! – Mit dem Kreuz reißen, Jungs, nur mit dem Kreuz! – Nicht so wild, Kusick, immer hübsch im Takt bleiben! – Eins, zwei – hol durch! – Ja, so ist's brav, boys! Lang hintenüber, dann schaffen wir's. – Eins, zwei – reiß weg!«

Wenn sie um ihr eigenes Leben gepullt hätten, sie hätten nicht mehr hergeben können. Und das Boot holte auf. Langsam, Fuß um Fuß schob es sich an die *Patricia* heran.

Was ist das alles für ein Wahnsinn! dachte ich, während ich dort im Heck des Bootes stand und die Männer anfeuerte. Der Kapitän brauchte nur das Steuer loszulassen, und das Schiff würde in den Wind schießen und die Fahrt verlieren. Ja, so dachte ich und glaubte nicht mehr an eine Rettung des Kapitäns. Aber mein Mund schrie weiter: »Hol durch – lang weg – reiß ab!«

Ich weiß nicht, wie lange dieser wahnsinnige Kampf dauerte, aber die Männer schafften es im Verein mit dem Wind, der gegen unser Segel drückte und mitschob. Nach einer mir noch heute unendlich lang erscheinenden Zeit lag unser Boot in Luv des Achterschiffs und mit ihm auf gleicher Höhe.

Ich gab dem Kapitän Winkzeichen mit meiner Mütze. Der Skipper schaute weder nach uns noch nach achteraus noch nach Lee. Er drehte das Steuerrad und schaute voraus und nach den Segeln, die in den Toppen immer noch standen.

War sein Geist noch auf dieser Welt? Wußte er noch, daß seine Mannschaft eine Trossenlänge hinter dem Heck seines Schiffes in den Booten saß und darauf wartete, daß der Skipper das Zeichen zur endgültigen Aufgabe des Schiffes gab, daß hier elf seiner Mannschaft einen mörderischen Kampf kämpften, um ihn von Bord zu holen?

Nein, er würde es nicht wissen. Er wußte, daß sein Schiff noch segelte und daß da niemand war, der es steuerte, wenn er die Speichen des Rades loslassen würde. Wie sollte er wohl sein Schiff verlassen können, seine *Patricia*, die ihren Skipper in diesem Augenblick nötiger brauchte denn je?

Nein, Captain Jensen würde sein Schiff nicht verlassen, das war so sicher wie das Amen in der Kirche. Und doch gab ich dem Boot mit dem Steuerriemen einen Druck nach Lee, um es an die *Patricia* heranscheren zu lassen, und ich rief den Männern im Boot zu: »Aufpassen jetzt, wir gehen längsseits!«

Ich weiß nicht, was ich getan hätte, wenn das Boot Bord an Bord mit dem brennenden Schiff gelegen hätte. Vielleicht wäre ich selber noch an Bord des Schiffes gejumpt, um meinen Kapitän zu holen. Ich sage vielleicht, denn ich weiß es nicht.

Wir kamen nicht mehr längsseits. Da war plötzlich ein Aufschrei des Segelmachers, der dicht neben mir im Heck des Bootes saß und die Segelschot bediente.

»My God!« rief er in englischer Sprache, und dann deutsch: »O mein Gott!« und wieder in englisch: »Get out, Captain! O, get out! Ah! It's too late!«

»Ja, Segelmacher, es ist zu spät!« sagte auch ich und drückte den alten Segelmacher, der aufgesprungen war, auf die Ducht nieder, denn ich fürchtete, er würde über das Dollbord springen, um zusammen mit seinem Kapitän unterzugehen.

Ohne daß ich dafür ein Kommando gegeben hätte, hatte die Bootsmannschaft aufgehört zu rudern. Es war auch nicht mehr nötig, denn unsere *Patricia* erhielt ihren Todesstreich und konnte uns jetzt nicht mehr davonsegeln. Elf Augenpaare starrten gebannt auf die erregende Tragödie, die sich nur wenige Bootslängen von uns entfernt in Sekundenschnelle auf der bei aller Höllenhaftigkeit grandiosen Naturbühne der wildbewegten Kap-Hoorn-See abspielte.

»Der Großtopp fing zuerst Feuer, und von ihm züngelten Flammen entlang den Drähten und Tauen der Takelage nach dem Vor- und Kreuztopp hinüber.«

Das erzählte uns später der Segelmacher, denn nur er hatte den Anfang vom Ende unseres Schiffes beobachtet. Meine Sinne und Hände waren zu sehr mit der Bootsführung beschäftigt, als daß ich unverwandt nach der *Patricia* hätte hinüberstarren können, wie es der Segelmacher tat. Und die Bootsmannschaft hatte bei der groben See genug damit zu tun, ihre Riemen im Wasser und sich selbst auf den Duchten zu halten.
Erst als der alte Segelmacher mit Entsetzen ausrief: »Mein Gott! O, mein Gott!«, blickten alle Augen nach dem brennenden Schiff hinüber, und da waren schon alle Toppen, alle Segel, die ganze *Patricia*, alles, alles eine gewaltige, lodernde Fackel!
Und dann sackte zunächst der Großmast um ein beträchtliches Stück seiner Länge tiefer, und wir konnten sehen, daß seine glühenden und brennenden Pardunen und Wanten lose hingen. Einen Wimperschlag später fielen seine Stengen, Rahen und Spieren an Deck nieder oder in die See. Ich weiß es nicht zu sagen, ich weiß nur, daß der Großmast mit allem, was daran war, zusammenstürzte und dort, wo er gestanden hatte, wirbelnde Funken hoch aufstoben. Der Kreuzmast folgte ihm, und was unsere Augen jetzt sahen, war entfesselte Hölle.
Patricia war jetzt kein Schiff mehr, nicht einmal ein Wrack. Was da neben uns, greifbar nahe uns auf dem Wasser schwamm, ja, o Wunder, immer noch schwamm, war ein lodernder Scheiterhaufen. Von unserem Kapitän sahen wir nichts mehr, das Achterdeck war ein Gewirr von brennenden Spieren, war prasselndes, heulendes Feuer.
Als ich die gesamte Takelage der *Patricia* in Flammen stehen sah, hatte ich das Boot weiter von dem Schiff ab gesteuert. Niemand im Boot hatte widersprochen. Ich weiß auch nicht, ob es überhaupt jemand im Boot bemerkte, daß sich der Abstand zwischen Boot und Schiff wieder vergrößerte. Jetzt war es zu spät, irgend etwas zur Rettung des Kapitäns zu unternehmen, und ein Versuch dazu würde das Unglück nur vergrößert haben.
Und dann kam blitzschnell das Ende.

KAMPF IM ATLANTIK

Der gefährliche und risikoreiche Kampf, den die deutschen Unterseeboote im Zweiten Weltkrieg gegen die Schiffe der Alliierten geführt haben, gehört zu den grausamsten und verlustreichsten Kapiteln der Marinegeschichte. Von jeweils vier der meist blutjungen deutschen U-Boot-Fahrer haben drei den Krieg nicht überlebt. Nicholas Monserrat, der als britischer Marineoffizier an der Bekämpfung der deutschen U-Boote beteiligt war, gibt in seinem Roman »Großer Atlantik« die wohl eindrucksvollste und wahrhaftigste Schilderung vom erbarmungslosen Schicksal der Boote und ihrer Besatzungen. Zusammen mit der Korvette *Pergola* fährt die Fregatte *Saltash* mit ihrem Kommandanten Ericson und dem 1. Wachoffizier Lockhart einen Wasserbombenangriff gegen ein deutsches U-Boot, das mitten im Atlantik einen Frachter versenkt hat und getaucht ist.

Pergola preschte zum Angriff vor wie ein Schnellzug, der plötzlich auf eine Berg- und Talbahn umgeleitet wird: sie sahen die Bomben der Korvette ins Meer fallen, sahen *Pergola* sofort hart nach Backbord abdrehen und gleich danach die gewaltigen Säulen graugrünen Wassers, das die Explosion emporwarf. Als die schäumenden Garben zusammenfielen, warteten sie wieder, ihre Gläser auf den Kampfplatz richtend, aber die Meeresfläche glättete sich harmlos – der erwartete dunkle Leib eines Unterseeboots kam nicht zum Vorschein! *Pergola* lief jetzt mit halber Fahrt auf die Wurfstelle zu, unsicher offenbar, wie ein kleiner Junge, der in Mutters guter Stube zuviel Spektakel gemacht hat und gern unauffällig wieder ins Kinderzimmer verschwinden möchte. Nach einer Weile stieg über ihrer Brücke eine dritte Flagge zur Gaffel.

»Von *Pergola,* Sir«, meldete prompt der Signalmeister: »Kontakt verloren.«

»Morsen Sie folgendes«, sagte Ericson: »Weitersuchen in Ihrem Sektor. Meldung über Art des ursprünglichen Kontakts.«

Zwischen den beiden Schiffen blinkten die Signalscheinwerfer.

»Kontakt war deutlich, sich nach links bewegend. Als U-Boot ausgemacht«, kam die Antwort von *Pergola.*

»Was halten Sie jetzt davon?« lautete Ericsons nächstes Signal.

»Glauben noch, daß es ein U-Boot war«, erwiderte *Pergola* standhaft. Und setzte hinzu, gleichsam mit biederem Lächeln: »Jedenfalls befand es sich da, wo U-Boote erwartet werden konnten.«
Ja, in dem Punkt mögt ihr wohl recht haben, dachte Ericson. Von dieser Seite mußte der Angriff erfogt sein, und wenn das U-Boot logischerweise versucht hatte, nach Steuerbord wegzukommen, stimmte auch der Kurs, den *Pergola* vorausgesetzt hatte, und das Boot mußte sich ziemlich genau an der Stelle befunden haben, wo sie ihre Wasserbomben warf. Bei dieser Annahme lohnte es sich, *Pergola* die Jagd fortsetzen zu lassen. Noch mehr als das, dachte er in plötzlichem Eifer, es lohnt sich auch, mit *Saltash* dabeizubleiben und die Jagd planmäßig mit zwei Schiffen weiterzumachen! Gewiß war es ein Risiko, zwei Sicherungsfahrzeuge vom Geleit abzuziehen, aber sehr wahrscheinlich gehörte das U-Boot nicht zu einem Rudel, denn bei solchem Wetter konnte der Geleitzug eigentlich nur durch Zufall entdeckt worden sein, und nur aus unmittelbarer Nähe, so daß kaum Zeit gewesen wäre, noch andere U-Boote zu einem Massenangriff heranzuholen. Also handelte es sich um einen Einzelgänger, einen einsamen Wolf, der seine Fänge nur schnell in eine Beute schlug, um wieder in den schützenden Wald zurückzuschleichen. Einsame Raubtiere dieser Sorte verdienten besondere Aufmerksamkeit und spezielle Behandlung. Ja, er wollte das Risiko eingehen . . .
Sofort war in seinen Überlegungen der Plan für die Jagd klar, als habe er trotz aller Ermüdung in seinem Gehirn nur auf einen Knopf zu drücken brauchen mit der Aufschrift »Zwei Geleitfahrzeuge zur Einzeljagd abteilen«, um sogleich einen fertigen Operationsplan zur Verfügung zu haben. Die erforderlichen Anweisungen diktierte er so rasch und glatt hintereinander, daß alle drei Signalgasten voll beschäftigt waren: Meldungen an die Admiralität und den Kommodore über den erfolgten U-Boot-Angriff, geplante Maßnahmen, Abgabe des zeitweiligen Befehls über die Gruppe an den Kommandanten von *Harmer,* Befehl an *Pergola,* die Suche fortzusetzen, bis *Saltash* zur Unterstützung kommen sollte: Befehle an *Rose Arbour,* die Geleitposition von *Pergola* zu übernehmen, Befehl an *Streamer,* den sinkenden Dampfer durch Geschützfeuer auf Grund zu schicken und sofort wieder aufzuschließen, und Befehle an die übrigen Sicherungsfahrzeuge, ihre Positionen gemäß dem neuen Marschplan einzunehmen. Er ließ Lockhart und Johnson, seinen Ingenieur, auf die Brücke kommen und erklärte ihnen sein Vorhaben; er besprach ausführlich mit Raikes am Planungstisch gewisse technische Einzelheiten. Dann legte er *Saltash* in einem weiten Bogen nach Steuerbord auf Kurs in Richtung *Pergola*, während er an die Korvette einen langen Winkspruch gehen ließ, der mit den Worten begann: »Wir werden unsere Suche auf die zwei folgenden Möglichkeiten einstellen . . .«

Lockhart hatte seinen Kommandanten nie so bewundert wie in den nächsten zwölf Stunden, in denen er erkannte, daß der Krieg letzten Endes, trotz aller neuen Technik und Wissenschaft, doch von Männern geführt wurde . . . Er wußte, daß Ericson schon vor dieser neuen Krise zum Umfallen müde gewesen sein mußte: hätten ihm das nicht schon die überaus harte Reise auf der Nordroute nach Murmansk und die letzten fünf Tage verheerenden Wetters bewiesen, so redeten Ericsons aschgraues Gesicht mit den tief eingegrabenen Falten und seine vorgebeugten Schultern eine deutliche Sprache. Und doch entdeckte Lockhart in allen seinen Handlungen, jetzt wie später bei der langen, schwierigen und zähen Jagd auf das U-Boot, an ihm keine Spur von Schwäche oder den Wunsch, es sich leichter zu machen: Ericson paßte sich ganz der Lage an und vermochte sich so stark zu konzentrieren, als sei er frisch aus einem sechswöchigen Urlaub gekommen. Und der Endeffekt war entsprechend: nicht nur bewies er als Kommandant eine ungewöhnliche physische Kraft, sondern mit der Aufspürung des U-Bootes auch taktisches Genie.

Er muß ganz sicher sein, daß ein U-Boot da ist, dachte Lockhart, und daß *Pergola* – die draufgängerische *Pergola* – wirklich diesmal eine richtige Spur gefunden und das U-Boot wahrscheinlich beschädigt hat. So hatte Ericson sicherlich seine große Erschöpfung niedergezwungen durch die Überzeugung, einer Beute dicht auf den Fersen zu sein. Denn er durfte es nicht dabei bewenden lassen, zur Kenntnis zu nehmen, daß ein Schiff versenkt war und Menschen ums Leben kamen – das geschah auf dem Atlantik alltäglich, und das erste starke Verlangen nach Rache am Feind pflegte bald abzuebben –, nein, bei Ericson entschied hier die berufliche Moral, die zur Triebfeder verstärkter und langdauernder Willensanstrengung wurde: das Pflichtbewußtsein, daß der führende Offizier einer Geleitgruppe in erster Linie dazu da war, U-Boote zur Strecke zu bringen, und daher keins, das in seinen Bereich kam, entkommen lassen dürfe.

Und Ericson klammerte sich wirklich so energisch an diese Beute – oder zumindest an die Hoffnung, daß ein Gegner da war – als sei es für ihn, und nur für ihn eine Schande, wenn er die Gelegenheit, einen Feind zu erledigen, vorbeigehen ließ ...

Es war sechs Uhr abends, als *Saltash* und *Pergola* sich wieder trennten, um einzeln nach bestimmtem Plan vorzugehen, und es wurde Mitternacht, bis sie den Lohn für ihre Mühen finden sollten.

Ericson hatte zunächst am Planungstisch mit Raikes die drei Möglichkeiten besprochen, die ihm vorschwebten. Erstens: daß das U-Boot, falls es durch den Angriff von *Pergola* leicht beschädigt war, auf Tiefe gegangen sein und stilliegen würde, in der Erwartung, die jagenden Gegner dadurch täuschen zu

können und inzwischen die Schäden auszubessern. Zweitens: war es schwer beschädigt, dann mußte es, so schnell es noch konnte, dem nächsten eigenen Stützpunkt zustreben. Und schließlich: es konnte unbeschädigt entkommen oder gar nicht an der Stelle gewesen sein, wo *Pergola* angriff. In diesem Fall würde es sich wahrscheinlich, zunächst abgeschreckt, für eine Verfolgung des Konvois in sicherem Abstand entscheiden, um erst im Laufe der Nacht zum zweiten Schlage auszuholen. Zwischen diesen drei Möglichkeiten lagen noch Varianten, aber im großen ganzen war das die Situation, wie Ericson sie sehen mußte, als er das Rätselraten begann, aus dem er, um zum Erfolg zu kommen, seine taktischen Folgerungen sehr sorgsam und schnell entschlossen zu ziehen hatte.
Die dritte Möglichkeit – daß das U-Boot dem Konvoi nachfolgen werde – schied für *Saltash* jetzt natürlich aus: machte es einen neuen Angriffsversuch, so mußten *Harmer* und die andern Geleitfahrzeuge sehen, wie sie mit dem Gegner fertig wurden. Also blieben noch zwei Möglichkeiten: das Boot lauerte untätig in großer Tiefe oder kroch mühsam nach Hause. Lauerte es am Ort, so konnten die jagenden Schiffe nur dann etwas erreichen, wenn sie lange und geduldig warteten, unter Umständen sogar vierundzwanzig Stunden langsam das verdächtige Gebiet umkreisten und dabei ohne Unterlaß schärfstens aufpaßten, daß der Gegner nicht ausbrach. Falls sich dagegen das U-Boot bereits auf dem Heimweg befand, konnte es in drei Richtungen laufen: entweder ostwärts nach Norwegen oder südostwärts nach einem deutschen Hafen oder südwärts nach einem Stützpunkt in der Biskaya. In jedem der drei Fälle hätte sofort eine Jagd einsetzen müssen, die sich rapide über so weite Flächen ausdehnte, daß sehr bald die Aussicht, das U-Boot zu fassen, nur noch mit der berühmten Stecknadel im Heuhaufen verglichen werden konnte.
Ericson entschied sich für das geduldige Warten, genau an der Stelle, wo nach seiner Schätzung das U-Boot sein mußte. Versuchte der Feind zu entwischen, so besaß *Saltash* in den verbesserten Horch- und Radar-Geräten die geeigneten Mittel, ihn noch zu packen. War das U-Boot auf dem Rückweg, so bot die Verfolgung, da der Kreis immer weiter gezogen werden mußte, nur geringe Aussichten. Während Ericson diese Aufgabe jetzt *Pergola* übertrug, war ihm das Bewußtsein, daß er dem jüngeren Schiff damit nur eine schwache Chance gab, sich auszuzeichnen, gar nicht behaglich. Und der kampffrohe Kommandant von *Pergola* mußte wohl ähnlich gedacht haben, denn er gab im Abdampfen noch den Winkspruch: »Vergessen Sie nicht, daß ich den Vogel zuerst aufgetan hatte.«
Ericson überlegte kurz, ob er antworten sollte »Wir werden uns die Orden teilen« oder »Beschränken Sie Ihren Signalverkehr auf das Notwendigste«,

ließ aber gar nichts erwidern. Denn was er eigentlich *Pergola* am liebsten gesagt hätte, als sie davonzog und die Dunkelheit sich zwischen die beiden Schiffe schob, nämlich: daß er ihr aufrichtig viel Glück wünsche – dergleichen pflegte man nicht in dienstlichen Signalen zu äußern.

Die nächsten sechs Stunden brachten an Bord der *Saltash* niemand in die geringste Spannung, denn sie verliefen in einer stumpfen Monotonie, die, für übermüdete Menschen die schwerste Geduldsprobe, ihre Energie immer mehr einschläferte. Ericson blieb die ganze Zeit auf der Brücke: er saß gebeugt, aber hell wach, auf seinem Decksstuhl, während *Saltash* das verdächtige Gebiet in halber Fahrt durchquerte. Stunde um Stunde zeigte das Asdic-Gerät keinerlei Kontakt an, und auf dem Radarschirm erschien nichts weiter als der schwächer werdende Lichtfleck, der *Pergola* darstellte, die ihre Suchkurven immer weiter nach Südosten ausdehnte. Ericson aß um acht Uhr eine Kleinigkeit und bekam jede Stunde einen Becher Kakao auf die Brücke. Der Mond brach durch und verschwand bald wieder, der Wind flaute ab, die See glättete sich. Es war kalt, die Kälte ergriff nicht nur den Körper, sondern auch den Geist, so daß es immer schwieriger wurde, wachzubleiben und an den Sinn des ganzen Unternehmens zu glauben.

Bisweilen schweiften seine Gedanken so weit ab, daß er es fast wie eine körperliche Anstrengung empfand, sie wieder zu konzentrieren: als werde in seinem Hirn ein Nervenstrang grausam in die Länge gezerrt. Ich bin sehr müde, dachte er, ich spüre diese Ermüdung in den Beinen, im Rücken, und auch an meinem Herzen merke ich sie, und in meinem Kopf fängt wieder alles an sich zu drehen. Diese Suche kann noch stundenlang, sie kann Ewigkeiten dauern. Wahrscheinlich tun wir das Falsche, haben sicher alles falsch beurteilt, von Anfang an: wahrscheinlich trieb sich doch diese ganze Zeit ein Rudel von sechs oder acht U-Booten hier herum, und die bereiten sich jetzt vor, über den Geleitzug herzufallen, während wir fünzig Meilen hinter ihm sinnlos umherturnen. Ich habe den Geleitschutz in diesem kritischen Zeitpunkt geschwächt, habe von acht Schiffen zwei weggenommen, ein ganzes Viertel, habe unverzeihlich dumm und übereilt gehandelt. Ich bin reif fürs Kriegsgericht …

Das Horchgerät surrte ununterbrochen wie ein lästiges Insekt, aus dem Sprachrohr traf das pausenlose Ticken des Motors am Plantisch in sein Ohr wie ein teuflischer Taktmesser, der ihn ständig erinnern wollte, daß alles, was er tat, verkehrt sei. Die Stunden krochen dahin, und die viertelstündlich erfolgende Kursänderung schien eine nutzlose Abwechslung in einem schon längst nutzlosen Plan.

Ab und an sprach er mit Raikes, dem Navigationsoffizier, der die erste Wache ging, und Raikes antwortete ihm gemächlich, ohne sich von seinem Platz

vorn an der Brückenkante herumzudrehen. In diesen Gesprächen kam nichts von dem vor, was Ericson in Wirklichkeit sagen oder hören wollte: sie brachten nur Bemerkungen über das Wetter oder eine Frage nach der gelaufenen Distanz, neutrale Worte zu allerlei neutralen Themen, wie sie ihnen gerade einfielen. Zu seinem eigenen Trost, zur Stillung seines Gedankenhungers, hätte er fragen mögen: Glauben Sie, daß wir das Richtige tun, oder vergeuden wir unsere Zeit hier? Ist überhaupt ein U-Boot in der Nähe oder habe ich durch die Schwächung des Geleitschutzes um ein Viertel einen tödlichen Fehler begangen? Aber keine dieser Fragen durfte ein Kommandant an Untergebene stellen, und so blieben sie ungefragt, gefangen in seinem Gehirn, während *Saltash* jede Stunde einmal dasselbe Quadrat des Ozeans umfuhr, *Pergola* allmählich ganz aus der Reichweite kam und die schwarze leere See, sogar vom Mondschein verlassen, *Saltash* nur kalt und höhnisch anzischte.
Aber der Wachwechsel um Mitternacht bedeutete auch den Wechsel ihres Kriegsglücks: kaum hatten Allingham und Vincent die Wache von Raikes übernommen – Raikes war sogar noch dabei, seine dürftigen Eintragungen in die Logkladde zu machen–, da wurde die eintönige Nacht plötzlich unterbrochen und die Denkkraft der Männer wieder aufgefrischt. Im Lautsprecher des Horchgeräts, der, auf der Brücke deutlich zu hören, sechs Stunden lang nur immer den gleichen verwünschten Ton von sich gegeben hatte, war jetzt eine verblüffende Variante zu vernehmen: ein festes Echo, ein Kontakt mit Eisen in einer reinen Wasserwüste!
Ericson zuckte zusammen, als er das hörte, und alle, die es vernahmen, mit ihm: auf der Brücke wurde es lebendig, als sei die Finsternis plötzlich von einer elektrisierenden Spannung erfüllt, die jeden sofort traf. »Sir!« rief Allingham als erster.
»Brücke!« rief der Mann am Horchgerät.
»Captain, Sir!« der Signalmeister.
»All right«, sagte Ericson und ließ sich von seinem Stuhl gleiten, »ich hab's gehört ... ein willkommenes Geräusch! Halten Sie es fest ... Alle Mann auf Gefechtsstationen! – Signalmeister!«
»Sir?«
»Geben Sie an *Pergola:* Mit äußerster Kraft sofort zu mir zurücklaufen.«
Das ordne ich aufs Geratewohl an, dachte er, während er den Befehl aussprach – aber das Echo, laut und klar, bekräftigte seinen Glauben, daß in dieses Gebiet, auf dieses kahle Stück Ozean jetzt alle zur Jagd verfügbaren Kräfte gehörten. So klangen nur U-Boote, nur U-Boote gaben im Asdic dieses schöne metallische Klingen. Und dieses U-Boot, das ein einziges Mal zugeschlagen und sich dann so lange ins Versteck gelegt hatte, mußte jetzt endlich in die Enge getrieben werden. *Pergola* würde über zwei Stunden brau-

chen, um bis hierher zurückzulaufen, selbst bei »äußerster Kraft« – der höchsten Fahrtstufe der Marine –, aber *Pergola* hatte verdient, bei dieser Versenkung zugegen zu sein, und konnte sich auch noch nützlich machen, falls das U-Boot auszubrechen versuchte …

Das Echo im Horchgerät wurde schärfer. Lockhart, der jetzt beim Gerät stand, meldete: »Ziel bewegt sich langsam nach rechts.« Vincent meldete vom Achterschiff die Wasserbomben wurfklar, *Saltash* fing bei gesteigerter Fahrt an zu beben und kam rasch in Angriffsposition.

Aber es sollte kein schneller »Kill« werden, vielleicht sollte es überhaupt keiner werden. In der folgenden Stunde warf *Saltash* nicht weniger als achtundvierzig Wasserbomben, offensichtlich ohne die geringste Wirkung: das Echo blieb gleichmäßig wie es war, das U-Boot drehte und wendete sich und machte volle Kehrtwendungen, es schien immer noch neue Tricks zu wissen. Keiner der Angriffe, so sorgfältig sie überlegt waren, schien zielsicher genug zu sein, um diesen Feind zur Strecke zu bringen: ihre Wasserbomben schienen wirkungslos wie ins Feuer geworfene Schneebälle oder Wattekugeln in einem Kindergarten. Wieder und wieder stieß *Saltash* zum Angriff vor: die Wasserbomben klatschten ins Meer, dessen Fläche wild hinter ihr brodelte, aber sobald sie gedreht hatten, in einem engen Kreis, traf ihr Scheinwerfer nur wieder auf die kahle See. Und sogleich war der Kontakt von neuem im Gerät, stark wie zuvor, ohne Unterbrechung, aber nie endgültig zu fassen und allem Anschein nach völlig unbeeinträchtigt durch die Wut der schnellen Angriffe. Achtundsechzig Wasserbomben, dachte Ericson müde, und die meisten davon in großer Nähe – die Männer in dem U-Boot müssen Furchtbares durchmachen –, aber warum geschieht nichts, weshalb bleibt hier alles ohne Wirkung …? Er ließ das Schiff zu erneutem Angriff ansetzen, dem Kontakt nachgehend, der noch immer so fest war, doch dann hob er plötzlich den Kopf und schnupperte.

»I. WO!« rief er.

»Sir?« kam es von Kockhart.

»Riechen Sie nichts?«

Nach einem Augenblick: »Yes, Sir – Öl.«

Öl –. Dieser verhaßte Geruch, der ihnen immer nur sinkende Schiffe angekündigt hatte, konnte jetzt ein sinkendes U-Boot bedeuten … Ericson ging in die Brückennock und schnupperte angestrengt: dick und stark drang ihm der Ölgeruch in die Nase. Wenn nicht alles täuschte, so hieß das: sie hatten das U-Boot beschädigt, zumindest ihm ein Schott eingedrückt, so daß es leck war. Und es konnte bedeuten: das Boot ist erledigt.

Er ließ den Scheinwerfer rechts voraus richten, und da, an der Stelle wo sie ihre letzten Bomben geworfen hatten, sahen sie sofort die verölte Fläche, sie

glitzerte fahl und reflektierte das starke Licht. Und sie breitete sich aus, das war ermutigend! Während sie den Ölfleck überquerten, warfen sie noch einen Satz Bomben, und dann, als sie abermals wendeten, blieb das Echo im Asdic aus, und Lockhart meldete: »Kontakt verloren!«
Das Schweigen, das auf der Brücke eintrat, hätte man deuten können als stummen Glückwunsch zu einem Erfolg, aber Ericson hatte dieses Gefühl nicht. Wie gern hätte er ganz an diesen Ölfleck geglaubt und wie alle andern die Überzeugung gehabt, daß das Verschwinden des Kontakts nur ein Zeichen für ein unter dem toten Winkel des Horchgeräts sinkendes U-Boot sein konnte! Aber er mußte plötzlich erkennen, daß er daran nicht glauben konnte. Öl, das besagte noch längst nicht genug: er wollte Wrackteile und Holzstücke sehen, eine Detonation unter Wasser hören, Stücke von Menschen geräuschlos aufschwimmen sehen. Öl konnte auch von einem nur kleinen Leck stammen, Öl konnte sogar nur ein Trick sein: absichtlich konnte das U-Boot etwas Öl ausgespritzt haben und dann fortgeschlichen sein, indem es die schwachköpfigen englischen Seeleute zurückließ, damit sie ihre Versenkung mit schwachem englischen Bier feiern konnten. Nein: Öl konnte den Menschen zum besten halten, genau wie der Alkohol ... Das Boot ist wieder auf Tiefe gegangen, sagte er sich, auf einmal gegen jegliche Logik davon überzeugt. Beschädigt mag es sein, aber wir haben es nicht zerstören können. Es wird warten und wird wieder hochkommen. Aber auch wir werden warten, sagte er grimmig zu sich mit neuer Entschlußkraft, die aus dem äußersten Winkel seines gequälten Hirns kommen mußte. Und laut rief er Lockhart zu: »Suchverfahren neu beginnen. Ich will die Angriffe fortsetzen.«
Bei seinen überreizten Nerven schien es ihm, als hätten auf der Brücke alle Mann, als hätte das ganze übermüdete Schiff hörbar geseufzt bei diesem Befehl. »Mir ist es egal, wie elend ihr seid«, sagte er, beinah laut, in jähem Zorn. »Wenn ich der letzte Mann auf meinem Schiff sein sollte, der sich noch wach hält, wenn ich der letzte bin, der am Leben bleibt – ich werde das Schiff, und euch, und mich selbst so lange treiben, wie es mir paßt ...« Aber keiner hatte geseufzt, und keiner hatte gesprochen außer Lockhart, der den Befehl »Suchverfahren neu beginnen« an den Mann am Asdic weitergab. Und *Saltash* begann abermals, in gleichmäßiger halber Fahrt, ihre endlos erscheinende Suche, als hätten die letzten sechs Stunden gar nicht gezählt und es werde erst frisch angefangen.
Lächerlich und ärgerlich war, daß es gar keinen Ansatzpunkt gab: zum zweiten Mal war das U-Boot mit seinem Leck oder mit einem Öltrick, mit seiner schwer erschütterten oder frohlockenden Besatzung, mit oder ohne die undefinierbare Beschädigung verschwunden. Wenn Ericson sich das nüchtern überlegte, schien es ihm unglaubhaft. Sobald er länger darüber nachdachte,

verdrängte gleich eine blinde Wut seine sachlichen Gedanken. Als Lockhart meldete »Kontakt verloren«, hatte er geglaubt, das Echo sei nur ausgefallen infolge der Erschütterung der See durch die Explosionen, und das U-Boot würde in Minuten wieder als Kontakt erscheinen, wie bisher jedesmal. Als aber die Minuten vergingen, fünf Minuten, und zehn, und schließlich zwanzig, ohne die Spur eines Kontakts im Gerät, mußte er sich darauf gefaßt machen, daß sie das Boot ganz verfehlt haben konnten. Und das nach siebenstündigen Versuchen, nach fast achtzig Wasserbomben, nach dieser enormen und langen Anspannung, die die letzten Reserven seiner Ausdauer verbrauchte...! Er stand hinter den beiden Bedienungsleuten am Horchgerät, und als er so auf ihre stumpfsinnigen Hinterköpfe blickte, hätte er am liebsten einen Revolver aus dem Waffenständer gerissen und ihnen beiden eine Kugel in die Schädel gejagt! – *Ihm konnte so etwas nicht passieren* – das U-Boot war *dagewesen* –, sie hatten es doch fast greifen können! Und nun hatten Lockhart und diese zwei verdammten Idioten hier mit ihrem verfluchten Gerät es wieder entschlüpfen lassen –! Als Lockhart jetzt meldete, zum zehnten Mal: »Kein Kontakt«, und hinzufügte: »Es ist möglich, daß wir das Boot versenkt haben, nicht wahr, Sir?« – da antwortete er in einem Anflug von Wut: »Wenn Sie doch, zum Henker, sich um Ihren eigenen Kram kümmern und nur Ihre Sache machen wollten!« Und hatte den Horchraum verlassen, als sei die Luft darin so verpestet, daß er es nicht aushalten konnte. Aber sofort dachte er: Das hätte ich nicht sagen sollen. Er lehnte sich an die Brückenreling. Das kommt nur von meiner Übermüdung, und davon, daß ich das U-Boot verloren habe, nachdem wir es so greifbar nah hatten ... Er drehte sich um: »I. WO!«

Lockhart kam aus dem Horchraum und ging im Dunkeln auf ihn zu. »Sir?« fragte er in seinem kühlsten dienstlichen Ton.

»Ich bedaure meine letzten Worte«, knurrte Ericson. »Vergessen Sie das.«

»Ist schon gut, Sir«, sagte Lockhart, der einer Entschuldigung schwer widerstehen konnte, schon gar nicht, wenn sie so schnell erfolgte.

»Ich glaube nicht, daß wir das Boot versenkt haben«, fuhr Ericson fort. »Nicht genügend Beweise.«

»No, Sir«, antwortete Lockhart. Er hatte eine andere Ansicht, aber die durfte er gerade jetzt nicht äußern.

»Ich will die Suche in dem Quadrat wieder aufnehmen. Alles bleibt auf Gefechtsstationen.«

»Aye, aye, Sir.«

Nicht Gefechtsstationen, sondern Schlaf, dachte Lockhart, indem er wieder ans Gerät ging. Das ist es, was ich brauche, und was er braucht, und wir alle. Und keiner von uns soll Schlaf bekommen, bloß weil dieser hartnäckige alte Kerl sich nicht belehren lassen will ... Er war fest überzeugt, genau wie sein Mechanikersmaat am Asdic, daß das U-Boot durch die Massenwirkung von siebzig bis achtzig in seiner Nähe detonierenden Wasserbomben zerstört, zermalmt und in Stücke zerschlagen sein mußte. Vermutlich war es einfach zusammengedrückt und sank langsam auf Grund, wobei die Ölspur nach oben trieb, deren Anblick den Kommandanten zuerst so erfreut hatte. Aber nachher schien ja schon der leiseste Hinweis darauf ihn in Wut zu versetzen. Also lieber ohne Kritik weitermachen. Er schloß die Tür zur Brücke und sagte in gleichgültiger Ruhe: »Normales Suchverfahren. Wir suchen wieder nach Planquadrat.«

Der Mechanikersmaat am Gerät wiederholte: »Normales Suchverfahren, Sir.« Dann zog er, als unmißverständlichen Vorwurf, laut die Luft durch die

Zähne. »Unterlassen Sie gefälligst dieses ekelhafte Geräusch!« rief Lockhart scharf. [Gar nichts zu sagen wäre ebenso gut gewesen, dachte er.]
»Habe'n hohlen Zahn, Sir«, erwiderte der Mann empört.
»Bedienen Sie Ihr Gerät weiter.«
Der Mann, der jetzt hörbar atmete, beugte sich tiefer über sein Gerät und regulierte irgend etwas, wobei er möglichst viel Lärm machte. Jeder hat jetzt schlechte Laune, dachte Lockhart, das steckt an und ist ja auch kein Wunder bei dieser Übermüdung. Er mußte lächeln, als er den Mann am Gerät betrachtete, mit dem er sonst so gut auskam, denn er konnte sich recht genau vorstellen, was dem jetzt durch den Kopf ging. [Dauernd wird man hier angeschnauzt! Der Alte hat ihm 'ne Zigarre verpaßt, und jetzt läßt er das an uns aus. Diese verdammten Offiziere. Wenn bloß erst meine zwölf Jahre 'rum sind!] In einem Ton, der freundlich genug war, um die Dinge wieder ins richtige Gleis zu bringen, aber ohne sich etwas zu vergeben, sagte Lockhart: »Wir wollen uns lieber nochmal frischen Kakao kommen lassen, die Geschichte wird noch eine ganze Weile dauern.«
Sie dauerte wirklich noch eine ganze Weile. Und als die Stunden ohne jedes Ergebnis verstrichen, schien es bald, als solle diese zwecklose Jagd bis in alle Ewigkeit weitergehen, oder doch bis, ganz unabhängig von den Anstrengungen der einzelnen Parteien, der Krieg zu Ende war und der eine Teil zum Sieger, der andere zum Verlierer erklärt wurde, und *Saltash,* durch eine Postkarte davon unterrichtet, gerade noch rechtzeitig Kurs auf die Heimat nehmen konnte, bevor ihr Anspruch auf eine Altersrente erlosch ...
Pergola stieß um drei Uhr früh wieder zu ihnen: sie kam auf in einem Tempo, als wolle sie die vergeudeten Stunden wieder einholen. Ihr Erscheinen ermöglichte Ericson, sein Suchgebiet zu erweitern und sozusagen auch die Hintertür bewachen zu lassen, aber *Pergola* gelang es ebensowenig wie *Saltash,* die verlorene Fährte wiederzufinden. Um vier Uhr wechselte die Wache, der im Osten aufhellende Himmel beleuchtete eine See, die so grau und flach und unscheinbar aussah wie ein verwaschenes Aquarell. Ferner ließ das matte Morgenlicht auf diesem Meer die zwei Schiffe erkennen, die, fünf Meilen voneinander entfernt, dem Anschein nach sehr sorgfältig etwas ganz Bestimmtes suchten, tatsächlich aber wie zwei kurzsichtige alte Weiber wirkten, die in Abfalltonnen wühlen, ohne zu merken, daß diese schon vor Stunden geleert worden sind.
Ericson wurde, als der Morgen dämmerte und ihm die Umrisse seines Schiffes und die fahlen Gesichter der Männer auf der Brücke zeigte, von trostlosen Zweifeln überfallen. Handelte er nicht falsch? Verschwendete er hier nicht nur die Zeit? Zweierlei Vorstellungen begannen ihn unwiderstehlich zu bedrängen: das U-Boot konnte viele Meilen von ihnen entfernt sein, oder aber:

sie hatten es bereits bei ihrem ersten Angriff vernichtet. Jetzt, in der Stunde zwischen Nacht und Tag, nachdem *Saltash* ununterbrochen elf Stunden lang gejagt hatte und er selbst die ganze Zeit ohne Pause auf der Brücke gewesen war, bedrängte ihn das Gefühl, völlig sinnlos zu handeln, so stark wie noch nie: er kam in Versuchung, die Sache aufzugeben, den Ölfleck als vollen Beweis gelten zu lassen und damit einen Erfolg zu beanspruchen, den ihm niemand ernstlich abstreiten würde. Diese Gedanken arbeiteten in ihm, sie wurden so lästig wie eine Katze, die endlos vor einer geschlossenen Tür miaut – vor seiner Tür, die er früher oder später öffnen mußte. Dann mußte ja dieses Geräusch aufhören. Und dann kam auch, um ihn endlich zu befreien, die Aussicht auf Schlaf ...
Er merkte, daß alle die Männer um ihn schon lange nur noch an dies eine dachten und daß Lockhart von der Vernichtung des U-Boots überzeugt und die überanstrengte Bedienung am Horchgerät aus demselben Grunde so mürrisch war. Der Kommandant von *Pergola* mußte sich beim Lesen des Berichts, den er hinübergegeben hatte, um ihn gleich bei der Ankunft über alles ins Bild zu setzen, sehr gewundert haben, warum in aller Welt sie die Suche nicht aufgegeben hatten, schon vor Stunden wieder zum Geleit gelaufen waren und der Admiralität eine einwandfreie Versenkung meldeten.
Die Zweifel und die Ungewißheit machten ihn noch müder und erschöpfter: als er jetzt zusammengesunken auf seinem Decksstuhl saß und nichts die Eintönigkeit unterbrach, kein Schimmer eines Erfolges ihm neuen Auftrieb gab, da bekam er panische Angst, plötzlich einzuschlafen. Er fühlte sein Gehirn und den Körper durch die Geräusche ringsum in wohltuenden Halbschlaf versinken – das Surren des Horchgeräts, das stetige Zischen des durchs Wasser schneidenden Stevens, das Deckwaschen der Mannschaft, ja sogar die Bewegungen der halbstündigen Ablösung der Ausguckposten und Rudergänger, all das verband sich zu einem einschläfernden Geräusch. Dem Schlaf zu widerstehen, bereitete ihm starke Schmerzen – ihm nicht zu widerstehen, machte ihn, da böse Vorahnungen ihn bedrängten, ganz krank. Er fühlte, daß er weinen mußte, wenn er weiter wach blieb; schlief er ein, dann fiel er sicher vom Stuhl, und dann mußten alle denken, er könnte nicht mehr, und das stimmte dann auch ...
Lockhart, der jetzt seine Wache hatte, kam aus dem Horchraum, wohl zum zwanzigsten Mal, und sagte: »Kein Kontakt im Gerät, Sir.«
Ericson gingen gegen seinen Willen die Nerven durch: »Wozu sagen Sie mir das?«
Lockhart blickte ihn verdutzt an: »Kein besonderer Grund, Sir: nur routinemäßige Meldung. Wir sind wieder mit einer Suchkurve fertig.« »Was meinen Sie mit *wieder* einer?«

Lockhart schluckte, wie er in den letzten zwölf Stunden schon oft hatte tun müssen. »Ich dachte, Sie hatten gesagt, Sir –.«
»Herr des Himmels, I. WO,« begann Ericson, hielt aber gleich inne. Sein Herz schlug hart, sein Gehirn kam ihm vor wie ein Käfig, in dem ein kleiner Vogel hin und her flatterte. Er dachte: So geht es wirklich nicht, dabei gerate ich aus den Fugen. Noch eine Minute, dann werde ich einen über den Haufen knallen ... Er stand auf und reckte die Schultern, so daß der Schmerz, den er quer über den Rücken fühlte, erst schlimmer wurde und dann nachließ. Es wurde ihm dabei schwindlig im Kopf, aber er wußte jetzt, was er zu tun hatte.
Zwei Minuten später stand er in seiner Kajüte vor dem Schiffsarzt. Scott-Brown, der von einem verstörten Läufer mit dringendem Auftrag aus dem Schlaf gerissen worden war, trug nur seine Schlafanzughose und eine aufgeblasene Schwimmweste, aber auch in dieser Verfassung behielt er ganz und gar die Miene des erfahrenen, verläßlichen Arztes aus der Harley Street. Er betrachtete den Kommandanten nur flüchtig und sagte dann in vorwurfsvollem Ton, den Ericson ihm nicht übelnahm: »Wird Zeit, daß Sie sich schlafenlegen, Sir.«
»Das weiß ich, Doktor. Aber ich kann's jetzt nicht.«
»Wie lange sind Sie denn auf der Brücke gewesen?«
»Seit der Versenkung des Dampfers.«
»Das ist zu lange.«
»Ich weiß«, wiederholte Ericson, »aber ich muß noch oben bleiben: Haben Sie nichts zum Aufpulvern für mich?«
Scott-Brown runzelte die Stirn. »Ist das notwendig? Und warum diese ganze Aufregung?«
Ericson brauste auf: »Herr Gott! Fangen Sie auch noch an –?« Sein Herz schlug wieder heftig, er setzte sich rasch hin. »Hier ist ein U-Boot im Gebiet«, sagte er dann ruhig und zwang sich, jede Anstrengung und Erregung zu vermeiden. »Ich weiß verflucht genau, daß es da ist, und ich werde es kriegen. Ich möchte ein Mittel haben, das mich so lange wach hält.«
»Für wie lange?«
»Eine ganze Nacht vielleicht noch –. Können Sie das?«
»Oh, ja, das kann ich ohne weiteres. Es kommt nur darauf an, daß –.« Ericsons Nerven drohten schon wieder zu zerreißen. »Na also, dann machen Sie's doch«, unterbrach er den Arzt grob. »Was ist dazu nötig? Eine Einspritzung?«
Scott-Brown lächelte, da er recht gut wußte, wann die ärztliche Klugheit sich der Disziplin unterordnen mußte. »Nur ein paar Tabletten«, sagte er. »Benzedrin. Danach werden Sie sich fühlen wie ein Lämmchen im Frühling.«

»Und wie lange wirken die?«
»Wir wollen es zunächst mal für vierundzwanzig Stunden machen.« Wieder lächelte der Arzt, als er sich zur Tür wandte. »Wenn die herum sind, gehen Sie aus wie eine Kerze und wachen später mit einem schweren Kater auf.«
»Ist das alles?«
»Wahrscheinlich. Wie alt sind Sie, Sir?«
»Achtundvierzig.«
Scott-Brown zog die Nase kraus. »Mit Benzedrin ist nämlich nicht zu spaßen.«
»Es soll ja auch nicht zur Gewohnheit werden«, sagte Ericson mißmutig, »aber dies ist ein besonderer Fall.«
Nach zwei Minuten kam Scott-Brown wieder mit zwei grauen Tabletten und einem Glas Wasser. Ericson hatte kaum die erste geschluckt und die zweite noch auf der Zunge, da rasselte die Glocke am Kopfende seiner Koje.
Er beugte sich, noch an der Tablette schluckend, über das Sprachrohr und rief: »Kommandant!«
»Brücke, Sir!« hörte er Lockharts Stimme, sich überschlagend vor Erregung. »*Pergola* hat einen Kontakt.«
Er hätte fast geantwortet »Habe ich's Ihnen nicht gleich gesagt?« oder gebrüllt »Ihr seid ja alle verrückt« – da fiel sein Blick auf Scott-Brown, der ihn belustigt ansah. Und er sagte: »Schönen Dank, Doktor« und ging sofort zur Tür. Hinter ihm sagte der Arzt: »Theoretisch müßten Sie erst zehn Minuten liegen und –«, aber Ericson hörte diese gemessene Stimme schon nicht mehr, als er um die Ecke in den Gang bog und die Treppe hinaufrannte.
War es nun das Benzedrin oder das Gefühl der in letzter Minute gelösten Spannung oder *Pergolas* tüchtige Leistung, oder war es die ermunternde Wirkung des vollen Tageslichts, das jetzt herrschte – er fühlte sich, als er wieder auf der Brücke stand und Umschau hielt, wie ein König. Ja, jetzt war alles völlig anders . . .
Fünf Meilen von *Saltash* auf glatter See drehte *Pergola* gerade mit harter Ruderlage und äußerster Kraft: das Wasser schäumte an ihrem Bug empor, als sie, in schrägem Winkel auf *Saltash* zu, zum Angriff vorbrauste. Sie hatte zwei Flaggen gesetzt: »Ich habe einen Unterwasserkontakt« und »Ich greife an.« Sie sah ganz so aus, wie eine Korvette nach langer schwerer Nacht im Licht des Morgens aussehen mußte . . . Ericson rief Lockhart im Horchraum zu: »Haben Sie was drin?« Eine kurze Pause, dann antwortete Lockhart: »Kontakt! Steuerbord voraus, peilt eins – neun – null.« Und aus dem Lautsprecher vom Asdic klang singend ein lautes, klares Echo, das nichts anderes sein konnte als das jetzt von *Pergola* angegriffene U-Boot.
Die Wasserbomben der Korvette detonierten eine halbe Meile vor *Saltash*,

und *Saltash,* die jetzt in rechtem Winkel auf die Wurfstelle zustürmte, warf die ihren knapp zwanzig Meter von dem verfärbten, noch schäumenden Fleck. Dann drehten beide Schiffe gleichzeitig und strebten dieser entscheidenden Stelle entgegen, bereit zu weiteren Würfen, aber diesmal war es nicht mehr nötig: eine jähe, dumpfe Explosion, im ganzen Schiff hörbar, dröhnte unter Wasser, eine große Blase öligen Wassers platzte mitten aus der brodelnden Fläche, und ihr folgten andere Dinge – Holzteile, Kleidungsstücke und gewisse Stücke und Fetzen, die später noch genau untersucht werden mußten . . .

Ericson befahl »Maschinen stop –«, und *Saltash* kam zum Stillstand, umgeben von einem Kranz blutiger Wrackstücke. Die Besatzung drängte sich an der Reling, die seltsamen Überbleibsel im Wasser vermehrten sich und schwammen auseinander, während schon eine Arbeitsgruppe vom Achterdeck aus mit Eimern und Bootshaken allerlei Teile aufzufischen begann. Denn dies war ein Sieg, der durch Trophäen bestätigt werden mußte . . .

Zwölf Stunden hat uns das in Atem gehalten, dachte Ericson, der sich tief befriedigt an die Brücke lehnte, aber wir haben es geschafft, denn das Boot war da, die ganze Zeit.

DER ALTE MANN UND DAS MEER

Ernest Hemingway, Literaturnobelpreisträger und einer der bedeutendsten amerikanischen Schriftsteller, erzählt von dem alten Fischer Santiago von Kuba, der allein in seinem Boot, ohne den Jungen Manolin, der ihn sonst begleitet, draußen auf dem Meer einen riesigen Schwertfisch an die Harpune bekommt, den großartigsten Fang seines Lebens. Zwei Tage und Nächte lang kämpft er hart, die Beute zu halten, bis Haifische sie ihm streitig machen.

Ich verstehe es nicht, dachte der alte Mann. Ihm war jedes Mal beinah schwarz vor den Augen geworden. Ich versteh es nicht. Aber ich werd es noch einmal versuchen.

Er versuchte es noch einmal, und er fühlte, wie ihm schwarz vor Augen wurde, als er den Fisch herüberzwang. Der Fisch richtete sich auf und schwamm, den großen Schwanz durch die Luft schwenkend, langsam wieder davon.

Ich versuche es noch einmal, sprach sich der alte Mann Mut zu, obwohl seine Hände jetzt zermanscht waren und er noch ab und zu richtig sehen konnte.

Er versuchte es noch einmal, und es war dasselbe. Also, dachte er, und er fühlte, daß ihm schwindlig wurde, bevor er anfing; ich werde es noch einmal versuchen.

Er faßte all seinen Schmerz zusammen und was von seiner Kraft übrig war und seinem lang dahingeschwundenen Stolz, und er setzte es gegen den Todeskampf des Fisches, und der Fisch drehte sich auf die Seite und schwamm ruhig auf der Seite, und sein Schnabel berührte beinah die Planken des Bootes, und er begann, langsam im Wasser an dem Boot vorbeizuziehen, lang, tief, breit, silbern und violett gestreift und ohne Ende.

Der alte Mann ließ die Leine fallen und setzte seinen Fuß darauf und hob die Harpune, so hoch wie er konnte, und stieß sie mit aller Kraft und frischer Kraft, die er gerade aufgebracht hatte, in die Seite des Fisches hinein, gerade hinter der großen Brustflosse, die hoch in die Luft bis zur Brusthöhe des Mannes stand. Er fühlte, wie das Eisen hineinging, und er lehnte sich drauf und trieb es weiter, und dann stieß er mit seinem ganzen Gewicht nach. Nun wurde der Fisch lebendig, als er den Tod in sich spürte, und sprang hoch aus dem Wasser empor und zeigte seine ungeheure Länge und Breite und seine ganze Macht und Schönheit. Er schien über dem alten Mann in dem Boot in der Luft zu hängen. Dann fiel er krachend ins Wasser, so daß Schaum über den alten Mann und über das ganze Boot spritzte.

Dem alten Mann war schwindlig und übel, und er konnte nicht recht sehen, aber er entwirrte die Harpunenleine und ließ sie langsam durch seine wunden Hände laufen, und als er sehen konnte, sah er, daß der Fisch mit seinem silbernen Bauch nach oben auf dem Rücken lag. Der Schaft der Harpune ragte in einem Winkel aus der Schulter des Fisches hervor, und die See verfärbte sich durch das Rot von dem Blut seines Herzens. Zuerst war es dunkel wie eine Untiefe in dem blauen Wasser, das mehr als eine Meile tief war. Dann breitete es sich wie eine Wolke aus. Der Fisch war silbrig und bewegungslos und trieb mit den Wellen.

Der alte Mann blickte in der flüchtigen Vision, die er hatte, aufmerksam um sich. Dann schlug er die Harpunenleine zweimal um die Beting unter der Plicht und legte den Kopf auf die Hände.

»Das nur mein Kopf klar bleibt«, sagte er gegen das Holz des Bugs »Ich bin ein müder, alter Mann. Aber ich habe diesen Fisch getötet, der mein Bruder ist, und jetzt kommt noch die ganze Plackerei.«

Jetzt muß ich die Schlingen vorbereiten und das Tau, um ihn längsseit zu vertäuen, dachte er. Selbst wenn wir zwei wären und das Boot beim Laden voll Wasser kriegten und es ausschöpften, würde es ihn niemals fassen. Ich muß alles vorbereiten, ihn dann ranholen und ihn gut vertäuen und den Mast aufrichten und das Segel für die Rückfahrt setzen.

Er begann den Fisch heranzuholen, um ihn längsseit zu haben, damit er ihm eine Leine durch Kiemen und Maul ziehen und seinen Kopf am Bug festmachen konnte. Ich möchte ihn sehen, dachte er, und ihn anfassen und ihn befühlen. Er ist mein ganzer Reichtum, dachte er. Aber deswegen will ich ihn nicht befühlen. Ich glaube, ich hab sein Herz gefühlt, dachte er. Als ich das zweite Mal gegen den Harpunenschaft stieß. Hol ihn jetzt heran und mach ihn fest und laß die Schlinge um seinen Schwanz gehen und eine zweite um seinen Rumpf, um ihn an das Boot zu binden.

»An die Arbeit, alter Freund«, sagte er. Er trank einen sehr kleinen Schluck Wasser. »Jetzt gibt es eine Menge Plackerei, wo der Kampf vorüber ist«.

Er blickte in den Himmel hinauf und dann hinaus auf seinen Fisch. Er blickte abschätzend nach der Sonne. Es ist nicht viel später als Mittag, dachte er. Und der Passatwind frischt auf. Die Leinen sind mir jetzt alle ganz egal. Der Junge und ich werden sie spleißen, wenn wir zu Hause sind.

»Los, komm, Fisch«, sagte er. Aber der Fisch kam nicht. Statt dessen lag er da und wälzte sich in den Wellen, und der alte Mann ruderte das Boot zu ihm heran.

Als er mit ihm auf gleicher Höhe war und der Kopf des Fisches gegen den Bug lag, konnte er einfach nicht glauben, daß er so groß war. Aber er löste die Harpunenleine von der Beting, zog sie durch die Kiemen des Fisches und durch seinen Rachen hinaus, machte eine Schlinge um sein Schwert, zog dann die Leine durch die andere Kieme, machte eine zweite Schlinge um den Schnabel und befestigte die doppelte Leine an der Beting in der Plicht. Dann durchschnitt er die Leine und ging nach achtern, um den Schwanz anzuschlingen. Das ursprüngliche Violett und Silber des Fisches hatte sich in Silber verwandelt, und die Streifen zeigten dieselbe blaßviolette Farbe wie sein Schwanz. Sie waren breiter als eine Männerhand mit ausgespreizten Fingern, und das Auge des Fisches blickte so starr wie die Spiegel in einem Periskop oder wie ein Heiliger in einer Prozession.

»Es war die einzige Art, wie man ihn töten konnte«, sagte der alte Mann. Seit dem Schluck Wasser fühlte er sich wohler, und er wußte, daß es nicht mit ihm zu Ende ging; sein Kopf war klar. Er wiegt über fünfzehnhundert Pfund, so wie er ist, dachte er. Vielleicht viel mehr. Wenn er ausgenommen zwei Drittel davon wiegt, zu dreißig Cents das Pfund?

»Dazu brauch ich einen Bleistift«, sagte er. »So klar ist mein Kopf doch nicht. Aber ich glaube, der große DiMaggio würde heute stolz auf mich sein. Ich hatte keine Knochensporne. Aber der Rücken und die Hände tun wirklich weh.« Was wohl ein Knochensporn ist, dachte er. Vielleicht haben wir welche, ohne es zu wissen.

Er vertäute den Fisch am Bug, am Heck und an der mittleren Ducht. Er war so groß, es war, als ob man ein viel größeres Boot längsseit festmachte. Er schnitt ein Stück Leine ab und schnürte den Unterkiefer des Fisches mit seinem Schnabel zusammen, damit sein Maul sich nicht öffnen konnte und sie mit möglichst geringem Widerstand segeln würden. Dann richtete er den Mast auf, und an dem Stock, der seine Gaffel war, und an seiner aufgetakelten Spiere füllte sich das geflickte Segel, und das Boot begann sich zu bewegen, und er segelte, im Heck halb liegend, südwestwärts.

Er brauchte keinen Kompaß, um zu wissen, wo Südwesten war. Er brauchte nur den Passatwind und das Ziehen seines Segels zu beobachten. Ich stecke wohl lieber eine kleine Angelschnur mit einem Blinker dran aus und seh zu, daß ich was zu essen bekomme. Aber er konnte keinen Blinker finden, und seine Sardinen waren verfault. Deshalb hakte er im Vorbeikommen ein Stückchen gelben Seetangs mit dem Fischhaken und schüttelte es, so daß die kleinen Garnelen, die drin waren, auf die Planken des Boots fielen. Es waren mehr als ein Dutzend, und sie sprangen und stießen um sich wie Sandflöhe. Der alte Mann knipste mit Daumen und Zeigefinger ihre Köpfe ab und aß sie und lutschte die Schalen und die Schwänze aus. Sie waren sehr winzig, aber er wußte, sie waren nahrhaft, und sie schmeckten gut.

Der alte Mann hatte noch zwei Schluck Wasser in der Flasche, und er nahm einen halben, nachdem er die Garnelen gegessen hatte. Das Boot segelte gut, wenn man die Handicaps in Betracht zog, und er steuerte mit der Ruderpinne unter dem Arm. Er konnte den Fisch sehen, und er brauchte nur seine Hände zu betrachten und seinen Rücken gegen das Heck zu lehnen, um zu wissen, daß dies wirklich passiert war und er nicht träumte. Einmal, als ihm ziemlich zum Schluß so schlecht gewesen war, hatte er gedacht, vielleicht ist es ein Traum. Dann, als er den Fisch aus dem Wasser herauskommen und bewegungslos im Himmel hatte hängen sehen, bevor er fiel, wußte er, daß hier etwas ganz Seltsames geschah, und er konnte es nicht fassen. Dann konnte er nicht recht sehen, obwohl er jetzt so gut wie je zuvor sah.

Jetzt wußte er: der Fisch war da, und seine Hände und sein Rücken waren kein Traum. Die Hände heilen schnell, dachte er. Ich habe sie ordentlich ausbluten lassen, und das Salzwasser wird sie kurieren. Das dunkle Wasser dieses Golfs ist das beste Heilmittel, das es gibt. Alles, was ich tun muß, ist, einen klaren Kopf behalten. Die Hände haben ihre Arbeit getan, und wir haben gute Fahrt. Mit seinem geschlossenen Maul und seinem senkrecht aufgestellten Schwanz segeln wir wie Brüder. Dann wurde ihm ein bißchen wirr im Kopf, und er dachte: bringt er mich rein oder bringe ich ihn rein? Wenn ich ihn im Schlepp hätte, wäre es gar keine Frage. Auch wenn der Fisch im Boot wäre, aller Würde bar, wäre es gar keine Frage. Aber sie segelten zusammen, aneinandergeseilt, und der alte Mann dachte: Soll *er* mich ruhig reinschleppen, wenn er gern möchte. Ich bin ihm nur durch meine Schliche überlegen, und er hatte nichts Böses gegen mich im Sinn.

Sie machten gute Fahrt, und der alte Mann hielt seine Hände im Salzwasser und suchte einen klaren Kopf zu behalten. Am Himmel standen hohe Kumulus- und über ihnen genügend Zirruswolken, so daß der alte Mann wußte, daß der Wind die ganze Nacht über anhalten würde. Der alte Mann blickte den Fisch unentwegt an, um sich zu vergewissern, daß es auch wahr sei. Es verging eine Stunde, ehe ihn der erste Hai anfiel.

Der Hai kam nicht zufällig. Er war von tief unten im Wasser heraufgekommen, als die dunkle Blutwolke sich gesetzt und in der meilentiefen See verteilt hatte. Er war so schnell heraufgekommen und so völlig ohne Vorsicht, daß er die Oberfläche des blauen Wassers durchbrach und in der Sonne war. Dann fiel er zurück in die See und nahm die Witterung auf und begann auf dem Kurs zu schwimmen, den das Boot und der Fisch genommen hatten.

Manchmal verlor er die Witterung. Aber er nahm sie wieder auf oder auch nur eine Andeutung davon, und er folgte der Fährte schnell und ohne Zögern. Es war ein sehr großer Makohai, der so schnell schwimmen konnte wie der schnellste Fisch im Meer, und alles an ihm war prachtvoll bis auf seinen Rachen. Sein Rücken war so blau wie der eines Schwertfisches, und sein Bauch war silbern, und seine Haut war glatt und schön. Er war wie ein Schwertfisch gebaut bis auf seinen riesigen Rachen, der jetzt fest geschlossen war, als er schnell, eben unter der Wasseroberfläche, schwamm und seine hohe Rückenflosse ohne Schwanken das Wasser durchschnitt. Innerhalb der geschlossenen Lippen seines Rachens standen jede seiner acht Reihen Zähne schräg nach innen. Es waren nicht die gewöhnlichen, pyramidenartig geformten Zähne, wie sie fast alle Haie haben. Sie waren wie die Finger eines Mannes geformt, wenn sie sich wie Klauen zusammenkrallen. Sie waren beinah so lang wie die Finger des alten Mannes und hatten an beiden Seiten rasiermesserscharfe, schneidende Kanten. Dies war ein Fisch, der sich von all den Fischen der See ernähren konnte, die so schnell und stark und gut bewaffnet waren, daß sie keinen andern Feind hatten. Jetzt legte er Tempo zu, als er die frischere Spur bekam, und seine blaue Rückenflosse durchschnitt das Wasser.

Als der alte Mann ihn kommen sah, wußte er, daß dies ein Hai war, der überhaupt keine Furcht kannte und genau das tun würde, was ihm paßte. Er richtete die Harpune und befestigte die Leine, während er beobachtete, wie der Hai herankam. Die Leine war kurz, da das Stück fehlte, das er abgeschnitten hatte, um den Fisch festzuschnüren.

Der Kopf des alten Mannes war jetzt klar und frisch, und er war voller Entschlußkraft, aber er hatte wenig Hoffnung. Es ging zu gut, um so zu bleiben, dachte er. Er warf einen Blick auf den großen Fisch, während er beobachtete, wie der Hai näher kam. Es hätte genau so gut ein Traum sein können, dachte er. Ich kann ihn nicht daran hindern, daß er mich anfällt, aber vielleicht kann ich ihn kriegen. *Dentuso*, dachte er. Unheil deiner Mutter!

Der Hai näherte sich schnell von achtern, und als er den Fisch anfiel, nahm der alte Mann das Aufsperren seines Mauls wahr und seine seltsamen Augen und das knackende Zuschnappen der Zähne, als er gerade oberhalb des Schwanzes in das Fleisch vorstieß. Der Kopf des Haies war über Wasser, und sein Rücken kam heraus, und der alte Mann konnte das Geräusch hören, wie Haut und Fleisch des großen Fisches zerrissen, als er die Harpune in den Kopf des Haies an einer Stelle einrammte, wo die Linie zwischen den Augen mit der Linie, die senkrecht von seiner Nase zurücklief, sich kreuzte. Es gab keine solchen Linien. Es gab nur den schweren, keilförmigen, blauen Kopf und die großen Augen und das Knacken des angreifenden, alles verschlin-

genden Rachens. Aber dies war die Stelle, wo das Gehirn war, und der alte Mann traf es. Er traf es, als er mit seinen blutig-zermanschten Händen seine gute Harpune mit aller Kraft hineinstieß. Er traf es, ohne Hoffnung, aber mit Entschlußkraft und vollendeter Feindseligkeit.

Der Hai rollte herum, und der alte Mann sah, daß sein Auge leblos war, und dann rollte er sich noch einmal herum und verfing sich in zwei Schlingen der Leine. Der alte Mann wußte, daß er tot war, aber der Hai wollte es nicht wahr haben. Da, auf dem Rücken mit schlagendem Schwanz und knackenden Kiefern pflügte der Hai durch das Wasser wie ein Rennboot. Das Wasser war weiß, wo sein Schwanz es peitschte, und drei Viertel seines Körpers ragten klar aus dem Wasser heraus, als die Leine sich straffte, erbebte und dann riß. Der Hai lag kurze Zeit ruhig an der Oberfläche, und der alte Mann beobachtete ihn. Dann ging er sehr langsam unter.

»Er hat ungefähr vierzig Pfund abgefetzt«, sagte der alte Mann laut. Er hat auch meine Harpune genommen und die ganze Leine, dachte er, und jetzt blutet mein Fisch wieder, und es werden andere kommen.

Er mochte den Fisch nicht mehr ansehen, seit er verstümmelt war. Als der Hai den Fisch anfiel, war es, als ob er selbst angefallen würde.

Aber ich habe den Hai, der meinen Fisch angefallen hat, getötet, dachte er. Und er war der größte *dentuso,* den ich je gesehen habe. Und weiß Gott, ich habe große gesehen.

Es ging zu gut, um so zu bleiben, dachte er. Jetzt wünschte ich, es wäre ein Traum gewesen, und daß ich den Fisch nie angehakt hätte, und daß ich allein im Bett auf den Zeitungen läge.

»Aber der Mensch darf nicht aufgeben«, sagte er. »Man kann vernichtet werden, aber man darf nicht aufgeben.« Es tut mir aber doch leid, daß ich den Fisch getötet habe, dachte er. Jetzt kommt die schlimme Zeit, und ich hab nicht einmal die Harpune. Der *dentuso* ist grausam und fähig und stark und klug. Aber ich war klüger als er. Vielleicht nicht, dachte er. Vielleicht war ich nur besser bewaffnet.

»Denk jetzt nicht, alter Freund«, sagte er laut. »Segle auf deinem Kurs und nimm's auf dich, wenn's kommt.«

Aber ich muß denken, dachte er. Weil das alles ist, was mir bleibt. Das und Baseball. Wie es wohl dem großen DiMaggio gefallen hätte, wie ich ihn ins Gehirn traf? Es war keine große Sache, dachte er. Das könnte jeder. Aber ob wohl meine Hände ein ebenso großes Handicap waren wie der Knochensporn? Das kann ich nicht wissen. Mein Hacken hat mir niemals was zu schaffen gemacht, bis auf das eine Mal, als der Stechrochen beim Schwimmen, wie ich auf ihn trat, hineingestochen hat und das Wadenbein paralysiert war und es unerträglich weh tat.

»Denk an irgend etwas Erfreuliches, alter Freund«, sagte er. »Jede Minute bist du jetzt näher an Zuhaus. Du segelst um vierzig Pfund leichter.«

Er wußte recht wohl, was geschehen konnte, sobald er den inneren Teil des Stromes erreichte. Aber jetzt ließ sich nichts dagegen tun.

»Doch, läßt sich«, sagte er laut. »Ich kann mein Messer an den Griff von einem der Riemen festbinden.«

Also tat er das, mit der Ruderpinne unter dem Arm und der Schot des Segels unter dem Fuß.

»Jetzt«, sagte er, »bin ich immer noch ein alter Mann. Aber ich bin nicht unbewaffnet.«

Die Brise war jetzt frisch, und er kam gut voran. Er beobachtete nur den vorderen Teil des Fisches, und ein gut Teil seiner Hoffnung kehrte zurück.

Es ist dumm, nicht zu hoffen, dachte er. Außerdem glaube ich, ist es eine Sünde. Denk nicht an Sünde, dachte er. Du hast jetzt genug Probleme ohne Sünde. Außerdem verstehe ich nichts davon.

Ich verstehe nichts davon, und ich weiß nicht genau, ob ich daran glaube oder nicht. Vielleicht war es eine Sünde, den Fisch zu töten. Wahrscheinlich war es das, obwohl ich es tat, um mein Leben zu fristen und viele Leute damit zu ernähren. Aber dann ist alles eine Sünde. Denk jetzt nicht an Sünde. Dafür ist es viel zu spät, und es gibt Leute, die bezahlt werden, um das zu tun. Sie sollen darüber nachdenken. Du bist geboren worden, um ein Fischer zu sein, wie der Fisch geboren wurde, um ein Fisch zu sein. San Pedro war ein Fischer ebenso wie der Vater von dem großen DiMaggio.

Aber er dachte gern über all die Dinge nach, in die er verwickelt war, und da es nichts zum Lesen gab und er kein Radio hatte, dachte er viel, und er dachte weiter über die Sünde nach. Du hast den Fisch nicht nur getötet, um dein Leben zu fristen und um ihn zum Essen zu verkaufen, dachte er. Du hast ihn aus Hochmut getötet, und weil du ein Fischer bist. Du hast ihn geliebt, als er am Leben war, und danach hast du ihn auch geliebt. Wenn du ihn liebst, ist es keine Sünde, ihn zu töten. Oder ist es dadurch schlimmer?

»Du denkst zuviel, alter Freund«, sagte er laut.

Aber den *dentuso* hast du gern getötet, dachte er. Er lebt von den lebenden Fischen wie du. Er ist kein Aasgeier oder einfach ein schwimmender Appetit wie mancher Haifisch. Er ist wunderschön und edel und hat vor nichts Angst.

»Ich habe ihn in Notwehr getötet«, sagte der alte Mann laut. »Und ich habe ihn gut getötet.«

Außerdem, dachte er, tötet alles auf irgendeine Art alles andere. Fischen tötet mich und erhält mich auch am Leben. Der Junge erhält mich am Leben, dachte er. Ich darf mir nicht zuviel vormachen.

Er lehnte sich über Bord und riß ein Stück von dem Fischfleisch los, wo der Hai hineingestoßen hatte. Er kaute es und bemerkte die Qualität und den feinen Geschmack. Es war fest und saftig wie Fleisch, aber es war nicht rot. Es war nicht zähfaserig, und er wußte, daß es den höchsten Preis auf dem Markt erzielen würde. Aber es gab kein Mittel, seinen Geruch vom Wasser fernzuhalten, und der alte Mann wußte, daß eine sehr schlimme Zeit bevorstand.
Die Brise war stetig. Sie war ein wenig weiter nach Nordost geschlagen, und er wußte, dies hieß, daß sie nicht abflauen würde. Der alte Mann blickte in die Weite vor sich, aber er konnte keine Segel sehen, noch konnte er den Rumpf oder den Rauch irgendeines Dampfers erblicken. Es gab nichts als die Fliegenden Fische, die vor seinem Bug aufstiegen und nach beiden Seiten davonsegelten, und die gelben Flecken vom Golftang. Er konnte nicht einmal einen Vogel sehen. Er war zwei Stunden gesegelt. Er ruhte im Heck und kaute hin und wieder ein Stückchen von dem Fleisch des Marlins und versuchte, sich auszuruhen und bei Kräften zu bleiben, als er den ersten der beiden Haie sah.
»Ay«, sagte er laut. Dieses Wort läßt sich nicht übersetzen, und wahrscheinlich ist es einfach ein Geräusch, wie ein Mann es vielleicht unwillkürlich macht, wenn er fühlt, wie der Nagel durch seine Hand hindurch und ins Holz geht.
»*Galanos*«, sagte er laut. Er hatte jetzt die zweite Flosse hinter der ersten herankommen sehen und hatte sie durch die braunen, triangelförmigen Flossen und die fegende Bewegung ihres Schwanzes als schaufelnasige Haie identifiziert. Sie hatten die Witterung aufgenommen und waren aufgeregt, und, dumm vor Hunger, verloren und fanden sie die Spur in ihrer Aufregung. Aber sie kamen die ganze Zeit über näher.
Der alte Mann machte die Schot fest und klemmte die Ruderpinne ein. Dann nahm er den Riemen hoch, an dem das Messer festgebunden war. Er hob ihn so leicht an, wie er konnte, weil seine Hände sich gegen die Schmerzen auflehnten. Er ließ ihn los und umschloß ihn leicht, um sie geschmeidig zu machen. Dann schloß er die Hände ganz fest um den Riemen, damit sie jetzt den Schmerz ertrugen und nicht nachher davor zurückzucken würden, und beobachtete, wie die Haie näherkamen. Jetzt konnte er ihre breiten, abgeflachten, schaufelförmigen Köpfe sehen und ihre breiten, weiß-endigen Brustflossen. Es waren widerliche Haifische, schlecht riechend, Aasgeier sowohl wie Killer, und wenn sie hungrig waren, würden sie nach einem Riemen oder nach dem Ruder eines Bootes schnappen. Dies war die Sorte Haifische, die die Beine und Flossen der Schildkröten absäbelten, wenn die Schildkröten an der Oberfläche schliefen, und sie würden, wenn sie hungrig waren, einen Menschen im Wasser anfallen, selbst wenn er keinerlei Geruch von Fischblut oder Fischleim an sich hätte.

»Ay«, sagte der alte Mann. »*Galanos,* los, kommt, *galanos.*«
Sie kamen. Aber sie kamen nicht, wie der Mako gekommen war. Der eine wendete und verschwand unter dem Boot, und der alte Mann konnte das Boot erbeben fühlen, während er an dem Fisch zerrte und riß. Der andere beobachtete mit seinen geschlitzten, gelben Augen den alten Mann und näherte sich dann schnell mit seinen halbkreisförmigen, weit aufgerissenen Kiefern, um den Fisch dort anzufallen, wo er bereits zerbissen war. Die Linie zeigte sich deutlich oben auf seinem braunen Kopf und Rücken, wo das Gehirn ins Rückenmark übergeht, und der alte Mann stieß das Messer an dem Riemen in diese Stelle, zog es heraus, und stieß es dann von neuem hinein, in die gelben, katzenartigen Augen des Haies. Der Hai ließ den Fisch los und glitt hinunter und verschlang, was er abgefetzt hatte, während er starb.
Das Boot schütterte immer noch, da der andere Hai den Fisch weiter zerstörte, und der alte Mann machte die Schot los, damit das Boot quer schwang, um den Hai drunter hervorzubringen. Als er den Hai sah, lehnte er sich über Bord und stieß nach ihm. Er traf nur Fleisch, und die Haut war hart gespannt, und er kriegte kaum das Messer hinein. Der Stoß tat nicht nur seinen Händen weh, sondern auch seiner Schulter. Aber der Hai kam schnell heran mit dem Kopf über Wasser, und der alte Mann traf ihn direkt mitten auf seinen abgeflachten Schädel, als sein Maul aus dem Wasser kam und den Fisch berührte. Der alte Mann zog die Klinge zurück und stieß sie noch einmal genau in die gleiche Stelle. Der Hai hing noch immer mit festgebissenen Kiefern an dem Fisch, und der alte Mann durchbohrte sein linkes Auge. Der Hai hing immer noch da.
»Nein?« sagte der alte Mann, und er stieß die Klinge zwischen Wirbelsäule und Schädeldecke. Das war jetzt eine einfache Sache, und er spürte, wie die Knorpel sich spalteten. Der alte Mann drehte den Riemen um und steckte das Blatt zwischen die Kiefer des Haies, um sie aufzubrechen. Er drehte das Blatt hin und her, und als der Hai wegglitt, sagte er: »Los, *galano,* rutsch eine Meile tief runter. Geh, besuch deine Freundin, oder vielleicht ist es deine Mutter.«
Der alte Mann wischte die Klinge des Messers ab und legte den Riemen hin. Dann griff er nach der Schot, und das Segel füllte sich, und er brachte das Boot auf Kurs.
»Die haben bestimmt ein Viertel von ihm genommen und vom besten Fleisch«, sagte er laut. »Ich wünschte, es wäre ein Traum, und ich hätte ihn nie angehakt. Es tut mir leid, Fisch. Dadurch ist alles verdorben.« Er hielt inne und mochte den Fisch jetzt nicht mehr ansehen. Ausgeblutet und gewässert hatte er die Farbe von der Silberschicht eines Spiegels, aber seine Streifen waren noch zu sehen.

»Ich hätte nicht so weit hinausfahren sollen, Fisch«, sagte er. »Deinetwegen und meinetwegen. Es tut mir leid, Fisch.«
Jetzt, sagte er zu sich selbst, untersuch mal das Seil am Messer und sieh nach, ob es durchschnitten ist. Dann bring deine Hand in Ordnung, weil noch mehr kommen wird.
»Ich wünschte, ich hätte einen Stein für das Messer«, sagte der alte Mann, nachdem er das Seil am Griffende des Riemens untersucht hatte. »Ich hätte einen Stein mitnehmen sollen.« Du hättest eine Menge Dinge mitnehmen sollen, dachte er. Aber du hast sie nicht mit, alter Freund. Jetzt ist keine Zeit, um daran zu denken, was du nicht hast. Denk nach, was du mit dem, was da ist, tun kannst.
»Du gibst mir viele gute Ratschläge«, sagte er laut. »Das hab ich satt.«
Er hielt die Ruderpinne unter seinem Arm und hielt seine beiden Hände ins Wasser, während das Boot vorwärtsfuhr.
»Gott weiß, wieviel dieser letzte genommen hat«, sagte er. »Aber das Boot ist jetzt viel leichter.« Er wollte nicht an die verstümmelte Unterseite des Fisches denken. Er wußte, jeder der ruckartigen Stöße des Haies hatte abgerissenes Fleisch bedeutet, und daß der Fisch jetzt für alle Haie eine Fährte so breit wie eine Landstraße durch die See zog.
Er war ein Fisch, um einen Mann den ganzen Winter über zu ernähren, dachte er. Denk nicht daran. Ruh dich nur aus und sieh zu, daß du deine Hände wieder in die Reihe kriegst, um das, was von ihm übrig ist, zu verteidigen. Der Blutgeruch von meinen Händen macht jetzt nichts aus mit all der Witterung im Wasser. Außerdem bluten sie auch nicht stark. Es ist nichts Wichtiges zerschnitten. Das Bluten bewahrt die Linke vielleicht vorm Verkrampfen.
Woran kann ich jetzt denken? dachte er. An nichts. Ich darf an nichts denken und muß auf die nächsten warten. Ich wünschte, es wäre wirklich ein Traum gewesen, dachte er. Aber wer weiß? Es hätte auch gutgehen können.
Der nächste Hai, der kam, war ein einzelner schaufelnasiger. Er kam wie ein Schwein zum Trog, wenn ein Schwein eine so weite Schnauze hätte, daß man seinen Kopf hineinstecken könnte. Der alte Mann ließ zu, daß er den Fisch anfiel, und stieß dann das Messer am Riemen tief in sein Gehirn. Aber der Hai schnellte rückwärts, als er herüberrollte, und die Messerklinge zerbrach.
Der alte Mann setzte sich zum Steuern zurecht. Er beobachtete nicht einmal, wie der große Hai langsam im Wasser versank, zuerst in Lebensgröße sichtbar war, dann klein und dann winzig wurde. Das faszinierte den alten Mann immer. Aber jetzt beobachtete er es nicht einmal.
»Ich habe noch den Fischhaken«, sagte er. »Aber er wird mir nichts nützen. Ich hab die zwei Riemen und die Pinne und die kurze Keule.«

Jetzt haben sie mich untergekriegt, dachte er. Ich bin zu alt, um Haifische mit der Keule totzuschlagen. Aber ich will es versuchen, solange ich die Riemen und die kurze Keule und die Pinne habe.
Er hielt die Hände wieder ins Wasser, um sie zu kühlen. Es war Spätnachmittag geworden, und er sah nichts als die See und den Himmel. Der Wind wehte jetzt stärker als vorher, und er hoffte, daß er bald Land sehen würde.
»Du bist müde, alter Freund«, sagte er. »Du bist innendrin müde.«
Bis kurz vor Sonnenuntergang griffen ihn die Haie nicht wieder an.
Der alte Mann sah die braunen Flossen, die weite Fährte, die der Fisch bestimmt im Wasser zog, entlang kommen. Sie stöberten nicht einmal nach der Spur. Sie nahmen geraden Kurs auf das Boot zu und schwammen Seite an Seite.
Er klemmte die Ruderpinne ein, machte die Schot fest und langte unter das Heck nach der Keule. Es war ein Riemengriff von einem abgebrochenen Riemen, den man ungefähr auf zweieinhalb Fuß Länge abgesägt hatte. Wegen des Halts am Griff konnte er ihn nur mit einer Hand wirkungsvoll benutzen, und er packte ihn fest mit der rechten Hand und faßte noch einmal nach, während er beobachtete, wie die Haie herankamen. Es waren beides *galanos.*
Ich muß den ersten gut zupacken lassen und ihn auf die Spitze seiner Nase oder direkt über den Schädel hauen, dachte er.
Die beiden Haie kamen zusammen heran, und als er sah, wie der, der ihm zunächst war, den Rachen aufsperrte und die Zähne in die silberne Seite des Fisches grub, hob er die Keule hoch und ließ sie schwer und krachend auf den breiten Kopf des Haies hinuntersausen. Er fühlte den elastischen Widerstand, als die Keule aufschlug. Aber er fühlte auch die Festigkeit des Knochens, und er traf den Hai noch einmal schwer auf die Spitze seiner Nase, als er von dem Fisch abglitt.
Der andere Hai war dagewesen und wieder fortgeschwommen und kam jetzt mit weitgeöffnetem Rachen von neuem heran. Der alte Mann konnte Fleischstücke von dem Fisch sehen, die weiß aus den Winkeln seines Rachens heraushingen, als er auf den Fisch losging und die Kiefer schloß. Der alte Mann schlug auf ihn los und traf nur den Kopf, und der Hai blickte ihn an und zerrte das Fleisch los. Der alte Mann schlug noch einmal mit der Keule auf ihn los, als er wegglitt, um es runterzuschlingen, und traf nur etwas Schweres, Festes, Gummiartiges.
»Los, komm, *galano*«, sagte der alte Mann. »Los, komm noch mal.«
Der Hai jagte heran, und der alte Mann traf ihn, als er die Kiefer schloß. Er traf ihn mit aller Wucht und von so weit oben, wie er die Keule heben konnte. Dieses Mal fühlte er den Knochen an der Schädelbasis, und er schlug noch einmal auf dieselbe Stelle, während der Hai leicht betäubt das Fleisch losfetzte und von dem Fisch hinunterglitt.

Der alte Mann wartete darauf, daß er noch einmal kommen würde. Aber keiner der beiden Haie zeigte sich. Dann sah er einen an der Oberfläche kreisen. Die Flosse des anderen sah er nicht.
Ich konnte nicht damit rechnen, sie zu töten, dachte er. Früher hätte ich es gekonnt. Aber ich habe ihnen beiden tüchtig weh getan, und keiner von beiden kann sich sehr wohl fühlen. Wenn ich meinen Schläger mit beiden Händen hätte benutzen können, hätte ich den ersten bestimmt totgeschlagen. Selbst jetzt, dachte er.
Er mochte den Fisch nicht ansehen. Er wußte, daß er zur Hälfte vernichtet war. Die Sonne war untergegangen, während er mit den Haien gekämpft hatte.
»Bald wird es dunkel sein«, sagte er. »Dann müßte ich den Lichtschein von

Havanna sehen. Wenn ich zu weit ostwärts bin, werde ich das Licht von dem einen oder anderen neuen Strand sehen.«

Ich kann jetzt nicht mehr allzuweit draußen sein, dachte er. Hoffentlich hat sich keiner zu sehr um mich gesorgt. Natürlich ist nur der Junge da, der sich sorgen kann. Aber ich weiß, daß er an mich glaubt. Viele von den älteren Fischern werden sich Sorgen machen. Viele andere auch, dachte er. Ich wohne in einer guten Stadt.

Er konnte nicht mehr mit dem Fisch sprechen, weil der Fisch zu arg verstümmelt war. Dann kam ihm eine Idee.

»Halber Fisch«, sagte er. »Fisch, der du gewesen bist. Es tut mir leid, daß ich zu weit hinausgefahren bin. Ich habe uns beide erledigt. Aber wir haben viele Haie getötet, du und ich, und viele andere erledigt. Wie viele hast du im ganzen getötet, Fisch? Du hast das Schwert da an deinem Kopf nicht umsonst.«

Er dachte gern an den Fisch, und wie er einen Hai zurichten könnte, wenn er frei umherschwimmen würde. Ich hätte den Schnabel abhacken sollen, um sie damit zu bekämpfen, dachte er. Aber ich hatte keine Axt, und kein richtiges Messer.

Aber wenn ich's getan hätte und den Schnabel an einen Riemengriff angebunden hätte, was für eine Waffe! Dann hätten wir sie zusammen bekämpfen können. Was wirst du jetzt tun, wenn sie in der Nacht kommen? Was kannst du tun?

»Sie bekämpfen«, sagte er. »Ich werde sie bekämpfen, bis ich tot bin.«

Aber jetzt im Dunkeln, und ohne Lichtschein und ohne Lichter und nur mit dem Wind und dem gleichmäßigen Ziehen des Segels, hatte er das Gefühl, daß er vielleicht bereits tot war. Er legte beide Hände aneinander und fühlte seine Handflächen. Sie waren nicht tot, und er konnte einfach, indem er sie öffnete und schloß, den Schmerz des Lebens hervorrufen. Er lehnte den Rücken ins Heck und wußte, daß er nicht tot war. Seine Schultern sagten es ihm.

Ich hab noch all die Gebete, die ich versprochen habe, wenn ich den Fisch fange, dachte er. Aber ich bin zu müde, um sie jetzt zu sagen. Ich hol lieber den Sack und leg ihn mir über die Schultern.

Er lag im Heck und steuerte und wartete darauf, daß sich der Lichtschein am Himmel zeigen würde. Ich habe die Hälfte von ihm, dachte er. Vielleicht hab ich Glück und bring die vordere Hälfte nach Hause. Etwas Glück sollte ich haben. Nein, sagte er. Du hast dein Glück verscherzt, als du zu weit hinausgefahren bist.

»Sei nicht albern«, sagte er laut, »und bleib wach und steuere. Du kannst noch viel Glück haben.«

»Ich würde gern etwas kaufen, falls es irgendwo verkauft wird«, sagte er.

Womit könnte ich es kaufen? fragte er sich selbst. Könnte ich es mit einer verlorenen Harpune und einem zerbrochenen Messer und zwei wunden Händen kaufen?
»Vielleicht«, sagte er. »Du hast versucht, es mit vierundachtzig Tagen auf See zu kaufen. Man hat es dir auch beinahe dafür verkauft.«
Ich darf keinen Unsinn denken, dachte er. Glück ist etwas, das in vielen Formen kommt, und wer kann es erkennen? Ich würde jedoch etwas in jeder Form nehmen und bezahlen, was man verlangt. Ich wünschte, ich könnte den Schein der Lichter sehen, dachte er. Ich wünsche zu viele Sachen. Aber das ist die Sache, die ich mir jetzt wünsche. Er versuchte, es sich beim Steuern etwas bequemer zu machen, und durch seine Schmerzen wußte er, daß er nicht tot war.
Er sah den Widerschein von den Lichtern der Stadt, als es wohl so ungefähr zehn Uhr abends sein mußte. Zuerst waren sie nur wahrnehmbar wie die Helle am Himmel, ehe der Mond aufgeht. Dann sah man sie stetig jenseits des Ozeans, der jetzt durch den zunehmenden Wind stürmisch bewegt war. Er steuerte in den Lichtschein hinein und dachte, daß er jetzt bald den Rand des Stromes erreichen müßte.
Jetzt ist es vorbei, dachte er. Sie werden mich vielleicht noch einmal anfallen. Aber was kann ein Mann im Dunkeln ohne Waffe gegen sie tun?
Er war jetzt steif und wund, und seine Verletzungen und all die geschundenen Stellen an seinem Körper schmerzten in der Kälte der Nacht. Hoffentlich brauche ich nicht nochmal zu kämpfen, dachte er. Ich hoffe so sehr, daß ich nicht nochmal zu kämpfen brauche.
Aber um Mitternacht kämpfte er, und diesmal wußte er, daß der Kampf zwecklos war. Sie kamen in einem Rudel, und er konnte nur die Linien sehen, die ihre Flossen im Wasser machten, und ihr Leuchten, als sie sich auf den Fisch stürzten. Er schlug mit seiner Keule auf Köpfe ein und hörte ihre Kiefer zuhacken und das Beben des Bootes, als sie sich unten festbissen. Er schlug mit seiner Keule verzweifelt auf das los, was er nur hören und fühlen konnte, und er fühlte, wie etwas die Keule packte und sie weg war.
Er zerrte die Pinne vom Ruder und schlug und hackte mit ihr drauflos, hielt sie in beiden Händen und ließ sie wieder und wieder hinuntersausen. Aber sie kamen jetzt bis zum Bug, und einer nach dem andern und alle zusammen jagten heran und rissen die Fleischstücke los, die sich leuchtend in der See abhoben, als sie wendeten, um zurückzukommen.
Einer stieß schließlich gegen den Kopf selbst, und der alte Mann wußte, daß es nun vorbei war. Er schwang die Pinne über den Schädel des Hais, wo die Kiefer in der Zähigkeit des Fischkopfes, der nicht zerreißen wollte, verfangen war. Er schwang sie einmal und zweimal und noch einmal. Er hörte, wie die

Pinne zerbrach, und er schlug ungestüm mit dem zersplitterten Ende auf den Hai ein. Er fühlte, wie es eindrang, und da er wußte, daß es scharf war, stieß er zum zweitenmal hinein. Der Hai ließ los und rollte fort. Das war der letzte Hai von dem Rudel, der kam. Es gab nichts mehr für sie zu fressen.
Der alte Mann konnte jetzt kaum atmen, und er hatte einen merkwürdigen Geschmack im Mund. Es war kupferartig und süßlich, und einen Augenblick hatte er Angst davor. Aber es war nicht viel davon.
Er spie in den Ozean und sagte: »Freßt das, *galanos*. Und träumt, daß ihr einen Mann getötet habt.«
Er wußte, daß er jetzt endgültig und unwiderruflich geschlagen war, und er ging ins Heck zurück und fand, daß das zersplitterte Ende der Pinne in die schmale Öffnung des Steuerruders gut genug hineinpaßte, um damit zu steuern. Er legte sich den Sack um die Schultern und brachte das Boot auf seinen Kurs. Er segelte jetzt unbeschwert, und er hatte weder Gedanken noch Gefühle irgendwelcher Art. Nichts ging ihn mehr an, und er segelte das Boot so gut und mit so viel Überlegung, wie er konnte, um seinen Heimathafen anzulaufen. In der Nacht fielen Haie das Gerippe an, wie jemand von einer Tafel Krumen auflesen mag. Der alte Mann kümmerte sich nicht um sie, und kümmerte sich um nichts als um sein Steuern. Ihm fiel nur auf, wie leicht und gut das Boot dahinsegelte, jetzt als kein großes Gewicht an seiner Seite hing. Ein gutes Boot, dachte er. Das ist in Ordnung und hat keinen Schaden erlitten bis auf die Pinne. Die läßt sich leicht ersetzen.
Er konnte spüren, daß er jetzt innerhalb des Stroms war, und er konnte die Lichter der Strandkolonien längs der Ufer sehen. Er wußte jetzt, wo er war, und es war ein leichtes, nach Hause zu kommen.
Wenigstens der Wind ist unser Freund, dachte er. Dann fügte er hinzu, manchmal. Und die große See mit unsern Freunden und unsern Feinden. Und mein Bett, dachte er. Mein Bett ist mein Freund. Einfach mein Bett, dachte er. Das Bett wird wunderbar sein. Es ist einfach, wenn man geschlagen ist, dachte er. Ich wußte niemals, wie einfach es ist. Und was hat dich geschlagen? dachte er.
»Nichts«, sagte er laut. »Ich bin zu weit hinausgefahren.«
Als er in den kleinen Hafen hineinsegelte, waren die Lichter der »Terrasse« aus, und er wußte, daß alle schliefen. Der Wind hatte ständig aufgefrischt und blies jetzt stark. Im Hafen jedoch war es ruhig, und er segelte auf das kleine Stückchen steinigen Strands unter den Felsen hinauf. Es war niemand da, um ihm zu helfen, deshalb stakte er das Boot so weit hinauf, wie er konnte. Dann stieg er aus und machte es an einem Felsblock fest.
Er nahm den Mast heraus und schlug das Segel drum und band es fest. Dann schulterte er den Mast und begann hinaufzuklettern. Da erst wurde ihm die

Tiefe seiner Müdigkeit bewußt. Er blieb einen Augenblick stehen und blickte zurück und sah in der Spiegelung der Straßenlaterne den großen Schwanz des Fisches hoch über das Heck des Boots ragen. Er sah die nackte, weiße Linie seines Rückgrats und die dunkle Masse des Kopfes mit dem hervorstehenden Schnabel und all die Nacktheit dazwischen.

Er begann wieder zu klettern, und oben fiel er hin und lag eine Weile da mit dem Mast über der Schulter. Er versuchte aufzustehen. Aber es war zu schwierig, und er saß da mit dem Mast auf der Schulter und blickte auf die Straße. Eine Katze kam auf der anderen Seite vorbei und ging ihren Geschäften nach, und der alte Mann beobachtete sie. Dann beobachtete er nur noch die Straße.

Schließlich legte er den Mast hin und stand auf. Er hob den Mast auf und legte ihn sich über die Schulter und machte sich auf den Weg. Er mußte sich fünfmal hinsetzen, bevor er seine Hütte erreicht hatte.

In der Hütte lehnte er den Mast gegen die Wand. Im Dunkeln fand er eine Flasche mit Wasser und trank einen Schluck. Dann legte er sich auf sein Bett. Er zog die Decke über seine Schultern und dann über seinen Rücken und seine Beine, und er schlief mit dem Gesicht nach unten auf den Zeitungen, mit ausgestreckten Armen und Handflächen nach oben.

Er schlief, als der Junge am Morgen zur Tür hineinblickte. Es stürmte so heftig, daß die Treibnetzfischer nicht hinausfahren würden, und der Junge hatte lange geschlafen, und dann war er zur Hütte des alten Mannes gekommen, wie er jeden Morgen gekommen war. Der Junge sah, daß der alte Mann atmete, und dann sah er die Hände des alten Mannes, und er fing an zu weinen. Er ging sehr leise hinaus, um etwas Kaffee zu holen, und auf seinem Weg die Straße hinunter weinte er.

Viele Fischer standen um das Boot herum und besahen sich, was an seiner Seite vertäut war, und einer stand mit aufgerollten Hosen im Wasser und maß das Skelett mit einem Stück Leine.

Der Junge ging nicht hinunter. Er war schon vorher dort gewesen, und einer der Fischer kümmerte sich für ihn um das Boot.

»Wie geht's ihm?« rief einer der Fischer.

»Schläft«, antwortete der Junge. Es war ihm gleich, daß sie ihn weinen sahen. »Daß keiner ihn stört.«

»Er war achtzehn Fuß vom Maul bis zum Schwanz«, rief der Fischer, der ihn ausmaß.

»Das glaub ich«, sagte der Junge.

Er ging in die »Terrasse« und ließ sich eine Kanne voll Kaffee geben. »Heiß und mit ordentlich viel Milch und Zucker drin.«

»Noch irgend was?«

»Nein. Nachher werd ich sehen, was er essen kann.«
»Was das für ein Fisch war«, sagte der Besitzer. »Solch einen Fisch hat es überhaupt noch nie gegeben. Das waren auch zwei schöne Fische, die du gestern gefangen hast.«
»Zum Teufel mit meinen Fischen«, sagte der Junge. Und er fing wieder an zu weinen.
»Möchtest du irgend etwas trinken?« fragte der Besitzer.
»Nein«, sagte der Junge. »Sag ihnen, sie sollen Santiago nicht stören. Ich komme nachher noch mal.«
»Sag ihm, wie leid es mir tut.«
»Danke«, sagte der Junge.
Der Junge trug die heiße Kaffeekanne zu der Hütte des alten Mannes hinauf und saß neben ihm, bis er aufwachte. Einmal sah es aus, als ob er aufwachen würde. Aber er fiel wieder in tiefen Schlaf, und der Junge ging quer über die Straße, um sich etwas Holz zu borgen, um den Kaffee aufzuwärmen. Schließlich wachte der alte Mann auf.
»Setz dich nicht auf«, sagte der Junge. »Trink das«. Er goß etwas Kaffee in ein Glas.
Der alte Mann nahm es und trank es.
»Sie haben mich geschlagen, Manolin«, sagte er. »Sie haben mich wahrhaftig geschlagen.«
»*Er* hat dich nicht geschlagen. Der Fisch nicht.«
»Nein, wahrhaftig. Es war nachher.«
»Pedrico kümmert sich um das Boot und das Gerät. Was willst du, daß mit dem Kopf geschehen soll?«
»Pedrico kann ihn zerhacken und ihn für Fischreusen benutzen.«
»Und das Schwert?«
»Behalt du das, wenn du es haben möchtest.«
»Ich möchte es haben«, sagte der Junge. »Jetzt müssen wir überlegen und Pläne machen wegen der andern Sachen.«
»Hat man nach mir gesucht?«
»Natürlich. Mit Küstenschutz und mit Flugzeugen.«
»Der Ozean ist sehr groß, und ein Boot ist klein und schwer zu sehen«, sagte der alte Mann. Er bemerkte, wie angenehm es war, jemand zum Unterhalten zu haben, anstatt nur mit sich selbst und der See zu reden. »Du hast mir gefehlt«, sagte er. »Was hast du gefangen?«
»Am ersten Tag einen, am zweiten Tag einen und am dritten Tag zwei.«
»Sehr gut.«
»Jetzt gehen wir wieder zusammen fischen.«
»Nein. Ich habe kein Glück. Ich habe kein Glück mehr.«

»Zum Teufel mit dem Glück«, sagte der Junge. »Ich werd das Glück mitbringen.«
»Was wird deine Familie sagen?«
»Das ist mir gleich. Gestern hab ich zwei gefangen. Aber jetzt fischen wir wieder zusammen, weil ich noch eine Menge zu lernen habe.«
»Wir müssen uns einen guten Speer zum Töten besorgen und ihn immer an Bord haben. Du kannst die Klinge aus einer Blattfeder von einem alten Ford machen. Wir können sie in Guanabacoa schleifen. Sie muß scharf sein und nicht geglüht, damit sie nicht bricht. Mein Messer ist zerbrochen.«
»Ich werde ein neues Messer besorgen und die Feder schleifen lassen. Wie viele Tage wird die schwere *brisa* dauern?«
»Vielleicht drei. Vielleicht mehr.«
»Ich werde alles fertig haben«, sagte der Junge. »Krieg du deine Hände wieder in Ordnung, Alter.«
»Ich weiß, wie man sie kuriert. In der Nacht hab ich etwas Merkwürdiges ausgespien und hab gefühlt, daß etwas in meiner Brust zerbrochen ist.«
»Krieg das auch wieder in Ordnung«, sagte der Junge. »Leg dich hin, Alter, und ich werd dir dein sauberes Hemd holen. Und etwas zu essen.«
»Bring Zeitungen mit von den Tagen, in denen ich weg war«, sagte der alte Mann.
»Du mußt schnell gesund werden, denn es gibt viel, was ich lernen muß, und du kannst mir alles beibringen. Hast du viel ausgestanden?«
»Reichlich«, sagte der alte Mann.
»Ich werd das Essen und die Zeitungen holen«, sagte der Junge. »Ruh dich gut aus, Alter. Ich bring dir Zeugs aus dem drugstore für deine Hände mit«.
»Vergiß nicht, Pedrico zu sagen, daß ihm der Kopf gehört.«
»Nein. Ich werd dran denken.«
Als der Junge zur Tür hinausging und den ausgetretenen Korallenfelsweg hinunter, weinte er wieder.
An jenem Nachmittag war eine Touristengesellschaft in der »Terrasse«, und als sie zwischen den leeren Bierdosen und toten *barracudas* ins Wasser blickten, sah eine Frau eine große, lange, weiße Wirbelsäule mit einem riesigen Schwanz am Ende, die sich mit der Flut hob und hin und her schwang, während der Ostwind außerhalb des Hafeneingangs eine hochgehende See aufwühlte.
»Was ist denn das?« fragte sie den Kellner und zeigte auf das lange Rückgrat des großen Fisches, das jetzt einfach Abfall war und darauf wartete, mit der Ebbe hinausgeschwemmt zu werden.
»Tiburon«, sagte der Kellner. »'n Hai«. Er beabsichtigte hiermit zu erklären, was geschehen war.

»Ich wußte gar nicht, daß Haifische so schöne, wohlgeformte Schwänze haben.«
»Ich auch nicht«, sagte ihr männlicher Begleiter.
Der alte Mann in seiner Hütte oben an der Straße schlief wieder. Er schlief immer noch mit dem Gesicht nach unten, und der Junge saß neben ihm und gab auf ihn acht. Der alte Mann träumte von den Löwen.

Anhang

Erklärung seemännischer Fachausdrücke

Achterdeck: der, meist erhöhte, hintere Teil des Oberdecks.
AK (Äußerste Kraft voraus): bei der deutschen Marine Bezeichnung für höchste Vorausgeschwindigkeit.
Asdic: (Abkürzung für: Allied Submarine Devices Investigation Comittee) Ultraschallsuchgerät zum Auffinden getauchter U-Boote.
achtern: hinten.
Ankerspill: Winde zum Einholen des Ankers an der Leine oder Kette.
aufgeien: Segel mittels der Geitaue bauschig nach oben zusammenziehen.
ausschiffen: aus einem Schiff aussteigen bzw. jemand aussteigen lassen.

Back: Aufbau auf dem vorderen Teil des Oberdecks. Auch: hochklappbarer Eßtisch.
back: von oder nach hinten stehend oder kommend, vor allem in bezug auf den Wind.
Backbord: linke Seite des Schiffes.
backbrassen: Rahen hinter den Mast bringen, so daß der Wind von vorn kommt und die Fahrt hemmt.
Backschaft: Tischdienst zu den Mahlzeiten.
Baum: »Schiff aus dem Baum holen« bedeutet das Herausholen aus dem durch die Stadtbefestigung geschützten inneren Hafen. Vor der Ausfahrt lag nachts ein mächtiger langer Baumstamm, so wie zu Lande die Stadttore geschlossen waren.
beilegen: Schiff so legen, daß es im Sturm die günstigste Richtung zum Seegang hat.
Besan: Gaffelsegel am Besanmast, dem hinteren Mast eines rahgetakelten Schiffes.
Beting: Stützbalken am Fuß des Bugspriets, um den Ketten und Trossen gelegt werden.
Bilge, Bilsch: unterste Stelle im Schiffsrumpf über dem Kiel.
Block: hängende Rolle, über die eine Leine läuft.
Bootsmann: der für den Decksbereich zuständige Vorgesetzte der Besatzung eines Schiffes; bei der Marine auch als Dienstgrad: seemännischer Unteroffizier im Feldwebelrang.
Bootstanjen: Taljen, an denen ein Boot in den Davits hängt.
Bramstenge: die (von unten) zweite Stenge (Verlängerung) eines Mastes.
Brassen: Leinen, mit denen die Rahsegel von Deck aus geschwenkt werden.
Breitseite: gleichzeitiges Abfeuern aller Kanonen einer Schiffsseite.
Brigg: Segelschiff mit zwei Masten, der vordere hat Rahsegel, der hintere Gaffelsegel.
Bugriemen: in mehrriemigen Booten die vordersten Riemen.
Bugsier-Ever: Ever, der an einer Schleppleine ein größeres Schiff »bugsiert«, das heißt in schwierigen Fahrwassern oder Häfen dorthin bringt, wo es seiner Größe wegen nicht selbst manövrieren kann.
Bugspriet: über den Bug schräg nach oben hinausragendes Rundholz, an dem die Vorsegel befestigt sind.
Bugstag: Tau zum Abstützen von Bugspriet und Klüverbaum.
Bunker: Lagerraum für die zum Betrieb der Schiffsmaschinen nötigen Brennstoffe wie Kohlen oder Öl.

Crew: englischer Begriff für die Besatzung eines Schiffes. In der deutschen Marine auch die Offiziersanwärter eines gleichen Jahrgangs.
Davit: schwenkbarer kranartiger Galgen zum Aufhängen und Zuwasserlassen von Rettungsbooten.
Deck: Bretterfußboden, der den Schiffskörper nach oben abdeckt (Oberdeck) oder ihn in »Stockwerke« unterteilt.
Deining: selten gebräuchliches Wort für Dünung.
Dock: englisch: künstliches Hafenbecken. Im Deutschen meist

gleichbedeutend mit »Trockendock«.
Dollbord: Obere Kante von offenen Ruderbooten, in der die zur Aufnahme der Riemen dienenden Dollen eingelassen sind.
Dreidecker: Kriegsschiff mit drei übereinander befindlichen Batteriedecks.
Dschunke: chinesisches seegehendes Segelfahrzeug.
Ducht: Sitzbank in einem Ruderboot.
Dünung: die nach einem Sturm nachschwingende Wellenbewegung des Meeres.
Dwarsläufer: wörtlich »Querläufer«, quer zur Windrichtung und allgemeiner Richtung der Wellen laufende See, meist von älterer Dünung herrührend; auch: humoristische Bezeichnung für die (ja seitlich laufenden) Krebse.

Enterhaken: Eisenhaken an langer Holzstange, mit dem man sich beim Entern an ein fremdes Schiff oder beim Landemanöver ans Ufer heranzieht.
entern: ein feindliches Schiff besteigen, um es im Nahkampf zu erobern.
Ewer: ein einst auf der Niederelbe vorherrschender kleinerer Segelschiffstyp.
Faden: frühere Maßeinheit, insbesondere für Wassertiefen (englisch: fathom)= ca. 1,8 m.
Fall (Mehrzahl: Fallen): Leine zum Hochziehen (Heißen) von Segeln, Rahen, Rettungsbooten.
Fallreep: Strickleiter, die an der Bordwand heruntergelassen wird.
fieren: an einer Leine hinunterlassen, mit einer Leine in der Länge nachgeben.
Fock, Focksegel: unterstes Segel am Fockmast.
Fockmast: der vordere Mast.
Fockschoten: Schoten des Focksegels.
Fregatte: dreimastiges, rahgetakeltes Kriegsschiff mit einerm geschlossenen Batteriedeck unter dem Oberdeck.
Freiwache: die dienstfreien Besatzungsangehörigen, auch die dientfreie Zeit an Bord.

Gaffel: mit einem Ende am Mast befestigtes Rundholz, an dem das Gaffelsegel hängt.
Galley: (deutsch: Galeere), großes Ruderkriegsschiff des Mittelmeeres; im Englischen auch: Schiffsküche, Kombüse.
Gallone, Galeone: Bezeichnung des hochbordigen Vollschiffes des 16. Jahrhunderts, Vorläufer aller rahgetakelten Großsegler bis heute.
Gangspill: Winde zum Anziehen (Holen) von Leinen und Ketten, mit senkrechter Achse und Speichen (Handspaken), mittels derer sie von den im Kreis gehenden Seeleuten gedreht wird.
Gast: Seeman mit besonderer Funktion, z. B. Signalgast.
geien: soviel wie »aufgeien«.
Geitau: lose hängendes Tau, das nicht gesetzte Segel hält.
Geschirr: die gesamte Ausrüstung für einen bestimmten Schiffsbereich, z. B. Ankergeschirr, Ladegeschirr, Bootsgeschirr.
gieren: schlängelndes Abweichen des Schiffs vom geraden Kurs.
Gilling, Gillung: allgemeiner Ausdruck für Verschmälerung, zum Beispiel eines trapezförmig verlaufenden Segels oder einer sich nach unten verjüngenden Heckform.
Gissung: Schätzung des Schiffsortes aufgrund der zurückgelegten Kurse und Entfernungen.
Glasen: frühere Zeitrechnung an Bord nach gläsernen Sanduhren. Diese Stundengläser liefen nach einer halben Stunde aus und mußten dann umgedreht werden. Dabei erfolgten jedesmal Schläge an die Schiffsglocke. Nach vier Stunden (acht Glasen) trat jeweils eine neue Wache ihren Dienst an.
Großbaum: das untere Langholz, an dem das Gaffelsegel (Großsegel) des Großmastes befestigt ist.
Großmast: der größte (meistens zweite) Mast eines mehrmastigen Schiffes.
Großrahe: Rahe des unteren Segels (des Großsegels) des Großmastes.
Großreuel: oberstes Rahsegel am Großmast.
Großschoot: Schot des Großsegels, des unteren Segels des Großmastes.
Großstengstachseil: Dreiecksegel an dem von der Stenge des Großmastes nach vorn verlaufenden Stag.

hahlen: gleichbedeutend mit holen.
halbstock: halbe Masthöhe, eine Flagge wird z. B. als Zeichen der Trauer nur bis zur halben Höhe geheißt, sie steht dann »halbstock«.
halsen: ein Segelschiff so auf einen anderen Kurs legen, daß es mit dem Heck durch den Wind geht.
Handspaken: in Halterungen gesteckte Holzstangen zum Drehen eines Spills.
Harpune: Wurfstange mit Widerhaken zum Walfang.
Harpunier: Harpunenwerfer in einem Walfangboot.
Havarie: Unfall, bei dem Schiffe beschädigt werden.
Heck: hinterer Teil des Schiffes.
Hellegat: Behältnis unter dem Vordeck für Werkzeug, Tauwerk u. a.
Heuer: Arbeitslohn auf Schiffen.
heuern: jemand als Besatzungsmitglied verpflichten.
hieven: heben, besonders von Lasten.

holen: ziehen eines Taus oder einer Leine.
Hundewache: die Wachdienstzeit zwischen Mitternacht und 4 Uhr früh.

Janmaat: volkstümlicher allgemeiner Name für den Seemann.
Jolle: kleines offenes Ruder- oder Segelboot.

Kai: befestigtes Ufer zum Anlegen von Schiffen.
Kajüte: Wohn- und Schlafraum des Kapitäns.
Kaper: Schiff, das nach Prisenrecht im Krieg berechtigt ist, feindliche Handelsschiffe zu beschlagnahmen.
Kargo: (nach dem englischen Wort: cargo) Fracht.
kielholen: ein Schiff an flachem Ufer so stark zur Seite kippen, daß der Kiel trocken liegt und Reparaturen am Unterwasserkörper ausgeführt werden können.
Kimm, Kimmung: seemännischer Ausdruck für Horizont.
Klipper: um 1850 in den USA entwickelter schneller, schlank gebauter Segelschiffstyp mit drei bis vier rahgetakelten Masten.
Klüse: runde Öffnung in der Bordwand, in der der Anker hängt.
Klüver, Klüversegel: am Klüverbaum befestigtes dreieckiges Vorsegel.
Klüverbaum: ein am Bugspiet angesetztes und diesen verlängerndes Rundholz.
Koje: fest eingebautes Bett in Wohnräumen von Schiffen.
Kombüse: Schiffsküche.
Konstabel: frühere Bezeichnung des Waffenmeisters an Bord von Handelsschiffen, der auch die Gewehre verwahrte.
Konvoi, Konvoischiff: stark mit Kanonen bewaffnetes Schiff zum Schutz von Handelsschiffen.
Korrespondent: Agent, der in Häfen die Geschäftsinteressen auswärtiger Reedereien vertritt.
Krähennest: (auch Mastkorb genannt) eine hoch im Mast angebrachte geschützte Plattform für den Ausguckposten.
krengen: durch den Wind bewirkte Neigung des Schiffes um seine Längsachse.
Kutter: kleineres Segelfahrzeug.

Laufendes Gut: das nicht fest gespannte, sondern lose über Blöcke und Taljen laufende Tauwerk zur Handhabung der Segel, das nur zeitweilig befestigt (belegt) wird.
Leck: undichte Stelle im Schiffskörper, durch die Seewasser eindringt.
Leckmatte: Matte zum provisorischen Abdichten eines Lecks von außen.
Lee: die dem Wind abgekehrte Seite des Schiffes.
Leesegel: (meist im Passatwind) zusätzlich an Leespieren über die Rahnocken hinaus gesetzte Segel.
Leeward: engliches Ausdruck für: in Lee, d. h. in der dem Winde abgekehrten Richtung.
Leichter: kleineres, flaches Fahrzeug, in das von größeren Schiffen (tiefgehenden) zum Passieren flacher Gewässer Ladung übernommen wird.
Leichtmatrose: ein noch nicht voll zum Matrosen ausgebildeter Seemann.
lenz: leer von Wasser.
lenzen: Wasser aus einem Schiff schöpfen oder pumpen.
LI (Leitender Ing.): der höchste technische Offizier auf deutschen Kriegsschiffen.
Liek: Saumtau zum Einfassen von Segeln.
Linienschiff: voll rahgetakeltes Segelkriegsschiff mit mindestens zwei geschlossenen Batteriedecks.
Logis: Mannschaftswohnraum auf Schiffen.
Lotse: in besonders schwierigen Fahrwassern vorgeschriebener revierkundiger Berater der Schiffsführung.
Löschen: entladen eines Schiffes.
Lose geben: eine straff gespannte Leine durch Nachgeben von mehr Länge lockern.
Luke: seefest verschließbare Öffnung des Oberdecks zum Ein- und Ausbringen der Ladung.
Luv: dem Winde zugekehrt.
luven: ein Schiff mehr in Windrichtung bringen.

Maat: in der deutschen Marine der Dienstgrad des Unteroffiziers, (der Mate auf englischen Schiffen, oft übersetzt mit »Maat«, entspricht dem deutschen Steuermann).
Mars: Plattform am Ende des Untermastes, wo die (Mars-) Stenge angesetzt ist.
Marssegel: bei rahgetakelten Masten das zweitunterste Segel.
Masttop: Mastspitze.
Meile, Seemeile: der sechzigste Teil (eine Minute) eines Breitengrades, etwa 1852 Meter.
Meßboy: junger Semmann zur Bedienung in der Offiziersmesse.
Moses: jüngster, meist zur Kombüsenarbeit bestimmter Schiffsjunge.

Nagelbank: Lattenwerk mit langen Holznägeln, um die herum loses Tauwerk festgezogen (belegt) wird.
Niedergang: Treppe auf Schiffen.

Ölzeug: ölgetränkte, wasserdichte Kleidung bei schlechtem

Wetter, bestehend aus Mantel oder Jacke, Hose und Südwester.
Oberlof, Orlop: alter Ausdruck für Oberdeck.

Pantry: Anrichteküche auf Schiffen.
Pardune: Taue, die Masten und Stengen seitlich nach hinten stützen.
Peilstock: ein Stab mit Maßeinteilung, an dem in Fässern und Tanks die Höhe und somit Menge der enthaltenen Flüssigkeit abgelesen werden kann.
Pilot: englisches Wort für »Lotse«.
Piekohr: Äußere obere Ecke eines Gaffelsegels.
Pinne: Hebel, an dem das Ruder um seine Achse geschwenkt wird.
Plicht: offener, kastenförmiger vertiefter Raum hinter der Kajüte einer Jacht (englisch: cockpit).
Poop: hinterer Aufbau auf dem Oberdeck.
Pullen: seemännischer Ausdruck für »rudern«.
Pütze: Eimer.

Quadrant: älteres Navigationsinstrument zur Winkelmessung.
Quarterdeck: ursprünglich englisches Wort für »Achterdeck«.

Rah, Rahe: in der Mitte am Mast hochziehbares und schwenkbares Rundholz, an dem ein Rahsegel befestigt ist.
Rahnocke: äußerstes Ende einer Rah.
Reeder: der Eigentümer oder Teileigentümer eines Schiffes.
reffen: ein Segel durch Einschlagen und Festbinden mit Reffbändseln in der Höhe verkürzen.
Reling: »Geländer«, das Oberdeck und Decks von Aufbauten umgibt.
Reuel (Royal): oberstes Segel eines rahgetakelten Mastes.
Riemen: seemännischer Ausdruck für das »Ruder« zur Fortbewegung eines »Ruderbootes«.
Rollendes Gut: seltener Ausdruck für «Laufendes Gut«.
Ruder: das Steuerruder am Heck eines Schiffes, auch das Steuerrad, mit dem dieses bewegt wird.
Rudergänger: der am Ruder (dem Steuerrad) nach den Angaben von Kapitän oder Steuermann das Schiff steuernde Seemann.

Saling: Plattform am Mast in Höhe des Endes der Wanten.
Schäkel: auseinanderschraubbares Kettenglied, u. a. zum Befestigen von Ankern.
Schaluppe: kleines, schnelles Segelfahrzeug.
Schandeck: Planken (Bretter), die das Oberdeck an der Bordwand abschließen.
Schanz: alter Ausdruck für Poop.
Schauerleute: Hafenarbeiter, die auf das Laden und Löschen von Schiffen spezialisiert sind.
Schlagriemen: der vorderste Riemen, dasselbe wie Bugriemen.
Schmack: früher vor allem im Wattenmeer und im Verkehr mit Holland gebrauchtes kleineres flaches Segelfahrzeug.
Schnausegel: das an einem besonderen kleinen Mast, dem Schnaumast, geführte Gaffelsegel.
Schoner: mehrmastiges Segelschiff mit Gaffelsegeln.
Schoot, Schot: Leinen zum Ausholen der Segel.
Schothorn: untere Ecke eines Segels, an der die Schot befestigt ist.
Schott: wasserdichte Trennwand im Schiffsinneren, auch: Bezeichnung für Türen auf Schiffen.
schweuen: das durch Wind und Strömung bedingte Ändern der Richtung eines ankernden Schiffes.
Seeanker: auch Treibanker genannt, ein großer Sack aus Segeltuch, der ein Schiff im Sturm auf hoher See an langer Leine in Windrichtung hält und das Kentern vermeidet.
Sextant: Winkelmeßgerät zur Bestimmung des Schiffsortes.
Signalgast: Matrose, der im Signalisieren mit Flaggen und Morselampe ausgebildet ist.
Skeusel: verdeutschte Schreibweise für Skysail.
Skipper: englisches Wort für »Schiffer«, der Kapitän und ursprünglich auch zugleich Eigentümer eines Schiffes.
Skylight: (meist aufklappbares) Oberlichtfenster von Unterdecksräumen.
Skysail, Skysegel: das auf Klippern noch über den Reuels gefahrene höchste Rahsegel.
Sloop: englisches Wort für »Schaluppe«.
SMS: Abkürzung für »Seiner Majestät (das heißt: des deutschen Kaisers) Schiff«, galt von 1871 bis 1918 für alle deutschen Kriegsschiffe.
Spaken: siehe »Handspaken«.
Speigat: Loch im Schanzkleid, durch das Wasser vom Oberdeck abfließen kann.
Spickerhaut: eine aus Kupferblech auf den Unterwasserkörper hölzerner Schiffe genagelte Haut als Schutz vor Schiffsbohrwürmern.
Spiere: langes, rundes Holz zur Verwendung als Rah, Gaffel etc.
Spill: sie »Ankerspill« und »Gangspill«.
Squall: Bö, plötzlicher Windstoß.
spleißen: Stücke von Tauwerk durch Ineinanderdrehen der Einzelfäden beider Enden fest zusammenfügen.
Sprung: die in Bugrichtung aufwärts weisende Krümmung des Decks.
Stag: Tau, das einen Mast nach vorn abstützt.

Stagfock: dreieckiges Sturmsegel, das am Stag des Fock-(= vorderen) Mastes gesetzt wird.
Stagsegel: das an einem Stag gesetzte Segel.
Stander: dreieckige Flagge.
Stauwasser: die Zeit zwischen dem Wechsel von Ebbe und Flut, in der der Gezeitenstrom zum Stillstand kommt.
Stengen: die an den oberen Enden der Masten angesetzten Verlängerungen.
Steven: Vorderkante des Schiffes.
Steuerbord: rechte Seite des Schiffes.
Steward: Schiffskellner.
Stückpforten: nach oben aufklappbare Pforten auf hölzernen Kriegsschiffen, hinter denen auf den Batteriedecks die Geschütze standen.
Südwester: ölgetränkter, bis in den Nacken hinabreichender Hut als Regenschutz.
Süll: sehr hohe Schwelle, hauptsächlich eines zum Deck führenden Schotts (Tür), die das Eindringen von Wasser verhindert.

Takelung, Takelage: die aus Tauwerk, Spieren, Blöcken, Taljen etc. bestehende Einrichtung zum Anbringen und Handhaben aller Segel eines Schiffes.
Talje: seemännischer Ausdruck für »Flaschenzug«.
Tampen: kurzes Stück Tauwerk.
Teleskop: Fernrohr.
Topp: Mastspitze bzw. Spitze der obersten Stenge.
Topp und Takel: »Vor Topp und Takel« heißt, daß das Schiff alle Segel eingezogen oder (im Sturm) verloren hat und nur der Winddruck auf Masten (mit ihren Toppen) und Takelage dem Schiff Fahrt gibt.
Toppsegel: über einem Gaffelsegel ein zwischen Gaffel und Masttopp gespanntes Dreieckssegel oder an einer Rah bis zum Topp vorgeheißtes Viereckssegel.
Totwasser: selten gebrauchter Ausdruck für Stauwasser.
Trawler: maschinengetriebenes Hochseefischereifahrzeug.
trimmen: ein Schiff durch entsprechendes Stauen der Ladung in die gewünschte Schwimmlage bringen; auch: einrichten der Takelung auf möglichst beste Segelwirkung.
Trimmer: Arbeiter, der auf Dampfern die Kohlen aus den Bunkern zu den Kesselfeuerungen schafft.
Trockendock: entleerbares Wasserbecken, in dem Reparaturen am Unterwasserkörper von Schiffen im Trockenen ausgeführt werden können.

Vollrigger, Vollschiff: drei- bis fünfmastiges Schiff das »voll« rahgetakelt ist, also ausschließlich Rahsegel führt.
Vormars: Mars des vorderen (Fock-)Mastes.
Vorspieksluke: Luke zur Vorpiek, dem vordersten Raum des Schiffes.
Vorstengenstag: das die Stenge des vorderen Mastes stützende Stag.

Wanten: zum seitlichen Abstützen der Masten bestimmte Paare von Tauen, die sprossenartig miteinander verbunden sind und die zum Aufsteigen auf die Masten dienen.
Warptrosse: Leichte Leine, mit der ein Schiff verholt werden kann.
Windhuze: in Windrichtung drehbare große Trichter, die vom Oberdeck Frischluft zu den Heizern an den Kesseln brachten.
Windrose: sternartige Skala der Himmelsrichtungen, meist als Teil des Kompasses
WO: Abkürzung für Wachoffiziere, auf deutschen Kriegsschiffen die dem Kommandanten im Rang folgenden Seeoffiziere.
Zwischendeck: ursprünglich das einzige zwischen Oberdeck und Laderaum befindliche Deck, auf dem früher in bedrückender Enge ärmere Reisende untergebracht wurden. Die Bezeichnung blieb lange bestehen für die billigste und am schlechtesten ausgestattete Fahrgastklasse der großen Ozeandampfer.

Quellennachweis

Folgende Personen und Verlagen danken wir für die freundliche Erteilung von Abdruckrechten:
Claassen Verlag GmbH (*Melville, Monsarrat*); Carl Hanser Verlag (*Defoe*); Maximilian-Verlag (*Bligh, Eschels*); Diogenes Verlag AG (*Stevenson*); S. Fischer Verlag GmbH (*Conrad*); Universitas Verlag (*London*); Karl Heinz Henssel Verlag (*Ringelnatz*); Büchergilde Gutenberg (*Masefield, Traven*); Rowohlt Verlag GmbH (*Hemingway*); Insel Verlag (*1001 Nacht, Hardt*); Aufbau Verlag (*Kisch*); Verlag M. Glogau jr. (*Gorch Fock*); Verlagsgruppe Langen-Müller (*Poe*); Liepmann AG (*Monsarrat*); Anneliese Semsrott und Peter Gording.
Die Übersetzungen der fremdsprachigen Texte ins Deutsche besorgten: Enno Littmann (*1001 Nacht*), Gisela Etzel (*Poe*), Hannelore Novak (*Defoe*), Rose Hilferding (*Stevenson*), Friedrich Lindemann (*Masefield*), Annemarie Horschitz-Horst (*Hemingway*), These Mutzenbecher unter Mitwirkung von Ernst Schnabel (*Melville*), Dr. Arno Dohm (*Monsarrat*), Georg Forster (*Bligh*) und Elise Eckert (*Conrad*).

AME
RICA
SEPTENTR
Tropicus Cancri
MAR
DEL
CIRCULUS ÆQUINOCTIALIS
OCEA
ZU
Tropicus Capricorni
PER
MARE
PAC
CUM
TERRA INCOGNITA
Islandia
Frislant
Groenlandia
Tonton teac
NOVA GRA
I. de los Tubarones
Nombre de Ihesus
TERRA
AUSTRALIS
INCOGNITA
PSITTACORUM REGIO
MAR DI INDIA
Nova Guinea
AMERICÆ PARS